孽海花

书名题字／周兴禄

* 插图本 *

中国古典小说藏本

孽海花

曾朴——著

张明高——校注

人民文学出版社

图书在版编目（CIP）数据

孽海花/（清）曾朴著；张明高校注．—北京：人民文学出版社，
2020
（中国古典小说藏本：插图本）
ISBN 978-7-02-013854-8

Ⅰ．①孽… Ⅱ．①曾… ②张… Ⅲ．①章回小说—中国—清代 Ⅳ．①I242.4

中国版本图书馆CIP数据核字(2018)第037691号

责任编辑 李 俊
装帧设计 刘 静
责任印制 徐 冉

出版发行 人民文学出版社
社 址 北京市朝内大街166号
邮政编码 100705
网 址 http://www.rw-cn.com

印 刷 北京新华印刷有限公司
经 销 全国新华书店等

字 数 386千字
开 本 787毫米×1092毫米 1/32
印 张 18.5 插页10
印 数 1—8000
版 次 2006年1月北京第1版
印 次 2020年2月第1次印刷

书 号 978-7-02-013854-8
定 价 42.00元

出版说明

中国古典小说源远流长、佳作如林，是蕴含与传承中华优秀传统文化的重要文学体裁，在中国文学史乃至世界文学史上占有重要地位。人民文学出版社在成立之初即致力于中国古典小说的整理与出版，半个多世纪以来陆续出版了几乎所有重要的中国古典小说作品。这些作品的整理者，均为古典文学研究名家，如聂绀弩、张友鸾、张友鹤、张慧剑、黄肃秋、顾学颉、陈迩冬、戴鸿森、启功、冯其庸、袁世硕、朱其铠、李伯齐等，他们精心的校勘、标点、注释使这些读本成为影响几代读者的经典。

此次我们推出"中国古典小说藏本（插图本）"丛书，将这些优秀的经典之作集结在一起，再次进行全面细致的修订和编校，以期更加完善；所选插图为名家绘图或精美绣像，如孙温绘《红楼梦》、孙继芳绘《镜花缘》、金协中绘《三国演义》、程十髮绘《儒林外史》等，以丰富读者的阅读体验。

人民文学出版社编辑部

2020年1月

目　录

第五卷

第六卷

第七卷

第八卷

第九卷

第十卷

第十一卷

第十二卷

第十三卷

第十四卷

第十五卷

第十六卷

前　言

鲁迅《中国小说史略》称为清末谴责小说之一的《孽海花》，与《官场现形记》、《二十年目睹之怪现状》、《老残游记》几乎同时。但是，《孽海花》的作者曾朴比李伯元、吴趼人、刘鹗略小几岁，后三位都在清末去世，曾氏则进入民国；曾朴的经历既与李伯元等人不同，《孽海花》的写作和发表情况也更为繁杂，可以说前后分为两个阶段。《孽海花》原由金松岑创意，并写出了六回，第一、二两回发表在1903年10月出版的留学生杂志《江苏》上；同年夏秋之交，金氏将原稿移交曾朴续作。曾朴与金松岑商定原拟写作六十回，拟出了六十回回目；曾朴并草拟了旧学时代、甲午时代、政变时代、庚子时代、革新时代、海外时代六个时代一百一十个人物名单，有庞大的计划。于是曾氏改削增删金氏前六回，写成首五卷十回一册，光绪乙巳(1905)，由上海小说林社出版；丙午(1906)，继出五卷十回第二册；丁未(1907)《小说林》杂志创刊，续发表第二十一至二十五回(第一、二期各二回、第四期一回)，强作解人以第二十一至二十四回，并所作《孽海花人名索引表》、《孽海花人物故事考证》八则，及《续证》十一则，合刊为《孽海花》第三册(拥百书局版)(参见北京宝文堂本《孽海花》卷首阿英《孽海花叙引》)。这是第一阶段，出版的是小说林系统的早期本子，写作的时代在清末。“不到一二年，竟再版至十五次，销行至五万部之多”（阿英语）。正是这些小说林版本的《孽海花》，引起了社会各界的广泛关注，奠定了曾朴在中国小说史上的地位。

民国初期曾朴从政多年，无暇创作。退出政坛后，重操文人旧业，进入写作的后一阶段。对于先前出版的小说林本各回，曾朴自己认为，“有许多不满意地方，正在子细的改削，等到改削好了，即日出版”（《真美善》月刊第一卷第二号《孽海花》修改发表的第二十二回文末“病夫自识”附言）。于是在1928年1月，由上海真美善书店出版修改过的《孽海花》前二十回（第二十回未作修改），分第一编和第二编各五卷十回二册。卷首刊载曾朴1928年1月6日所作《修改后要说的几句话》，作为代序。从1927年11月起，他在《真美善》月刊逐期发表修改过的《孽海花》第二十一至二十五回，新写的第二十六至三十回；从1928年6月起，断断续续发表续写的第三十一至三十五回，发表第三十五回时已是1930年4月。1931年1月，曾朴把《真美善》月刊发表的第二十一回至三十回五卷十回汇集成第三编一册出版，这样就形成了三册本的《孽海花》三十回初版本。同时出版三十回合订本。初版本和合订本均有33幅插图。到1935年1月，真美善书店印行了三十回合订本的第三版。合订本卷首也以《修改后要说的几句话》作为代序。第三十一至三十五回未出单行本，仅在《真美善》月刊发表时统编为第十六卷，是接在前三十回每两回编为一卷共十五卷的修改本后的一种安排。其后，1941年5月，在沦陷区的上海，真美善书店出版了三十回本的重刊本，采用了全套新式标点符号,每两回一卷十五卷样式依旧,不载插图,仍以《修改后要说的几句话》作为代序;又收进了《孽海花人名索引表》、纪果庵《孽海花人物谈》和周梦庄《雪窗闲话赛金花》二文,以及临桂况夔笙(周颐)为赛金花捉刀帖书影。正文部分355页。1946年11月真美善书店又出版了三十回本的增订本,内容和形式与1941年重刊本完全一样,正文部分仍为355页,仅仅订正了一些重刊本标点符号的错漏。

如上所述,曾朴创作《孽海花》及发表出版是绵延几十年的一个长过程,小说林系统的早期本子,清末民初有多家出版社的本子;长期流行的真美善三十回本,成为中国近代小说优秀代表作之一。真美善三十回本前二十五回与小说林本有较大差异,有的近乎重写,魏绍昌《孽海花资料》第一辑中作了详细文字比勘。解放后,北京宝文堂1955年6月出版了三十回重排本,竖排,基本是繁体字,字句已有所删改;隔一年半,上海文化出版社又出版了重排本;1959年11月中华书局上海编辑所出版了简体字横排三十回本,除沿袭宝文堂的删节外,改字改词增多了,并且有些删改显得随心所欲,毫无道理,相较原本,文字上有所劣化。这三个版本在推进《孽海花》流行上起过很大作用,功不可没。

为了理解《孽海花》,简单介绍一下作者的生平。曾朴(1872—1935),字孟朴,号籀斋,笔名东亚病夫。出身于士人之家,家在人文荟萃的苏州府常熟。十八九岁连科入学、中举。年方弱冠会试受挫,其父曾之撰即替他捐纳了一个内阁中书,住在北京南池子。当时的曾朴是少年公子,与赵剑秋、翁又申“都是裘马翩翩,在长安道上,颇有顾盼自豪之感”;也奔走于翁同龢、洪钧、李文田、文廷式诸名流之门,并钻研西北地理与金石之学。这也是曾朴所谓旧学时期,他写成了《补后汉书艺文志》一卷、《考证》十卷,颇受翁同龢的青睐。1895年冬进同文馆学习法文,想投考总理衙门章京而未果,愤而离开北京,在上海与谭嗣同、林旭结识;父死回常熟守孝,办塔前小学,又办丝厂;再至上海办小说林书店,参加张謇等人的预备立宪公会。清末最后一段,曾朴入两江总督端方幕府一年余,旋以候补知府分发浙江,曾任宁波清理绿营官地局会办。辛亥革命后成为江苏省议员、张謇共和党党员。住南京数年,任江苏官产处处长兼办沙田局事务,又受黎元洪委派兼办淮南垦务。1924年至1925年先后任江苏省财政厅长、政务厅长。1926年以后放弃政治生涯,在上海再办真美善书店,出版文学杂志,翻译了嚣俄(雨果)多种作品,修改和续写《孽海花》,并创作另一部自传体小说《鲁男子》(未完)。在修改完成《孽海花》三十回初版和合订本出版,并发表了后五回和《鲁男子》长篇后,1931年秋曾朴回常熟,在虚霩园中种花颐养天年,直至去世。(参见其子曾虚白《曾孟朴年谱》)

综观曾朴一生,他是传统士大夫阶级的一分子,处在中国社会巨大震荡和转变的交替时期,在他的生活和思想中旧的和新的并存,但总是与时推移,不断变化的。《孽海花》所要表现的正是这个时期“文化的推移”、“政治的变动”,所以曾朴本人称之为历史小说。他所叙述描写的清末三十年间的遗闻轶事,名士、侠客、美人,“内容俱系先辈及友人轶事”（曾朴语），书中人物几乎都有所指。其中不乏当世权要、名公巨卿、达官显宦、虚声名士，征臣悍将、仁人志士，尸位官僚、公子王孙，形形色色。这些人都在彼时的社会条件下活动，那时的历史也就是他们的活动史。那是中国衰朽没落、危亡临近的时代，也是人杰奋起、改革与革命相继的时代。曾朴作为个中人和过来人，凭亲历亲闻写出的《孽海花》，其内容确实是阔大的。“前事不忘，后事之师”，今天读来也仍然有意义。

对于写人物，鲁迅指出清末谴责小说的缺点是，如“辞气浮露，笔无藏锋，甚且过甚其辞，以合时人嗜好”，李伯元、吴趼人可称代表；因为清末也正是一个躁动的时代。《孽海花》含蓄一点，这种毛病也仍然存在。鲁迅说“于洪傅（即洪钧、傅彩云——引者）特多恶谑”，即使对自己的老师李慈铭“亲炙者久，描写当能近实，而形容时复过度，亦失自然，盖尚增饰而贱白描，当时之作风固如此矣”。但也不能一概而论，曾朴对书中人物是区别对待的。对陆仁祥（陆润庠）是漫画化的，对庄焕英（张荫桓）是恶意的；庄佑培（张佩纶）、庄芝栋（张之洞）、何太真（吴大澂）名士模样的描绘淋漓尽致；对威毅伯（李鸿章）却没有丑化，对龚平（翁同龢）虽有微词也较含蓄；对冯桂芬、薛辅仁（薛福成）、戴同时（谭嗣同）、陆皓东、康有为、孙中山颇表尊重。曾朴写人各有性情，各有面貌，是成功的；而塑造最丰满的人物形象还是傅彩云（赛金花）。

正因为曾朴能够表现出那个时代人物的精神风貌，获得了当世名人广泛的认同。林琴南说：“其中描写名士之狂态，语语投我心坎。”(见孙次舟刊本中西书局《孽海花》附叙录)蔡元培则谓:“《孽海花》出版后,觉得最配我的胃口了,他不但影射的人物与轶事的多……加以书中的人物,大半是我所见过的;书中的事实,大半是我所习闻的,所以读起来更有趣。”(见《孽海花资料·追悼曾孟朴先生》)除了人物特别引人注目外,“惟结构工巧,文采斐然,则其所长也”(鲁迅语)。曾朴巧妙地利用傅彩云、小玉这样的特殊人物,把绝不相干的众多人和事串在一起,构成作品的统一性和可读性,是他匠心独运的结晶。书中文章的丰富和学问的渊博,也是那一个时代,清末民初文人学者的特长,确实耐人咀嚼和寻味,不会有粗鄙索然寡味之憾;“言之无文,行之不远”,曾朴对后世作者是有益的垂范。曹聚仁说曾朴才华盖世,不是溢美之词。

一部优秀文学作品,流行不衰,翻刻既多,渐生讹误,是自然之势。《孽海花》正是这种情况。为了整理出一部可靠的《孽海花》文本,我从上海图书馆复制出《孽海花》三册本的初版本和1935年合订本第三版;借得1941年重刊本,在首都图书馆用所藏1946年增订本核对;从国家图书馆和上海图书馆获得《真美善》月刊发表的第二十一回至三十五回复印件。经过仔细比勘,真美善《孽海花》三十回分册初版本与合订本是完全相同的,均为传统句读式,即一圈(。)到底式,新式标点仅仅用了私名号和书名号两种;文字、插图全同,正文总页数均为600页;惟一不同的是分册初版本第三册每回页码自为起讫,是杂志刊文原形式,未统一编页码,合订本第三册与前二册一样统一编了页码,每一册则自为起讫。不难看出,《孽海花》三十回初版本与1935年合订本校对精审,只有少数误植排版错误,或原稿极个别笔误。后出的三十回重刊本和增订本对初版本有少许文字改动,好坏互见;改正了一些原来的误字,又产生了新的误字,且有几句误标误改的古文字句。标点倒是照顾到了初版本原来的句读,基本忠实于原著。再经过比勘,发现宝文堂本与中华上编所本依据的并非真美善初版本或合订本,1941年重刊本或1946年增订本才是重排本的真正祖本。这有两点铁证,其一,这两个本子都是新式标点本,各重排本对于标点符号虽然有多多少少的改动,大体仍可看出原标点本来面貌;其二,文字初版本不错,重刊本和增订本改错或改动的地方,各重排本均沿袭了错误和改动,而不曾用初版本校改。这不是一二孤证,我另写有“校记”,可以看到许多例证。上世纪五十年代尚且如此,现在真美善三十回本已很难搜寻,浏览了好些新排本,大体在“前言”称根据真美善三十回本云云,可信度不高。(个别的,如岳麓书社本有插图,删节少,编者见到过初版本或合订本,但校对不精,错字很多,插图错一幅漏一幅,对古文句不自信,又参考他本改不错为错。)考虑到《孽海花》版本的历史和实用性,我这次整理文本仍然采用1941年重刊本作底本,后五回则用《真美善》月刊所刊原文校定;工作本则采用上海古籍出版社1980年《孽海花》(增订本),那是第一个附录了后五回的三十五回足本。

对文本的整理做了以下工作:

1. 文字。底本改动初版本改错了的,一律据初版本改正;底本改动虽不错,而初版本更符合作者当时文字习惯的,也一般采用初版本文字。工作本删节的一律复原,不采纳工作本统一语气词、象声词、代词、方音写词等等改动。写别字在小说、戏文中常见,在古书中更常见。别字而意思可懂,即音求义,是汉语的特点;语音才是第一载体。当然,采用简体字和规范字以后,这个文本文字上已不可能完全等同真美善(包括杂志)原本。

初版本原有插图三十三幅,这次遴选了十六幅作为插页。

2. 段落。真美善《孽海花》原书仍是旧章回小说词话本体例,每一回书一气到底。初版本每回正文开头都是顶格起,只是对诗词歌曲、书信电文、酒令对联、文告演说等等引语性质的文字,作低二格、四格乃至多格类似另段的处置;底本稍有不同,除上述处置外,每回正文开头低二格起,大部分引语性质文字后文低二格另起,极偶然出现现代意义的段落划分。为了适应现代人阅读习惯,采用工作本的分段,只是作了一些调整。

3. 标点。底本原采用全套新式标点,除私名号今已废除不用外,其它均沿用(书名号、引号改变了形状)。须指明的是,《孽海花》的语言属近代早期白话体系,未受到欧化语法的多少影响,句式灵活,也就是我们父祖辈口中的语言。初版本句读分明,依语气点逗,通达晓畅,难以按现代人造句(仅指书面文字)去使用句号,也不宜把原已逗开的短语连接起来,而失去原有的修辞色彩。底本标点是忠实于初版本的句读的,工作本则不然,大量的原来一句话句断成几句话,把许多短语连接起来。举一个短语的例子。底本第十四回:"只是雯青这里,正膨胀好古的热心,不道彩云那边,倒伸出外交的敏腕。"初版本这一句是连用四个符号点逗。不难看出原本均体现了行文语气的顿挫和节奏韵律感,又体现了文字修饰的排比对仗。工作本去掉了两个逗号,变成:"只是雯青这里正膨胀好古的热心,不道彩云那边倒伸出外交的敏腕。"这就失去原来的节奏韵律感了。标点符号虽然不具备文字本身直接表意的功能,但既经使用,也会影响到意思的表达和理解,如非书名、是引语、属上属下之类,误标就会造成混乱。如第十二回,"剑云道:'不妨事,吾有十幅马湘兰救驾。'"工作本改标为:"剑云道:'不妨事,吾有十幅《马湘兰救驾》。'"就完全标错了。又如第十八回,底本标:"各依其国的风俗,性情,政策,因而有所注重。"意思不明确。工作本改标为:"各依其国的风俗、性情、政策,因而有所注重。"也未改观。查初版本,原句读为:"各依其国的风俗情性。政策因而有所注重。"且不论"情性"改"性情"孰优孰劣,"政策"属上属下就显出初版本的正确与优长了,他二本均拙劣。又如第十一回,底本标:"却留心看那同乡姜剑云的,见上头有什么黜'周王鲁'呢,'张三世'呢。'正三统'呢,看了半天,一句也不懂。"工作本改标为:"却留心看那同乡姜剑云的,见上头有什么黜'周王鲁'呢、'张三世'呢、'正三统'呢,看了半天,一句也不懂。"二本标点者都不熟悉古书。初版本则是不错的:"……见上头有什么黜周王鲁呢。张三世呢。正三统呢。……"加引号应为"黜周王鲁",是公羊家说《春秋》,有特定涵义。相较而言,底本误标的不多,工作本误标的就很不少了。

《孽海花》文本的标点大体采用底本原有的;并参考三十回初版

本和后五回杂志刊文曾补原句读，作了调整。

本来，整理古典作品，一如文物修复，应当整旧如旧，如果拆除旧的，翻改一新，以假古董示人，失其风貌，失其风格，是不慎重的。小说是语言的艺术，遣词造句体现作者的思想与才情、语言风格和趣味。曾朴是大才子，古语方言旧词汇的使用都是有来历的，用字的变换与不同都不是随意的，如一些整理强行统一和乱改，故事梗概虽然仍在，把原来丰富多彩的语言改成了简陋单调的，语言的精微美妙损失了不少。

《孽海花》问世以来，有过许多研究考证文章，着重在人物和事件，大体已经明白，这是必要的，却未见注释本。曾朴读书多，学问广，下笔常有典故。不求甚解，知个故事人物大概固然无可厚非，却不能充分领会他的文章之妙。花了不少时间翻查旧籍，作了二千余条注释，对于有耐心的读者或者不无小补。人物事件均已反映在注释中，所以底本附录的《孽海花人名索隐表》、纪果庵《孽海花人物谈》等均不再收入。注释初稿完成于 1997 年 4 月以前，因未见他人注本，无可依傍；其后虽然经过几次修订，眼拙手懒或者仍有错误，尚望读者和专家不吝赐教。

《孽海花》是一部未完成的优秀小说，深受欢迎，又存有悬念，清末即有人续作；其中陆士谔在宣统末年就接续小说林本二十回写成了六十二回本，因涉讼焚版，也没有得到曾朴本人的认同。燕谷老人张鸿的《续孽海花》，接续三十回本增写三十回，编成第十六卷至第三十卷合为六十回，写到庚子八国联军进北京。他是曾朴的同乡，又是同文馆同学，同任内阁中书，经历相仿；又就续书与曾朴商量过，曾朴寄以希望。《续孽海花》先在杂志上发表，真美善书店出版单行本已在燕谷老人1943年去世之后，1946年4月再版。近年有新排本。作者才力不及曾朴，但文字平实叙事有条理，人物事件均可观。

张明高

1997年4月7日初写于北京

2001年4月25日改写

2003年9月28日再改写

修改后要说的几句话

我把《孽海花》的初、二两编修改完了,付印时候,我心里有几句要说的话,把它写在这里:我要说的话,是些什么呢?(一)这书发起的经过;(二)这书内容的组织和他的意义;(三)此次修改的理由。

这书发起的经过怎么的呢?这书造意的动机,并不是我,是爱自由者。爱自由者,在本书的楔子里就出现,但一般读者,往往认为虚构的,其实不是虚构,是实事。现在东亚病夫,已宣布了他的真姓名,爱自由者,何妨在读者前,显他的真相呢?他非别人,就是吾友金君松岑,名天翮。他发起这书,曾做过四五回。我那时正创办小说林书社,提倡译著小说,他把稿子寄给我看。我看了,认是一个好题材。但是金君的原稿,过于注重主人公,不过描写一个奇突的妓女,略映带些相关的时事,充其量,能做成了李香君的《桃花扇》,陈圆圆的《沧桑艳》,已算顶好的成绩了,而且照此写来,只怕笔法上仍跳不出《海上花列传》的蹊径。在我的意思却不然,想借用主人公做全书的线索,尽量容纳近三十年来的历史,避去正面,专把些有趣的琐闻逸事,来烘托出大事的背景,格局比较的廓大。当时就把我的意见,告诉了金君。谁知金君竟顺水推舟,把继续这书的责任,全卸到我身上来。我也就老实不客气的把金君四五回的原稿,一面点窜涂改,一面进行不息,三个月功夫,一气呵成了二十回。这二十回里的前四回,杂揉着金君的原稿不少，即如第一回的引首词和一篇骈文，都是照着原稿，一字未改，其余部分，也是触处都有，连我自己也弄不清楚谁是谁的。就是现在已修改本里，也还存着一半金君原稿的成分。从第六回起，才完全是我的作品哩。这是我要说的第一件。

这书内容的组织和他的意义是怎么样的呢？我说这书实在是一个幸运儿，一出版后，意外的得了社会上大多数的欢迎，再版至十五次，行销不下五万部，赞扬的赞扬，考证的考证，模仿的，继续的，不知糟了多少笔墨，祸了多少梨枣。而尤以老友畏庐先生，最先为逾量的推许。——他先并不知道是我做的——我真是惭愧得很。但因现在我先要说明组织，我却记到了《新青年》杂志里钱玄同和胡适之两先生对于《孽海花》辩论的两封信来，记得钱先生曾谬以第一流小说见许，而胡先生反对，以为只好算第二流。——原文不记得，这是概括的大意——他反对的理由有二：（一）因为这书是集合了许多短篇故事，联缀而成的长篇小说，和《儒林外史》《官场现形记》，是一样的格局，并无预定的结构。（二）又为了书中叙及烟台孽报一段，含有迷信意味，仍是老新党口吻。这两点，胡先生批评得很合理，也很忠实。对于第一点，恰正搔着我痒处，我的确把数十年来所见所闻的零星掌故，集中了拉扯着穿在女主人公的一条线上，表现我的想像，被胡先生瞥眼捉住，不容你躲闪，这足见他老人家读书和别人不同，焉得不佩服！但他说我的结构和《儒林外史》等一样，这句话，我却不敢承认，只为虽然同是联缀多数短篇成长篇的方式，然组织法彼此截然不同。譬如穿珠，《儒林外史》等是直穿的，拿着一根线，穿一颗算一颗,一直穿到底,是一根珠链;我是蟠曲回旋着穿的,时收时放,东西交错,不离中心,是一朵珠花。譬如植物学里说的花序,《儒林外史》等是上升花序或下降花序,从头开去,谢了一朵,再开一朵,开到末一朵为止。我是伞形花序,从中心干部一层一层的推展出各种形色来,互相连结,开成一朵球一般的大花。《儒林外史》等是谈话式,谈乙事不管甲事,就渡到丙事,又把乙事丢了,可以随便进止;我是波澜有起伏,前后有照应,有擒纵,有顺逆,不过不是整个不可分的组织,却不能说他没有复杂的结构。至第二点,是对于金君原稿一篇骈文而发的,我以为小说中对于这种含有神秘的事是常有的。希腊的三部曲,末一部完全讲的是报应固不必说,浪漫派中,如梅黎曼的短篇,尤多不可思议的想像,如《娣尼斯铜像》一篇,因误放指环于铜像指端,至惹起铜像的恋妒,搿死新郎于结婚床上。近代象征主义的作品,迷离神怪的描写,更数见不鲜,似不能概斥他做迷信。只要作品的精神上,并非真有引起此种观念的印感就是了。所以当时我也没有改去,不想因此倒赚得了胡先生一个老新党的封号。大概那时胡先生正在高唱新文化的当儿,很兴奋地自命为新党,还没想到后来有新新党出来,自己也做了老新党,受国故派的欢迎他回去呢!若说我这书的意义,畏庐先生说:"《孽海花》非小说也。"又道:"彩云是此书主中之宾,但就彩云定为书中主人翁,误矣。"这几句话,开门见山,不能不说他不是我书的知言者!但是"非小说也"一语,意在极力推许,可惜倒暴露了林先生只囚在中国古文家的脑壳里,不曾晓得小说在世界文学里的价值和地位。他一生非常的努力,卓绝的天才,是我一向倾服的,结果仅成了个古文式的大翻译家,吃亏也就在此。其实我这书的成功,称他做小说,还有些自惭形秽呢!他说到这书的内容,也只提出了鼓荡民气和描写名士狂态两点。这两点,在这书里固然曾注意到,然不过附带的意义,并不是他的主干。这书主干的意义,只为我看着这三十年,是我中国由旧到新的一个大转关,一方面文化的推移,一方面政治的变动,可惊可喜的现象,都在这一时期内飞也似的进行。我就想把这些现象,合拢了他的侧影或远景和相连系的一些细事,收摄在我笔头的摄影机上,叫他自然地一幕一幕的展现,印象上不啻目击了大事的全景一般。例如这书写政治,写到清室的亡,全注重在德宗和太后的失和,所以写皇家的婚姻史,写鱼阳伯、余敏的买官,东西宫争权的事,都是后来戊戌政变、庚子拳乱的根原。写雅聚园,含英社,谈瀛会,卧云园,强学会,苏报社,都是一时文化过程中的足印。全书叙写的精神里,都自勉的含蓄着这两种意义。我的才力太不够,能否达到这个目的,我也不敢自诩,只好待读者的评判了。这是我要说的第二件。

此次修改的理由怎么的呢?第一是为了把孙中山先生革命的事业,时期提得太早了。兴中会的组织,大约在光绪庚寅辛卯间,而广州第一次的举事,事实却在乙未年十月,这书叙金雯青中了状元,请假回南,过沪时就遇见陈千秋,以后便接叙青年党兴中会的事。雯青中状元,书中说明是同治戊辰年,与乙未相差几至三十年,虽说小说非历史,时期可以作者随意伸缩,然亦不宜违背过甚,所以不得不把他按照事实移到中日战争以后。既抽去了这么一件大事,篇幅上要缺少两回的地位,好在这书里对于法越战争,叙得本来太略,补叙进去,并非蛇足。第二原书第一回是楔子,完全是凭空结撰,第二回发端还是一篇议论,又接叙了一段美人误嫁丑状元的故事,仍是楔子的意味,不免有叠床架屋之嫌,所以把他全删了。其余自觉不满意的地方,趁这再版的机会,也删改了不少。看起来,第一编几乎大部是新产品了。这是我要说的第三件。

这书还是我二十二年前——时在是光绪三十二年——一时兴到之作,那时社会的思潮,个人的观念,完全和现时不同,我不自量的奋勇继续,想完成自己未了的工作,停隔已久,不要说已搜集的材料,差不多十忘八九,便是要勉力保存时代的色彩,笔墨的格调,也觉得异常困难。矛盾拙涩,恐在所不免,读者如能忠实的加以纠正,便是我的非常宠幸了!

十七年,一月六日,东亚病夫自识。

第　一　卷

第一回

一霎狂潮陆沉奴乐岛　卅年影事托写自由花

江山吟罢精灵泣，中原自由魂断！金殿才人，平康〔1〕佳丽，间气〔2〕钟情吴苑〔3〕。輶轩〔4〕西展。遽瞒着灵根〔5〕，暗通瑶恕〔6〕。孽海飘流，前生冤果此生判。　群龙九馗〔7〕肯战，值钧天〔8〕烂醉，梦魂惊颤。虎神营〔9〕荒，鸾仪殿〔10〕辟，输尔外交纤腕〔11〕。大千公案〔12〕。又天眼〔13〕愁胡，人心思汉。自由花神，付东风拘管〔14〕。

却说自由神，是那一位列圣？敕封何朝？铸像何地？说也话长。如今先说个极野蛮自由的奴隶国。在地球五大洋之外，哥伦波〔15〕未辟，麦折伦〔16〕不到的地方，是一个大大的海，叫做孽海，那海里头有一个岛叫做奴乐岛。地近北纬三十度，东经一百十度，倒是山川明丽，花木美秀，终年光景，是天低云黯，半阴不晴，所以天空新气，是极缺乏的。列位想想：那人所靠着呼吸的天空气，犹之那国民所靠着生活的自由，如何缺得！因是一般国民，没有一个不是奄奄一息，偷生苟活；因是养成一种崇拜强权献媚异族的性格，传下来一种什么运命，什么因果的迷信；因是那一种帝王，暴也暴到吕政〔17〕、奥古士都[18]、成吉斯汗[19]、路易十四[20]的地位，昏也昏到隋炀帝[21]、李后主[22]、查理士[23]、路易十六[24]的地位；那一种国民，顽也顽到冯道[25]、钱谦益[26]的地位，秀也秀到扬雄[27]、赵子昂[28]的地位。而且那岛从古不与别国交通，所以别国也不晓得他的名字。从古没有呼吸自由的空气，那国民却自以为是，有吃，有着[29]，有功名[30]，有妻子，是个自由极乐之国。

古人说得好："不自由，毋宁死。"果然那国民享尽了野蛮奴隶自由之福，死期到了。去今五十年前，约莫十九世纪中段，那奴乐岛忽然四周起了怪风大潮；那时这岛根，岌岌摇动，要被海若[31]卷去的样子。谁知那一般国民，还是醉生梦死，天天歌舞快乐，富贵风流，抚着自由之琴，喝着自由之酒，赏着自由之花，年复一年，禁不得月啮日蚀，到了一千九百零四年，平白地天崩地塌，一声响亮，那奴乐岛的地面，直沉向孽海中去。

咦，咦，咦！原来这孽海和奴乐岛，却是接着中国地面，在瀚海之南，黄海之西，青海之东，支那海[32]之北。此事一经发现，那中国第一通商码头的上海——地球各国人，都聚集在此地——都道希罕，天天讨论的讨论，调查的调查，秃着几打笔头，费着几磅纸墨，说着此事。内中有个爱自由者[33]，闻信特地赶到上海来，要想侦探侦探奴乐岛的实在消息，却不知从何处问起。那日走出去，看看人来人往，无非是那班肥头胖耳的洋行买办，偷天换日的新政委员，短发西装的假革命党，雾说乱话的新闻社员，都好像没事的一般，依然叉麻雀[34]，打野鸡[35]，安垲第[36]喝茶，天乐窝[37]听唱，马龙车水，酒地花天，好一派升平景象！爱自由者倒不解起来，糊糊涂涂昏昏沉沉的过了数日。

这日正一个人闷闷坐着，忽见几个神色仓皇手忙脚乱的人，奔进来，嚷道："祸事！祸事！日俄开仗[38]了，东三省快要不保了！"正嚷着，旁边远远坐着一人冷笑道："岂但东三省呀！十八省[39]早已都不保了！"爱自由者听了，猛吃一惊，心想刚刚很太平的世界，怎么变得那么快！不知不觉，立了起来，往外就走，一直走去，不晓得走了多少路程。忽然到一个所在，抬头一看，好一片平阳大地！山作黄金色，水流乳白香，几十座玉宇琼楼，无量数瑶林琪树，正是华丽境域，锦绣山河，好不动人歆羡呀！只是空荡荡静悄悄没个人影儿。爱自由者，走到这里，心里一动，好像曾经到过的。

正在徘徊不舍，忽见眼前迎着面，一所小小的空屋，爱自由者不觉越走越近了。到得门前，不提防门上却悬着一桁珠帘；隔帘望去，隐约看见中间好像供着一盆极娇艳的奇花，一时也辨不清是隋炀帝的琼花[40]呢？还是陈后主[41]的玉树花[42]呢？但觉春光澹宕，香气氤氲，一阵阵从帘缝里透出来。爱自由者心想，远观不如近睹，放着胆，把帘子一掀，大踏步走进一看，那里有什么花，倒是个螓首蛾眉桃腮樱口的绝代美人！爱自由者顿吓一跳，忙要退出，忽听那美人唤道："自由儿，自由儿，奴乐岛奇事发现，你不是要侦探么？"爱自由者忽听奴乐岛三字，顿时触着旧事，就停了脚，对那美人鞠了鞠躬道："令娘[43]知道奴乐岛消息吗？"那美人笑道："咳，你疯了，那里有什么奴乐岛来[44]！"爱自由者愕然道："没有这岛吗？"美人又笑道：

"呸,你真呆了！那一处不是奴乐岛呢?"说着,手中擎着一卷纸,郑重的亲自递与爱自由者。爱自由者不解缘故,展开一看,却是一段新鲜有趣的历史,默想了一回,恍恍惚惚,好像中国也有这么一件新奇有趣的事情;自己还有一半记得,恐怕日久忘了,却慢慢写了两回出来。

正写着,忽然把笔一丢道:"呸,我疯了！现在我的朋友东亚病夫,嚣然自号着小说王,专门编译这种新鲜小说。我只要细细告诉了他,不怕他不一回一回的慢慢地编出来,岂不省了我无数笔墨吗?"当时就携了写出的稿子,一径出门,望着小说林发行所来,找着他的朋友东亚病夫,告诉他,叫他发布那一段新奇历史。爱自由者一面说,东亚病夫就一面写。正是:

三十年旧事,写来都是血痕;

四百兆同胞,愿尔早登觉岸〔45〕!

端的上面写的是些什么?列位不嫌烦絮,看他逐回道来。

按:底本三十回回目用标点,是本书的一大特色,是否为曾朴本人所加,不得而知。初版本及1935年三十回合订本均没有,《真美善》杂志发表的第二十一回至第三十五回原文也不用标点。有标点的回目现附录在每回注释条目前,以存旧貌之一斑,此回回目原标为:"一霎狂潮陆沉奴乐岛;卅年影事托写自由花。"

〔1〕 平康:指妓女聚居的地方。唐代长安城中有平安坊,是妓女聚居的地方。

〔2〕 间(jiān)气:旧谓英雄人物上应星象,禀天地特殊之气而生。宋均注《春秋孔演图》:"间气则不苞一行,各受一星以生。"此词这一句

是说苏州得天独厚，多出美女和人才。词的作者认为赛金花是苏州人，词是概括她的行为，作为全书的楔子。

〔3〕吴苑：苏州。春秋时苏州是吴国的都城，有宫廷苑囿之胜，常称作吴苑。

〔4〕辅（yóu）轩：古代的一种轻便马车，使臣乘用的车。指赛金花以公使夫人的身份出使西方国家。

〔5〕灵根：指道德，良心。

〔6〕瑶怨：瑶，瑶琴。指音乐歌唱表达爱情。此句隐指赛金花与瓦德西的关系。

〔7〕九馗：馗同逵，大道。九馗犹言九州，代指中国大地。

〔8〕钧天：天的中央。此处指中央朝廷，当时的清朝政府。

〔9〕虎神营：泛指清军。虎神营为戊戌政变前夕荣禄新设立的亲军，驻北京。

〔10〕銮仪殿：在今中南海。据赛金花说，瓦德西设帐篷于銮仪殿旁，办公起居均在其内。也泛指清宫。词作者指赛金花陪宿瓦德西于銮仪殿。《孽海花》原拟写六十回，其中庚子时代有一回目"夜宿仪銮曹梦兰从头温旧梦"，即指此事；曹梦兰即赛金花。

〔11〕外交纤腕：指传言赛金花劝说瓦德西控制军队不要乱杀人，并说服克林德夫人接受立牌坊赔罪等等。

〔12〕公案：此处指故事，是是非非的历史。

〔13〕天眼：佛教所说五眼之一。天眼"无不能照"，犹如说智慧深沉的眼力。

〔14〕以上是一首词，词牌《台城路》，分上下两阕。以赛金花的经历作为全书的线索。原作者是金一。

〔15〕哥伦波：今译哥伦布。意大利航海家。15世纪横渡大西洋，所谓发现美洲新大陆的人。

〔16〕麦折伦：一般写作麦哲伦，葡萄牙航海家。在哥伦布之后率船队横渡大西洋，沿南美洲入太平洋，至菲律宾被杀，其余众完成了环绕地球的航行。

〔17〕吕政：嬴政，即秦始皇帝。因为《史记》说他实际上是吕不韦的儿子。说他"暴"，是因为他焚书坑儒，残酷使用民力修长城，修阿房

宫，修骊山陵墓等等苛政。

〔18〕 奥古士都：奥古斯都（前63—14）。罗马帝国皇帝。在位期间，颁布维护奴隶主利益的法令，发动对外战争，又大兴土木；“暴”指这一类内容。

〔19〕 成吉斯汗：成吉思汗（1162—1227）。即元太祖（孛儿只斤铁木真）。蒙古族首领，统一蒙古诸部，建立蒙古汗国，1206年推为大汗，称成吉思汗。“暴”是指他不断进行战争，灭西夏，侵金；远征中亚，版图扩大至中亚和南俄。

〔20〕 路易十四（1638—1715）：法国国王。他强化中央集权，宣称“朕即国家”。晚年国库空虚，农民起义不断，法国封建专制制度走向没落。

〔21〕 隋炀帝：杨广（569—618）。隋朝皇帝。即位后大兴土木，开运河，修筑长城，开辟驰道等等，征敛苛重，兵役繁重，民困财穷，农民起义不断，在江都（今扬州）被禁军将领宇文化及等所杀。

〔22〕 李后主：南唐后主李煜（937—978）。公元975年宋军破金陵，出降，后被毒死。他是个才子，尤以词名。

〔23〕 查理士：指查理一世（1600—1649），英国和爱尔兰国王。1625年登基，长期因政策分歧与国会对立并相互战争。1649年初在威斯敏斯特特设的高等法院宣判他为暴君、叛国者、杀人犯和人民公敌，送上断头台。他临死还恬不知耻地自称是“人民的殉难者”。

〔24〕 路易十六（1754—1793）：法国国王。1789年法国大革命爆发，1892年被废黜，次年被送上断头台。

〔25〕 冯道（882—954）：五代时官僚。他历事后唐、后晋、后汉、后周四朝，侍奉过十个君王，在相位二十余年；视丧君亡国不以为耻，自号长乐老。

〔26〕 钱谦益（1582—1664）：江苏常熟人。号牧斋。晚明江左三大家之一，诗文均擅长，有《初学集》等。福王时，他任礼部尚书，清兵攻江南，他率先迎降。

〔27〕 扬雄（前53—18）：成都人。字子云。西汉学者、文学家，长于辞赋，有《太玄》、《法言》、《方言》等。

〔28〕 赵子昂：赵孟頫（1254—1322），字子昂，号松雪道人。江苏湖州人。

他是宋代宗室后裔，入元，官至翰林学士承旨。诗、书、画皆自成一家，有《松雪集》。

〔29〕 着：穿戴叫着。

〔30〕 功名：此处指科举称号或官职官阶。

〔31〕 海若：海神名。

〔32〕 支那海：中国海。支那，古代印度人称中国为支那。

〔33〕 爱自由者：金一（1874—1947）的笔名。金一即金松岑，又名天羽，号鹤望，笔名又有麒麟、天放楼主人等，江苏吴江同里人。1903 年在上海参加爱国学社，鼓吹革命，从事著译，受清政府迫害，潜居故里讲学，是一些南社诗人的老师。民国后曾从政，主要仍是教育工作。著有《天放楼文集》、《天放庵诗集》等。他在《孽海花》前数回中表露出的思想比曾朴激进，措词也更激烈。

〔34〕 麻雀：麻将。明代已出现麻将。

〔35〕 野鸡：下等妓女。打野鸡即嫖妓。

〔36〕 安垲第：在张园内的一个小剧场，演出京剧、昆曲，并可跳舞、宴会，也是清末各派人物举行政治集会的场所。参见后文味莼园及注释。

〔37〕 天乐窝：未详。丹桂茶园、大富贵茶园、美仙茶园等都是旧上海唱戏的场所。

〔38〕 日俄开仗：1904—1905 年日本和沙皇俄国为重新分割中国东北地区和朝鲜而进行的帝国主义战争，战场主要在中国东北，以日本战胜告终，取代了沙俄在中国东北的支配地位。

〔39〕 十八省：清初划分长城以南行政区为十八省，即江苏、安徽、山东、山西、河南、陕西、甘肃、福建、浙江、江西、湖北、湖南、四川、广东、广西、云南、贵州和直隶。

〔40〕 琼花：一种名贵的花。但此处非实指，是用隋炀帝下扬州看琼花的典故。

〔41〕 陈后主：陈叔宝（553—604），陈朝皇帝，灭于隋。他不理朝政，日日与佞臣、妃嫔饮酒赋诗作乐。他著有艳体歌曲《玉树后庭花》。

〔42〕 玉树花：并非实指某种花。此是玉树后庭花的省称，即是前注陈后主所作歌曲之名。这里也是用典。

〔43〕 令娘：尊敬的姑娘。令是敬语形容词，旧时常用。

〔44〕 来：方言语气词。相当于普通话的“啦”。

〔45〕 觉岸：佛教语。由迷惘而到觉悟的境界。

第一回·一霎狂潮陆沉奴乐岛　卅年影事托写自由花

第二回·陆孝廉访艳宴金阊　金殿撰归装留沪渎

第五回・开樽赖有长生库　插架难遮素女图

第六回·献绳技谈黑旗战史 听笛声追白傳遗踪

第八回·避物议男状元偷娶女状元　借诰封小老母权充大老母

第十回·险语惊人新钦差胆破虚无党 清茶话旧侯夫人名噪赛工场

第十一回・潘尚书提倡公羊学　黎学士狂胪老鞑文

第十二回·影井帝天初登布士殿　学通中外重翻交界图

第二回

陆孝廉访艳宴金阊　金殿撰归装留沪渎

话说大清朝应天承运，奄有万方，一直照着中国向来的旧制，因势利导，果然风调雨顺，国泰民安，列圣相承，绳绳继继，正是说不尽的歌功颂德，望日瞻云。直到了咸丰皇帝〔1〕手里，就是金田起义〔2〕，扰乱一回，却依然靠了那班举人、进士、翰林出身的大元勋，拼着数十年汗血，斫着十几万头颅，把那些革命军扫荡得干干净净。斯时正是大清朝同治五年〔3〕，大乱敉平，普天同庆，共道大清国万年有道之长。这中兴圣主同治皇帝〔4〕，准了臣工的奏章，谕令各省府县，有乡兵团练剿贼出力的地方，增广了几个生员〔5〕；被贼匪蹂躏及大兵所过的地方，酌免了几成钱粮。苏松常镇太〔6〕几州，因为赋税最重，恩准减漕〔7〕，所以苏州的人民，尤为涕零感激。

却好戊辰会试〔8〕的年成又到了，本来一般读书人，虽在乱离兵燹，八股〔9〕八韵〔10〕，朝考卷白折子〔11〕的功夫，是不肯丢掉，况当歌舞河山拜扬神圣的时候呢！果然，公车士子〔12〕，云集辇毂，会试已毕，出了金榜。不第的自然垂头丧气，襆被出都，过了芦沟桥，渡了桑乾河〔13〕，少不得洒下几点穷愁之泪；那中试的进士，却是欣欣向荣，拜老师〔14〕，会同年〔15〕，团拜请酒，应酬得发昏。又过了殿试〔16〕，到了三月过后，胪唱〔17〕出来，那一甲第三名探花黄文载〔18〕，是山西稷山人;第二名榜眼王慈源[19],是湖南善化人;第一名状元是谁呢?却是姓金名汮[20],是江苏吴县人。我想列位国民,没有看过登科记[21],不晓得状元的出色价值。这是地球各国,只有独一无二之中国方始有的;而且积三年出一个,要累代阴功积德,一生见色不乱[22],京中人情熟透,文章颂扬得体,方才合配。这叫做群仙领袖,天子门生,一种富贵聪明,那苏东坡[23]、李太白[24],还要退避三舍[25],何况英国的倍根[26]、法国的卢骚[27]呢?话且不表。

单说苏州城内元妙观,是一城的中心点,有个雅聚园茶坊。一天,有三个人在那里同坐在一个桌子喝茶,一个有须的老者,姓潘名曾奇[28]号胜芝,是苏州城内的老乡绅[29];一个中年长龙脸[30]的姓钱名端敏[31]号唐卿,是个墨裁[32]高手;下首坐着的是小圆脸,姓陆名叫仁祥[33]号菶如,殿卷白折,极有工夫。这三个都是苏州有名的人物。唐卿已登馆选[34],菶如还是孝廉[35]。那时三人正讲得入港。潘胜芝开口道:“我们苏州人,真正难得!本朝开科以来,总共九十七个状元,江苏倒是五十五个!那五十五个里头,我苏州城内,就占了去十五个。如今那圆峤巷的金雯青[36],也中了状元了,好不显焕!”

钱唐卿接口道:“老伯说的东吴文学之邦,状元自然是苏州出产,而且据小侄看来,苏州状元的盛衰,与国运很有关系。”胜芝愕然道:“倒要请教。”唐卿道:“本朝国运盛到乾隆年间,那时苏州状元,亦称极盛:张书勋[37]同陈初哲[38],石琢堂[39]同潘芝轩[40],都是两科蝉联;中间钱湘舲[41],遂三元及第。自嘉庆手里,只出了吴廷琛[42]、吴信中[43]两个，幸亏得十六年辛未这一科，状元虽不是，那榜眼、探花、传胪都在苏州城里，也算一段佳话。自后道光年代，就只吴钟骏[44]崧甫年伯[45]，算为前辈争一口气，下一粒读书种子。然而国运是一代不如一代底。至于咸丰手里，我亲记得是开过五次，一发荒唐了，索性脱科了。"那时候唐卿说到这一句，就伸着一只大拇指摇了摇头，接着说道："那时候世叔[46]潘八瀛[47]先生，中了一个探花，从此以后，状元鼎甲，《广陵散》[48]绝响于苏州。如今这位圣天子中兴有道，国运是要万万年，所以这一科的状元，我早决定是我苏州人。"

莑如也附和着道："吾兄说的话真关着阴阳消息，参伍天地。其实我那雯青同年兄[49]的学问，实在数一数二！文章书法是不消说，史论一门，《纲鉴》[50]熟烂又不消说。我去年看他在书房里，校部《元史》[51]，怎么[52]奇渥温[53]、木华黎[54]、秃秃[55]等名目，我懂也不懂，听他说得联联翩翩，好像洋鬼子话一般。"胜芝正色道："你不要瞎说，这不是洋鬼子话，这大元朝仿佛听得说就是大清国，你不听得，当今亲王大臣，不是叫做僧格林沁[56]、阿拉喜崇阿[57]吗？"

胜芝正欲说去，唐卿忽望着外边叫道："肇廷[58]兄！"大家一齐看去，就见一个相貌很清瘦，体段很伶俐的人，迷缝着眼，一脚已跨进园来；后头还跟着个面如冠玉，眉长目秀的书生。莑如也就半抽身，抠着腰，招呼那书生道："怎么珏斋[59]兄也来了！"肇廷就笑眯眯的低声接说道："我们是途遇的，晓得你们都在这里，所以一直找来。今儿晚上，谢山芝[60]在仓桥浜梁聘珠家替你饯行，你知道吗？"莑如点点头道："还早哩。"说着就拉肇廷朝里坐下。唐卿也与珏斋并肩坐了，不知讲些什么，忽听"饯行"两字，就回过头来对莑如道："你要上那里去？怎么我一点也不知道！"

莑如道："不过上海罢了！前日得信，雯青兄请假省亲，已回上海，寓名利栈，约兄弟去游玩几天。从前兄弟进京会试，虽经过几次，闻得近来一发[61]繁华，即如苏州开去大章、大雅之昆曲戏园，生意不恶；而丹桂茶园、金桂轩之京戏亦好。京菜有同兴、同新，徽菜也有新新楼、复新园；若英法大餐，则杏花楼、同香楼、一品香、一家春，尚不曾请教过。"珏斋插口道："上海虽繁华世界，究竟五方杂处，所住的无非江湖名士，即如写字的莫友芝[62]，画画的汤壎伯[63]，非不洛阳纸贵[64]，名震一时，总嫌带着江湖气，比到我们苏府里姚凤生[65]的楷书，杨咏春[66]的篆字，任阜长[67]的画，就有雅俗之分了。"唐卿道："上海印书叫做什么石印，前天见过一本直省闱墨[68]，真印得纸墨鲜明，文章就分外觉得好看，所以书本总要讲究版本。印工好，纸张好，款式好，便是书里面差一点，看着总觉豁目爽心。"

那胜芝听着这班少年谈得高兴，不觉也忍不住，一头拿着只瓜楞茶碗，连茶盘托起，往口边送，一面说道："上海繁华总汇，听说宝善街，那就是前明徐相国文贞[69]之墓地。文贞为西法开山之祖，而开埔以来，不能保其佳城石室[70]，曾有人做一首《竹枝词》[71]吊他道：'结伴来游宝善街，香尘轻软印弓鞋[72]。旧时相国坟何在？半属民廛[73]半馆娃[74]！'岂不可叹呢！"

肇廷道："此刻雯青从京里下来，走的旱道呢，还是坐火轮船呢?”莑如道:“是坐的美国旗昌洋行轮船。”胜芝道:“说起轮船,前天见张新闻纸[75],载着各处轮船进出口,那轮船的名字,多借用中国地名人名,如汉阳、重庆、南京、上海、基隆、台湾等名目;乃[76]后头竟有极诧异的,走长江的船叫做‘孔夫子’。”大家听了愕然,既而大笑。

言次,太阳冉冉西沉,暮色苍然了。胜芝立起身来道:“不早了,我先失陪了。”道罢,拱手别去。肇廷道:“莑如,聘珠那里,你到底去不去?要去,是时候了。”莑如道:“可惜唐卿珏斋,从来没开过戒,不然岂不更热闹吗?”肇廷道:“他们是道学[77]先生,不教训你两声就够了,你还想引诱良家子弟,该当何罪!”原来这珏斋姓何名太真[78],素来欢喜讲程朱之学[79],与唐卿至亲,意气也很相投,都不会寻花问柳,所以肇廷如此说着。当下唐卿、珏斋都笑了一笑,也起身出馆,向着莑如道:“见了雯青同年,催他早点回来,我们都等着哩。”说罢扬长而去。

肇廷、莑如两人步行,望观西直走,由关帝庙前,过黄鹂坊桥。忽然后面来了一肩轿子,两人站在一面,让他过去。谁知轿子里面,坐着一个丽人,一见肇廷、莑如,就打着苏白招呼道:“顾老爷,陆老爷,从啥地方来?谢老爷早已到倪搭[80],请呒笃[81]就去吧!”说话间轿子如飞去了。两人都认得就是梁聘珠,因就湾湾曲曲,出专诸巷,穿阊门大街,走下塘[82],直访梁聘珠书寓[83]。果然,山芝已在,看见顾、陆两人,连忙立起招呼。肇廷笑道:“大善士发了慈悲心,今天来救大善女的急了。”说时,恰聘珠上来敬瓜子[84],莑如就低声凑近聘珠道："耐阿[85]急弗急？"聘珠一扭身放了盆子，一屁股就坐下道："瞎三话四[86]，倪[87]弗懂个[88]。"你道肇廷为什么叫山芝大善士？原来山芝名介福，家道尚好，喜行善举，苏州城里有谢善士之目。当时大家大笑。

莑如回过头来，见尚有一客，坐在那里，体雄伟而不高，面团圞而发亮，十分和气，一片志诚，年纪约三十许，看见顾、陆两人，连忙满脸堆笑的招呼。山芝就道："这位是常州成木生[89]兄，昨日方由上海到此。"彼此都见了。正欲坐定，相帮[90]的喊道："贝大人来了！"莑如抬头一看，原来是认得的常州贝效亭名佑曾[91]的，曾经署过一任直隶臬司[92]，就是火烧圆明园[93]一役，议和里头得法，如今却不知为什么弃了官回来了，却寓居在苏州。于是大家见了，就摆起台面[94]来，聘珠请各人叫局[95]。莑如叫了武美仙，肇廷叫了诸桂卿，木生叫了姚韵初。山芝道："效亭先生叫谁？"效亭道："闻得有一位杭州来的姓褚的，叫什么爱林，就叫了她吧。"山芝就写了。

莑如道："说起褚爱林[96]，有些古怪，前日有人打茶围[97]，说她房内备着多少[98]筝琵箫笛，夹着多少碑帖书画，上有名人珍藏的印，还有一样奇怪东西，说是一个玉印，好像是汉朝一个妃子传下来的。看来不是旧家落薄[99]，便是个逃妾哩！"肇廷道："莫非是赵飞燕[100]的玉印吗？那是龚定庵[101]先生的收藏。定公集里，还有四首诗，记载此事。"木生道："先两天定公的儿子龚孝珙[102]，兄弟还在上海遇见。"效亭道："快别提这人，他是已经投降了外国人了。"山芝道："他为什么好端端的要投降呢？总是外国人许了他重利，所以肯替他做向导〔103〕。”效亭道：“倒也不是，他是脾气古怪，议论更荒唐。他说这个天下，与其给本朝，宁可赠给西洋人〔104〕，你想这是什么话？”肇廷道：“这也是定公立论太奇，所谓其父报仇，其子杀人。古人的话到底不差的。”木生道：“这种人不除，终究是本朝的大害！”效亭道：“可不是么！庚申〔105〕之变，亏得有贤王〔106〕留守，主张大局。那时兄弟也奔走其间，朝夕与英国威妥玛〔107〕磋磨，总算靠着列祖列宗的洪福，威酋答应了赔款通商，立时退兵。否则，你想京都已失守了，外省又闹着长毛〔108〕，糟得不成样子，真正不堪设想！所以那时兄弟，就算受点子辛苦，看着如今大家享太平日子，想来还算值得。”山芝道：“如此说来，效翁倒是本朝的大功臣了！”效亭道：“岂敢！岂敢！”木生道：“据兄弟看来，现在的天下，虽然太平，还靠不住。外国势力，日大一日，机器日多一日；轮船铁路，电线枪炮，我国一样都没有办，那里能够对付他！”

正说间，诸妓陆续而来。五人开怀畅饮，但觉笙清簧暖，玉笑珠香，不消备述。众人看着褚爱林面目，煞是风韵〔109〕，举止亦甚大方，年纪二十余岁。问她来历，只是笑而不答，但晓得她同居姊妹，尚有一个姓汪的，皆从杭州来苏。遂相约席散，至其寓所。不一会，各妓散去，钟敲十二下，山芝、效亭、肇廷等自去访褚爱林。莘如以将赴上海，少不得部署行李，先唤轿班〔110〕，点灯伺候，别着众人回家。话且不提。

却说金殿撰〔111〕请假省亲，乘着飞似海马的轮船，到上海，住名利栈内，少不得拜会上海道〔112〕县及各处显官，自然有一番应酬，请酒看戏,更有一班同乡都来探望。一日,家丁投进帖子,说冯大人来答拜。雯青看着,是“冯桂芬[113]”三字,即忙立起身,说“有请”。家丁扬着帖子,走至门口,站在一旁,将门帘擎起。但见进来一个老者,约六十余岁光景,白须垂颔,两目奕奕有神,背脊微伛,见着雯青,即呵呵作笑声。雯青赶着,抢上一步,叫声“景亭老伯”,作下揖去,见礼毕,就坐,茶房送上茶来。两人先说些京中风景。景亭道:“雯青,我恭喜你飞黄腾达。现在是五洲万国交通时代,从前多少词章考据的学问,是不尽可以用世的。昔孔子翻百二十国之宝书,我看现在读书,最好能通外国语言文学,晓得他所以富强的缘故,一切声光化电的学问,轮船枪炮的制造,一件件都要学会他,那才算得个经济[114]!我却晓得去年三月,京里开了同文馆[115],考取聪俊子弟,学习推步[116]及各国语言。论起‘一物不知,儒者之耻’的道理,这是正当办法,而廷臣交章谏阻。倭良峰[117]为一代理学名臣,而亦上一疏,有个京官钞寄我看,我实在不以为然。闻得近来同文馆学生,人人叫他洋翰林、洋举人呢。”雯青点头。景亭又道:“你现在清华高贵,算得中国第一流人物,若能周知四国,通达时务,岂不更上一层呢!我现在认得一位徐雪岑[118]先生,是学贯天人,中西合撰的大儒;一个令郎,字忠华[119],年纪与你不相上下,并不考究应试学问,天天是讲着西学哩!”

雯青方欲有言,家丁复进来道:“苏州有位姓陆的来会。”景亭问是何人,雯青道:“大约是菶如。”果然走进来一位少年,甚是英发[120],见二人,即忙见礼坐定,茶房端上茶来。彼此说了些契阔[121]的话，无非几时动身，几时到埠，晓得莼如住在长发栈内。景亭道："二位在此甚好，闻得英领事署后园，有赛花会，照例每年四月举行，西洋各国，琪花瑶草，摆列不少，很可看看。我后日来请同去吧。"端了茶，喝着二口，起身告辞。

二人送景亭出房，进来重叙寒暄，谈及游玩。雯青道："静安寺徐家汇花园，已经游过，并不见佳，不如游公家花园。你可在此用膳，膳后叫部马车同去。"莼如应允，雯青遂吩咐开膳。一面关照账房，代叫皮篷马车一部。二人用膳已毕，洗脸漱口。茶房回说，马车已在门口伺候。雯青在身边取出钥匙，开了箱子，换出一身新衣服穿上，握了团扇，让莼如先出，锁了房门，嘱咐了家丁及茶房几句，将钥匙交代账房，出门上了马车。那马夫抖勒缰绳，但见那匹阿刺伯黄色骏马，四蹄翻盏，如飞的望黄浦滩[122]而去。沿着黄浦滩北直行，真个六辔在手，一尘不惊，但见黄浦内波平如镜，帆樯林立。猛然抬头，见着戈登[123]铜像，矗立江表；再行过去，迎面一个石塔，晓得是纪念碑。二人正谈论，那车忽然停住。二人下车，入园门，果然亭台清旷，花木珍奇。二人坐在一个亭子上，看着出入的短衣硬领细腰长裙团扇轻衫靓妆炫服的中西士女。

正在出神，忽见对面走进一个外国人来，后头跟着一个中国人，年纪四十余岁，两眼如玛瑙一般，颔上微须，亦作黄色，也坐在亭子内。两人咭唎呱啰，说着外国话。雯青、莼如茫然不知所谓。俄[124]见夕阳西颓，林木掩映。二人徐步出门，招呼马车，仍沿黄浦滩，进大马路[125]，向四马路[126]，兜个圈子，但见两旁房屋，尚在建造。正欲走麦家圈，过宝善街，忽见雯青的家丁，拿着一张请客票头，招呼道："薛大人请老爷，即在一品香〔127〕第八号大餐〔128〕。"雯青晓得是无锡薛淑云〔129〕请客，遂也点头。莘如自欲回栈，在棋盘街〔130〕下车。

雯青一人出棋盘街，望东转湾，到一品香门前停住上楼。楼下按着电铃，侍者上来问过，领到八号。淑云已在，起身相迎。座间尚有五位，各各问讯〔131〕。一位吕顺斋〔132〕，甘肃遵义廪贡生〔133〕，上万言书，应诏陈言，以知县发往江苏候补；那三个是崇明李台霞名葆丰〔134〕，丹徒马美菽名中坚〔135〕，嘉应王子度名恭宪〔136〕，皆是学贯中西；还有一位无锡徐忠华，就是日间冯景亭先生所说的人。各道久仰，坐定，侍者送上菜单，众人点讫。淑云更命开着大瓶香宾酒，且饮且谈。

忽然门外一阵皮靴声音，雯青抬头一看，却是在公园内见着的一个中国人，一个外国人，望里面走去。淑云指着那中国人道："诸君认得此人吗？"皆道不知。淑云道："此人即龚孝珙。"顺斋道："莫非是定庵先生的儿子吗？"淑云道："正是。他本来不识英语，因为那威妥玛要读中国《汉书》〔137〕，请一人去讲，无人敢去，孝珙遂挺身自荐，威酋甚为信用。听得火烧圆明园，还是他的主张哩！"美菽道："那外国人我虽不晓得名字，但认得是领事馆里人。"淑云道："那孝珙有两个妾，在上海讨的，宠夺专房。孝珙有所著作，一个磨墨，一个画红丝格，总算得清才艳福。谁知正月里那二妾忽然逃去一双，至今四处访查，杳无踪迹，岂不可笑呢。"众人正谈得高兴，忽然门外又走过一人，向着八号一张〔138〕。顺斋立起来，与那人说话。这人一来，有分教：

裙屐招邀，江上相逢名士；

江湖落拓，世间自有奇人。

不知此人姓甚名谁？且听下回分解。

按，此回回目原标为："陆孝廉访艳宴金阊；金殿撰归装留沪渎。"金阊，目录作"阊门"。

〔1〕　咸丰皇帝：清文宗爱新觉罗·奕詝（1831—1861）。1850—1861年在位。在位期间除了和太平军对抗，又经历了第二次鸦片战争，签订了屈辱的《天津条约》；1860年英法联军进攻北京，他逃往热河（今承德），命恭亲王奕䜣签订了《北京条约》。1861年8月病死于热河行宫。

〔2〕　金田起义：金田，广西桂平县金田村。1850年7月（道光三十年六月）洪秀全领导各地的拜上帝会会员在金田村举行武装起义，后建号太平天国。

〔3〕　同治五年：1866年。

〔4〕　同治皇帝：清穆宗载淳（1856—1874）。咸丰皇帝之子。1862—1874年在位，由慈禧太后垂帘听政，期间镇压了太平天国和捻军。

〔5〕　生员：通称秀才。指本省各级考试取入府、州、县学学习的学生，是科举功名的第一级别。生员也还分廪生、增生、附生等等名目，有细微差别。

〔6〕　苏松常镇太：苏州、松江、常州、镇江、太仓。苏南最富庶的地区，漕粮主要供应地；太平天国军主要根据地。

〔7〕　减漕：减少漕运米粮。明清时代例由江南漕运大米供应北京国家粮库，每年数百万石，供军队和官员薪资之需。

〔8〕　戊辰会试：戊辰，同治七年（1868）。会试，从全国应考举人中选取进士的考试，一般三年举行一次；特殊加试的叫做恩科。

〔9〕 八股：也称制义、时文、时艺、四书文等，是科举考试的主要内容。题目从四书(《论语》、《孟子》、《大学》、《中庸》)中命题，如龚自珍会试时题目之一为“欲速则不达见小利则大事无成”。八股文写法有严格规定，格式为破题、承题、起讲；起讲分为起股、中股、后股和束股，就题目涵义发挥议论。这四股每一股都要有两股相比偶的文字，就合成了八股，也叫八比。

〔10〕 八韵：即试帖诗。再以龚自珍为例，会试诗题为“赋得春色先从草际归得归字五言八韵”。此诗题规定用“归”字韵，即平水韵106部上平声微部韵；全诗十六句押八个韵脚，所以说八韵。也称赋得诗，题目开头都是“赋得”二字。

〔11〕 朝考卷白折子：朝考，新科进士引见前再举行的考试，前列者授庶吉士，入翰林院教习，以下分别授予京官(主事、中书)、县官或教官。朝考卷白折子指书法练习。文学优长书法好是选中庶吉士的必要条件。康有为说：“一曰白折，应朝考者也。试差、大考，御史、军机、中书教习，皆用白折。”(见《广艺舟双楫》)后文说陆仁祥“殿卷白折极有工夫”，就是指影射人物陆润庠写得一手珠圆玉润馆阁体的好字。

〔12〕 公车士子：指会试举人。汉代故事，用公家马车接送入京应试的士人，后世遂用公车作为入京应试举人(也可单称举人)的代称。

〔13〕 桑乾河：即永定河。又名芦沟、无定河。康熙皇帝定名永定河。

〔14〕 老师：指主考官员。考官与进士形成师生关系。

〔15〕 同年：同榜(同科)的进士、举人互为同年。

〔16〕 殿试：也称廷试。科举考试的最高一级。名义上皇帝亲临殿廷策试，会试中式的经考试决定甲第等级。明清分为三等，一甲例取三名，称进士及第，即状元、榜眼和探花，入翰林院；二甲若干名，称进士出身，其第一名则称传胪；三甲人数较多，称同进士出身。

〔17〕 胪唱：殿试后按甲第唱名传呼，皇帝召见。也称传胪。

〔18〕 黄文载：影射王文在。山西稷山人。

〔19〕 王慈源：影射黄自元。湖南安化人。

〔20〕 金汮：影射洪钧(1839—1893)，字文卿。江苏吴县人。同治戊辰科状元。洪钧由修撰累官至兵部左侍郎。他对元朝史有较深研究，

著有《元史译文证补》。

〔21〕　登科记：科举中式士人的名录。

〔22〕　见色不乱：这里是反话。作者笔下的金状元好色。

〔23〕　苏东坡：北宋文学家苏轼，号东坡居士。

〔24〕　李太白：唐代大诗人李白，字太白。

〔25〕　退避三舍：语出《左传》。舍，军行三十里为一舍。后世表示退让，不敢与争。这里表示自愧不如之意。

〔26〕　倍根：培根。十七世纪英国哲学家。其主要哲学著作《新工具》有中译本。

〔27〕　卢骚：卢梭。十八世纪法国哲学家、文学家。其著作有多种中文译本，如《民约论》、《爱弥儿》、《忏悔录》等。

〔28〕　潘曾奇：号胜芝。影射潘遵祁，字顺之。江苏吴江人。道光进士、翰林院编修。

〔29〕　乡绅：退休居家的官员称乡绅。

〔30〕　长龙脸：也作容长脸。长脸，但秀气。

〔31〕　钱端敏：号唐卿。影射汪鸣銮，字柳门。浙江钱塘（今杭州）人。同治翰林，官至工部左侍郎。他是曾朴的第一个岳父，也是作者写《孽海花》小说素材的提供人之一。

〔32〕　墨裁：八股文范本，供应试人学习揣摩之用。

〔33〕　陆仁祥：号菶如。影射陆润庠，字凤石。江苏元和（民国并入吴县）人。同治甲戌（1874）科状元。官至东阁大学士，是清朝末代皇帝宣统的师傅。

〔34〕　馆选：入了翰林院。

〔35〕　孝廉：举人。

〔36〕　金雯青：金汮，号雯青。

〔37〕　张书勋：吴县人。乾隆丙戌（1766）科状元。

〔38〕　陈初哲：元和人。乾隆己丑（1769）科状元。

〔39〕　石琢堂：石韫玉，号琢堂。吴县人。乾隆庚戌（1790）恩科状元。

〔40〕　潘芝轩：潘世恩，号芝轩。吴县人。乾隆癸丑（1793）科状元。

〔41〕　钱湘舲：钱棨，字湘舲。长洲（民国并入吴县）人。乾隆辛丑（1781）科状元。钱棨在乡试、会试和殿试中都是第一名，所以文中

说他三元及第，也称连中三元（举人第一名称解元，会试第一名称会元，殿试第一名称状元或殿元）。

〔42〕 吴廷琛：元和人。嘉庆壬戌（1802）科状元。

〔43〕 吴信中：吴县人。嘉庆戊辰（1808）科状元。

〔44〕 吴钟骏：字崧甫。道光壬辰恩科状元。

〔45〕 年伯：科举时代是对与父亲同年登科的称年伯。后泛称父辈为年伯；此处是后一义。

〔46〕 世叔：对父辈朋友中年纪小于父亲者的敬称。

〔47〕 潘八瀛：潘宗荫，号八瀛。影射潘祖荫，字伯寅。咸丰二年壬子恩科探花。吴县人。好学，涉猎百家，也喜收藏。官至工部尚书。书中对他有较多描写。后文中八瀛、伯寅互见。

〔48〕 《广陵散》：古琴曲。三国魏末嵇康善操此曲，别人向他学习，他不肯传授。司马氏杀他时，他说《广陵散》从此绝响了。

〔49〕 同年兄：科举中同榜登科者互称年兄。

〔50〕 《纲鉴》：按朱熹《通鉴纲目》体例编写的中国通史。旧时私塾中常读的是明人袁黄（了凡）《纲鉴》和清人吴楚材的《纲鉴易知录》，二书都比较简约。旧时一般是在读过《四书》和《五经》之后，再读《左传》和《古文观止》、《纲鉴》，开笔作文，学做论（史论、政论），做八股文。

〔51〕 《元史》：二十四史之一。明初宋濂等奉旨修撰，共二百一十卷。

〔52〕 怎么：这里是方言。这么、那么、什么，用法较广。

〔53〕 奇渥温：元代蒙古主姓氏汉语旧译音，如奇渥温忽必烈（元世祖），新译音为孛儿只斤，如孛儿只斤铁木真，即元太祖，成吉思汗。

〔54〕 木华黎：札剌儿木华黎。蒙古大将、太师，后封王。

〔55〕 秃秃：一般写作脱脱。元顺帝至正初年右丞相。

〔56〕 僧格林沁：蒙古科尔沁亲王。参与镇压太平军，也抗击过英法联军，后与捻军作战时被杀。

〔57〕 阿拉喜崇阿：影射乌拉喜崇阿。满族人。咸丰翰林，兵部尚书。

〔58〕 肇廷：过肇廷。详见第三十三回及注释。

〔59〕 珏斋：何太真，号珏斋。详见下注。

〔60〕 谢山芝：谢介福，号山芝。影射谢家福，字绥之。吴县人。诸生。

直隶州同知，上海电报局总提调。

〔61〕 一发：也作益发；更加，越来越……副词。

〔62〕 莫友芝：贵州独山人。道光时举人。精通小学，工书法，藏书画甚富。曾充曾国藩幕僚。有多种著作传世。

〔63〕 汤壎伯：汤经常，字壎伯。武进人。画家。

〔64〕 洛阳纸贵：典故。晋代左思作《三都赋》成，争相传抄，洛阳一时纸价都上涨。

〔65〕 姚凤生：姚孟起，字凤生。诸生。吴江人。书法家。

〔66〕 杨咏春：杨沂孙，字咏春。常熟人。举人，官至凤阳知府。

〔67〕 任阜长：任薰，字阜长，一字伯年。山阴（今绍兴）人。画家。

〔68〕 闱墨：初版本作"会墨"。指选取中式进士的八股文编成书印行，供人学习。

〔69〕 徐相国文贞：徐光启（1562—1633），上海人。明末崇祯时官至礼部尚书、东阁大学士，参预机务。文贞是谥号。他与利玛窦合译《几何原本》，介绍西方科学。有《农政全书》六十卷等著作。

〔70〕 佳城石室：指棺椁坟墓。

〔71〕 竹枝词：竹枝，乐府近代曲之一。唐刘禹锡据以改作新词，歌咏三峡风光和男女恋情，后人效仿，"成了一种叙述风土的诗体了"（朱自清《中国歌谣》中语），也就是《竹枝词》新体。

〔72〕 弓鞋：小鞋。

〔73〕 民廛：民居。

〔74〕 馆娃：也作馆娃宫。春秋时吴王夫差为西施所造，苏州灵岩山上灵岩寺即其故址。此借指歌妓馆。

〔75〕 新闻纸：报纸。

〔76〕 乃：又、更、还有。副词。

〔77〕 道学：理学。详见下文注释。

〔78〕 何太真：号珏斋。影射吴大澂（1835—1902），字清卿，号窓斋，又号恒轩。吴县人。与洪钧为同榜进士。官至湖南巡抚。甲午战争中，督率湘军出关外抗击日军，战败革职。本书第二十五回有大量描写。他是文字学家和金石学家。著作有《说文古籀补》、《恒轩所见所藏吉金录》等。他是汪鸣銮之女嫁给曾朴的媒人。

〔79〕 程朱之学:即理学,也称道学。北宋程颢、程颐兄弟创立的学派。认为天即理,学者须敬诚;在洛阳讲学十余年,学者宗之,是为洛学。其后南宋朱熹在福建讲理学,认为理在气先,集理学之大成而发扬之,是为闽学。理学家对人则强调天理人欲之辨,要控制人欲,所谓"存天理,灭人欲"。

〔80〕 倪搭:我们这里。

〔81〕 呒(ň)笃:你们。

〔82〕 下塘:苏州城外山塘折而向北往虎丘的水路为下塘。

〔83〕 书寓:旧时苏州、上海高等妓院称书寓。

〔84〕 敬瓜子:进入妓院,妓女端瓜子盘上来向嫖客敬瓜子是一种程式,嫖客拿瓜子表示留下,至少喝一杯茶。可参看《海上花列传》。

〔85〕 耐阿:耐,你,你们。阿,语气词。有可,是不是的意思。

〔86〕 瞎三话四:胡说八道。

〔87〕 倪:我。

〔88〕 个:语气词。

〔89〕 成木生:影射盛宣怀。详见后注。

〔90〕 相帮:妓院男仆叫相帮。

〔91〕 贝佑曾:号效亭。影射费学曾,字佑亭。武进人。监生。官清河道,署直隶按察使。

〔92〕 臬司:提刑按察使司。主管一省诉讼刑狱按劾事务,为两司之一。也称臬台。

〔93〕 火烧圆明园:圆明园在北京海淀,清代皇家园林。1860年被英法联军焚毁。

〔94〕 台面:酒宴。

〔95〕 叫局:嫖客点名下条子叫妓女陪酒。

〔96〕 褚爱林:褚畹香。苏州名妓。

〔97〕 打茶围:也作打茶会。嫖客在妓院和妓女一起喝茶调笑。或是到戏子家里喝茶闲聊,也叫打茶围。

〔98〕 多少:吴方言。许多、很多。

〔99〕 落薄:落魄、破落。

〔100〕 赵飞燕:汉成帝皇后。善歌舞,以体轻号曰飞燕。

〔101〕 龚定庵：龚自珍（1792—1841），一名巩祚，字璱人，号定盦（同庵）。浙江仁和人。道光进士，曾官内阁中书、礼部主事。思想家、文学家。有《定盦文集》。

〔102〕 龚孝珙：按，珙，遍查初版本及1935年合订本均同，无作"琪"者；孝珙与本名孝拱为一音之转，字形亦相近，而"琪"字音与形与"拱"均不相干。而他本及人名表索引又均作"琪"，实不可解。今仍采用初版本，在此注中说明。影射龚橙，字孝拱。龚自珍之子。

〔103〕 做向导：当时有这种传言。英使与恭亲王谈判时，龚橙列席，百般刁难，恭亲王说他"为虎傅翼"。

〔104〕 宁可赠给西洋人：西太后后来也说过"宁赠外邦，勿与家奴"的话。

〔105〕 庚申：1860年。

〔106〕 贤王：指恭亲王奕䜣，咸丰皇帝的弟弟。当时任命他为全权大臣，与英法议和。参见前注〔1〕。

〔107〕 威妥玛：Thomas Francis Wade（1818—1895），英国外交官。1871年任英国驻华公使。他曾借口马嘉理案强迫清政府签订《烟台条约》，在火烧圆明园之后。当年他任上海江海关税务司。1860年与奕䜣签订《中英北京条约》的是威尔金。

〔108〕 长毛：太平军留发，因此得名。

〔109〕 风韵：形容仪态优美有情趣。

〔110〕 轿班：吴方言。轿夫。

〔111〕 殿撰：状元的别名。

〔112〕 道：道员、道台。清代在行省下设道员一职，或按地区、或按职掌设置，正四品，略高于知府。上海是通商口岸，地位重要，故设上海道。道员也称观察，主要职务是巡察；有的带兵备，上海即为兵备道。

〔113〕 冯桂芬（1809—1874）：字林一，号景亭。吴县人。道光进士。曾参李鸿章幕府，与太平军对垒。官至兵部尚书、大学士、军机大臣。洋务派改良主义人物之一。其主要著作有《校邠庐抗议》、《显志堂集》。

〔114〕 经济：经国济民。

〔115〕 同文馆：同治元年(1862)于总理各国事务衙门附设四方馆，培养译员。翌年在广东添设同文馆一所。1867年正式成立同文馆，任倭仁为管理大臣。光绪末年改称译馆。1902年并入北京大学。

〔116〕 推步：天文、历法、算学。

〔117〕 倭良峰：影射倭仁，字艮峰。蒙古族人。道光进士，累官至文华殿大学士，同治皇帝师傅。他研究义理之学，推崇宋儒之说。他曾上疏反对同文馆请洋教习教授天文、算学，后来也不愿在总理衙门办事，是个守旧人物。

〔118〕 徐雪岑：雪岑，谐音雪村。影射徐寿，雪村是徐寿的号。无锡人。他致力于科学和机器制造。同治间充当曾国藩幕僚，历办安庆机器局、上海制造局，并创建上海格致书院；首创翻译西方科技书。著作甚多，涉及化学、物理、矿藏、测量、军事、法律、医学和音乐许多方面。《清史稿·艺术传》有传。他有二子，建寅和华封，也翻译西方书籍。

〔119〕 忠华：徐英，号忠华。影射徐建寅，字仲虎。徐寿之子。监生。官福建船政局总办。

〔120〕 英发：意气风发。

〔121〕 契阔：分别很久。客套话，犹言久违了。

〔122〕 黄浦滩：自旧上海县城小东门外，至苏州河交界一带黄浦江沿岸河滩。外国租界划在这一带，后来就成了租界、十里洋场的代名词。

〔123〕 戈登：英国军官。曾参与英国对华侵略战争。1863年接管常胜军，配合李鸿章与太平军作战。1864年离华。后任苏丹总督，被起义军击毙。不过旧时上海外滩一带并无戈登铜像，仅有一处纪念常胜军的石碑；在南京东路口有巴夏礼(英国公使)铜像，江海关前有赫德(总税务司)铜像。二像今均不存。

〔124〕 俄：不久。

〔125〕 大马路：也称英大马路。即南京路前身，今名南京东路。

〔126〕 四马路：今福州路。

〔127〕一品香：一品香旅社。创于清末。故址在今西藏中路汉口路转角处。内设小花园、弹子房、乐池等娱乐设施；有酒楼（徐氏兄弟创办）。一品香的西餐适合中国人的口味，等于中餐西吃（曹聚仁语）。已于 1994 年拆除。今天的一品香饭店迁小木桥路斜土路附近。

〔128〕大餐：西餐。

〔129〕薛淑云：号淑云，薛辅仁。影射薛福成（1838—1894），字叔耘，号庸庵。无锡人。外交家、政论家。副贡。先后曾参曾国藩和李鸿章幕府。曾任出使英、法、义、比四国大臣，擢右副都御史。有《庸庵全集》。

〔130〕棋盘街：今河南中路。

〔131〕问讯：打招呼，问候。

〔132〕吕顺斋：吕苍舒，号顺斋。影射黎庶昌，号莼斋。贵州遵义人。廪贡。官川东道，出使日本大臣。黎庶昌在日本期间搜集了不少流失海外的古籍。文中说“甘肃遵义”，是故意混淆。

〔133〕廪贡生：生员经岁考、科考优秀，享受廪膳待遇的称为廪生。廪生可依次升国子监学生，称为岁贡。也就是老资格的秀才。

〔134〕李葆丰：号台霞。影射李凤苞，字丹崖。后文中葆丰、丰宝互见。李凤苞崇明（今属上海市）人。同文馆学生。记名海关道、江南制造局编译及留学生监督，出使德国等国大臣。

〔135〕马中坚：号美菽。影射马建忠（1845—1900），字眉叔。江苏丹徒人。法国留学生。回国后入李鸿章幕府办理洋务；李鸿章签订《马关条约》时，他是随员。著有《马氏文通》。

〔136〕王恭宪：号子度。影射黄遵宪（1848—1905），字公度。广东嘉应（今梅州）人。光绪举人。曾任驻日本、英国使馆参赞，旧金山、新加坡总领事。官至湖南盐法道，署按察使。参加戊戌变法，失败罢官。他是晚清重要诗人，有《人境庐诗草》；另有《日本国志》等著作。

〔137〕《汉书》：东汉班固撰。一百篇，分一百二十卷。我国第一部纪传体断代史，是研究西汉历史的重要著作。

〔138〕一张：一看、一望。

第　二　卷

第三回

领事馆铺张赛花会　半敦生演说西林春

却说薛淑云请雯青在一品香大餐，正在谈着，门外走过一人，顺斋见了立起身来，与他说话。说毕，即邀他进来。众人起身让坐，动问姓名，方晓得是姓云字仁甫单名一个宏[1]字，广东人，江苏候补同知[2]，开通阔达，吐属不凡。席间众人议论风生，多[3]是说着西国政治艺学，雯青在旁默听，茫无把握，暗暗惭愧，想道："我虽中个状元，自以为名满天下，那晓得到了此地，听着许多海外学问，真是梦想没有到哩！从今看来，那科名鼎甲是靠不住的，总要学些西法，识些洋务，派入总理衙门[4]当一个差，才能够有出息哩。"想得出神，侍者送上补丁[5]，没有看见；众人招呼他，方才觉着。匆匆吃毕，复用咖啡。侍者送上签字单，淑云签毕，众人起身道扰各散。

雯青坐着马车回寓，走进寓门，见无数行李，堆着一地。尚有两个好像家丁模样，打着京话，指挥众人。雯青走进帐房，取了钥匙，因问这行李的主人。帐房启道："是京里下来，听得要出洋的，这都是随员呢。"雯青无话，回至房中，一宿无语。次早起来，要想设席回敬了淑云诸人，梳洗过后，更找莘如，约他同去。晚间，在一家春请了一席大餐。自后，彼此酬酢了数日，吃了几台花酒[6]，游了一次东洋茶社，看了两次车利尼马戏[7]。

一日，果然领事馆开赛花会。雯青、荃如坐着马车前去，仍沿黄浦滩到汉壁礼路，就是后园门口，见门外立着巡捕[8]四人，草地停着几十辆马车，有西人上来问讯。二人照例各输[9]了洋一元，发给凭照一纸。迤逦进门，踏着一片绿云细草，两旁矮树交叉，转过数湾，忽见洋楼高耸，四面铁窗洞开，有多少中西人，倚着眺望。楼下门口，青漆铁栏杆外，复靠着数十辆自由车[10]。走进门来，脚下法兰西的地毯，软软的足有二寸多厚。举头一望，但见高下屏山，列着无数中外名花，诡形殊态，盛着各色磁盆，列着标帜，却因西字，不能认识。内有一花，独踞高座，花大如斗，作浅杨妃色[11]，娇艳无比；粉须四垂如流苏，四旁绿叶，仿佛车轮大小，周围护着。那四围小花，好像承欢献媚，服从那大花的样子。问着旁人，内中有个识西字的，道是维多利亚花，以英国女皇的名字得名的。二人且看中国各花，则扬州的大红牡丹，最为出色，花瓣约有十余种，余外不过兰蕙、蔷薇、玫瑰等花罢了。尚有日本的樱花，倒是酣艳风流，独占一部。

走过屏山背后，看那左首，却是道螺旋的扶梯。二人移步走上，但见士女满座，或用着洋点，或用着咖啡；却见台霞、美菽也在，同着两个老者，与一个外国人谈天，见了雯青等，起身让坐。各各问讯，方晓得这外国人名叫傅兰雅[12]，一口好中国话。两位老者，一姓李，字任叔[13]，一即徐雪岑。二人坐着，但听得远远风琴唱歌，歌声幽幽扬扬，随风吹来，使人意远。雪岑问着傅兰雅："今天晚上有跳舞会吗?”傅兰雅道:“领事下帖请的,约一百余人,贵国人是请着上海道,制造局总办,又有杭州一位大富翁胡星岩[14]。还有两人,说是贵国皇上钦派出洋,随着美国公使蒲安臣[15],前往有约各国办理交涉事件的,要定香港轮船航日本,渡太平洋,先到美国。那两人一个是道员志刚[16],一个是郎中[17]孙家谷[18]。这是贵国第一次派往各国的使臣,前日才到上海,大约六月起程。”雯青听着,暗忖:怪道[19]刚才栈房里来许多官员,说是出洋的,心里暗自羡慕。说说谈谈,天色已晚,各自散去。

流光如水,已过端阳,雯青就同着莘如结伴回苏。衣锦还乡,原是人生第一荣耀的事,家中早已挂灯结彩,鼓吹喧填;官场卤簿[20],亲朋轿马,来来往往,把一条街拥挤得似人海一般。等到雯青一到,有挨着肩攀话的,有拦着路道喜的,从未认识的故意装成热络[21],一向冷淡的格外要献殷勤,直将雯青当了楚霸王,团团围在垓下[22]。好容易左冲右突,杀开一条血路,直奔上房,才算见着了老太太赵氏和夫人张氏。自然笑逐颜开,阖家欢喜。正坐定了讲些别后的事情,老家人金升进来回道:“钱老爷端敏,何老爷太真,同着常州才到的曹老爷以表[23],都候在外头,请老爷出去。”雯青听见曹以表和唐卿、珏斋同来,不觉喜出望外,就吩咐金升请在内书房宽坐[24]。

原来雯青和曹以表号公坊的,是十年前患难之交,连着唐卿、珏斋,当时号称“海天四友”[25]。——你道这个名称,因何而起?当咸丰末年,庚申之变,和议新成,廷臣合请回銮的时代,要安抚人心,就有举行顺天乡试[26]之议。那时苏常一带，虽还在太平军掌握，正和大清军死力战争，各处缙绅士族，还是流离奔避；然科名是读书人的第二生命，一听见了开考的消息，不管多垒四郊[27]，总想及锋一试。雯青也是其中的一个，其时正避居上海，奉了赵老太太的命，进京赴试。但最为难的，是陆路固然阻梗，轮船尚未通行，只有一种洋行运货的船，名叫甲板船，可以附带载客。雯青不知道费了多少事，才定妥了一只船。上得船来，不想就遇见了唐卿、珏斋、公坊三人。谈起来，既是同乡，又是同志，少年英俊，意气相投，一路上辛苦艰难，互相扶助，自然益发亲密，就在船上，订了金兰之契[28]。后来到了京城，又合了几个朋友，结了一个文社，名叫含英社[29]，专做制艺[30]工夫，逐月按期会课。在先不过预备考试，鼓励鼓励兴会罢了。那里晓得正当大乱之后，文风凋敝，被这几个优秀青年，各逞才华，大放光彩，忽然震动了京师[31]。一艺甫就，四处传抄，含英社的声誉，一天高似一天，公车士子，人人模仿，差不多成了一时风尚。

曹公坊在社中，尤为杰出。他的文章和别人不同，不拿时文[32]来做时文，拿经史百家的学问，全纳入在时文里面，打破有明以来，江西派[33]和云间派[34]的门户，独树一帜。有时朴茂峭刻，像水心陈碑[35]；有时宏深博大，如黄冈石台[36]。龚和甫[37]看了，拍案叫绝道："不想天、崇、国初[38]的风格，复见今日！"怂恿社友，把社稿刊布。从此，《含英社稿》不胫而走，风行天下，和柳屯田[39]的词一般，有井水处，没个不朗诵《含英社稿》的课艺，没个不知曹公坊的名字。不上几年，含英社的社友，个个飞黄腾达，入鸾掖[40]，占鳌头，只剩曹公坊一人向隅[41]，至今还是个国学生[42]，也算文章憎命了！可是他素性淡泊，功名得失，毫不在意，不忍违背寡母的期望，每逢大比[43]年头，依然逐队赴考。这回听见雯青得意回南，晓得不久就要和唐卿、珏斋一同挈眷进京，不觉动了燕游之兴，所以特地从常州赶来，借着替雯青贺喜为名，顺便约会同行，路上多些侣伴，就先访了唐卿、珏斋，一齐来看雯青。——当下雯青十分高兴的出来接见，三人都给雯青致贺。雯青谦逊了几句。钱、何两人，相离未久，公坊却好多年不见了，说了几句久别重逢的话，招呼大家坐下。书童送上茶来。

雯青留心细看公坊，只见他还是胖胖的身干，阔阔儿的脸盘，肤色红润，眉目清疏，年纪约莫三十来岁，并未留须，披着一件蕉旧白纱衫，罩上天青纱马褂，摇着脱翮雕翎扇。一手握着个白玉鼻烟壶，一坐下来不断的闻，鼻孔和上唇，全粘染着一搭一搭的虎皮斑，微笑的向雯青道："这回雯兄高发，不但替朋侪吐气，也是令桑梓[44]生光！捷报传来，真令人喜而不寐！"雯青道："公坊兄，别挖苦我了！我们四友里头，文章学问，当然要推你做龙头，弟是婪尾[45]。不料王前卢后[46]，适得其反；刘蕡[47]下第，我辈登科，厚颜者还不止弟一人呢！"就回顾唐卿道："不是弟妄下雌黄，只怕唐兄印行的《不息斋稿》，虽然风行一时，决不能望《五丁阁稿》的项背哩！"唐卿道："当今讲制义的，除了公坊的令师潘止韶[48]先生，还有谁能和他抗衡呢？"于是大家说得高兴，就论起制义的源流，从王荆公[49]、苏东坡起，以至江西派的章、罗、陈、艾[50]，云间派的陈、夏、两张[51]，一直到清朝的熊、刘、方、王[52]，龙沓虎沓[53]，下及咸同墨卷[54]。

公坊道："现在大家都喜欢骂时文，表示他是通人，做时文的叫时文鬼。其实时文也是散文的一体，何必一笔抹倒！名家稿子里，尽有说理精粹如周秦诸子，言情悱恻如魏晋小品[55]，何让于汉策[56]、唐诗、宋词、元曲呢！"珏斋道："我记得道光间，梁章钜[57]仿诗话的例，做过一部《制义丛话》，把制义的源流派别，叙述得极翔实；钱梅溪[58]又仿《唐文粹》[59]例，把历代的行卷[60]房书[61]，汇成了一百卷，名叫《经义最》，可惜不曾印行。这些人都和公坊的见解一样。"唐卿道："制义体裁的创始，大家都说是荆公，其实是韩愈[62]。你们不信，只把《原毁》[63]一篇细读一下。"

一语未了，不防菶如闯了进来喊道："你们真变了考据迷了，连敲门砖[64]的八股，都要详征博引起来，只怕连大家议定今晚在褚爱林家公分[65]替雯兄接风的正事倒忘怀了。"唐卿道："啊呀，我们一见公坊，只顾讲了八股，不是菶兄来提，简直忘记得干干净净！"雯青现出诧异的神情道："唐兄和珏兄向不吃花酒，怎么近来也学时髦？"公坊道："起先我也这么说，后来才知道那褚爱林不是平常应征的俗妓，不但能唱大曲[66]，会填小令[67]，是《板桥杂记》[68]里的人物，而且妆阁上摆满了古器古画古砚，倒是个女赏鉴家呢！所以唐兄和珏兄，都想去看看，就发起了这一局。"珏斋道："只有我们四个人作主人，替你洗尘，不约外客，你道何如？"雯青道："那褚爱林，不就是龚孝珙的逃妾，你在上海时和我说过，她现住在三茅阁巷的吗？"菶如点头称是。雯青道："我一准去！那么现在先请你们在我这里吃午饭,吃完了,你们先去,我等家里的客散了,随后就来。"说着,吩咐家人,另开一桌到内书房来,让钱、何、曹、陆四人随意的吃,自己出外招呼贺客。不一会,四人吃完先走了。

这里雯青直到日落西山,才把那些蜂屯蚁聚的亲朋,支使出了门,坐了一肩小轿,向三茅阁巷褚爱林家而来。一下轿,看看门口不像书寓,门上倒贴着"杭州汪公馆"五个大字的红门条。正趑趄着脚,早有个相帮似的掌灯候着,问明了,就把雯青领进大门,在夜色朦胧里,穿过一条弯弯曲曲的石径,两边还隐约看见些湖石砌的花坛,杂莳了一丛丛的灌木草花,分明像个园林。石径尽处,显出一座三间两厢的平屋,此时里面正灯烛辉煌,人声嘈杂。雯青跟着那人跨进那房中堂,屋里面高叫一声:"客来!"下首门帘揭处,有一个靓妆雅服二十来岁的女子,就是褚爱林,满面含笑的迎上来。雯青瞥眼一看,暗暗吃惊,是熟悉的面庞,只听爱林清脆的声音道:"请金大人房里坐。"那口音益发〔69〕叫雯青迷惑了。雯青一面心里暗忖,爱林在那里见过,一面进了房。看那房里明窗净几,精雅绝伦,上面放一张花梨〔70〕炕,炕上边挂一幅白描〔71〕董双成〔72〕像,并无题识,的是〔73〕苑画〔74〕。两边蟠曲玲珑的一堂树根椅几,中央一个紫榆云石面的百龄台〔75〕,台上正陈列着许多铜器玉件画册等。

唐卿、珏斋、公坊菶如都围着在那里一件件的摩挲。珏斋道:"雯青,你来看看,这里的东西都不坏!这癸觚觚〔76〕,父丁爵,是商器。方鼎籀古亦佳。"唐卿道:"就是汉器的枞豆,鸿嘉鼎,制作也是工细无匹。"公坊道:"我倒喜欢这吴、晋、宋、梁四朝砖文拓本,多未经著录之品。”雯青约略望了一望，嘴里说道：“足见主人的法眼[77]，也是我们的眼福！”一屁股就坐在厢房里靠窗一张影木[78]书案前的大椅里，手里拿起一个香楠匣的叶小鸾[79]眉纹小研[80]在那里抚摩，眼睛却只对着褚爱林呆看。

萚如笑道：“雯兄，你看主人的风度，比你烟台的旧相识何如？”爱林嫣然笑道：“陆老不要瞎说，拿我给金大人的新燕[81]姐比，真是天比鸡矢[82]了！金大人，对不对？”雯青顿然脸上一红，心里勃的一跳，向爱林道：“你不是傅珍珠吗？怎么会跑到苏州，叫起褚爱林来呢？”爱林道：“金大人好记性，事隔半年，我一见金大人，几乎认不真了。现在新燕姐大概是享福了？也不枉她一片苦心！”雯青忸怩道：“她到过北京一次，我那时正忙，没见她。后来她就回去，没通过音信。”爱林惊诧似的道：“金大人高中了，没讨她吗？”雯青变色道：“我们别提烟台的事，我问你怎么改名了褚爱林？怎样人家又说你在龚孝珙那里出来的呢？看着这些陈设的古董，又都是龚家的故物。”爱林凄然的挨近雯青坐下道：“好在金大人不是外人，我老实告诉你，我的确是孝珙那里出来的，不过人家说我卷逃，那才是屈天冤枉呢！实在只为了孝珙穷得不得了，忍着痛打发我们出来各逃性命。那些古董，是他送给我们的纪念品。金大人想，若是卷逃，那里敢公然陈列呢？”雯青道：“孝珙何以一贫至此？”爱林道：“这就为孝珙的脾气古怪，所以弄到如此地步。人家看着他举动阔绰，挥金如土，只当他是豪华公子，其实是个漂泊无家的浪子！他只为学问上和老太爷闹翻了，轻易不大回家。有一个哥哥，向来音信不通，老婆儿子，他又不理，一辈子就没用过家里一个钱。一天到晚，不是打着苏白和妓女们混，就是学着蒙古唐古忒[83]的话，和色目人[84]去弯弓射马。用的钱，全是他好友杨墨林[85]供应。墨林一死，幸亏又遇见了英使威妥玛，做了幕宾，又浪用了几年。近来不知为什么事，又和威妥玛翻了腔，一个钱也拿不到了，只靠卖书画古董过日子。因此，他起了个别号，叫'半伦'，就说自己五伦[86]都无，只爱着我，我是他的妾，只好算半个伦。谁知到现在，连半个伦都保不住呢！"说着，眼圈儿都红了。

雯青道："他既牺牲了一切，投了威妥玛，做了汉奸，无非为的是钱。为什么又和他翻腔呢？"爱林道："人家骂他汉奸，他是不承认；有人恭维他是革命，他也不答应。他说他的主张烧圆明园，全是替老太爷报仇。"雯青诧异道："他老太爷有什么仇呢？"爱林把椅子挪了一挪，和雯青耳鬓厮磨的低低说道："我把他自己说的一段话告诉了你，就明白了。那一天，就是我出来的前一个月，那时正是家徒四壁，囊无一文，他脾气越发坏了，不是捶床拍枕，就是咒天骂地。我倒听惯了，由他闹去。忽然一到晚上，溜入书房，静悄悄的一点声息都无。我倒不放心起来，独自蹑手蹑脚的走到书房门口，偷听时，忽听里面拍的一声，随着咕噜了几句。停一会，又是哔拍两声，又唧哝了一回。这是做什么呢？我耐不住，闯进去，只见他道貌庄严的端坐在书案上，面前摊一本青格子，歪歪斜斜写着草体字的书，书旁边，供着一个已出椟的木主[87]。他一手握了一支朱笔，一手拿了一根戒尺[88]，正要去举起那木主，看见我进来，回着头问我道：'你来做什么？'我笑着道：‘我在外边听见哔拍哔拍的声音，我不晓得你在做什么，原来在这里敲神主！这神主是谁的？好端端的为甚要敲他？’他道：‘这是我老太爷的神主。’我骇然道：‘老太爷的神主，怎么好打的呢？’他道：‘我的老子，不同别人的老子，我的老子，是个盗窃虚名的大人物，我虽瞧他不起，但是他的香火子孙，遍地皆是，捧着他的热屁当香，学着他的丑态算媚。我现在要给他刻集子，看见里头很多不通的，欺人的，错误的，我要给他大大改削，免得贻误后学！从前他改我的文章，我挨了无数次的打，现在轮到我手里，一施一报，天道循环，我就请了他神主出来，遇着不通的敲一下，欺人的两下，错误的三下，也算小小报了我的宿仇。’我问道：‘儿子怎好向父亲报仇？’他笑道：‘我已给他报了大仇，开这一点子的小玩笑，他一定含笑忍受的了。’我道：‘你替老太爷报了什么仇？’他很郑重的道：‘你当我老子是好死的吗？他是被满洲人毒死在丹阳的。我老子和我犯了一样的病，喜欢和女人往来。他一生恋史里的人物，差不多上自王妃，下至乞丐，无奇不有。他做宗人府〔89〕主事时候，管宗人府的便是明善主人〔90〕，是个才华盖世的名王。明善的侧福晋〔91〕，叫做太清西林春〔92〕，也是个艳绝人寰的才女，闺房唱和，流布人间。明善做的词，名《西山樵唱》；太清做的词，名《东海渔歌》〔93〕。韵事闲情，自命赵孟頫、管仲姬〔94〕，不过尔尔。我老子也是明善的座中上客，酒酣耳热，虽然许题笺十索，却无从平视一回。有一天，衙中有事，明善恰到西山，我老子跟踪前往。那日，天正下着大雪，遇见明善和太清并辔从林子里出来，太清内家〔95〕装束，外披着一件大红斗篷，映着雪光，红的红，白的白，艳色娇姿，把他老人家的魂摄去了。从此日夜相思，甘为情死。但使无青鸟[96]，客少黄衫[97]，也只好藏之心中罢了。不想孽缘凑巧，好事飞来，忽然在逛庙的时候，彼此又遇见了。我老子见明善不在，就大着胆上去，说了几句蒙古话。太清也微笑的回答。临行，太清又说了明天午后东便门外茶馆一句话。我老子猜透是约会的隐语，喜出望外。次日，不问长短，就赶到东便门外，果见离城百步，有一爿破败的小茶馆，他便走进去，拣了个座头，喊茶博士[98]泡了一壶茶，想在那里老等[99]。谁知这茶博士拿茶壶来时，就低声问道："尊驾是龚老爷吗？"我老子应了一声"是"。他就把我老子领到里间，早见有一个粗眉大眼，戴着毡笠赶车样儿的人坐在一张桌上，一见我老子就很足恭[100]的请他坐。我老子问他："你是谁？"他显出刁滑的神情道："你老不用管，你先喝一点茶，再和你讲。"我老子正走得口渴，本想润润喉，端起茶碗来，咽都咽都的倒了大半碗。谁知这茶不喝便罢，一到肚，不觉天旋地转的一阵头晕，硼的一声倒了。'"

爱林正说到这里，那边百灵台上钱唐卿忽然喊道："难道龚定庵就这么糊里糊涂的给他们药死了吗？"爱林道："不要慌，听我再说！"正是：

为振文风结文社，却教名士殉名姬。

欲知定庵性命如何，且听下文细表。

按，本回回目原标为："领事馆铺张赛花会，半敦生演说西林春。"铺张，目录作"公开"；半敦生，目录作"半伦生"；演说，目录作"恨说"。

〔1〕 云宏：字仁甫。影射容闳（1828—1912）字纯甫。广东香山（今中山）人。留美博士。历任留美学生监督、驻美副使。他是最早的留学生，洋务派人物。1900年参加唐才常主持的张园会议，被推为会长，受清廷通缉，移居美国。著有《西学东渐记》。

〔2〕 候补同知：影射容闳江苏候补道。

〔3〕 多：方言。与"都"同义。

〔4〕 总理衙门：总理各国事务衙门的简称。也称作总署、译署。1861年（咸丰十年底）设立，任命恭亲王奕䜣为总理各国事务衙门大臣。其职责是：办理外交事务，派出驻外使节，兼管通商、海关、海防、订购军火，主办同文馆，派遣留学生等；并管辖三口通商大臣（后改北洋通商大臣）和五口通商大臣（后改南洋通商大臣）。是当时办理洋务的中央机构。1901年改为外务部。

〔5〕 补丁：布丁。西餐甜点心，用面粉、牛奶、鸡蛋、水果等制作。

〔6〕 花酒：在妓院里开的酒宴，妓女陪酒。

〔7〕 车利尼马戏：德国马戏班。光绪年间在上海虹口广场演出月余。

〔8〕 巡捕：警察。

〔9〕 输：文钱。

〔10〕 自由车：自行车。清末上海已出现，前轮特大，后轮低小。曹聚仁说，那时小姐们怕羞，白天不敢学车，晚上才让自己爱人扶着车子走。包天笑《上海竹枝词》："夜静人稀归去也，倩郎扶上自由车。"

〔11〕 浅杨妃色：浅红色。

〔12〕 傅兰雅：J. Fryer，英国人。广方言馆教授，上海第一张中文报纸《上海新报》（1861年创刊）第二任主编。其小说《影之花》，曾朴译成中文出版。

〔13〕 李任叔：影射李善兰，字壬叔。浙江海宁人。秀才出身。洋务派，数学家。官至户部郎中、三品卿衔总理衙门章京。

〔14〕 胡星岩：影射胡光墉，字雪岩。钱塘人。任江西候补道、福建船政提调。杭州胡庆余堂中药铺老板。

〔15〕 蒲安臣:美国人。曾任美国驻华公使,卸任后1867年任清政府出使美、英、法、普、俄等国大臣。

〔16〕 志刚:号克庵。满族人。后任库伦办事大臣,出使欧洲各国大臣。

〔17〕 郎中:六部司的主官。

〔18〕 孙家谷:字稼生。安徽凤台人。浙江按察使,出使欧洲大臣。

〔19〕 怪道:难怪。

〔20〕 卤簿:官员仪仗队。

〔21〕 热络:吴语。熟悉,亲热。

〔22〕 垓下:古地名。在今安徽灵璧县境内。楚霸王与刘邦决战,受汉兵十面埋伏,后困垓下。这里是比喻。

〔23〕 曹以表:号公坊。影射曾之撰,字君表。常熟人。举人出身。官刑部郎中。他是作者曾朴的父亲,时文高手。但科举不得意,纳赀捐了一个郎中。下文第四回有详细描写。

〔24〕 宽坐:稍坐坐;等一等。

〔25〕 海天四友:曾之撰年青时与张謇、文廷式、王懿荣称为四大公车。这里是变幻了的称谓。

〔26〕 顺天乡试:顺天,顺天府。京师(北京)所在地方政府,辖五州十九县。乡试即考选举人,秋天举行,也称秋试。在京官员的儿子是诸生的,可以在原籍也可以在顺天府参加考试。

〔27〕 多垒四郊:四郊多垒。战乱,不太平。语出《礼记·曲礼上》:"四郊多垒,此卿大夫之辱也。"

〔28〕 金兰之契:换帖子结拜异姓兄弟。也指意气相投。

〔29〕 含英社:影射登瀛社。曾之撰在金台书院读书时所立文社。曾刊行过《登瀛社稿》,曾之撰所作最多。(见冒鹤亭《孽海花闲话》,载《孽海花资料》)

〔30〕 制艺:即八股文。

〔31〕 京师:指北京。首都称京师。

〔32〕 时文:即八股文。

〔33〕 江西派:明末艾南英等人振兴时文,他们都是江西人,称为江西派。详见下注。

〔34〕 云间派:明末陈子龙等人结几社,推动时文文风转变;他们是松江

华亭人，华亭古称云间，所以称为云间派。详见下注。

〔35〕 水心陈碑：南宋叶适号水心先生，撰有《朝请大夫主管冲佑观焕章侍郎陈公墓志铭》，正书。碑立于江西弋阳。

〔36〕 黄冈石台：指苏轼所写《满庭芳》词，正书。明代嘉靖年间刻碑，立于湖北黄冈。

〔37〕 龚和甫：龚平，号和甫。影射翁同龢（1830—1904），字叔平。江苏常熟（清代属苏州府）人。咸丰六年丙辰（1856）科状元，光绪皇帝师傅。历任尚书、军机大臣、协办大学士、总理各国事务衙门行走。在中法战争和甲午战争时主战，反对李鸿章妥协；支持康有为变法，企图使光绪帝掌握政权。戊戌变法时期被慈禧太后罢职回籍；政变后又下令永不叙用，并令地方官严加管束。他不但是维新派，也是著名书法家。有《翁文恭公日记》、《瓶庐诗文稿》等。

〔38〕 天崇国初：天崇，天启、崇祯，明末二帝年号。国初，即清代初年。明末清初八股文风，方苞说："诸家穷思毕精，务为奇特，包络载籍，刻雕物情，凡胸中所欲言，皆借题以发之。"清末同治、光绪年间，此风又起。

〔39〕 柳屯田：北宋柳永，曾任屯田员外郎，故称柳屯田。他是婉约派大词人，其词风行一时，所谓凡有井水处即能歌柳词。有《乐章集》。

〔40〕 鸾掖：借指宫殿。犹言天子左右。

〔41〕 向隅：向隅而泣之省略。语出刘向《说苑》："今有满堂饮酒者，有一人独索然向隅而泣……"隅，屋子的一个角落。后遂以比喻孤独失意或不遇失望。

〔42〕 国学生：国子监生员。

〔43〕 大比：乡试称为大比。三年举行一次。

〔44〕 桑梓：指故乡。古人多在住宅周围种植桑树和梓树。《诗经·小弁》："惟桑与梓，必恭敬止。"后遂为故乡的代称。

〔45〕 娄尾：倒数第一。唐代宴会巡酒到末座为娄尾。

〔46〕 王前卢后：初唐四杰王勃、杨炯、卢照邻、骆宾王。当时人依此排名评论他们的文章地位，杨炯表示不满，说耻居卢前王后。

〔47〕 刘蕡：唐代人。文宗时贤良对策，刘蕡在考卷中极言太监误国，考官不敢录取。同考的李郃说："刘蕡下第，我辈登科，实厚颜矣！"

〔48〕 潘止韶：影射潘欲仁，字子昭。常熟人。副贡。沛县教谕。他是小说作者曾朴做八股文的启蒙老师。

〔49〕 王荆公：王安石，封荆国公，故称荆公。宋神宗时王安石执政，科举考试项目“始罢诸科，而分经义、诗赋以取士”；经义考试即是以经书文句为题，应试者作文阐述其义理。明清沿用演变成八股文。

〔50〕 章罗陈艾：指章世纯、罗万藻、陈际泰、艾南英。章世纯，字大力。江西临川人。天启举人，柳州知府。有《章柳州集》。罗万藻，字文止。临川人。天启七年举人。以时文名家。陈际泰，字大士。临川人。崇祯七年进士，授行人。有《太乙山房集》、《己吾集》。艾南英（1583—1646），字千子。江西东乡人。天启举人。唐王时授兵部主事，改御史。有《天傭子集》十卷。万历末年场屋文（即时文）腐烂，艾南英与同郡章世纯、罗万藻、陈际泰以兴起斯文为己任，受到当时人的推崇。讲制艺源流的称他们为江西派。

〔51〕 陈、夏、两张：指陈子龙、夏允彝、张溥、张采。陈子龙（1608—1647），字人中，号大樽。松江华亭人。崇祯十年进士。绍兴推官、兵科给事中。抗清不屈投水死。工于举子业。夏允彝，字彝仲。松江华亭人。崇祯十年进士。陈子龙、夏允彝结几社。张溥（1602—1641），字天如，太仓人。崇祯四年进士。有《七录斋诗文集》，并辑有《汉魏六朝百三家集》。张采，字受先。太仓人。崇祯元年进士。临川知县，福王礼部员外郎。有《知畏堂集》。张溥与张采结复社，提倡古学，号为娄东二张。太仓明代属松江府。讲制艺源流的称陈、夏、二张为云间派。

〔52〕 熊刘方王：熊伯龙、刘子壮、方苞、王步青。均为清初人。熊、刘二人皆是八股文高手。详见第十三回注〔38〕。方苞（1668—1749），字凤九，号望溪。安徽桐城人。康熙四十五年会试中式，未参加殿试。乾隆初入直南书房，擢礼部侍郎，为文颖、经史、三礼三馆总裁。尚程朱理学，文章宗韩愈、欧阳修，严于义法，为桐城古文的开山祖；桐城派古文影响清代二百年，到了“五四”新文化运动，钱玄同斥为“桐城谬种”。王步青（1672—1751），字罕皆，号己山。江苏金坛人。雍正元年进士，授翰林检讨。以文章知名于时。有《己山文集》、《敦复堂稿》等。

〔53〕 龙沓(mǎn)虎沓:沓,披被、覆盖。班固《答宾戏》:“沓龙虎之文。”意思是说文章写得生龙活虎,有文采。

〔54〕 咸同墨卷:咸同,咸丰、同治两代。墨卷,本指科举考试应试者用墨笔书写的卷子(原卷),称作墨卷。经誊录生用硃笔誊录后送考官看的则为硃卷。这里的墨卷是指选取中式士人的文章刻录出来,作为样版的范文(或曰程文)。

〔55〕 魏、晋小品:小品,本指佛经中简略的为小品,后指短篇杂记为小品。魏、晋人的书帖,如王羲之的便函,杂记如刘义庆的《世说新语》中记人、记事、记语的小文章,都能表达幽微的心情和人物的精神面貌,读来有味。

〔56〕 汉策:策,一种文体。也称策论,是一种政论文。如西汉贾谊《治安策》、董仲舒《贤良对策》,都是名文。

〔57〕 梁章钜(1775—1849):福建长乐人。嘉庆进士。曾任江苏巡抚,两江总督。学者,著书七十余种。《制义丛话》是一本讲八股文的专书。

〔58〕 钱梅溪:钱泳,字梅溪。江苏金匮人。曾任经历。书画家。著作很多。卒于道光时,八十六岁。

〔59〕 《唐文粹》:一百卷。宋姚铉编。选录唐代诗文歌赋各体文章,不录骈文和五七言律诗。

〔60〕 行卷:唐代人应进士试,把自己做的诗文写成卷轴,投献朝中贵官,希望得到赏识,称为行卷。明代书商把中式举人的文章刻印,供人揣摹,也称行卷。

〔61〕 房书:也称房稿。明清进士平日所作的八股文选集。

〔62〕 韩愈:唐代大文学家,古文运动的创始人。其文为后世古文家所推崇,影响极大。

〔63〕 《原毁》:韩愈的一篇议论文章。古文家很欣赏其写法,说是“排比之祖”,宾主开合,“深于开合之法”;又说“清警,利举子之业”。(以上引语均见成和堂板《增批古文观止》)

〔64〕 敲门砖:科举时代读书人做八股文仅仅为了获取功名,功成名就即弃之不用。清代人直接称呼八股文为敲门砖。

〔65〕 公分:大家出钱请客或送礼。今人说凑份子。

〔66〕 大曲：唐宋以后，大曲往往是同一宫调的套曲。唐大曲多以诗句入乐叠唱，宋大曲则为词体，为长篇叙事歌曲。戏曲形成以后，元至明清，适合歌唱的大曲主要是戏文，如《西厢记》第三折红娘唱《越调》十二支曲牌即一例。

〔67〕 小令：民间流传的小曲是小令，如明代流行的《挂枝儿》，旧时俗曲《打牙牌》等；词、曲中短小的也称小令，散曲中的小令往往是一支独立的曲子。

〔68〕 《板桥杂记》：清人余怀撰，三卷。写明末南京妓院琐闻。

〔69〕 益发：也作一发。更加。

〔70〕 花梨：名贵木料。生在我国中南部的也名花榈木。木质坚实，花纹美丽。另一种也名海南檀，红木的一种，生在海南岛。材心红色，坚硬有光泽，纹理精细美丽。

〔71〕 白描：画法的一种，即线条画。用墨线勾勒不着颜色。

〔72〕 董双成：传说西王母侍女。

〔73〕 的是：的确是。

〔74〕 苑画：宫廷画院的出品，尤指宋画。

〔75〕 百龄台：也作百灵台。只有独根支持的小圆台。

〔76〕 癸饇觚：此以下列举古彝器，原是龚自珍所藏，分见于《定庵集》中《说卫公虎大敦》、《汉器文录序》诸文。饇，同饮。

〔77〕 法眼：佛教所说五眼之一。法眼能看透真相。这里是说眼界高。

〔78〕 影木：《汉语大词典》说是"传说中的树名"，引王嘉《拾遗记》："有树，名影木，日中视之如列星。"考之实际，今仍有影木家具，是树木纹理极其繁富，隐隐然如繁星虬结者，是名贵木材。

〔79〕 叶小鸾：明末才女，工诗。未嫁而卒。吴江人。

〔80〕 眉纹小研：小长方砚台，一端雕刻有花纹。

〔81〕 新燕：梁新燕，妓女。影射烟台妓女李蔼如，洪钧在烟台道台府任记室时的旧相好，本书第八回、第二十四回中均有涉及。周梦庄《雪窗闲话赛金花》转述东园老人的谈话，即是小说中描写到的内容。

〔82〕 鸡矢：鸡屎。

〔83〕 唐古忒：即藏族。

〔84〕　色目人：元朝蒙古人称西域钦察、回回和藏族为色目人。

〔85〕　杨墨林：影射杨坊，字憩棠。浙江鄞县人。上海墨海书林店主、上海商董、江苏候补道。

〔86〕　五伦：君臣、父子、兄弟、夫妇、朋友之间的关系为五伦。文中龚孝珙称自己为半伦，注意回目作"半敦生演说西林春"，目录则作"半伦生恨说西林春"，这里的文字变换蕴涵了一种文字趣味。说出龚定庵与西林春风流事的是孝珙，用"敦"用"演说"；转述此事而用诉苦口吻的是爱林，用"伦"用"恨说"。这是一种刻意的文字安排，绝非笔误。用"敦"代表丈夫孝珙，用"伦"代表爱林是妾，这是夫妻关系，"敦"与"伦"连接即是指夫妻行房的隐语"敦伦"。文人笔下引"敦伦"作笑谈的，前有袁枚，后有鲁迅，发挥得淋漓尽致的是曾朴。参见本书第十一回并"敦伦"条注释。

〔87〕　木主：也称神主。牌位。

〔88〕　戒尺：打人的小板子。

〔89〕　宗人府：管理皇族事务的官署。

〔90〕　明善主人：影射宗室奕绘。奕绘，乾隆皇帝第五子永琪之孙，袭封贝勒，道光十八年卒。奕绘有别号明善堂，又号太素道人。著有《明善堂集》。

〔91〕　侧福晋：福晋，满语。亲王、世子、郡王之妻。侧福晋为次妻，如夫人。

〔92〕　太清西林春：姓顾。满族女词人。有《天游阁集》。

〔93〕　《东海渔歌》：顾太清所作。况夔笙曾刊行。

〔94〕　管仲姬：常称作管夫人。赵孟頫之妻。名道升，字仲姬，亦字瑶姬。吴兴人。工书画，善词章；其书法仿赵孟頫，可以乱真。

〔95〕　内家：宫中。

〔96〕　青鸟：传说的西王母使者。

〔97〕　黄衫：黄衫客。唐人传奇《霍小玉传》中的侠客，无姓名，身穿黄衫，因称黄衫客。

〔98〕　茶博士：茶馆里的侍者。

〔99〕　老等：方言。等候。

〔100〕　足恭：过度恭敬，取媚于人。

第四回

光明开夜馆福晋呈身　康了[1]困名场歌郎跪月

话说上回褚爱林正说到定庵喝了茶博士的茶晕倒了，唐卿着慌的问。爱林叫他不要慌，说："我们老太爷的毒死，不是这一回。"正待说下去，珏斋道："唐卿，你该读过《定庵集》，据他送广西巡抚梁公序里，做宗人府主事时，是道光十六年丙申岁。到十八年，还做了一部《商周彝器文录》[2]，补了《说文》[3]一百四十七个古籀[4]。我做的《说文古籀补》[5]，就是被他触发的，如何会死呢？"公坊道："就是著名的《己亥杂诗》[6]三百十五首，也在宗人府当差两年以后哩。"雯青道："你们不要谈考据，打断她的话头呢！爱林，你快讲下去。"

爱林道："他说：'我老子晕倒后，人事不知，等到醒来，忽觉温香扑鼻，软玉满怀，四肢无力，动弹不得。睁眼看时，黑洞洞一丝光影都没有。可晓得那所在，不是个愁惨的石牢，倒是座缥渺的仙闼。头倚绣枕，身裹锦衾，衾里面，紧贴身朝外睡着个娇小玲珑的妙人儿。只隔了薄薄一层轻绡衫裤，渗出醉人的融融暖气，透进骨髓，就大着胆，伸过手去抚摩，也不抵拦，只觉得处处都是腻不留手。那时他老人家暗忖，常听人说，京里有一种神秘的黑车，往往做宫娃贵妇的方便法门，难道西林春也玩这个把戏吗？到底被里的是不是她呢？就忍不住低低的询问了几次。谁知凭你千呼万唤,只是不应。又说了几句蒙古话,还是默然。可是一条玉臂,已渐渐伸了过来,身体也婉转的昵就,彼此都不自主的唱了一出爱情哑剧。虽然手足传情,却已心魂入化,不觉相偎相倚的沉沉睡去了。正酣适间,耳畔忽听古古的一声雄鸡,他老人家吓得直坐起来,暗道:“不好!”揉揉眼,定定神,好生奇怪,原来他还安安稳稳睡在自己家里书室中的床上。想道:“难道我做了几天的梦吗?茶馆,仙阌,锦被,美人,都是梦吗?”急得一迭连声喊人来。等到家人进来,他问自己昨天几时回来的?家人告诉他,昨天一夜在外,直到今天天一亮,明贝勒[7]府里打发车送回来的。回来时,还是醉得人事不知,大家半扶半抱的才睡到这床上。我老子听了家人的话,才明白昨夜的事,果然是太清弄的狡狯,心里自然得意,但又不明白自己如何睡得这么死?太清如何弄他回来?心里越弄越糊涂,觉得太清又可爱,又可怕了。隔了几天,他偶然游厂甸[8],又遇见太清,一见面,太清就对着他含情的一笑。他留心看她那天,一个男仆都没带,只随了个小鬟,这明明是有意来找他的,但态度倒装的益发庄重。他鼓勇的走上去,还是用蒙古话,转着湾,先试探昨夜的事。太清笑而不答。后来被他问急了,才道:“假使真是我,你怎么样呢?”他答道:“那我就登仙了!但是仙女的法术太大,把人捉弄到云端里,有些害怕了!”太清笑道:“你害怕,就不来。”他也笑道:“我便死,也要来。”于是两人调笑一回,太清终究倾吐了衷情,约定了六月初九夜里,趁明善出差,在邸第花园里的光明馆相会。这一次的幽会,既然现了庄严宝相[9],自然分外绸缪。从此月下花前，时相来往。

‘忽一天，有个老仆，送来密缝小布包一个，我老子拆开看时，内有一笺，笺上写着娟秀的行书数行，认得是太清笔迹：

> 我曹事已泄，妾将被禁，君速南行，迟则祸及。附上毒药粉一小瓶，鸩人无迹，入水，色绀碧，味辛，刺鼻，慎兹色味，勿近！恐有人鸩君也。香囊一扣，佩之胸，当可以醒迷，不择[10]迷药或迷香，此皆禁中[11]方也。别矣，幸自爱！

‘我老子看了，连夜动身回南。过了几年，倒也平安无事，戒备之心，渐渐忘了。不料那年行至丹阳，在县衙里，遇见了一个宗人府的同事，便是他当日的赌友。那人投他所好，和他摇了两夜的摊[12]。一夜回来，觉得不适，忽想起才喝的酒味，非常刺鼻，道声不好，知道中了毒。临死，把这事详细的告诉了我，嘱我报仇。他平常虽然待我不好，到底是我父亲，我从此就和满人结了不共戴天的深仇。庚申之变，我辅佐威妥玛，原想推翻满清，手刃明善的儿孙，虽然不能全达目的，烧了颐和园[13]，也算尽了我做儿的一点责任。人家说我汉奸也好，说我排满也好，由他们去吧！’这一段话，是孝珙亲口对我说的，想来总是真情。若说孝珙为人，脾气虽然古怪，待人倒很义气，就是打发我们出来，固然出于没法，而且出来的不止我一人，还有个姓汪的，是他第二妾，也住在这里，他一般的给了许多东西，时常有信来问长问短。姓汪的有些私房，所以还不肯出来见客。我是没法，才替他丢脸。我原名傅珍珠，是在烟台时依着假母的姓，褚是我的真姓，爱林是小名，真名实在叫做畹香。人家倒冤枉我卷逃！金大人，你想我的命苦不苦呢？”

雯青听完这一席话，笑向大家道：“俗语说得好，一张床上，说不出两样话。你们听，爱林的话，不是句句护着孝珙吗？”唐卿道：“孝珙的行为，虽然不足为训，然听他的议论思想，也有独到处，这还是定庵的遗传性。”公坊道：“定庵这个人，很有关于本朝学术系统的变迁。我常道本朝的学问，实在超过唐、宋、元、明，只为能把大家的思想，渐渐引到独立的正轨上去。若细讲起来，该把这二百多年，分做三个时期：第一个时期，是开创时期，就是顾、阎、惠、戴〔14〕诸大儒，能提出实证的方法来读书，不论一名一物，都要切实证据，才许你下论断，不能望文生义，就是圣经贤传，非经过他们自己的一番考验，不肯瞎崇拜；第二时期，是整理时期，就是乾嘉〔15〕时毕、阮、孙、洪、钱、王、段、桂〔16〕诸家，把经史诸子，校正辑补，向来不可解的古籍，都变了文从字顺；第三时期，才是研究时期，把古人已整理的书籍，进了一层，研求到意义上去，所以出了魏默深〔17〕、龚定庵一班人，发生独立的思想，成了这种惊人的议论。依我看来，这还不过是思想的萌芽哩！再过几年，只怕稷下〔18〕、骊山〔19〕争议之风，复见今日。本朝学问的统系，可以直接周、秦，两汉且不如，何论魏、晋以下！”珏斋道：“就论金石，现在的考证方法，也注意到古代的社会风俗上，不专论名物字画了。”于是大家谈谈讲讲，就摆上台面来，自然请雯青坐了首席，其余依齿〔20〕坐了。酒过三巡，烛经数跋，揆今吊古，赏奇析疑，醉后诙谐，成黄车〔21〕之掌录〔22〕；麈〔23〕余咳吐〔24〕，亦青琐〔25〕之轶闻，直到漏尽钟鸣，方始酒阑人散。

却说公坊这次来苏，原为约着雯青、唐卿、珏斋同伴入都，次日大家见面，就把这话和雯青说明了，雯青自然极口赞成。又知道公坊是要趁便应顺天乡试的，不能迟到八月，好在自己这回请假回来，除了省亲接眷，也无别事，当下就商定了行期，各自回去料理行装，说定在上海会齐。

匆匆过了一个月，那时正是七月初旬，炎蒸已过，新凉乍生，雯青就别了老亲，带了夫人；唐卿、珏斋也各携眷属。只有公坊是一肩行李，两个书童，最为潇洒。大家到了上海，上了海轮，海程迅速，不到十天，就到了北京。

雯青、唐卿、珏斋三人，不消说，都已托人租定了寓所，大家倒都要留公坊去住。公坊弄得左右为难，索性一家都不去，反一个人住到顺治门大街〔26〕的毗陵公寓里去。从此，就和雯青、唐卿、珏斋常常来往。肇廷本先在京，朋友聚在一起，着实热闹。而且这一班人，从前大半在含英社里出过风头的，这回重到首善之区，见多识广，学问就大不同了。把“且夫尝思〔27〕”，都丢在脑后，一见面，不是谈小学〔28〕经史，就是讲诗古文词；不是赏鉴版本，就是搜罗金石。雯青更加读了些徐松龛〔29〕《瀛环志略》〔30〕、陈资斋〔31〕《海国见闻录》〔32〕、魏默深《海国图志》〔33〕，渐渐博通外务起来，当道都十分器重。还有同乡潘八瀛尚书宗荫、龚和甫尚书平，常常替他们延誉，同声相应，同气相求，不晓得结识了多少当世名流！隔了两年，菶如竟也中了状元，与雯青先后辉映，也挈眷北来。只有曹公坊考了两次，依然报罢。本想回南，经雯青等劝驾，索性捐了个礼部郎中，留京供职。在公坊并不贪利禄之荣，只为恋友朋之乐，金门大隐[34]，自预雅流；鞠部[35]看花，偶寄馨逸，清雅萧闲的日月，倒也过得快活。闲言少表。

如今且说那一年，又遇到秋试[36]之期。那天是八月初旬，新秋天气，雯青一人闷坐书斋，一阵拂拂的金风[37]，带着浓郁的桂花香，扑进湘帘[38]。抬头一望，只见一丸凉月，初上柳梢。忽然想起今天是公坊进场的日子，晓得他素性落拓[39]，不亲细务，独身作客，考具一切，只怕没人料理。雯青待公坊是非常热心的，便立时预备了些笔墨纸张及零星需用的东西，又嘱张夫人弄了些干点小菜，坐了车，带了亲自去看公坊，想替他整备一下。刚要到公寓门前，远远望见有一辆十三太保[40]的快车，驾着一匹剪鬃的红色小川马，寓里飘飘洒洒跑出一个十五六岁华装夺目的少年，跳上车，放下车帘，车夫几声"得得于于"，那车子飞快的往前走了。雯青一时没看清脸庞，看去好像是个相公[41]模样，暗想是谁叫的呢？转念道："不对，今天谁还有工夫叫条子[42]呢！嘎，不要是景龢堂[43]花榜状元[44]朱霞芬[45]吧？他的名叫菱云，他的绰号却叫小表嫂。肇廷曾告诉过我，就为和公坊的关系，朋友和他开玩笑，公坊名以表，大家就叫他一声表嫂，谁知从此就叫出名了。此刻或者也是来送场的。"

雯青一头想着，一头下车往里走。长班[46]要去通报，雯青说"不必"，说着就一径向公坊住的那三间屋里去，跨上阶沿就喊道："公坊，你倒瞒着人，在这里独乐！"公坊披着件夏布小衫，趿着鞋在卧室里懒懒散散的迎出来道："什么独乐不独乐的乱喊？"雯青笑道：

“才在你这里出去的是谁?”公坊哈哈一笑道:“我道是什么秘事给你发觉,原来你说的是菱云!我并没瞒人。”雯青道:“不瞒人,你为什么没请我去吃过一顿便饭?”公坊道:“不忙,等我考完了,自然我要请你呢!”雯青笑道:“到那时,我是要恭贺你和小表嫂的金榜挂名,洞房花烛了。”公坊道:“连小表嫂的典故,你都知道了,还冤我瞒你!不过金榜挂名是梦话,洞房花烛倒是实录,我说考完请你,就是请你吃菱云的喜酒。”雯青道:“菱云已出了师吗?这个老斗〔47〕是谁呢?老婆又谁给他讨的?”公坊只是微微的笑,顿了一顿道:“发乎情,止乎礼,世上无伯牙〔48〕,个中〔49〕有红拂〔50〕,行乎其所不得不行罢了。”雯青道:“这么说,公坊兄就是个护花使者了。这个喜酒,我自然不客气的要吃定。现在且不说这个,明天一早,你要进场,我是特地来送你的。你向来不会管这些事,考具理好了没有?不要临时缺长少短,不如让我来替你拾掇一下,总比你两位贵童要细腻熨贴些。我内人也替你做了几样干点小菜,也带了来。”说时,就喊仆人拿进一个小篮儿。

公坊再三的道谢,一面也叫小童松儿、桂儿搬了理好的一个竹考篮,一个小藤箱,送到雯青面前道:“胡乱的也算理过了,请雯兄再替我检点检点吧!”雯青打开看时,见藤箱里放的是书籍和鸡鸣炉〔51〕、号帘、墙围、被褥枕垫、钉锤等;三屉槅考篮里,下层是笔墨、稿纸、挖补刀、浆糊等,中层是些精巧的细点,可口的小肴,上层都是米盐酱醋、鸡蛋等的食料,预备得整整有条,应有尽有,不觉诧异道:“这是谁给你弄的?”公坊道:“除了菱云,还有谁呢?他今儿个累了整一天,点心和菜,都是他在这里亲手做的。雯兄,你看他不是无事忙吗?只怕白操心,弄得还是不对罢!”雯青道:“罪过!罪过!照这种抠心挖胆的待你,不想出在堂名[52]中人。我想迦陵的紫云[53],灵岩的桂官[54],算有此香艳,决无此亲切。我倒羡你这无双艳福!便回回落第,也是情愿。”公坊笑了一笑。当下雯青仍把考具归理好了,把带来的笔墨,也加在里面。看看时候不早,怕耽搁了公坊的早睡,临行约好到末场的晚间,再来接考,就走了。

在考期里头,雯青一连数日,不曾来看公坊,偶然遇见肇廷,把在毗陵公寓遇见的事告诉了。肇廷道:“霞芬是梅慧仙[55]的弟子,也是我们苏州人,那妮子向来高着眼孔,不大理人。前月有个外来的知县,肯送千金给他师傅,要他陪睡一夜,师傅答应了,他不但不肯,反骂了那知县一顿跑掉了,因此好受师傅的责罚。后来听说有人给他脱了籍[56],倒想不到就是公坊。公坊名场[57]失意,也该有个钟情的璧人[58],来弥他的缺陷。”于是大家又慨叹了一回。

匆匆过了中秋,雯青屈指一算,那天正是出场的末日,到了上灯时候,就来约了肇廷,同向毗陵公寓而来。到了门口,并没见有前天的那辆车子,雯青低低对肇廷道:“只怕他倒没有来接吧!你看门口没他的车。”肇廷道:“不会不来吧!”两人一递一声的说话,已走进寓门。寓里看门的知是公坊熟人,也不敢拦挡。两人刚踹上一个方方的广庭,只见一片皎洁的月光,正照在两棵高出屋檐的梧桐顶上,庭中一半似银海一般的白,一半却迷离惝恍,摇曳着桐叶的黑影。在这一搭白一搭黑的地方,当天[59]放着一张茶几,几上供着一对红烛,一炉檀香，几前地上伏着一个人。仔细一认，看他头上梳着淌三股乌油滴水的大松辫，身穿藕粉色香云纱〔60〕大衫，外罩着宝蓝韦陀银一线滚的马甲〔61〕，脚蹬着一双回文嵌花绿皮薄底靴，在后影中揣摩，已有遮掩不住的一种婀娜动人姿态，此时俯伏在一个拜垫上，嘴里低低的咕哝。肇廷指着道："咦，那不是霞郎吗？"雯青摇手道："我们别声张，看他做什么，为甚事祷告来！"正是：

此生欲问光明殿，一样相逢沦落人。

不知霞郎为甚祷告，且听下回分解。

按，回目标题原标为："光明开夜馆福晋呈身；康了困名场歌郎跪月。"

〔1〕 康了：隐语。落第，没考中。传说宋代秀才柳冕应举，忌讳"落"音，改安乐为安康。放榜时，仆人回报说："秀才康了也！"

〔2〕 《商周彝器文录》：龚自珍做过一篇《商周彝器文录》。吴昌绶编《定庵先生年谱》"道光十八年戊戌四十七岁"条下："四月，据商周彝器秘文，说其形义，补《说文》一百四十七字成。"

〔3〕 《说文》：即《说文解字》。东汉许慎撰。是一部极重要的文字学著作。收字九千三百五十三，又重文一千一百六十三。以小篆为正体，古文和籀文为异体；重文部分即古文和籀文异体字。并首创部首检字法。

〔4〕 古籀：古文字和籀文。小篆是李斯省改大篆而成，是秦始皇书同文的大事业。商周彝器上的文字，也称钟鼎文、金文，不仅指秦国和六国以前使用的大篆，是泛称的古文、籀文，或大篆，许慎书中的"古文"。龚自珍用青铜器古籀补《说文》重文，吴大澂更广泛。

〔5〕 《说文古籀补》：吴大澂著。十四卷，又补遗及附录一卷。收录钟鼎、石鼓、陶器、玺印、货币文字三千五百余，后又增补一千二百余，是以古文字订正《说文》的创始之作。

〔6〕《己亥杂诗》:己亥,道光十九年。龚自珍辞去官职,归家途中"杂记行程,兼述旧事,得绝句三百十五首,题曰《己亥杂诗》。平生出处著述交游,藉以考见"。(见吴昌绶《年谱》)

〔7〕明贝勒:贝勒,清代满洲、蒙古贵族的爵号,位在郡王下、贝子上。明善(奕绘)嘉庆二十年袭贝勒。

〔8〕厂甸:在北京南城,今和平门外。厂甸、琉璃厂一带今辟为古文化街。旧时为庙会场所,也是古旧书、古文物荟萃之处。

〔9〕庄严宝相:庄严,佛教语,即打扮美盛,端正尊严。庄严宝相本指庄严的佛像,这里指真相、真实面目。

〔10〕不择:不管、不论。

〔11〕禁中:宫中。

〔12〕摇摊:又称龙门摊、听自鸣钟。有的地方称六门将。由骰子掷点用四除,看剩下的点数多少决胜负。复杂的有许多花样,如某室之三,为五虎带四门,某室之四,为八仙,或十二栏杆等等。

〔13〕颐和园:上文作圆明园。作者故意为之。

〔14〕顾、阎、惠、戴:清初顾炎武、阎若璩、惠栋、戴震。他们都是朴学的代表,重视考证材料,弄清古音古义,读懂经书史书,方法科学可靠。比如阎若璩的《古文尚书疏证》,就有力地论证了今本古文《尚书》是伪书。

〔15〕乾嘉:乾隆、嘉庆。

〔16〕毕、阮、孙、洪、钱、王、段、桂:毕沅、阮元、孙星衍、洪亮吉、钱大昕、王氏父子(王念孙、王引之)、段玉裁、桂馥。他们在经、史、小学上都有重要贡献,可以高邮王氏父子为代表。王念孙著《读书杂志》和《广雅疏证》,王引之著《经义述闻》、《经传释词》,都是小学的代表之作,读懂了唐宋以来许多不解的古籍。清代人上继汉代郑玄之学而发扬之,在整理梳理古籍上有杰出成就,朴学(也称小学、汉学、郑学)之风很盛,成为学术主流。

〔17〕魏默深:魏源(1794—1857)字默深。湖南邵阳人。道光进士。曾任知州。思想家、史学家、文学家。著有《海国图志》、《诗古微》、《古微堂集》等。在经学上他和龚自珍同属今文经学公羊学派,主张通经致用,主张变古;又主张"师夷长技以制夷",学习西方科技,

制造机器，抵抗外国侵略，对后来康有为等改良主义运动有相当影响。

〔18〕 稷下：战国时齐国都城临淄稷门。齐宣王在稷门设馆，招致天下士人，有驺衍等七十六人，享受上大夫待遇，议论学术，形成一种百家争鸣的学风。后人称此地为稷下学宫。

〔19〕 骊山：在今陕西临潼。秦始皇末年召集文学方术之士到咸阳，当时到达的儒生有七百人，都授予郎的官职。儒生好争论，秦始皇认为儒生的言论“惑乱黔首”（搞乱百姓的思想），不利于天下听从新法令，在焚书之后，又借口活埋了四百六十余名儒生。骊山即坑儒之地。

〔20〕 依齿：按辈分年纪。

〔21〕 黄车：黄车使者。汉代虞初，武帝时以方士侍郎号黄车使者。后因称编著小说者为黄车使者。

〔22〕 掌录：犹掌故。旧制旧例、故事、史实，都可以成为稗官野史的小说家的材料。

〔23〕 麈（zhǔ）：麈即驼鹿（四不像）。此处指麈尾，即拂尘。古人手持麈尾，高谈阔论，以示风雅。

〔24〕 咳吐：指谈吐。

〔25〕 青琐：青琐客。指出入宫禁，接近皇帝的清要之臣。

〔26〕 顺治门大街：即宣武门大街。旧时会馆多在南城。

〔27〕 且夫、尝思：八股文中常用的转换一段、推开一层发议论的词语。此处代指八股文。

〔28〕 小学：关于文字、音韵、训诂的学问。

〔29〕 徐松龛：徐继畬，字松龛。山西五台人。道光进士，官至福建巡抚、太仆寺卿、总理衙门行走。

〔30〕 《瀛环志略》：徐继畬撰，十卷。依图解说，是一本介绍世界各国概况的地理书。

〔31〕 陈资斋：陈伦炯，号资斋。福建同安人。曾任台湾镇总兵，宁波水师提督，熟闻海道形势。清初人。

〔32〕 《海国见闻录》：二卷。记一卷，图一卷。清初记录海外情况、海上交通的书。

〔33〕《海国图志》：由简到繁，魏源先后编成三种本子，五十卷本、六十卷本和一百卷本。根据西方人地理著作写成，介绍世界各国的历史、地理情况。

〔34〕金门大隐：归隐于朝廷，以做官为隐士。借用汉代东方朔故事。金门，金马门。汉武帝时宫殿中宦官署门，东方朔等人均待诏金马门。东方朔曾唱歌："陆沉于俗，避世金马门。"

〔35〕鞠部：戏班、梨园。

〔36〕秋试：乡试。考选举人。在秋天举行，故称秋试。

〔37〕金风：西风。按五行说，西方白虎，为金；因称西风为金风。

〔38〕湘帘：竹帘。湘妃竹有斑纹，常作窗帘，遂为竹帘的代称。

〔39〕落拓：放荡不羁，不拘小节。

〔40〕十三太保：义子的别称。五代李克用有十三个义子，都封官为太保。这里指当时北京公子哥儿乘坐的一种轻便马车，称作十三太保，也叫小鞍车。

〔41〕相公：男妓。

〔42〕叫条子：即叫局。指名叫妓女陪酒。此处是叫相公。

〔43〕景龢堂：梅巧龄（一作玲）的堂名。参见下。

〔44〕花榜状元：妓女中最出色的，也称花魁。

〔45〕朱霞芬：名蓌云，字霞芬。北京伶人。

〔46〕长班：官员随身的仆人。

〔47〕老斗：靠山兼相好。

〔48〕伯牙：春秋时善鼓琴的人。古书上说，知音的钟子期死后，伯牙不再弹琴。此处曹公坊说不会像伯牙那样没有知音的人。

〔49〕个中：内中、其中。

〔50〕红拂：五代蜀杜光庭所作传奇《虬髯传》中杨素家伎，钟情李靖，深夜投奔。

〔51〕鸡鸣炉：一种保温小茶炉。内置木炭，由入夜到天明可保持茶是热的。

〔52〕堂名：乐班。此指戏班。

〔53〕迦陵、紫云：清初陈维崧，字其年，号迦陵。大文学家，有《湖海楼诗集》、《迦陵文集》。紫云原是冒襄家歌僮，与陈维崧相好，随陈入

北京；冒襄有诗谓“心知携去省缠绵”。

〔54〕 灵岩、桂官：毕沅，字纕蘅，一字秋帆，号灵岩山人。清代学者，官至湖广总督。著述宏丰，有《续资治通鉴》、《灵岩山人诗文集》等。桂官，李桂官，毕沅的男宠。袁枚有长歌纪其事，有句云：“若教闺阁论勋伐，合使夫人让诰封。”

〔55〕 梅慧仙：梅巧玲，字慧仙。太仓人。京昆演员。清末同光十三绝之一。他是梅兰芳的祖父。

〔56〕 脱籍：官妓赎身从良。伶人旧属乐户，也有脱籍成为自由之身的问题。

〔57〕 名场：指科举考场。为求取功名，所以称名场。

〔58〕 璧人：玉人、美男子。

〔59〕 当天：对着天。

〔60〕 香云纱：一种提花丝织品，用薯莨汁涂成黑褐色。透气，不粘体，夏天佳品。主要产于广东。

〔61〕 马甲：背心。

第 三 卷

第五回

开樽赖有长生库　插架难遮素女图[1]

话说雯青看见霞芬伏在拜垫上，嘴里低低的祷告，连忙给肇廷摇手，叫他不要声张。谁知这一句话，倒惊动了霞芬，疾忙站了起来，连屋里面的书童松儿也开门出来招呼。雯青、肇廷和霞芬，本来在酬应场中认识的，肇廷尤其熟络。当下霞芬看见顾、金二人，连忙上前叫了声“金大人，顾大人”，都请了安。雯青在月光下留心看去，果然好个玉媚珠温的人物，吹弹得破的嫩脸，钩人魂魄的明眸，眉翠含颦，靥红展笑，一张小嘴，恰似新破的榴实，不觉看得心旌摇曳起来。暗想谁料到不修边幅的曹公坊，倒遇到这段奇缘，我枉道是文章魁首，这世里可有这般可意人[2]来做我的伴侣！

雯青正在胡思乱想，肇廷早拉了霞芬的手笑问道：“你志志诚诚的烧天香，替谁祷告呀？”霞芬胀红脸笑着道：“不替谁祷告，中秋忘了烧月香，在这里补烧哩。”阶上站着一个小童松儿插嘴道：“顾大人，不要听朱相公瞎说，他是替我们爷求高中的！他说：‘举人是月宫里管的，只要吴刚[3]老爹修桂树的玉斧砍下一枝半枝，肯赐给我们爷，我们爷就可以中举，名叫蟾宫折桂[4]。’从我们爷一进场，他就天天到这里对月碰头，头上都碰出桂圆大的疙瘩来。顾大人不信，你验验看。”霞芬瞪了松儿一眼，一面引着顾、金两人向屋里走，一面说道：“顾大人别信这小猴儿的扯慌。我们爷今天老早出场，一出场就睡，直睡到这会儿还没醒。请两位大人书房候一会儿，我去叫醒他。”肇廷嘻着嘴挨到霞芬脸上道：“是几时孟光接了梁鸿案〔5〕，曹老爷变了你们的？我倒还不晓得呢！”霞芬知道失口，搭讪〔6〕着强辩道：“我是顺着小猴儿嘴说的，顾大人又要挑眼儿了，我不开口了！”说着已进了厅来。

肇廷好久不来，把屋宇看了一周遭，向雯青道：“你看屋里的图书字画，家伙器皿，布置得清雅整洁，不像公坊以前乱七八糟的样子了，这是霞郎的成绩。”雯青笑道：“不知公坊几生修得这个贤内助呀！”霞芬只做不听见，也不进房去叫公坊，倒在那里翻抽屉。雯青道：“怎么不去请你们的爷呢？”霞芬道：“我要拿曹老爷的场作给两位看。”肇廷道：“公坊的场作，不必看就知道是好的。”霞芬道：“不怎么讲，每次场作，他自己说好，老是不中；他自己一得意，更糟了，连房〔7〕都不出了。这回他却很懊恼，说做得臭不可当。我想他觉道坏，只怕倒合了那些大考官的胃口，倒大有希望哩！所以要请两位看一看。”说完话，正把手里拿着个红格文稿递到雯青手里。只听里边卧房里，公坊咳了声嗽，喊道：“霞芬，你嘁嘁喳喳和谁说话？”霞芬道：“顾大人、金大人在这里看你，来一会子了，你起来吧。”公坊道：“请他们坐一坐，你进来，我有话和你说。”霞芬向金、顾两人一笑，一扭身进了房。只听一阵悉悉索索穿衣服的声音，又低低讲了一回话，霞芬笑眯眯的先出来，叫桂儿跟着一径往外去了。

这里公坊已换上一身新制芝麻地大牡丹花的白纱长衫，头光面滑的才走出卧房来，向金、顾两人拱拱手道："对不起，累两位久候了！"雯青道："我们正在这里拜读你的大作，奇怪得很，怎么你这回也学起烂污调来了？"公坊劈手就把雯青拿的稿子抢去，望字纸篓里一摔道："再不要提这些讨人厌的东西！我们去约唐卿、珏斋、莑如，一块儿上菱云那里去。"肇廷道："上菱云那里做什么？"雯青道："不差，前天他约定的，去吃霞芬的喜酒。"肇廷道："霞芬不是出了师吗？他自立的堂名叫什么？在那里呢？"公坊道："他自己的，还没定，今天还借的景龢堂梅家。"公坊一壁说，一壁已写好了三个小简，叫松儿交给长班分头去送，并吩咐雇一辆干净点儿的车来。松儿道："不必雇，朱相公的车和牲口都留在后头车厂里给爷坐的，他自己是走了去的。"公坊点了点头，就和雯青、肇廷说："那么我们到那边谈吧。"

于是一行人都出了寓门，来到景龢堂。只见堂里敷设的花团锦簇，桂馥兰香，挂起五凤齐飞的彩绢宫灯，铺上双龙戏水的层绒地毯，饰壁的是北宋院画[8]，插架的是宣德铜炉[9]，一几一椅，全是紫榆水楠的名手雕工，中间已搬上一桌山珍海错的盛席，许多康彩乾青[10]的细磁。霞芬进进出出，招呼得十二分殷勤。那时唐卿、珏斋也都来，只有莑如姗姗来迟，大家只好先坐了。霞芬照例到各人面前都敬了酒，坐在公坊下肩。肇廷提议叫条子，唐卿、珏斋也只好随和了。肇廷叫了琴香，雯青叫了秋菱，唐卿叫了怡云，珏斋叫了素云。真是翠海香天，金樽檀板，花销英气，酒祓清愁；尽旗亭画壁[11]之欢,胜板桥[12]寻春之梦。须臾[13],各伶[14]慢慢的走了,霞芬也抽空去应他的条子。

这里主客酬酢,渐渐雌黄[15]当代人物起来。唐卿道:"古人说京师是个人海,这话是不差,任凭讲什么学问,总有同道可以访求的。"雯青道:"说的是。我想我们自从到京后,认得的人也不少了,大人先生,通人名士,都见过了,到底谁是第一流人物?今日没事,大家何妨戏为月旦[16]!"公坊道:"那也不能一概论的,以兄弟的愚见,分门别类比较起来,挥翰临池[17],自然让龚和甫独步;吉金乐石,到底算潘八瀛名家;赋诗填词,文章尔雅[18],会稽李治民[19]纯客是一时之杰;博闻强识,不名一家,只有北地庄寿香芝栋[20]为北方之英。"肇廷道:"丰润庄仑樵佑培[21],闽县陈森葆琛[22]何如呢?"唐卿道:"词锋可畏,是后起的文雄;再有瑞安黄叔兰礼方[23],长沙王忆莪仙屺[24],也都是方闻[25]君子。"公坊道:"旗人[26]里头,总要推祝宝廷名溥[27]的是标标[28]的了。"唐卿道:"那是还有一个盛伯怡[29]呢。"雯青道:"讲西北地理的顺德黎石农[30],也是个风雅总持[31]。"珏斋道:"这些人里头,我只佩服两庄,是用世之才。庄寿香大刀阔斧,气象万千,将来可以独当一面,只嫌功名心重些;庄仑樵才大心细,有胆有勇,可以担当大事,可惜躁进些。"

四人正在评论得高兴,忽外面走进个人来,见是莑如,大家迎入。莑如道:"朝廷后日要大考[32]了,你们知道么?"大家又惊又喜的道:"真的么?"莑如道:"今儿衙门里掌院[33]说的,明早就要见上谕[34]了。可怜那一班老翰林,手是生了,眼是花了,得了这个消息,个个急得屁滚尿流，琉璃厂墨浆都涨了价了，正是应着句俗语，叫‘急来抱佛脚’了。”大家谈笑了一回，到底心中有事，各辞了公坊自去。

次日，果然下了一道上谕，着[35]翰詹科道[36]，在保和殿[37]大考。雯青不免告诉夫人，同着料理考具。张夫人本来很贤惠很能干的，当时就替雯青置办一切，缺的添补，坏的修理，一霎时齐备了。雯青自己在书房里，选了几支用熟的紫毫，调了一壶极匀净的墨浆。原来调墨浆这件事，是清朝做翰林的绝大经济[38]，玉堂金马[39]，全靠着墨水翻身。墨水调得好，写的字光润圆黑，主考学台[40]，放在荷包里；墨水调得不好，写的字便晦蒙否塞，只好一世当穷翰林，没得出头。所以翰林调墨，与宰相调羹[41]，一样的关系重大哩。闲言少叙。

到了大考这日，雯青天不亮就赶进内城，到东华门[42]下车，背着考具，一径上保和殿来。那时考的人，已纷纷都来了。到了殿上，自己把小小的一个三折叠的考桌支起，在殿东角向阳的地方支好了。东张西望，找着熟人，就看见唐卿、珏斋、肇廷都在西面，莑如却坐在自己这一边，桌上摊着一本白折子，一手遮着，怕被人看见的样子，低着头，在那里不知写些什么。雯青一一招呼了。忽听东首有人喊着道：“寿香先生来了，请这里坐吧！”雯青抬头一望，只见一个三寸丁[43]的矮子，猢狲脸儿，乌油油一嘴胡子根，满头一寸来长的短头发，身上却穿着一身簇新的纱袍褂，怪模怪样，不是庄寿香是谁呢？也背着一个藤黄方考箱，就在东首，望了一望，挨着第二排，一个方面大耳很气概的少年右首，放下考具，说道：“仑樵，我跟你一块儿坐吧！”雯青仔细一看，方看清正是庄仑樵；挨着仑樵右首坐的，便是祝宝廷，暗想这三位宝贝，今朝[44]聚在一块儿了。

不多会儿，钦命题下来，大家咿咿哑哑的吟哦起来，有搔头皮的，有咬指甲的，有坐着摇摆的，有走着打圈儿的；另有许多人却挤着庄寿香，问长问短，寿香手舞足蹈的讲他们听。看看太阳直过，大家差不多完了一半，只有寿香还不着一字。宝廷道：“寿香前辈，你做多少了？”寿香道：“文思还没来呢！”宝廷接着笑道：“等老前辈文思来了，天要黑了，又跟上回考差一样，交白卷了。”雯青听着好笑，自己赶着带做带写。又停一回，听见有人交卷，抬头一看，却是庄仑樵，归着[45]考具，得意扬扬的出去了。雯青也将完卷，只剩首赋得诗[46]，连忙做好誊上，看一遍，自觉还好，没有毛病，便见唐卿珏斋也都走来。荜如喊道：“你们等等儿，我要挖补一个字呢！”唐卿道：“我替你挖一挖好么？”荜如道：“也好。”唐卿就替他补好了。雯青看着道：“唐卿兄挖补手段，真是天衣无缝。”随着肇廷也走来。于是四人一同走下殿来，却见庄寿香一人背着手，在殿东台级儿上走来走去，嘴里吟哦不断，不提防雯青走过，正撞了满怀，就拉着雯青喊道：“雯兄，快来欣赏小弟这篇奇文！”恰好祝宝廷也交卷下来，就向殿上指着道：“寿香，你看殿上光都没了，还不去写呢！”寿香听着，顿时也急起来，对雯青等道：“你们都来帮我胡弄完了吧！”大家只好自己交了卷，回上殿来，替他同[47]格子的同格子，调墨浆的调墨浆。唐卿替他挖补，荜如替他拿蜡台，寿香半真半草的胡乱写完了，已是上灯时候。大家同出东华门，各自回家歇息去了。

过了数日放出榜来，却是庄仑樵考了一等第一名，雯青、唐卿也在一等，其余都是二等。仑樵就授了翰林院侍讲学士[48]，雯青得了侍讲[49]，唐卿得了侍读[50]。寿香本已开过坊[51]了，这回虽考得不高，倒也无荣无辱。

却说雯青升了官，自然有同乡同僚的应酬，忙了数日。这一日，略清静些，忽想到前日仑樵来贺喜，还没有去答贺，就叫套车，一径来拜仑樵。他们本是熟人，门上一直领进去，刚走至书房，见仑樵正在那里写一个好像折子的样子，见雯青来，就望抽屉里一摔，含笑相迎。彼此坐着，讲些前天考试的情形，又讲到寿香狼狈样子，说笑一回。看看已是午饭时候，仑樵道："雯青兄，在这里便饭吧！"雯青讲得投机，就满口应承。仑樵脸上却顿了一顿，等一回，就托故走出，去叫着[52]个管家，低低说了几句，就进来了。仑樵进来后，却见那个管家在上房走出，手里搿[53]着一包东西出去了。雯青也不在意，只是腹中饥炎上焚，难过得很，却不见饭开上来。仑樵谈今说古，兴高采烈，雯青只好勉强应酬。直到将交未末申初[54]，始见家人搬上筷碗，拿上四碗菜，四个碟子。仑樵让坐，雯青已饿极，也不客气，拿起饭来就吃，却是半冷不热的，也只好胡乱填饱就算了。

正吃得香甜时，忽听得门口大吵大闹起来，仑樵脸上忽红忽白。雯青问是何事，仑樵尚未回答，忽听外面一人高声道："你们别拿官势吓人，别说个把穷翰林，就是中堂[55]、王爷，吃了人家米，也得给银子！"——你道外面吵的是谁？原来仑樵欠了米店两个月的米帐，没钱还他，那店伙天天来讨，总是推三宕四，那讨帐人发了极，所以就吵起来。仑樵做了开坊的大翰林，连饭米钱都还不起，说来好像荒唐，那里知道仑樵，本来幼孤，父母不曾留下一点家业，小时候全靠着一个堂兄抚养，幸亏仑樵读书聪明，科名顺利，年纪轻轻，居然巴结[56]了一个翰林，就娶了一房媳妇，奁赠丰厚。仑樵生性高傲，不愿依人篱下，想如今自己发达了，看看妻财也还过得去，就胆大谢绝了堂兄的帮助，挈眷来京，自立门户。谁知命运不佳，到京不到一年，那夫人就过去了。仑樵又不善经纪[57]，坐吃山空，当尽卖绝，又不好吃回头草，再央求堂兄。到了近来，连饭都有一顿没一顿的。自从大考升了官，不免有些外面应酬，益发支不住，说也可怜，已经吃了三天三夜白粥了。奴仆也渐渐散去，只剩一两个家乡带来的人，终日怨恨着。——这日一早起来，喝了半碗白粥，肚中实在没饱，发恨道："这瘟官做他干吗？我看如今那些京里的尚侍[58]，外省的督抚[59]，有多大能耐呢？不过头儿尖些，手儿长些，心儿黑些，便一个个高车大马，鼎烹肉食起来！我那一点儿不如人？就穷到如此！没顿饱饭吃，天也太不平了！"越想越恨，忽然想起前两天，有人说浙闽总督纳贿卖缺一事，又有贵州巡抚侵占饷项一事，还有最赫赫的直隶总督李公[60]许多骄奢罔上的款项，却趁着胸中一团饥火，夹着一股愤气，直冲上喉咙里来，就想趁着现在官阶，可以上折子的当儿，把这些事情，统做一个折子，着实参他们一本，出出恶气，又显得我不畏强御的胆力。便算因此革了官，那直声震天下，就不怕没人送饭来吃了，强如现在庸庸碌碌的干瘪死！主意定了，正在细细打起稿子，不想恰值雯青走来，正是午饭时候，顺口虚留了一句，谁知雯青竟要吃起来。

仑樵没奈何,拿件应用的纱袍子,叫管家当了十来吊[61]钱,到饭庄子买了几样菜,遮了这场面。却想不到不做脸的债主儿,竟吵到面前,顿时脸上一红道:"那东西混账极了! 兄弟不过一时手头不便,欠了他几个臭钱,兄弟素性不肯恃势欺人,一直把好言善语对付他,他不知好歹,倒欺上来了! 好人真做不得!"说罢,高声喊着:"来! 来!"就只见那当袍子的管家走到。仑樵圆睁着眼道:"你把那混账讨账人,给我捆起来! 拿我片子送坊[62]去,请坊里老爷好好的重办一下子,看他还敢硬讨么!"那管家有气没气慢慢的答应声着,却背脸儿冷笑。

雯青看着,不得下台,就劝仑樵道:"仑樵兄,你别生气! 论理这人情实可恶,谁没个手松手紧,欠几个钱打甚么紧,又不赖他,便这般放肆! 都照这么着,我们京官没得日子过了,该应重办! 不过兄弟想现在令兄新得意,为这一点小事,办一个小人,人家议论不犯着[63]。"一面就对那管家道:"你出去说,叫他不许吵,庄大人为他放肆,非但不给钱,还要送坊重办哩! 我如今好容易替他求免了,欠的账,叫他到我那里去取,我暂时替庄大人垫付些就得了!"那管家诺诺退下。仑樵道:"雯兄,真大气量! 依着兄弟,总要好好儿给他一个下马威,有钱也不给他。既然雯兄代弟垫了,改日就奉还便了。"雯青道:"笑话了,这也值得说还不还!"说着,饭也吃完,那米店里人也走了,雯青作别回家,一宿无话。

次日早上起来,家人送上京报[64],却载着"翰林院侍讲庄佑培递封奏一件”，雯青也没很留心。又隔一日，见报上有一道长上谕，却是有人奏参浙闽总督和贵州巡抚的劣迹，还带着合肥李公，旨意很为严切，交两江总督查办。下面便是接着召见军机[65]庄佑培。雯青方悟到这参案，就是仑樵干的，怪不得前日见他写个好像折子一样的。当下丢下报纸，就出门去了。这日会见的人，东也说仑樵，西也说仑樵，议论纷纷，哄动了满京城。顺便到珏斋那里，珏斋告诉他仑樵上那折子之后，立刻召见，上头问了两个钟头的话，才下来，着实奖励了几句哩！

雯青道：“仑樵的运气快来了。”这句话，原是雯青说着玩的。谁知仑樵自那日上折，得了个采，自然愈加高兴。横竖没事，今日参督抚，明日参藩臬[66]，这回劾六部[67]，那回劾九卿[68]，笔下又来得，说的话锋利无比，动人听闻。枢廷[69]里有敬王[70]和高扬藻[71]、龚平，暗中提倡，上头竟说一句听一句起来，半年间那一个笔头上，不知被他拨掉了多少红顶儿[72]。满朝人人侧目，个个惊心，他到处屁也不敢放一个。就是他不在那里，也只敢密密切切的私语，好像他有耳报神似的。仑樵却也真利害，常常有人家房闱[73]秘事，曲室密谈，不知怎地被他囫囫囵囵的全端出来，于是愈加神鬼一样的怕他。说也奇怪，人家愈怕，仑樵却愈得意，米也不愁没了，钱也不愁少了，车马衣服也华丽了，房屋也换了高大的了。正是堂上一呼，堂下百诺，气焰熏天，公卿倒屣[74]。门前车马，早晚填塞，雯青有时去拜访，十回倒有九回道乏[75]，真是今昔不同了。还有庄寿香、黄叔兰、祝宝廷、何珏斋、陈森葆一班人跟着起哄，京里叫做“清流党[76]”的

“六君子”，朝一个封奏，晚一个密折，闹得鸡犬不宁，烟云缭绕，总算得言路大开，直臣遍地，好一派圣明景象。话且不表。

却说有一日黄叔兰丁了内艰〔77〕，设幕开吊〔78〕。叔兰也是清流党人，京官自大学士〔79〕起，那一个敢不来吊奠！衣冠车马，热闹非常。这日雯青也清早就到，同着唐卿、荨如、公坊几个熟人，聚在一处谈天。一时间，寿香、宝廷陆续都来了。大家正在遍看那些挽联挽诗，评论优劣。寿香忽然喊道：“你们来看仑樵这一付，口气好阔大呀！”唐卿手里拿着个白玉烟壶，一头闻着烟，走过去抬头一望，挂在正中屏门〔80〕上一付八尺来长白绫长联，唐卿就一字一句的读出来道：

看范孟博〔81〕立朝有声，尔母曰教子若斯，我瞑目矣！

效张江陵〔82〕夺情未忍，天下惜伊人不出，如苍生何？

唐卿看完，摇着头说：“上联还好，下联太夸大了，不妥，很不妥！”宝廷也跟在唐卿背后看着，忽然叹口气道：“仑樵本来闹得太不像了，这种口角〔83〕，都是惹人侧目的。清流之祸〔84〕，我看不远了！”

正说着，忽有许多人招呼叫别声张。一会儿果然满堂肃静无哗，人丛中走出四个穿吉服〔85〕的知宾〔86〕，恭恭敬敬，立在厅檐下候着。雯青等看这个光景，知道不知是那个中堂来了。原来京里丧事，知宾的规矩，有一定的：王爷、中堂来吊，用四人接待；尚书、侍郎用二人；其余都是一人。现在见四人走出，所以猜是中堂。谁知远远一望，却见个明蓝顶儿〔87〕，胖白脸儿，没胡子的赫赫有名的庄大人，一溜风走了进来。四个知宾，战兢兢的接待不迭。庄大人略点点头儿，只听云板[88]三声,一直到灵前行礼去了。礼毕出堂,换了吉服。四面望了望,看见雯青诸人,都在一堆里,便走过来,作了一个总揖道:“诸位恭喜,兄弟刚在里头出来,已得了各位的喜信了。”大家倒愕着不知所谓。仑樵就靴统里抽出一个小小护书[89],护书里拔出一张半片的白折子,递给雯青手里。雯青与诸人同看。——原来那折上,写着某日奉上谕,江西学政[90]着金汋去,陕甘学政着钱端敏去,浙江学政着祝溥去。其余尚有多人,却多不相干,大家也不看了。仑樵又向寿香道:“你是另有一道旨意,补授了山西巡抚了。”寿香愕然道:“你别胡说,没有的事。”仑樵正色道:“这是圣上特达之知,千秋一遇,寿香兄可以大抒伟抱,仰答国恩。兄弟倒不但为吾兄一人私喜,正是天下苍生的幸福哩!”寿香谦逊了一回。

仑樵道:“今日在里头,还得一个消息,越南被法兰西侵占得利害,越南王求救于我朝,朝旨想发兵往救呢!”唐卿道:“法兰西新受了普鲁士战祸[91],国力还未复元,怎么倒是他首先发难[92],想我们的属地了?情实可恶!若不借此稍示国威,以后如何驾驭群夷呢?”雯青道:“不然,法国国土,大似[93]英吉利,百姓也非常猛鸷。数十年前有个国王叫拿破仑[94],各国都怕他,着实利害。近来虽为德国所败,我们与他开衅,到底要慎重些,不要又像从前吃亏。”寿香道:“从前吃亏,都是自己不好,引虎入门,不必提了。至于庚申之变,事起仓卒,又值发逆扰乱,我们不能两顾,倒被他们得了手,因此愈加自大起来。现在事事想来要挟,我们正好趁着他们自骄自满之时,给他一个下马威,显显天朝的真威力,看他们以后再敢做夜狼[95]吗!”仑樵拍着手道："着啊，啊！目下我们兵力虽不充，还有几个中兴老将，如冯子材[96]、苏元春[97]，都是百战过来的。我想法国地方，不过比中国二三省，力量到底有限，用几个能征惯战之人，死杀一场，必能大振国威，保全藩属，也叫别国不敢正视。诸位道是吗？"大家自然附和了两句。

仑樵说罢，道有事，就先去了。雯青、寿香回头过来，却不见了莑如、公坊，公坊本不喜热闹，莑如因放差没有他，没意思，先走了，也就各自散回。雯青回到家来，那报喜的早挤满一门房，"大人升官"，"大人高发"的乱喊。雯青自与夫人商量，一一从重发付。接着谢恩请训，一切照例的公事，还有饯行辞行的应酬，忙的可想而知。

这日离出京的日子近了，清早就出门，先到龚、潘两尚书处辞了行。从潘府出来，顺路去访曹公坊，见他正忙忙碌碌的在那里收拾归装。——原来公坊那年自以为臭不可当的文章，竟被霞郎估着，居然掇了巍科[98]。但屡踏槐黄[99]，时嗟落叶[100]，知道自己不是金马玉堂中人物，还是跌宕文史，啸傲烟霞[101]，还我本来面目的好，就浩然有南行之志。这几天见几个熟人都外放了，遂决定长行，不再留恋软红[102]了。当下见了雯青，就把这意思说明。雯青说："我们同去同来，倒也有始有终，只是丢了霞郎，如何是好？"公坊道："筵席无不散，风情留有余。果使厮守百年，到了白头相对，有何意味呢？"就拿出个手卷，上题《朱霞天半图》，请雯青留题道："叫他在龙汉劫[103]中留一点残灰吧！"雯青便写了一首绝句[104]，彼此说明，互不相送，就珍重而别。

雯青又到莑如、肇廷、珏斋几个好友处话别，顺路走过庄寿香门口，叫管家投个帖子，一来告辞，二来道贺。帖子进去，却见一个管家走来车旁，请个安道："这会儿主人在上房吃饭哩！早上却吩咐过，金大人来，请内书房宽坐，主人有话，要同大人说呢。"雯青听着，就下了车。这家人扬着帖子，湾湾曲曲，领雯青走到一个三开间两明一暗的书室。那书室却是外面两间很宽敞，靠南一色大玻璃和合窗[105]，沿窗横放一只香楠马鞍式书桌，一把花梨加官椅[106]，北面六扇纱窗，朝南一张紫檀炕床，下面对放着全堂影木嵌文石的如意椅[107]，东壁列着四座书架，紧靠书架，放着一张紫榆雕刻杨妃醉酒榻[108]，西壁有两架文杏十景厨，厨中列着许多古玩。厨那边却是一扇角门，虚掩着，想通内室的。地下铺着五彩花毯，陈设极其华美。雯青到此，就站住了。那家人道："请大人里间坐。"说着打起里间帘子，雯青不免走了进来，看着位置，比得外间更为精致。雯青就在窗前一张小小红木书桌旁边坐下，那家人就走了。

雯青也把自己跟人，打发到外边去歇歇。等了一回，不见寿香出来，一人不免郁闷起来，随手翻着桌上书籍，见一本书目，知道还是寿香从前做学台[109]时候的大著作。正想拿来看着消闷，忽然坠下一张白纸，上头有条标头[110]，写着"袁尚秋[111]讨钱冷西[112]檄文[113]"，看着诧异。只见上头写的道：

> 钱狗来，告尔狗！尔狗其敬听！我将刳狗腹，刳狗肠，杀狗于狗国之衢，尔狗其慎旃[114]！

雯青看了，几乎要笑出来，晓得这事也是寿香做学台时候，幕中有个名士叫袁旭，与龚和甫的妹夫钱冷西，在寿香那里争恩夺宠闹的笑话，也就丢在一边。正等得不耐烦，要想走出去，忽听角门呀的一声开了，一阵笑话声里，就有一男一女，帖帖达达走出南窗楠木书桌边。忽又一阵脚声，一个人走回去了，一人坐在加官椅上，低低道："你别走呀，快来呢！"一人站在角门口躲脚道："死了，有人哩！"一人忽高声道："投眼珠的王八，谁叫你来？还不滚出去！"雯青一听那口音，心里倒吓一跳，贴着帘缝一张，见院子里那个接帖的家人，手里还拿着帖子，踉踉跄跄往外跑，角门边却走出个三十来岁涂脂抹粉大脚的妖娆姐儿。那人涎着脸，望那姐儿笑，又招招手儿。姐儿道："清天白日算什么呢！"那人道："我爱的就是清天白口。"姐儿瞅着一眼道："你真爱么？我知道哩，你没良心！从前一脚踢死了太太，太太临死时，对你说来，除非你一生不上床便罢，你要上床，鬼就来捉你，是不是你晚上怕太太的鬼，不敢睡罢咧？"那人顺手拥着姐儿，三脚两步，推倒在书架下的醉杨妃榻上。一面走一面说道："我就舍不得踢死你，我可也不饶你。"这句话，那姐儿从此不言语了。

雯青被书架遮着，看不清楚，听得却不耐烦了，心里又好气，又好笑，逼得饿不可当，几番想闯出来，到底不好意思，仿佛自己做了歹事一般，心毕卜毕卜地跳，气花也不敢往外出。忽听一阵吃吃的笑，也不辨那个。又一会儿，那姐儿出声道："我的爷，你书，招呼着，要倒！"语还未了，硼的一声，架上一大堆书，都望着榻上倒下来。正是：

风宪[115]何妨充债帅[116]，书城从古接阳台[117]。

到底倒下来的书，压着何人，欲明这个哑谜，待我喘过气来，再和诸位讲。

按，本回回目原标为："开樽赖有长生库，插架难遮素女图。"遮，目录作"藏"。

〔1〕 素女图：素女，传说的与黄帝同时的神女，黄帝曾向她请教养生之道。《素女方》等讲房中术的书籍见于《隋书·经籍志》，后佚。清末叶德辉从日本《医心方》等书中辑出《素女经》、《素女方》等，印行《双梅景闇丛书》。此处是指庄芝栋偷情事。

〔2〕 可意人：称心如意的人；知己。

〔3〕 吴刚：传说的仙人。学仙有过，受罚在月中斫桂树。

〔4〕 蟾宫折桂：比喻科举考试得中。蟾宫即月宫。传说月中有桂树。

〔5〕 孟光接了梁鸿案：这是《西厢记》中红娘唱词反用典故，讥笑莺莺答应与张生幽会。《后汉书》载，梁鸿与其妻孟光隐居霸陵山中，孟光给梁鸿上饭菜，"举案齐眉"。表示夫妇相亲相敬。

〔6〕 搭讪：无话找话。

〔7〕 房：房官，亦称房考。乡会试时分房阅卷的考官。负责初选荐卷，选中的送总裁定夺。不能出房即初选就淘汰了。

〔8〕 院画：指宋代翰林图画院中宫廷画家的作品。画法工整细致。

〔9〕 宣德铜炉：宣德，明宣宗朱瞻基年号。宣德年间制作的铜香炉是有名古董。

〔10〕 康彩乾青：清代康熙时产的青瓷称康青，色彩富丽，闪红色碧色。这种闪色瓷彩总名宝石蓝。乾隆时的青瓷也是名瓷。

〔11〕 旅亭画壁：旅亭即旗亭。酒楼。画壁，原在粉壁上作记号；转义就是作画。唐人薛用弱《集异记》载王昌龄、高适、王之涣在旗亭小饮，有梨园伶官十数人和妙妓四人寻续而至，"昌龄等私相约，密视诸伶所讴，若诗入歌词之多者为优"，顺手在壁上"题壁"作记号。清人余怀《板桥杂记·雅游》："倘遇旗亭歌者，不能不画壁也。"文中情景类似顾闳中《韩熙载夜宴图》卷。

〔12〕 板桥：代指妓院。余怀《板桥杂记》即以南京妓院聚居地有长板桥而命名。

〔13〕 须臾：不久。

〔14〕 伶：优伶，戏子。此处是歌郎，有的也当相公，既售艺又售色。明清士大夫好男风，多种小说（如《品花宝鉴》）有描写。

〔15〕 雌黄：评论。

〔16〕 月旦：月旦评。品评人物。每月初一为月旦。《后汉书》载，汝南刘邵与其叔伯哥哥刘靖，好谈论乡党人物，每月初一变更品题，人称月旦评。

〔17〕 临池：书法。翁同龢书法从颜真卿变化而来，朴茂厚重。

〔18〕 尔雅：雅正。

〔19〕 李治民：号纯客。影射李慈铭（1829—1894），号莼客，又号越缦堂。会稽（今绍兴）人。以诸生入赀官户部郎中。光绪六年成进士，任御史。蔡元培称他是旧文学的殿军。有《白华绛跗阁诗集》、《湖塘林馆骈体文钞》、《越缦堂日记》等。他是作者曾朴的老师。

〔20〕 庄芝栋：号寿香。影射张之洞（1837—1909），字香涛。直隶南皮人。同治二年进士。曾任翰林侍讲学士、巡抚、总督、军机大臣、学部大臣、大学士。洋务派首领。主张“中学为体，西学为用”。有《劝学篇》、《书目答问》等著作。

〔21〕 庄佑培：号仑樵。影射张佩纶（1848—1903），字幼樵。直隶丰润人。同治十年进士。由编修大考优等擢侍讲。面对列强侵略形势，屡次陈奏策略，又弹劾不法大臣多人，声名大著。与黄体芳、宝廷、张之洞时称四大谏，为清流党主要人物之一。署左副都御史，在总理衙门行走。法国海军将攻马尾，以三品京卿衔会办福建海军事务，指挥不当而败逃，革职充军。释还后李鸿章招入幕府，以女儿嫁给他。庚子后称疾不出。著有《涧于集》等。

〔22〕 陈琛：号森葆。影射陈宝琛，字伯潜。福建闽县人。同治翰林。官至山西巡抚、正红旗汉军都统。维新派人物。同治、光绪之际，好论时政，与张佩纶、吴大澂等人号称清流党。

〔23〕 黄礼方：号叔兰。影射黄体芳，字漱兰。浙江瑞安人。同治二年进士。累官侍读学士、兵部侍郎。

〔24〕 王仙屺:号忆莪。影射王先谦,字益吾,号葵园。长沙人。曾任国子监祭酒、岳麓书院院长。著有《汉书补注》、《虚受堂文集》等。他是个学者,政治上守旧。

〔25〕 方闻:博闻多识。

〔26〕 旗人:八旗籍的人士。主要指满洲八旗。

〔27〕 祝溥:号宝廷。影射宗室宝廷,字竹坡。郑亲王济尔哈朗后裔。同治进士。曾任编修、侍读、国子司业、内阁学士。任福建乡试考官,归途中纳妓女为妾,自己劾奏罢官。

〔28〕 标标:特出,尖子。

〔29〕 盛伯怡:盛煜,号伯怡。影射盛昱,字伯熙。清宗室,肃亲王豪格后裔。光绪二年进士。曾任编修、国子监祭酒。后文中盛伯怡、成伯怡互见。

〔30〕 黎石农:黎殿文,号石农。影射李文田,字芍农。广东顺德人。咸丰九年探花。以编修入直南书房充日讲起居注官,历中允、学政、侍读学士,官至礼部侍郎,经筵讲官,领阁事。长于西北地理,有《朔方备乘札记》、《李文诚公遗诗》等。多次任考官,能识拔人才,受到学士称道。

〔31〕 风雅总持:风流儒雅第一。

〔32〕 大考:翰林院官员、詹事府官员的升级考试。从侍读学士、少詹事以下官员均须应考。考一二等的升调,三四等不入等的降级、受罚、降职休息,甚至革职。

〔33〕 掌院:翰林院掌院学士。从二品,由大学士、尚书中特任。

〔34〕 上谕:圣旨。

〔35〕 着(zhuó):公文、上谕中习惯用语,表示命令。

〔36〕 翰詹科道:翰即翰林院、詹即詹事府(文学侍从机构)、科即六科给事中(言官)、道即御史。

〔37〕 保和殿:紫禁城三大殿之一。

〔38〕 经济:已见前注。这里是比喻,本事、大事。

〔39〕 玉堂金马:白玉署、金马门。汉代学士待诏的官署和宫门。代指翰林院。

〔40〕 学台:学政。主持大考的已经不是学政,而是王爷大臣。这里是方

便说法。

〔41〕调羹：比喻治理国家要善于协调。《尚书·说命下》："若作和羹，尔惟盐梅。"商王武丁任傅说为相，嘱咐他治理国家要像调和鼎中的羹一样，作料用得恰到好处。

〔42〕东华门：紫禁城东门，所谓文官由东门进出。

〔43〕三寸丁：极言某人矮小用此词。

〔44〕今朝(zāo)：吴语。今天。也写作今早。

〔45〕归着：收拾。

〔46〕赋得诗：即试帖诗。参见第二回注〔10〕八韵条。

〔47〕同：套。方言。

〔48〕侍讲学士：翰林院主官之一，正四品。

〔49〕侍讲：翰林院官员，从五品，担任庶吉士训课。

〔50〕侍读：翰林院官员，从五品，担任训课。

〔51〕开过坊：开坊。翰林院修撰、编修、检讨升转，称作开坊；因为必须经过詹事府官阶(中允、庶子等)，詹事为春坊，所以称开坊。这是一种资格升级考试。

〔52〕叫着：叫了。方言。一般用"了"的地方，作者常用"着"。

〔53〕搿(gé)：方言。双手合抱。

〔54〕未末申初：下午四五点钟。

〔55〕中堂：大学士称中堂。

〔56〕巴结：努力、苦挣。

〔57〕经纪：理财、管理财产。

〔58〕尚侍：尚书、侍郎。

〔59〕督抚：总督、巡抚。

〔60〕李公：指李鸿章。李鸿章同治十年至光绪二十一年任直隶总督。李鸿章(1823—1901)，字少荃，安徽合肥人。道光进士。淮军首领，是镇压太平天国和捻军的主要力量之一。自任直隶总督兼北洋大臣起，是洋务派的领袖，掌管外交、军事、经济大权；开办了江南制造局、轮船招商局、开平煤矿、天津电报局、津榆铁路、上海机器织布局等企业；创建北洋海军。又代表清朝政府签订了《烟台条约》、《中法新约》、《中俄密约》、《马关条约》和《辛丑条约》，丧失

国家主权。封肃毅伯，官至文华殿大学士。有《李文忠公全集》。

〔61〕 吊：制钱一千文为一贯，也叫一吊，值银一两。北方也称一百文为一吊，此处即此意。后文也说到京钱多少吊，均同。

〔62〕 坊：里。在城曰坊，在郊曰厢。有坊长里长。此处坊里老爷，是指五城兵马司的坊官。

〔63〕 不犯着：犯不着。吴方言。

〔64〕 京报：即邸报，也称邸钞、宫门抄。朝廷官报，传抄诏令奏章、官员任命等。清末已由报房刊行，称京报。

〔65〕 军机：指军机大臣。

〔66〕 藩臬：藩司和臬司，行省两司。臬司参见第二回注〔92〕。藩司，布政使司，主管一省行政的官署。也称藩台。布政使和按察使为一省行政司法两长官。

〔67〕 六部：吏、户、礼、刑、兵、工六部。中央朝廷的主要机构、中央政府。清承明制，不设丞相，六部直属皇帝。

〔68〕 九卿：清代指都察院、大理寺、太常寺、光禄寺、鸿胪寺、太仆寺、通政司、宗人府、銮仪卫为九卿，相对独立的九个中央机构。

〔69〕 枢廷：政权中枢，指军机处。雍正时设立军机处。辅佐皇帝的政务机构。军机大臣无定员，由亲王、大学士、尚书、侍郎或京堂官充任；照例由亲王领班。

〔70〕 敬王：指恭亲王奕䜣（1833—1898），道光皇帝第六子。咸丰初封恭亲王。英法联军陷北京，以全权大臣签订《北京条约》。1861 年主持总理各国事务衙门，是洋务派首领。与慈禧太后合谋发动祺祥政变，杀端华、载垣、肃顺，拥护慈禧垂帘听政，改祺祥年号为同治，任议政王，在军机处行走。

〔71〕 高扬藻：高理惺，号扬藻。指李鸿藻。李鸿藻（1820—1897），字兰孙。直隶高阳人。咸丰进士。历任尚书、军机大臣、协办大学士。信程朱理学，是同治皇帝师傅。他守旧，但也比较正派，是钳制洋务派的一股力量。

〔72〕 红顶儿：指大官。清代三品至一品大员用红宝石顶子。

〔73〕 房闱：房帏。指内室、闺房。

〔74〕 倒屣（xǐ）：倒穿着鞋子。形容匆忙，表示热情。《三国志》载，王粲

拜访蔡邕,蔡邕"倒屣迎之"。

〔75〕 道乏:道谢;对不起。

〔76〕 清流党:清流是有名望的清高的士大夫。此词来源于东汉,陈群等人"有清流雅望"。后世往往指代表社会舆论动向的知识分子。

〔77〕 内艰:母亲或祖母去世。

〔78〕 开吊:丧家选日子接受亲戚宾朋吊唁为开吊。

〔79〕 大学士:清代设置殿阁大学士四人,协办大学士二人;即保和殿、文华殿、武英殿、体仁阁、文渊阁、东阁。正一品。参预机务,表率群僚。有大学士之名义称呼中堂。

〔80〕 屏门:仪门、二门。用以遮隔内外。

〔81〕 范孟博:范滂,字孟博。东汉汝南人。他任清诏使,澄清吏治,贪污官员闻风离去。后死于党锢之祸,与其母诀别时,其母说:"汝今得与李(膺)、杜(密)齐名,死亦何恨!"

〔82〕 张江陵:张居正,湖广江陵人。明万历时任首辅。其父死,按例当丁忧离职。朝臣倡议夺情留任(即按非常状态舍私为公不丁忧守孝,称夺情),另一些人又攻击他不守制是贪位不去,酿成一场流血斗争。下文"伊人不出,如苍生何"是要他留任的人之一耿定向说的。

〔83〕 口角:口气,口吻。

〔84〕 清流之祸:即党锢之祸。东汉桓帝时,宦官专权,清流派李膺等人捕杀其党。宦官于是说李膺等人与太学生勾结朋党,诽谤朝廷,牵连二百余人,终身禁锢。灵帝时,李膺等复起,与大将军窦武谋诛宦官。事败,李膺等一百余人被杀,死徙废禁者六七百人。

〔85〕 吉服:平常带色彩的衣服。丧服全白。

〔86〕 知宾:也称知客。负责接待宾客的人。

〔87〕 明蓝顶儿:蓝宝石顶子,四品以下官员所用。

〔88〕 云板:挂在门厅的报时报事器,画作云雷纹形的响板。也叫更点击钲。

〔89〕 护书:书夹子、折子套。放名帖和文件用。

〔90〕 学政:清代提督学政的简称。主管一省学校生员考课升降事务。由翰林官或进士出身的部院官员中委任,三年一任。俗称学台、

宗师。

〔91〕 普鲁士战祸：指1870—1871年普法战争。拿破仑第三在色当投降，又发生了巴黎公社起义，签订和约，法国割让亚尔萨斯和洛林。

〔92〕 发难：发动、挑起事端。

〔93〕 大似：比……大。

〔94〕 拿破仑：拿破仑·波拿巴。也称拿破仑一世。法国大革命时的政治家和军事家，法兰西第一帝国皇帝、百日王朝皇帝。

〔95〕 夜狼：夜郎。夜郎自大。夜郎是古代西南一小国(在贵州、云南间)，自以为比汉朝还大。

〔96〕 冯子材：字南干，号萃亭。清末将领。广东钦州人。贵州提督。1884年法国侵略军侵略越南，并进犯桂滇边境。当时已经退休的冯子材以广东四府团练督办率部参战。1885年2月任广西关外军务帮办，率王孝祺、苏元春等部大败法军于镇南关和谅山。

〔97〕 苏元春：字子熙。广西永安人。湘军将领。1884年中法战争时署广西提督。初与法军战争失利，后随冯子材大败法军。

〔98〕 巍科：高科。指考中了举人前几名。

〔99〕 槐黄：槐花黄。古代士子忙于准备科举考试的季节。唐李淖《秦中岁时记》："进士下第，当年七月复献新文，求拔解，曰：'槐花黄，举子忙。'"

〔100〕 嗟落叶：悲秋。秋试之期，因多次落第而悲伤嗟叹。

〔101〕 跌宕文史，啸傲烟霞：指过一种读书、饮酒、游山水、吟诗作赋的文士或隐士的自由生活。

〔102〕 软红：指都市繁华生活。

〔103〕 龙汉劫：道家所说龙汉、赤明、上皇、开皇、延康五劫。龙汉为开始的一大劫，经历九千九百九十九劫，乾坤破坏，无复光明。见《云笈七签》中《灵宝略记》。

〔104〕 绝句：诗体的一种。一首诗四句，五言、六言、七言均有。韵脚可平可仄。这是古绝。如果是律绝，格式严些。

〔105〕 和合窗：可开关的窗，百叶窗之类。

〔106〕 加官椅：太师椅。大圈椅。

〔107〕 如意椅：清式方椅。对放是两两相对，四把椅子或更多。

〔108〕　杨妃醉酒榻：杨妃榻。三面有矮栏、可坐可卧的床榻。

〔109〕　学台：学政。已见前注。

〔110〕　标头：标题。

〔111〕　袁尚秋：袁旭，号尚秋。影射袁昶，字爽秋。浙江桐庐人。光绪进士。历官主事、总理衙门章京、道员、布政使、总理衙门行走、太常寺卿等官。著有《浙西村人集》、《安般簃集》。

〔112〕　钱冷西：影射钱振伦，字楞仙。浙江归安人。道光翰林、国子监司业。

〔113〕　檄文：文体的一种。布告、传单。

〔114〕　其慎旃(zhān)：当心这件事。其，指代词，宾语前置。旃，古助词。

〔115〕　风宪：指纠弹风纪的监察官。古代御史台称宪台。庄寿香已受命任巡抚，《清史稿》："沿明制督抚系右都御史、右副都御史、右佥都御史衔。"巡抚既有监察官的身份，所以用风宪。

〔116〕　债帅：指风流大帅。债，风流债，男女私情事。

〔117〕　阳台：用宋玉《高唐赋》典故。赋序说，楚怀王游高唐遇巫山神女，神女"旦为朝云，暮为行雨，朝朝暮暮，阳台之下"。后世阳台遂为男女幽会场所的代名词。

第六回

献绳技谈黑旗战史　听笛声追白傅遗踪

话说雯青在寿香书室的里间，听见那姐儿上气不接下气的说了几句话，砰的一声，架上一大堆书，望榻上倒下来。在这当儿，那姐儿趁势就立起来，发恨道："你只顾自各儿乐，别人的死活，全不管了！枉道你是读书人！怎地[1]不仁，简直是狠心短命的杀人！"说到这里，就缩住了口，嗤的一笑，扑翻身飞也似的跑进角门去了。那人一头理着书，哈哈作笑，也跟着走了。顿时室中寂静。雯青得了这个当儿，恐那人又出来，倒不好开交[2]，连忙蹑手蹑脚的溜出书房，却碰着那家人。那家人满心不安，倒红着脸替主人道歉，说主人睡中觉还没醒哩，明儿个自己过来给大人请安吧。雯青一笑，点头上车。豪奴俊仆，大马高车，一阵风的回家去了。到了家，不免将刚才所见，告诉夫人，大家笑不可仰。雯青想几时见了寿香，好好的问他一问哩。想虽如此，究竟料理出京事忙，无暇及此。

过了几日，放差的人，纷纷出京，唐卿往陕甘去了，宝廷忙往浙江去了，公坊也回常州本籍，过他的隐居生活去了。雯青也带了家眷，择吉长行，到了天津。那时旗昌洋行轮船，我中国已把三百万银子去买了回来，改名招商轮船局[3]，办理这事的，就是菶如在梁聘珠家吃酒遇见的成木生[4]。这件事，总算我们中国在商界上第一件大纪念。这成木生现在正做津海关道，与雯青素有交情，晓得雯青出京，就替他留了一间大餐间[5]。雯青在船上，有总办[6]的招呼，自然格外舒服。不日就到了上海，关防[7]在身，不敢多留，换坐江轮，到九江起岸，直抵南昌省城，接篆[8]进署，安排妥当，自然照常的按棚开考。雯青初次衡文，又兼江西是时文出产之乡，章、罗、陈、艾，遗风未沬，雯青格外细心搜访，不敢造次。

有话即长，无话即短。不觉春来秋往，忽忽过了两年。那时正闹着法越的战事，在先秉国钧[9]的原是敬亲王，辅佐着的便是大学士包钧[10]，协办大学士吏部尚书高扬藻，工部尚书龚平，都是一时人望的名臣。只为广西巡抚徐延旭[11]，云南巡抚唐炯[12]，误信了黄桂兰[13]、赵沃[14]，以致山西、北宁[15]连次失守，大损国威。太后[16]震怒，徐、唐固然革职拿问，连敬王和包、高、龚等全班军机也因此都撤退了。军机处换了义亲王[17]做领袖，加上大学士格拉和博[18]，户部尚书罗文名[19]，刑部尚书庄庆藩[20]，工部侍郎祖锺武[21]一班人了。边疆上主持军务的也派定了彭玉麟[22]督办粤军，潘鼎新[23]督办桂军，岑毓英[24]督办滇军，三省合攻，希图规复，总算大加振作了。然自北宁失败以后，法人得步进步，海疆处处戒严，又把庄佑培放了会办福建海疆事宜，何太真放了会办北洋[25]事宜，陈琛放了会办南洋[26]事宜。

这一批的特简[27]，差不多完全是清流党的人物，以文学侍从[28]之臣，得此不次之擢，大家都很惊异。在雯青却一面庆幸着同学少年，各膺重寄，正盼他们互建奇勋，为书生吐气；一面又免不了杞人忧天，代为着急，只怕他们纸上谈兵，终无实际，使国家吃亏。谁知别人倒还罢了，只有上年七月，得了马尾[29]海军大败的消息，众口同声，有说庄仑樵降了，有说庄仑樵死了，却都不确。——原来仑樵自到福建以后，还是眼睛插在额角上，摆着红京官大名士的双料架子，把督抚不放在眼里。闽督吴景[30]，闽抚张昭同[31]，本是乖巧不过的人，落得把千斤重担，卸在他身上。船厂大臣又给他面和心不和。将领既不熟悉，兵士又没感情，他却忘其所以，大权独揽，只弄些小聪明，闹些空意气。那晓得法将孤拔[32]倒老实不客气的乘他不备，在大风雨里架着大炮打来。仑樵左思右想，笔管儿虽尖，终抵不过枪杆儿的凶，崇论宏议虽多，总挡不住坚船大炮的猛，只得冒了雨，赤了脚，也顾不得兵船沉了多少艘，兵士死了多少人，暂时退了二十里，在厂后一个禅寺里躲避一下，等到四五日后调查清楚了，才把实情奏报朝廷。朝廷大怒，不久就把他革职充发了。雯青知道这事，不免生了许多感慨。在仑樵本身想，前几年何等风光，如今何等颓丧，安安稳稳的翰林不要当，偏要建什么业，立什么功，落得一场话柄！在国家方面想，人才该留心培养，不可任意摧残，明明白白是个拾遗补阙的直臣，故意舍其所长，用其所短，弄到两败俱伤。况且这一败之后，大局愈加严重，海上失了基隆，陆地陷了谅山[33]。若不是后来庄芝栋保了张国梁[34]的旧将冯子材出来，居然镇南关[35]大破法军，杀了他数万人，八日中克复了五六个名城，算把法国的气焰压了下去，中国的大局，正不堪设想哩！只可惜威毅伯[36]只知讲和，不会利用得胜的机会，把打败仗时候原定丧失权利的和约，马马虎虎逼着朝廷签定，人不知鬼不觉依然把越南暗送，总算没有另外赔款割地，已经是他折冲樽俎[37]的大功，国人应该纪念不忘的了！

如今闲话少说。且说那年法越和约签定以后，国人中有些明白国势的，自然要咨嗟太息，愤恨外交的受愚。但一班醉生梦死的达官贵人，却又个个兴高采烈，歌舞升平起来。那时的江西巡抚达兴[38]，便是其中的一个。达兴本是个纨袴官僚，全靠着祖功宗德，唾手得了这尊荣的地位，除了上谄下骄之外，只晓得提倡声技[39]。他衙门里只要不是国忌[40]，没一天不是锣鼓喧天，笙歌彻夜。他的小姐，姿色第一，风流第一，戏迷也是第一。当时有一个知县，姓江名以诚[41]，伺候得这位抚台小姐最好，不惜重资，走遍天下，搜访名伶如四九旦、双麟、双凤等，聘到省城。他在衙门里，专门做抚台的戏提调，不管公事。省城中曾有嘲笑他的一副对联[42]道：

以酒为缘，以色为缘，十二时买笑追欢，永朝永夕酣大梦；

诚心看戏，诚意听戏，四九旦登场夺锦，双麟双凤共消魂！

也可想见一时的盛况了。

话说雯青一到江西，看着这位抚院的行动，就有些看不上眼。达抚台见雯青是个文章班首[43]，翰苑名流，倒着实拉拢。雯青顾全同僚的面子，也只好礼尚往来，勉强敷衍。有一天，雯青刚从外府回到省城，江以诚忽来禀见。雯青知道他是抚台那里的红人，就请了进来。一见面，呈上一副红柬，说是达抚台专诚打发他送来的。雯青打开看时，却是明午抚院请他吃饭的一个请帖。雯青疑心抚院有什么喜庆事，就问道："中丞[44]那里明天有什么事？"江知县道："并没甚事,不过是个玩意儿。”雯青道:“什么玩意呢?”江知县道:“是一班粤西来的跑马买解的,里头有两个云南的苗女,走绳的技术,非常高妙,能在绳上腾踏纵跳,演出各种把势。最奇怪的,能在绳上连舞带歌,唱一支最长的歌,名叫《花哥曲》,是一个有名人,替刘永福〔45〕的姨太太做的,‘花哥’就是那姨太太的小名。曲里面还包含着许多法越战争时候的秘史呢,大人倒不可不去赏鉴赏鉴!”

雯青听见是歌唱着刘永福的事,倒也动了好奇之心,当时就答应了准到。一到明天,老早的就上抚院那里来了。达抚台开了中门,很殷勤的迎接进来,先在花厅坐地〔46〕。达抚台不免慰问了一番出棚巡行的辛苦,又讲了些京朝的时事,渐渐讲到本题上来了。雯青先开口道:“昨天江令转达中丞盛意,邀弟同观绳戏,听说那班子非常的好,不晓得从那里来的?”达抚台笑道:“无非小女孩气〔47〕,央着江令到福建去聘来。那班主儿,实在是广西人,还带着两个云南的猓姑〔48〕,说是黑旗军里散下来的余部,所以能唱《花哥曲》。‘花哥’,就是他们的师父。”雯青道:“想不到刘永福这老武夫,倒有这些风流故事!”达抚台道:“这支曲子,大概是刘永福或冯子材幕中人做的,只为看那曲子内容,不但是叙述艳迹,一大半是敷张战功,据兄弟看来,只怕做曲子的,另有用意吧!好在他有抄好的本子在那边场上,此时正在开演,请雯兄过去,经法眼一看,便明白了。”说着,就引着雯青迤逦到衙东花园里一座很高大的四面厅上来。

雯青到那厅上,只见中间摆上好几排椅位,两司道府及本地的巨绅,已经到了不少,看见雯青进来,都起来招呼。江知县更满面笑容,手忙脚乱的趋奉，把雯青推坐在前排中间，达抚台在旁陪着。雯青瞥眼见厅的下首里，挂着一桁珠帘，隐隐约约都是珠围翠绕的女眷，大约著名的达小姐也在里面。绳戏场设在大厅的轩廊外，用一条很粗的绳紧紧绷着，两端拴在三叉木架上。那时早已开演。只见一个十七八岁的蛮女，面色还生得白净，眉眼也还清秀，穿着一件湖绿色密纽的小袄，扎腿小脚管的粉红裤，一对小小的金莲，头上包着一块白绸角形的头兜，手里拿着一根白线绕绞五尺来长的杆子，两头系着两个有黑穗子的小球，正在绳上忽低忽昂的走来走去，大有矫若游龙翩若惊鸿之势。堂下胡琴声咿咿哑哑的一响，那女子一壁婀娜地走着，一壁啭着娇喉，靡曼地唱起来。那时江知县就走到雯青面前，献上一本青布面的小手折，面上粘着一条红色签纸，写着《花哥曲》三字。雯青一面看，一面听她很清楚的官音〔49〕唱道：

我是个飞行绝迹的小猢狲〔50〕，我是黑旗队里一个女领军；我在血花肉阵里讨了好多岁，我是刘将军的旧情人。（一解〔51〕）

刘将军，刘将军，是上思州里的出奇人！他长毛不做做强盗，出了镇南走越南。（二解）

保胜〔52〕有个何大王〔53〕，杀人如草乱边疆；将军出马把他斩，得了他人马，霸占了他地方。（三解）

将军如虎，儿郎〔54〕如兔，来去如风雨，黑旗到处人人怕。（四解）

法国通商逼阮哥〔55〕，得了西贡〔56〕又要过红河〔57〕；法将

安邺[58]神通大，勾结了黄崇英[59]反了窝。在河内[60]立起黄旗队，啸聚强徒数万多！（五解）

慌了越王阮家福，差人招降刘永福，要把黑旗扫黄旗，拜了他三宣大都督。（六解）

精的枪，快的炮，黄旗军里夹洋操，刀枪剑戟如何当得了！如何当得了！（七解）

幸有将军先预备，军中练了飞云队，空中来去若飞仙，百丈红绳走㛎妹。（八解）

我是飞云队里的女队长，名叫做花哥身手强，衔枚夜走三百里，跟了将军到宣光[61]。敌营扎在大岭的危崖上，沉沉万帐月无光。（九解）

将军忽然叫我去，微笑把我肩头抚，你若能今夜立奇功，我便和你做夫妇。（十解）

我得了这个稀奇令，要嫁英雄值得去拚性命。刀光照见羞颜红，欢欢喜喜来承认。（十一解）

大军山前四处伏，我领全队向后崖扑，三百个蛮腰六百条臂，蜿蜒银蛇云际没。（十二解）

一声呐喊火连天，山营忽现了红妆妍。鸾刀[62]落处人头舞，枪不及肩来炮不及燃。（十三解）

将军一骑从天下，四下里雄兵围得不留罅；安邺丧命崇英逃，一战威扬初下马。（十四解）

我便做了他第二房妻，在战场上双宿又双飞。天天想去打法兰西，偏偏我的命运低，半路里犯了驸马爷黄佐炎[63]的忌，他私通外国把越王欺！暗暗把将军排挤，不许去杀敌搴旗[64]！（十五解）

镇守了保胜山西好几年，保障了越南固了中国的边！惹得法人真讨厌，因此上又开了这回的大战！（十六解）

战！战！战！越南大乱摇动了桂粤滇。可恶的黄佐炎，一面请天兵[65]，一面又受法兰西的钱，六调将军，将军不受骗。（十七解）

三省督办李少荃[66]，广东总督曾国荃[67]。李少荃要讲和，曾国荃只主战，派了唐景崧[68]，千里迢迢来把将军见。（十八解）

面献三策上策取南交[69]，自立为王向中朝请封号。否则提兵打法人，做个立功异域的汉班超[70]，总胜却死守保胜败了没收梢。（十九解）

将军一听大欢喜，情愿投诚向清帝。纸桥[71]一战敌胆落，手斩了法国大将李威利。（二十解）

越王忽死太妃垂了帘，阮说[72]辅政串通了黄佐炎，偷降法国把条约签，暗害将军设计险！（二十一解）

我有个嫡狠洞里的旧夫郎，刁似狐狸狠似狼，他暗中应了黄佐炎的悬赏，扮做投效人，来进营房。（二十二解）

虽则是好多年的分离，乍见了不免惊奇！背着人时刻把旧情提，求我在将军处，格外提携！（二十三解）

将军信我，升了他营长，谁知道暗地里引进了他的羽党！有一天把我骗进了棚帐，醉得我和死人一样。（二十四解）

约了法军来暗袭山西，里应外合的四面火起，直杀得黑旗兵辙乱旗靡，只将军独自个走脱了单骑。（二十五解）

等我醒来只见战火红，为了私情受了蒙，恶奴逼得我要逃也没地缝，捆上马背便走匆匆。（二十六解）

走到半路来了一支兵，是冯督办的部将叫潘瀛[73]。一阵乱杀把叛徒来杀尽，倒救了我一条性命。（二十七解）

问我来历我便老实说，他要通信黑旗请派人来接，我自家犯罪自家知，不愿再做英雄妾。（二十八解）

我害他丧失了几年来练好的精锐，我害他把一世英名坠！我害了山西北宁连连的溃，我害了唐炯徐延旭革职又问罪！（二十九解）

我害他受了威毅伯的奏参，若不是岑毓英，若不是彭雪琴，权力的庇荫，军饷的担任，如何会再听宣光临洮[74]两次的捷音！（三十解）

我无颜再踏黑旗下的营门，我愿在冯军里去冲头阵！我愿把弹雨硝烟的热血，来洗一洗我自糟鞑的瘢痕！（三十一解）

七十岁的老将冯子材，领了万众镇守镇南来，那时候马江船毁谅山失，水陆官兵处处败。（三十二解）

将军誓众筑长墙，气概俨然张国梁。后有王孝祺[75]，前有王德榜[76]，专候敌军来犯帐。（三十三解）

果然敌人全力来进攻，炮声隆隆弹满空；将军屹立不许动，退者手刃不旋踵！（三十四解）

忽然旗门两扇开，掀起长须大叫随我来！两子[77]随后脚无鞋。（三十五解）

我那时走若飞猱轻过了燕，一瞥眼儿抄过阵云前。我见炮火漫天好比繁星现，我连斩炮手断了弹火的线。（三十六解）

潘瀛赤膊大辫蟠了颈，振臂一呼，十万貔貅[78]排山地进！孝祺率众同拼命！跳的跳来滚的滚。德榜旁出神勇奋，突攻冲断了中军阵，把数万敌人杀得举手脱帽白旗耀似银，还只顾连放排枪不收刃。（三十七解）

八日夜追奔二百里，克复了文渊谅山一年来所失的地。乘胜长驱真快意，何难一战收交趾！（三十八解）

威毅伯得了这消息，不管三七二十一，草草便把和议结。（三十九解）

战罢亏了冯将军，战功叙到我女猢狲。我罪虽重大，将功赎罪或许我折准，且借铙歌[79]唱出回心院[80]，要向夫君乞旧恩！（四十解）

这一套《花哥曲》唱完，满厅上发出如雷价[81]的齐声喝采，震动了空气。雪白的赏银，雨点般撒在红氍毹[82]上，越显出红白分明。雯青等大家撒完后，也抛了二十个银饼。顿时那苗女跳下绳来，袅袅婷婷走到抚台和雯青面前，道了一声谢。雯青问她道："你这曲子真唱得好，谁教你的？"苗女道："这是一支在我们那边最通行的新曲，差不多人人会唱，况且曲里唱的就是我们做的事，那更容易会了。”达抚台道：“你们真在黑旗兵里当过女兵吗？”苗女点了点头。雯青道：“那么你们在花哥手下了，你们几时散出来的呢？”苗女道：“就在山西打了败仗后，飞云队就溃散了。”达抚台道：“现在花哥在那里呢？”苗女道：“听说刘将军把她接回家去了。”雯青道：“花哥的本事，比你强吗？”苗女笑道：“大人们说笑话了！我们都是她练出来的，如何能比？黑旗兵的利害，全靠盾牌队；盾牌队的精华，又全在飞云队。花哥又是飞云队的头脑，不但我们比不上，只怕是世上无双，所以刘将军离不了她了。”

正问答间，厅上筵席恰已摆好：中间一席，上首两席，下首是女眷们，也是两席。达抚台就请雯青坐了中间一席的首坐，藩臬道府作陪。上首两席的首位，却是本地的巨绅。一时觥筹交错，谐笑自如。请君且食蛤蜊，今夕只谈风月。迨至酒半，绳戏又开，这回却与上次不同，又换了一个苗女上场，扎扮得全身似红孩儿〔83〕一般。在两条绳上，串出种种把戏，有时疾走，有时缓行，有时似穿花蝴蝶，有时似倒挂鹦哥；一会竖蜻蜓，一会翻筋斗，虽然神出鬼没的搬演，把个达小姐看得忍俊不禁〔84〕，竟浓装艳服的现了庄严宝相。在雯青看来，觉得没甚意味，倒把绳上的眼，不自觉的移到帘上去了。须臾席散，宾主尽欢。雯青告辞回衙，已在黄昏时候。

歇了几日，雯青便又出棚，去办九江府属的考事，几乎闹了一个多月。等到考事完竣，恰到了新秋天气，忽然想着枫叶荻花，浔江〔85〕秋色，不可不去游玩一番，就约着几个幕友，买舟〔86〕江上，去访白太傅琵琶亭故址。明月初上，叩舷中流，雯青正与几个幕友飞觥把盏，论古谈今，甚是高兴，忽听一阵悠悠扬扬的笛声，从风中吹过来。雯青道："奇了，深夜空江，何人有此雅兴？"就立起身，把船窗推开，只见白茫茫一片水光，荡着香炉峰〔87〕影，好像要破碎的一般。幕友们道："怎地没风有浪？"雯青道："水深浪大，这是自然之理。"

停一回，雯青忽指着江面道："哪，哪，哪，那里不是一只小船，咿咿哑哑的摇过来吗？笛声就在这船上哩！"又侧着耳听了一回道："还唱哩！"说着话，那船愈靠近来，就离这船不过一箭路了。却听一人唱道：

莽乾坤，风云路遥；好江山，月明谁照？天涯携着个玉人娇小，畅好是〔88〕镜波平，玉绳〔89〕低，金风细，扁舟何处了？

雯青道："好曲儿，是新谱的。你们再听！"那人又唱道：

痴顽自怜，无分着宫袍；琼楼玉宇，一半雨潇潇！落拓江湖，着个青衫小！灯残酒醒，只有你依〔90〕相靠，博得个白发红颜，一曲琵琶泪万条！

雯青道："听这曲儿，倒是个愤世忧时的谪宦〔91〕，是谁呢？"

说着那船却慢慢地并上来。雯青看那船上，黑洞洞没有点灯，月光里看去，仿佛是两个人，一男一女。雯青想听他们再唱什么，忽听那个男的道，"别唱了，怪腻烦的，你给我斟上酒吧！"雯青听这说话的是北京人，心里大疑，正委决不下〔92〕，那人高吟道：

宗室〔93〕八旗〔94〕名士草，江山〔95〕九姓〔96〕美人麻〔97〕。

只听那女的道："什么麻不麻？你要作死哩！"那人哈哈笑道："不借

重尊容，那得这副绝对呢？”雯青听到这里，就探头出去细望。那人也推窗出来，不觉正碰个着，就高声喊道：“那边船上是雯青兄吗？”雯青道：“咦，奇遇！奇遇！你怎么会跑到这里来呢？”那人道：“一言难尽，我们过船细谈。”说罢，雯青就教停船，那人一脚就跳了过来。这一来，有分交：

一朝解绶，心迷南国之花；

千里归装，泪洒北堂[98]之草。

不知来者果系何人，且听下回分解。

按，本回回目原标为：“献绳技谈黑旗战史，听笛声追白傅遗踪。”谈，目录作“唱”。

〔1〕 怎地：也作怎的。为什么、怎么。旧小说常用词。

〔2〕 开交：交待，解决。吴方言。

〔3〕 招商轮船局：轮船招商局，简称招商局。中国最早设立的航运企业。1872 年李鸿章招商筹备（盛宣怀任会办），次年正式成立。总部设在上海，分局设烟台、天津、福州、汉口、广州、香港、横滨、神户、吕宋等口岸。承运漕粮，兼运商货。1877 年高价收购美商旗昌轮船公司一批旧船和设备，扩大经营。

〔4〕 成木生：影射盛宣怀（1844—1916），字杏荪，号愚斋。江苏武进人。秀才出身。1870 年入李鸿章幕府。1873 年任招商局会办。1880 年办电报局，1898 年成立汉冶萍公司。后任工部左侍郎、会办商约大臣、邮传部尚书等。洋务派重要分子，官僚买办。

〔5〕 大餐间：也称大菜间，招商局轮船上供应西餐的特等舱。外国邮船称头等舱，无此名。

〔6〕 总办：船长。

〔7〕 关防：官印。

〔8〕　接篆：接印，即上任。

〔9〕　秉国钧：执掌国家大权。

〔10〕　包钧：影射宝鋆，字佩蘅。满族人。道光进士。同治即位，以户部侍郎在军机处行走，兼总理衙门通商事务大臣。同治十三年授大学士。

〔11〕　徐延旭：字晓山。山东临清人。咸丰进士，广西巡抚。

〔12〕　唐炯：字鄂生。贵州贵筑人。道光进士，云南巡抚。

〔13〕　黄桂兰：字卉亭。安徽合肥人。淮军将领。广西提督。

〔14〕　赵沃：字庆池。道员，广西防军右营统领。

〔15〕　山西、北宁：越南河内西北和东北二地名。

〔16〕　太后：慈禧，西太后那拉氏。

〔17〕　义亲王：影射礼亲王世铎，接替恭亲王领军机处。

〔18〕　格拉和博：影射额勒和布，字筱山。满族人。光绪十年三月在军机大臣上行走，五月协办大学士，九月授体仁阁大学士。

〔19〕　罗文名：影射阎敬铭，字丹初。陕西朝邑人。道光翰林。以户部尚书入军机处和总理衙门。

〔20〕　庄庆藩：影射张之万，字子青。直隶南皮人。道光丁未状元。以刑部尚书入军机处，东阁大学士。

〔21〕　祖锺武：号荪山。影射孙毓汶，字莱山。山东济宁人。咸丰丙辰榜眼。以工部侍郎入军机处，升兵部尚书，随后又入总理衙门。后文中祖锺武、祖钟武互见。

〔22〕　彭玉麟：字雪琴。湖南衡阳人。湘军将领。兵部尚书。

〔23〕　潘鼎新：号琴轩。安徽庐江人。淮军将领。光绪十年由湖南巡抚调广西巡抚。

〔24〕　岑毓英：字彦卿。广西西林人。中法战争时任云贵总督。

〔25〕　北洋：同治九年设立北洋通商大臣一职（由三口通商大臣改），管理扩大了的直隶、山东、奉天三省通商、外交事务，并管理海防、海关及军工等事务。例由直隶总督兼任。简称北洋大臣。

〔26〕　南洋：同治五年改五口通商大臣为南洋通商大臣，管理东南沿海及长江各口岸通商、涉外事务。1873 年起由两江总督兼任。简称南洋大臣。

〔27〕 特简：越级提拔。

〔28〕 文学侍从：指翰林院和詹事府（辅导皇太子的机构）官员，以学问和文章备顾问、制诏令、出谋划策的文学侍从。

〔29〕 马尾：福州外港，在闽江口。

〔30〕 吴景：影射何璟，字小宋。广东香山人。道光翰林。其时何璟任闽浙总督。

〔31〕 张昭同：影射张兆栋，字友三。山东潍县人。道光进士。其时任福建巡抚。后署闽浙总督。

〔32〕 孤拔：法国海军将领。1883 年任印度支那舰队司令，入侵越南，迫订《顺化条约》。次年任远东舰队司令，7 月率舰队主力进泊福建马尾港；8 月，突袭中国海军舰船，封锁沿海；10 月，进犯台湾。1885 年 3 月侵扰浙江镇海，被守将欧阳利见击伤；6 月，死于澎湖。

〔33〕 谅山：越南北部重镇。

〔34〕 张国梁：清末将领。曾参加贵县拜天地会起义，后受向荣收编。与太平军作战，升至提督。1860 年兵败逃亡中溺死。

〔35〕 镇南关：今名友谊关。

〔36〕 威毅伯：影射肃毅伯，李鸿章的封爵。参见第五回注〔60〕。

〔37〕 折冲樽俎：谓不用武力而在酒宴谈判中智胜敌方。语本《战国策》："拔城于尊俎之间，折冲席上者也。"转义则指外交谈判，常用"折冲"。

〔38〕 达兴：影射德馨，字晓峰。满族人。诸生。江西巡抚。此人长期担任浙江巡抚，后转江西巡抚。

〔39〕 声技：声伎。歌舞戏曲。

〔40〕 国忌：皇帝、皇后逝世忌日。

〔41〕 江以诚：影射汪以诚，字衡舫。山东历城人。同治进士。南汇县知县。

〔42〕 对联：这是一副藏头对，以、诚二字是江以诚的名字，出现二次。

〔43〕 班首：领袖。

〔44〕 中丞：对巡抚的雅称。汉代有御史台中丞的职官，明清巡抚均兼有监察官的头衔，从明代即以中丞代称巡抚。参见第五回注〔115〕。

〔45〕 刘永福：字渊亭（1837—1918）。广西上思人。雇工出身，早年参加

天地会起义。太平军失败后，在广西、云南边境组织黑旗军，自成体系。法将安邺侵略越南，刘永福抗击法军，歼灭安邺全军，受越王任命为三宣副使。中法战争时始受清朝收编，屡立战功。任南澳镇总兵。1894 年移驻台湾。甲午战争中在台湾抗击日军，因孤军无援失败，退回广东。

〔46〕 坐地：坐，就坐，坐着。宋元以来市语常用词。

〔47〕 孩气：孩子气。

〔48〕 猓(guǒ)姑：云南南部地名（今名保姑），在屏边苗族自治县境内。此指云南苗族女子。

〔49〕 官音：约略相当于现在的普通话。广西南宁等地普通话大体可划在西南官话区内，与武汉话相近。纯方音与越南语相似。

〔50〕 猢(péng)狠：本是地名，此指姗妹。苗语。略似汉语方言中的妹子、少女。

〔51〕 解：乐曲歌曲一章为一解。

〔52〕 保胜：越南北部兴化省地名。刘永福黑旗军总部所在地。

〔53〕 何大王：广东人何均昌，据有保胜，为刘永福逐去。

〔54〕 儿郎：士兵。

〔55〕 阮哥：指越王。即下文阮家福。

〔56〕 西贡：越南南部第一大都市。今改名胡志明市。

〔57〕 红河：越南北部主要水道。其上源元江，在云南境内。红河，中国旧名富良江。

〔58〕 安邺：法国殖民者、海军军官。1873 年率军强占河内，发动侵略越南北方的战争，当年 12 月被击毙。

〔59〕 黄崇英：越南土匪。长期盘踞越南北方，为赵沃所擒杀。

〔60〕 河内：越南首都。

〔61〕 宣光：越南北部地名。

〔62〕 鸾刀：带铃的刀。

〔63〕 黄佐炎：越南王驸马。以大学士督率越南军队。

〔64〕 搴(qiān)旗：拔取敌营旗帜。

〔65〕 天兵：称清军。

〔66〕 李少荃：李鸿章，字少荃。其时李鸿章丁忧在籍，命其赴广东督办

越南事宜，三省防军受其节制，就是三省督办。李鸿章并未去广东，仍在天津，与法国使臣议和。

〔67〕 曾国荃：曾国藩之弟。法越战争时任两广总督，中法战争时任两江总督。

〔68〕 唐景菘：指唐景崧。其时任吏部主事，自请赴越南游说刘永福。曾国荃赞成其三策，即下文十九解中所说。

〔69〕 南交：南交趾，即越南南部。当时称南圻，已沦为法国殖民地，由法国派总督管理。

〔70〕 班超：东汉人。出使西域三十六国，使之和中国联系。封为定远侯。

〔71〕 纸桥：在越南怀德。战斗中杀法军李威利上尉，越王封刘永福为男爵。

〔72〕 阮说：阮福时（文中作"阮家福"，影射名）死时无子，以堂弟嗣位。在位仅一月，辅政阮说启太后废之。改立阮福升为王（即顺化王朝），与法人订立顺化条约二十七款，第一条规定中国不得干涉越南事，政权利权均归法国。

〔73〕 潘瀛：安徽人。南澳镇总兵。

〔74〕 临洮：越南北部地名，为府。云贵总督岑毓英率滇军再败法军，而李鸿章已与法国订立天津和约，承认越南为法国的保护国。

〔75〕 王孝祺：字福臣。合肥人。淮军将领。北海镇总兵。谅山之战受冯子材指挥，为后军。

〔76〕 王德榜：字朗青。湖南江华人。官至贵州布政使。谅山之战，王德榜为冯子材军前部。

〔77〕 两子：冯子材谅山之战时年已七十，率领他的两个儿子相荣和相华直冲法军，于是诸军"皆感愤，殊死战"。（见《清史稿》卷五二八）

〔78〕 貔貅（pí xiū）：猛兽。此指勇猛的军队。

〔79〕 铙歌：古代军歌。

〔80〕 回心院：希望重归于好。《新唐书》载，唐高宗王皇后和萧良娣二人废禁，一日，帝至囚所。二人表达愿望，"乞署此为回心院"。

〔81〕 价：助词。

〔82〕 氍毹：毛织地毯。古时跳舞和演戏多在地毯上，也就代表舞台。

〔83〕 红孩儿:《西游记》里牛魔王与铁扇公主的儿子。

〔84〕 忍俊不禁:笑起来。

〔85〕 浔江:浔阳江。九江北面的一段长江。因为白居易《琵琶行》有句:"浔阳江头夜送客,枫叶荻花秋瑟瑟。"此处即指此情境。回目中"听笛声追白傅遗踪",白傅即白居易。

〔86〕 买舟:租船。

〔87〕 香炉峰:庐山峰名。即李白"日照香炉生紫烟,遥看瀑布挂前川"的那座著名山峰。

〔88〕 畅好是:正好,正是,真是。

〔89〕 玉绳:星名。此泛指星光。

〔90〕 你侬:你我。侬,我。现代上海话是指第二人称的你。苏州方言保留古义。这里是说只有你我互相依靠了。

〔91〕 谪宦:降职罢职的官员。

〔92〕 委决不下:决定不了,断定不了。

〔93〕 宗室:皇族。满族爱新觉罗氏。

〔94〕 八旗:努儿哈赤创建八旗制度,分建州女真各部为八旗,兼军、政、生产之职能。其后为兵制,即正黄、正白、正红、正蓝、镶黄、镶白、镶红、镶蓝八种旗色。狭义的八旗即指此满洲八旗。其后编归附早的汉人为汉军八旗,蒙古人为蒙古八旗,这就是广义的八旗了。

〔95〕 江山:浙江江山县。此指江山船,详见下文。

〔96〕 九姓:九个姓氏操持江山船行业的。冒鹤亭说:"此九姓皆方国珍部下,明太祖恨其拒命,其籍等于堕民。"《官场现形记》则说是"陈友谅一帮人的子孙","九姓渔船……犹如官妓一般"。

〔97〕 "美人麻"二句:麻,指美人脸上有小麻子。这是一首嘲讽宝廷诗中的二句。清末笔记中涉及宝廷的颇多,大意谓典试福建时曾买妓作妾;典试浙江时又"买一船妓,吴人所谓花蒲鞋头船娘也";又曾劾罢蒲圻贺尚书认市侩李春山妻为义女,本人又喜欢在北京逛妓院。结怨多,又有把柄在他人之手,于是自劾罢职。"京人为诗嘲之曰:'昔年浙水载空花,又见闽娘上使槎。宗室八旗名士草,江山九姓美人麻。曾因义女弹乌桕,惯逐京娼吃白茶。为报朝廷除属籍,侍郎今已婿渔家。"(见刘体仁《异辞录》)

〔98〕 北堂:同萱堂。《诗经·卫风·伯兮》:“焉得谖草,言树之背。”毛传:“谖草令人忘忧;背,北堂也。”陆德明《释文》:“谖,本又作萱。”谓北堂树萱(今称黄花菜),可以令人忘忧。古制,北堂为主妇之居室。后世因以北堂(或萱堂)代指母亲。

第 四 卷

第七回

宝玉明珠弹章成艳史　红牙檀板画舫识花魁

却说雯青正在浔阳江上，访白傅琵琶亭故址，忽然遇着一人，跳过船来，这人是谁呢？仔细一认，却的真[1]是现任浙江学台宗室祝宝廷。宝廷好端端的做他浙江学台，为何无缘无故，跑到江西九江来？不是说梦话么！列位且休性急，听我慢慢说与你们听。原来宝廷的为人，是八面玲珑，却十分落拓，读了几句线装书，自道满洲名士，不肯人云亦云，在京里跟着庄仑樵一班人高谈气节[2]，煞有锋芒。终究旗人本性是乖巧不过，他一眼看破庄仑樵风头不妙，冰山将倾，就怕自己葬在里头。不想那日忽得浙江学政之命，喜出望外，一来脱了清流党的羁绊；二来南国风光，西湖山水，是素来羡慕的，忙着出京。一到南边，果然山明川丽，如登福地洞天。你想他本是酪浆毡帐的遗传，怎禁得莼肥鲈香[3]的供养！早则是[4]眼也花了，心也迷了，可惜手持玉尺[5]，身受文衡[6]，不能寻苏小[7]之香痕，踏青娘[8]之艳迹罢了。

如今且说浙江杭州城，有个钱塘门[9]，门外有个江，就叫做钱塘江。江里有一种船，叫做江山船，只在江内来往，从不到别处。如要渡江往江西，或到浙江一路，总要坐这种船。这船上都有船娘，都是十七八岁的妖娆女子，名为船户的眷属，实是客商的钩饵。老走道儿知道规矩的，高兴起来，也同苏州、无锡的花船〔10〕一样，摆酒叫局，消遣客途寂寞，花下些缠头钱〔11〕就完了。若碰着公子哥儿朦懂货，那就整千整百的敲竹杠了。做这项生意的，都是江边人，只有九个姓，他姓不能去抢，所以又叫“江山九姓船”。闲话休提。

话说宝廷这日正要到严州〔12〕一路去开考，就叫了几只江山船，自己坐了一只最体面的头号大船。宝廷也不晓得这船上的故事，坐船的规例，糊糊涂涂上了船。看着那船很宽敞，一个中舱，方方一丈来大，两面短栏，一排六扇玻璃蕉叶窗，炕床桌椅，铺设得很为整齐洁净。里面三个房舱，宝廷的卧房，却做在中间一个舱，外面一个舱空着，里面一个舱，是船户的家眷住的。房舱两面，都有小门，门外是两条廊，通着后艄。上首门都关着，只剩下首出入。宝廷周围看了一遍，心中很为适意，暗忖：怪道人说“上有天堂，下有苏杭”，一只船也与北边不同，所以天随子〔13〕肯浮家泛宅，原来怎地快活！那船户载着个学台大人，自然格外巴结，一回茶，一回点心，川流不断，一把一把香喷喷热手巾，接着递来，宝廷已是心满意足的了。

开了船，走不上几十里，宝廷在卧房走出来，在下首围廊里，叫管家吊起蕉叶窗，端张椅子，靠在短栏上，看江中的野景。正在心旷神怡之际，忽地里扑的一声，有一样东西，端端正正打上脸来，回头一看，恰正掉下一块橘子皮在地上。正待发作，忽见那舱房门口，坐着个十七八岁很妖娆的女子，低着头，在那里剥橘子吃哩，好像不知道打了人，只顾一块块的剥，也不抬头儿。那时天色已暮，一片落日的光彩，正反照到那女子脸上。宝廷远远望着，越显得娇滴滴，光滟滟，耀花人眼睛，也是五百年风流冤业〔14〕，把那一脸天加的精致密圈儿〔15〕遮盖过了，只是越看越出神，只恨她怎不回过脸儿来。忽然心生一计，拾起那块橘皮，照着她身上打去，正打个着。宝廷想看她怎样，忽后梢有个老婆子，一迭连声叫珠儿。那女子答应着，站起身来，拍着身上，临走却回过头来，向宝廷嫣然的笑了一笑，飞也似的往后梢去了。

宝廷从来眼界窄，没见过南朝佳丽，怎禁得这般挑逗，早已三魂去了两魂，只恨那婆子不得人心，劈手夺了他宝贝去。心不死，还是呆呆等着。那时正是初春时节，容易天黑，不一会，点上灯来。家人来请吃晚膳，方回中舱来，胡乱吃了些，就踅到卧房来，偷听间壁消息。却黑洞洞没有火光，也没些声儿，倒听得后梢男女笑语声，小孩啼哭声，抹骨牌声，夹着外面风声水声；嘈嘈杂杂，闹得心烦意乱，不知怎样才好。

在床上反复了一个更次。忽眼前一亮，见一道灯光，从间壁板缝里直射过来。宝廷心里一喜，直坐起来。忽听那婆子低低道："那边学台大人安睡了？"那女子答着道："早睡着哩，你看灯也灭了。"婆子道："那大人好相貌，粉白脸儿，乌黑须儿，听说他还是当今皇帝的本家，真正的龙种哩！"那女子道："妈呀，你不知那大人的脾气儿倒好，一点不拿皇帝势吓人。"婆子道："怎么？你连大人的脾气都知道了！"那女子笑道："刚才我剥橘皮，不知怎的，丢在大人脸上。他不动气，倒笑了。”婆子道：“不好哩！大人看上了你了。”那女子不言语了，就听见两人屑屑索索，脱衣上床。那女子睡处，正靠着这一边。宝廷听得准了，暗忖：可惜隔层板，不然就算同床共枕。心里胡思乱想，听那女子也叹一口气，咳一口嗽，直闹个整夜。

好容易巴到天亮，宝廷一人，悄地起来。满船人都睡得寂静，只有两个水手，咿哑咿哑的在那里摇橹。宝廷借着要脸水，手里拿个脸盆，推门出来，走过那房舱门口，那小门也就轻轻开了。珠儿身穿一件紧身红棉袄，笑嘻嘻的立在门槛上。宝廷没防她出来，倒没了主意，待走不走。那珠儿笑道：“天好冷呀，大人怎不多睡一会儿？”宝廷笑道：“不知怎地，你们船上睡不稳。”说着就走近女子身边，在她肩上捏一把道：“穿的好单薄，你怎禁得这般冷！我知道你也是一夜没睡。”珠儿脸一红，推开宝廷的手低声道：“大人放尊重些。”就挪嘴儿望着舱里道：“别给妈见了。”宝廷道：“你给我打盆脸水来。”珠儿道：“放着多少家人，倒使唤我！”宝廷涎着脸道：“我只爱你的水。”珠儿道：“缠死人的冤家，我赏你这一遭儿。”嗤的一笑，抢着脸盆去了。

宝廷回房，不一会，珠儿捧着盆脸水，冉冉的进房来。宝廷见她进来，趁她一个不防，抢上几步，把小门顺手关上。这门一关，那情形可想而知。列位，在下也不必细表。却不道正当两人难解难分之际，忽听有人喊道：“做得好事！”宝廷回过头，见那老婆子圆睁着眼，把帐子揭起。宝廷吃一吓[16]，赶着爬起来，却被婆子两手按住道：“且慢，看着你猪儿生象，乌鸦出凤凰，面儿光光嘴儿亮，像个人样儿，到底是包草儿的野胚，不识羞，倒要爬在上面，欺负你老娘的血肉来！

老娘不怕你是皇帝本家，学台大人，只问你做官人强奸民女，该当何罪？拚着出乖露丑，捆着你们到官里去评个理！”宝廷见不是路，只得哀求释放道：“愿听妈妈处罚，只求留个体面。”珠儿也笑着，向她妈千求万求。那婆子顿了一回道：“我答应了，你爹爹也不饶你们。”珠儿道：“爹睡哩，只求妈遮盖则个[17]。”婆子冷笑道：“好风凉话儿！怎么容易吗？”宝廷道：“任凭老妈妈分付，要怎么便怎么。”那婆子想一想道：“也罢，要我不声张，除非依我三件事。”宝廷连忙应道：“莫说三件，三百件都依。”老婆子道：“第一件，我女儿既被你污了，不管你有太太没太太，娶我女儿要算正室。”宝廷道：“依得，我们太太刚死了。”婆子又道：“第二件，要你拿出四千银子做遮羞钱；第三件，养我老夫妻一世衣食。三件依了，我放你起来，老头儿那里，我去担当。”宝廷道：“件件都依，你快放手吧！”婆子道：“空口白话，你们做官人，翻脸不识人，我可不上当，你须写上凭据来！”宝廷道：“你放我起来才好写！”真的那婆子把手一推，宝廷几乎跌下地来。珠儿趁着空，单叉着裤，一溜烟跑回房去了。

宝廷慢慢穿衣起来，被婆子逼着，一件件的写了一张永远存照的婚据。婆子拿着，扬扬得意而去。这事当时虽不十分丢脸，他们在房舱闹的时候，那些水手家人那个不听见！宝廷虽再三叮咛，那里封得住人家的嘴，早已传到师爷朋友[18]们耳中。后来考完，回到杭州，宝廷又把珠儿接到衙门里住了，风声愈大，谁不晓得这个祝大人讨个江山船上人做老婆！有些好事的做《竹枝词》，贴黄莺语[19]，纷纷不一，宝廷只做没听见。珠儿本是风月[20]班头，吹弹歌唱，色色[21]精工。宝廷着实的享些艳福,倒也乐而忘返了。

一日,忽听得庄仑樵兵败充发的消息,想着自己从前也很得罪人,如今话柄落在人手,人家岂肯放松!与其被人出手,见快仇家,何如老老实实,自行检举,倒还落个玩世不恭,不失名士的体统。打定主意,就把自己狎妓旷职的缘由,详细叙述,参了一本,果然,奉旨革职。宝廷倒也落得逍遥自在,等新任一到,就带了珠儿,游了六桥〔22〕、三竺〔23〕,逛了雁荡〔24〕、天台〔25〕,再渡钱塘江到南昌,游了滕王阁〔26〕。正折到九江,想看了匡庐〔27〕山色,便乘轮到沪,由沪回京,不想这日携了珠儿,在浔阳江上,正"小红低唱我吹箫〔28〕"的时候,忽见了雯青也在这里,宝廷喜出望外,即跳了过来。

原来宝廷的事,雯青本也知些影响,如今更详细问他,宝廷从头至尾,述了一遍。雯青听了,叹息不置,说道:"英雄无奈是多情。吾辈一生,总跳不出情关情海,真个有情人,都成了眷属,功名富贵,直刍狗〔29〕耳!我当为宝翁浮一大白〔30〕!"宝廷也高兴起来,就与幕友辈猜拳行令,直闹到月落参横〔31〕,方始回船傍岸。

到得岸边,忽见一家人手持电报一封,连忙走上船来。雯青忙问是那里的,家人道:"是南昌打来的。"雯青拆看,见上面写着:

"九江府转学宪〔32〕金大人鉴:奉苏电,赵太夫人八月十三日辰时疾终,速回署料理。"

雯青看完,仿佛打个焦雷,当着众人,不免就嚎啕大哭起来。宝廷同众幕友,大家劝慰,无非是"为国自重"这些套话。雯青要连夜赶回南昌,大家拗不过,只好依从。宝廷自与雯青作别过船,流连了数日,与珠儿乘轮到沪，在沪上领略些洋场风景，就回北京做他的满洲名士去了。

话分两头。却说雯青当日赶回南昌，报了丁忧[33]，朝廷自然另行放人接替。雯青把例行公事，料理清楚，带了家眷，星夜奔丧，回到了苏州。开丧出殡，整整闹了两个月，尽哀尽礼，自不必说。过了百日，出门谢客，还要存问故旧，拜访姻鄗[34]。富贵还乡，格外要敬恭桑梓，也是雯青一点厚道。只是从那年请假省亲以来，已经有十多年不踏故乡地了。山丘依然，老成[35]凋谢，想着从前乡先辈冯景亭先生见面时，勉励的几句好言语，言犹在耳，而墓木已拱[36]。自己虽因此晓得了些世界大势，交涉情形，却尚不能发抒所学，报称国家，一慰知己于地下，不觉感喟了一回。

自古道："欢娱嫌夜短，寂寞恨更长。"你想雯青是热闹场中混惯的人，顶冠束带，是他陶情的器具；拜谒宴会，是他消闲的经纶[37]，那里耐得这寂寞来！如今守制[38]在家，官场又不便来往，只有个老乡绅潘胜芝，寓公贝效亭，还有个大善士谢山芝，偶然来伴伴热闹，你想他苦不苦呢？正是静极思动，阴尽生阳，就只这一念无聊，勾起了三生宿业[39]，恰正好"素幔[40]张时风絮起，红丝[41]牵动彩云飞"。话休烦絮。

却说雯青在家，好容易捱过了一年。这日正是清明佳节，日丽风和，姑苏城外，年年例有三节[42]胜会，倾城士女，如痴如狂，一条十里山塘[43]，停满了画船歌舫，真个靓妆藻野，炫服缛川，好不热闹！雯青那日独自在书房里，闷闷不乐，却来了谢山芝。雯青连忙接入。

正谈间，效亭、胜芝陆续都来了。效亭道："今天阊门[44]外好热闹呀，雯青兄怎样不想去看看，消遣些儿？"雯青道："从小玩惯了，如今想来，也乏味得很。"胜芝道："雯青，你十多年，没有闹这个玩意儿了，如今莫说别的，就是上下塘[45]的风景，也越发繁华，人也出色。几家有灯船的，装饰得格外新奇，烹炮亦好。"山芝不待说完，就接口道："今日兄弟叫了大陈家的船，要想请雯青兄同诸位去热闹一天，不知肯赏光吗？"雯青道："不过兄弟尚在服中[46]，好像不便。"效亭向山芝作个眼色。山芝道："我们并不叫局，不过借他船坐坐舒服些，用他菜吃吃适口些，逢场作戏，这有何妨！"

胜芝、效亭都撺掇着。雯青想是清局[47]，也无碍大礼，就答应了。一同下船，见船上扎着无数五色的彩球，夹着各色的鲜花，陆离光怪，纸醉金迷，舱里却坐着袅袅婷婷花一样的人儿，抱着琵琶弹哩。效亭走下船来，就哈哈大笑道："雯兄可给我们拖下水了。"雯青正待说话，山芝忙道："别听效亭胡说！这是船主人，我们不能香火[48]赶出和尚，不叫别个局，还是清局一样。"胜芝道："不叫局也太杀风景。雯青自己不叫，就是完名全节了，管甚别人？"雯青难却众意，想自己又不是真道学，不过为着官体，何苦弄得大家没趣，也就不言语了。于是大家高兴起来，各人都叫了一个局。

等局齐，就要开船，那当儿里，忽然又来了一个客，走进舱来，就招呼雯青。雯青一看，却是认得的，姓匡号次芳名朝凤[49]，是雯青同衙门的后辈，新近告假回籍的，今日也是山芝约来。当时见名花满坐，翠绕珠围，次芳就向众人道："大家都有相好，如何老前辈一人向隅!”大家尚未回言,次芳点点头道:“嗯,我晓得了,老前辈是金殿大魁,必须个蕊宫榜首,方配得上,待我想一想。”说着,仰仰头,合合眼,忽拍手道:“有了,有了。”众人问:“是谁?”次芳道:“咦,怎么这个天造地设,门当户对的女貌郎才,你们倒想不到?”众人被他闹糊涂了,雯青倒也听得呆了。在坐的妓女,也不知道他胡卢里买的甚药,正要听他下文。次芳忽望着窗外一手指着道:“哪,哪,那岸上轿子里,不是坐着个新科花榜状元大郎桥巷的傅彩云〔50〕走过吗?”雯青不知怎的听了“状元”二字,那头慢慢回了过去。谁知这头不回,万事全休,一回头时,却见那轿子里,正坐着个十四五岁〔51〕的不长不短不肥不瘦的女郎,面如瓜子,脸若桃花,两条欲蹙不蹙的蛾眉,一双似开非开的凤眼,似曾相识,莫道无情,正是说不尽的体态风流,丰姿绰约。雯青一双眼睛,好像被那顶轿子抓住了,再也拉不回来,心头不觉小鹿儿撞。说也奇怪,那女郎一见雯青,半面靠着玻璃窗,目不转睛的钉在雯青身上。直至轿子走远看不见,方各罢休。

大家看出雯青神往的情形,都暗暗好笑。次芳乘他不防,拍着他肩道:“这本卷子好吗?”雯青倒吓一跳。山芝道:“远观不如近睹。”就拿一张薛涛笺〔52〕写起局票来,分付船等一等开,立刻去叫彩云。雯青此时也没了主意,由他们闹,一言不发了。等了好一回,次芳就跳了出来道:“你们快来看状元夫人呀!”雯青抬头一望,只见颤巍巍袅婷婷的那人儿,已经下了轿,两手扶在一个美丽大姐〔53〕肩上,慢慢的上船来了。这一来,有分教:

五洲持节，天家[54]倾绣虎[55]之才；

八月乘槎，海上照惊鸿[56]之采。

不知来者是否彩云，且听下回分解。

按，本回回目原标为："宝玉明珠，弹章成艳史；红牙檀板，画舫识花魁。"

〔1〕 的真：的确。

〔2〕 气节：品行节操。

〔3〕 莼肥鲈香：莼，莼菜，一名水葵。水生。可以做羹。鲈，即鲥鱼，味美。晋人张翰曾任齐王司马冏东曹掾，因秋风起引起思乡之情，想到吴中的菰菜、莼羹、鲈鱼脍，说："人生贵得适志，何能羁宦数千里以要名爵乎！"

〔4〕 早则是：早就是。

〔5〕 玉尺：玉制的尺。比喻衡量人的才识高下的标准。

〔6〕 文衡：评判文章的权力。学政专考秀才，掌握取舍之权。

〔7〕 苏小：苏小小。南朝齐代钱塘名歌妓。

〔8〕 青娘：指青楼女子，即妓女。杭州史上并无名妓叫做青娘的。

〔9〕 钱塘门：旧杭州城西北门。

〔10〕 花船：妓船。

〔11〕 缠头钱：赠给妓女的财物。

〔12〕 严州：明清严州府，辖六县：建德、淳安、桐庐、遂安、寿昌、分水。

〔13〕 天随子：唐代诗人陆龟蒙，号天随子。长洲人。隐居松江甫里，好放游江湖，自号江湖散人。

〔14〕 冤业：犹言冤家；因缘。业，佛教语。过去所作所为所思，即决定未来结果。

〔15〕 天加的精致密圈儿：小麻子。

〔16〕 吃一吓：吓了一跳，吃一惊。吴方言。

〔17〕 则个：语助词。宋元市语习用。多用于祈使句。相当于"吧"。

〔18〕 朋友：幕友、幕宾。

〔19〕 黄莺语：指用曲牌《黄莺儿》夹缠“啰哩啰”衬字的俗歌。

〔20〕 风月：风花雪月。男女欢爱，或是歌舞酒宴的应酬。

〔21〕 色色：样样、件件。

〔22〕 六桥：杭州西湖著名景点，苏堤六桥。即映波、锁澜、望山、压堤、东浦、跨虹六座桥。苏轼任杭州通判时修建。西湖里湖也有六桥，名为环璧、流金、卧龙、隐秀、景行、濬源；明代杨孟瑛建。

〔23〕 三竺：即上、中、下三天竺山。在灵隐寺东南。

〔24〕 雁荡：雁荡有南雁荡山（在浙江平阳县境）和北雁荡山（在浙江乐清县境）。北雁荡有大龙湫，飞瀑直下，为东南奇胜。

〔25〕 天台：浙江天台县境内名山。

〔26〕 滕王阁：在南昌市赣江边上。始建于唐代。为中国三大名楼之一。

〔27〕 匡庐：庐山。相传商周之际有个叫匡裕的仙人居此，因此庐山也叫匡庐、匡山。

〔28〕 小红低唱我吹箫：南宋姜夔《过垂虹》中的诗句。小红原是范成大的侍婢，赠给姜夔；她很会唱歌。

〔29〕 刍狗：古时祭祀时用的草扎的狗，祭毕即抛弃。

〔30〕 浮一大白：喝一大杯酒。

〔31〕 参（shēn）横：参，参星，二十八宿之一，西方白虎七宿的末一宿。即猎户座的七颗亮星。参星已落下去了，夜深了。

〔32〕 学宪：即提督学政。

〔33〕 丁忧：遇到父母丧事守丧称丁忧，也称丁艰。在家守制三年（实际二十七个月），不做官，不应考，不婚娶，不赴宴。参见第五回注内艰条。

〔34〕 姻鄙（dǎng）：亲戚邻里。鄙，五百家为鄙。此指街坊邻居。

〔35〕 老成：老成之人。指有经验、有见识的老年人。

〔36〕 墓木已拱：死了很多年了，墓地的树木都合抱了。语出《左传》。

〔37〕 经纶：治国安邦的大事，也指治理国家的抱负和才能。文中是反话。

〔38〕 守制：丁忧在籍，在家守孝。

〔39〕 三生宿业：佛教说前生、今生、来生为三生。三世转生。宿业即过

去种下的因缘。参见本回注〔14〕冤业条。

〔40〕 素幔:孝幛。

〔41〕 红丝:比喻姻缘。《开元天宝遗事》载,唐代宰相张嘉贞想招郭元振作女婿,郭说您有五个女儿,不知哪个丑,娶哪个好呢?张说:"吾欲令五女各持一丝,幔前使子取便牵之,得者为婿。"于是郭元振牵了一条红丝线,是张家三小姐,最漂亮的一个。

〔42〕 三节:一般指正月元旦(包括除夕)、五月端午、八月中秋为三节。此处为清明,在旧历二月,那么三节泛指节日。

〔43〕 十里山塘:苏州城外通虎丘、浒墅的一条水路。白居易任苏州太守时开凿。亦称虎丘山塘。苏州妓家花船多在山塘。

〔44〕 阊门:苏州城西北门。

〔45〕 上下塘:即山塘。城西北沙盆潭往东为上塘,折而向北往虎丘为下塘。

〔46〕 服中:还在丁忧期内。三年服满,称服除,恢复正常生活。

〔47〕 清局:不嫖妓为清局。

〔48〕 香火:也称香公道人。寺里的杂役。

〔49〕 匡朝凤:号次芳。影射汪凤藻,字芝房。江苏元和人。光绪癸未翰林。出使日本大臣。

〔50〕 傅彩云:影射赵彩云,亦名灵飞。安徽歙县人。苏州名妓。洪钧纳为妾,随同出使欧洲。洪钧死后,彩云从洪家出来,在上海挂牌,重操旧业,艺名曹梦兰。苏州陆润庠等名流迫之离开上海,到天津改名赛金花。八国联军统帅瓦德西相识于北京,很受宠信。赛金花死于1936年。她与当世许多名士有过交往,传闻极多。刘半农、郑颖孙、商鸿逵作《赛金花本事》可资参证。

〔51〕 十四五岁:作者曾朴是这么写的。曾朴与傅彩云有过来往,年龄比曾朴略大。妓女的真实年龄是极大秘密,不易确知。参见下一回中"十五岁"条注。

〔52〕 薛涛笺:彩色小笺。薛涛是唐代女妓,家贫入乐籍。精通音律,工诗词。出入韦皋幕府,称为女校书。晚年居成都浣花溪。所制纸名薛涛笺。

〔53〕 大姐:未婚的年青女佣人。

〔54〕 天家:帝王之家。

〔55〕 绣虎:喻曹植一般的高才。《世说新语·赏誉》:"曹子建七步成章,世目为绣虎。"

〔56〕 惊鸿:惊飞的鸿雁。形容美人轻盈的体态。

第八回

避物议[1]男状元偷娶女状元　借诰封小老母[2]权充大老母

话说彩云扶着个大姐走上船来，次芳暗叫大家不许开口，看她走到谁边？彩云的大姐，正要问那位叫的，只说得半句，被彩云啐了一口道："蠢货！谁要你搜根问底！"说着就撇了大姐，含笑的捱到雯青身边，一张美人椅[3]上，并肩坐下。大家哗然大笑起来。山芝道："奇了，好像是预先约定似的！"胜芝笑道："不差，多管[4]是前生的旧约。"次芳就笑着朗吟道："身无彩凤双飞翼，心有灵犀[5]一点通。"雯青本是花月总持[6]，风流教主[7]，风言俏语，从不让人，不道这回见了彩云，却心上万马千猿，又惊又喜，听了胜芝说是前生的旧约，这句话更触着心事，任人嘲笑，只是一句话挣不出。就是彩云自己，也不解何故，踏上船来，不问情由，就一直往雯青身边，如今被人说破，倒不好意思起来，只顾低着头弄手帕儿。雯青无精打采的搭讪着，向山芝道："我们好开船了！"山芝就吩咐一面开船，一面在中舱摆起酒席来。众人见中舱忙着调排桌椅，就一拥都到头舱去了，有爬着栏干上看往来船只的，有咬着耳朵说私语的。

雯青也想立起来走出去，却被彩云轻轻的一拉，一扭身就往房舱里床沿上坐着。雯青不知不觉，也跟了进去。两人并坐在床沿上，相偎相倚，好像有无数体己话要说，只是我对着你，你对着我的痴笑。

歇了半天,雯青就兜头问一句道:"你知道我是谁么?"彩云怔了一怔道:"我很认得你,只是想不起你姓名来。"雯青就细细告诉了她一遍。彩云想一想,说:"我妈认得金大人。"雯青道:"你今年多少年纪了?"彩云道:"我今年十五岁[8]。"雯青脸上呆了半晌,却顺手拉了彩云的手,耳鬓撕磨的端相的不了,不知不觉两股热泪,从眼眶中直滚下来。口里念道:"当时只道浑[9]闲事,过后思量总可怜。"彩云看着,暗暗吃惊,止不住就拿着帕子替他拭着泪,说道:"你怎的没来由哭起来?"口虽如此说,却自己也一阵透骨心酸,几乎也哭出来。雯青对着彩云,只是上下打量,低低念道:"愁到天地翻,相看不相识。"一面道:"彩云,我心里只是可怜你,你知道么?"彩云摸不着头脑,却趁势就靠在雯青身上道:"你只管伤心做什么?回来等客散了,肯到我那里去坐坐么?我还有许多话要问你呢!"雯青点头。

只听外面次芳喊道:"请坐吧,讲话的日子多着哩!"雯青、彩云只好走出来,见席已摆好,山芝正拿着酒壶斟酒,让效亭坐首座,效亭不肯,正与胜芝推让。后来大家公论,效亭是寓公[10],仍让他坐了,胜芝坐二座,雯青坐三座,次芳挨雯青坐下,山芝坐了主席。大家叫的局,也各归各座,彩云自然在雯青背后坐了。正是钏动钗飞,花香鸟语,曲翻《白纻》[11],酒卷《回波》[12]。

其时船已摇到了白公堤[13]下,真娘墓[14]前,一带柳荫下泊着。一轮胭脂般的落日,已慢慢地沉下虎丘山下去了。船上五彩绢灯,一齐点起,照得满船如不夜城一般。大家搳拳[15]猜谜,正闹得高兴。次芳道:"今日这会,专为男女两状元作合,我倒想个新鲜酒令[16],

好多吃两杯喜酒。”大家问是何令？次芳指着彩云道：“就借着女状元的芳名，叫做彩云令。用《还魂记》[17]曲文起句，第二句，用曲牌[18]名，第三句，用《诗经》[19]，依首句押韵。韵不合者罚三杯，佳妙者各贺一杯。再用唐诗一句，有彩云两字相连的飞觞[20]，照座顺数，到彩云二字，各饮一杯，云字接令。”大家听毕道：“好新鲜雅致的令儿！只是烦难些。”彩云道：“谁要你们称名道姓的作弄人。”次芳道：“你别管，酒令如军令，违者先罚！”彩云笑了笑，就低头不语了。次芳道：“我先说一个吧！”念道：

甚蟾宫贵客傍雯霄，集贤宾，河上乎逍遥。

大家都哗然道好。效亭道：“应时对景，我们各贺一杯，你再说飞觞吧！”次芳道：“彩云箫史[21]驻。”顺着数去，恰是雯青、效亭各一杯。次芳先斟雯青一杯道：“请箫史饮个成双杯儿，添些气力，省得骑着龙背，跌下半天来。”雯青正要举杯，却被彩云劈手夺去道：“你倒高兴喝，我偏不许你喝！”次芳笑道：“嗄，一会儿就怎地肉麻！”效亭道：“别闹，人家要接令哩！”一面就念道：

迤逗的彩云偏，相见欢，君子万年。

大家道：“吉祥艳丽，预卜[22]状元郎夫荣妻贵，该贺该贺！”效亭道：“快喝贺酒，我要飞觞哩！”接着就念句“学吹凤箫乘彩云”。彩字数到雯青，云字次芳。次芳道：“贺酒还没全喝，倒要喝令酒了。”大家照喝了。次芳道：“作法自毙，这回可江郎才尽[23]了！”彩云道：“做不出，快罚酒！”次芳耸着肩道：“好了，有了。你们听听，稍顿一顿，人家就要罚酒，险呀！”雯青笑道：“你说呢！”次芳念道：

昨夜天香云外,谒金门,鸾声哕哕〔24〕。

飞觞是"断续彩云生"。效亭一杯,雯青一杯,接令。山芝道:"次芳这句话,是明明祝颂雯翁起服〔25〕进京升官的预兆,快再饮贺酒一杯!"雯青道:"回回硬派我喝酒,这不是作弄人吗?"彩云低声道:"我替你喝了吧!"说着,举杯一饮而尽,大家拍掌叫好。雯青道:"你们是玩呢,还是行令?"就念道:

又怕为雨为云飞去了,念奴娇,与子偕老。

大家道:"白头偕老,金大人已经面许了,彩云你须记着。"彩云背着脸,不理他们。雯青笑念道:"化作彩云飞。"次芳笑道:"老前辈不放心,只要把一条软麻绳,牢牢结住裙带儿,怕她飞到那儿去!"彩云瞅了一眼。雯青道:"该山芝、效亭各饮一杯。"效亭道:"又捱到我接令。我说的是:

他海天秋月云端挂,归国遥,日月其迈。"

胜芝道:"你怎么说到海外去了? 不怕海风吹坏了人,金大人要心痛的呢!"山芝道:"胜翁你不知道雯翁通达洋务〔26〕,安知将来不奉使出洋呢? 这正是佳谶〔27〕。"大家催着效亭飞觞,效亭道:"唐诗上彩云两字连的,真说完了!"低头想了半天,忽然道:"有了,碧箫曲尽彩云动。"雯青暗数,知道又临到自己了,便不等效亭说完,就执杯在手道:"我念一句收令吧!"就一面喝酒,一面念道:

美夫妻图画在碧云高,最高楼,风雨潇潇。

又念飞觞道:"彩云易散玻璃薄。"应当次芳、胜芝各一杯。次芳道:"雯兄,这句气象萧飒〔28〕,做收令不好,况且胜翁也没说过,请胜翁

收令吧!”胜芝道:“我荒疏久了,饶恕了吧!”山芝道:“快别客气,说了好收令。”胜芝不得已,想一想念道:

雨迹云踪才一转,玉堂春,言笑晏晏[29]。

又说飞觞:“桥上衣多抱彩云。”于是合席公饮了一杯。

雯青道:“我们酒也够了,山翁赏饭吧!”次芳在身上摸出一只十二成金的打簧表[30],按了一按,却珰珰的敲了十下,道:“可不是,该送状元归第了,快叫开船回去,耽误了吉日良时,不是耍处。”彩云带嗔带笑的指着次芳道:“我看匡老,只有你一张嘴,能说会道,我就包在你身上,叫金大人今晚到我家里来,不来时便问你!”次芳道:“这个我敢包,不但包他来,还要包你去。”彩云道:“包我到那里去?”次芳道:“包你到圆峤巷金府上去。你放心,总不会包你到西洋外国去,吃外国火腿的。”彩云啐了一口。大家说说笑笑,饭也吃完,船也到了阊门太子码头了,各妓就纷纷散去。效亭、胜芝先上岸回家去了。

彩云轿子也来,那大姐就扶着彩云,走上船头。彩云忽回头叫声:“金大人,你来,我有话给[31]你说。”雯青走出来道:“什么话?”彩云望着雯青,顿了一顿,笑道:“不要说了,到家里去告诉你吧!”说着,就上轿走了。次芳道:“这小妮子声价自高,今日见了老前辈,你看她一种痴情,十分流露,倒不要辜负了她。”雯青微笑,就谢了山芝,也自上岸。你想:雯青、彩云,今日相遇的情形,这晚那有不去相访的理呢!既去访了,彩云那有不留宿的理呢!红珠帐底,絮语三生[32];水玉帘前,相逢一笑。韦郎[33]未老,凄迷玉箫之声;杜牧[34]重来，绸缪紫云[35]之梦；双心一袜[36]，盒誓钗盟[37]，不消细表。

却说匡次芳当日荐了彩云，见雯青十分留恋，料定当晚雯青决不能放过的，到了次日清早，一人赶到大郎桥巷，进后门来。相帮要喊客来，次芳连连摇手，自己放轻脚步，走上扶梯，推门进去，却见中间大炕床上，躺着个大姐，正在披衣坐起，看见次芳，就低声叫："匡老爷，来得怎早！"次芳连忙道："你休要声张，我问你句话，金大人在这里不在？"那大姐就挪嘴儿，对着里间笑道："正做好梦哩！"次芳就在靠窗一张书桌边坐下，那大姐起来，替次芳去倒茶。次芳瞥眼看见桌上一张桃花色诗笺，恭恭楷楷，写着四首七律[38]诗道：

山色花光映画船，白公堤下草芊芊。
万家灯火吹箫路，五夜[39]星辰赌酒天。
凤胫[40]烧残春似梦，驼钩[41]高卷月无烟。
微波渺渺尘生袜，四百桥[42]边采石莲。

吴娘[43]似水艳无曹[44]，貌比红儿[45]艺薛涛。
烧烛夜摊金叶格，定场[46]春拥紫檀槽。
蝇头试笔蛮笺[47]腻，鹿爪[48]拈花羯鼓[49]高。
忽忆灯前十年事，烟台梦影浪痕淘。

胡麻[50]手种葛鸦儿[51]，红豆[52]重生认故枝。

四月横塘[53]闻杜宇[54]，五湖[55]晓网荐西施[56]。
灵箫辜负前生约，紫玉[57]依稀入梦时。
只有伤心说不得，凭阑吹断碧参差[58]。

龙头劈浪凤箫哀，展尽芙蓉向月开；
细雨银荷中妇[59]镜，东风铜雀[60]小乔[61]台；
青衫痕渍隔年泪，绛蜡心留未死灰；
肠断江南歌子夜[62]，白凫飞去又飞回。

次芳看着这几首诗，顽艳绝伦，觉得雯青寻常，没有这付笔墨。正在诧异，忽见诗尾题着"谶情生写诗彩云旧侣[63]慧鉴"一行小字，暗忖：雯青与彩云，尚是初面，如何说是旧侣呢？难道这诗不是雯青手笔么？心里惑惑突突[64]的摸拟，恰值那大姐端茶上来，次芳就微笑的问道："昨夜金大人是几时来的？"那大姐道："我们先生[65]前脚到家，金大人后脚就跟了来。吃了半夜的酒，讲了一夜的话。"次芳道："你听见讲些什么呢？"大姐道："他们讲的话，我也不大懂。只听金大人说，我们先生的面貌，活脱像金大人的旧相好，又说那旧相好，为金大人死了。死的那一年，正是我们先生养的那一年。"

那大姐正一五一十的说，就听里间彩云的口声喊道："阿巧，你咭唎咕啰，同谁说话哟？"阿巧向次芳伸伸舌头答道："匡老在这里寻金大人哩！"只听里面，好像两人低低私语了几句，又屑屑索索一回，彩云就云鬓蓬松，开门出来，见了次芳，就笑道："请匡老里面坐，金大人昨夜被你们灌醉了，今日正害着酒病哩。"说着，就往后间梳洗去了。

次芳一面笑，一面就走进来，看见雯青，却横躺在一张烟榻[66]上，旁边还堆着一条锦被，见次芳来，就坐起来招呼。次芳走上去道："恭喜！恭喜！"雯青笑道："别取笑人。次兄请坐着，我想托你办一件事，不晓得你肯不肯？"次芳道："老前辈不用说了，是不是那红儿薛涛的事吗？"雯青愕然道："怎么这几首歪诗，又被你看见了？我的心事，也不能瞒你了。"次芳道："这种事，门子[67]里都有一定规矩的，须得个行家去讲，才不致吃龟鸨[68]的亏。我有个熟人叫戴伯孝，极能干的，让我去转托他办便了。"雯青道："只是现在热孝[69]在身，做这件事，好像于心不安，外面议论，又可怕得很！"次芳道："那个容易，只要现在先讲妥了，做个外室[70]，瞒着尊嫂，到服满进京，再行接回，便两全其美了。"雯青点头说："既如此，这事只有请次兄替我代托戴先生罢！兄弟昨夜未归，今日必须早些回去，安排妥密，免得人家疑心。"说着就穿衣，别了次芳，又低低托咐了几句，一径下楼走了。

次芳只好去找了戴伯孝，托他去向老鸨交涉。老鸨自然有许多做作，好说歹说，才讲明了身价一千元，又叫了彩云的生身父来。原来彩云本是安徽人，乃父是在苏州做轿班的，恐怕将来有枝节，爽性[71]另给了那轿班二百块钱，叫他也写了一张文契。费了两日工夫，才把诸事办妥，就由戴伯孝亲来雯青处告诉明白。雯青欢喜，自不必说，从此大郎桥巷，就做了雯青的外宅，无日不来，两人打得如火的一般热。

光阴似箭，转瞬之间，雯青也满了服，几回要将此告诉张夫人，只是自己理短，总说不出口。心想不如一人先行到京，再看机会吧，就将这个办法，与彩云商量，彩云也没别话，就定见了。自己一人到京，起服销假。这日宫门召见下来，就补授了内阁学士〔72〕。

雯青自出差到今，已离京五六年了，时局变更，沧桑屡改，朝中歌舞升平，而海外失地失藩，频年相属，日本灭了琉球〔73〕，法国取了安南，英国收了缅甸，中国一切不问，还要铺张扬厉〔74〕，摆出天朝空架子。记得光绪十三年，翰林院里还有人献了一篇《平法颂》，文章辞藻，比着康熙年代的《平滇颂》，乾隆年代的《平定金川颂》，还要富丽哩。话虽如此，到底交涉了几年，这外交的事情，倒也不敢十分怠慢，那些通达洋务的人员，上头不免看重起来。恰好这年出使英、俄大臣吕萃芳〔75〕，要改充英、法、义、比四国大臣；出使德、荷、奥、比四国大臣许镜澂〔76〕，三年任满，要人接替。而斯时一班有名的外交好手，如上回雯青在上海认得的云仁甫，已派过了美日秘副使；李台霞已派署过德国正使，现在又有别事派出；徐忠华派充参赞；马美菽也出洋游历；吕顺斋派充日本参赞。朝廷正恐没人应选，也是雯青时来运来，又有潘八瀛、龚和甫这班大帽子〔77〕，替他揄扬帮衬，声誉日高一日，廷旨就派金沟出使俄罗斯、德意志、荷兰、奥大利亚四国。旨意下来，好不荣耀！雯青赶忙修折谢恩，引见请训，拜会各国公使，一面奏调参赞、随员、翻译，就把次芳奏保了参赞，做个心腹，又想着戴伯孝凑合彩云的功劳，也保了随员，派他做了会计。且请假两月，还苏修墓，奉旨俞允〔78〕。

那时同乡京官菶如也开了坊了，唐卿却从陕甘回来了，珏斋也因公在京，只有肇廷改了外官，不在那里。这班人合着轮流替雯青饯贺，这日席间，大家谈起交涉的方略，雯青发议道："兄弟不才，谬膺使节，此去方略，还要诸君临别赠言！依兄弟愚见，第一是联络邦交，第二是调查国势。语云'知彼知己，百战百胜[79]'，我国交涉吃亏，正是不知彼耳！不知国情，固是大害；不知地理，为害尤烈！远事不必说，就是伊犁[80]一案，彼趁着白彦虎[81]造反，就轻轻占据了，要不是曾继湛[82]力争，这块地面，就不知不觉的送掉了！兄弟向来留心西北地理，见那些交界地方，我们中国纪载，都模糊影响得很，俄国素怀蚕食之心，不知暗中被占了多少去了！只苦我国不知地理，哑子吃黄连，说不出的苦。兄弟这回出去，也不敢自夸替国家争回什么权利，不过这地理上头，兄弟数十年苦功，总可考究一番，叫他疆界井然，不能再施鬼蜮手段罢了。"菶如等听了，自然十分佩服。珏斋道："可不是么？所以兄弟前回到吉林，实在没法，只好仿着马伏波[83]的故事，立了一个三丈来高的铜柱，刻了几句铭词，老远望着，就见巍巍云表。那铜柱拓本，看着倒很古雅，明日兄弟送一份去，雯兄留着，倒可参考参考。"雯青道："珏斋兄的铜柱铭，将来定可与《阙特勤碑》[84]、《好太王碑》[85]并传千古了！"当日欢饮一天。

雯青心里只记挂着彩云，忽忽已一年多不见了，忙着出京。那时上海县先期得信，赶紧打扫天后宫行辕[86]，以备使节小驻。这日船抵金利源码头[87]，不免有文武官员晋见许多仪节，自己复要拜会各国领事，入城答拜道县回来，恰值次芳带着戴伯孝来见，当面谢了保举。雯青把行辕一切公事,全行托付了次芳,把定出洋的公司船以及部署行李等琐事都交给戴会计。

诸事安排妥了,归心如箭,就叫心腹俊童阿福,向上海道借了一只小轮船,连夜回苏。到得家中,夫妻相见,自有一番欢庆,不消说得。坐定,说着出洋的事来,雯青笑说:"这回倒要夫人辛苦一趟了!但是夫人身弱,不知禁得起波涛跋涉否?"夫人笑道:"这个不消老爷担心,辛苦不辛苦,倒在其次。闻得外国风俗,公使夫人,一样要见客赴会,握手接吻,妾身〔88〕系出名门,万万弄不惯这种腔调,本来要替老爷,弄个贴身伏侍的人。"说得这里,却笑了一笑。雯青心里一跳,知道不妙。只听夫人接道:"好在老爷早已讨在外头,倒也省了我许多周折。我昨日已吩咐过家人们,收拾一间新房,只等老爷回来,择吉接回,稍停两日,就叫她跟随出洋,妾身落得在家过清闲日子哩!"雯青忸怩了半天道:"这事原是下官一时糊涂……"下句还未说出,夫人正色〔89〕道:"你别假惺惺,现在倒是择日进门是正经,你是王命在身的人,那里能尽着耽阁!"雯青得了夫人的命,就放胆,看了明日是黄道吉日〔90〕,隔夜就预备了酒席,邀请亲友,来看新人。

到了这日,夫人就命安排一顶彩轿,四名鼓乐手,去大郎桥巷迎接傅彩云。不一时,门前箫鼓声喧,接连鞭炮之声,人声,脚步声,但见四名轿班,披着红,簇拥一肩绿呢挖云四垂流苏的官轿,直入中堂停下。夫人早已预备两名垂鬟美婢,各执大红纱灯,将新人从彩轿中缓缓扶出,却见颤巍巍的凤冠,光耀耀的霞帔,衬着杏脸桃腮,黛眉樱口,越显得光彩射目,芬芳扑人,真不啻嫦娥〔91〕离月殿,妃子〔92〕降云霄矣。那时满堂亲友,杂沓争先,喝采声,诧异声,交头接耳,正议论这个妆饰越礼[93]。忽人丛中夫人盛服走出,大家倒吃一惊。正是:

名花入手消魂极,艳福如君几世修。

不知夫人走出何事,且听下回分解。

按,本回回目原标为:"避物议,男状元偷娶女状元;借诰封,小老母权充大老母。"

〔1〕 物议:非议,社会议论。

〔2〕 小老母:也称小老马。吴语。小老婆。相对应的大老母即大老婆。

〔3〕 美人椅:绣礅。妓女陪酒惯例,都是用凳子坐在客人身旁。

〔4〕 多管:大概。旧小说常用词。如"多管他来请柴大官人入伙",见《水浒传》。

〔5〕 灵犀:前人认为犀牛是神兽,犀有白纹,感应通灵。比喻心意相通。这里引的是李商隐《无题》诗中二句。

〔6〕 花月:风花雪月。这里说花月总持,即是说情场老手。

〔7〕 教主:借指领袖。

〔8〕 十五岁:冒鹤亭说:"余识彩云,先后二十余年,只得其一句真话,则生于同治三年甲子也。……文卿以光绪丁亥居忧时纳之,是年服阕,由内阁学士放俄、德、荷、奥四国公使,则彩云实二十四岁。"(转引自《孽海花资料》)录之以供参考。当然,小说作者可以任意虚构,由情生文。

〔9〕 浑:简直、完全。副词。

〔10〕 寓公:古代指失去领地寄居他国的贵族,旧时泛称失去职位或流亡寄居他乡别国的官僚和士绅。

〔11〕 《白纻》:三国时吴国舞曲名。舞曲形容舞蹈姿态的优美。

〔12〕 《回波》:舞曲名。唐代制作,六言四句。开头例有"回波尔时"四字。

〔13〕 白公堤：在苏州虎丘山塘。白居易所筑。

〔14〕 真娘墓：真娘是唐代吴中名妓。当时人把她和苏小小并称。墓在虎丘。

〔15〕 揎（huá）拳：猜拳。

〔16〕 酒令：也称酒政。宴会中助酒兴的一种游戏。推一人为令官，违令或依令该饮酒的都要饮酒。至于"令"则有简有繁，简的如呼卢，即掷骰子；本文中是繁令，是文士的逞才情。

〔17〕《还魂记》：即汤显祖《牡丹亭》。下文引用其中文句，不一一出注。

〔18〕 曲牌：曲子的调名。有数千种。每一种都有一定格式。下文"集贤宾"、"相见欢"、"谒金门"等等都是曲牌名。

〔19〕《诗经》：春秋以前诗歌总集。相传由孔子编定。有风、雅、颂三种不同体裁，305首。汉以后列为五经之一，是必修课程，旧时普及程度比较高。

〔20〕 飞觞：传杯，把酒令传下去。

〔21〕 箫史：也作萧史。春秋时一个善吹箫的人。秦穆公把女儿弄玉嫁给他。有一天他吹箫作凤鸣，引来凤凰，夫妻成仙而去。后比喻为夫婿的称谓。

〔22〕 预卜：预兆。

〔23〕 江郎才尽：江郎，南朝齐梁时江淹。文学家。后来他做了一个梦，梦见郭璞。郭说，我有一支笔在你手里多年了，我要收回。从此以后，江淹的才华一天不如一天，人称江郎才尽。

〔24〕 鸾声哕哕（huì huì）：鸾，鸾铃。马车上的装饰。哕哕，有节奏的鸾铃声。这是《诗经·小雅·庭燎》中的诗句。

〔25〕 起服：也作起复、服满、服阕。守丧期满，恢复做官。

〔26〕 洋务：清末称外交、学习和仿效西方为洋务，内涵很广泛。

〔27〕 佳谶（chèn）：好预言。

〔28〕 萧飒：冷清，凄凉。

〔29〕 言笑晏晏：言，助词，无实在意义。晏晏，温和，柔和。此句说笑得很柔和。这是《诗经·卫风·氓》中的诗句。

〔30〕 打簧表：弹簧表。挂表。

〔31〕 给：吴方言。与"跟"同。作者在本书中使用的意义更广泛，出现

次数极多，除作连词，也作介词。

〔32〕三生：佛教语。指前生、今生、来生。

〔33〕韦郎：韦皋。唐代西川节度使。唐人范摅《云溪友议》载，韦皋少年时游江夏，止于姜使君之馆，与小青衣玉箫有情。廉使陈常侍得其季父书，发遣韦皋归家。韦皋与玉箫相约，少则五年，多则七年来取。到了八年春不至，玉箫叹曰："韦家郎君一别七年，是不来矣！"绝食而死。下句"凄迷玉箫之声"即指此。江群撰《玉箫传》，元人乔吉撰《玉箫女两世姻缘》杂剧，均写韦皋、玉箫事。

〔34〕杜牧：晚唐诗人。他在一首追忆在扬州当幕僚生活的诗《遣怀》中说："十年一觉扬州梦，赢得青楼薄幸名。"此处隐指金沟曾有薄幸行为，抛弃了烟台的旧相好。

〔35〕紫云：紫云曲。张读《宣室志》载，唐玄宗曾做一梦，十几个仙子驾着庆云而来，立在庭中，各执乐器，弹奏了一曲《神仙紫云曲》。元人乔吉撰《扬州梦》杂剧，即写杜牧与妓女张好好事。

〔36〕双心一袜：用唐玄宗、杨玉环爱情悲剧典故。双心，指唐玄宗、杨贵妃曾在七月七，牵牛织女相见之夕，"密相誓心：'愿世世为夫妇。'"一袜，唐人李肇《国史补》："马嵬店媪拾得杨妃锦袎一只。"乐史《杨太真外传》写得详细些："妃子死日，马嵬媪得锦袎袜一只。"袎，袜颈，今言袜筒下端箍住脚脖子的部分。唐时袜子不绱底，类似膝裤，妇女所服。

〔37〕盒誓钗盟：指杨玉环进见唐玄宗，封贵妃，"是夕，授金钗钿合"。定情之物。杨贵妃死后升天，住"玉妃太真院"，唐玄宗使道士杨通幽求其神，见玉妃；玉妃"取金钗钿合，折其半授使者"，并说出"愿世世为夫妇"的誓约（均见乐史《杨太真外传》）。作者一连用三个典故，均在隐喻金、傅爱情不能善始善终，仍是一场悲剧。

〔38〕七律：诗体的一种。中间四句两联要互相对偶，格式严格。每句七字，整首八句。

〔39〕五夜：即五更。

〔40〕凤胫：形容炉中的香烟，如凤凰的腿细而高。

〔41〕驼钩：形容挂帐幔的钩，如骆驼的脊背一样弯曲。

〔42〕四百桥：代指苏州。苏州历来桥多。《吴郡志》："白居易诗云：'红

栏三百九十桥。'宋人杨备诗:'吴桥四百。'"苏州至今仍有三百座桥。

〔43〕 吴娘:苏州姑娘。此处即指傅彩云。

〔44〕 无曹:无人比得上。

〔45〕 比红儿:杜红儿。唐代鄜州乐伎,善歌唱。后为罗虬所杀,虬又追悔,作绝句百首,历数古来美人,无人能比红儿,号为《比红儿诗》。(见王定保《唐摭言》)

〔46〕 定场:戏剧中人物登场时的道白或坐定后念诗,再报脚色、姓名;那道白和诗都称定场。此处是指唱曲。

〔47〕 蛮笺:指蜀笺。唐代四川出产的彩色纸。

〔48〕 鹿爪:鹿角爪。弹筝用的拨弦工具。

〔49〕 羯(jié)鼓:古代羯族乐器。形状像漆桶,安置小牙床上,用二小杖击打,急促高亢。

〔50〕 胡麻:即芝麻。

〔51〕 葛鸦儿:诗人名。《全唐诗》卷八百一收有他的三首诗,《怀良人》诗有"胡麻好种无人种,正是归时不见归"句。此处变换而取其诗意。

〔52〕 红豆:又名相思子。此处即用相思之意。

〔53〕 横塘:水名。在吴县西南。

〔54〕 杜宇:子规,即布谷鸟。初夏昼夜鸣叫。

〔55〕 五湖:即太湖。

〔56〕 西施:春秋时越国美女。越王勾践献于吴王夫差,以乱其政。这里诗句是说在吴地得到了美人,指傅彩云,由此勾起了对旧情人的遗憾。

〔57〕 紫玉:吴王夫差的小女儿。爱慕韩重,不能成婚,气结而死。韩重到她墓上吊唁,紫玉现形相见,并赠韩重明珠,作歌而没。诗句是说以前的旧情人未能娶过来,只好在梦中相见了。

〔58〕 参差(cēn cī):古乐器名。即排箫。

〔59〕 中妇:本指古代后妃,此指妻子。

〔60〕 铜雀:铜雀台。东汉末曹操所建,在今临漳境(古邺城)。《邺都故事》载,曹操遗命有"妾与伎人,皆著铜雀台";曹操下江南,一个动

机是想俘获大乔、小乔,置于铜雀台。

〔61〕 小乔:东汉末江东乔玄之二女大乔和小乔,小乔嫁周瑜。杜牧《赤壁》有句:"东风不与周郎便,铜雀台深锁二乔。"这里诗句比较曲折,大意是说烟台旧情人想嫁金沟作妾未能实现,空有遗憾伤心之泪了,但思念之心未泯。

〔62〕 子夜:乐府吴声歌曲名。

〔63〕 旧侣:指金沟原来烟台的旧情人。此回回目小说林初版本为"红丝现出新人错认旧人,绿轿驮来小妇权充大妇",傅彩云是悬梁自尽的烟台妓女梁新燕再世为人,颈子上有一条红圈。胡适对此表示不满,指摘作者有迷信思想,是老新党。曾朴很恼火,对胡适反唇相讥,但对彩云的描写做了一点删改,而暗示依然存在。

〔64〕 惑惑突突:惑突,疑惑。

〔65〕 先生:旧时妓院对身价高的妓女的称呼。

〔66〕 烟榻:吸食鸦片的炕。南方都是木制,中置小木几,可放置烟具。形制南北相仿。

〔67〕 门子:妓院。

〔68〕 龟鸨:乌龟、王八(亡八、忘八),鸨母、老鸨。妓院的男女老板。

〔69〕 热孝:守丧未满称为热孝。

〔70〕 外室:不是正式夫妻而同居的妇女称外室。也称外宅、外妻。

〔71〕 爽性:索性。

〔72〕 内阁学士:清代设内阁,有大学士、协办大学士和学士。学士职责掌奏章。

〔73〕 琉球:琉球群岛。光绪五年(1879)日本吞并琉球,改为冲绳县。

〔74〕 铺张扬厉:虚张声势。

〔75〕 吕萃芳:影射刘瑞芬,字芝田。安徽贵池人。光绪十一年以三品京堂充任出使英、俄等国,改为驻英、法、义、比大臣,后任广东巡抚。

〔76〕 许镜澂:号祝云。影射许景澄,字竹筼。浙江嘉兴人。同治翰林。吏部左侍郎,出使德、俄大臣。

〔77〕 大帽子:指高官。潘、龚二人都是尚书。

〔78〕 俞允:应允、批准。

〔79〕 知己知彼,百战百胜:《孙子兵法》中语。"百胜",原文作"不殆"

（没有危险），后一般说成“百胜”，意思更显豁。

〔80〕 伊犁：清代为府，辖七县（在今新疆）。同治、光绪年间，回民反抗清政府，俄国乘机占据其地。光绪七年，曾纪泽使俄力争，用款赎回。

〔81〕 白彦虎：回族人。咸丰末年窃据新疆，扰乱甘肃，围西宁。左宗棠、刘松山征讨，败逃关外。光绪间又与安集延酋长联合，再拒清军，据喀什噶尔西四城；为刘锦棠击败，逃亡俄罗斯。

〔82〕 曾继湛：影射曾纪泽，字劼刚。曾国藩之子。外交家。多次出使英国、俄国，办理重大外交事件；他的一个大贡献就是争回了伊犁。

〔83〕 马伏波：东汉马援，拜伏波将军。征伐交趾时立铜柱表功。文中珏斋所说在吉林立铜柱之事，即指光绪十一年吴大澂以左副都御史赴吉林，会同副都统伊克唐阿与俄使勘界。当时珲春黑顶子一带地为俄国侵占，吴大澂依据咸丰十一年旧界图立碑五座，建铜柱，亲自写篆字作铭文。文曰：“疆域有表国有维，此柱可立不可移。”

〔84〕 阙特勤碑：唐代碑。在蒙古鄂尔坤河畔。唐明皇使臣为吊唁阙特勤与突厥共同所立。阙特勤为突厥可汗之弟。光绪十年发现此碑。文字可读者四百余字；碑阴和两侧为突厥文。

〔85〕 好太王碑：公元414年高句丽长寿王为其父好太王（广开土王）立于丸都城（今吉林集安）。湮没已久，光绪初年开垦时发现。四面环刻，书法以隶意为主，兼有八分、篆书笔意。康有为《广艺舟双楫》列入高品，称“然其高美，已冠古今”。

〔86〕 天后宫行辕：天后宫在上海河南北路苏州河北桥堍，原铁马路（中国第一条铁路，已拆除）旧址，为租界中的华界。天后宫祀海神妈祖。余地基五亩建造出使行辕。赛金花出洋，从苏州到上海，洪钧就带她住在这里。

〔87〕 金利源码头：招商局设在十六铺的客货码头。

〔88〕 妾身：旧时妇女谦称自己。这里“妾”不是小老婆，单称妾也是谦称自己，下回书一开头张夫人即如此自称。

〔89〕 正色：面部表情严肃起来。

〔90〕 黄道吉日：星相家说法，青龙、明堂、金匮、天德、玉堂、司命六辰是吉神，为黄道。六辰值日为吉日，诸事皆宜，无所避忌。这是一种

迷信说法。

〔91〕 嫦娥：也作姮娥。夏代后羿之妻，窃食不死之药飞升月宫为仙。

〔92〕 妃子：指杨贵妃。乐史《杨太真外传》载，杨贵妃死后升天成仙人。某方士自称有李少君之术，能致其神。唐明皇命他上天入地以求之，至玉妃太真院，称天子使者，"'玉妃出。'冠金莲，帔紫绡，佩红玉，拽凤舄。左右侍女七八人"。作者这里是比拟，说彩云盛妆而出，光彩照人。

〔93〕 妆饰越礼：穿戴不合身份。指凤冠霞帔只能是有封诰的夫人才可用，傅彩云只是娶来的妾，不配用。

第五卷

第九回

遣长途医生试电术 怜香伴爱妾学洋文

却说诸亲友正交头接耳，议论彩云妆饰越礼，忽人丛中夫人盛服走出，却听她说道："诸位亲长，今日见此举动，看此妆饰，必然诧异，然愿听妾一言！此次雯青出洋，妾本该随侍同去，无奈妾身体荏弱，不能前往，今日所娶的新人，就是代妾的职分。而且公使夫人，是一国观瞻所系，草率不得，所以妾情愿从权，把诰命补服[1]，暂时借她，将来等到复命还朝时，少不得要一概还妾的。诸尊长以为如何？"言次，声音朗朗，大家都同声称赞。于是传齐吹手，预备祭祖。雯青与夫人在前，傅彩云在后，行礼毕，彩云叩见雯青夫妇，大家送入洞房。雯青这一喜，直喜得心花怒放，意蕊横飞，感激夫人到十二分，自己就从新房出来，应酬外客。那潘胜芝、贝效亭、谢山芝一班熟人，摆雷抬[2]，寻唐僧[3]，翻天覆地的闹起酒来，想要叫局，只碍着雯青如今口衔天语[4]，身膺使旄，只好罢休。雯青陪着畅饮，到漏静更深，方始散去。雯青进来，自然假意至夫人房中，夫人却早关了门。雯青只得自回新房，与彩云叙旧。久别重逢，绸缪备至，自不消说。

正是芳时易过，倏满假期，便别了夫人，带了彩云，出了苏州城，一径到上海。其时苏沪航路,还没有通,不像现在有大东、戴生昌许多公司船,朝来暮往的便捷。雯青因是钦差大臣,上海道特地派了一只官轮来接,走了一夜,次早就抵埠头。雯青先把家眷安排上岸,自己却与一班接差道县,酬应一番。

行辕中又送来几封京里书札,雯青一一检视,也有亲友寻常通贺的,也有大人先生为人说项〔5〕的,还有一班名士黎石农、李纯客、袁尚秋诸人寄来的送行诗词,清词丽句,觉得美不胜收。翻到末了一封,却是庄小燕〔6〕的,雯青连忙拆开,暗想此人的手笔倒要请教。——你道雯青为何见了庄小燕姓名,就如此郑重呢?这庄小燕,书中尚未出现过,不得不细表一番。原来小燕是个广东人,佐杂〔7〕出身,却学富五车〔8〕,文倒三峡,而且深通西学,屡次出洋,现在因交涉上的劳绩,保举到了侍郎,声名赫赫,不日又要出使美、日、比哩。雯青当时拆开一看,却是四首七律道:

诏持龙节〔9〕度西溟〔10〕,又捧天书〔11〕问北庭〔12〕。
神禹〔13〕久思穷亥步〔14〕,孔融〔15〕真遣案丁零〔16〕。
遥知汃极〔17〕双旌〔18〕驻,应见神洲〔19〕一发青〔20〕。
直待车书通绝徼〔21〕,归来扈跸〔22〕禅云亭〔23〕。

声华藉藉〔24〕侍中君,清切〔25〕承明〔26〕出入庐。
早擅多闻笺豹尾〔27〕,亲图异物到邛虚〔28〕。
工名〔29〕几勒黄龙舰〔30〕,国法新衔赤雀书〔31〕。
争识威仪迎汉使,吹螺代鼓出穹闾。

竹枝异域词重谱，敕勒[32]风吹草又低。
候馆[33]花开赤璎珞，周庐[34]瓦复碧琉璃。
异鱼飞出天池[35]北，神马徕从雪岭[36]西。
写入夷坚支乙志[37]，杀青[38]他日试标题。

不嫌夺我凤池[39]头，谭思[40]珠玲[41]佐庙谋。
敕赐重臣双白璧，图开生绢九瀛洲[42]。
茯苓赋[43]有林牙[44]诵，苜蓿[45]花随驿使稠。
接伴中朝人第一，君家景伯[46]旧风流。

雯青看罢，拍案叫绝道："真不愧白衣[47]名士，我辈愧死了！"遂即收好，交与管家，一面喊伺候上岸。坐着双套马车，沿途还拜各官，并德、俄诸领事，直到回天后宫行辕，已在午牌[48]时候。早有自己的参赞、翻译、随员等等这一班人齐集着，都要谒见。手本[49]进去，不一时，就见管家出来传话："单请匡朝凤匡大人、戴伯孝戴老爷进去，有公事面谈，其余老爷们，一概明日再见吧。"

大家听见这话，就纷纷散了，只剩匡次芳、戴伯孝二人，低着头，跟那管家往里边去。到了客厅，雯青早在等着，见他们进来，连忙招呼道："次兄，伯兄，这几日辛苦了！快换了便服，我们好长谈。"次芳等上前见了，早有阿福等几个俊童，上去替他们换衣服。次芳一面换，一面说道："这是分内的事，算什么辛苦。"说着主宾坐了。雯青问起乘坐公司船，次芳道："正要告诉老前辈，此次出洋，既先到德国，再到俄、奥诸国，自然坐德公司的船为便。前十数日德领事来招呼，本月廿二日，德公司有船名萨克森的出口，这船极大。船主名质克，晚生[50]都已接头过了。”伯孝道：“卑职和匡参赞商量，替大人定的是头等舱，匡参赞及黄翻译、塔翻译等坐二等，其余随员学生都是三等。”雯青道：“我听说外国公司船，十分宽敞，就是二等舱，也比我们招商局船的大餐间，大得多哩。其实就是我也何必一定要坐头等呢！”次芳道：“使臣为一国代表，举动攸关国体，从前使德的刘锡洪[51]、李丰宝，使俄的嵩厚[52]曾继湛，使德、义、荷、奥的许镜澂，我们的前任吕萃芳，晚生查看过旧案，都是坐头等舱，不可惜小费而伤大体。”次芳说时，戴会计凑近了雯青耳旁，低声道：“好在随员等坐的是三等，都开报了二等，这里头核算过来差不多，大人乐得舒服体面。”雯青点点头。次芳顺手在靴统里，拔出一个折子，递到雯青手里道：“这是开报启程日期的折子，誊写已好，请老前辈过目后，填上日子，便可拜发了。”雯青看着，忽然面上踌躇了半晌道：“公司船出口是廿二，这天的日子……”这句话还没有说出，戴伯孝接口道：“这不用大人费心，卑职出门就是一二百里，也要检一个黄道吉日；况大人衔命万里，关着国家的祸福，那有轻率的道理！这日子是大人的同衙门最精河图学[53]的余笏南[54]检定的，恰好这日有此船出口，也是大人的洪福照临。”雯青道：“原来笏南在这里，他检的日子，是一定好的，不用说了。”看看天色将晚，次芳等就退了出来。当日无话。

次日雯青不免有宴会拜客等事，又忙了数日，直到廿二日上午，方把诸事打扫完结。午后大家上了萨克森公司船，慢慢的出了吴淞口[55]，口边俄、德各国兵轮，自然要升旗放炮的致敬。出口后，一路风平浪静，依着欧亚航路进行。彩云还是初次乘坐船，虽不颠播，终觉头眩眼花，终日的困卧。雯青没事，便请次芳来谈谈闲天，有时自己去找他们。经过热闹的香港、新加坡、锡兰诸埠头，雯青自要与本埠的领事绅商交接，彩云也常常上去游玩，不知看见多少新奇的事物，听见了多少怪异的说话，倒也不觉寂寞。不知不觉，已过了亚丁，入了红海，将近苏彝士河地方。

这日，雯青刚与彩云吃过中饭，彩云要去躺着，劝雯青去寻次芳谈天。彩云喊阿福好好伺候着，恰好阿福不在那里，雯青道："不用叫阿福。"就叫三个小童跟着，到二等舱来，听见里面人声鼎沸，不知何事。雯青叫一个小童，先上前去探看，只听里面阿福的口声，叫着这小童道："你们快来看外国人变戏法！"正喊着，雯青已到门口，向里一望，只见中间一排坐着三个中国人，都垂着头，闭着眼，似乎打盹的样子。一个中年有须的外国人，立在三人前头，矜心作意的凝神注视着，四面围着许多中西男女，仰着头望，个个面上有惊异之色。次芳及黄、塔两翻译，也在人丛里，看见雯青进来，齐来招呼。次芳道："老前辈来得正巧，快请看毕叶先生的神术！"雯青茫然不解，那个外国人早已抢上几步来，与雯青握着手，回顾次芳及两翻译道："这便是出使敝国的金大人么？"雯青听这外国人会说中国话，便回道："不敢，在下便是金某，没有请教贵姓大名。"黄翻译道："这位先生叫毕叶士克，是俄国有名的大博士，油画名家，精通医术，还有一样奇怪的法术，能拘摄魂魄。一经先生施术之后，这人不知不觉，一举一动，都听先生的号令，直到醒来，自己一点也不知道。昨日先生与我们谈起，现在正在这里试验哩。”一面说，一面就指着那坐的三个人道：“大人，看这三个中国工人，不是同睡去的一样吗？”雯青听了，着实称异。毕叶笑道：“这不是法术，我们西国叫做 Hypnotisme〔56〕，是意大利人所发明的，仍是电学及心理学里推演出来的，没有什么稀奇。大人，你看他三人齐举左手来。”说完，又把眼光注射三人，那神情，好像法师画符念咒似的，喝一声“举左手”，只见那三人的左手，如同有线牵的一般，一齐高高竖起。又道：“我叫他右手也举起！”照前一喝，果然三人的右手，也都跟着他双双并举了。于是满舱喝采拍掌之声，如雷而起。雯青、次芳及翻译、随员等，个个伸着舌头，缩不进去。毕叶连忙向众人摇手叫不许喧闹，又喊道：“诸君看，彼三人都要仰着头张着嘴伸着舌头拍着手赞叹我的神技了！”他一般的发了口令，不一时果然三人一齐拍起手来，那神气一如毕叶所说的，引得大家都大笑起来。

次芳道：“昨日先生说，能叫本人把自己隐事，自己招供，这个可以试验么？”毕叶道：“这个试验是极易的，不过未免有伤忠厚，还是不试的好。”大家都要再试。雯青就向毕叶道：“先生何妨挑一个人试试。”毕叶道：“既金公使要试，我就把这个年老的试一试。”说着就拉出三人中一个四五十岁的老者，单另坐开，毕叶施术毕，喝着叫他说。稍停一回，这老者忽然垂下头去，嘴里咕噜咕噜的说起来，起先不大清楚，忽听他道：“这个钦差大人的二夫人，我看见了好不伤心呀！他们都道钦差的二夫人标致，我想我从前那个雪姑娘，何尝不标致呢！我记得因为自己是底下人，不敢做那些。雪姑娘对我说：'如今就是武则天娘娘，也要相与两个太监，不曾听见太监为着自己是下人推脱的。听说还有拼着脑袋给朝里的老大们砍掉，讨着娘娘的快活哩！你这没用的东西，这一点儿就怕么？'我因此就依了。如今想来，这种好日子，是没有的了。"大家听着，这老者的话，愈说愈不像了，恐怕雯青多心，毕叶连忙去收了术。雯青倒毫不在意，笑着对次芳道："看不出这老头儿，倒是风流浪子，真所谓'莫道风情老无分，桃花偏照夕阳红'了。"大家和着笑了。

雯青便叫阿福来装旱烟。一个小童回道："刚才那老者说梦话的当儿，他就走了。"雯青听了无话。正看毕叶在那里古倒那三个人，一会儿，都揩揩眼睛，如梦初觉，大家问他们刚才的事，一点也不知道。毕叶对雯青及众人道："这术还可以把各人的灵魂，彼此互换，现在这几人已乏了，改日再试吧。"雯青正听着，忽觉眼前一道奇丽的光彩，从舱西犄角里一个房门旁边儿直射出来，定睛一看，却是一个二十来岁非常标致的女洋人，身上穿着纯黑色的衣裙，头戴织草帽，鼻架青色玻璃眼镜，虽妆饰朴素的很，而粉白的脸，金黄的发，长长的眉儿，细细的腰儿，蓝的眼，红的唇，真是说不出的一幅绝妙仕女图，半身斜倚着门，险些钩去了这金大人的魂灵，雯青不知不觉的看呆了。心想何不请毕先生，把这人试一试，倒有趣，只不好开口。想了半天，忽然心生一计，就对毕叶道："先生神术，固然奇妙极了，但兄弟尚不能无疑。这三个中国人，安见不是先生买通的呢？"毕叶听罢，面上大有怫然之色。雯青接着道："并非我不信先生，我想请先生再演一遍。”说着,便指着女洋人低声道:“倘先生能借这个女洋人,一试妙技,那时兄弟真死心蹋地的佩服了。”次芳及两个翻译也附和着雯青。毕叶佛然道:“这有何难!我立刻请这位姑娘,把那东边桌子上的一盆水果搬来,放在公使面前好么?”

这句话原被雯青那一句激出来的。大凡欧洲人性情是直爽不过,又多好胜,最恨人家疑心他作伪,总要明白了方肯歇手,别的都顾不得了。毕叶被雯青这一激,也不问那位姑娘是谁,就冒冒失失的就施起他的法术来。他的法术,又是百发百中,顿时见那姑娘脸上呆一呆,就袅袅婷婷的走到东边桌子上,伸出纤纤玉手,端着那盆冰梨雪藕,款步而来,端端正正的放在雯青坐的那张桌上,含笑斜睇,嫣然倾城。雯青这一乐,非同小可,比着那金殿传胪高唱谁某的时候,还加十倍!那里知道这边施术的毕叶,这一惊,也不寻常,却比那死刑宣告牵上刑台的当儿,仿佛一般,连忙摘了帽子,向满船的人致敬,先说西话,又说中国话,叮嘱大家等姑娘醒来,切不可告诉此事。大家答应了。那时船主质克,因听见喧闹的声音,也来舱查看,毕叶也给他说了。质克微笑应诺。毕叶方放了心,慢慢请那位姑娘自回房中去,把法术解了。

雯青诸人看见毕叶慌张情形,倒弄得莫名其妙,问他何故。毕叶吞吞吐吐道:“这位姑娘,是敝国有名的人物,学问极好,通十几国的语言学,不敢渎犯的意思。”次芳道:“毕叶先生知道她的名姓吗?”毕叶道:“记得叫夏雅丽。”雯青道:“她能说中国话么?”毕叶道:“听说能作中国诗文,不但说话哩。”雯青听了,不觉大喜。原来雯青自见了这姑娘的风度,实在羡慕,不过没法亲近。今听见会说中国话,这是绝好的引线了,当时就对毕叶道:“兄弟有句不知进退的话,只是不敢冒昧。”毕叶道:“金大人不用客气,有话请讲!”雯青道:“就是敝眷,向来愿学西文,只是没有女师傅,总觉不便。现据先生说,那贵国夏姑娘,精通语言学,还会中文,没有再巧的好机会了!现在舟中没事,正好请教。先生既然跟夏姑娘同国,不晓得肯替兄弟介绍介绍么?”毕叶想一想道:“这事既蒙委托,那有不尽力的道理!不过这姑娘的脾气古怪,只好待小可[57]探探口气,明日再行奉复吧!”当时次芳及黄、塔两翻译,又替雯青帮腔了几句,毕叶方肯着实答应,于是大家都散归。

雯青回房,就把毕叶奇术,告诉彩云。彩云道:“这没什么奇,那些中国人,一定是他的同党,跟我们苏州的变戏法一样骗人。”雯青又把个女洋人的事情告诉她,说:“这女洋人是我叫他试的,难道也是通同的么?”彩云于是也稀奇起来。雯青又把学洋文的话,从头述了一遍,彩云欢喜的了不得。原来彩云早有此意,与雯青说过几次。当晚无话。

次早,雯青刚刚起来,次芳已经候在大餐间。雯青见面,就问:“昨天的事怎么了?”次芳道:“成了,昨日老前辈去后,他就去跟这位姑娘攀谈,灌了多少米汤[58],后来慢慢说到正文。姑娘先不肯,毕先生再四说合,方才允了。好在这姑娘也往德国,说在德国,或许有一两个月耽阁,随后至俄,与我们的路途,倒是相仿的,可以常教。不过要如夫人[59]去就她的,每月薪水要八十马克。”雯青说:“八十马克，不贵不贵，今天就去开学么？”次芳道：“可以，她已等候多时了。”雯青道：“等小妾梳洗了就来，你去招呼一声。”次芳答应着去了。雯青进来，次芳的话，彩云早已听得明白，赶着梳好头。雯青就派阿福伺候过去，自己也来二等舱，与次芳等闲谈。正对着夏雅丽的房间，说话之间，时时偷看那边。

彩云见了那位姑娘，倒甚投契[60]。夏雅丽叫她先学德文，因德文能通行俄、德诸国缘故。从此之后，每日早来暮归。彩云资性聪明，不到十日，语言已略能通晓。夏雅丽也甚欢喜。

一日，萨克森船正过地中海，将近意大利的火山，时正清早，晓色苍然。雯青与彩云刚从床上跨下，共倚船窗，隐约西南一角，云气郁葱，岛屿环青，殿阁拥翠，奇景壮观，怡魂养性，正在流连赏玩。忽见一人推门直入，左手揽雯青之袖，右手执彩云之臂，发出一种清冽之音，说道：“我要问你们俩说话哩！如不直说，我眼睛虽认得你们，我的弹子，可不认得你们！”雯青同彩云两人抬头一看，吓得目瞪口呆，不知何意。正是：

　　一朝魂落幻人[61]手，百丈涛翻少女风。

欲知后事如何，且听下回分解。

按，此回回目原标为：“遣长途，医生试电术；怜香伴，爱妾学洋文。”

〔1〕诰命补服：根据品官不同的官阶，夫人诰命品级也不同，补服的纹饰、补子图像也不同。内阁学士三品，命妇朝服补子用孔雀图案。其冠顶中间用红宝石，上部用蓝宝石。

〔2〕 摆雷抬:一般写作摆擂台,也称打擂台。清末民初妓院中切口,称猜拳为打擂台。

〔3〕 寻唐僧:切口。犹今语捉乌龟。输家为唐僧,今为乌龟,罚喝酒若干杯。

〔4〕 口衔天语:指王命在身,奉了圣旨。

〔5〕 说项:说情,请托。

〔6〕 庄小燕:庄焕英,号小燕。影射张荫桓,字樵野。广东南海人。由吏员纳赀为知县。历任道台、按察使,以三品京堂直总理衙门,授太常少卿。光绪十一年充出使美、日(日斯巴尼亚,今西班牙)、秘鲁三国大臣。为人精敏,号知外务。官至户部左侍郎,矿务铁路总局总办。后因与康有为关系密切,革职发配新疆。义和拳起,被诬通俄,被杀。张荫桓靠自学成材,有多种著作,如《三洲日记》、《英轺日记》、《铁画楼诗文钞》等。

〔7〕 佐杂:官署中吏员副职。

〔8〕 学富五车:形容读书很多,学问好。语出《庄子》:"惠施多方,其书五车。"

〔9〕 龙节:龙形符节。后泛指奉王命出使者所持之节。

〔10〕 西溟:西海。泛指西方。

〔11〕 天书:帝王的诏书。

〔12〕 北庭:汉代指北单于统治的北匈奴地方。此处泛指北方外国。

〔13〕 神禹:大禹。

〔14〕 亥步:亥,竖亥,禹的臣。竖亥很能走路,后世把健行称为亥步。此句是说中国需要善于出使的人。

〔15〕 孔融:字文举。东汉末人。曾任北海太守。著名文士。

〔16〕 丁零:汉时为匈奴之一部。后称铁勒,也称回纥、高车、回鹘。唐以后居河西走廊和新疆。诗句是说朝廷派遣孔融这样的文士出使西域了。

〔17〕 汃(bīn)极:古代指西方极远地方的水边。代指西方。

〔18〕 双旌:两种旗帜。使节驻在国国旗与本国国旗。

〔19〕 神洲:神州。指中原地区,也指中国。

〔20〕 一发青:一发,形容远山微茫。苏轼《澄迈驿通潮阁》诗:"杳杳天

低鹘没处，青山一发是中原。”诗句大意是说想来出使的地方离中国很遥远了。

〔21〕 车书、绝徼：车书，指车同轨，书同文，代指天下一统。绝徼，边界的尽头。

〔22〕 扈跸：伴随君王。

〔23〕 禅(shàn)云亭：禅，封禅，帝王祭告天地。云亭，云云、亭亭二山的并称。帝王封禅处。梁简文帝《和武帝宴诗》之一：“车书今已共，愿奏云亭仪。”古代帝王封禅是大典，祝告成功，夸张强盛才进行。

〔24〕 藉藉：显赫盛大。金沟是状元，名声显赫。

〔25〕 清切：指清贵而接近皇帝的官职。内阁学士掌奏章，是皇帝的文学侍从。

〔26〕 承明：承明庐。汉代承明殿旁侍臣值宿居住的地方。

〔27〕 豹尾：豹尾车。皇帝出巡时殿后的侍卫车悬挂豹尾。诗句说因为有才学文章有幸随侍君王。

〔28〕 邛虚：邛邛、距虚。古书中说的异兽。《尔雅・释地》：“西方有比肩兽焉，与邛邛岠虚比。”裴骃引郭璞曰：“邛邛，似马而色青。距虚即邛邛，变文互言之。”

〔29〕 工名：指器物上铭刻制作者的姓名。

〔30〕 黄龙舰：有黄龙旗帜的大船。指皇帝的大船。

〔31〕 赤雀书：赤雀，朱雀。指朱鸟殿，汉代宫阙名。赤雀书，指皇帝的书信，国书。

〔32〕 敕勒：敕勒川。敕勒即铁勒，铁勒已见前“丁零”注。此指西域，代指西方。

〔33〕 候馆：宾馆。

〔34〕 周庐：秦汉时代皇宫四周的警卫庐舍。

〔35〕 天池：在新疆北部，高原湖泊，雪水融聚所成。

〔36〕 雪岭：雪山。印度山名。释迦牟尼曾居雪山。

〔37〕 夷坚支乙志：《夷坚志》，原书四百二十卷，已残缺。今传本以涵芬楼辑补的二百零六卷本为较详备。内容多为神怪故事和异闻杂录，也记载了一些当时的市民生活，属笔记小说类。

〔38〕 杀青：指付印，出版。

〔39〕 凤池：凤凰池。原是禁苑中池沼，魏晋南北朝时设中书省于禁苑，故称中书省为凤凰池。唐代以凤凰池指称宰相，正式名称则为同中书门下平章事。

〔40〕 谭思：精深的思想。

〔41〕 珠玲：犹珠玑。指文章华美，谈吐不凡。

〔42〕 九瀛洲：瀛洲，海外仙山。九瀛洲，泛指遍海外。

〔43〕 茯苓赋：茯苓，菌类植物，寄生于山林松根，可入药。茯苓赋，代指关于中国事物的文章。

〔44〕 林牙：辽代官署名。代指外国使臣。

〔45〕 苜蓿：植物名。牧草，可作饲料。张骞通西域引进中原。

〔46〕 景伯：洪适，字景伯。南宋大臣。洪适与其弟洪遵、洪迈文章名满天下。洪适有《隶释》、《盘洲集》等著述。"君家景伯旧风流"一句表明金汮即是洪钧。作者对这四诗的来源在《东亚病夫访问记》中有交待："余手头现有袁爽秋先生昶《安般簃诗集》……有诗题《洪文卿阁学奉使俄德诸国》诗，即《孽海花》中所载……四律诗。"不过是嫁接到庄焕英名下而已。

〔47〕 白衣：指没有科举功名的士人。前文已说庄小燕佐杂出身，后文有更多叙述。

〔48〕 午牌：正中午，十一点到下午一点为午时。旧衙门挂十二地支牌报时。

〔49〕 手本：名帖、名片。明清见上司、座师或贵官使用。

〔50〕 晚生：后辈对前辈自谦之称。

〔51〕 刘锡洪：影射刘锡鸿，字云生。广东番禺人。官通政司参议，出使德国大臣。

〔52〕 嵩厚：影射崇厚，姓完颜。满族人。官至左都御史。光绪时以全权大臣赴俄国交涉伊犁事件，俄方逼使订立《里瓦几亚条约》，清政府认为丧权辱国，不予承认，崇厚革职，改派曾纪泽再行谈判。

〔53〕 河图学：河图，关于《周易》卦形来源的传说。《尚书·顾命》文中"河图"孔安国传："伏羲王天下，龙马出河，遂则其文以画八卦，谓之河图。"河图学，即是关于八卦的学说，也可称《周易》学；俗称有文王爻课。

〔54〕 余笏南：影射徐琪，字花农。浙江仁和（今杭州）人。光绪翰林，官太子洗马。

〔55〕 吴淞口：黄浦江汇入长江通海口之处。

〔56〕 Hypnotisme：法文。催眠术。

〔57〕 小可：自称谦词。

〔58〕 灌米汤：市井熟语。说好话，说奉承话。

〔59〕 如夫人：语出《左传·僖公十七年》："齐侯好内，多内宠，内嬖如夫人者六人。"如夫人原意是如同夫人，不过古代妾媵制度下，如夫人不能等同夫人。后世即指妾。

〔60〕 投契：谓意气或见解相合，合得来。

〔61〕 幻人：魔术师的古代称呼。

第十回

险语惊人新钦差胆破虚无党　清茶话旧侯夫人名噪赛工场

却说雯青正与彩云双双的靠在船窗，赏玩那意大利火山的景致，忽有人推门进来，把他们俩拉着问话，两人抬头一看，却就是那非常标致的女洋人夏雅丽姑娘，柳眉倒竖，凤眼圆睁。两人这一惊，非同小可，知道前数日毕叶演技的事，露了风了。只听那姑娘学着很响亮的京腔道："我要问你。我跟你们往日无仇，今日无故，赶吗你叫人戏弄我姑娘？你可打听打听看，你姑娘是大俄国轰轰烈烈的奇女子，可不比你们中国那些窝攮妇道们，凭人家糊弄着，不害臊。我为的是看重你是一个公使大臣，我好意教你那女人念书，谁知道你们中国的官员，越大越不像人，简捷儿都是糊涂的蠢虫！我姑娘也不犯合你们讲什么理，今儿个就叫你知道知道姑娘的利害！"说着伸手在袖中，取出一支雪亮的小手枪。雯青被那一道的寒光一逼，倒退几步，一句话也说不出，还是彩云老当，见风头不妙，连忙上前拉住夏雅丽的臂膀道："密斯[1]请息怒，这事不关我们老爷的事，都是贵国毕先生要显他的神通，我们老爷是看客。"雯青听了方抖声接说道："我不过多了一句嘴，请他再演，并没有指定着姑娘。"夏雅丽鼻子里哼了一声。彩云又抢说道："况老爷并不知道姑娘是谁，不比毕先生跟姑娘同国，晓得姑娘的底里，就应该慎重些。倘或毕先生不肯演，难道我们老爷好相强吗？所以这事还是毕先生的不是多哩，望密斯三思！"

夏雅丽正欲开口，忽房门咿哑一响，一个短小精悍的外国人，捱身进来。雯青又吃一吓，暗忖道："完了，一个人还打发不了，又添一个出来！"彩云眼快，早认得是船主质克，连忙喊道："密斯脱[2]质克，快来解劝解劝！"夏雅丽也立起道："密斯脱质克，你来赶么？"质克笑道："我正要请问密斯到此何干？密斯倒问起我来！密斯你为何如此执性？我昨夜如何劝你，你总是不听，闹出事来，倒都是我的不是了！我从昨夜与密斯谈天之后，一直防着你，刚刚走到你那边，见你不在，我就猜着到这里来了，所以一直赶来，果然不出所料。"夏雅丽怒颜道："难道我不该来问他么？"质克道："不怎么说，这事金大人固有不是，毕先生更属不该，但毕叶在演术的时候，也没有留意姑娘是何等人物，直到姑娘走近，看见了贵会的徽章，方始知道，已是后悔不及。至于金大人，是更加茫然了。据我的意思，现在金大人是我们两国的公使，倘逞着姑娘的意，弄出事来，为这一点小事，闹出国际问题，已属不犯着，而戕害公使，为文明公律所不许，于贵国声誉有碍，尤其不可。况现在公使在我的船上，都是我的责任，我决不容姑娘为此强硬手段。"夏雅丽道："照你说来，难道就罢了不成？"质克道："我的愚见，金公使渎犯了姑娘，自然不能太便宜他。我看现在贵党经济，十分困难，叫金公使出一宗巨款，捐入贵党，聊以示罚；在姑娘虽受些小辱，而为公家争得大利，姑娘声誉，必然大起，大家亦得安然无事，岂不两全！至毕先生是姑娘的同国，他得罪姑娘，心本不安，叫他在贵党尽些力，必然乐从的。”这番说话，质克都是操着德话，雯青是一句不懂，彩云听得明白，连忙道：“质克先生的话，我们老爷一定遵依的，只求密斯应允。”

其时夏雅丽面色已和善了好些，手枪已放在旁边小几上，开口道：“既然质克先生这么说，我就看着国际的名誉上，船主的权限上，便宜了他。但须告诉他，不比中国那些见钱眼开的主儿，什么大事，有了孔方〔3〕，都一天云雾散了。再问他到底能捐多少呢？”质克看着彩云。彩云道：“这个一听姑娘主张。”夏雅丽拿着手枪一头往外走，一头说道：“本会新近运动一事，要用一万马克，叫他担任了就是了！”又回顾彩云道：“这事与你无干，刚才恕我冒犯，回来仍到我那里，今天要上文法了！”说着扬长而去。彩云诺诺答应。质克向着彩云道：“今天险极了！亏得时候尚早，都没有晓得，暗地了结，还算便宜。”说完自回舱面办事。

这里雯青本来吓倒在一张榻上发抖，又不解德语，见他们忽然都散了，心中又怕又疑。惊魂略定，彩云方把方才的话，从头告诉一遍，一万马克，彩云却说了一万五千。雯青方略放心，听见要拿出一万五千马克，不免又懊恼起来，与彩云商量能否请质克去说说，减少些。彩云撅着嘴道：“刚才要不是我，老爷性命都没了，这时得了命，又舍不得钱了！我劝老爷省了些精神吧！人家做一任钦差，那个不发十万八万的财，何在乎这一点儿买命钱，倒肉痛起来？”雯青无语。不一会，男女仆人都起来伺候，雯青、彩云照常梳洗完毕，雯青自有次芳及随员等相陪闲话，彩云也仍过去学洋文。早上的事，除船主及同病相怜的毕先生，同时也受了一番惊恐，其余真没一人知道。

到傍晚时候，毕叶也来雯青处，其时次芳等已经散了。毕叶就说起早上的事道，船主质克，另要谢仪[4]，罚款则俟到德京由彩云直接交付，均已面议妥协，叫彼先来告诉雯青一声。雯青只好一一如命。彼此又说了些后悔的话。雯青又问起："这姑娘，到底在什么会?"毕叶道："讲起这会，话长哩。这会发源于法兰西人圣西门[5]，乃是平等主义的极端。他的宗旨，说世人侈言平等，终是表面的话，若说内情，世界的真权利，总归富贵人得的多，贫贱人得的少，资本家占的大，劳动的人占的小，那里算得真平等！他立这会的宗旨，就要把假平等弄成一个真平等：无国家思想，无人种思想，无家族思想，无宗教思想，废币制，禁遗产，冲决种种网罗，打破种种桎梏；皇帝是仇敌，政府是盗贼，国里有事，全国人公议公办；国土是个大公园，货物是个大公司，国里的利，全国人共享共用；一万个人，合成一个灵魂，一万个灵魂，共抱一个目的。现在的政府，他一概要推翻，现在的法律，他一概要破坏，掷可惊可怖之代价，要购一完全平等的新世界。他的会派，也分着许多，最激烈的叫做'虚无党[6]'，又叫做'无政府党'。这会起源于英、法，现在却盛行到敝国了，也因敝国的政治，实在专制。又兼我国有一班大文家，叫做赫辰[7]及屠尔克涅夫[8]、托尔斯泰[9]，以冰雪聪明的文章，写雷霆精锐的思想，这种议论，就容易动人听闻了，就是王公大人，也有入会的。这会的势力，自然越发张大了。"雯青听了大惊失色道："照先生说来，简直是大逆不道，谋为不轨的叛党了！这种人要在敝国，是早已明正典刑[10]，那里容他们如此胆大妄为呢!”

毕叶笑道:“这里头有个道理,不是我糟蹋贵国,实在贵国的百姓,仿佛比个人,年纪还幼小,不大懂得世事,正是扶墙摸壁的时候,他只知道自己该给皇帝管的,那里晓得天赋人权万物平等的公理呢!所以容易拿强力去逼压。若说敝国,虽说政体与贵国相仿,百姓却已开通,不甘受骗,就是刚才大人说的‘大逆不道,谋为不轨’八个字,他们说起来,皇帝有‘大逆不道’的罪,百姓没有的;皇帝可以‘谋为不轨’,百姓不能的。为什么呢?土地是百姓的土地,政治是百姓的政治,百姓是主人翁,皇帝政府,不过是公雇的管帐伙计罢了。这种说话,在敝国皇帝听了,也同大人一样的大怒,何尝不想杀尽拿尽,只是杀心一起,血花肉雨,此饷彼酬,赫赫有声的世界大都会圣彼德堡〔11〕,方方百里地,变成皇帝百姓相杀的大战场了!”雯青越听越不懂,究竟毕叶是外国人,不敢十分批驳,不过自己咕噜道:“男的还罢了,怎么女人家不谨守闺门,也出来胡闹?”毕叶连忙摇手道:“大人别再惹祸了!”雯青只好闭口不语,彼此没趣散了。

斯时萨克森船,尚在地中海,这日忽起了风浪,震荡得实在利害,大家困卧了数日,无事可说。直到七月十三日,船到热瓦〔12〕,雯青谢了船主,换了火车,走了五日,始抵德国柏林都城。在德国自有一番迎接新使的礼节,不必细述。前任公使吕萃芳交了篆务,然后雯青率同参赞、随员等一同进署。连日往谒德国大宰相俾思麦克〔13〕,适遇俾公事忙,五次方得见着,随后又拜会了各部大臣,及各国公使。

又过了几月,那时恰好西历一千八百八十八年正月里,德皇威廉第一去世，太子飞蝶丽〔14〕新即了日耳曼帝位，于是雯青就趁着这个当儿，觐见了德皇及皇后维多利亚第二〔15〕，呈递国书，回来与彩云讲起觐见许多仪节。彩云恃着自己在夏雅丽处学得几句德语，便撒娇撒痴要去觐见。雯青道："这是容易，公使夫人，本来该应觐见的。不过我中国妇女素来守礼，不愿跟他们学。前几年只有个曾小侯夫人〔16〕，她却倜傥得很，一到西国，居然与西人弄得来，往来联络得很热闹。她就跟着小侯，一样觐见各国皇帝。我们中国人听见了，自然要议论她，外国人却很佩服的。你要学她，不晓得你有她的本事没有？"

彩云道："老爷，你别瞧不起人！曾侯夫人也是个人，难道她有三头六臂么！"雯青道："你倒别说大话，有件事，现在洋人说起，还赞她聪明，只怕你就干不了！"彩云道："什么事呢？"雯青笑着说道："你不忙，你装袋旱烟我吃，让我慢慢的讲给你听。"彩云抿着嘴道："什么稀罕事儿！值得这么拿腔！"说着便拿一根湘妃竹牙嘴三尺来长的旱烟筒，满满的装上一袋蟠桃香烟，递给雯青。一面又回头叫小丫头道："替老爷快倒一杯酽酽儿的清茶来！"笑眯眯的向着雯青道："这可没得说了，快给我讲吧！"

雯青道："你提起茶，我讲的便是一段茶的故事。当日曾侯夫人，出使英国，那时英国，刚刚起了个什么叫做'手工赛会'。这会原是英国上流妇女集合的，凡有妇女亲手制造的物件，荟萃在一处，叫人批评比赛，好的就把金钱投下，算个赏彩。到散会时，把投的金钱，大家比较，谁的金钱多，系谁是第一。却说这个侯夫人，当时结交很广,这会开的时候,英国外部,送来一角公函,请夫人赴会。曾侯便问夫人:‘赴会不赴会?’夫人道:‘为什么不赴?你复函答应便了!’曾侯道:‘这不可胡闹,我们没有东西可赛,不要事到临头,拿不出手,被人耻笑,反伤国体!’夫人笑道:‘你别管,我自有道理!’曾侯拗不过,只好回书答应。”

彩云道:“这该应答应,叫我做侯夫人,也不肯不挣这口气。”说着,恰好丫环拿上一杯茶来。雯青接着一口一口的慢慢喝着,说道:“你晓得她应允了,怎么样呢?却毫不在意,没一点儿准备,看看会期已到,你想曾侯心中干急〔17〕不干急呢?那晓得夫人越做得没事人儿一样。这日正是开会的第一日,曾侯清早起来,却不见了夫人,知道已经赴会去了,连忙坐了马车,赶到会场,只见会场中人山人海,异常热闹。场上陈列着有锦绣的,有金银的,五光十色,目眩神迷,顿时吓得出神。四处找他夫人,一时慌了,竟找不着。只听得一片喝采声,拍掌声,从会场门首第一个桌子边发出,回头一看,却正是他夫人坐在那桌子旁边一把矮椅上,桌上却摆着十几个康熙五采的鸡缸杯〔18〕,几把紫砂的龚春〔19〕名壶,壶中满贮着无锡惠山的第一名泉〔20〕,泉中沉着几撮武彝山〔21〕的香茗。一种幽雅的古色,映着陆离的异彩,直射眼帘;一般清俊的香味,趁着氤氲的和风,直透鼻罐〔22〕。许多碧眼紫髯的伟男,蜷发蜂腰〔23〕的仕女,正是摩肩如云挥汗成雨的时候,烦渴的了不得,忽然一滴杨枝水〔24〕,劈头洒将来,正如仙露明珠,琼浆玉液,那一个不欢喜赞叹!顿时抛掷金钱,如雨点一般。直到会散,把金钱汇算起来,侯夫人竟占了次多数〔25〕。曾侯那时的得意,可想而知!觉脸上添了无数的光彩。你想侯夫人这事办得聪明不聪明?写意[26]不写意?无怪外国人要佩服她!你要有这样本事,便不枉我带你出来走一趟了。"

彩云听着,心中暗忖:"老爷这明明估量我是个小家女子,不能替他争面子,怕我闹笑话。我倒偏要显个手段,胜过侯夫人,也叫他不敢小觑[27]。"想着扭着头说道:"本来我不配比侯夫人,她是金一般玉一般的尊贵,我是脚底下的泥路旁的草也不如,那里配有她的本事!出去替老爷坍了台,倒叫老爷不放心,不如死守着这螺蛳壳公使馆,永不出头;要不然,送了我回去,要出丑也出丑到家里去,不关老爷的体面。"雯青连忙立起来,走到彩云身旁,拍着她肩笑道:"你不要多心,我何尝不许你出去呢!你要觐见,只消叫文案上备一角文书,知照外部[28]大臣,等他择期觐见便了。"彩云见雯青答应了,方始转怒为喜,催着雯青出去办文。雯青微笑的慢慢踱出去了。正是:

初送隐娘金盒[29]去,却看冯嫽锦车[30]来。

欲知后事,且听下回细说。

按,本回回目原标为:"险语惊人,新钦差胆破虚无党;清茶话旧,侯夫人名噪赛工场。"话旧,目录作"饷客"。

〔1〕 密斯:英语音译。即小姐、女士。

〔2〕 密斯脱:英语音译。先生。

〔3〕 孔方:指钱。铜钱中央有方孔,晋人鲁褒写《钱神论》称为孔方兄。

〔4〕 谢仪:谢礼财物。

〔5〕 圣西门(1760—1825):法国空想社会主义者。抨击资本主义的社

会制度，主张建立一个人人劳动，不受压迫和剥削并有计划组织起来的社会。有《一个日内瓦居民给当代人的信》、《人类科学概论》等著作。他的理论和实践产生过很大影响。

〔6〕 虚无党：俄国19世纪中叶产生的激烈革命团体，无政府主义者。否定政治及宗教权威，主张彻底改革社会制度，各阶级平等，个人绝对自由。他们的活动以1882年刺杀俄国沙皇亚历山大二世达到高潮。

〔7〕 赫辰：即赫尔岑（1812—1870）。俄国思想家、作家、革命民主主义者。著作有《科学上一知半解》、《谁的罪过》、《往事与随想》等。

〔8〕 屠尔克涅夫：即屠格涅夫。俄国文学家。贵族出身。小说《罗亭》、《父与子》、《猎人笔记》，均有中译本。

〔9〕 托尔斯泰：俄国文学家。贵族出身。他的长篇巨制小说，《战争与和平》、《安娜·卡列尼娜》、《复活》等中国都有广大读者。赫尔岑、屠格涅夫、托尔斯泰都抨击沙皇俄国农奴制的黑暗，但托尔斯泰是和平主义者，反对暴力。

〔10〕 明正典刑：判处死刑。

〔11〕 圣彼德堡：沙皇俄国首都。苏联时代改名列宁格勒，现在俄罗斯又恢复旧名。

〔12〕 热瓦：热内亚。意大利港口。

〔13〕 俾思麦克：俾斯麦（1815—1898）。普鲁士王国首相和德意志帝国宰相，封公爵。

〔14〕 飞蝶丽：即威廉二世之父腓特烈三世，继位时已是癌症晚期，不久死去。继位者即威廉二世，八国联军入侵中国，发动第一次世界大战的即此人。

〔15〕 维多利亚第二：威廉二世之母（文中飞蝶丽之皇后），英国维多利亚女王的长女。

〔16〕 曾小侯夫人：曾纪泽夫人刘氏。湖南湘阴人。曾纪泽出使英国，其夫人随行，出入于外交场合。曾纪泽袭封曾国藩侯爵，故称小侯。

〔17〕 干急：方言。着急。

〔18〕 鸡缸杯：成窑出产的名瓷，鸡缸酒杯最为精致。杯上画牡丹，下有子母鸡，神态生动。

〔19〕　龚春：明代宜兴著名陶工。

〔20〕　第一名泉：惠山泉。有两个出水池，方池和圆池，所以一般称惠山二泉。阿炳的著名胡琴曲《二泉映月》即以此命名。

〔21〕　武彝山：即武夷山。在福建。

〔22〕　鼻罐：鼻窟窿。和前一句中“眼帘”对仗。

〔23〕　蜂腰：细腰。

〔24〕　杨枝水：佛教所说观世音菩萨净瓶中神水，以杨柳枝蘸着洒向人间。

〔25〕　次多数：即第二、亚军。

〔26〕　写意：高兴，得意。吴语。

〔27〕　小觑（qù）：小看、轻视。

〔28〕　外部：外交部。

〔29〕　隐娘金盒：唐人传奇《聂隐娘》所写侠女聂隐娘，有神术，取人首级，易如反掌。魏博节度使派遣隐娘夫妇刺杀陈许节度使刘昌裔，刘能神算，已知其来。隐娘服刘为神人，愿留下来，剪下头发，用红绡系好，送于魏帅枕前，表示不回来。此处即用此典故，以隐娘比喻俄女夏雅丽，金盒则指那一万马克赔偿金。

〔30〕　冯嫽锦车：冯嫽，冯夫人。嫽，美丽聪慧。《汉书·乌孙国传》：“冯夫人锦车持节。”比喻傅彩云随同金汮出使外国。

第 六 卷

第十一回

潘尚书提倡公羊学　黎学士狂胪[1]老鞑[2]文

上回正说彩云要觐见德皇，催着雯青去办文，知照外部。雯青自然出来与次芳商量，次芳也不便反对，就交黄翻译办了一角[3]请觐的照例公文。谁知行文过去，恰因飞蝶丽政躬不适[4]，一直未得回文，连雯青赴俄国的日期，都耽搁了。趁雯青、彩云在德国守候没事的时候，做书的倒抽出这点空儿，要暂时把他们搁一搁，叙叙京里一班王公大人，提倡学界的历史了。原来辇如、唐卿、珏斋这般同乡官，自从那日饯送雯青出洋之后，不上一年，唐卿就放了湖北学政，珏斋放了河道总督[5]，庄寿香也从山西调升湖广总督[6]，苏州有名的几个京官也都风流云散。就是一个潘探花八瀛先生，已升授了礼部尚书，位高德邵，与常州龚状元平，现做吏部尚书的和甫先生，总算南朝[7]两老。这位潘尚书学问渊博，性情古怪，专门提倡古学，不但喜欢讨论金石，尤喜讲《公羊春秋》[8]的绝学，那班殿卷试帖的太史公[9]，那里在他眼里，所以辇如虽然传了鼎甲[10]的衣钵，沾些同乡的亲谊，又当着乡人冷落的当儿，却只照例请谒，不敢十分亲近。因此辇如那时在京，很觉清静。

那一年正是光绪十四年，太后下了懿旨，宣布了皇帝大婚后亲政的确期，把清漪园改建了颐和园，表示倦勤颐养不再干政的盛意。四海臣民，同声欢庆。国家政治，既有刷新的希望，朝野思想，渐生除旧的动机。恰又遇着戊子〔11〕乡试的年成，江南大主考，放了一位广东南海县的大名士，姓黎号石农名殿文〔12〕，词章考据，色色精通，写得一手好北魏碑版〔13〕的字体，尤精熟辽、金、元史的地理，把几部什么《元秘史》〔14〕、《长春真人西游记》〔15〕、《双溪醉隐集》〔16〕都注遍了，要算何愿船〔17〕、张月斋〔18〕后，独步〔19〕的人物了。当日雯青在京的时候，也常常跟他在一处，讲究西北地理的学问。江南放了这个人做主考，自然把沿着扬子江如鲫的名士〔20〕，一网都打尽了。

苏州却也收着两个。你道是谁？一个姓米名继曾〔21〕号筱亭，一个却姓姜名表〔22〕号剑云，都列在魁卷〔23〕中。当时这部闱墨出来，大家就议论纷纷，说好的道“沉博绝丽”，说坏的道“牛鬼蛇神”。菶如在寓无事，也去买一部来看看，却留心看那同乡姜剑云的，见上头有什么“黜周王鲁〔24〕”呢，“张三世〔25〕”呢，“正三统〔26〕”呢，看了半天，一句也不懂。后头一道策文〔27〕，又都是些阿萨克〔28〕，阙特勤〔29〕，阿模〔30〕呀，斡难〔31〕呀，好像《金刚经》〔32〕上的咒语一般，更不消说似无目虾了，便掩卷叹了一口气道：“如今这种文章，到底算个什么东西？都被我们这位潘老头儿，闹那么‘公羊母羊’引出来的！文体不正，心术就要跟着坏了！”

正独自咕哝着，一个管家跑进回道：“老爷派了磨勘官〔33〕了，请立刻就去！”菶如便叫套车。上车一直跑到磨勘处，与认得的同官招呼过了,便坐下读卷。忽听背后有一人说道:“这回磨勘倒要留点神,别胡粘签子,回来粘差了,叫人笑话!”莘如听着那口音很熟,回头看时,却是袁尚秋,斜着眼,跷着腿,嘴里衔着京潮烟袋[34],与邻座一个不大熟识的,仿佛是个旗人,名叫连沅[35]号荇仙的,在那里议论。莘如本来认得尚秋,便拱手招呼,尚秋却待理不理的,点了一点头。

莘如心里很不舒服,没奈何,只好摊出卷子来,一本一本的看。心里总想吹毛求疵,见得自己的细心,且要压倒尚秋方才那句话。忽然看到一本,面上现出喜色,便停了看,手里拿着签子要粘,嘴里不觉自言自语道:“每回我粘的签子,人家总派我冤屈人,这个可给我粘着了,再不能说我粘错的了!”莘如一人唧哝着,不想被尚秋听见了,便立起伸过头来,凑着卷子道:“莘如你签着什么字?”莘如就拿这本卷子挪过桌子,指给尚秋看道:“你看这个荒唐不荒唐?感慨的‘慨’字,会写成木字的‘概’字[36]。这个文章,一定是枪替[37]来的,否则谬不至此!”尚秋看了不语,却对那个邻座笑了一笑,附耳低低说了两句话,依然坐下。莘如看见如此神情,明明是笑他,自己不信,难道这个还是我错,他不错吗?心里倒疑惑起来。

停一会,尚秋忽叫着那个人道:“荇仙兄,上回考差[38]时候,有个笑话儿,你知道吗?”指着莘如道:“也就是这位莘兄的贵同乡。那日题目,是出的《说文解字》,他不晓得,听人说是《说文》,他便找我问道:‘这题目到底出在许《说文》[39]上的呢,还是段《说文》[40]呢?’我那时倒没话回他,便道:‘老兄且不要问,回去弄明白了《说文》是谁著的,再问吧!'"那邻座的旗人笑道:"这人你不要笑他,他到底还晓得《说文》,总算认得两个大字,比那一字不识,《汉书》[41]都没有看过,倒要派人家写别字的强多着呢!"莘如一听此话,不禁脸上飞红,强着冷笑道:"你们别指东说西的挖苦人。你们既讲究《说文》,这部书我也曾看过,里头最要紧,总不外声音意思两样。现在这个'慨'字,意思不是叹气吗?叹气从心里发出,自然从心旁,难道木头人会叹气的吗?这就不通极了!你们说我没有读《汉书》,我看你们看的《汉书》,决然不是原版初印,上了当了!"尚秋见莘如动了气,就不敢言语了。莘如接着道:"况且我们做翰林的本分,该依着《字学举隅》[42]写,才是遵王[43]的道理,偏要寻这种僻字吓人,不但心术坏了,而且故违公令[44],不成了悖逆吗?"当时尚秋与那个旗人,都低着头看卷子,由他一个发话。

不一时,卷子看完,大家都出来了。尚秋因刚才的话,怕莘如芥蒂[45],特地走过来招呼道:"莘兄,八瀛尚书那里,你今天去吗?"莘如正收拾笔砚,听了摸不着头脑,忙应道:"去做什么?"尚秋道:"八瀛尚书没有招你吗?今天是大家公祭何邵公[46]哟!"莘如愕然道:"何邵公是谁呀?八瀛从没提这人。喔,我晓得了,大家知道我跟他没有交情,所以公祭没有我的分儿!"尚秋忍不住笑道:"何邵公不是今人,就是注《公羊春秋》的汉何休呀!八瀛先生因为前几天钱唐卿在湖北上了一个封事[47],请许叔重从祀圣庙[48],已经部议准了。八瀛先生就想着何邵公,也是一个汉朝大儒,邀着几个同志,议论此事,顺便就在拱宸堂公祭一番,略伸敬仰的意思。莘兄你高兴同去观礼吗?”萃如向来对于这种事,不愿与闻,想回绝尚秋。转念一想,尚书处多日未去,好像过于冷落,看看时候还早,回去没事,落得借此通通殷勤,就答应了尚秋,一同出来,上车向着南城米市胡同而来。

到得潘府门前,见已有好几辆大鞍车〔49〕停着,门前几棵大树上,系着十来匹红缨踢胸的高头大马,知有贵客到了。当时门上接了帖子,尚秋在前,萃如在后,一同进去,领到一间很幽雅的书室。满架图书,却堆得七横八竖,桌上列着无数的商彝周鼎,古色斑斓。两面墙上挂着几幅横披,题目写着《消夏六咏》,都是当时名人和八瀛尚书咏着六事的七古〔50〕诗:一拓铭,二读碑,三打砖,四数钱,五洗砚,六考印,都是拿考据家的笔墨,来做的古今体诗,也是一时创格。内中李纯客、叶缘常〔51〕的,最为详博。正中悬个横匾,写着很大的“龟巢”两个字,下边署款却是“成煜书”,知道是满洲名士国子监祭酒〔52〕成伯怡写的了。萃如看着,却不解这两字什么命意。尚秋是知道潘公好奇的性情,常时通候〔53〕的书笺〔54〕,还往往署着“龟白〔55〕”两字,当做自己的别号哩,所以倒毫不为奇。

当时,尚秋、萃如走进书房,见正中炕上左边,坐着个方面大耳的长须老者,一手托着本锦面古书,低着头在那里赏鉴,远远望去,就有一种太平宰相的气概,不问而知为龚和甫尚书;右边一个胖胖儿面孔,两绺短黑胡子,八字分开,屈着腰,凑近龚尚书,同看那书,那人就是写匾的伯怡先生。下面两排椅子上,坐着两个年纪稍轻的,右面一个苍黑脸的,满脸酒肉气,神情活像山西票号〔56〕里的掌柜;左边个却是短短身材,鹅蛋脸儿,唇红齿白的美少年。这两个人,尚秋却不大认识。八瀛尚书,正坐在主位上,手里拿着根长旱烟袋,一面吃烟,一面同那少年说话,看见尚秋,就把烟袋往后一丢,立了起来。后面管家没有防备,接个不牢,拍拉一响,倒在地上。尚书也不管,迎着尚秋道:“怎么你和莑如一块儿来了?”尚秋不及回言,与莑如上去见了龚、成两老,又见了下面两位。尚秋正要问姓名,莑如招呼,指着那苍黑脸的道:“这便是米筱亭兄。”又指那少年道:“这是姜剑云,都是今科的新贵。”潘尚书接口道:“两位都是石农的得意门生哟!”上面龚尚书也放了那本书道:“现在尚秋已到,只等石农跟纯客两个,一到就可行礼了。”伯怡道:“我听说还有庄小燕、段扈桥[57]哩。”八瀛道:“小燕今日会晤一个外国人,说不能来了。扈桥今日在衙门里见着,没有说定来,听说他又买着了一块张黑女的碑石[58],整日在那里摩挲哩,只好不等他罢!”于是大家说着,各自坐定。

尚秋正要与姜、米两人搭话,忽见院子里踱进两人,一个是衣服破烂,满面污垢,头上一只帽子,亮晶晶的都是乌油光,却又歪戴着;一个却衣饰鲜明,神情轩朗[59]。走近一看,却认得前头是荀子珮,名春植[60];后头个是黄叔兰的儿子,名朝杞[61],号仲涛。那时子珮看见尚秋开口道:“你来得好晚,公祭的仪式,我们都预备好了。”尚秋听了,方晓得他们在对面拱宸堂里铺排祭坛祭品,就答道:“偏劳两位了。”

龚尚书手拿着一本书道:“刚才伯怡议,这部北宋本《公羊春秋何氏注》,也可以陈列祭坛,你们拿去吧!”子珮接着翻阅,尚秋、莑如也凑上看着,只见那书装潢华美,澄心堂[62]粉画冷金笺的封面,旧宣州玉版的衬纸，上有宋五彩蜀锦[63]的题签，写着“百宋一廛[64]所藏北宋小字本公羊春秋何氏注”一行，下注“千里[65]题”三字。尚秋道：“这是谁的藏本？”潘尚书道：“是我新近从琉璃厂翰文斋一个老书估[66]叫老安[67]的手里买的。”子珮道：“老安的东西吗？那价钱必然可观了！”龚尚书道：“也不过三百金罢了。”别人听了，也还没什么奇，莑如不觉暗暗吐舌，想这么一本破书，肯出如此巨价，真是书呆子了！

尚秋又将那书看了几遍，里头有两个图章，一个是“荛圃过眼”，还有一个“曾藏汪阆源[68]家”六字。尚秋道：“既然荛翁的藏本，怎么又有汪氏图印呢？”那苍黑脸的米筱亭忙接口道：“本来荛翁的遗书，后来都归汪氏的，汪氏中落，又流落出来，于是经史都归了常熟瞿氏铁琴铜剑楼[69]，子集[70]都归了聊城杨氏海源阁[71]。这书或者常熟瞿氏遗失的，也未可知。我曾经在瞿氏校过书，听瞿氏子孙说，长发[72]乱时，曾失去旧书两厨哩。”剑云道：“筱亭这话不差，就是百宋一廛最有名的孤本《窦氏联珠集》[73]，也从瞿氏流落出来，现在常熟赵氏了。”

尚秋道：“两位的学问，真了不得！弟前日从闱墨中拜读了大著，剑云兄于公羊学，更为精邃，可否叨教叨教？”剑云道：“那里敢说精邃，不过兄弟常有个僻见，看着这部《春秋》，是我夫子一生经济学问的大结果。起先夫子的学问，本来是从周的主义，所以说‘郁郁乎文哉，我从周’。直到自卫反鲁[74]，他的学问却大变了。他晓得周朝的制度，都是一班天子、诸侯、大夫定的，回护着自己，欺压平民，于是一变而为民为贵的主义，要自己制礼作乐起来，所以又说‘行夏之时[75]，乘殷之辂[76]，服周之冕[77]’，改制变法，显然可见。又著了这部《春秋》，言外见得凡做了一个人，都有干涉国家政事的权柄，不能逞着一班贵族，任意胡为的，自己先做个榜样，褒的褒，贬的贬，俨然天子刑赏的分儿，其实这刑赏的职分，原是百姓的，从来倒置惯了，夫子就拿这部《春秋》去翻了过来罢了。孟夫子说个‘《春秋》，天子之事也’，这句还是依着俗见说的，要照愚见说，简直道：‘《春秋》，凡民之天职也。’这才是夫子做《春秋》的真命脉哩！当时做了这书，就传给了小弟子公羊高[78]，学说一布，那些天子、诸侯的威权，顿时减了好些，小民之势力，忽然增高了。天子、诸侯那里甘心，就纷纷议论起来，所以孟子又有‘知我罪我[79]’的话。不过夫子虽有了这个学说，却是纸上空谈，不能实行，倒是现在欧洲各国，民权大张，国势蒸蒸日上，可见夫子《春秋》的宗旨，是不差的了。可惜我们中国，没有人把我夫子的公羊学说实行出来。”

尚秋听罢，咋舌道：“真是石破天惊的怪论！”筱亭笑着道：“尚秋兄，别听他这种胡说，我看他弄了好几年公羊学，行什么大事业出来？也不过骗个举人，与兄弟一样。什么‘公羊私羊’，跟从前弄咸、同墨卷的，有何两样心肠？就是大公羊家汉朝董仲舒[80]，目不窥园[81]，图什么呢？也不过为着天人三策[82]，要博取一个廷对第一罢了。”菶如听了剑云的话，正不舒服，忽听筱亭这论，大中下怀道：“筱亭兄的话，倒是近情着理。我看今日的典礼，只有姜、米两公是应该祭的，真所谓知恩不忘本了！”龚和甫听了，皱着眉不语。八瀛冲口说道：

"莑如你不懂这些,你别开口罢!"回头就向尚秋、筱亭道:"剑云这段议论,也不是他一个人的私见。上回有一个四川名士,姓缪号寄坪[83]的来见,他也有这说。他说:'孔子反鲁以前,是《周礼》[84]的学问,叫做古学;反鲁以后,是《王制》[85]的学问,是今学。弟子中在前传授的,变了古学一派;晚年传授的,变了今学一派。六经里头,所以制度礼乐,有互相违背,绝然不同处。后儒牵强附会,费尽心思,不知都是古、今学不分明的缘故。你想,古学是纯乎遵王主义,今学是全乎改制变法主义,东西背驰,那里合得拢来呢?'你们听这番议论,不是与剑云的议论,倒不谋而合的。英雄所见略同,可见这里头是有这么一个道理,不尽荒唐的!"

龚尚书道:"缪寄坪的著作,听见已刻了出来。我还听说现在广东南海县,有个姓唐的名犹辉[86],号叫做什么常肃,就窃取了寄坪的绪论[87],变本加厉,说六经全是刘歆[88]的伪书哩!这种议论,才算奇辟。剑云的论《公羊》,正当的很,也要闻而却走[89],真是少见多怪了!"莑如听大家你一句我一句,暗暗挖苦他,倒弄得大大没趣。

忽听一阵脚步声,几个管家说道:"黎大人到!"就见黎公穿着半新不旧的袍褂,手捋着短须,摇摇摆摆进来,嚷道:"来迟了,你们别见怪呀!"看见姜、米两人,就笑道:"你们也在这里,我来的很巧了。"潘尚书笑道:"怎样着,贵门生[90]不在这里,你就来得不巧了?"石农道:"再别提门生了,如今门生收不得了,门生愈好,老师愈没有日子过了。"龚、潘两尚书都一怔道:"这话怎么讲?"石农道:"我们坐了再说。"于是大家坐定。

石农道:“我告诉你们,昨儿个,我因注释《元秘史》,要查一查徐星伯[91]的《西域传注》[92],家里没有这书,就跑到李纯客那里去借。”成伯怡道:“纯客不是你的老门生吗?”石农道:“论学问,我原不敢当老师,只是承他情,见面总叫一声。昨天见面,也照例叫了。你道他叫了之后,接上句什么话?”龚尚书道:“什么话呢?”“他道:‘老师近来跟师母敦伦[93]的兴致好不好?’我当时给他蒙住了,脸上拉不下来,又不好发作,索性给他畅论一回容成之术[94],《素女方》[95]呀,《医心方》[96]呀,胡诌了一大篇。今天有个朋友告诉我,昨天人家问他,为什么忽然说起敦伦?他道:‘石农一生学问,这敦伦一道,还算是他的专门,不给他讲敦伦,讲什么呢?’你们想,这是什么话?不活气死了人!你们说,这种门生还收得吗?”说罢,就看着姜、米二人微笑。大家听着,都大笑起来。

潘尚书忽然跳起来道:“不好了,了不得了!”就连声叫:“来,来!”大家倒怔着,不知何事?一会儿,一个管家走到潘尚书跟前,尚书正色问那管家道:“这月里李治民李老爷的喂养费,发了没有?”那管家笑着说:“不是李老爷的月敬[97]吗?前天打发人送过去了。”潘尚书道:“发了就得了。”就回过头来,向着众人笑道:“要迟发一步,也要来问老夫敦伦了,老夫更比不得石翁年少,这个‘伦’,却‘敦’不起了!”众人问:“什么叫喂养费?”龚尚书笑道:“你们怎糊涂起来?他挖苦纯客是骡子罢了!”于是众人回味,又大笑一回。正笑着,见一个管家,送进一封信来。潘尚书接着一看,正是纯客手札,大家都聚头来看着。

菶如今日来得本来勉强,又听他们议论,一半不明白,一半不以为然,坐着好没趣,知道人已到齐,快要到什么何邵公那里去行礼了,看见此时,大家都拥着看李纯客的信,不留他神,就暗暗溜出。管家们问起,他对他们摇手,说去了就来,一直到门外上车回家。到了家中,他的夫人告诉他道:"你出门后,信局送来上海文报处一信,还有一个纸包,说是俄国来的东西,不知是谁的!"说罢,就把信并那包,一同送上去。菶如拆开看了,又拆了那纸包,却密密层层的包着,直到末层,方露出是一张一尺大的西法摄影。上头却是两个美丽的西洋妇人。菶如夫人看了不懂,心中不免疑惑,正要问明,忽听菶如道:"倒是一件奇闻。"正是:

方看日边德星聚,忽传海外雁书[98]来。

欲知后事如何,且听下回分解。

按,本回回目原标为:"潘尚书提倡公羊学,黎学士狂胪老鞑文。"

〔1〕 狂胪:胪即胪唱。指胡乱宣布录取。这里故事所本是潘祖荫曾任顺天乡试主考官,中式举人徐景春文理荒谬,潘祖荫受了降二级的处分。小说嫁接到地理学家李文田身上(书中黎殿文)。

〔2〕 老鞑:即鞑子。指蒙古。

〔3〕 一角:一件。古代文书折成尖角,插入护书,所以称一角。

〔4〕 政躬不适:身体有病。

〔5〕 河道总督:清代设江南、山东河南、直隶河道总督三人;直隶由总督兼任。吴大澂(书中何太真)光绪十四年任河南河道总督,负责治理黄河。

〔6〕 湖广总督:湖广,沿袭明代旧称,湖南、湖北。总督湖北湖南等处地

方提督军务粮饷，这是全称，而且例兼湖北巡抚。张之洞（书中庄寿香）担任此职时间较长，在湖北兴建了一些实业。

〔7〕 南朝：指南方，江南。潘、龚二人都是苏州府人氏。

〔8〕 《公羊春秋》：即《春秋公羊传》。孔子因鲁史作《春秋》，只是个纲领式大事记。左丘明、穀梁赤和公羊高三家为《春秋》作传，即《春秋左氏传》（简称《左传》）、《春秋穀梁传》（简称《穀梁传》）、《春秋公羊传》（简称《公羊传》）。三家之传各有所长。《左传》繁富，史料多，文章好；《穀梁传》简明扼要，文章婉约；《公羊传》雄辩有条理，文章顺畅。《穀》、《公》二传又特别注意阐明《春秋》经文包涵的微言大义，而《公羊传》更加突出。西汉重视《公》、《穀》，国家立有博士，《左传》受排斥。公孙弘、董仲舒都研究《公羊春秋》，作为他们发挥哲学和政治见解的依据；所以历来知识分子把公羊学作为议论政治的工具。到晚清此风又起，龚自珍、魏源已经开始，到康有为就发挥到极致了。

〔9〕 太史公：翰林院官员，都有修撰、编修之类史官身份，所以称翰林为太史公。

〔10〕 鼎甲：殿试一甲三人。蓁如（指陆润庠）是状元。

〔11〕 戊子：即光绪十四年，公元 1888 年。

〔12〕 黎殿文：号石农。影射李文田。已见第五回注〔30〕。

〔13〕 北魏碑版：即魏碑。多用毛笔侧锋，字形古朴刚健。

〔14〕 《元秘史》：即《蒙古秘史》。记叙元代初年及以前蒙古的历史。

〔15〕 《长春真人西游记》：长春真人，邱处机（1148—1227），道教全真北七真之一。成吉思汗在西域雪山，礼请邱处机西行相见。其弟子李志常撰此书，叙述西行经历。成吉思汗称邱处机为神仙，其遗骨埋在今北京白云观中。李文田所注为耶律楚材《西游录》；李书名为《西游录注》和《元耶律文正公西游录略补注》。耶律楚材也是应成吉思汗之召请去西域的，与邱处机同时。小说作者有意混淆，所谓虚虚实实，亦真亦假。

〔16〕 《双溪醉隐集》：元代耶律铸撰著。清代李文田笺。耶律铸是耶律楚材之子，忽必烈时两任丞相。

〔17〕 何愿船：何秋涛，字愿船。福建光泽人。道光进士。长于地理之

学，有《朔方备乘》、《北徼汇编》等著作。

〔18〕 张㐆(yī)斋：山西平定人。本名瀛暹，字讽风，一字石舟，号㐆斋。道光优贡生。治经史，精通地理。著有《蒙古游牧记》、《延昌地形志》、《㐆斋居士文集》等。㐆字为《说文》部首，一般字典未收。

〔19〕 独步：一时无二。

〔20〕 如鲫的名士：许许多多的名士。明代谚语，江陵秀才多于过江之鲫。

〔21〕 米继曾：号筱亭。影射费念慈，号屺怀。武进人。光绪翰林院编修。

〔22〕 姜表：号剑云。影射江标，字建霞。元和人。光绪翰林，提督学政。

〔23〕 魁卷：乡试前五名的习称，由五经魁转化而来。参见第十三回注〔50〕五魁条。

〔24〕 黜周王鲁：贬黜周天子，以鲁公为受命王。《春秋》记事始于鲁隐公元年（东周平王三十九年），隐公即鲁君；《春秋》第一句就是"元年，春，王正月"。公羊家就在这个"正月"前的"王"字上做文章。公羊高只说到"大一统也"，经过西汉胡母生、董仲舒的发挥，就出来了鲁隐公为受命王黜周为二王说。

〔25〕 张三世：公羊家把《春秋》所记鲁国十二君分为三段，称为三世，都有特定涵义。一，所见世，哀公、定公、昭公之世；二，所闻世，襄公、成公、宣公、文公之世；三，所传闻世，僖公、闵公、庄公、桓公、隐公之世。由近及远，作不同的阐述（即"张"）。此说见于三国魏宋均。后康有为推演出据乱世、升平世、太平世三世说。详见第三十四回。

〔26〕 正三统：指三代之历法；夏代建寅为正月，商代建丑为岁首，周代建子为岁首，也称人统、地统、天统。是公羊家正名之说。

〔27〕 策文：科举考试项目之一，政论文。

〔28〕 阿萨克：哈萨克。

〔29〕 阙特勤：参见第八回注〔84〕阙特勤碑条。

〔30〕 阿模：阿莫勒（Amol），伊朗中部城镇。蒙古帖木儿曾攻占其地。

〔31〕 斡难：斡难河。黑龙江上源，出中亚车臣，流经西伯利亚，会额尔古纳河、因戈达河而成黑龙江。成吉思汗崛起于此河之畔。

〔32〕《金刚经》:佛教基本经典之一,简明扼要,学佛入门之书。

〔33〕磨勘官:负责检查试卷的官员。不合格的帖出登蓝榜,就取消资格了。

〔34〕京潮烟袋:北京流行的样式。长七寸或八寸,可做饰物佩件。

〔35〕连沅:号荇仙。影射联元,号仙蘅。满族人。同治翰林、内阁学士。

〔36〕慨、概:在感慨这个意义上,二字相通,《汉书》一种版本有,见下注。

〔37〕枪替:请枪手代作的。枪手即应试时冒名代考的人。

〔38〕考差:指举人考选内阁中书等官职。

〔39〕许《说文》:即许慎《说文解字》原著。

〔40〕段《说文》:清代段玉裁《说文解字注》。这是一本研究和注释《说文解字》集大成的重要著作。

〔41〕《汉书》:指《汉书·栾布传》赞:"夫婢妾贱人,感概而自杀,非能勇也。"(武英殿版《汉书》)书中陆状元不知道,故袁、连二人讥笑他。

〔42〕《字学举隅》:清人陆启瑞撰。依《说文》六书和功令通用字,订正讹俗,是一本规范用字的书。

〔43〕遵王:遵守王法,尊重王道。

〔44〕公令:公家之令。这是错误说法。应为功令。学者课功著之于令,考核和录用法规。小说是有意将陆状元漫画化。

〔45〕芥蒂:介意,心里有疙瘩。

〔46〕何邵公:何休,字邵公。东汉人。公羊学者,著有《春秋公羊解诂》。

〔47〕封事:亦名封章。机密奏章。

〔48〕圣庙:文庙、孔庙。祭祀孔子的庙宇。

〔49〕大鞍车:也写作大安车。清代官民都可用的黑油平顶齐头马车。不过平民不能使用云纹帘幔装饰。

〔50〕七古:诗体的一种。七字句,平仄押韵要求都较宽松的古体诗。

〔51〕叶缘常:影射叶昌炽,字鞠裳。长洲人。光绪翰林,侍讲。下十三回中"易鞠,号缘常,江苏";后文叶、易互见,叶是真姓,易是影射姓。

〔52〕国子监祭酒:太学校长。

〔53〕通候:问候。

〔54〕书笺:书信、便函。

〔55〕 龟白:书信末尾落款署名,如果是平辈或陌生人,往往用"×白"。"×"一般写自己的名字,或名字中的某一字。白是告白,"如上所云"的意思。

〔56〕 票号:钱庄。私人银行。

〔57〕 段扈桥:影射端方,字匋斋,号午桥。满族人。光绪举人。由工部主事官至陆军部尚书、直隶总督、南北洋大臣。辛亥革命中被杀。他是金石学家,有《匋斋吉金录》等。扈桥,后文也常作沪桥。

〔58〕 张黑女碑石:也称作《张玄墓志》。全称为《魏故南阳张府君墓志》。北魏正书。原石久佚,道光时何绍基觅得旧拓本。这里所说的碑石,即指拓本。

〔59〕 轩朗:轩昂,气度不凡。

〔60〕 荀春植:号子珮。影射沈曾植,字子培。浙江嘉兴人。光绪进士。官至安徽布政使。

〔61〕 黄朝杞:号仲涛。影射黄绍箕,字仲弢。光绪翰林。官至湖北提学使。

〔62〕 澄心堂:澄心堂纸,即宣纸。澄心堂是李后主用来收藏宣纸的堂名。

〔63〕 蜀锦:四川出产的熟丝织品。有丰富的图案,常用作画轴、书套。

〔64〕 百宋一廛:清代长洲黄丕烈藏书室的名号。丕烈字荛圃。乾隆时曾任知县。收集到宋刻本百余种,所以把他的书室作此名。

〔65〕 千里:顾广圻,字千里。元和人。精通经学、小学,尤工校书。孙星衍、黄丕烈、胡克家等人都曾请到家里主持刻书。他为黄丕烈写过一篇《百宋一廛赋》。

〔66〕 书估:旧书商。

〔67〕 老安:影射韩峻华,字星垣。直隶衡水人。监生。北京翰文斋书铺老板。

〔68〕 汪阆源:汪士钟,字阆源。长洲人。黄丕烈藏书后来多数归于汪氏。有《艺芸精舍宋元本书目》,又摹刻过多种书籍,校对精审。

〔69〕 瞿氏铁琴铜剑楼:瞿氏,瞿绍基、瞿镛父子。常熟人。嘉庆、道光间瞿绍基广购善本书籍,筑恬裕堂藏之。其子又重为搜辑,著《铁琴铜剑楼书目》。瞿氏与聊城杨氏同为大藏书家。

〔70〕 子集：清代开四库馆整理誊录书籍，分为经、史、子、集四个大部，概括了所有书籍；四部也就代指图书。经部指儒家经典，按易、书、诗、礼、春秋、乐、小学排列；史部按正史、编年、别史、杂史、诏令奏议、传记、地理、政书、目录等排列；子部按儒家、兵家、法家、农家、医家、天文算法、术数、艺术、杂家、类书、小说家、道家等排列；集部按楚辞、别集、总集、诗文评、词曲等排列。

〔71〕 杨氏海源阁：杨氏，杨以增。山东聊城人。道光时人，官至江南河道总督。藏书数十万卷，筑海源阁藏之，刊《海源阁丛书》。其子杨绍和继续收藏。杨氏为北方第一藏书家，与瞿氏并称南瞿北杨。

〔72〕 长发：长毛。太平军。

〔73〕 《窦氏联珠集》：唐代褚藏言所辑窦常、窦牟、窦群、窦庠、窦巩兄弟五人之诗，人各一卷，共五卷。通行的本子是明代毛晋汲古阁刊本。此书南宋始有蕲州雕版本。

〔74〕 自卫反鲁：孔子周游列国十四年，从卫国返回鲁国。从此删诗，著《春秋》，致力于学术。

〔75〕 行夏之时：孔子主张历法用夏正。我们现在仍在用的夏历（农历）就是夏正，经过历代校改精确化的历法。

〔76〕 辂：大车。多指帝王乘车。按殷商时的规格。

〔77〕 冕：天子至士戴的冠。按周代的规格。

〔78〕 公羊高：这里说是孔了的小弟子，是小说家的随意点染。一般公羊家说是子夏的弟子，战国时人。

〔79〕 知我罪我：孟子转述孔子的话，并加以强调说："《春秋》，天子之事也。是故孔子曰：'知我者其惟《春秋》乎？罪我者其惟《春秋》乎？'孔子成《春秋》，而乱臣贼子惧。"也就是经学家说的孔子"行素王之法"，也就是小说中公羊学者姜剑云所说的"俨然天子刑赏的分儿"。当然，姜剑云又发挥到近代民权论上去了。

〔80〕 董仲舒（前179—前104）：广川（今河北枣强）人。今文经学家，专治《春秋公羊传》。他向汉武帝提出了独尊儒术、罢黜百家的主张。曾任博士、江都相和胶西王相。有《春秋繁露》等著作。

〔81〕 目不窥园：董仲舒在发愤读书的时候，三年中足不出户，目不窥园，专心致志。

〔82〕 天人三策：汉武帝举行贤良文学之士对策，发了三道策问，要求阐明天道人事的关系，就是天人三策。董仲舒当廷对答，作了系统的、理论性的阐述；中心即是天人感应说，并有一系列政治主张。汉武帝大加赞赏，所以他得了廷对第一。

〔83〕 缪寄坪：影射廖平（1852—1932），字季平。四川井研人。经学家，专治今文经学。撰有《六译馆丛书》。他说经，先主张今、古，今文是孔子所创，古文是周公所创，撰《今古学考》。后又主张今文是孔子的真学，古文是刘歆的伪作，尊今抑古，撰《知圣篇》、《辟刘篇》。再后来又讲"天人"、"人学"、"王学"。他的议论对康有为撰《新学伪经考》有很大影响。

〔84〕 《周礼》：儒家经典"三礼"之一，说是周公的著作。

〔85〕 《王制》："三礼"之一的《礼记》中的一篇。现代学者认为是汉文帝博士诸生杂采六经中古制而成，系统记述有关封国、爵禄、朝觐、丧祭、巡狩、刑政、学校等典章制度，可以考古代政治制度。今文经学家常据以诋排古文经学。

〔86〕 唐犹辉：号常肃。影射康有为（1858—1927），字广厦，号长素，广东南海人，人称南海先生。近代改良派领袖，后为保皇会首领。光绪进士，授工部主事。1888 年至 1898 年间曾七次上书光绪皇帝，要求变法；其第二次上书时，联合赴京会试举人一千三百余人署名，即有名的公车上书，主张拒签《马关条约》。1898 年依靠光绪皇帝发动变法维新，受到慈禧太后镇压，逃亡出国。在反对洋务派和顽固派中起过一定作用，后成为保皇派，反对革命。著作甚多，有《新学伪学考》、《孔子改制考》、《戊戌奏稿》、《大同书》、《康南海先生诗集》等等。

〔87〕 绪论：言论。

〔88〕 刘歆：西汉末年人，刘向之子，字子骏。继承父业，总校秘阁书籍，撰《七略》，是中国早期目录学著作。他要求把发现的《周礼》、《左传》、《毛诗》和《古文尚书》立学官，遭到今文博士的反对。王莽时立古文经博士，刘歆为国师。今文古文经学之争，至今仍是一大疑案。

〔89〕 却走：吓跑了。

〔90〕 门生：学生、弟子。举人、进士与主考官成为师生关系。

〔91〕 徐星伯：徐松，字星伯。大兴（今北京东城）人。嘉庆进士。历官主事、道台。曾充军伊犁。精通史学，特别对地理学有研究。著作有《新疆识略》、《唐两京城坊考》、《后汉书西域传补注》、《西域水道记》等。

〔92〕 《西域传注》：即《后汉书西域传补注》。

〔93〕 敦伦：隐语。指夫妻行房。

〔94〕 容成之术：房中术。容成，相传黄帝大臣。《汉书·艺文志》载有方技房中《容成阴道》二十六卷，已失传。

〔95〕 《素女方》：参见第五回注〔1〕素女图条。

〔96〕 《医心方》：日本学者丹波康赖于公元982年编撰。其卷二十八《房内》，收录保存了我国唐以前许多房中术的著作。其中相当一部分已经失传，依靠此书得以恢复。这个工作叶德辉已经做了。参见第五回注〔1〕素女图条。古代称为房中术的，即今性科学；当然古代房中术中有许多非科学的东西。

〔97〕 月敬：每月的津贴、薪金。文中李治民是潘尚书的门客。

〔98〕 雁书：书信。古书说，汉武帝在上林苑中打下一只雁，雁足系有书信，是苏武从北海写来的。后来遂以鸿雁字样指书信。

第十二回

影并帝天初登布士殿　学通中外重翻交界图

却说菶如当日正接了一封俄国邮来的信件，还没拆开，先见两个西装妇女的摄影，不解缘故。他夫人倒大动疑心起来。菶如连忙把信拆开。——原来这封信，还是去年腊月里，雯青初到圣彼得堡京城时所寄的。信中并无别话，就告诉菶如几时由德动身，几时到俄。又说在德京，用重价购得一幅极秘密详细的中俄交界地图，自己又重加校勘，即日付印，印好后就要打发妥员赍送来京，呈送总理衙门存档，先托菶如妥为招呼等语，辞气非常得意。直到信末，另附一纸，说明这张摄影的来由，又是件旷世希逢的佳话。你道这摄影是谁呢？列位且休性急，让俺慢慢说来。

话说雯青驻节柏林，只等彩云觐见后，就要赴俄，已经耽搁了一个多月，恰值德皇政体违和，外部总没回文，雯青心中很是焦闷。倒是彩云兴高采烈，到处应酬，今日某公爵夫人的跳舞，明日某大臣姑娘的茶会，朝游缔尔园〔1〕，夜登兰姒馆〔2〕，东来西往，煞是风光。彩云容貌本好，又喜修饰，生性聪明，巧得人意，倒弄得艳名大噪起来。偌大〔3〕一个柏林城，几乎没个不知道傅彩云是中国第一个美人，都要见识见识，连铁血宰相〔4〕的郁亨夫人，也来往过好几次。那郁亨夫人，替彩云又介绍认得了一位贵夫人，自称维亚太太，说是德国的世爵夫人，年纪不到五十许，体态虽十分端丽，神情却八面威风。那日一见彩云，就非常投契，从此也常常约会，不过约会的地方，不在花园，即在戏馆，从不叫登这夫人的邸第，夫人也没有来过。彩云有时提起登门造访的话，那太太总把别话支吾[5]，彩云只得罢了。话且不表。

却说有一晚，彩云刚与这位太太在维良园[6]看完了戏，独自回来，已在定更[7]时候，坐着一辆华丽的轿式双马车，车上连一个鬟仆都不带，如飞的到了使馆门口停住。车夫拉开车门，彩云正要跨下，却见马路上有一个十七八岁的美童，飞奔的跑到车前，把肩膀凑近车门，口里还吁吁发喘。彩云就一手搭在他肩上，轻轻的跳了下来。进了馆门，就有一班管家们，都站了起来，喊道："太太回来了，快掌灯伺候！"便有两个小童，各执一盏明角灯儿[8]，在前引导。这当儿，那些丫鬟仆妇，也都知道了，在楼上七跌八撞的跑了下来。那时彩云已到了升高机器小屋里，那些丫鬟仆妇，都要上前搀扶，都道："阿福哥，劳你驾了，让我们来搀着吧！"彩云冷笑了一声，自顾自仍扶着阿福。那机器就如飞的上升了。

到了楼上，彩云有气没力的，全身都靠在阿福的身上，连喘带笑的，迈到了自己卧房，一张五彩洋锦的软榻上就倒下了，两颊绯晕，双眼粘饧[9]，好像杨妃醉酒一般，歪着身，斜着眼，似笑不笑的望着阿福。阿福也笑眯眯的低着头，立在榻旁。彩云忽然把一个玉葱[10]，咬着银牙，狠狠的直指到阿福额上，颤声道："你这坏透顶的小子，我不想今儿个……"刚说到这里，那些丫鬟仆妇，都从扶梯上走了进来,彩云就缩住了口,马上翻过脸来道:“你们这班使坏心的娼妇,都晓得这会儿我快回来了,倒一个个躲起来,幸亏阿福是个小子,不要紧,要是大汉子,臭男人,也叫我扶着走吗?”彩云说罢,那些丫鬟仆妇,都面面相觑,不敢则声[11]。

阿福就趁势回道:“那辆车,明天还叫他来伺候吗?”彩云道:“明天有什么事?”阿福道:“怎么太太会忘了!刚才在路上,你不是告诉我,明儿个维亚太太约游缔尔园吗?”彩云想一想道:“不差,看戏的时候,她当面约定的。”说着,把眼瞪着阿福道:“可是我再不要坐轿式车了。明天早上,叫他来一辆亨斯美[12]吧。”阿福笑道:“你自各儿拉缰吗?”彩云道:“谁耐烦自各儿拉,你难道折了手吗?”阿福笑了一笑,再要说话,听见房门外靴声橐橐,仆妇们忙喊道:“老爷进来了!”阿福顿时失色,慌慌张张想溜,彩云故意正色高声的喊道:“阿福,你别忙走呀!我还有话吩咐呢!”阿福会意,就垂着手,答应一声:“着!”“你告诉他,明儿早上八下钟来,别误了!”

这当儿,雯青一头掀着门帘,一头嘴里咕噜说:“阿福老是这样冒冒失失,得风使篷的。”说着,已经踱了进来,冲着彩云道:“明天你又要上那儿去了?”其时阿福得空,就捱身出房。彩云撅着嘴道:“到缔尔园去,会一个外国女朋友,你问她什么?难道你嫌我多出门吗?什么又不又的!”说着,赌气就一溜风走到床后去更衣洗面了。雯青讨了没趣,低低说道:“彩云,你近来真变了相了,我一句话没有说了,你就生气了。我原是好意,你可知道今天外部已有回文,叫你后天就去觐见,在沙老顿布士宫 Charlotenburg[13],离着柏林有二三十里地呢！我怕你连日累着，想要你歇息歇息呀！”彩云听了雯青这番软话，心里想想，到底有点过意不去，又晓得觐见在即，倒又欢喜起来，就笑嘻嘻走到床面前来，道：“谁生气来？不过老爷也太顾怜我了！既然后天要觐见，明天早点回来，省得老爷不放心，好吗？”雯青道：“这也由你吧！”说罢，彼此一笑，同入罗帏。一宵无话。

次日清早，雯青尚在香梦迷离之际，彩云偷偷的抽身锦被，心里盘算出去的装束，要格外新艳。忽然想起新购的一身华丽欧装，就叫小丫头取了出来，慢慢的走到梳妆台，对镜梳洗，调脂抹粉，不用细说。不一会，就拢上一束蟠云曼陀髻〔14〕，系上一条踠地绛缨裙〔15〕，颈围天鹅绒的领巾，肩披紫貂砍的外套，头上戴了堆花雪羽帽，脚下踏着雕漆乌皮靴，颤巍巍胸际花毬，光滟滟指头钻石，果然是蔷薇娘〔16〕肖像，茶花女〔17〕化身了。打扮刚完，自己把镜子照了又照，很觉得意。忽见镜子里面阿福笑嘻嘻的站在背后，低低道：“车来了。”彩云嗤的一笑道：“促狭鬼〔18〕，倒吓人一跳！”随就把嘴儿指着床上，又附着阿福耳边，密密切切，不知吩咐了些什么话。阿福笑着点头答应，就蹑手蹑脚的下楼去了。

这里彩云收拾完备，轻轻走到床边，揭起帐子，张了一张，就回声叫小丫头搀了一径下楼。到门口上车，打发小丫头们进去，又叫马夫坐在车后，自己就跳上亨斯美，轻提玉臂，紧勒丝缰，那匹马就得得的向前去了。走了一条街，却见那边候着个西装少年，远远招手儿。彩云笑一笑，把车放慢了，那少年就飞身上车，与彩云并肩坐下，把丝缰接了过来。一扬鞭，一摇铃，风驰电卷，向马龙车水中间滚滚而去，两人左顾右盼，俨然自命一对画中人了！不多会儿，到了缔尔园 Tiergarten 门前。——原来这座花园，古呢普提坊〔19〕要算柏林市中第一个名胜之区，周围三四里，门前有一个新立的石柱，高三丈，周十围，顶立飞仙，金身金翅，是法、奥、丹三国战争时获得大炮铸成，号为“得胜铭”。园中马路，四通八达。崇楼杰阁，曲廊洞房，锦簇花团，云谲波诡，琪花瑶草，四时常开，珈馆〔20〕酒楼，到处可坐。每日里钿车〔21〕如水，裙屐如云，热闹异常。园中有座三层楼，画栋飞云，雕盘承露，尤为全园之中心点。其最上一层，有精舍〔22〕四五，无不金釭〔23〕衔壁，明月缀帷，榻护绣襦，地铺锦罽〔24〕，为贵绅仕女登眺之所，寻常人不能攀跻。彩云每次到园，与诸贵女聚会，总在此间憩息。

这日马车进了园门，就一径到这楼下下车，阿福扶着，迤逦登楼。刚走到常坐的那一间门口，彩云一只纤趾〔25〕，正要跨进，忽听咳嗽一声，抬头一看，却见屋里一个雄赳赳的日耳曼少年，金发赪颜，风采奕然，一身陆军装束，很是华丽，见了彩云，一双美而且秀的眼光，仿佛云际闪电，把彩云周身上下，打了一个圈儿。彩云猛吃一惊，连忙缩脚退出。阿福指着道：“间壁有空房，我们到那里坐吧。”说罢，就掖了彩云径进那紧邻的一间精室。彩云坐下，就吩咐阿福道：“你到外边去候着，等维亚太太一到，就先来招呼。”阿福答应如飞而去。

彩云独自在房，心里暗忖那个少年，不知是谁，倒想不到外国人有如此美貌的！我们中国的潘安、宋玉〔26〕，想当时就算有这样的风神，断〔27〕没有这般的英武。看他神情，见了我也非常留意，可见好色之心，中外是一样的了。彩云胡思乱想了一回，觉得心神恍惚，四肢软哈哈提不起来，就和身倒在一张红绒如意榻上，星眼惺忪，似睡不睡的，正有点朦胧。忽听耳旁有许多脚步声，连忙张开眼来，却见阿福领了一个中年妇人上来。彩云忙问阿福道："这是谁？"阿福道："这位就是维亚太太打发来的。"那妇人就接嘴道："我们主人说，今天不来这里了，要请密细斯[28]到我们家里去，主人特地叫我们来接的，马车已在外面等着，请密细斯上车吧！"彩云听了，想了一想道："太太府上，我早该去请安，就为太太的住处，不肯告诉我，就因循下来了。现在既然太太见招，我就坐我自己的车前去便了。"说着，回头叫阿福去套车。那妇人道："我们主人吩咐，请密细斯就坐我们来车；因为我们主人的住处，不肯轻易叫人知道的。"彩云道："这是什么道理？"那妇人笑道："主人如此吩咐，其中缘故，奴辈那里敢问呢？"彩云没法，只好叫阿福到身边，附耳说了两句话，阿福先去了，自己就立起身来道："我们走吧。"

那妇人在前，彩云在后，走下楼来。刚到门口，彩云还没看清那车子的大小方圆，却被那妇人猛然一推，彩云身不由主被她推进车来，车门已砸的关上了，弄得彩云迷迷糊糊，又惊又吓。只见那车里四面糊着金绒，当前一悬明镜，两旁却放着绿色的布帘，遮着玻璃，一些[29]望不见外面，对面却笑微微坐着那妇人，开口道："密细斯休怪粗莽，这是主人怕你知道了路程，所以如此的。"彩云听了这话，更加狐疑，要问那妇人，又知道她不肯说实话的，心里不免突突跳个不住。正冥想间，那车忽然停了，车门欻的[30]开了，那中年妇人先下车，就来搀彩云。刚跨下地，忽觉眼前一片光明，耀耀烁烁，眼睛也睁不开。

好容易定睛一认，原来一辆朱轮绣幰的百宝宫车，端端正正的，停在一座十色五光的玻璃宫台阶之下。那宫却是轮奂巍峨，矗云干汉。宫外浩荡荡，一片香泥细草的广场，遍围着郁郁苍苍的树木，点缀着几处名家雕石象，放射出万条异彩的喷水池。彩云不及细看，却被那妇人不由分说就扶上台阶，曲曲折折，走到一面大镜子面前。那妇人把镜子一推，却呀的一声开了，原来是个门儿。向里一望，只见是个窈窕洞房〔31〕，满室奇光异彩，也不辨是金是玉，是花是绣，但觉眼光缭乱而已。就有几个华装女子，听见门响，向外一望，问道："来了吗？"那妇人答道："来了。"

忽听嘤然一声，恍如凤鸣鹤唳，清越可听道："快请进来。"那当儿，彩云已揭起了绣帏，踏上了锦毯，迎面袅袅婷婷的，来了个细腰长裙锦装玉裹的中年贵妇，不用说就是维亚太太了。见了彩云，就抢上一步，紧握住彩云的双手，回头向那些女子说道："这就是中国第一美女，金公使的夫人傅彩云呀！你们瞧着，我常说她是亚洲的姑娄巴〔32〕，支那的马克尼〔33〕，今儿个你们可开开眼儿了！"说完，就把彩云拉到了一张花磁面的圆桌上首坐下，自己朝南陪着。

彩云此时，迷迷糊糊，如在五里雾〔34〕中，弄得不知所措，只是婉婉的说道："贱妾蒲柳之姿〔35〕，幸蒙太太见爱，今日登宝地，真是三生有幸了！只是太太的住处，为何如此秘密？还请明示，以启妾疑。"维亚太太笑道："不瞒密细斯说，我平生有个癖见，以为天地间，最可宝贵的是两种人物，都是有龙跳虎踞的精神，颠乾倒坤的手段，你道是什么呢？就是权诈的英雄，与放诞的美人。英雄而不权诈，便是死英雄；美人而不放诞，就是泥美人。如今密细斯，又美丽，又风流，真当得起‘放诞美人’四字。我正要你的风情韵致，泻露在我的眼前，装满在我的心里。我就怕你一晓了我的身分地位，就把你的真趣艳情拘束住了，这就大非我要见你的本心了。”彩云不听这太太的话，心里倒还有点捉摸，如今听了这番议论，更糊涂了，又问道：“到底太太的身分地位，能赐教吗？”那太太笑道：“你不用细问，到明日就会知道的。”

说话间，有几个华装女子，来请早餐，维亚太太就邀彩云入餐室。原来餐室就在这室间壁，高华典贵，自不必说。坐定后，山珍海味，珍果醇醪，络绎不绝的上来。维亚太太殷勤劝进，彩云也只得极力周旋。酒至数巡，维亚太太立起身来，走到沿窗一座极大的风琴前，手抚玉徽〔36〕，回顾彩云道：“密细斯精于音律吗？”彩云连说“不懂”。那太太就引弦扬吭的唱起来。歌曰：

美人来兮亚之南，风为御〔37〕兮云为骖〔38〕，微波渺渺不可接，但闻空际琼瑶音。吁嗟乎彩云！

美人来兮欧之西，惊鸿照海天龙〔39〕迷，瑶台〔40〕绰约下仙子，握手一笑心为低。吁嗟乎彩云！

山川渺渺月浩浩，五云殿阁琉璃晓，报道青鸾〔41〕海上来，汝来慰我忧心捣。吁嗟乎彩云！

劝君酒，听我歌，我歌欢乐何其多！听我歌，劝君酒，雨覆云翻在君手！愿君留影随我肩，人间天上仙乎仙！吁嗟乎彩云！

歌毕，就向彩云道：“下里之音〔42〕，不足动听，只是末章所请愿的，不知密细斯肯俯允吗？”彩云原不懂文墨，幸而这回歌辞，全用德语，所以彩云倒略解一二，就答道：“太太如此见爱，妾非木石，那有不感激的理，只是同太太并肩拍照，蒹葭倚玉[43]，恐折薄福，意欲告辞，改日再遵命吧！”那太太道：“请密细斯放心，拍了照，我就遣车送你回去。现在写真镜[44]已预备在草地上，我们走吧！”就亲亲热热携了彩云的手，一队高鬟窄袖的女侍，前后呵护，慢慢走出房来，就走到刚才进来看见的那片草地上，早见有一群人簇拥着一具写真镜的匣子。离匣子三四丈地，建立一个铜盘，上面矗起一个喷水的机器，下面周围着白石砌成的小池，那水线自上垂下，在旭日光中，如万颗明珠，随风咳吐，煞是好看。

那太太就携了彩云，立在这石池旁边，只见那写真师，正在那里对镜配光。彩云瞥眼看去，那写真师好像就是在萨克森船上见的那毕叶先生，心里不免动疑。想要动问，恰好那镜子已开，自己被镜光一闪，觉得眼花缭乱了好一回。等到捉定了神，那镜匣已收起，那一群人也不知去向了，却见一辆马车停在面前。维亚太太就执了彩云的手道：“今天倒叫密细斯受惊了，车子已备好，就此请登车，我们改日再叙吧！”彩云一听送她回去，很欢喜的，也道了谢，就跨进车来，车门随手就关上了。却见车帘仍旧放着，乌洞洞闷死人。

那车一路走着，彩云一路猜想，这太太的行径，实在奇怪，到底是何等样人？为什么不叫我知道她的底里呢？那毕叶先生，怎么也认得她，替她拍照呢？想来想去，再想不出些道理来。还在呆呆的揣摩，只见门豁然开朗，原来已到了使馆门口。彩云就自己下了车，刚要发放车夫，谁知那车夫飞身跳上高座，加紧一鞭，逃也似的直奔前路，眨眼就不见了。彩云倒吃了一惊，立在门口呆呆的望着，直到馆中看门的看见，方惊动了里边的丫鬟们，出来扶了进去。阿福也上前来探问，彩云含糊应了。后来见了雯青，也不敢把这事提及。

雯青告诉她今天外部又来招呼，说明日七点钟在沙老顿布士宫觐见，他们打发宫车来接。当晚彩云绝早就睡，只是心里有事，终夜不曾安眠。刚要睡着，却被雯青唤醒，说宫车已到，催着彩云洗梳打扮，按品大装。六点钟动身，七点钟就到了那宫前。那宫却在一座森林里面，清幽静肃，壮丽森严，警兵罗列，官员络绎。彩云一到，迎面就见一座六角的文石台，台上立着个骑马英雄的大石像，中央一条很长的甬道，两面石阑，阑外植着整整齐齐高的塔形低的钟形的常绿树，从那甬道一层高似一层，一直到大殿，殿前一排十二座穹形窗，中间是凸出的圆形屋。彩云走近圆屋，早有接引大臣，把彩云引上殿来。却见德皇峨冠华服，南面坐着，两旁拥护剑珮趋锵的勋戚大臣，气象很是堂皇。彩云随着接引官，走上前去恭恭敬敬行了鞠躬大礼，照着向来觐见的仪节，都按次行了。那德皇忽含笑的向着彩云道："贵夫人昨朝辛苦了。"说着，手中擎着个锦匣，说道："这是皇后赐给贵夫人的。今天皇后有事，不能再与贵夫人把晤〔45〕，留着这个算纪念吧！"一面说着，一面就递了下来。彩云茫然不解，又不好动问，只得糊里糊涂的接了。

这当儿，就有大臣启奏别事，彩云只得慢慢退了下来。到得车中，轮蹄转动，要紧把那锦匣打开一看，不觉大大吃惊。——原来这匣内,并非珠宝,也非财帛,倒是一张活灵活现的小影,两个羽帽迎风长裙窣地的妇人。一个是袅袅婷婷的女郎,一个是庄严璀璨的贵妇:那女郎,不用说是自己的西装小像;这个贵妇,就是昨天并肩拍照的维亚太太。心中恍然大悟道:"原来维亚太太就是联邦帝国大皇帝飞蝶丽皇后,世界雄主英女皇维多利亚的长女,维多利亚第二嗄〔46〕!怪不得她说,她的身分地位,能拘束我了。亏我相处了半月有零,到今朝才明白,真有眼不识泰山了。"心中就一惊一喜,七上八落起来。

那车子却已回到了自己门口,却又看见门口停着一辆轿车。彩云这两天遇着多少奇怪事情,心里真弄得恍恍惚惚,提心吊胆的,见了此车,心里又疑心道:"这车不知又是谁的了?"此时丫鬟仆妇已候在门口,都来搀扶,阿福也来车前站着。彩云就问道:"老爷那里有什么客?"阿福道:"就是毕叶先生。"彩云听了,心里触动昨天拍照的事情,就大喜道:"原来就是他?我正要见他哩!你们搀我到客厅上去!"说着,就曲折行来。刚走到厅门口,彩云望里一张,只见满桌子摊着一方一方的画图,雯青正弯着腰在那里细细赏玩,毕叶却站在桌旁。

彩云就叫"且不要声张,让我听听那东西和老爷说什么"。只听雯青道:"这图上红色的界线,就是国界吗?"毕叶道:"是的。"雯青道:"这界线准不准呢?"毕叶道:"这地图的可贵,就在这上头。画这图的人,是个地学名家,又是奉着政府的命令画的,那有不准之理!"雯青道:"既是政府的东西,他怎么能卖掉呢?"毕叶道:"这是当时的稿本,清本已被政府收藏国库,秘密万分,却不晓留着这稿子在外。

这人如今穷了，流落在这里，所以肯卖。”雯青道：“但是要一千金磅，未免太贵了！”毕叶道：“他说，他卖掉这个，对着本国政府，担了泄漏秘密的罪，一千磅价值，还是不得已呢！我看大人得了此图，大可重新把他好好的翻印，送呈贵国政府，这整理疆界的功劳，是不小哩，何在这点儿小费呢！”彩云听到这里，心想道：“好呀，这东西倒瞒着我，又来弄老爷的钱了！我可不放他！”想着把帘子一掀，就飘然的走了进去。正是：

　　羡煞紫云〔47〕傍霄汉，全凭红线界华戎〔48〕。

不知彩云见了毕叶，问他什么话来？且听下回分解。

按，本回回目原标为：“影并帝天，初登布士殿；学通中外，重翻交界图。”

〔1〕缔尔园：即下文 Tiergarten 的音译。柏林动物园。原为贵族私人花园，1841 年建立动物园，1844 年正式开放。

〔2〕兰姒馆：某剧场。

〔3〕偌（ruò）大：那么大。

〔4〕铁血宰相：指俾斯麦。以强权和武力经营普鲁士和德意志帝国，铁腕人物，故有此称。

〔5〕支吾：应付。

〔6〕维良园：某剧场。

〔7〕定更：起更，入夜。俗语关门戌时，计点起更。晚上七点到九点为戌时。

〔8〕明角灯儿：这里是玻璃灯笼。

〔9〕粘饧（xíng）：精神不振，眼睛半开半闭的样子。

〔10〕玉葱：又白又嫩的手指。

〔11〕则声：吱声，出声。

〔12〕 亨斯美：英语(hansom)音译。双轮双座轻便马车，车夫座位高踞车后。当时上海流行的，用橡皮轮胎，大多敞篷，春秋佳节，适于郊游。

〔13〕 Charlotenburg：德语。今译夏洛滕堡。德皇宫。1920年并入柏林市区。

〔14〕 蟠云曼陀髻：一种高耸的蟠曲发髻。曼陀，曼陀罗，花形喇叭形；原产印度。

〔15〕 踠(wǎn)地綷縩(cuì cài)裙：拖地行走有声的长裙。

〔16〕 蔷薇娘：即玫瑰少女。法国中世纪长篇叙事诗《玫瑰传奇》中代表"情人"的美丽少女。

〔17〕 茶花女：法国作家小仲马所写《茶花女》主角玛格丽特，巴黎一妓女。中国当时流行的是林琴南的译本《巴黎茶花女遗事》。

〔18〕 促狭鬼：淘气鬼，爱开玩笑、爱恶作剧的人。

〔19〕 古呢普提坊：这里所说即柏林的著名古迹勃兰登堡门，在菩提树下大街西端。建于1788—1791年，为普鲁士国王腓特烈·威廉二世所修建，作为柏林的凯旋门。其上有著名的四马牵引的胜利战车铸像，胜利女神站立车上，手持十字架，架上为展翅的鹰鹫。

〔20〕 珈馆：咖啡馆。咖啡旧译名一作珈琲，此书初版本咖啡均作珈琲。

〔21〕 钿车：用金宝嵌饰的车子。

〔22〕 精舍：精巧整洁的房室。

〔23〕 金釭：宫殿壁间横木上的装饰物。金釭衔璧，班固《西都赋》中文句。

〔24〕 锦罽(jì)：彩色毛织地毯。

〔25〕 纤趾：美丽细巧的小脚。

〔26〕 潘安、宋玉：潘安，字仁美。西晋文学家，美男子。宋玉，战国时楚国文学家。他在《登徒子好色赋》中说，东邻一个女孩子爱慕他，偷看他三年。后世遂以宋玉为美男子。

〔27〕 断：断然，绝对。

〔28〕 密细斯：和英语的密斯一样，是德语发音。即小姐、女士。

〔29〕 一些：方言。一点。

〔30〕 欻(chuā)的：象声词。物体相撞的声音。

〔31〕 洞房：幽深的内室。

〔32〕 姑娄巴：后第十六回中作姑娄巴多。即著名的埃及艳后克娄巴特拉（前69—前30）。托勒密十二世之女，后成为埃及马其顿王朝的末代君主。她的美丽先后征服了凯撒、安东尼。后来渥大维不为所动，愤而自杀。

〔33〕 马克尼：今译玛格丽特（1553—1615），纳瓦拉国王（后来的法国国王亨利四世）的王后。她与人私通而不愿与亨利离异，保留王后称号，居巴黎，过着豪华而淫乱的生活。有《回忆录》，对法国情况有生动描写。

〔34〕 五里雾：《后汉书·张霸传》载，张楷能作五里雾。后世遂把人不能真切明了事物真相比喻为"如堕五里雾中"。

〔35〕 蒲柳之姿：蒲，蒲草。蒲与柳落叶早，表示早衰。《世说新语·言语》："蒲柳之姿，望秋而落。"此处是谦词。

〔36〕 玉徽：本指玉制的琴徽（系弦绳）。此是琴的美称。

〔37〕 御：驭手。

〔38〕 骖：驾车的边马。

〔39〕 天龙：佛教语。诸天与龙神。

〔40〕 瑶台：传说中神仙聚居处，在昆仑山上。

〔41〕 青鸾：神鸟。为西王母送信的青鸟。

〔42〕 下里之音：下里巴人的通俗音乐。出宋玉文。

〔43〕 蒹葭倚玉：蒹葭，荻子和芦苇，薄而脆弱。蒹葭和玉树相比，就太不相称了。语出《世说新语·容止》。夏侯玄是美男子，"魏明帝使后弟毛曾与夏侯玄共坐，时人谓蒹葭倚玉树。"

〔44〕 写真镜：照相机。下文写真师即摄影师。

〔45〕 把晤：握手交谈，见面。

〔46〕 嗄：啊，呀。

〔47〕 紫云：紫色云。古代以为祥瑞。汉焦赣《易林·履之渐》："黄帝紫云，圣且神明。"

〔48〕 华戎：华夏与戎。戎是中国古代西部少数民族。此处指中国与外国。

第 七 卷

第十三回

误下第迁怒座中宾　考中书互争门下士

话说雯青正与毕叶在客厅上讲论中俄交界图的价值，彩云就掀帘进来，身上还穿着一身觐见的盛服。雯青就吃了一惊，正要开口，毕叶早抢上前来，与彩云相见，恭恭敬敬的道："密细斯觐见回来了，今天见着皇后陛下，自然益发要好了，赏赐了什么东西，可以叫我们广广眼界吗？"彩云略弯了弯腰，招呼毕叶坐下，自己也坐在桌旁道："妾正要请教先生一件事哪！昨天妾在维亚太太家里，拍照的时候，仿佛看见那写真师的面貌，和先生一样，匆匆忙忙，不敢认真，到底是先生不是？"毕叶怔了怔道："什么维亚太太？小可却不认得。小可一到这里，就蒙维多利亚皇后赏识了小可的油画，昨天专诚宣召进宫，就为替密细斯拍照。皇后命小可，把昨天的照片放大，照样油画。听宫人们说，皇后和密细斯非常的亲密，所以要常留这个小影在日耳曼帝国哩！怎么密细斯倒说在维亚太太家碰见小可呢？"彩云笑道："原来先生也不知底细，妾与维多利亚皇后，虽然交好了一个多月，一向只知道她叫维亚太太，是个爵夫人罢咧，直到今天觐见了，才知道她就是皇后陛下哩！真算一桩奇闻！"

且说雯青见彩云突然进来，心中已是诧异，如今听两人你言我语，一句也不懂，就忍不住问彩云："怎么你会认识这里的皇后呢?"彩云就把如何在郁亨夫人家认得维亚太太，如何常常往来，如何昨天约去游园，如何拍照，直到现在觐见德皇，赐了锦匣，自己到车子里开看，方知维亚就是维多利亚皇后的托名，前前后后得意扬扬的细述了一遍，就把那照片递给雯青。雯青看了，自然欢喜，就向着毕叶道："别尽讲这个了！毕叶先生，我们讲正事吧！那图价到底还请减些。"毕叶还未回答，彩云就抢说道："不差，我正要问老爷，这几张破烂纸，画得糊糊涂涂的，有什么好看，值得化多少银子去买他！老爷你别上了当!"雯青笑道："彩云，你尽管聪明，这事你可不懂了！我好容易托了这位先生，弄到了这幅中俄地图。我得了这图，一来可以整理整理国界，叫外人不能占踞我国的寸土尺地，也不枉皇上差我出洋一番；二来我数十年心血做成的一部《元史补证》，从此都有了确实证据，成了千秋不刊之业，就是回京见了中国著名的西北地理学家黎石农，他必然也要佩服我了！这图的好处，正多着哩！不过这先生定要一千磅，那不免太贵了!"彩云道："老爷别吹滂[1]，你一天到晚，抱了几本破书，嘴里咭唎咕噜，说些不中不外的不知什么话，又是对音[2]哩，三合音哩，四合音哩，闹得烟雾腾腾，叫人头疼，倒把正经公事搁着，三天不管，四天不理，不要说国里的寸土尺地，我看人家把你身体抬了去，你还摸不着头脑哩！我不懂，你就算弄明白了元朝的地名，难道算替清朝开了疆拓了地吗？依我说，还是省几个钱，落得自己享用。这些不值一钱的破烂纸，惹我性起，一撕两半，什么一千磅二千磅呀!”雯青听了彩云的话,倒着急起来,怕她真做出来,连忙拦道:“你休要胡闹,你快进去换衣服吧!”彩云见雯青执意要买那地图,倒赶她动身,就骨都着嘴,赌气扶着丫鬟走了。

这里毕叶笑道:“大人这一来不情极了! 你们中国人常说千金买笑,大人何妨千磅买笑呢!”雯青笑了一笑。毕叶又接着说道:“既这么着,看大人分上,在下替敝友减了二百磅,就是八百磅吧!”雯青道:“现在这里诸事已毕,明后天我们就要动身赴贵国了,这价银,你今天就领下去,省得周折,不过要烦你到戴随员那里走一遭。”说着,就到书桌上写了一纸取银凭证,交给毕叶。毕叶就别了雯青,来找戴随员把凭证交了,戴随员自然按数照付。正要付给时候,忽见阿福急急忙忙从楼上走来,见了戴随员,低低的附耳说了几句,戴随员点头,随即拉毕叶到没人处,也附耳说了几句。毕叶笑道:“贵国采办委员,这九五扣的规矩,是逃不了的,何况……”说到这里,顿住了,又道:“小可早已预备,请照扣便了。”当时戴随员就照付了一张银行支票,毕叶收着,就与戴随员作别,出使馆而去。这里,雯青、彩云,就忙忙碌碌,料理动身的事。

这日正是十一月初五日。雯青就带了彩云及参赞、翻译等,登火车赴俄。其时天气寒冽,风雪载途,在德界内,尚常见崇楼杰阁,沃野森林,可以赏眺赏眺。到次日,一入俄界,则遍地沙漠,雪厚尺余,如在冰天雪窖中矣。走了三日夜,始到俄都圣彼得堡,宏敞雄壮,比德京又是一番气象。雯青到后,就到昔而格斯街中国使馆三层洋楼里,安顿眷属,于是拜会了首相吉尔斯及诸大臣,接着觐见俄帝,足足乱了半个月。诸事稍有头绪，那日无事，就写了一封信，把自己购图及彩云拍照的两件得意事，详详细细，告诉了雯如。又把那新购的地图，就托次芳去找印书局，用五彩刷印，因为地图自己还要校勘校勘，连印刷，至快要两三个月，就先把信发了。这信就是那日雯如在潘府回来时候接着的。

当时，雯如把信看完，连说奇闻！他夫人问他，雯如照信演了一遍。正说得高兴，只见雯如一个着身管家，上来回道："明天是朝廷放会试总裁房官[3]的日子，老爷派谁去听宣？"雯如想一想道："就派你去吧，比他们总要紧些！"那管家诺诺退出。当日无话。次日天还没亮，那管家就回来了。雯如急忙起来，管家老远就喊道："米市胡同潘大人放了。"雯如接过单子，见正总裁是大学士高扬藻号理惺，副总裁就是潘尚书和工部右侍郎缪仲恩[4]号绶山的，也是江苏人。还有个旗人，雯如不甚在意。其余房官，袁尚秋、黄仲涛、荀子珮那班名士，都在里头。同乡熟人，却有个姓尹名宗汤[5]号震生，也派在内。只有雯如向隅，不免没精打采的，丢下单子，仍自回房高卧去了。按下不表。

且说潘尚书本是名流宗匠，文学斗山[6]，这日得了总裁之命，夹袋[7]中许多人物，可以脱颖而出，欢喜自不待言。尚书暗忖这回伙伴中，余人都不怕他们，就是高中堂和平谨慎，过主故常，不能容奇伟之士，总要用心对付他，叫他为我使不为我敌才好。当下匆忙料理，不到未刻，直径进闱。三位大总裁，都已到齐，大家在聚奎堂挨次坐下。潘尚书先开口道："这回应举的，很多知名之士，大家阅卷，倒要格外用心点儿,一来不负朝廷委托,二来休让石农独霸,夸张他的江南名榜。”高中堂道:“老夫荒疏已久,老眼昏花,恐屈真才,全仗诸位相助!但依愚见看来,暗中摸索,只能凭文去取,那里管得他名士不名士呢!况且名士虚声,有名无实的多哩!”缪侍郎道:“现在文章巨眼[8],天下都推龚、潘,然兄弟常见和甫先生,每阅一文,反来复去,至少看十来遍,还要请人复看;瀛翁却只要随手乱翻,从没有首尾看完过,怎么就知好歹呢?”潘尚书笑道:“文章望气而知[9],何必寻行数墨呢!”大家议论一会,各自散归房内。

过了数日,头场已过,硃卷[10]快要进来,各房官正在预备阅卷,忽然潘尚书来请袁尚秋,大家不知何事。尚秋进去一句钟[11]工夫,方始出来,大家都问什么事。尚秋就在袖中取出一本小册子,递给子珮,仲涛震生都凑来看。子珮打开第一页,只见上面写道:

章謇[12]号直蜚,南通州;

闻鼎儒[13]号韵高,江西;

姜表号剑云,江苏;

米继曾号筱亭,江苏;

苏胥[14]号郑龛,福建;

吕成泽[15]号沐庵,江西;

杨遂[16]号淑乔,四川;

易鞠号缘常,江苏;

庄可权[17]号立人,直隶;

缪平[18]号奇坪,四川。

子珮看完这一页，就把册子合上，笑道："原来是花名册，八瀛先生怎么吩咐的呢？"尚秋道："这册子上拢共六十二人，都是当世名人，要请各位按着省分去搜罗的。章、闻两位，尤须留心。"子珮道："那位直蜚先生，但闻其名，却不大认得。韵高原是熟人，真算得奇材异能了：兄弟告诉你们一件事，还是在他未中以前，有一会在国子监录科[19]，我们有个同乡，给他联号，也不知道他是谁，只见他进来手里就拿着三四本卷子，已经觉得诧异。一坐下来，提起笔如飞的只是写，好像钞旧作似的，那同乡只完得一篇四书文，他拿来的一叠卷子都写好了。忽然停笔，想了想道：'啊呀，三代[20]叫什么名字呢？'我们那同乡，本是讲程朱学的，就勃然起来，高声道：'先生既是名教[21]中人，怎么连三代都忘了？'他笑着低声道：'这原是替朋友做的。'那同乡见他如此敏捷，忍不住要请教他的大作了。拜读一过，真大大吃惊，原来四篇很发皇[22]的时文，四道极翔实的策问[23]，于是就拍案叫绝起来。谁知韵高却从从容容笑道：'先生谬赞不敢当，那里及先生的大著朴实说理呢！'那同乡道：'先生并未见过拙作，怎么知道好呢？这才是谬赞哩！'他道：'先生大著，早已熟读，如不信，请念给先生听，看差不差？'说罢，就把那同乡的一篇考作，从头至尾，滔滔滚滚念了一遍，不少一字。你们想这种记性，就是张松[24]复生，也不过如此吧！"

震生道："你们说的不是闻韵高吗？我倒还晓得他一件故事哩！他有个闺中谈禅[25]的密友，却是个刎颈至交的嫡妻。那位至交，也是当今赫赫有名的直臣，就为妄劾大臣，丢了官儿，自己一气，削发为僧,浪迹四海,把夫人托给韵高照管。不料一年之后,那夫人倒写了一封六朝文体[26]的绝交书,寄与所天[27],也遁迹空门[28]去了。这可见韵高的辩才无碍[29],说得顽石点头[30]了。”大家听了这话,都面面相觑。尚秋道:“这是传闻的话,恐未必确吧!”

仲涛道:“那章直蜚是在高丽办事大臣吴长卿[31]那里当幕友的,后来长卿死了,不但身后萧条,还有一笔大亏空,这报销就是直蜚替他办的。还有人议论办这报销,直蜚很对不起长卿呢。”震生道:“我听说直蜚还坐过监呢!这坐监的原因,就为直蜚进学时,冒了如皋籍,认了一个如皋人同姓的做父亲,屡次向直蜚敲竹杠,直蜚不理会。谁知他竟硬认做真子,勾通知县办了忤逆[32],革去秀才,关在监里。幸亏通州[33]孙知州访明实情,那时令尊叔兰先生督学江苏,才替他昭雪开复的哩!仲涛回去一问令尊,就知道了。”

原来尹震生是江苏常州府人,现官翰林院编修[34],记名御史[35],为人戆直敢任事,最恨名士,且喜修仪容,车马服御,华贵整肃,远远望去,俨然是个旗下[36]贵族。当下说了这套话,就暗想道:“这班有文无行的名士,要到我手中,休想轻轻放过。”大家正谈得没有收场,恰好内监试[37]送进硃卷来,于是各官分头阅卷去了。不在话下。

且说有一天,子珮忽然看着一本卷子,是江苏籍贯的,三篇制义[38],高华典实,饶有国初刘熊[39]风味;经义[40]亦原原本本[41],家法[42]井然;策问十事对九[43],详博异常,就大喜道:“这本卷子,一定是章直蜚的了。”连忙邀了尚秋、仲涛来看。大家都道无疑的,快些加上极华的荐批，送到潘尚书那里，大有夺元[44]之望。子珮自然欢喜，就亲自袖了卷子，来到潘尚书处。刚走到尚书卧室廊下，管家进去通报，子珮在帘缝里一张，不觉吃了一惊。只见靠窗朝南一张方桌上，点着一对斤通[45]的大红蜡，火光照得满室通明，当中一个香炉，尚书衣冠肃肃，两手捧着一炷清香，对着桌上一大堆的卷子，嘴里哝哝不知祷告些什么。祷告完了，好像眼睛边有些泪痕，把手揩了一揩，却志志诚诚[46]的磕了三个大头，然后起来。那管家方敢上前通报。尚书连忙叫请，子珮进去。尚书就道："这会你们把好卷子都送到我这里来，实在拥挤得了不得了，不知道屈了多少好手！老夫弄得没有法儿，只好赔着一付老泪，磕着几个响头，就算尽了一点爱士心了。"说罢，指着桌上的卷子笑道："这一堆都是可怜虫！"

子珮道："章直蜚的卷子，门生今天倒找着了。"尚书很惊喜道："在那儿呢？"子珮连忙在袖中取出。尚书一手抢去，大略翻了一翻，拍手道："'踏破铁鞋无觅处，得来全不费工夫'，可惜会元[47]已经被高中堂定去，只索[48]给他争一争了！"说毕，就叫管家伺候，带了卷子，去见高中堂，叫子珮就在这里等等儿。去了没多大的工夫，尚书手舞足蹈的回来道："好了，定了。"子珮道："怎么定的？"尚书道："高中堂先不肯换，给我说急了，他倒发怒，竟把先定元的那一本撤了，说让他下科再中元吧！这人真晦气，我也管不得了！"子珮就很欢喜的出来，告诉大家，都给他道贺。只有震生暗笑他们呆气，自己想江西闻韵高的卷子，光罢[49]给我打掉了。

光阴容易，转瞬就是填榜的日子。各位总裁房考，衣冠齐楚，会集至公堂，一面拆封唱名，一面填榜，从第六名起，直填到榜尾。其中知名之士，如姜表、米继曾、吕成泽、易鞠、杨遂诸人，倒也中了不少，只有章直蜚、闻韵高两人，毫无影踪。潘尚书心里还不十分着急，认定会元定是直蜚、韵高，或也在魁卷〔50〕中。直到上灯时候，至公堂上，点了万支红蜡，千盏纱灯，火光烛天，明如白昼，大家高高兴兴，闹起五魁〔51〕来。潘尚书拉长耳朵，只等第一名唱出来，必定是江苏章骞。谁知那唱名的偏偏不得人心，朗朗的喊了姓刘名毅〔52〕起来，尚书气得须都竖了。子珮却去拣了那本撤掉的元卷〔53〕，拆开弥封一看，可不是呢！倒明明写着章骞的大名。这一来真叫尚书公好似哑子吃黄连了。填完了榜，大家各散，尚书也垂头丧气的，自归府第去了。

接着朝考殿试之后，诸新贵都来谒见，几乎把潘府的门限都踏破了。尚书礼贤下士，个个接见，只有会元公来了十多次，总以闭门羹〔54〕相待。会元公益发疑惧，倒来得更勤了。此时已在六月初旬天气，这日尚书南斋入值回来，门上禀报："钱端敏大人，从湖北任满回京，在外求见。"尚书听了大喜，连声叫"请"！门上又回道："还有新科会元刘。"尚书就瞪着眼道："什么留不留？我偏不留他，该怎么样呢！"那门上不敢再说，就退下去了。

原来唐卿督学湖北，三年任满，告假回籍，在苏州耽搁了数月，新近到京。潘公原是师门，所以先来谒见。当时和会元公刘毅同在客厅等候，刘公把尚书不见的话，告诉唐卿，请其缓颊〔55〕，唐卿点头。恰好门上来请，唐卿就跟了进来，一进书室，就向尚书行礼。尚书连忙扶住,笑道:“贤弟三载贤劳,尊容真清减了好些了!汉上友人都道,贤弟提倡古学,扫除积弊,今之纪、阮[56]也!”唐卿道:“门生不过遵守师训,不敢陨越[57]耳!然所收的都是小草细材,不足称道,那里及老师这回东南竹箭,西北琨瑶,一网打尽呢!”尚书摇首道:“贤弟别挖苦了。这回章直蜚、闻韵高,都没有中,骊珠[58]已失,所得都是鳞爪罢了!最可恨的,老夫衡文十多次,不想倒上了毗陵伧夫[59]的当。”唐卿道:“老师倒别这么说,门生从南边来,听说这位刘君,也很有文名的。况且这回元作,外间人人说好,只怕直蜚倒做不出哩!门生想朝廷快要考中书[60]了,章、闻二公,既有异才,终究是老师药笼中物,何必介介[61]呢?倒是这位会元公,屡次登门,老师总要见见他才好。”尚书笑道:“贤弟原来替会元做说客的,看你分上,我到客厅上去见一见就是了,你可别走。”说罢,扬长而去。

且说那会元公正在老等,忽见潘公出来,面容很是严厉,只得战战兢兢铺上红毡,着着实实磕了三个头起来。尚书略招一招手,那会元公斜签着[62]身体,眼对鼻子,半屁股搭在炕上。尚书开口道:“你的文章,做得很好,是自己做的吗?”会元公涨红了脸,答应个“是”。尚书笑道:“好个揣摩家,我很佩服你!”说着,就端茶碗[63]。那会元只得站起来,退缩着走,冷不防走到台级儿上,一滑脚,恰正好四脚朝天,做了个状元及第[64]。尚书看着,就哈哈笑了两声,洒着手,不管他,进去了。不说这里会元公爬起,匆匆上车,再说唐卿在书室门口,张见这个情形,不免好笑,接着尚书进来,倒不便提及。尚书又问了些湖北情形,及庄寿香的政策。唐卿也谈了些朝政,也就告辞出来,再到龚和甫及搴如等熟人那里去了。

话说搴如自从唐卿来京,添了熟人,夹着那班同乡新贵姜剑云、米筱亭、易缘常等,轮流宴会,忙忙碌碌,看看已到初秋。那一天,忽然来了一位姓黄的远客,搴如请了进来,原来就是黄翻译,因为母病,从俄国回来的。雯青托他把新印的中俄交界图带来。搴如当下打开一看,是十二幅五彩的地图,当中一条界线,却是大红色画的,极为清楚。搴如想现在总理衙门,自己却无熟人,常听说庄小燕侍郎和唐卿极为要好,此事不如托了唐卿吧,就写了一封信,打发人送到内城去。不一会,那人回来说:“钱大人今天和余同〔65〕余中堂、龚平龚大人,派了考中书的阅卷大臣,已经入闱去了。信却留在那里。”搴如只得罢了。

过了三四日,这一天,搴如正要出门,家人送上一封信。搴如见是唐卿的,拆开一看,只见写道:

前日辱教,适有校文之役,阙然久不报,歉甚!顷〔66〕庄小燕、沪桥、韵高诸君,在荒斋小酌,祈纡驾过我,且商界图事也!

末写“知名不具〔67〕”四字。搴如阅毕,就叫套车,一径进城,到钱府而来。到了钱府,门公就领到花厅,看见厅上早有三位贵客,一个虎颔燕额,粗腰长干,气概昂藏〔68〕的是庄小燕;一个短胖身材,紫圆脸盘,举动脱略〔69〕的是段沪桥,都是搴如认得的,还有个胖白脸儿,魁梧奇伟的,搴如不识得,唐卿正在这里给他说话。只听唐卿道:“这么说起来,余中堂在贤弟面前,倒很居功哩!”说到这里,却见搴如走来,连忙起来招呼送茶,搴如也与大家相见了。正要请教那位姓名,唐卿就引见道："这位就是这回考中书第一的闻韵高兄。"葊如不免道了久仰，大家坐下。沪桥就向韵高道："我倒要请教余中堂怎么居功呢！"韵高道："他说兄弟的卷子，龚老夫子和钱夫子，都很不愿意，全是他力争来的。"

唐卿哈哈笑道："贤弟的卷子，原在余中堂手里，他因为你头篇里用了句《史记·殷本纪》素王九主之事[70]，他不懂，来问我，我才得见这本卷子。我一见就决定是贤弟的手笔，就去告诉龚老夫子，于是约着到他那里去公保，要取作压卷[71]。谁知他嫌你文体不正，不肯答应。龚老夫子给他力争，几乎吵翻了，还是我再四劝和，又偷偷儿告诉他，决定是贤弟的。自己门生，何苦一定给他辞掉这个第一呢！他才活动了。直到拆出弥封，见了名字，倒又欢喜起来，连忙架起老花眼镜，仔细看了又看，迷花着眼道：'果然是闻鼎儒！果然是闻鼎儒！'这回儿倒要居功，你说好笑不好笑呢？"

小燕道："你们别笑他，近来余中堂很肯拉拢名士哩！前日山东大名士汪莲孙[72]，上了个请重修《四库全书》[73]的折子，他也答应代递了，不是奇事吗？"大家正说得热闹，忽然外边如飞的走进个美少年来，嘴里嚷道："晦气，晦气！"唐卿倒吃了一惊，大家连忙立起来。正是：

相公[74]争欲探骊颔[75]，名士居然占凤头[76]。

不知来者何人？嚷的何事？且听下回分解。

按，本回回目原标为："误下第，迁怒座中宾；考中书，互争门下士。"

〔1〕 吹滂：后文中又作吹膀、吹唠。即吹牛，说大话。方言。

〔2〕 对音：音译。翻译术语。下文三合音、四合音指多音节词译音。

〔3〕 房官：也称房考。乡试会试分房阅卷的同考官。由其荐卷，总裁(主考)取舍。

〔4〕 缪仲恩：号绶山。影射缪寿恒，字仲山。江苏嘉定人。同治翰林。官至礼部尚书、军机大臣。

〔5〕 尹宗汤：号震生。影射杨崇伊，字莘伯。常熟人。光绪翰林。后任汉中知府。

〔6〕 斗山：斗，北斗，众星所拱；山，泰山，五岳独尊。代指领袖。

〔7〕 夹袋：指心想网罗录取的名士，非夹带。

〔8〕 巨眼：有独到的鉴别文章的眼力。

〔9〕 望气而知：一般气指气势、声调、风格。中国古典文论中有"文以气为主"(曹丕语)的观点，潘尚书即主此说。文章的气势、气概，作者的眼光、才力、胸襟，通过文章是可以体会得到的。这是从大的方面衡文的一种标准。

〔10〕 硃卷：经过誊录的考卷，是用红硃过录的；考生名字也弥封了。

〔11〕 一句钟：一小时。

〔12〕 章骞：号直蜚。影射张謇(1853—1926)，字季直，南通人。君主立宪派，近代资本家。开办过不少实业和教育事业。著有《张季子九录》、《张謇日记》等。张謇此科未中，会总是翁同龢，把刘可毅的卷子误认为是张謇的取为会元。张謇下一科，即光绪二十年甲午(1894)恩科状元。本书作者曾朴也参加了此次会试，因墨污试卷登蓝榜帖出(取消资格)，翁同龢误把别人的试卷当作曾朴的取中进士。

〔13〕 闻鼎儒：号韵高。影射文廷式，字芸阁。江西萍乡人。文名早著，与曾之撰、张謇、王懿荣并称四大公车。光绪庚寅科榜眼。官侍读学士。光绪皇帝珍妃、瑾妃之师。

〔14〕 苏胥：号郑龛。影射郑孝胥。详见第三十五回注〔17〕。

〔15〕 吕成泽：号沐庵。影射李盛铎，字木斋。江西德化人。光绪乙丑榜

眼。后官至山西布政使，出使比利时大臣。

〔16〕 杨遂：指杨锐。详见第三十五回注〔2〕。

〔17〕 庄可权：影射张权。详见第三十五回注。

〔18〕 缪平：影射廖平。本科成进士。

〔19〕 录科：生员岁考录取科考生，优等的可以参加乡试考选举人。

〔20〕 三代：夏、商、周三个朝代。

〔21〕 名教：正君臣父子名分的礼教。孔孟之道的教化。

〔22〕 发皇：发挥得冠冕堂皇。

〔23〕 策问：考试内容之一。参见第三回注〔56〕汉策。

〔24〕 张松：三国时蜀汉人。东汉末，他曾与杨修饮宴，杨修把曹操的一部兵书给他看，他看过即能成诵。

〔25〕 禅（chán）：佛教语。原指静坐默念，引申为禅理、禅法、禅学。谈禅即是谈禅理。"禅何物也？乃吾心之名也。心何物也？即吾禅之体也。"（中峰《广录》卷五下《示彝庵居士》）

〔26〕 六朝文体：指骈文。

〔27〕 所天：丈夫。按三纲，妻以夫为天，故称所天。

〔28〕 空门：佛门。

〔29〕 辩才无碍：语出《华严经》："若能知法永不灭，则得辩才无碍法；若得辩才无碍法，则能开演无边法。"菩萨说法，头头是道，毫无困难。

〔30〕 顽石点头：佛家典故。生公在苏州讲道，无人肯听。他就在虎丘聚集顽石，对着顽石说法；"生公说法，顽石点头"，把石头都说服了。生公，竺道生，东晋时高僧，鸠摩罗什著名门徒之一。

〔31〕 吴长卿：影射吴长庆，字筱轩。安徽庐江人。广东水师提督。朝鲜内乱，他率师平定，执大院君李昰应。

〔32〕 忤逆：不孝为大罪。

〔33〕 通州：南通州。今江苏南通。为张謇平反的孙知州是孙云锦，字海岑。安徽合肥人。官至开封知府。

〔34〕 编修：翰林院史官职名之一种。

〔35〕 记名御史：未实授职，相当于候补。御史，监察官。清代制度，有劳绩的官员由军机处或吏部记名，以备考核叙用，称记名。

〔36〕 旗下：八旗籍。

〔37〕 内监试：考场中管理磨勘誊录弥封的官员称外帘，阅卷官管荐卷的称内帘；内外帘是分隔开的，不能互相走动。送硃卷的官员可以进入内帘，称内监试。

〔38〕 制义：制艺、四书文。参见第二回注〔9〕八股条。

〔39〕 刘、熊：刘子壮、熊伯龙。二人都是清朝初年的八股文高手。刘子壮，字克猷。湖北黄冈人。顺治六年状元。国史馆编修。有《屺思堂集》。熊伯龙，字次侯。湖北汉阳人。顺治六年榜眼。累官内阁学士、礼部侍郎。有《贻谷堂诗文集》。他们的八股文雄浑雅健，时号熊刘。

〔40〕 经义：关于经书的义理，清代科举考试试四书文题，即是八股文。

〔41〕 原原本本：主要依据朱熹集注，发挥都是有根有据的。

〔42〕 家法：指根据那家的训释，如《春秋》根据《春秋公羊传》何休注。《诗经》根据大小毛公、郑玄传注等。

〔43〕 十事对九：十个问题回答了九个（任选，不要求全做）。

〔44〕 夺元：争夺第一名。

〔45〕 斤通：一斤重一个。

〔46〕 志志诚诚：诚心诚意，实心实意。

〔47〕 会元：会试录取的第一名。经过殿试后仍是第一名的（多数如此）就是状元。有的会元后来不是状元。

〔48〕 只索：只须，只好。

〔49〕 光罢：方言。大概、恐怕。本书中五见此词，作者《鲁男子》中一见。文中尹震生所影射的杨崇伊任御史时确曾参劾文廷式（书中闻韵高），使之罢职回籍。杨为后党一派，戊戌政变时奏请西太后临朝称制。

〔50〕 魁卷：此指前五名中式的会试卷子。

〔51〕 五魁：五经魁的省称。明代乡试每科前五名必须分别是某一经的经魁（第一名），故称五经魁。后来虽然废止五经试士制，前五名仍习称五魁，即状元、榜眼、探花、传胪（二甲第一名）、会元。

〔52〕 刘毅：影射刘可毅，字葆真。江苏阳湖人。光绪壬辰（1892）会元，殿试后取二甲进士，授翰林编修。

〔53〕 元卷：第一名会元的卷子。

〔54〕　闭门羹：指不接待。
〔55〕　缓颊：调解，说情。
〔56〕　纪、阮：指纪昀、阮元。纪昀，字晓岚。直隶献县人。乾隆时任翰林学士，官至协办大学士。任《四库全书》总纂官，《四库全书总目提要》和《四库全书简明目录》，都是他主持编写的。有《纪文达公文集》、《阅微草堂笔记》。他推崇汉学，贬抑宋学；提倡古诗风，反对明末公安、竟陵文风。阮元，字伯元，号芸台。江苏仪征人。历任总督，道光时官至大学士。著作有《经籍籑诂》、《揅经室集》；并校刊《十三经注疏》。
〔57〕　陨越：这里是丢失、违背的意思。
〔58〕　骊珠：骊龙颔下的宝珠。比喻难得之物或杰出人材。
〔59〕　毗陵伧夫：武进的乡下佬。毗陵是武进的古名。刘毅（刘可毅）是阳湖人，阳湖原属武进，清代析出，民国又并入，所以潘尚书如此骂他。
〔60〕　中书：内阁中书。落第的举人想做京官的，可以报考。牌子没有进士硬。
〔61〕　介介：心存芥蒂，耿耿于怀。
〔62〕　斜签着：不敢正坐，侧着身子。
〔63〕　端茶碗：清末官场礼节，主人端起茶碗（盖碗），就是示意送客。
〔64〕　状元及第：谐音状元及地，倒在地上。
〔65〕　余同：影射徐桐，字荫轩。汉军旗人。道光翰林。光绪十五年以吏部尚书任协办大学士，光绪二十二年任体仁阁大学士。
〔66〕　顷：近日，刚才。
〔67〕　知名不具：不署名字。一种书信套语。用于已知姓名的熟人。
〔68〕　昂藏：大丈夫气概、魁梧。
〔69〕　脱略：漫不经心，马虎随便。
〔70〕　素王九主之事：司马迁《史记·殷本纪》载，伊尹对商汤言素王及九主之事。素王，司马贞《索隐》："按，素王者，太素上皇。其道质素，故称素王。"九主，裴骃《集解》："骃案，刘向《别录》曰：九主者，有法君、专君、长君、劳君、等君、寄君、破君、国君、三岁社君，凡九品。"司马贞《索隐》则认为是"三皇、五帝及夏禹也"。还有其他说

法，不具录。

〔71〕 压卷：第一。

〔72〕 汪莲孙：影射王懿荣，字廉生。山东福山人。光绪翰林，官至国子监祭酒。

〔73〕 《四库全书》：乾隆时编成的大丛书。共收进三千五百零三种书，七万九千三百三十七卷，分经史子集四部，故名四库。参见第十一回注〔70〕子集条。

〔74〕 相公：这里是本义，宰执为相公。指大学士。

〔75〕 骊颔：指骊龙颔下之珠。

〔76〕 凤头：凤头鞋。古代妃嫔穿凤头鞋。讽刺米筱亭娶状元之女大吃苦头。

第十四回

两首新诗是谪官月老　一声小调显命妇风仪

话说外边忽然走进个少年，嘴里嚷道："晦气！"大家站起来一看，原来是姜剑云，看他余怒未息，惊心不定，嘴里却说不出话来。看官，你道为何？说来很觉可笑，原来剑云和米筱亭，乡会[1]两次同年，又在长元吴会馆同住了好几个月，交情自然很好了。朝殿[2]等第，又都很高标，都用了庶常[3]，不用说都要接眷来京，另觅寓宅。两个人的际遇，好像一样；两个人的处境，却大大不同。剑云是寒士生涯，租定了西斜街一所小小四合房子，夫妻团聚，却俨然鸿案鹿车[4]。筱亭是豪华公子，虽在苏州胡同觅得很宽绰的宅门子[5]，倒似槛鸾笯凤[6]。你道为何？

如今且说筱亭的夫人，是扬州傅容[7]傅状元的女儿，容貌虽说不得美丽，却气概丰富，倜傥不群，有巾帼须眉[8]之号，但是性傲不过，眼孔大不过，差不多的男子，不值她眼角一睃，又是得了状元的遗传性，科名[9]的迷信，非常浓厚。她这脑质，若经生理学家解剖出来，必然和车渠[10]一样的颜色。自从嫁了筱亭，常常不称心，一则嫌筱亭相貌不俊雅，再则筱亭不曾入学中举，不管你学富五车，文倒三峡，总逃不了臭监生[11]的徽号，因此就有轻视丈夫之意。起先不过口角嘲笑，后来慢慢的竟要扑作教刑[12]起来。筱亭碍着丈人面皮，凡事总让她几分。谁知习惯成自然，胁肩谄笑，竟好像变了男子对妇人的天职了。筱亭屡困场屋[13]，曾想改捐外官，被夫人得知，大哭大闹道："傅氏门中，那里有监生姑爷，面皮都给你削完了！告诉你，不中还我一个状元，仔细你的臭皮！"弄得筱亭没路可投，只得专心黄榜[14]。如今果然乡会联捷，列职清班，旁人都替他欢喜，这回必邀玉皇上赏了。谁知筱亭自从晓得家眷将要到京，倒似起了心事一般，知道这回没有占得鳌头，终难免夫[15]鸭矢[16]。

这日正在预备的夫人房户内，亲手拿了鸡毛帚，细细拂拭灰尘。忽然听见院子里夫人陪嫁乔妈的声音，就走进房，给老爷请安道喜道："太太带着两位少爷两位小姐都到了，现在傅宅。"筱亭不知不觉，手里鸡毛帚，就掉在地上，道："我去，我就去。"乔妈道："太太吩咐，请老爷别出门，太太就回来。"筱亭道："我就不出门，我在家等。"不一会，外边家人，起来道："太太到了。"筱亭跟着乔妈，三脚两步的出来，只听得院子外很高的声音道："你们这班没规矩的奴才，谁家太太们下车，脚凳儿也不知道预备！我可不比老爷好伺候，你们若有三条腿儿，尽懒！"说着，一班丫鬟仆妇，簇拥着，太太朝珠补褂，一手搭着乔妈，一手搀着小女儿凤儿，跨上垂花门的台阶儿来，劈面撞着筱亭道："你大喜呀，你这回儿，不比从前了，也做了绿豆官儿了，怎样还不摆出点儿主子架子，倒弄得屋无主，扫帚颠倒竖呀！"筱亭道："原是只等太太整顿。"大家一窝风进了上房。

原来那上房，是五开间两厢房抄手回廊[17]很宽大的，左边两间，筱亭自己住着，右边就是替太太预备的，外间做坐起[18]，里间做卧室,铺陈得很是齐整。当下就在右边的外间坐了。太太一头宽衣服,一头说道:“你们小孩儿们,怎么不去见爹呀?也道个喜!”于是长长短短四个小孩,都给筱亭请安。筱亭抚弄了小孩一会,看太太还欢喜,心里倒放点儿心。

少顷,开上中饭,夫妻对坐吃饭,太太很赞厨子的手段好。筱亭道:“这是晓得太太喜欢吃扬州菜,专诚到扬州去弄来的。”太太忽然道:“呀,我忘问了,那厨子有胡子没有?”筱亭倒怔住,不敢开口。乔妈插嘴道:“刚才到厨房里,看见仿佛有几根儿。”太太立刻把嘴里含的一口汤包肚吐了出来,道:“我最恨厨子有胡子,十个厨子烧菜,九个要先尝尝味儿,给有胡子的尝过了,那简直儿是清炖胡子汤了,不呕死,也要疑心死!”说罢,又干呕了一回,把筷碗一推不吃了。筱亭道:“这个容易,回来开晚饭,叫厨子剃胡子伺候。”太太听了,不发一语。

筱亭怕太太不高兴,有搭没搭[19]的说道:“刚才太太在那边,岳父说起我的考事没有?”太太冷冷的道:“谁提你来!”筱亭笑道:“太太常常望我中状元,不想倒真中了半天的状元。”筱亭说这句话,原想太太要问,谁知太太却不问,脸色慢慢变了。筱亭只管续说道:“向例阅卷王大臣,定了名次,把前十名,进呈御览,叫做十本头。这回十本头进去的时候,明明我的卷子第一,不知怎的发出换了第十,别的名次都没动,就掉转了我一本。有人说是上头看时叠错的,那些阅卷的,只好将错就错。太太,你想,晦气不晦气呢?”太太听完这话,脸上更不自然了,道:“哼,你倒好!挖苦了我还不算,又要冤着我，当我三岁孩子都不如！”说罢，忽然呜呜咽咽的哭起来，连哭带说道：“你说得我要没胡子的厨子伺候，这是话还是屁？我是红顶子堆里养出来的，仙鹤锦鸡怀里抱大的，这会儿，背上给你驼上一只短尾巴的小鸟儿[20]，看了就触眼睛！算我晦气，嫁了个不济的阘茸货，堂堂二品大员的女儿，连窑姐儿[21]傅彩云都巴结不上，可气不可气！你不来安慰安慰我就够了，倒还花言巧语，在我手里弄乖巧儿！我只晓得三年的状元，那儿有半天的状元！这明明看我妇道家好欺负，你这会儿不过刚得一点甜头儿，就不放我在眼里了！以后的日子，我还能过么？不如今儿个两命一拼，都死了，倒干净。”说罢，自己把头发一拉，蓬着头，就撞到筱亭怀里，一路直顶到墙脚边。筱亭只说道：“太太息怒，下官该死！”

乔妈看闹得不成样儿，死命来拉开。筱亭趁势要跪下，不提防被太太一个巴掌，倒退了好几步。乔妈道：“怎么老爷连老规矩都忘了？”筱亭道：“只求太太留个体面，让下官跪在后院里吧！”太太只坐着哭，不理他。筱亭一步捱一步，走向房后小天井的台阶上，朝里跪着。太太方住了哭，自己和衣睡在床上去了。筱亭不得太太的吩咐，那里敢自己起来，外面仆人仆妇，又闹着搬运行李，收拾房间，竟把老爷的去向忘了，可怜筱亭整整露宿了一夜。好容易巴到天明，心想：“今日是岳丈的生日，不去拜寿，他还能体谅我的，倒是钱唐卿老师请我吃早饭，我岂可不理他呢！”正在着急，却见女儿凤儿走来，筱亭就把好话哄骗她，叫她到对过房里去拿笔墨信笺来，又叮嘱她别给妈见了。那凤儿年纪不过十二岁，倒生得千伶百俐，果然不一会，人不知鬼不觉的都拿了来。筱亭非常快活，就靠着窗槛，当书桌儿，写了一封求救的信，给丈人傅容，叫他来劝劝女儿，就叫凤儿偷偷送出去了。

却说太太闹了一天，夜间也没睡好，一聦醒来，连忙起来梳妆洗脸，已是日高三丈，吩咐套车，要到娘家去拜寿。忽见凤儿在院子外跑进来喊道："妈，看外公的信哟！"太太道："拿来。"就在凤儿手里劈手抢下，看了两行，忽回顾乔妈道："这会儿老爷在那里呢？"凤儿抢说道："爹还好好儿的跪在后院里呢！"乔妈道："太太，恕他这一遭吧。"太太哈哈笑道："咦，奇了！谁叫他真跪来，都是你们捣鬼！凤儿，你还不快去请爷出来，告诉他外公生日，光罢又忘了！"凤儿得命，如飞而去。不一会，筱亭扶着凤儿一搭一跷走出来。太太见了道："老爷，你腿怎么样了？"筱亭笑道："不知怎的扭了筋。太太，今儿岳父的大庆，亏你提我，不然，又要失礼了。"太太笑着。

那当儿，一个家人进来回有客。筱亭巴不得这一声，就叫"快请"，自己拔脚就跑，一径走到客厅去了。太太一看，这行径不对，家人不说客人的姓名，主人又如此慌张，料道有些蹊跷〔22〕，就对凤儿道："你跟爹出去，看给谁说话，来告诉我！"凤儿欢欢喜喜而去，去了半刻工夫，凤儿又是笑，又是跳，进来说道："妈，外头有个齐整客人，倒好像上海看见的小旦似的。"太太想道："不好，怪不得他这等失魂落魄。"不觉怒从心起，恶向胆生，顾不得什么，一口气赶到客厅。在门口一张，果然是个唇红齿白面娇目秀的少年，正在那里给筱亭低低说话。太太看得准了，顺手拉根门闩，帘子一掀，喊道："好，好，相公都跑到我家里来了！"就是一门闩，望着两人打去。那少年连忙把头一低，肩一闪，居然避过，筱亭肩上却早打着，喊道："嗄，太太别胡闹。这是我，这是我……"太太高声道："是你的兔儿[23]，我还不知道吗？"不由分说，揪住筱亭辫子，拖羊拉猪似的，出厅门去了。这里那个少年不防备吃了这一大吓，还呆呆的站在壁角里。有两个管家，连忙招呼道："姜大人，还不趁空儿走，等什么呢？"

原来那少年，正是姜剑云，正来约筱亭一同赴唐卿的席的，不想遭此横祸。当下剑云被管家提醒了，就一溜烟径赴唐卿那里来，心里说不出的懊恼，不觉说了"晦气"两字来。大家问得急了，剑云自悔失言，反涨红了脸。沪桥笑道："好兄弟，谁委屈了你？告诉哥哥，给你报仇雪恨！"小燕正色道："别闹！"唐卿催促道："且说！"韵高道："你不是去约筱亭吗？"剑云道："可不是！谁知筱亭夫人，竟是个雌虎！"因把在筱亭客厅上的事情，说了一遍。大家哄堂大笑。

小燕道："你们别笑筱亭，当今惧内，就是阔相。赫赫中兴名臣威毅伯，就是惧内的领袖哩！"菶如也插嘴道："不差，不多几日，我还听人说威毅伯，为了招庄仑樵做女婿，老夫妻很闹口舌哩！"沪桥道："闹口舌是好看话，还怕要给筱亭一样捱打哩！"韵高道："诸位别说闲话，快请燕公讲威毅伯的新闻！"小燕道："自从庄仑樵马江败了，革职充发到黑龙江，算来已经七八年了。只为威毅伯倒常常念道，说他是个奇才，今年恰遇着皇上大婚的庆典，威毅伯就替他缴了台费[24]，赎了回来。仑樵就住在威毅伯幕中，掌管紧要文件，威毅伯十分信用。"菶如道："仑樵从前不是参过威毅伯骄奢罔上的吗？怎么这会儿，倒肯提拔呢？”剑云道：“重公义，轻私怨，原是大臣的本分哟！”唐卿笑道：“非也，这便是英雄笼络人心的作用，别给威毅伯瞒了！”说着，招呼众人道：“筱亭既然不能来，我们坐了再谈罢！”于是唐卿就领着众人到对面花厅上来。家人递上酒杯，唐卿依次送酒，自然小燕坐了首席，沪桥、韵高、莘如、剑云各各就坐。

大家追问小燕道：“仑樵留在幕中，怎么样呢？”小燕道：“你们知道威毅伯有个小姑娘[25]吗？年纪不过二十岁，却是貌比威、施[26]，才同班、左[27]，贤如鲍、孟[28]，巧夺灵、芸[29]，威毅伯爱之如明珠，左右不离。仑樵常听人传说，却从没见过，心里总想瞻仰瞻仰。”莘如道：“仑樵起此不良之心，不该！不该！”小燕道：“有一天，威毅伯有点感冒，忽然要请仑樵进去，商量一件公事。仑樵见召，就一径到上房而来，刚一脚跨进房门，忽觉眼前一亮，心头一跳，却见威毅伯床前，立着个不长不短不肥不瘦的小姑娘，眉长而略弯，目秀而不媚，鼻悬玉准，齿列贝编，仑樵来不及缩脚，早被威毅伯望见，喊道：‘贤弟进来，不妨事，这是小女呀，——你来见见庄世兄[30]！’那小姑娘红了脸，含羞答答的向仑樵福了福[31]，就转身如飞的逃进里间去了。仑樵还礼不迭。威毅伯笑道：‘这痴妮子，被老夫惯坏了，真缠磨[32]死人！’仑樵就坐在床边，一面和威毅伯谈公事，瞥目见桌子上一本锦面的书，上写着‘绿窗绣草’，下面题着‘祖玄女史[33]弄笔’。仑樵趁威毅伯一个眼不见，轻轻拖了过来，翻了几张，见字迹娟秀，诗意清新，知道是小姑娘的手笔，心里羡慕不已。忽然见二首七律，题是《基隆》。你想仑樵此时，岂有不触目惊心的呢！”

唐卿道："这两首诗，倒不好措词，多半要骂仑樵了。"小燕道："倒不然，她诗开头道：

基隆南望泪潸潸，闻道元戎[34]匹马还！"

沪桥拍掌笑道："一起便得势，忧国之心，盎然言表。"小燕续念道：

"一战岂容轻大计，四边从此失天关[35]！"

剑云道："责备严禁，的是史笔！"小燕又念道：

"焚车[36]我自宽房琯[37]，乘障[38]谁教使狄山[39]，
宵旰[40]甘泉[41]犹望捷，群公何以慰龙颜。"

大家齐声叫好。小燕道："第二首还要出色哩！道：

"痛哭陈词动圣明，长孺[42]长揖傲公卿；
论材宰相笼中物[43]，杀贼书生纸上兵。
宣室[44]不妨留贾席，越台何事请终缨[45]！
豸冠[46]寂寞犀渠[47]尽，功罪千秋付史评。"

韵高道："听这两首诗意，情词悱恻，议论和平，这小姑娘倒是仑樵的知己。"

小燕道："可不是吗？当下仑樵看完了，不觉两股热泪，骨碌碌的落了下来。威毅伯在床上看见了，就笑道：'这是小女涂鸦之作，贤弟休要见笑！'仑樵直立起来正色道：'女公子天授奇才，须眉愧色，金楼夫人[48]，采薇女史[49]，不足道也！'威毅伯笑道：'只是小儿女有点子小聪明，就要高着眼孔，这结亲一事，老夫倒着实为难，托贤弟替老夫留意留意！'仑樵道：'相女配夫，真是天下第一件难事！何况女公子这样才貌呢！门生倒要请教老师，要如何格式，才肯给

呢？'威毅伯哈哈笑道：'只要和贤弟一样，老夫就心满意足了。'仑樵怔了一怔道：'适才拜读女公子题为《基隆》的两首七律，实是门生知己，选婿一事，分该尽力，只可怕难乎其人！'威毅伯点了一点头，忽然很注意的看了他几眼。仑樵知道威毅伯有些意思，恐怕久了要变，一出来，马上托人去求婚。威毅伯竟一口应承了。"

韵高道："从来文字姻缘，感召最深；磁电相交，虽死不悔，流俗人那里知道！"唐卿道："我倒可惜仑樵的官，从此永远不能开复了！"大家愕然。唐卿说："现在敢替仑樵说话，就是威毅伯，如今变了翁婿，不能不避这点嫌疑。你们想，谁敢给他出力呢？"说罢，就向小燕道："你再讲呢！"小燕道："那日仑樵说定了婚姻，自然欢喜。谁知这个消息，传到里面，伯夫人戟手〔50〕指着威毅伯骂道：'你这老糊涂虫，自己如花似玉的女儿，高不成，低不就，千拣万拣，这会儿倒要给一个四十来岁的囚犯！你糊涂，我可明白。休想！'威毅伯陪笑道：'太太，你别看轻仑樵，他的才干，要胜我十倍！我这位子，将来就是他的。我女儿不也是个伯夫人吗？'伯夫人道：'呸！我没有见过囚犯伯爵，你要当真，我给你拼老命！'说罢哭起来，威毅伯弄得没法。这位小姑娘听两老为她呕气，闹得大了，就忍不住来劝伯夫人道：'妈别要气苦〔51〕，爹爹已经把女儿许给了姓庄的，那儿能再改悔呢！就是女儿也不肯改悔！况且爹爹眼力，必然不差的。嫁鸡随鸡，嫁狗逐狗，决不怨爹妈的。'伯夫人见女儿肯了，也只得罢了。如今听说结了亲，诗酒唱随，百般恩爱，仑樵倒着实在那里享艳福哩！你们想，要不是这位小姑娘明达，威毅伯光罢要大受房中的压制哩！"

唐卿道："人事变迁，真不可测！当日仑樵和祝宝廷上折的当儿，何等气焰，如今虽说安神闺房，陶情诗酒，也是英雄末路了！"沪桥道："仑樵还算有后福哩！可怜祝宝翁自从那年回京之后，珠儿水土不服，一病就死了。宝翁更觉牢骚不平，佯狂玩世，常常独自逛逛琉璃厂，游游陶然亭，吃醉酒，就在街上睡一夜。几月前，不知那一家门口，早晨开门来，见阶上躺着一人，仔细一认，却是祝大人，连忙扶起，送他回去，就此受了风寒，得病呜呼了，可叹不可叹呢？"于是大家又感慨了一回。看看席已将终，都向唐卿请饭。饭毕，家人献上清茗，唐卿趁这当儿，就把荃如托的交界图递给小燕，又把雯青托在总理衙门存档的话，说了一遍。小燕满口应承。于是大家作谢散归。荃如归家，自然写封详信，去回复雯青，不在话下。

且说雯青自从打发黄翻译赍图回京之后，幸值国家闲暇，交涉无多，虽然远涉虏庭〔52〕，却似幽栖绿野，倒落得逍遥快活。没事时，便领着次芳等，游游蜡人馆，逛逛万生院〔53〕，坐泥瓦江〔54〕冰床〔55〕，赏阿尔亚园之亭榭，入巴立帅场观剧，看萄蕾塔跳舞〔56〕；略识兵操，偶来机厂，足备日记材料罢了。雯青还珍惜光阴，自己倒定了功课，每日温习《元史》，考究地理，就是宴会间，遇着了俄廷诸大臣中，有讲究历史地理学的，常常虚心博访。大家也都知道这位使臣是欢喜讲究蒙古朝的故事。有一日，首相吉尔斯，忽然遣人送来古书一巨册，信一函。雯青叫塔翻译将信译出，原来吉尔斯晓得雯青爱读蒙古史，特为将其家传钞本波斯人拉施故所著的《蒙古全史》〔57〕，送给雯青，雯青忙叫作书道谢。后来看看那书，装潢得极为盛丽，翻出来却一字不识。塔翻译道:“这是阿剌伯文,使馆译员,没人认得。”雯青只得罢了。

过了数日,恰好毕叶也从德国回来,来见雯青,偶然谈到这书。毕叶说:“这书有俄人贝勒津〔58〕译本,小可那里倒有,还有多桑书〔59〕,讷萨怖书〔60〕,都记元朝遗事。小可回去,一同送给大人,倒可参考参考。”雯青大喜。等到毕叶送来,就叫翻译官译了出来,雯青细细校阅,其中很足补正史传。从此就杜门谢客,左椠右铅,于俎豆折冲〔61〕之中,成竹素馨香〔62〕之业,在中国外交官内,真要算独一的人物了。

只是雯青这里,正膨胀好古的热心,不道彩云那边,倒伸出外交的敏腕。却是为何?请先说彩云的卧房:原来就在这三层楼中层的东首,一溜儿三大间,每间朝南,都是描金的玻璃门,开出门来,就是洋台,洋台正靠着昔而格斯大街。这三间屋,中间是彩云的卧房,里面都敷设着紫檀花梨的家具,蜀锦淞绣〔63〕的帐褥;右首一间,是彩云梳妆之所;左首一间,却是餐室。这两间,全摆着西洋上等的木器,挂着欧洲名人的油画,华丽富贵,虽比不得隋炀帝的迷楼〔64〕,也可算武媚娘〔65〕的镜殿〔66〕了!每日彩云在梳妆室梳妆完毕,差不多总在午饭时候,就走到餐室,陪雯青吃了早饭,雯青自去下层书室里,做他的《元史补正》,凭着彩云在楼上翻江倒海,撩云拨雨,都不见不闻了。

也是天缘凑巧,合当有事。这日彩云送了雯青下楼之后,一个人没事,叫小丫头把一座小小风琴,抬到洋台上。抚弄一回,静悄悄的觉得没趣，心想："怎么这时候阿福还不来呢？"手里拿着根金水烟袋，只管一筒一筒的抽，樱桃口里喷出很浓郁的青烟；一双如水的眼光，只对着马路上东张西望。忽见东面远远来了个年轻貌美的外国人，心里当是阿福改装，躲脚道："这小猴子，又闹这个玩意儿了！"一语未了，只见那少年面上很惊喜的，慢慢踅到使馆门口立定了，抬起头来，呆呆的望着彩云。彩云仔细一看，倒吃一惊，那个面貌好熟，那里是阿福！只见他站了一会，好像觉得彩云也在那里看他，就走到人堆里一混不见了。

彩云正疑疑惑惑的怔着，忽觉脸上冰冷一来，不知谁的手把自己两眼蒙住了，背后吃吃的笑。彩云顺手死命的一撒道："该死，做什么！"阿福笑道："我在这里看缔尔园楼上的一只呆鸟飞到俄国来了。"彩云听了，心里一跳，方想起那日所见陆军装束的美少年，就是他，就向阿福啐了一口道："别胡说！这会儿闷得很，有什么玩儿的？"阿福指着洋琴道："太太唱小调儿，我来弹琴，好吗？"彩云笑道："唱什么调呢？"阿福道："《鲜花调》〔67〕。"彩云道："太老了。"阿福道："《四季想思》吧。"彩云道："叫我想谁？"阿福道："《打茶会》，倒有趣。"彩云道："呸，你发了昏！"阿福笑道："还是《十八摸》，又新鲜，又活动。"说着，就把中国的工尺〔68〕按上风琴弹起来。彩云笑一笑，背着脸，曼声细调的唱起来。顿时引得街上来往的人，挤满使馆的门口，都来听中国公使夫人的雅调了。

彩云正唱得高兴，忽然看见那个少年，又在人堆里挤过来。彩云一低头，不提防头上晶亮的一件东西，骨碌碌直向街心落下，说声

“不好”，阿福就丢下洋琴，飞身下楼去了。正是：

紫凤[69]放娇遗楚珮[70]，赤龙狂舞过蛮楼[71]。

不知彩云落下何物？且听下回分解。

按，本回回目原标为：“两首新诗，是谪官月老；一声小调，显命妇风仪。”风，目录作“凤”。

〔1〕乡会：乡试、会试。

〔2〕朝殿：朝考、殿试。

〔3〕庶常：庶吉士。翰林院设置庶常馆，教习庶吉士，作为储备人材；庶吉士从二甲前几名中选取文学优长书法好的新进士，叫做馆选。

〔4〕鸿案鹿车：夫唱妇随、互敬互爱的两个历史典故。鸿案即梁鸿与孟光的故事，参见第五回注〔5〕孟光接了梁鸿案条。鹿车，小车。《后汉书·列女传》载，鲍宣妻桓少君，出嫁时嫁妆资财富厚，鲍宣贫苦，心里不悦。鲍宣就说了：“少君生富骄，习美饰，而吾实贫贱，不敢当礼。”少君就把所有的仆人服饰都送还娘家，换上短布衣裳，与鲍宣一起拉鹿车归乡里。

〔5〕宅门子：大宅院，房屋不止一进，且有跨院的大院落；富贵大家的住宅。

〔6〕槛鸾笯(nú)凤：槛车中的鸾鸟，鸟笼中的凤凰。

〔7〕傅容：影射徐郙，字颂阁。嘉定人。同治壬戌状元。官至协办大学士。

〔8〕巾帼须眉：女人中的大丈夫。

〔9〕科名：科举功名。

〔10〕车渠：蛤类。外壳厚实美丽，有很繁富的纹理。古代七宝之一。

〔11〕监生：国子监生员。文中说“不曾入学中举”，这监生就是纳监，即出赀捐纳的。

〔12〕扑作教刑：鞭打当作教育的手段。语出《尚书·舜典》：“扑作教刑。”孔传：“扑，榎楚也。不勤道业则挞之。”

〔13〕 屡困场屋:多次考不上。

〔14〕 黄榜:唐代进士用黄纸书名,故称黄榜。

〔15〕 夫:古文助词。

〔16〕 鸭矢:鸭屎、鸭屎臭。指丢脸。吴地风俗,认为鸭是低贱动物;当成鸭屎,就更是一文不值了。

〔17〕 抄手回廊:东西两面走廊,连接正面北屋(上房)与东西两边厢房。

〔18〕 坐起:起坐间。也可称作小客厅。

〔19〕 有搭没搭:有一搭没一搭,无话找话。

〔20〕 短尾巴的小鸟儿:七品官命妇补子图案是紫鸳鸯。一品用仙鹤,二品用锦鸡。

〔21〕 窑姐儿:妓女。

〔22〕 蹊跷:也作跷蹊。奇怪。今方言中仍有此词。

〔23〕 兔儿:切口。宋明行院中人称妓女为兔儿。清代称男妓(相公),称妓女则为婊子。

〔24〕 台费:充发军台的犯官每年要交银若干。三年期满呈请皇帝释放。

〔25〕 小姑娘:大姑娘。吴方言。小女孩叫囡(nān),小囡。

〔26〕 威、施:南威和西施。南威,南之威。春秋时美女。《战国策》:"晋文公得南威,三日不听朝。"西施已见前注。

〔27〕 班、左:班昭和左芬。班昭是班固的妹妹。东汉学问家。她是曹世叔之妻,也称曹大家(gū)。任宫中女官的师傅。续成《汉书》,并撰有《女诫》。左芬是西晋文学家左思的妹妹,晋武帝的妃子。无貌而有才,常作诗赋文章。

〔28〕 鲍、孟:鲍宣妻桓少君与孟光。已见前注。

〔29〕 灵、芸:灵妃和云英。灵妃即仙女宓妃。曹植《洛神赋》所描写的即宓妃。云英,唐代《传奇》裴航所遇美女,用玉杵臼捣药成仙而去。芸、雲古字姓同。今云是雲的简化字。

〔30〕 世兄:旧时长辈对年青而又比较熟悉的别人子弟的称呼。

〔31〕 福:万福。女子表示礼节,双手合拢贴近腰侧上身微倾的一种动作。

〔32〕 缠磨:也写作麻缠。麻烦,打扰。

〔33〕 祖玄女史:祖玄,影射李菊耦。李鸿章幼女,张佩纶之妻。女史,古

代女官名。后世作为妇女的美称。

〔34〕 元戎：主将、统帅。

〔35〕 天关：天然雄关，军事重镇。

〔36〕 焚车：指安禄山焚毁房琯大军车阵。

〔37〕 房琯：唐玄宗时任至宰相。肃宗立，至德元年（756）自请领兵征讨安禄山。他是书生有重名，好大言；不知军事，用古代车战法，败于陈涛斜，全军覆没。肃宗想杀他，朝臣营救获免贬官。诗句引用房琯故事，原谅张佩纶马尾之败。

〔38〕 乘障：披坚执锐，守卫要塞。

〔39〕 狄山：汉代一博士。汉武帝时匈奴求和亲，群臣争论，狄山攻击御史大夫张汤诈忠。武帝不悦，令狄山守卫一处要塞外围据点（障），月余，匈奴斩狄山头而去。（《汉书·张汤传》）

〔40〕 宵旰（gàn）：宵衣旰食。天未明就起来穿衣服，傍晚了才吃饭。表示辛勤、操劳。

〔41〕 甘泉：甘泉宫。汉代宫殿名。诗句是说皇帝辛辛苦苦等着打胜仗。

〔42〕 长孺：西汉汲黯，字长孺。见丞相田蚡和大将军卫青都长揖而不拜。

〔43〕 宰相笼中物：应是宰相网罗的对象。

〔44〕 “宣室”句：汉文帝见贾谊于宣室，问鬼神之事。宣室，未央宫中一宫殿名。诗句说像贾谊这样的人才，朝廷不妨给他一席之地。

〔45〕 终缨：终军请缨。终军，博士弟子。汉武帝时为谏议大夫，派遣他说服南越王入朝。终军自请“愿受长缨（长绳子），必羁南越王而致之阙下”。后越相吕嘉连越王并汉使一起杀害。终军死时二十二岁。诗句是说终军这样的书生为什么要去冒捉拿越王之险呢？此联两句既说朝廷用人不当，也说张佩纶是不自量力。

〔46〕 豸冠：汉代御史戴獬豸冠。代表御史。

〔47〕 犀渠：用犀牛皮制成的盾牌。泛指战士。诗句是说两败俱伤，朝中少了敢言的直臣，边疆牺牲了大量将士。

〔48〕 金楼夫人：南朝梁元帝萧绎的妃子徐氏。她是徐孝嗣的孙女，能诗文。“徐娘半老，风韵犹存”，就是她。梁元帝号金楼子，故称她金楼夫人。

〔49〕 采薇女史：王采薇(1753—1776)，字玉瑛，一字薇玉。江苏武进人。孙星衍之妻。女诗人，有《长离阁诗词》。袁枚称其诗“哀感顽艳，了当凄楚”。

〔50〕 戟手：用食指、中指指着。

〔51〕 气苦：气愤，气恼。

〔52〕 虏庭：外国。

〔53〕 万生院：动物园。

〔54〕 泥瓦江：涅瓦河。流经圣彼得堡。

〔55〕 冰床：雪橇。

〔56〕 萄蕾塔跳舞：芭蕾舞。

〔57〕 拉施故、《蒙古全史》：拉施故，洪钧《元史译文证补》：“火者拉施特儿哀丁，省文称拉施特。波斯之哈马丹人。书名札米伍特台白儿力克，义为《蒙古全史》。”今译书名《集史》，亦作《史集》。拉施故，即指拉施特，用了影射之名称。下回书中又写作施特拉。

〔58〕 贝勒津：俄国学者 Илья · Берзеин。翻译拉施特《集史》成俄文。据赛金花称，洪钧参考外国书是由一个比利时人先口译的。

〔59〕 多桑书：洪钧称，多桑，欧罗巴人。著有土耳其史、蒙古史。即亚美尼亚人多桑所著《蒙古史》。

〔60〕 讷萨怖书：洪钧：“讷萨怖(夫以切)，阿剌比人。”全名为讷萨怖·希哈泼哀丁·谟罕默德。其书为传记。怖，本误为怖，据洪钧《证补》改。

〔61〕 俎豆折冲：即折冲樽俎。已见前注。

〔62〕 竹素馨香：著书而青史留名。

〔63〕 淞绣：吴淞江一带出产的丝绣。主要指苏绣，与湘绣齐名。

〔64〕 迷楼：隋炀帝迷楼极为精巧华靡，在扬州。今不存。

〔65〕 武媚娘：武则天为唐太宗才人，赐号武媚，因称武媚娘。

〔66〕 镜殿：《大唐新语》载，“则天造明堂”，以黄金铜铁为饰物。即所谓镜殿。开元中推倒。

〔67〕 《鲜花调》等：阿福一连点的四个曲子，都是旧时书寓妓院中常唱的俗歌，如《十八摸》色情淫秽。文中作者用“中国公使夫人的雅调”正说明其不雅，低级庸俗。

〔68〕　工尺：工尺谱。中国记谱的一套符号。

〔69〕　紫凤：紫玉凤吹。紫玉指箫笛等乐器，凤吹指奏乐。

〔70〕　楚珮：郑交甫汉皋遗珮故事。神话传说，郑交甫游于汉皋，遇二女，赠珮玉。后表示男女相爱。

〔71〕　蛮楼：外国楼。

第 八 卷

第十五回

瓦德西将军私来大好日　斯拉夫民族死争自由天

话说彩云只顾看人堆里挤出那个少年,探头出去,冷不防头上插的一对白金底儿八宝攒珠钻石莲蓬簪,无心的滑脱出来,直向人堆里落去,叫声:"啊呀,阿福你瞧,我头上掉了什么?"阿福丢了风琴,凑近彩云椅背,端相道:"没少什么。嘎,新买的钻石簪少了一支,快让我下去找来!"说罢,一扭身往楼下跑。刚走到楼下夹弄,不提防一个老家人,手里托着个洋纸金边封儿,正往办事房而来,低着头往前走,却被阿福撞个满怀,一手拉住阿福,喝道:"慌慌张张干什么来?眼珠子都不生,撞你老子!"阿福抬头见是雯青的老家人金升,就一撒手道:"快别拉我,太太叫我有事呢!"金升马上瞪着眼道:"撞了人,还是你有理!小杂种,谁是太太?有什么说得响的事儿,你们打量我不知道吗?一天到晚,粘股糖似的,不分上下,搅在一块儿,坐马车,看夜戏,游花园。玩儿也不拣个地方儿,也不论个时候儿,青天白日,仗着老爷不管事,在楼上什么花样不干出来!这会儿爽性唱起来了,引得闲人挤了满街,中国人的脸,给你们丢完了!"嘴里咕嘟个不了。

阿福只装个不听见，箭也似的往外跑。跑到门口，只见街上看的人都散了，街心里立个巡捕，台级上三四个小幺儿[1]，在那里搂着玩呢。看见阿福出来，一哄儿都上来，一个说："阿福哥，你许我的小表练儿，怎么样了？"一个说："不差，我要的蜜蜡烟嘴儿，快拿来！"又有一个大一点儿的笑道："别给他要，你们不想想，他敢赖我们东西吗！"阿福把他们一推，几步跨下台阶儿道："谁赖你们！太太丢了根钻石簪儿在这儿，快帮我来找，找着了，一并有赏。"几个小幺儿听了，忙着下来，说在那儿呢？阿福道："总不离这块地方。"于是分头满街的找，东捋捋，西摸摸；阿福也四下里留心的看，那儿有簪的影儿！

正在没法时，街东头儿，匡次芳和塔翻译两个人说着话，慢慢儿的走回来，问什么事？阿福说明丢了簪儿。次芳笑了笑道："我们出去的时候，满挤了一街的人，谁拣了去了？赶快去寻找！"塔翻译道："东西值钱不值钱呢？"阿福道："新买的呢，一对儿要一千两哩，怎么不值钱！"次芳向塔翻译，伸伸五指头，笑着道："就是这话儿了！"塔翻译也笑了道："快报捕[2]呀！"阿福道："到那儿去报呢？"塔翻译指着那巡捕道："那不是吗？"次芳笑道："他不会外国话，你给他报一下吧！"于是塔翻译就走过去，给那巡捕咕唎咕噜说了半天方回来，说巡捕答应给查了，可是要看样儿呢。阿福道："有，有，我去拿！"就飞身上楼了。

这里次芳和塔翻译，就一径进了使馆门，过了夹弄，东首第一个门进去，就是办事房。好几个随员，在那里写字，见两人进来，就说大人有事，在书房等两位去商量呢。两人回路出了办事房，望西面行来，过了客厅，里间正是雯青常坐的书室。塔翻译先掀帘进去，只见雯青静悄悄的，正在那里把施特拉《蒙古史》校《元史·太祖本纪》[3]哩，见两人连忙站起道："今儿俄礼部送来一角公文，不知是什么事？"说着把那个金边白封儿，递给塔翻译。塔翻译拆开看了一回，点头道："不差，今天是华历二月初三，恰是俄历二月初七。从初七起到十一，是耶稣遭难复生之期[4]，俄国叫做大好日，家家结彩悬旗，唱歌酣饮。俄皇借此佳节，择俄历初九日，在温宫[5]开大跳舞会，请各国公使夫妇同去赴会。这分就是礼部备的请帖，届时礼部大臣，还要自己来请呢！"次芳道："好了，我们又要开眼儿了！"

雯青道："刚才倒吓我一跳，当是什么交涉的难题目来了。前天英国使臣告诉我，俄国铁路已接至海参威，其意专在朝鲜及东三省，预定将来进兵之路，劝我们设法抵制。我想此时有什么法子呢？只好由他罢了。"次芳道："现在中俄邦交很好，且德相俾思麦，正欲挑俄、奥开衅，俄、奥龃龉，必无暇及我。英使怕俄人想他的印度，所以恐吓我们，别上他当！"塔翻译道："次芳的话不差。昨日报上说，俄铁路将渡暗木河[6]，进窥印度，英人甚恐，就是这话了。"两人又说了些外面热闹的话，却不敢提丢钗的事，见雯青无话，只得辞了出来。这里雯青还是笔不停披的校他的《元史》，直到吃晚饭时，方上楼来，把俄皇请赴跳舞会的事，告诉彩云，原想叫她欢喜，那知彩云正为失了宝簪，心中不自在，推说这两日身上不好，不高兴去。雯青只得罢了。不在话下。

单说这日，到了俄历二月初九日，正是华历二月初五日，晴曦高涌，积雪乍消，淡云融融，和风拂拂，仿佛天公解意，助人高兴的样子，真个九逵无禁，锦彩交飞，万户初开，歌钟互答，说不尽的男欢女悦，巷舞衢谣，各国使馆，无不升旗悬彩，共贺嘉辰。那时候，吉尔斯街中国使馆门口，左右挂着五爪金龙的红色大旗，楼前横插双头猛鹫[7]的五彩绣旗，楼上楼下，挂满了山水人物的细巧绢灯，花团锦簇，不及细表。街上却静悄悄的人来人往，有两个带刀的马上巡兵，街东走到街西，在那里弹压闲人，不许声闹。

不一会，忽见街西面来了五对高帽乌衣的马队，如风的卷到使馆门口，勒住马缰，整整齐齐，分列两旁。接着就是十名步行卫兵，一色金边大红长袍，金边饺形黑绒帽，威风凛凛，一步一步掌着军乐而来，挨着马队站住了。随后来了两辆平顶箱式四轮四马车，四马车后随着一辆朱轮华毂四面玻璃百道金穗的彩车，驾着六匹阿剌伯大马，身披缨络，尾结花球。两个御夫，戴着金带乌绒帽，雄赳赳，气昂昂，扬鞭直驰到使馆门口停住了。只见馆中出来两个红缨帽青色褂的家人，把车门开了，说声“请”，车中走出身躯伟岸髭须蓬松的俄国礼部大臣来，身上穿着满绣金花的青毡褂，胸前横着狮头嵌宝的宝星，光耀耀款步[8]进去。约摸进去了一点钟光景，忽听大门开处，嘻嘻哈哈一阵人声，礼部大臣掖着雯青朝衣朝帽，锦绣飞扬，次芳等也朝珠补褂，衣冠济楚，一阵风的哄出门来。雯青与礼部大臣，对坐了六马宫车，车后带了阿福等四个俊童，次芳、塔翻译等，各坐了四马车。护卫的马步各兵，吹起军乐，按队前驱，轮蹄交错，云烟缭绕，缓缓的向中央大道驰去。

此时使馆中悄无人声，只剩彩云没有同去，却穿着一身极灿烂的西装，人靠在洋台上，眼看雯青等去远了，心中闷闷不乐。原来彩云今日不去赴会，一则为了查考失簪，巡捕约着今日回音；二则趁馆中人走空，好与阿福恣情取乐。这是她的一点私心，谁知不做美的雯青，偏生〔9〕点名儿，派着阿福跟去，彩云又不好怎样，此时倒落得孤另另看着人家风光热闹，又悔又恨。靠着栏上，看了一回来往的车马，觉得没意思，一会骂丫头瞎眼，装烟烟嘴儿碰了牙了；一会又骂老妈儿都死绝了，一个个赶骚去。有一个小丫头，想讨好儿，巴巴的〔10〕倒碗茶来，彩云就手咂一口，急了，烫着唇，伸手一巴掌道："该死的，烫你娘！"那丫头倒退了几步，一滑手，那杯茶，全个儿淋淋漓漓，都泼在彩云新衣上了。彩云也不抖搂衣上的水，端坐着，笑嘻嘻的道："你走近点儿，我不吃你的呀！"那丫头刚走一步，彩云下死劲一拉，顺手头上拔下一个金耳挖，照准她手背上乱戳，鲜血直冒。

彩云还不消气，正要找寻东西再打，瞥见房门外一个人影一闪。彩云忙喊道："谁？鬼鬼祟祟的吓唬人！"那人就走进来，手里拿着一封书子〔11〕道："不知谁给谁一封外国信，巴巴儿打发人送来，说给你瞧，你自会知道。"彩云抬头，见是金升，就道："你放下吧！"回头对那小丫头道："你不去拿，难道还要下帖子请吗？"那小丫头哭着，一步一蹺，拿过来递给彩云。金升也咕噜着下楼去了。彩云正摸不着头脑，不敢就拆，等金升去远了，连忙拆开一看，原来并不是正经信札，一张白纸，歪歪斜斜写着一行道："俄罗斯大好日，日耳曼拾簪人，将于午后一句钟，持簪访遗簪人于支那公使馆，愿遗簪人勿出。此约！”彩云看完，又惊又喜，喜的是宝簪有了着落，惊的是如此贵重东西，拾着了不藏起，或卖了，发一注财，倒肯送还，还要自己当面交还，不知安着什么主意！又不知拾着的是何等人物？回来真的来了，见他好，不见他好？

正独自盘算个不了，只听餐室里的大钟，镗镗的敲起来，细数，恰是十二下，见一个老妈上来问道：“午饭还是开在大餐间吗？”彩云道：“这还用问吗？”那老妈去了一回，又来请吃饭。彩云把那信插入衣袋里，袅袅婷婷，走进大餐间，就坐在常日坐的一张镜面香楠洋式的小圆桌上，桌上铺着白绵提花毯子，列着六样精致家常菜，都盛着金花雪地的小碗。两边老妈、丫鬟，轮流伺候。不一会，彩云吃完饭，左边两个老妈递手巾，右边两个丫鬟送漱盂。漱盥已毕，又有丫鬟送上一杯咖啡茶。

彩云一手执着玻璃杯，就慢慢立起来，仍想走到洋台上去。忽听楼下街上一片叫嚷的声音，彩云三脚两步，跨到阑干边，朝下一望，不知为什么，街心里围着一大堆人。再看时，只见两个巡捕，拉住一个体面少年，一个握了手，一个揪住衣服要搜。那少年只把手一扬，肩一掀，两个巡捕，一个东，一个西，两边儿抛球似的直滚去。只见少年仰着脸，竖着眉，喝道：“好，好，不生眼的东西！敢把我当贼拿！叫你认得德国人，不是好欺负的！来呀，走了不是人！”彩云此时方看清那少年，就是在缔尔园遇见前天楼下听唱的那个俊人儿，不觉心头突突地跳，想道：“难道那簪儿，倒是他拾了？”忽听那跌倒的巡捕，气吁吁的爬起赶来,嘴里喊道:"你还想赖吗? 几天儿在这里穿梭似的来往,我就犯疑。这会儿,鬼使神差,活该败露! 爽性明公正气的把簪儿拿出手来,还亏你一头走一头子细看呢! 怕我看不见了真赃! 这会儿,给我捉住了,倒赖着打人,我偏要捉了你走!"说着,狠命扑去,那少年不慌不忙,只用一只手,趁他扑进,就在肩上一抓,好似老鹰抓小鸡似的,提了起来,往人堆外一掷。早是一个朝天馄饨,手足乱划起来,看的人喝声采。那一个巡捕见来势利害,于于的吹起叫子[12]来。四面巡捕听见了,都拢上来,足有十来个人。

彩云看得呆了,忽想这么些人,那少年如何吃得了[13]! 怕他吃亏,须得我去排解才好。不知不觉放下了玻璃杯,飞也似的跑下楼来,走到门口。众多家人小厮,见她慌慌张张的往外跑,不解缘故,又不敢问,都悄悄的在后跟着。彩云回头喝道:"你们别来,你们不会说外国话,不中用!"说着,就推门出去,只见十几个巡捕,还是远远的打圈儿,围着那少年,却不敢近。那少年立在中间,手里举着晶光奕奕的东西,喊道:"东西在这里,可是不给你们。你们不怕死的就来! 哼,也没见不分青红皂白,就把人当贼!"刚说这话,抬头忽见彩云,脸上倒一红,就把簪儿指着彩云道:"簪主认来了,你们问问,看我偷了没有?"那被打的巡捕,原是常在使馆门口承值[14]的,认得公使夫人,就抢上来,指着少年,告诉彩云:"簪儿是他拾的。刚才明明拿在手里走,被我见了,他倒打起人来。"彩云就笑道:"这事都是我不好,怨不得各位闹差了!"说着,笑指那少年道:"那簪儿倒是我这位认得的朋友拾的,他早有信给我,我一时糊涂,忘了招呼你们,这会子，倒教各位辛苦了，又几乎伤了和气！”彩云一头说，就手在口袋里，掏出十来个卢布，递给巡捕道：“这不算什么，请各位喝一杯淡酒吧！”那些巡捕见失主不理论，又有了钱，就谢了各归地段去了，看的人也渐渐散了。

原来那少年，一见彩云出来，就喜出望外。此时见众人散尽，就嘻嘻笑着，向彩云走来，嘴里咕噜道：“好笑这班贱奴，得了钱，就没了气了，倒活像个支那人！不枉称做邻国！”话一脱口，忽想现对着支那人，如何就说他不好，真平常说惯了，倒不好意思起来，连忙向彩云脱帽致礼，笑道：“今天要不是太太，可吃大亏了！真是小子的缘分不浅！”彩云听他道着中国不好，倒也有点生气，低了头，淡淡的答道：“说什么话来！就怕我也脱不了支那气味，倒污了先生清操！”那少年倒局促起来道：“小子该死！小子说的是下等支那人，太太别多心。”彩云嫣然一笑道：“别胡扯，你说人家，干我什么！请里边坐吧！这里不是说话的地方。”说着，就让少年进客厅。

一路走来，彩云觉得意乱心迷，不知所为。要说什么，又说不出什么，只是怔看那少年，见少年穿着深灰色细毡大袄，水墨色大呢背褂，乳貂爪泥的衣领，金鹅绒头的手套，金钮璀璨，硬领雪清，越显得气雄而秀，神清而腴。一进门，两手只向衣袋里掏。彩云当是要取出宝簪来还她，等到取出来一看，倒是张金边白地的名刺〔15〕，恭恭敬敬递来道：“小子冒昧，敢给太太换个名刺。”彩云听了，由不得就接了，只见刺上写着“德意志大帝国陆军中尉瓦德西〔16〕”。彩云反复看了几遍，笑道：“原来是瓦德西将军，倒失敬了！我们连今天，已经见了三次面了,从来不知道谁是谁,不想靠了一支宝簪,倒拜识了大名,这还不是奇遇吗?"瓦德西也笑道:"太太倒还记得敝国缔尔园的事吗?小可就从那一天见了太太的面儿,就晓得了太太的名儿,偏生缘浅,太太就离了敝国到俄国来了。好容易小可在敝国皇上那里,讨了个游历的差使,赶到这里,又不敢冒昧来见。巧了这支簪儿,好像知道小可的心似的,那一天,正听太太的妙音,他就不偏不倚,掉在小可手掌之中。今儿又眼见公使赴会去了,太太倒在家,所以小可就放胆来了。这不但是奇遇,真要算奇缘了!"彩云笑道:"我不管别的,我只问我的宝簪在那儿呢?这会儿也该见赐了。"瓦德西哈哈道:"好性急的太太!人家老远的跑了来,一句话没说,你倒忍心就说这话!"彩云忍不住嗤的一笑道:"你不还宝簪,干什么来?"瓦德西忙道:"是,不差,来还宝簪。别忙,宝簪在这里。"一头说,一头就在里衣袋里,掏出一只陆离光采的小手箱来,放在桌上,就推到彩云身边道:"原物奉还,请收好吧!"彩云吃一吓。只见那手箱,虽不过一寸来高,七八分厚,赤金底儿,四面嵌满的都是猫儿眼〔17〕、祖母绿〔18〕、七星线〔19〕的宝石,盖上雕刻着一个带刀的将军,骑着匹高头大马,雄武气概,那相貌活脱一个瓦德西。

彩云一面赏玩,爱不忍释,一面就道:"这是那里说起!倒费……"刚说到此,彩云的手,忽然触动匣上一个金星纽的活机,那匣盖豁然自开了。彩云只觉眼前一亮,那里有什么钻石簪,倒是一对精光四射的钻石戒指,那钻石足有五六克勒,似天上晓星〔20〕般大。彩云看了,目不能视,口不能言。瓦德西却坐在彩云对面,嬉着嘴,只是笑，也不开口。彩云正不得主意，忽听街上蹄声得得，轮声隆隆，好像有许多车来，到门就不响了，接着就听见门口叫嚷。彩云这一惊不小，连忙夺了宝石箱，向怀里藏道："不好了，我们老爷回来了。"瓦德西倒淡然的道："不妨，说我是拾簪的来还簪就完了。"

彩云终不放心，放轻脚步，掀幔出来一张，劈头就见金升领了个外国人，往里跑。彩云缩身不及，忽听那外国人喊道："太太，我来报一件奇闻，令业师[21]夏雅丽姑娘，谋刺俄皇不成被捕了。"彩云方抬头，认得是毕叶，听了不禁骇然道："毕叶先生，你说什么？"毕叶正欲回答，幔子里瓦德西，忽的也钻出来道："什么夏雅丽被捕呀？毕叶先生快说！"彩云不防瓦德西出来，十分吃吓，只听毕叶道："咦，瓦德西先生怎么也在这里！"瓦德西忙道："你别问这个，快告诉我夏姑娘的事要紧！"毕叶笑道："我们到里边再说！"彩云只得领了两人进来，大家坐定。毕叶刚要开谈，不料外边又嚷起来。毕叶道："大约金公使回来了。"彩云侧耳一听，果然门外无数的靴声橐橐，中有雯青的脚声，不觉心里七上八下，再捺不住，只望着瓦德西发怔。忽然得了一计，就拉着毕叶低声道："先生，我求你一件事，回来老爷进来问起瓦将军，你只说是你的朋友。"毕叶笑了一笑。

说是迟，那是快，只见雯青已领着参赞、随员、翻译等，翎顶辉煌的陆续进来。一见毕叶，就赶忙上来握手道："想不到先生在这里。"一回头，见着瓦德西，呆了呆，问毕叶道："这位是谁？"毕叶笑道："这位是敝友德国瓦德西中尉，久慕大人清望[22]，同来瞻仰的。"说着，就领见了。雯青也握了握手，就招呼在靠东首一张长桌上坐了。黑压压团团坐了一桌子的人。雯青、彩云也对面坐在两头。彩云偷眼，瞥见阿福站在雯青背后，一眼注定了瓦德西，又溜着彩云。彩云一个没意思[23]，搭讪着问雯青道："老爷怎么老早就回来了？不是说开夜宴吗？"雯青道："怎么你们还不知道？事情闹大了，开得成夜宴倒好了！今天俄皇险些儿送了性命哩！"回头就向毕叶及瓦德西道："两位总该知道些影响了？"毕叶道："不详细。"雯青又向着彩云道："最奇怪的，倒是个女子。刚才俄皇正赴跳舞会，已经出宫，半路上忽然自己身边，跳出个侍女，一手紧紧拉住了御袖，一手拿着个爆炸弹，要俄皇立刻答应一句话，不然就把炸药炸死俄皇。后来亏了几个近卫兵有本事，死命把炸弹夺了下来，才把她捉住。如今发到裁判所讯问去了。你们想险不险？俄皇受此大惊，那里能再赴会呢！所以大家也散了。"毕叶道："大人知道这女子是谁？就是夏雅丽！"雯青吃惊道："原来是她？"说时觑着彩云道："怪道我们一年多不见她，原来混进宫去了。到底不是好货，怎么想杀起皇帝来！这也太无理了！到底逃不了天诛，免不了国法，真何苦来！"

毕叶听罢，就向瓦德西道："我们何妨赶到裁判所去听听，看政府怎么样办法？"瓦德西正想脱身，就道："很好！我坐你车去。"两人就起来向雯青告辞。雯青虚留了一句，也就起身相送，彩云也跟了出来，直看雯青送出大门。彩云方欲回身，忽听外头嚷道："夏雅丽来了！"正是：

苦向异洲挑司马[24]，忽从女界见荆卿[25]。

不知来者果是夏雅丽？且听下回分解。

按,本回回目原标为:"瓦德西将军,私来大好日;斯拉夫民族,死争自由天。"

〔1〕 小幺儿:小厮、小男仆。

〔2〕 报捕:报警。

〔3〕 《元史·太祖本纪》:元太祖即成吉思汗。二十四史中"本纪"是帝王一生大事记。

〔4〕 耶稣遭难复生之期:基督教纪念耶稣复活的节日。公元325年尼西亚会议规定每年过春分月圆后第一个星期日为复活节。俄国东正教属于旧教系统,定俄历二月七日至十一日为复活节。

〔5〕 温宫:今译冬宫。

〔6〕 暗木河:鄂姆河,注入额尔齐斯河。西伯利亚大铁路1890年修到此处,鄂木斯克即在河口。

〔7〕 双头猛鹫:双头鹰。俄国沙皇时代国旗标志。

〔8〕 款步:缓步。

〔9〕 偏生:偏偏。

〔10〕 巴巴的:又热心又小心。下文"巴巴儿"意同。

〔11〕 书子:书信。

〔12〕 叫子:哨子。

〔13〕 吃得了:受得了。

〔14〕 承值:值勤。

〔15〕 名刺:名片。

〔16〕 瓦德西(1832—1904):德国将领。陆军元帅。1900年八国联军攻占北京时任联军统帅,增兵扩大对中国的侵略。次年回国。著有《拳乱笔记》。传言他在北京时和名妓赛金花相好过。按,洪钧出使德、俄等国时即使真遇见过他,也是五十多岁了;小说不过随意点染,借脂粉为小说生色罢了。本书作者曾朴对这个问题说法是矛盾的:"赛于随洪出使德国时,与瓦德西将军有染。故八国联军入北京时,瓦德西寻之。赛应瓦德西之召到北京仍挂牌子,日夜陪伴瓦德西,骑马招摇过市,红极一时,北京市民号之为'赛二爷'。"

而杨云史致张次溪信中说:“《孽海花》为余表兄所撰。初属稿时,余曾问赛与瓦帅在柏林私通,兄何知之?孟朴曰:彼二人实不相识,余因苦于不知其此番在北京相遇之由,又不能虚构,因其在柏林确有碧眼情人,我故借来张冠李戴,虚构事迹,则事有线索,文有来龙,且可铺张数回也。言已大笑。”(见《孽海花资料》)

〔17〕 猫儿眼:又名猫睛石。在光下可见一条线,如猫睛收缩至一条线的样子。名贵宝石。

〔18〕 祖母绿:又名绿柱玉。一种明绿色宝石。

〔19〕 七星线:一种名贵宝石。花纹玲珑剔透,适于制珠、串、戒指等。

〔20〕 晓星:启明星。即金星。早晨出现在东方叫启明星,晚上出现在西方叫长庚星。是肉眼可见的最明亮的星。

〔21〕 业师:老师。直接授课的称业师。

〔22〕 清望:美好的名誉;清白。

〔23〕 没意思:难为情。

〔24〕 挑司马:借用白居易《琵琶行》故事。白居易贬官江州司马(管理军事的辅佐官员),在九江遇到一长安旧名妓(从良嫁给商人),请她弹琵琶。这里说傅彩云唱歌挑动瓦德西,瓦德西又正好是军官。

〔25〕 荆卿:荆轲,战国末燕太子丹派遣入秦,企图刺杀秦王(即后来的秦始皇帝),未遂而被杀。他是中国历史上最有名的刺客。

第十六回

席上逼婚女豪使酒　镜边语影侠客窥楼

话说彩云正要回楼,外边忽嚷:“夏雅丽来了!”彩云道是真的,飞步来看,却见瓦、毕两人,都站在车旁,没有上去。雯青也在台阶儿上,仰着头,张望东边来的一群人。直到行至近边,方看清是一队背枪露刃的哥萨克[1]兵,静悄悄的巡哨[2]而过,那里有夏雅丽的影儿?原来这队兵,是俄皇派出来搜查余党的,大家误会押解夏雅丽来了,所以嚷起来。其实夏雅丽是秘密重犯,信息未露之前,早迅雷不及的押赴裁判所去,那里肯轻易张扬呢!此时大家知道弄错,倒笑了。雯青送了瓦、毕两人上车,自与彩云进去易衣歇息不提。

这里瓦、毕两人,渐渐离了公使馆,毕叶对瓦德西道:“我们到底到那里去呢?”瓦德西道:“不是要到裁判所去看审吗?”毕叶笑道:“你傻了,谁真去看审呢?吾原为你们俩鬼头鬼脑,怪可怜的,特为借此救你出来,你倒还在那里做梦哩!快请我到那里去喝杯酒,告诉你们俩的故事儿吾听,是正经!”瓦德西道:“原来如此,倒承你的照顾了!你别忙,我自然要告诉你的。倒是夏雅丽与我有一面缘,我真想去看看,行不行呢?”毕叶道:“我国这种国事犯,政府非常秘密,吾那里虽有熟人,看你分上去碰一碰吧!”就吩咐车夫一径向裁判所行去。

不说二人去裁判所看审,如今要把夏雅丽的根原,细表一表。原来夏雅丽姓游爱珊,俄国闵司克[3]州人,世界有名虚无党女杰海富孟[4]的异母妹。父名司爱生,本犹太种人,移居圣彼得堡,为人鄙吝顽固。发妻欧氏,生海富孟早死,续娶斐氏,生夏雅丽。夏雅丽生而娟好,为父母所锺爱。及稍长,貌益娇,面形椭圆若瓜瓤,色若雨中海棠,娇红欲滴。眼波澄碧,齿光砑珠[5],发作浅金色,蓬松披戌[6]削肩上,俯仰如画,顾盼欲飞,虽然些子年纪,看见的人,那一个不魂夺神与!但是貌妍心冷,性却温善,常恨俄国腐败政治,又惯闻阿姊海富孟哲学议论,就有舍身救国的大志,却为父母管束甚严,不敢妄为。那时海富孟已由家庭专制手段,逼嫁了科罗特揩齐[7],所幸科氏也是虚无党员,倒是一对儿同命鸳鸯,奔走党事。夏雅丽常瞒着父母,从阿姊夫妻受学。海富孟见夏雅丽敏慧勇决,也肯竭力教导。科氏又教她击刺的法术。直到一千八百八十一年三月,海富孟随着苏菲亚[8]趁观兵式的机会,炸死俄皇亚历山大[9]。海氏科氏同时被捕于泰来西那街爆药制造所,受死刑。那时夏雅丽已经十六岁了,见阿姊惨死,又见鲜黎亚博[10]、苏菲亚都遭惨杀,痛不欲生,常切齿道:“我必报此仇!”司爱生一听这话,怕她出去闯祸,从此倒加防范起来,无事不准出门。夏雅丽自由之身,顿时变了锦妆玉裹的天囚了,还亏得斐氏溺爱,有时瞒着司爱生,领她出去走走。

事有凑巧,一日,在某爵家宴会,忽在座间遇见了枢密顾问官美礼斯克罘的姑娘鲁翠[11]。这鲁翠姑娘,也是恨政府压制,愿牺牲富贵,投身革命党的奇女子。彼此接谈,自然情投意合。鲁翠力劝她入党。夏雅丽本有此志，岂有不愿！况且鲁翠是贵族闺秀，司爱生等也愿攀附，夏雅丽与她来往，绝不疑心，所以夏雅丽竟得列名虚无党中最有名的察科威团[12]，常与党员私自来往。来往久了，党员中人物已渐渐熟识，其中与夏姑娘最投契的两个人：一个叫克兰斯[13]，一个叫波儿麻[14]，都是少年英雄。克兰斯与姑娘更为莫逆，党人常比他们做苏菲亚、鲜黎亚博。虽说血风肉雨的精神，断无惜玉怜香的心绪，然雄姿慧质，目与神交，也非一日了。

那知好事多魔，情澜忽起。这日夏雅丽正与克兰斯散步泥瓦江边，无意中遇见了母亲的表侄加克奈夫，一时不及回避，只好上去招呼了。谁知这加克奈夫，本是尼科奈夫的儿子。尼科奈夫是个农夫，就因一千八百六十六年，告发莫斯科亚特俱乐部[15]实行委员加来科梭谋杀皇帝事件，在夏园亲手捕杀加来科梭，救了俄皇，俄皇赏他列在贵族。尼科奈夫就皇然自大起来。俄皇又派他儿子做了宪兵中佐[16]，正是炙手可热的时候。司爱生羡慕他父子富贵，又带些裙带亲，自然格外巴结。加克奈夫也看中了表妹的美貌，常常来溜搭，无奈夏雅丽见他貌粗性鄙，总不理他，任凭父母夸张他的敌国家私，薰天气焰，只是漠然。加克奈夫也久怀怨恨了。恰好这日遇见夏姑娘与克兰斯携手同游，禁不住动了醋火，就赶到司爱生家，一五一十的告诉了，还说克兰斯是个叛党，不但有累家声，还怕招惹大祸。司爱生是暴厉性子，自然大怒，立刻叫回夏姑娘，大骂："无耻婢，惹祸胚！"就叫关在一间空房内，永远不许出来。你想夏姑娘是雄武活泼的人，那里耐得这幽囚的苦呢！倒是母亲斐氏不忍起来，瞒了司爱生放了出来，又不敢公然出现。恰好斐氏有个亲戚在中国上海道胜银行[17]管事[18]，所以叫夏姑娘立刻逃避到中国来。一住三年，学会了些中国的语言文字，直到司爱生死了，斐氏方写信来招她回国。夏姑娘回国时，恰也坐了萨克森船，所以得与雯青相遇，倒做了彩云德语的导师，也是想不到的奇遇了。这都是夏姑娘未遇雯青以前的历史。现在既要说她的事情，不得不把根原表明。

且说夏雅丽虽在中国三年，本党里有名的人，如女员鲁翠，男员波儿麻、克兰斯诸人，常有信息来往，未动身的前数日，还接到克兰斯的一封信，告诉她党中近来经济困难，自己赴德运动，住在德京凯赛好富馆 Kaiserhof[19]中层第二百十三号云云，所以夏姑娘那日一到柏林，就带了行李，雇了马车，径赴凯赛好富馆来，心里非常快活。一则好友契阔，会面在即；一则正得了雯青一万马克，供献党中，绝好一分土仪[20]。心里正在忖度，马车已停在大旅馆门口，就有接客的人，接了行李。姑娘就问："中层二百十三号左近有空房吗？"那接客的忙道："有，有，二百十四号就空着。"

姑娘吩咐把行李搬进去，自己却急急忙忙直向二百十三号而来。正推门进去，可巧克兰斯送客出来，一见姑娘，抢一步，执了姑娘的手，瞪了半天，方道："咦，你真来了！我做梦也想不到你真会回来！"说着话，手只管紧紧的握住，眼眶里倒索索的滚下泪来。夏雅丽嫣然笑道："克兰斯，别这么着，我们正要替国民出身血汗，生离死别的日子多着呢，那有闲工夫伤心！快别这么着，快把近来我们党里的情形，告诉我要紧。"说到这里，抬起头来，方看见克兰斯背后，站着个英风飒爽的少年,忙缩住了口。克兰斯赶忙招呼道:“我送了这位朋友出去,再来给姑娘细谈。”谁知那少年倒一眼钉住了姑娘呆了,听了克兰斯的话,方醒过来,一个没意思走了。克兰斯折回来,方告诉姑娘:“这位是瓦德西中尉,很热心的助着我运动哩。”姑娘道:“说的是。前月接到你信,知道党中经济很缺,到底怎么样呢?”克兰斯叹道:“一言难尽。自从新皇执政,我党大举两次,一次卡米匿桥下的隧道,一次温宫后街的地雷。虽都无成效,却消费了无数金钱,历年运动来的资本,已倾囊倒箧了,敷衍到现在,再敷衍不下去了。倘没巨资接济,不但不能办一事,连党中秘密活版部,爆药制造所,通券局,赤十字会……一切机关,都要溃败。姑娘有何妙策?”

夏姑娘低头半晌道:“我还当是小有缺乏,照这么说来,不是万把马克可以济事的了!”克兰斯道:“要真有万把马克,也好济济急。”夏雅丽不等说完,就道:“那倒有。”克兰斯忙问:“在那里?”夏姑娘因把讹诈中国公使的事说了一遍,克兰斯倒笑了,就问:“款子已交割吗?”夏姑娘道:“已约定由公使夫人亲手交来,决不误的。”于是姑娘又问了回鲁翠、波儿麻的踪迹,克兰斯一一告诉了她。克兰斯也问起姑娘避出的原由,姑娘把加克奈夫构陷的事说了。克兰斯道:“原来就是他干的! 姑娘你知道吗? 尼科奈夫倒便宜他,不多几日好死了。加来科梭的冤仇,竟没有报成,加克奈夫倒升了宪兵大尉。你想可气不可气呢? 嗐,这死囚的脑袋,早晚总逃不了我们手里!”夏雅丽愕然道:“怎么尼科奈夫,倒是我们的仇家?”克兰斯拍案道:“可不是!他全靠破坏了亚特革命团富贵的,这会儿加克奈夫还了得,家里放着好几百万家私，还要鱼肉平民哩！"夏雅丽又怔了怔道："加克奈夫真是个大富翁吗？"克兰斯道："他不富谁富？"夏雅丽点点头儿。看官们，要知道两人虽是旧交，从前私下往来，何曾畅聚过一日！此时素心[21]相对，无忌无拘，一个是珠光剑气的青年，一个是侠骨柔肠的妙女，我歌汝和，意浃情酣，直谈到烛跋更深，克兰斯送了夏姑娘归房，自己方就枕歇息。

从此夏姑娘就住在凯赛好富馆，日间除替彩云教德语外，或助克兰斯同出运动，或与克兰斯剪烛谈心。快活光阴，忽忽过了两月，雯青许的款子，已经交清，那时彩云也没闲工夫常常来学德语了。夏雅丽看着柏林无事可为，一天忽向克兰斯要了一张照片，又隔了一天，并没告知克兰斯，清早独自搭着火车飘然回国去了。直到克兰斯梦醒起床，穿好衣服，走过去看她，但见空屋无人，留些残纸零墨罢了，倒吃一惊。然人已远去，无可如何，只得叹息一回，自去办事。

单说夏姑娘那日偷偷儿出了柏林，径趁圣彼得堡火车进发。姑娘在上海早得了领事的旅行券[22]，一路直行无碍。到第三日傍晚，已到首都。姑娘下车，急忙回家，拜见亲母斐氏，母女相见，又喜又悲。斐氏告诉她父亲病死情形，夏姑娘天性中人，不免大哭一场。接着亲友访问，鲁翠姑娘同着波儿麻，也来相会。见面时，无非谈些党中拮据情形，知道姑娘由柏林来，自然要问起克兰斯运动的消息。夏姑娘就把克兰斯现有好友瓦德西助着各处设法的话说了。鲁翠说了几句盼望勉励的话头，然后别去。

夏姑娘回得房来，正给斐氏在那里闲谈，斐氏又提起加克奈夫，夸张他的势派，意思要引动姑娘。姑娘听着，只是垂头不语。不防头[23]一阵鞑鞑的皮靴声，从门外传进来，随后就是嘻嘻的笑声。这笑声里，就夹着狗嗥一般的怪叫声："妹妹回来了，怎么信儿都不给我一个呢？"夏姑娘吓一跳，猛抬头，只见一个短短儿的身材，黑黑儿的皮色，乱蓬蓬一团毛草，光闪闪两盏灯笼，真是眼中出火，笑里藏刀，摇摇摆摆的走进来，不是加克奈夫是谁呢！斐氏见了，笑嘻嘻立起来道："你倒还想来，别给我花马吊嘴[24]的，妹妹记着前事，正在这里恨你呢！"加克奈夫哈哈道："屈天冤枉，不知那个天杀的移尸图害。这会儿，我也不敢在妹妹跟前辩，只有负荆请罪，求妹妹从此宽恕就完了！"说着，两腿已跨进房来，把帽子往桌子上一丢，伸出蒲扇来大的手，要来给夏姑娘拉。姑娘缩个不迭，脸色都变了。加克奈夫涎着脸道："好妹妹，咱们拉个手儿！"斐氏笑道："人家孩子面重[25]，你别拉拉扯扯，臊了她，我可不依！"

夏姑娘先本着了恼，自己已经狠狠的压下去，这回听了斐氏的话，低头想了一想，忽然桃腮上泛起浅玫瑰色，秋波横溢，柳叶[26]斜飘，在椅上欻的[27]站起来道："娘也说这种话！我从来不知道什么臊不臊，拉个手儿，算得了什么！高兴拉，来，咱们拉！"就把一只粉嫩的手，使劲儿去拉加克奈夫的黑手。加克奈夫倒啊呀起来道："妹妹，轻点儿！"夏姑娘道："你不知道吗？拉手有规矩儿的，越重越要好。"说完，嗤的一笑，三脚两步走到斐氏面前，滚在怀里，指着加克笑道："娘你瞧！他是个脓包儿，一捏都禁不起，倒配做将军！"

原来加克往日见姑娘总是冷冷的脸儿，淡淡的神儿，不道今儿，忽变了样儿，一双半嗔半喜的眼儿，几句若远若近的话儿，加克虽然是风月场中的魔儿，也弄得没了话儿，只嬉着嘴笑道："妹妹到底出了一趟门，大变了样儿了。"夏姑娘含怒道："变好了呢，还是变歹？你说！"斐氏笑搂住姑娘的脖子道："痴儿，你今儿个怎么尽给你表兄拌嘴，不想想人家为好来看你。这会儿天晚了，该请你表兄吃晚饭才对！"加克连忙抢着说道："姑娘[28]，今天妹妹快活，肯多骂我两句，就是我的福气了！快别提晚饭，我晚上还得到皇上那里有事哪。"夏姑娘笑道："娘，你听！他又把皇帝椟出来，吓唬我们娘儿俩。老实告诉你，你没事，我也不高兴请。谁家坐客不请行客，倒叫行客先请的！"加克听了，拍手道："不错，我忘死了！今天该替妹妹接风！"说着，就一迭连声叫伺候人，到家里唤厨子带酒菜到这里来。斐氏道："啊呀，天主！不当家花拉的[29]倒费你，快别听这痴孩子的话。"夏姑娘睓[30]了她娘半天道："咦！娘也奇了，怎么只许我请他，不许他请我的？他有的是造孽钱，不费他费谁！娘，你别管，他不给我要好，不请，我也不希罕；给我要要好，他拿来，我就吃，娘也跟着我吃，横竖不要你老人家掏腰儿还席，瞎费心干吗！"加克道："是呀，我请！我死了也要请！"姑娘笑道："死的日子有呢，这会儿别死呀死呀怪叫！"加克忙自己掌着嘴道："不识好歹的东西，你倒叫妹妹心疼。"夏姑娘戟手指着道："不要脸的，谁心疼你来？"加克此时，看着姑娘娇憨的样儿，又听着姑娘锋利的话儿，半冷半热，若讽若嘲，倒弄得近又不敢，远又不舍，不知怎样才好。

不一会，天也黑了，厨夫也带酒菜来了，加克就邀斐氏母女，同入餐室。原来这餐室，就在卧室外面，虽不甚宽敞，却也地铺锦罽，壁列电灯，花气袭人，镜光交影。东首挂着加特厘[31]簪花小像，西方撑起姑娄巴多舞剑古图，煞是热闹。大家进门，斐氏还要客气，却被夏姑娘两手按在客位，自己也皇然不让座了，加克真的坐了主位。侍者送上香宾、白兰地各种瓶酒，加克满斟了杯香宾酒，双手捧给姑娘道："敬替妹妹洗尘！"姑娘劈手[32]夺了，直送斐氏道："这杯给娘喝，你另给我斟来！"加克只得恭恭敬敬又斟了一杯。姑娘接着，扬着杯道："既承主人美意，娘，咱们干一杯！"说完一饮而尽。加克微笑，又挨着姑娘斟道："妹妹喝个成双杯儿！"夏姑娘一扬眉道："喝呀！"接来喝一半，就手向加克嘴边一灌道："要成双，大家成双。"加克不防头，不及张口翕受[33]，淋淋漓漓倒了一脸一身。此时夏姑娘几杯酒落肚，脸上红红儿的，更觉意兴飞扬起来，脱了外衣，着身穿件粉荷色的小衣，酥胸微露，雪腕全陈，臂上几个镯子，玎玎珰珰的厮打，把加克骂一会，笑一会，任意戏弄。斐氏看着女儿此时的样儿，也揣摩不透，当是女儿看中了加克，倒也喜欢，就借了更衣走出来，好让他们叙叙私情。

果然加克见斐氏走开，心里大喜，就涎着脸，慢慢挨到姑娘身边，欲言不言了半晌。夏姑娘正色道："你来干什么？"加克笑嘻嘻道："我有一句不知进退的话要……"姑娘不等他说完，跳起来指着加克道："别给我蝎蝎螫螫[34]的，那些个狼心猪肺狗肚肠，打量咱们照不透吗？从前在我爹那里调三窝四[35]，甜言蜜语，难道是真看得起咱们吗？真爱上我吗？呸！今儿个推开窗户说亮话，就不过看上我长得俊点儿，打算弄到手，做个会说话的玩意儿罢了！姑娘从前是高傲性子，眼里那里放得下去！如今姑娘可看透了，天下爱情，原不过尔尔，嫁个把人，算不了事。可是姑娘不高兴，凭你王孙公子，英雄豪杰，休想我点点头儿！要高兴起来，牛也罢，马也罢，狗也罢，我跟着就走。”加克听了，眉花眼笑道：“这么说，姑娘今儿肯嫁狗了！”夏姑娘冷笑道：“不肯，我就说？可是告诉你，要依我三件！”加克道：“都依，都依！”姑娘道：“一件，姑娘急性，一刻不等两时，要办就办；二件，不许声张，除了我们娘儿俩，还有牧师证人几个人外，有一个知道了，我就不嫁；三件，到了你家，什么事都归我管，不许你牙缝高低一点儿。三件依得，我就嫁，有一不字儿拉个倒！”加克哈哈笑道：“什么依不依，妹妹说的话儿，就是我的心愿。”

两人正说得热闹，谁知斐氏却在门外都听饱了，见女儿肯嫁加克，正合了素日的盼望，走进来，对着加克道：“恭喜你，我女儿答应了！可别忘了老身〔36〕！但是老身只有一个女儿，也不肯太草草的，马上办起来，也得一月半月，那儿能就办呢！头一件，我就不依。”姑娘立刻变了脸道：“我不肯嫁，你们天天劝。这会儿我肯嫁了，你们倒又不依起来；不依也好，我也不依。告诉你们吧，我的话说完了，我的兴也尽了，人也乏了，我可要去睡觉了。”说罢，一扭身，自顾自回房，砰的一声，把门关了。

这里加克奈夫与斐氏纳罕〔37〕了半天。加克老婆心切，想不到第一回来，就得了采，也虑不到别的，倒怕中变，就劝斐氏全依了姑娘主意。过了两日，说也奇怪，果然斐氏领着夏姑娘，自赴礼拜堂，与加克结了亲，签了结婚簿。从此夏雅丽就与加克夫妇同居。加克奈夫要接斐氏来家，姑娘不许，只好仍住旧屋。加克新婚燕尔，自然千依百顺，姑娘倒也克勤妇职，贤声四布。加克愈加敬爱，差不多加克家里的全权，都在姑娘掌握中了。

自古道："鼓钟于宫，声闻于外。"又道："若要人不知，除非己莫为。"何况一嫁一娶，偌大的事，虽姑娘嘱咐不许声张，那里瞒得过人呢？自从加克娶了姑娘，人人都道彩凤随鸦，不免纷纷议论，一传十，十传百，就传到了鲁翠、波儿麻等一班党人耳中。先都不信，以为夏姑娘与克兰斯有生死之约，那里肯背盟倒嫁党中仇人呢！后来鲁翠亲自来寻姑娘，谁知竟闭门不纳，只见了斐氏，方知人言不虚，不免大家痛骂夏雅丽起来。

这日党人正在秘密会所，决议此事如何处置，可巧克兰斯从德国回来，也来赴会。一进门，别的都没有听见，只听会堂上一片声说"夏雅丽嫁了"五个字，直打入耳鼓来。克兰斯飞步上前，喘吁吁还未说话，鲁翠一见他来，就迎上喊道："克兰斯君，你知道吗？你的夏雅丽嫁了，嫁了加克奈夫！"克兰斯一听这话，但觉耳边霹雳一声，眼底金星四爆，心中不知道是盐是醋是糖是姜，一古脑儿都倒翻了，只喊一声："贱婢！杀！杀！"往后便倒，口淌白沫，大家慌了手脚。鲁翠忙道："这是急痛攻心，只要扶他坐起，自然会醒的。"波儿麻连忙上来扶起，坐在一张大椅里。果然不一会醒了，嗯的吐出一口浓痰，就跳起来要刀。波儿麻道："要刀做什么！"克兰斯道："你们别管，给我刀，杀给你们看！"鲁翠道："克兰斯君别忙，你不去杀她，我们怕她泄露党中秘密，也放不过她。可是我想，夏雅丽学问见识本事，都不是寻常女流，这回变得太奇突。凡奇突的事，倒不可造次，还是等你好一点，晚上偷偷儿去探一回。倘或真是背盟从仇，就顺手一刀了账[38]，岂不省事呢！”克兰斯道：“还等什么好不好，今晚就去！”于是大家议定各散。

鲁翠临走，回顾克兰斯道：“明天我们听信儿。”克兰斯答应，也一路回家，不免想着向来夏姑娘待他的情义，为他离乡背井，绝无怨言。这回在柏林时候，饭余灯背，送抱推襟，一种密切的意思，真是笔不能写，口不能言，如何回来不到一月，就一变至此呢？况且加克奈夫，又是她素来厌恨的，上回谈起他名氏，还骂他哩！如何倒嫁他？难道有什么不得已吗？一回又猜想她临行替他要小照儿的厚情，一回又揣摸她不别而行的深意，这一刻时中，一寸心里，好似万马奔驰，千猿腾跃，忽然心酸落泪，忽然切齿横刀，翻来覆去，不觉更深，就在胸前掏出表来一看，已是十二点钟，惊道：“是时候了！”赶忙换了一身纯黑衣裤，腰间插了一把党中常用的百毒纯钢小尖刀，扎缚停当，把房中的电灯旋灭了，轻轻推门到院子里，耸身一纵，跳出墙外。

那时正是十月下旬，没有月亮的日子，一路虽有路灯，却仍觉黑暗似墨，细雾如尘，一片白茫茫不辨人影，只有几个巡捕，稀稀落落的在街中站着。克兰斯靠着身体灵便，竟闪闪烁烁的被他混过几条街去，看看已到了加克奈夫的宅子前头，幸亏那里倒没有巡捕，黑魆魆地[39]挨身摸来，只见四围都是四尺来高的短墙，上排列着铁蒺藜碎玻璃片。克兰斯睁眼打量一回，估摸自己还跳得过去，紧把刀子插插好，猛然施出一个燕子翻身势，往上一掠。忽听玎珰一声，一个身子，随着几片碎玻璃，直滚下去，看时，自己早倒在一棵大树底下。爬起来，转出树后，原来在一片草地上，当中有条马车进出的平路。克兰斯就依着这条路走去，只见前面十来棵郁郁苍苍的不知什么大树，围着一座巍巍的高楼。楼的下层，乌黑黑无一点火光，只有中层东首一间，还点着电灯。窗里透出光来，照在树上，却见一个人影，在那里一闪一闪的动。克兰斯暗想，这定是加克奈夫的卧房了。可是这样高楼，怎么上去呢？仰面忽见那几棵大树，树杈儿正紧靠二层的洋台，不觉大喜。一伸手，抱定树身，好比白猴采果似的旋转而上。到了树顶，把身子使劲一摇，那树杈直摆过来，花拉一响，好像树杈儿断了一般。谁知克兰斯就趁这一摆，一脚已钩定了洋台上的阑干，倒垂莲似的反卷上去，却安安稳稳站在洋台上了。侧耳听了一听，毫无声音，就轻轻的走到那有灯光的窗口，向里一望，恰好窗帘还没放，看个完完全全。只见房内当地〔40〕一张铁床，帐子已垂垂放着，房中寂无人声，就是靠窗摆着个镜桌，当桌〔41〕悬着一盏莲花式的电灯，灯下却袅袅婷婷立着个美人儿。呀，那不是夏雅丽吗？只见她手里拿着个小照儿，看看小照，又看看镜子里的影儿，眼眶里骨溜溜的滚下泪来。克兰斯看到这里，忽然心里捺不住的热火喷了出来，拔出腰里的毒刀，直砍进去。正是：

　　　　棘枳何堪留凤采，宝刀直欲溅鸳红。

不知夏雅丽性命如何？且看下回。

按，本回回目原标为："席上逼婚，女豪使酒；镜边语影，侠客窥楼。"

〔1〕 哥萨克：俄罗斯族的一部分。15世纪至17世纪因逃避农奴主压迫从俄罗斯中部逃亡到边疆地区，自称哥萨克（突厥语，自由人、冒险者）。18世纪以来多被利用当兵，以勇悍著称。

〔2〕 巡哨：巡逻。

〔3〕 闽司克：今译明斯克，属白俄罗斯。

〔4〕 海富孟：与苏菲亚一起1881年刺死俄皇亚历山大二世，次年死于狱中。

〔5〕 研珠：抛光的珍珠。形容洁白的牙齿。

〔6〕 披戎：形容妇女漂亮的长发披覆，如现在的披肩发。

〔7〕 科罗特揩齐：一译科洛克维奇。著名无政府主义者。

〔8〕 苏菲亚：彼洛夫斯卡娅（1853—1881），俄国民意党执行委员之一。刺杀俄皇后受死刑。

〔9〕 亚历山大：亚历山大（1818—1881）二世。他于1861年废除俄国农奴制，仍对内镇压革命，对外扩张。1881年3月被民意党人刺杀于圣彼得堡。

〔10〕 鲜黎亚博：民意党主要领导人热里亚波夫（1851—1881）。刺杀亚历山大二世后被杀。

〔11〕 鲁翠：一译克鲁赛。彼得堡自治会长。

〔12〕 察科威团：一译柴可夫斯基团。柴可夫斯基（1851—1926），俄国早期民粹派领袖，1871年成为察科威团领导人。后加入社会革命党。十月革命后曾任阿尔汉格尔斯克白卫政府主席，垮台后流亡国外。

〔13〕 克兰斯：一译克拉西可夫。民意党骨干之一。

〔14〕 波儿麻：一译蒲列哈诺夫。（后文中也作波麻儿）

〔15〕 亚特俱乐部：俄国民粹派的一个团体。

〔16〕 中佐：中校。后文又说大尉。

〔17〕 道胜银行：俄中合资银行，在中国大城市设有分行。创办初期清朝政府入股三百万两。

〔18〕 管事：经理的旧称。

〔19〕 Kaiserhof：德文。帝国大厦、皇家旅馆。

〔20〕　土仪：土特产，礼物。
〔21〕　素心：本心；心地纯洁。
〔22〕　旅行券：护照。
〔23〕　不防头：没防备，意外。方言。
〔24〕　花马吊嘴：油腔滑调。
〔25〕　面重：面薄，害羞。
〔26〕　柳叶：指眉毛。形容妇女眉毛细长。
〔27〕　欻（chuā）的：忽然。形容动作突然。
〔28〕　姑娘：即姑母。方言仍作此意。
〔29〕　不当家花拉的：罪过，要不得。
〔30〕　睼：斜看。
〔31〕　加特厘：卡特琳。16 世纪后半叶法国女摄政王。
〔32〕　劈手：犹言一把抓。
〔33〕　翕（xī）受：喝进去。翕同噏，即吸。
〔34〕　蝎蝎螫螫：藏头露尾。
〔35〕　调三窝四：说东道西。挑拨是非。
〔36〕　老身：老年妇女自称。也可用于老年男子。
〔37〕　纳罕：觉得奇怪。
〔38〕　了账：了结，结果。
〔39〕　黑魆魆（xū）地：一片漆黑。
〔40〕　当地：地上。
〔41〕　当桌：桌上。

第 九 卷

第十七回

辟鸳侣女杰赴刑台　递鱼书航师尝禁脔[1]

话说克兰斯看见夏雅丽对着个小照垂泪,一时也想不到查看查看小照是谁的,只觉得夏雅丽果然丧心事仇,按不住心头火起。瞥见眼前的两扇着地长窗是虚掩着,就趁着怒气,不顾性命,扬刀挨入。忽然天昏地暗的一来,灯灭了,刀却砍个空,使力过猛,几乎身随刀倒。克兰斯吃一惊,暗道:"人呢?"回身瞎摸了一阵,可巧摸着镜桌上那个小照儿,顺手揣在怀里,心想夏雅丽逃了,加克奈夫可在,还不杀了他走!刚要向前,忽听楼下喊道:"主人回来了!"随着辚辚的马车声,却是在草地上往外走的。克兰斯知道刚才匆忙,没有听他进来。忽想道:"不好,这贼不在床上,他这一回来,叫起人,我怕走不了,不如还到那大树上躲一躲再说。"打定主意,急忙走出洋台,跳上阑干,伸手攀住树杈儿,一脚挂在空中,一脚还蹬在阑干上,忽听楼底下砌的一声是枪,就有人没命的叫声:"啊呀!好,你杀我!"又是一声,可不像枪,仿佛一样很沉的东西,倒在窗格边。克兰斯这一惊,出于意外,那时他的两脚还空挂着,手一松,几乎倒撞下来,忙钻到树叶密的去处蹲着。只听墙外急急忙忙跑回两个人,远远的连声喊道:

“怎么了？什么响？”屋里也有好几个人喊道：“枪声，谁放枪？”这当儿，进来的两个人里头，有一个拿着一盏电光车灯，已走到楼前，照得楼前雪亮。克兰斯眼快，早看见廊下地上，一个汉子仰面横躺着，动也不动。只听一人颤声喊道：“可了不得，杀了人！”“谁呢？”“主人！”这当儿，里面一哄，正跑出几个披衣拖鞋的男女来，听是主人，就七张八嘴的大乱起来。

克兰斯在树上听得清楚，知加克奈夫被杀，心里倒也一快，但不免暗暗骇异，到底是谁杀的？这当儿，见楼下人越聚越多，忽然想到自己绝了去路，若被他们捉住，这杀人的事，一定是我了，正盘算逃走的法子，忽然眼前欻的一亮，满树通明，却正是上中层的电灯都开了。灯光下，就见夏雅丽散了头发，仓仓皇皇跑到洋台上，爬在阑干上，朗朗的喊道：“到底你们看清是主人不是呢？”众人严声道：“怎么不是呢？”又有一个人道：“才从宫里承值回来，在这里下车的。下了车，我们就拉车出园，走不到一箭地，忽听见枪声，赶回来，就这么着了。”夏雅丽跺脚道：“枪到底中在那里？要紧不要紧？快抬上来！一面去请医生，一面快搜凶手呢！一眨眼的事，总不离这园子，逃不了，怎么你们都昏死了！”一句话提醒，大众道：“枪中了脑瓜儿，脑浆出来，气都没了，人是不中用了，倒是搜凶手是真的。”克兰斯一听这话，倒慌了，心里正恨夏雅丽，忽听下面有人喊道：“咦，你们瞧！那树杈里，不是一团黑影吗？”楼上夏雅丽听了，一抬头，好像真吃一吓的样子道：“怎么？真有了人！”连忙改口道：“可不是凶手在这里？快多来几个人逮住他，楼下也防着点儿，别放走了！”就听人声嘈杂的拥上五六个人来。克兰斯知不能免,正是人急智生,一眼见这高楼是四面洋台,都围着大树,又欺着夏雅丽虽有本事,终是个妇人,仍从树上用力一跳,跳上洋台,想往后楼跑。这当儿,夏雅丽正在叫人上楼,忽见一个人陡然跳来,倒退了几步,灯光下,看清是克兰斯,脸上倒变了颜色,说不出话来,却只把手往后楼指着。克兰斯此时也顾不得什么,飞奔后楼,果见靠阑干与前楼一样的大树。正纵身上树,只听夏雅丽在那里乱喊道:"凶手跳进我房里去了,你们快进去捉,不怕他飞了去。"只听一群人,乱哄哄都到了屋里。

这里克兰斯却从从容容的爬过大树,接着一溜平屋,在平屋搭了脚,恰好跳上后墙,飞身下去,正是大道。幸喜没个人影儿,就一口气的跑回家去,仍从短墙奋身进去,人不知鬼不觉的到了自己屋里,此时方算得了性命。喘息一回,定了定神,觉得方才事,真如梦里一般,由不得想起夏雅丽手指后楼的神情,并假说凶手进房的话儿,明明暗中救我,难道她还没有忘记我吗?既然不忘记我,就不该嫁加克奈夫!既嫁了加克奈夫,又不该二心于我!这女子的人格,就可想了!又想着自己要杀加克奈夫,倒被人家先杀了去,这人的本事,在我之上,倒要留心访访才好。一头心里猜想,一头脱去那身黑衣,想要上床歇息,不防衣袋中掉下一片东西,拾起来看时,倒吃一惊,原来就是自己在凯赛好富馆赠夏雅丽的小照,上面添写一行字道:"斯拉夫[2]苦女子夏雅丽心嫁夫察科威团实行委员克兰斯君小影。"克兰斯看了,方明白夏雅丽对他垂泪的意思,也不免一阵心酸,掉下泪来,叹道:"夏雅丽!夏雅丽!你白爱我了!也白救了我的性命了!叫我怎么能赦你这反复无常的罪呢!”说罢,就把那照儿插在床前桌上照架里,回头见窗帘上渐渐发出鱼肚白色,知道天明了,连忙上床,人已倦极,不免沉沉睡去。

正酣睡间,忽听耳边有人喊道:“干得好事,捉你的人到了,还睡吗?”克兰斯睁眼见是波麻儿,忙坐起来道:“你好早呀,没的大惊小怪,谁干了什么?”波麻儿道:“八点钟还早吗? 鲁翠姑娘找你来了,快出去。”克兰斯连忙整衣出来,瞥眼看着鲁翠华装盛服,秀采飞扬,明睐修眉,丰颐高准,比到夏雅丽,另有一种华贵端凝气象。一见克兰斯,就含笑道:“昨儿晚上辛苦了,我们该替加来科梭代致谢忱。怎么夏雅丽倒免了?”波麻儿笑道:“总是克君多情,杀不下去,倒留了祸根了。”克兰斯惊道:“怎么着? 她告了我吗?”鲁翠摇头道:“没有。她告的是不知姓名人,深夜入室,趁加克奈夫温宫夜值出来,枪毙廊下。凶手在逃。俄皇知道,早疑心了虚无党,已派侦探四出,倒严厉得很。克君还是小心为是。”克兰斯笑道:“姑娘真胡闹了! 小心什么? 那里是我杀的!”鲁翠倒诧异道:“难道你昨晚没有去吗?”克兰斯道:“怎么不去? 可没有杀人。”波麻儿道:“不是你杀是谁呢?”克兰斯道:“别忙,我告诉你们。”就把昨夜所遇的事,从头至尾说了一遍,只把照片一事瞒起。两人听了,都称奇道异。波麻儿跳起来道:“克君,你倒被夏雅丽救坏了! 不然倒是现成的好名儿!”

鲁翠正低头沉思,忽被他一吓,忙道:“波君别嚷,怕隔墙有耳。”顿一顿,又道:“据我看,这事夏雅丽大有可疑。第一为什么要灭灯,再者既然疑心克君是凶手,怎么倒放走了,不要倒就是她杀的呢!”

克兰斯道:“断乎不会。她要杀他,为什么嫁他呢?”鲁翠道:“不许她辱身赴义吗?”克兰斯连连摇头道:“不像,杀一加克奈夫,法子多得很,为什么定要嫁了,才能下手呢?况且看她得了凶信,神气仓皇得很哩!”鲁翠也点点头道:“我们再去探听探听看。克君既然在夏雅丽面前露了眼,还是避避的好,请到我们家里去住几时吧!”克兰斯就答应了。当时吩咐了家人几句话,就跟了鲁翠回家。从此鲁翠、波麻儿诸人替他在外哨探,克兰斯倒安安稳稳住在美礼斯克罘邸第。

先几个月,风声很紧,后来慢慢懈怠,竟无声无臭起来。看官你道为何?原来俄国那班警察侦探,虽很有手段,可是历年被虚无党杀怕了,只看一千八百八十一年三月以后,半年间,竟杀了宪兵长官、警察长、侦探等十三人,所以事情关着虚无党,大家就要缩手。这案俄皇虽屡下严旨,无奈这些人都不肯出力,且加克氏支族无人,原告不来催紧,自然冰雪解散了。克兰斯在美礼家,消息最灵,探知内情,就放心回了家。

日月如梭,忽忽冬尽春来。这日正是俄历二月初九,俄皇在温宫开跳舞会的大好日,却不道也是虚无党在首都民意俱乐部〔3〕开协议会的秘密期。那时俄国各党势力,要推民意党察科威团算最盛,土地自由党〔4〕,拿鲁脱尼团次之。这日就举了民意党做会首。此外,哥卫格团,奥能伯加团,马黎可夫团,波兰俄罗斯俱乐部,夺尔格圣俱乐部,纷纷的都派代表列席,黑压压挤满了一堂。正是龙拿虎掷,燕叱莺嗔,天地无声,风云异色的时候,民意女员鲁翠,曳长裾,围貂尾,站立发言台上,桃脸含秋,蛾眉凝翠的,宣告近来党中经济缺乏,团力涣散，必须重加联络，大事运动，方足再谋大举。这几句话，原算表明今日集会之意，还要畅发议论，忽见波麻儿连跌带撞远远的跑来，喊道："可了不得！今儿个又出了第二个苏菲亚了！本党宫内侦探员，有秘密报告在此！"大众听了愕然。

鲁翠就在台上，接了波麻儿拿来的一张纸，约略看了看，脸上十分惊异。大众都问何事？鲁翠就当众宣诵道：

> 本日皇帝在温宫宴各国公使，开大跳舞会，车驾定午刻临场。方出内宫门，突有一女子，从侍女队跃出，左手持炸弹，右手揕帝胸，叱曰："咄，尔速答我，能实行一千八百八十一年二月十二日民意党上书[5]要求之大赦国事犯、召集国会两大条件否？不应则炸尔！"帝出不意，不知所云，连呼卫士安在。卫士见弹股栗，莫敢前，相持间，女子举弹欲掷，帝以两手死抱之。其时适文部大臣波别士立女子后，呼曰："陛下莫释手！"即拔卫士佩刀，猝砍女子臂，臂断，血溢，女子踣，帝犹死持弹不敢释。卫士前擒女子，女子犹蹶起，抠一卫士目，乃被捕。送裁判所。烈哉，此女！惜未知名。探明再报！民意党秘密侦探员报告。

鲁翠诵毕。众人都失色，齐声道："这女子是谁！可惜不知姓名。"这一片惊天动地的可惜声里，猛可[6]的飘来一句极凄楚的说话道："众位，这就是我的夏雅丽姑娘呀！"大家倒吃一惊，抬头一看，原来是克兰斯满面泪痕的站在鲁翠面前。鲁翠道："克君，怎见得就是她？"克兰斯道："不瞒姑娘说，昨晚她还到过小可家里，可怜小可竟没见面说句话儿。"鲁翠道："既到你家，怎么不见呢？"克兰斯道："她来，我那里知道呢！直到今早起来，忽见桌上常放的一个小照儿不见了，倒换上了一个夏姑娘的小照。我觉得诧异，正拿起来，谁知道照后还夹着一封密信。看了这信，方晓得姑娘一生的苦心，我党大事的关系，都在这三寸的小照上。我正拿了来，要给姑娘商量救她的法子，谁知已闹到如此了！”说罢，就在怀里掏出一个小封儿，一张照片，送给鲁翠。

鲁翠不暇看小照，先抽出信来，看了不过两三行，点点头道：“原来她嫁加克奈夫，全为党中的大计哽！我们倒错怪她了！嗳，放着心爱的人，生生割断，倒嫁一个不相干的蠢人，真正苦了她了！”说着又看，忽然吃惊道：“怎么加克奈夫倒就是她杀的？谁猜得到呢！”此时克兰斯只管淌泪。波麻儿及众人听了鲁翠的话，都面面相觑道：“加氏到底是谁杀的？”鲁翠道：“就是夏雅丽杀的。”波麻儿道：“奇了，嫁他又杀他，这什么道理？”鲁翠道：“就为我党经济问题。她杀了他，好倾他的家，供给党用呀！”众人道：“从前楷爱团波尔佩也嫁给一个老富人，毒杀富人，取了财产。夏姑娘想就是这主意了。”波麻儿道：“有多少呢？如今在那里？”鲁翠看着信道：“真不少哩，八千万卢布哩！”又指着照片叹道：“这就是八千万卢布的支证书。这姑娘真布置得妥当！这些银子，都分存在瑞士、法兰西各银行，都给总理〔7〕说明是暂存的，全凭这照片收支，叫我们得信就去领取，迟恐有变。”鲁翠说到这里，忽愕然道：“她为什么化了一万卢布，贿买一个宫中侍女的缺呢？”克兰斯含泪道：“这就是今天的事情了。姑娘，你不见她，早把老娘斐氏搬到瑞士亲戚家去。那个炸弹，还是加氏从前在亚突俱乐部[8]搜来的。她一见，就预先藏着，可见死志早决的了。”鲁翠放了信，也落泪道：“她替党中得了这么大资本，功劳也真不小，难道我们听她给这些暴君污吏宰杀吗?”众人齐声道：“这必要设法救的。”鲁翠道：“妾意一面遣人持照到各行取银，一面想法到裁判所去听审。这两件事，最要紧，谁愿去?”于是波麻儿担了领银的责任，克兰斯愿去听审，各自分头前往。

话分两头。却说克兰斯一径出来，汗淋淋的赶到裁判所，抬头一看，署前立着多少卫兵，防卫得严密非常，闲人一个不许乱闯。克兰斯正在为难，忽见署中走出两个人来，一个老者，一个少者，正要上车。克兰斯连忙要避，那少年忽然唤道：“克君，你也来了。”克兰斯吃一惊，定睛一认，却是瓦德西，只得上前相见。瓦德西就招呼了毕叶，并告诉他也来听审的。谁知今日不比往常，毕君署中有熟人，也不放进去，真没有法了。瓦德西当时就拉了克兰斯，同到他家。克兰斯此时也无计可施，只得跟着他们同走，瓦德西留住克兰斯、毕叶在家吃夜饭。三人正在商议，忽然毕叶得了裁判所朋友的密信，夏雅丽已判定死刑，俄皇怕有他变，傍晚时已登绞台绞死了。克兰斯得了这信，咬牙切齿，痛骂民贼[9]，立刻要去报仇雪恨，还是瓦德西劝住了，只得垂头丧气，别了毕、瓦两人，赶归秘密会所，报告凶信。

其时鲁翠诸人，还在会商援救各法，猝闻这信，真是晴天霹雳，人人裂目，个个椎心。鲁翠更觉得义愤填膺，长悲缠骨，连哭带咽，演说了一番。过了几日，又开了个大追悼会，倒把党中气焰，提高了百倍。直到波麻儿回来，党中又积储了无数资本，自然党势益发盛大了。到底歇了数年，到一千九百零一年三月二十二日，克兰斯狙击了文部大臣波别士，也算报了砍臂[10]之仇。鲁翠姑娘，也在一千九百零四年五月十一日，把爆药弹掷皇帝尼古拉士[11]，不成被缚，临刑时道："我把一个爆烈弹，换万民自由，死怕什么！"这都是夏姑娘一死的余烈哩！此是后话，不必多述。

如今再说瓦德西那日送了克兰斯去后，几次去看彩云，却总被门上阻当。后来彩云约会在叶尔丹园[12]，方得相会。从此就买嘱了管园人，每逢彩云到园，管园人就去通信。如此习以为常，一月中总要见面好几次。情长日短，倏忽又是几月。那时正是溽暑初过，新凉乍生，薄袖轻衫，易生情兴。瓦德西徘徊旅馆，静待好音。谁知日复一日，消息杳然，闷极无聊，只好坐在躺椅中，把日报消遣。忽见紧要新闻栏内，载一条云"清国俄、德、奥、荷公使金沟三年任满，现在清廷已另派许镜澂，前来接替，不日到俄"云云。瓦德西看到这里，不觉呆了。因想怪道彩云这礼拜不来相约，原来快要回国了，转念道："既然快要相离，更应该会得勤些，才见得要好。"瓦德西手里拿了张报纸，呆呆忖度个不了，忽然侍者送上一个电报道，这是贵国使馆里送来的。瓦德西连忙拆看，却是本国陆军大将打给他的，有紧要公事，令其即日回国。词意很是严厉，知道不能耽搁的，就叹口气道："这真巧了，难道一面缘都没了？"丢下电报，走到卧室里，换了套出门衣服，径赴叶尔丹园而来，意思想去碰碰，或者得见，也未可定。谁知到园问问管园的，说好久没有来过。等了一天，也是枉然。瓦德西没法，只好写了一封信，交给管园的，叮嘱等中国公使夫人来时手交，自己硬了心肠，匆匆回寓，料理行装，第二日一早，乘了火车，回德国去了，不提。

单说彩云正与瓦德西打得火热，那里分拆得开，知道雯青任期将满，早就撺掇雯青，在北京托了荸如，运动连任，谁知竟不能成。这日雯青忽接了许镜澂的电信，已经到了柏林，三日内就要到俄。雯青进来告诉彩云，叫她赶紧收拾行李。彩云听了这信，仿佛打个焦雷，恨不立刻去见瓦德西，诉诉离情。无奈被雯青终日逼紧着拾掇，而且这事连阿福都瞒起的，不提什么。阿福尚在那里寻瑕索瘢，风言醋语，所以连通信的人都没有，只好肚里叫苦罢了。直到雯青交卸了篆务，一切行李都已上了火车站，叫阿福押去，雯青又被毕叶请去吃早饭饯别。彩云得了这个巧当儿，求一个小幺儿，许了他钱，去雇了一辆买卖车[13]，独自赶往叶尔丹园，满拟遇见瓦德西，说些体己话儿，洒些知心泪，也不枉相识一场。谁知一进园，正要去寻管园的，他倒早迎上来，笑嘻嘻拿着一封信道："太太贵忙呀！这是瓦德西先生留下的信儿，你瞧吧！"彩云怔一怔，忙接了，只见纸上写着道：

> 彩云夫人爱鉴：昨读日报，知锦车行迈[14]，正尔[15]神伤；不意鄙人亦牵王事[16]，束装待发。呜呼！我两人何缘悭[17]耶？十旬之爱，尽于浃辰[18]，别泪盈怀，无地可洒，期于叶尔丹园丛薄间，作末日之握，乃夕阳无限，而谷音[19]寂然，林鸟有情，送我哀响。仆[20]今去矣，卿亦长辞！海涛万里，相思百年，落月屋梁，再见以梦，亚鸿[21]有便，惠我好音！

末署"爱友瓦德西拜上"。彩云就把信插入衣袋里，笑问那管园的道:"瓦德西先生多喒[22]给你这信的?他说什么没有?"管园的道:"他前天给我的,倒没说别的,就恨太太不来。"彩云点点头,含着一包眼泪,慢慢上车,径叫向火车站而来。

到得车站,恰好见雯青刚上火车,俄国首相兼外部大臣吉尔斯,德、奥、荷三国公使,画师毕叶,还有中国后任公使许镜澂奏留的翻译、随员等,闹哄哄多少人,都来送行。雯青正应酬得汗流浃背,那里有工夫留心彩云的事情。只有阿福此时,看见彩云坐了一辆买卖车,如飞从东驰来,心里就诧异,连忙迎上来,望了几望彩云的眼睛,对彩云微微一笑。彩云倒别转了头,也不理他,自顾已到停车场,自然有老妈、丫鬟等扶着上车了。不一会,汽笛一声,一股浓烟,直从烟突喷出,那火车就慢慢行动,停车场上送的人,有拱手的,有脱帽的,有扬巾的,一片平安祝颂声里,就风驰电卷,离了圣彼得堡而去。

三日到了柏林。雯青把例行公事完了,就赴马赛[23]。可巧前次坐来的萨克森船,于八月十六日,开往中国上海,仍是戴会计去讲定妥了。十五日夜饭后,大家登了舟,雯青、彩云仍坐了头等舱。部署粗定,那船主质克笑着走进舱来,向雯青、彩云道:"我们真算有缘了!来去都坐了小可的船。"雯青不会说外国话,只好彩云应酬了一会,质克方去了,开了船。质克非常招呼,自己有时也来走走。彩云也常到船顶去散步乘凉,偶然就在质克屋里坐坐。原来彩云自离了俄都,想着未给瓦德西作别,心中总觉不安,有时拿出信来看看,未免对月伤怀,临风洒泪。自己德话虽会说,却不会写,连回信都难寄一封,更觉闷闷不乐。质克连日看出彩云不乐,虽不解缘故,倒常常想法骗她快活。彩云很感激他，按下不表。

且说阿福自从那日见了瓦德西后，就动了疑，不过究竟主仆名分，不好十分露相，只把语言试探而已。有一晚，萨克森船正在地中海驶行，一更初定，明月中天，船上乘客，大半归房就寝，满船静悄悄的，但闻鼻息呼声。阿福一人睡在舱中，反复不安，心里觉得躁烦，就起来，披了一件小罗衫走出来，从扶梯上爬到船顶，却见顶上寂无人声，照着一片白迷濛濛的月色，凉风飒飒，冷露玲玲，爽快异常。阿福就靠在帆桅上，赏玩海中夜景。正在得趣，忽觉眼前黑魆魆的好像一个人影，直掠烟突而过。心里一惊，连忙蹑手蹑脚跟上去，远远见相离一箭之地，果真有个人，飞快的冲着船首走去。那身量窈窕，像个女子后影，可辨不清是中是西。阿福方要定睛认认，只听船长小室的门，硼的一声，那女影就不见了。阿福心想：原来这船长是有家眷的，我左右空着，何妨去偷看看他们做什么。想着，就溜到那屋旁，只见这屋，两面都有一尺来大小的玻璃推窗，红色毡帘正钩起。阿福向里一张，只见室内漆黑无光，就在漏进去一点月光里头，隐约见那女子背坐在一张蓝绒靠背上。质克正站起，一手要镟电灯的活机，那女子连连摇手，说了几句咭唎咕噜的话。质克只涎笑，抠着身，手掏衣袋里，掏出个仿佛是信的小封儿，远远托着说话，大约叫那女子看。那女子瞥然伸手来夺。质克趁势，拉住那女子的手，凑在耳边，低低的说。那女子斜钉了质克一眼，就回过脸来，急忙探头向门外一张，顺手却把帘子欻的拉上。阿福在这当儿帘缝里，正给那女子打个照面，不觉啊呀一声道："可了不得了！"正是：

前身〔24〕应是琐首佛〔25〕,半夜犹张素女图。

欲知阿福因何发喊,且听下回分解。

按,本回回目原标为:“辞鸳侣,女杰赴刑台;递鱼书,航师尝禁脔。”

〔1〕 禁脔:泛指专用品,尤指女性。本指晋元帝喜欢的一块脖头肉。后来孝武帝为女儿求婚,王珣推荐谢混。袁山松也想向谢混提亲,王珣说:“卿莫近禁脔。”(见《世说新语·排调》)小说中指质克与傅彩云偷情。

〔2〕 斯拉夫:俄罗斯人、白俄罗斯人、乌克兰人等,都属于斯拉夫族,区别于日耳曼人、盎格鲁-撒克逊人、拉丁人等民族。

〔3〕 民意俱乐部:即民意党。民粹派建立的革命恐怖组织,1879年于圣彼得堡成立。

〔4〕 土地自由党:1876年成立的民粹派组织。其后分裂成民意党和土地平分社。书中列举的各民粹派团体不再一一加注。

〔5〕 民意党上书:上书俄皇亚历山大二世,离其被刺前十日。执笔人是诗人米海洛夫斯基。

〔6〕 猛可:突然。

〔7〕 总理:总经理。

〔8〕 亚突俱乐部:即上回亚特俱乐部。

〔9〕 民贼:咒骂残暴君王的话。独夫、民贼。语出《孟子》。

〔10〕 砍臂:既指波别士砍断了夏雅丽的臂膀,也指伤害同党兄弟姐妹。

〔11〕 尼古拉士:尼古拉二世(1894—1917)。最后一个俄国沙皇,绰号血腥的尼古拉。二月革命后被捕,十月革命后被杀。

〔12〕 叶尔丹园:即上文的夏园。在圣彼得堡海军部岛上。彼得大帝的夏花园,园中有夏宫。

〔13〕 买卖车:出租车。

〔14〕 行迈:走路,上路。

〔15〕 正尔:正在。尔,古助词。

〔16〕 王事:国事、公事。

〔17〕 缘悭:缘分少,困难。

〔18〕 浃辰:十二时。指一天。

〔19〕 谷音:好音。春鸟鸣叫之音。

〔20〕 仆:第一人称谦称。

〔21〕 亚鸿:亚洲来信、亚洲邮船。

〔22〕 多喒:多早晚、什么时候。

〔23〕 马赛:法国城市。

〔24〕 前身:前生。

〔25〕 琐首佛:即琐骨菩萨。李复言《续玄怪录》载,有延州妇人,白皙颇有姿貌,年纪二十四五。孤行城市。少年们和她来往,亲热上床来者不拒。数年后此女死去,埋在道旁。后有一胡僧见墓,趺坐,敬礼焚香,围绕赞叹。有人说,这是个淫纵女子,人尽可夫,和尚敬她为何?胡僧说,这是位大圣,是琐骨菩萨,慈悲喜欢施舍,世人欲望,都予满足。(转引自《太平广记》卷一百一)明代人写过《琐骨菩萨》剧本,祁彪佳评云:"菩萨悯世人溺色,即以色醒之,正是禅门棒喝之法。"(见《远山堂明剧品·雅品》)后文第二十七回中"锁骨菩萨"、第三十一回中"锁骨佛"均为同一来源。

第十八回

游草地商量请客单　借花园开设谭瀛会

话说阿福在帘缝里看去，迷迷糊糊，活像是那一个人，心里一急，几乎啊呀的喊出来。忽然转念一想：质克这东西，凶狠异常，不要自己吃不了兜着走。侧耳听时，那屋是西洋柳条板实拼的，屋里做事，外面声息不漏。阿福没法，待要抽门，却听得对面鞑鞑的脚声，探头一望，不提防碧沉沉两只琉璃眼，乱蓬蓬一身花点毛，倒是一条二尺来高的哈吧狗，摇头摆尾，急腾腾地向船头上赶着一只锦毛狮子母狗去了。阿福啐了一口，暗道："畜生也欺负人起来！"说罢，垂头丧气的，正在一头心里盘算，一头踅回扶梯边来。瞥然又见一个人影，在眼角里一闪，急急忙忙，绕着船左舷，抢前几步，下梯去了。

阿福倒怔了怔，心想他们干事怎么这么快！自己无计思量，也就下楼归舱安歇。气一回，恨一回，反复了一夜，到天亮倒落瞌[1]了。朦胧中忽然人声鼎沸，惊醒起来，却听在二等舱里，是个苏州人口音。细听正是匡次芳带出来的一个家人，高声道："哼，外国人！船主！外国人买几个铜钱介[2]？船主生几个头几只臂膊介？勠[3]现世，呒朵[4]问问俚[5]，昨伲[6]夜里做个啥事体[7]嘎？侬[8]拉[9]舱面浪[10]听子[11]一夜朵[12]！侬弄坏子俚大餐间一只玻璃杯，俚倒勿答应。个末[13]俚弄坏子伲[14]公使夫人，倒弗翻淘[15]。"这家人说到这里，就听见有个外国人，不晓得咭唎咕噜，又嚷些什么。随后便是次芳喝道："混帐东西！金大人来了！还敢胡说！给我滚出去！"只听那家人一头走，一头还在咕噜道："里势〔16〕个〔17〕事体，本来金大人该应管管哉〔18〕！"阿福听了这些话，心里诧异，想昨夜同在舱面，怎么我没有碰见呢？后来听见主人也出来，晓得事情越发闹大了，连忙穿好衣服走出来，只见大家都在二等舱里，次芳正在给质克做手势，陪不是。

雯青却在舱门口，呆着脸站着。彩云不敢进来，也在舱外远远探头探脑，看见阿福，就招手儿。阿福走上去道："到底怎么回事呢？"彩云道："谁知道！这天杀的，打碎了人家的一只杯子，人家骂他，要他赔，他就无法无天起来。"阿福冷笑道："没缝的蛋儿苍蝇也不钻，倒是如今弄得老爷都知道，我倒在这里发愁。"彩云别转脸，正要回答，雯青却气愤愤的走回来，阿福连忙站开。雯青眼钉着彩云道："你还出来赶什么？"彩云听了这话头儿，一扭身，飞奔的往头等舱而去，雯青也随后跟来。彩云一进舱，倒下吊床，双手捧着脸，呜呜咽咽大哭起来。雯青道："咦，怎么倒你哭了！"彩云咽着道："怎么叫我不哭呢！我是没有老爷的苦人呀，尽叫人家欺负的！"雯青愕然道："这，这是什么话？"彩云接着道："我那里还有老爷呢！别人家老爷，总护着自己身边人，就是做了丑事，还要顾着向日恩情，一床锦被，遮盖遮盖。况且没有巴鼻的事儿，给一个低三下四的奴才，含血喷人，自己倒站着听风凉话儿！没事人儿一大堆，不发一句话，就算你明白不相信，人家看你这样儿，只说你老爷也信了。我这冤枉，那里再洗得清呢!"

原来雯青刚才一起床,就去看次芳,可巧碰下这事,听了那家人的话,气极了,没有思前想后,一盆之火走来,想把彩云往大海一丢,方雪此耻。及至走进来,不防兜头给彩云一哭,见了那娇模样,已是软了五分;又听见这一番话,说得有理,自己想想,也实在没有凭据,那怒气自然又平了三分,就道:"你不做歹事,人家怎么凭空说你呢?"彩云在床上连连蹬足哭道:"这都是老爷害我的!学什么劳什子[19]的外国话!学了话,不叫给外国人应酬,也还罢了,偏偏这回老爷卸了任,把好一点的翻译,都奏留给后任了,一下船,逼着我做通事[20],因此认得了质克,人家早就动了疑。昨天我自己又不小心,为了请质克代写一封柏林女朋友的送行回信,晚上到他房里去过一趟,那里想得到闹出这个乱儿来呢!"说着歘的翻身,在枕边掏出一封西文的信,往雯青怀里一掷道:"你不信,你瞧!这书信还在这里呢!"彩云掷出了信,更加号啕起来,口口声声要寻死。雯青虽不认得西文,见她堂皇冠冕,掷出信来,知道不是说谎了,听她哭得凄惨,不要说一团疑云,自然飞到爪窪园[21]去,倒更起了怜惜之心,只得安慰道:"既然你自己相信,对得起我,也就罢了。我也从此不提,你也不必哭了。"彩云只管撒娇撒痴的痛哭,说:"人家坏了我名节[22],你倒肯罢了!"雯青没法,只好许他到中国后,送办那家人,方才收旗息鼓。

外面质克吵闹一回,幸亏次芳再四调停,也算无事了。阿福先见雯青动怒,也怕寻根问底,早就暗暗跟了进来,听了一回,知道没下文，自然放心去了。从此海程迅速，倒甚平安，所过埠头，无非循例应酬，了无新闻趣事可记，按下慢表。

如今且说离上海五六里地方，有一座出名的大花园，叫做味莼园〔23〕。这座花园，坐落不多，四面围着嫩绿的大草地，草地中间，矗立一座巍焕的跳舞厅，大家都叫他做安垲第，原是中国士女，会集茗话之所。这日正在深秋天气，节近重阳，草作金色，枫吐火光，秋花乱开，梧叶飘堕，佳人油碧〔24〕，公子丝鞭〔25〕，拾翠寻芳，歌来舞往，非常热闹。其时又当夕阳衔山，一片血色般的晚霞，斜照在草地上，迎着这片光中，却有个骨秀神腴光风霁月〔26〕的老者，一手捋着淡淡的黄须，缓步行来。背后随着个中年人，也是眉目英挺，气概端凝，胸罗匡济〔27〕之才，面盎〔28〕诗书之泽。一壁闲谈，一壁走的齐向那大洋房前进。那老者忽然叹道："若非老夫微疴淹滞，此时早已在伦敦、巴黎间，呼吸西洋自由空气了！"那中年笑道："我们此时若在西洋，这谈瀛胜会，那得举发？大人的清恙，正天所以留大人为群英之总持也！可见盍簪之聚〔29〕，亦非偶然。"那老者道："我兄奖饰过当，老夫岂敢！但难得此时群贤毕集，不能无此盛举，以志一时之奇遇。前日托兄所拟的客单，不知已拟好吗？"那中年说："职道已将现在这里的人，大略拟就，不知有无挂漏，请大人过目。"说着，就赶忙在靴统里抽出一个梅红全帖〔30〕，双手递给老者。

那老者揭开一看，只见那帖上写道：

本月重九日，敬借味莼园，开谈瀛会。凡我同人，或持旌〔31〕历聘，或凭轼偶游，足迹曾及他洲，壮游〔32〕逾乎重译〔33〕

者，皆得来预斯会。借他山攻错之资，集世界交通[34]之益，翘盼旌旄，勿吝金玉[35]！敬列台衔[36]于左：

记名道日本出使大臣吕大人，印[37]苍舒，号顺斋；

前充德国正使李大人，印葆丰，号台霞；

直隶候补道前充美、日、秘出使大臣云大人，印宏，号仁甫；

湖北候补道铁厂总办前充德国参赞徐大人，印英，号忠华；

直隶候补道招商局总办前奉旨游历法国马大人，印中坚，号美菽；

现在常镇道前奉旨游历英国柴大人，印龢[38]，号韵甫；

大理寺正堂[39]前充英、法出使大臣俞大人，印耿[40]，号西塘；

分省补用道前奉旨游历各国现充英、法、义、比四国参赞王大人，印恭，号子度。

下面另写一行"愚弟薛辅仁顿首拜订"。

看官，你们道这老者是谁？原来就是无锡薛淑云。还是去年七月，奉了出使英、法、义、比四国之命，谁知淑云奉命之后，一病经年，至今尚未放洋。月内方才来沪，驻节天后宫，还须调养多时，再行启程。那个中年人，就是雯青那年与云仁甫同见的王子度，原是这回淑云奏调他做参赞，一同出洋的。这两人都是当世通才，深知世界大势，气味甚是相投。当时在沪无事，恰值几个旧友，如吕顺斋从日本任满归朝，徐忠华为办铁料来沪，美菽仁甫则本寓此间。淑云素性好客，来此地聚着许多高朋，因与子度商量，拟邀曾经出洋者，作一盛会，借此聚集冠裳，兼可研究世局。其时恰好京卿俞西塘，有奉旨查办事件；常镇道柴韵甫，有与上海道会商事件，这两人也是一时有名人物，不期而遇，都聚在一处，所以子度一并延请了。闲话少说。

话说当时淑云看了客单，微笑道："大约不过这几个人罢了，就少了雯青和次芳两个，听说也快回国，不知他们赶得上吗？"子度一面接过客单，一面答道："昨天知道雯青夫人，已经到这里来迎接了。上海道已把洋务局预备出来，专候使节，大约今明必到。"言次，两人已踏上了那大洋房的平台。正要进门，忽然门外风驰电卷的来了两辆华丽马车，后面尘头起处，跟着四匹高头大马，马上跨着戴红缨帽的四个俊僮。那车一到洋房门口，停住了，就有一群老妈丫头，开了车门，扶出两位佳人，一个是中年的贵妇，一个是姣小的雏姬〔41〕，都是珠围翠绕，粉滴脂酥，款步进门而来。淑云、子度倒站着看呆了，子度低低向淑云说道："那年轻的，不是雯青的如夫人吗？大约那中年的，就是正太太了。"淑云点头道："不差，大约雯青已到了，我们客单上，快添上吧！我想我先回去拜他一趟，后日好相见。你在这里给园主人把后天的事情说定，叫他把东边老园的花厅，借给我们做会所就得了。"子度答应，自去找寻园主人。这里淑云见雯青的家眷，许多人簇拥着上楼，拣定座儿，自去啜茗。淑云也无心细看，连忙叫着管家伺候，匆匆上车回去拜客不提。

原来雯青还是昨日上午抵埠的，被脚靴手版〔42〕，胶扰了一日，直到上灯时，方领了彩云，进了洋务局公馆，知道夫人在此，连忙接来，夫妻团聚，畅话离情，快活自不必说。到了次日，雯青叫张夫人领着彩云各处游玩,自己也出门拜访友好,直闹到天黑方归。正在上房,一面叫彩云伺候更衣,一面与夫人谈天,细问今日游玩的景致,张夫人一一的诉说。那当儿,金升拿着个帖子,上来回道:"刚才薛大人自己来过,请大人后日到味莼园一聚,万勿推辞。临走留下一个帖子。"雯青就在金升手里,看了一看,微笑道:"原来这班人都在这里,倒也难得。"又向金升道:"你去外头招呼匡大人一声,说我去的,叫匡大人也去,不可辜负了薛大人一片雅意。"金升诺诺答应下去。当日无话。

单说这日重阳佳节,雯青在洋务局吃了早饭,约着次芳坐车直到味莼园。到得园门,把车拉进老园洋房停着,只见门口已停满了五六辆轿车,阶上站着无数红缨青褂的家人。雯青、次芳一同下车,就有家人进去通报,淑云满面笑容的把雯青、次芳迎接进去。此时花厅上早是冠裳济楚,坐着无数客人,见雯青进来,都站起来让坐。雯青周围一看,只见顺斋、台霞、仁甫、美菽、忠华、子度一班熟人,都在那里。雯青一一寒暄了几句,方才告坐。淑云先开口向雯青道:"我们还是那年在一家春一叙,一别十年,不想又在这里相会。最难得的,仍是原班,不弱〔43〕一个!不过绿鬓〔44〕少年,都换了华颠〔45〕老子了。"说罢,拈须微笑。子度道:"记得那年全安栈相见的时候,正是雯兄大魁天下衣锦荣归的当儿,少年富贵,真使弟辈艳羡无穷。"

雯青道:"少年陈迹,令人汗颜〔46〕。小弟只记得那年畅闻高论,所谈西国政治艺术,天惊石破,推崇备至,私心窃以为过当!如今靠着国家洪福,周游各国,方信诸君言之不谬。可惜小弟学浅才疏,不能替国家宣扬令德，那里及淑翁博闻多识，中外仰望，又有子度兄相助为理，此次出洋，必能争回多少利权，增重多少国体。弟辈惟有拭目相望耳！”淑云、子度谦逊了一回。台霞道：“那时中国风气未开，有人讨论西学，就是汉奸。雯兄，你还记得吗？郭筠仙[47]侍郎喜谈洋务，几乎被乡人驱逐；曾劼刚[48]袭侯，学了洋文，他的夫人喜欢弹弹洋琴，人家就说他吃教的[49]。这些粗俗的事情，尚且如此，政治艺术，不要说雯兄疑心，便是弟辈，也不能十分坚信。”美菽道：“如今大家眼光，比从前又换一点儿了。听说俞西塘京卿，在家饮食起居，都依洋派，公子小姐，出门常穿西装，在京里应酬场中，倒也没有听见人家议论他，岂不奇怪！”

大家听了，正要动问，只见一个家人手持红帖，匆忙进来通报道：“俞大人到！”雯青一眼看去，只见走进一个四十多岁的体面人来，细长干儿，椭圆脸儿，雪白的皮色，乌油油两绺微须，蓝顶花翎[50]，满面风芒的，就给淑云作下揖去，口里连说迟到。淑云正在送茶，后面家人又领进一位粗眉大眼挺腰凸肚的客人，淑云顺手也送了茶，就招呼雯青道：“这位就是柴韵甫观察[51]，新从常镇道任所到此。我们此会，借重不少哩！”韵甫忙说不敢，就给大家相见。淑云见客已到齐，忙叫家人摆起酒来，送酒定座，忙了一回，于是各各归坐，举杯道谢之后，大家就纵饮畅谈起来。

雯青向顺斋道：“听说东瀛[52]从前崇尚汉学，遗籍甚多，往往有中土失传之本，而彼国尚有流传。弟在海外，就知阁下搜辑甚多，正有功艺林之作也。”顺斋道：“经生结习[53]，没有什么关系的。要比到子度兄所作的《日本国志》,把岛国的政治风俗,网罗无遗,正是周鼎康瓠[54],不可同语了!”子度道:“日本自明治变法[55],三十年来,进步之速,可惊可愕。弟的这书,也不过断烂朝报,一篇陈帐,不适用的了。”西塘道:“日本近来注意朝鲜,倒是一件极可虑的事。即如那年朝鲜李昰应之乱[56],日本已遣外务卿井上馨率兵前往,幸亏我兵先到半日,得以和平了事,否则朝鲜早变了琉球之续了。”子度微笑,指着淑云、顺斋道:“这事都亏了两位赞助之功。”淑云道:“岂敢!小弟不过上书庄制军[57],请其先发海军往救,不必转商总理衙门,致稽时日罢了。至这事成功的枢纽……”说到这里,向着顺斋道:“究竟还靠顺斋在东京,探得确信,急递密电,所以制军得豫为之备,迅速成功哩!”美菽道:“可惜后来伊藤博文[58]到津,何太真[59]受了北洋之命,与彼立了攻守同盟的条约。我恐朝鲜将来有事,中日两国,必然难免争端吧!”

雯青道:“朝鲜一地,不但日本眈眈虎视,即俄国蓄意,亦非一日了。”淑云道:“不差,小弟闻得吾兄这回回国,俄皇有临别之言,不晓得究竟如何说法?”雯青道:“我兄消息好灵!此事确是有的。就是兄弟这次回国时,到俄宫辞别,俄皇特为免冠握手,对兄弟道:‘近来外人都道朕欲和贵国为难,且有吞并朝鲜的意思,这种议论,都是西边大国造出来离间我们邦交的。其实中俄交谊,在各国之先,朕那里肯废弃呢!况且我国新灭了波兰,又割了瑞典、芬兰,还有图尔齐斯坦[60]各部,朕日夜兢兢,方要绥和斯地,万不愿生事境外的。至于东境铁路,原为运输海参威、珲春商货起见,更没别意。又有人说我国海军，被英国截住君士坦丁峡[61]，没了屯泊所，所以要从事朝鲜，这话更不然了。近年我已在黑海旁边，得了停泊善澳[62]，北边又有煤矿，又在库页岛得了海口两处，皆风静水暖，矿苗丰富的；再者俄与丹马[63]婚姻之国，倘要济师，丹马海峡，也可借道，何必要朝鲜呢！贵大人归国，可将此意，劝告政府，务敦睦谊。'这都是俄皇亲口对弟说的。至于其说是否发于至诚，弟却不敢妄断，只好据以直告罢了。"淑云道："现在各国内力充满，譬如一杯满水，不能不溢于外。侵略政策，出自天然，俄皇的话，就算是真心，那里强得过天运[64]呢！孙子[65]曰：'毋恃人之不来，恃我有以待之！'为今之计，我国只有力图自强，方足自存在这种大战国世界哩！"

雯青道："当今自强之道，究以何者为先？淑翁留心有素，必能发抒宏议。"淑云道："富强大计，条目繁多，弟辈蠡测，那里能尽！只就职分所当尽者，即如现在交涉里头，有两件必须力争的，第一件，该把我国列入公法之内，凡事不至十分吃亏；第二件，南洋各埠，都该添设领事，使侨民有所依归。这两事，虽然看似寻常，却与大局很有关系。弟从前曾有论著，这回出去，决计要实行的了。"次芳道："淑翁所论，自是外交急务。若论内政，愚意当以练兵为第一，练兵之中，尤以练海军为最要。近日北洋海军，经威毅伯极意经营，丁雨汀[66]尽心操演，将来必能收效的。但近闻海军衙门军需要款，常有移作别用的。一国命脉所系，岂容儿戏呢？真不可解了！"忠华道："练兵固不可缓，然依弟愚见，如以化学比例，兵事尚是混合体，决非原质。历观各国立国，各有原质，如英国的原质是商，德国的原质是工，美国的原质是农。农工商三样,实是国家的命脉。各依其国的风俗性情,政策因而有所注重。我国倘要自强,必当使商有新思想,工有新技术,农有新树艺[67],方有振兴的希望哩!”仁甫道:“实业战争,原比兵力战争更烈,忠华兄真探本之论!小弟这回游历英、美,留心工商界,觉得现在有两件怪物,其力足以灭国殄种,我国所必当预防的,一是银行,一是铁路。银行非钱铺[68]可比,经其规制,一国金钱的势力,听其弛张了;铁路亦非驿站[69]可比,入其范围,一国交通的机关,受其节制了。我国若不先自下手,自办银行,自筑铁路,必被外人先我着鞭,倒是心腹大患哩!”

台霞道:“西国富强的本原,据兄弟愚见,却不尽在这些治兵制器惠工通商诸事上头哩!第一在政体。西人视国家为百姓的公产,不是朝廷的世业,一切政事,内有上下议院,外有地方自治,人人有议政的权柄,自然人人有爱国的思想了。第二在教育。各国学堂林立,百姓读书,归国家管理,无论何人,不准不读书,西人叫做强逼教育。通国无不识字的百姓,即贩夫走卒,也都通晓天下大势。民智日进,国力自然日大了。又不禁党会,增大他的团结力;不讳权利,养成他的竞争心。尊信义,重廉耻,还是余事哩!我国现在事事要仿效西法,徒然用心那些机器艺术的形迹,是不中用的。”

西塘道:“政体一层,我国数千年来,都是皇上一人独断的,一时恐难改变。只有教育一事,万不可缓。现在我国四万万人,读书识字的,还不到一万万,大半痴愚无知,无怪他们要叫我们做半开化国了。现在朝廷如肯废了科举,大开学堂,十年之后,必然收效。不过弟意,现办学堂,这些专门高等的倒可从缓,只有普通小学堂,最是要紧。因为小学堂,是专教成好百姓的,只要有了好百姓,就不怕他没有好国家了。"韵甫道:"办学堂,开民智,固然是要紧,但也有一层流弊,该慎之于始。兄弟从前到过各国学堂,常听见那些学生,终日在那里讲究什么卢梭的《民约论》[70],孟德斯鸠的《法律魂》[71],满口里无非'革命''流血''平权''自由'的话。我国如果要开学堂,先要把这种书禁绝,不许学生寓目才好。否则开了学堂,不是造就人材,倒造就叛逆了。"美菽道:"要说到这个流弊,如今还早哩!现在我国民智不开,固然在上的人,教育无方,然也是我国文字太深,且与语言分途的缘故,那里能给言文一致的国度比较呢!兄弟的意思,现在必须另造一种通行文字,给白话一样的方好。还有一事,各国提倡文学,最重小说、戏曲,因为百姓容易受他的感化。如今我国的小说、戏曲,太不讲究了,佳人才子,千篇一律,固然毫无道理;否则开口便是骊山老母[72]、齐天大圣[73],闭口又是白玉堂[74]、黄天霸[75],一派妖乱迷信的话,布满在下等人心里,北几省此风更甚,倒也是开化的一件大大可虑的事哩!"

当时味纯园席上的人,你一句,我一句,正在兴高采烈,议论天下大势的时候,忽见走进一个家人,站在雯青身边,低低的回道:"太太打发人来,说京里有紧要电报到来,请老爷即刻回去。"大家都吃了一惊,方隔断了话头。雯青心里有事,坐不住,只好起身告辞。正是:

海客高谈惊四座,京华芳讯报三迁[76]。

欲知后事,且听下回。

按,本回回目原标为:"游草地,商量请客单;借花园,开设谭瀛会。"

〔1〕 落瞜(hù):方言词。入睡。瞜,从入睡到醒来为一瞜。

〔2〕 介:语尾助词。方言。相当于呢。

〔3〕 覅:勿要二字合音。吴语。不要。

〔4〕 呡朵:你们。同呡笃。

〔5〕 俚:他(她)。下同。

〔6〕 昨伲:昨天。

〔7〕 事体:事情、事;东西。吴语。

〔8〕 侬:我。下同。

〔9〕 拉:在。

〔10〕 浪:上。

〔11〕 子:了。下同。

〔12〕 朵:语气词。

〔13〕 个末:那么。

〔14〕 伲:我、我们。

〔15〕 翻淘:翻腾。动一动,问一问。

〔16〕 里势:里面。

〔17〕 个:这。

〔18〕 哉:了。语气助词。

〔19〕 劳什子:东西、家伙。

〔20〕 通事:翻译。

〔21〕 爪窪园:指爪洼。今印度尼西亚。明代以来说远,往往说爪洼。

〔22〕 名节:名声。

〔23〕 味莼园:张氏花园。原为西人格农所建。1882 年售于无锡人张叔和,故又称张园。位于麦特赫司脱路(今泰兴路),北至康定路,南至威海路。1885 年对外开放,有各种娱乐设施;安垲第在其内。

〔24〕 油碧:指女士乘车。

〔25〕 丝鞭:指男士骑马。

〔26〕 光风霁月:比喻神清气爽而开朗。

〔27〕　匡济：匡时济世。有政治抱负。
〔28〕　盎：洋溢。
〔29〕　盍簪之聚：盍簪，指会合，也指朋友。此处指衣冠人物的聚会，士大夫聚会。
〔30〕　全帖：请柬。由五页纸制成一个折子。
〔31〕　持旄：持节当过使臣的。
〔32〕　壮游：游历。
〔33〕　重译：多重翻译。指外国。
〔34〕　交通：交往、交流。
〔35〕　金玉：金玉良言。指发议论。
〔36〕　台衔：姓名官衔。
〔37〕　印：官印。指名字。
〔38〕　柴龢：号韵甫。影射蔡钧，字和甫。江西上饶人。监生出身。官至内阁学士，出使日本大臣。
〔39〕　大理寺正堂：大理寺，三法司之一。略似于今之最高法院，负责审理特别重大的案件。正堂，即大理寺卿，大理寺长官。
〔40〕　俞耿：号西塘。影射裕庚，字朗西。汉军旗人。优贡。官太仆寺卿，出使法国大臣。
〔41〕　雏姬：青年美妾。
〔42〕　手版：本是品官上朝用的笏，这里指手本，即拜客用的写有姓名履历的名片。
〔43〕　不弱：不少。
〔44〕　绿鬓：指黑头发。
〔45〕　华颠：白头，白头发。
〔46〕　汗颜：惭愧。
〔47〕　郭筠仙：郭嵩焘（1818—1891），字伯琛，号筠仙。湖南湘阴人。道光进士。外交家。著有《养知书屋遗集》、《史记札记》等。1875 年（光绪元年）擢兵部侍郎，首任出使英国大臣；1878 年兼任驻法国大臣。主张学习西方科技。
〔48〕　曾劼刚：曾纪泽，字劼刚。已见前注。
〔49〕　吃教的：投靠洋教的。这是当时排外的说法。

〔50〕 花翎：孔雀花翎。有单眼、双眼、三眼之别。原是特恩赏赐给大臣戴的，咸丰以后很滥，五品以上官员可以捐款获得。

〔51〕 观察：道员称观察。

〔52〕 东瀛：日本。

〔53〕 结习：习惯。

〔54〕 周鼎康瓟（gū）：周代的鼎是宝器。此处比喻杰出。康瓟即康瓠，已经破损的空瓦壶。比喻陋劣平庸。贾谊《吊屈原赋》："斡弃周鼎兮宝康瓠。"

〔55〕 明治变法：也称明治维新。日本睦仁天皇（1852—1912）。1867年即位，从幕府将军德川庆喜手中接过政权，次年改年号为明治。三十年中进行了一系列政治改革（如"废藩置县"、"地税改革"等），废除了封建幕藩制度，建立了近代民族国家，发展资本主义经济，逐渐强盛起来。

〔56〕 李昰应之乱：即壬午之乱。李昰应，朝鲜第二十六代国王李熙之父，封为大院君，摄国政。李熙年幼，以政权归于外戚闵氏。朝廷互相倾轧，酿成壬午（1882）之乱。朝鲜当时为中国保护国，清政府出兵镇压，囚李昰应于保定；三年后释还。当时日本也借口出兵朝鲜。

〔57〕 庄制军：指张树声。其时直隶总督北洋大臣李鸿章丁忧离职，由张树声代理。张树声接到黎庶昌日本要袭击朝鲜的电报，派遣水师提督丁汝昌率兵舰往援，马建忠随行任谋主。总督称制军、制台。

〔58〕 伊藤博文（1841—1909）：1885年起四次任日本首相。执政期间发动中日战争，强迫清政府接受《马关条约》，夺取台湾，并置朝鲜于日本统治之下。1906年任朝鲜统监，封公爵。1909年在哈尔滨被朝鲜志士安重根刺死。

〔59〕 何太真：指吴大澂。参见第二回注〔78〕。其时吴大澂任会办北洋军务大臣。

〔60〕 图尔齐斯坦：也译作突厥斯坦。其地区在今阿姆河与锡尔河之间的河间地带，锡尔河东北和天山以北到阿尔泰山麓草原地带，喀什噶尔地区。中世纪为蒙古察合台汗国。其后河间地带的浩罕、布哈拉、基华三个汗国先后被俄国吞并；草原地带的土库曼、乌兹别

克和哈萨克、吉尔吉斯、塔吉克也大部分被俄国侵占。喀什噶尔地区即我国新疆。

〔61〕 君士坦丁峡:土耳其海峡,即博斯普鲁斯海峡。君士坦丁堡为主要港口,即今土耳其首都伊斯坦布尔。

〔62〕 善澳:良港。

〔63〕 丹马:丹麦。

〔64〕 天运:自然规律。

〔65〕 孙子:孙武。《孙子兵法》的作者。

〔66〕 丁雨汀:指丁汝昌(1836—1895),字禹廷。安徽庐江人。长江水师出身。李鸿章筹建海军,派丁汝昌到欧洲购置军舰,回国后即统领北洋水师。1888 年北洋舰队编成,丁汝昌任海军提督。1894 年甲午战争爆发,黄海海战战败,退守威海卫。次年 2 月日军陆海军围攻威海,力战不胜,不肯投降,自杀殉职。

〔67〕 新树艺:新农艺。

〔68〕 钱铺:旧时钱庄,业务范围有限,资本也小,不具备现代银行的所有金融功能。

〔69〕 驿站:旧时驿站虽为国家交通工具,设施差,能力低。

〔70〕 卢梭、《民约论》:卢梭(1712—1778),法国启蒙思想家。参见第二回注〔27〕卢骚条。《民约论》白话文译本为《社会契约论》,政论书。清末严复文言译本《民约论》影响较大。

〔71〕 孟德斯鸠、《法律魂》:孟德斯鸠(1689—1755),法国启蒙思想家、法学家。提倡立法、行政、司法三权分立。有《波斯人信札》、《论法的精神》等著作。《法律魂》新译本名《论法的精神》,严复译名为《法意》。

〔72〕 骊山老母:神话中女仙人。小说戏曲也写作黎山老母。

〔73〕 齐天大圣:《西游记》中孙悟空自号齐天大圣。

〔74〕 白玉堂:《三侠五义》中锦毛鼠白玉堂。《七侠五义》同。

〔75〕 黄天霸:《施公案》中捕快。

〔76〕 三迁:泛指破格升官。

第 十 卷

第十九回

淋漓数行墨五陵[1]未死健儿心
的烁三明珠一笑来觞名士寿

上回叙的是薛淑云在味莼园开谭瀛会，大家正在高谈阔论，忽因雯青家中接到了京电，不知甚事，雯青不及终席，就道谢兴辞，赶回洋务局公馆。却见夫人满面笑容的，接出中堂道："恭喜老爷。"雯青倒愕然道："喜从何来？"张夫人笑道："别忙，横竖跑不了，你且换了衣服。彩云，烦你把刚才陆大人打来的电报，拿给老爷看。"那个当儿，阿福站在雯青面前，脱帽换靴。彩云爬在张夫人椅子背上，怔怔的听着，猛听得夫人呼唤，忙道："太太，搁在那里呢？"夫人道："刚在屋里书桌儿上给你同看的，怎么忘了？"彩云一笑，扭身进去。这里张夫人看着阿福给雯青升冠卸褂，解带脱靴，换好便衣，靠窗坐着，阿福自出宅门。彩云恰好手拿个红字白封儿，跨出房来。雯青忙伸手来接，彩云偏一缩手，递给张夫人道："太太看，这个是不是？"夫人点头，顺手递在雯青手里，雯青抽出，只见电文道：

上海斜桥洋务局出使大人金鉴：燕得内信，兄派总署，谕行发，嘱速来。葶庚[2]。

雯青看完道："这倒想不到的，既然小燕传出来的消息，必是确的，只好明后日动身了。"夫人道："小燕是谁？"雯青道："就是庄焕英侍郎，从前中俄交界图，我也托他呈递的。这人非常能干，东西两宫，都喜欢他，连内监们也没个说他不好，所以上头的举动，他总比人家先晓得一点。他来招呼我，足见要好，倒不可辜负。夫人你可领着彩云，把行李赶紧拾掇起来，我们后日准走。"张夫人答应了，自去收拾。雯青也出门至各处辞行。恰值淑云、子度，也定明日放洋，忠华回湖北，韵甫回镇江，当晚韵甫作主人，还在密采里[3]吃了一顿，欢聚至更深而散。明日各奔前程。

话分两头。如今且把各人按下，单说雯青带着全眷并次芳等，乘轮赴津。到津后，直托次芳护着家眷船，由水路进发；自己特向威毅伯处，借了一辆骡车，带着老仆金升及两个俊童，轻车简从，先从旱路进京。此时正是秋末冬初，川原萧索，凉风飒飒，黄沙漫漫。这日走到河西务[4]地方，一个铜盆大的落日，只留得半个在地平线上，颜色恰似初开的淡红西瓜一般，回光反照，在几家野店的屋脊上，煞是好看。原来那地方，正是河西务的大镇，一条很长的街，街上也有个小小巡检[5]衙门，衙两旁，客店甚多。雯青车子一进市口，就有许多店伙迎上来，要揽这个好买卖，老远的喊道："我们那儿屋子干净，炕儿大，吃喝好，伺候又周到，请老爷试试就知道。"鹅呛鸭嘴的不了。

雯青忙叫金升飞马前去，看定回报。谁知一去多时，绝无信息。雯青性急，叫赶上前去，拣大店落宿。过了几个店门，都不合意，将近市梢，有一个大店，门前竹竿子，远远挑出一扇青边白地的毡帘，两扇

破落大门半开着,门上贴着一副半拉下的褪红纸门对,写的是:

三千上客纷纷至,

百万财源滚滚来。

望进去,一片挺大的围场,正中三开间,一溜上屋,两旁边还有多少厢房,场中却已停着好几辆客车。雯青看这店还宽厂,就叫把车赶进去,一进门,还没下车,就听金升高声丧气,倒在那里给一个胖白面的少年人吵骂。少年背后,还站着个四五十岁,紫膛脸色,板刷般的乌须,眼上架着乌油油的头号墨晶镜,口衔京潮烟袋,一个官儿模样的人。阶前伺候多少家人。只听金升道:“那儿跑出这种不讲理的少爷大人们,仗着谁的大腰子〔6〕,动不动就捆人! 你也不看看我姓金的,捆得捆不得? 这回儿你们敢捆,请捆!”

那少年一听,双脚乱跳,道:“好,好,好撒野! 你就是王府的包衣〔7〕,今天我偏捆了再说! 来,给我捆起这个没王法的忘八!”这一声号令,阶下那班如狼如虎的健仆,个个摩拳擦掌,只待动手,斜刺里〔8〕那个紫膛脸的倒走出来拦住,对金升道:“你也太不晓事了! 我却不怪你,大约你还才进京,不知利害。我教你个乖,这位是当个户部侍郎总理衙门大臣庄焕英庄大人的少大人,这回替他老大人给老佛爷〔9〕和佛爷〔10〕办洋货进去的。这位庄大人,仿佛是皇帝的好朋友,太后的老总管,说句把话,比什么也灵。你别靠着你主人,有一个什么官儿仗腰子,就是斗大的红顶儿,只要给庄大人轻轻一拨,保管骨碌碌的滚下来。你明白点儿,我劝你走吧!”

雯青听到这里,忍不住欻的跳下车来,喝金升道:“休得无礼!”

就走上几步,给那少年作揖道:"足下〔11〕休作这老奴的准,大概他今天喝醉了。既然这屋子是足下先来,那有迁让的理。况刚才听那位说,足下是小燕兄的世兄,兄弟给小燕数十年交好,足下出门,方且该诸事照应,倒争夺起屋子来,笑话,笑话!"说罢,就回头问着那些站着的店伙道:"这里两厢有空屋没有?要没有,我们好找别家。"店伙连忙应着:"有,东厢空着。"雯青向金升道:"把行李搬往东厢,不许多事。"此时那少年见雯青气概堂皇,说话又来得正大,知道不是寻常过客,到反过脸,很足恭的还了一揖,问道:"不敢动问尊驾〔12〕高姓大名?"雯青笑道:"不敢,在下就是金雯青。"那少年忽然脸上一红道:"呀,可了不得,早知是金老伯,就是尊价〔13〕逼人太甚,也不该给他争执了!可恨他终究没提个金字,如今老伯只好宽恕小侄无知冒犯,请里边去坐罢,小侄情愿奉让正屋。"

雯青口说不必,却大踏步走进中堂,昂然上坐。那少年只好下首陪着,紫膛脸的坐在旁边。雯青道:"世兄大名,不是一个'南'字,雅篆〔14〕叫做稚燕〔15〕吗?这是兄弟常听令尊〔16〕说的。"那庄稚燕只好应了个"是"。雯青又指着那紫膛脸的道:"倒是这位,没有请教。"那个紫膛脸的半天没有他插嘴处,但是看看庄稚燕如此奉承,早忖是个大来头,今忽然问到,就恭恭敬敬站着道:"职道鱼邦礼〔17〕,号阳伯,山东济南府人。因引见进京,在沪上遇见稚燕兄,相约着同行的。"雯青点点头。庄稚燕又几回请雯青把行李搬来,雯青连说不必。

却说这中堂正对着那个围场,四扇大窗洞开,场上的事,一目了然。雯青嘴说不必的时候,两只眼却只看着金升等搬运行李下车,还没卸下,忽听门外一阵鸾铃[18],珰珰的自远而近。不一会,就见一头纯黑色的高头大骡,如风的卷进店来。骡上骑着一位六尺来高的身材,红颜白发,大眼长眉,一部雪一般的长须,头戴编蒲遮日帽,身穿乌绒阔镶的乐亭[19]布袍,外罩一件韦陀金边巴图鲁[20]夹砍肩,脚蹬一双绿皮盖板快靴。一手背着个小包儿,一手提着丝缰,直闯到东厢边,下了骡,把骡系在一棵树上,好像定下似的,不问长短,走进东厢,拉着一把椅子,就靠门坐下,高声叫:“伙计,你把这头骡,好生喂着,委屈了,可问你!”那伙计连声应着。待走,老者又喊道:“回来,回来!”伙计只得垂手站定。老者道:“回头带了开水来,打脸水,沏茶,别忘了!”那伙计又站了一回,见他无话,方走了。

金升正待把行李搬进厢房,见了这个情形,忙拉住了店主人,瞪着眼问道:“你说东厢空着,怎么又留别人?”那店主人赔着笑道:“这事只好求二爷[21]包荒[22]些,东厢不是王老爹来,原空着在那里。谁知他老偏又来到。不瞒二爷说,别人早赶了。这位王老爹,又是城里半壁街上有名的大刀王二[23],是个好汉,江湖上谁敢得罪他!所以只好求二爷回回贵上,咱们商量个好法子才是。”一句话没了,金升跺脚喊道:“我不知道什么王二王三,我只要屋子!”

场上吵嚷,雯青、稚燕,都听得清清楚楚。雯青正要开口,却见稚燕走到台阶上喊道:“你们嚷什么,把金大人的行李,搬进这屋里来就得了!”回过头来,向着阶上几个家人道:“你们别闲看,快去帮个忙儿!”众家人得了这一声,就一哄上去,不由金升作主,七手八脚把东西都搬进来。店家看有了住处,慢慢就溜开。金升拿铺盖铺在东首屋里炕上,嘴里还只管咕噜。雯青只做不见不闻,由他们去闹,直到拾掇停当,方站起来向稚燕道:"承世兄不弃,我们做一夜邻居吧!"稚燕道:"老伯肯容小侄奉陪,已是三生之幸了!"雯青道了"岂敢",就拱手道:"大家各便罢!"说完,两个俊童,就打起帘子。雯青进了东屋,看金升部署了一回。

那时天色已黑,屋里乌洞洞,伸手不见五指,金升在网篮内翻出洋蜡台,将要点上,雯青摇手道:"且慢。"一边说,一边就掀帘出来,只见对面房静悄悄的下着帘子,帘内灯烛辉煌。雯青忙走上几步,伏在帘缝边一张,只见庄、鱼两人,盘腿对坐在炕上。当中摆着个炕几,几上堆满了无数的真珠盘金表,钻石镶嵌小八音琴,还有各种西洋精巧玩意儿,映着炕上两枝红色宫烛,越显得五色迷离,宝光闪烁。几尽头却横着一只香楠雕花画匣,匣旁卷着一个玉赙[24]锦签的大手卷。只见稚燕却只顾把那些玩意一样一样给阳伯看,阳伯笑道:"这种东西,难道也是进贡的吗?"稚燕正色道:"你别小看了这个。我们老人家一点尽忠报国的意思,全靠他哩!"阳伯怔了怔,稚燕忙接说道:"这个不怪你不懂。近来小主人,很愿意维新,极喜欢西法,所以连这些新样的小东西,都爱得了不得。不过这个意思,外人还没有知道,我们老人家,给总管连公公[25]是拜把子,是他通的信。每回上里头去,总带一两样在袖子里,奏对得高兴,就进呈了。阳伯,你别当他是玩意!我们老人家的苦心,要借这种小东西,引起上头推行新政的心思。"阳伯点头领会,顺手又把那手卷,慢慢摊出来,一面看,一面说道:“就是这一样东西,送给尊大人,不太菲[26]吗!”稚燕哈哈笑道:“你真不知道我们老爷子的脾气了。他一生饱学,却没有巴结上一个正途功名,心里常常不平,只要碰着正途上的名公巨卿,他事事偏要争胜。这会儿,他见潘八瀛搜罗商彝周鼎,龚和甫收藏宋椠元钞[27],他就立了一个愿,专收王石谷[28]的画,先把书斋的名儿,叫做了‘百石斋’,见得不到百幅不歇手,如今已有了九十九幅了,只少一幅。老爷子说,这一幅,必要巨轴精品,好做个压卷。”说着,手指那画卷道:“你看这幅《长江万里图》[29],又浓厚,又超脱,真是石谷四十岁后得意之作,老爷子见了,必然喜出望外。你求的事情,不要说个把海关道,只怕再大一点也行。”说到这里,又拍着阳伯的肩道:“老阳,你可要好好谢我!刚才从上海赶来的那个画主儿,一个是寡妇,一个是小孩子,要不是我用绝情手段,硬把他们关到河西务巡检司的衙门里,你那里能安稳得这幅画呢!”阳伯道:“我倒想不到这个妇人跟那孩子,这么泼赖,为了这画儿,不怕老远的赶来,看刚才那样儿,真要给兄弟拼命了。”稚燕道:“你也别怪她。据你说,这妇人的丈夫,也是个名秀才,叫做张古董,为了这幅画,把家产都给了人,因此贫病死了,临死叮嘱子孙穷死不准卖。如今你骗了她来,只说看看就还,谁知你给她一卷走了,怎么叫她不给你拼命呢!”阳伯听了,笑了一笑。

此时帘内的人,一递一句说得高兴,谁知帘外的人,一言半语也听得清楚。雯青心里暗道:“原来他们在那里做伤天害理的事情!怪道不肯留我同住。”想想有些不耐烦,正想回身,忽见西面壁上,一片雪白的灯光影里，欻的现出一个黑人影子，仿佛手里还拿把刀，一闪就闪上梁去了，雯青倒吓一跳。恰要抬头细看，只见窗外围场中，飞快的跑进几个人来，嘴里嚷道："好奇怪，巡检衙门里关的一男一女都跑掉了。"雯青见有人来，就轻轻溜回东屋，忙叫小童点起蜡来，摊着书看，耳朵却听外面，只听许多人直嚷到中堂。庄、鱼两人听了，直跳起来，问怎么跑的，就有一个人回道："恰才有个管家，拿了金沟金大人的片子，跑来见我们本官，说金大人给那两人熟识，劝他几句话，必然肯听；金大人已给两位大人说明，特为叫小的来面见她们，哄她们回南的。本官信了，就请那管家进班房去。一进去半个时辰，再不出来。本官动疑，立刻打发我们去看，谁知早走得无影无踪了。门却没开，只开了一扇凉槅子。两个看班房的人，昏迷在地。本官已先派人去追，特叫小的来报知。"

雯青听得用了自己的片子，倒也吃惊，忙跑出来，问那人道："你看见那管家什么样子？"那人道："是个老头儿。"庄、鱼两人听了，倒面面相视了一回。雯青忙叫金升跟两个童儿上来，叫那人相[30]是不是。那人一见摇头道："不是，不是，那个是长白胡子的。"庄、鱼两人都道："奇了，谁敢冒充金老伯的管家？还有那个片子，怎么会到他手里呢？"雯青冷笑道："拿张片子有什么奇，比片子再贵重点儿的东西，他要拿就拿。不瞒二位说，刚才兄弟在屋里，没点灯，靠窗坐着，眼角边忽然飞过一个人影，直钻进你们屋里去。兄弟正要叫，你们就闹起跑了人了。依兄弟看来，跑了人还不要紧，倒怕屋里东西，有什么走失。"

一语提醒两人，鱼阳伯拔脚就走，才打起帘儿，就忘命的喊道："炕儿上的画儿，连匣子都那里去了！"稚燕、雯青也跟着进来，帮他四面搜寻，那有一点影儿。忽听稚燕指着墙上叫道："这几行字儿是谁写的？刚刚还是雪白的墙。"雯青就踱过来仰头一看，见几笔歪歪斜斜的行书，虽然粗率，倒有点倔强之态。雯青就一句一句的照读道：

王二王二，杀人如儿戏；空际纵横一把刀，专削人间不平气！有图曰《长江》，王二挟之飞出窗；还之孤儿寡妇手，看彼笑脸开双双！笑脸双开，王二快哉。回鞭直指长安道，半壁街上秋风哀！

三个人都看呆了。门口许多人，也探头探脑的诧异。阳伯拍着腿道："这强盗好大胆，他放了人，抢了东西，还敢称名道姓的吓唬我！我今夜拿不住他算铲头〔31〕！"稚燕道："不但说姓名，连面貌都给你认清了。"阳伯喊道："谁见狗面？"稚燕道："你不记得给金老伯抢东厢房那个骑黑骡儿的老头儿吗？今儿的事，不是他是谁？"阳伯听了，欻然站起来往外跑道："不差，我们往东厢去拿这忘八！"稚燕冷笑道："早哩，人家还睡着等你捆呢！"阳伯不信，叫人去看，果然回说，一间空房，骡子也没了。稚燕道："那个人既有本事衙门里骗走人，又会在我们人堆里取东西，那就是个了不得的。你一时那里去找寻？我看今夜只好别闹了，到明日再商量吧。"说完，就冲着雯青道："老伯说是不是？"雯青自然附和了，阳伯只得低头无语。稚燕就硬作主，把巡检衙门报信人打发了，大家各散。当夜无话。

雯青一瞌醒来，已是“鸡声茅店人迹板桥[32]”的时候，侧耳一听，只有四壁虫声唧唧，间壁房里，静悄悄地。雯青忙叫金升问时，谁知庄、鱼两人，赶三更天，早是人马翻腾的走了。雯青赶忙起来，盥嗽，叫起车夫，驾好牲口，装齐行李，也自长行。

看官，且莫问雯青，只说庄、鱼两人，这晚走得怎早？原来鱼阳伯失去了这一分重赂，心里好似已经革了官一般，在炕上反复不眠，意思倒疑是雯青的手脚。稚燕道：“你有的是钱，只要你肯拿出来，东海龙王，也叫他搬了家，虾兵蟹将怕什么！”又说了些京里走门路的法子，把阳伯说得火拉拉的，等不到天亮，就催着稚燕赶路。一路鞭骡喝马，次日就进了京城。阳伯自找大客店落宿。稚燕径进内城，到锡蜡胡同[33]本宅下车，知道父亲总理衙门散值初回，正歇中觉，自己把行李部署一回，还没了，早有人来叫。稚燕整衣上去，见小燕已换便衣，危坐在大洋圈椅里，看门簿上的来客，一个门公站在身旁。稚燕来了，那门公方托着门簿自去。小燕问了些置办的洋货，稚燕一一回答了，顺便告诉小燕有幅王石谷的长江图，本来有个候补道鱼邦礼，要送给父亲的，可惜半路被人抢去了。小燕道：“谁敢抢去？”稚燕因把路上盗图的事，说了一遍，却描头画角，都推在雯青身上。小燕道：“雯青给我至好，何况这回派入总署，还是我的力量多哩，怎么倒忘恩反噬？可恨！可恨！叫他等着吧！”稚燕冷笑道：“他还说爹爹许多话哩！”

小燕作色道：“这会儿且不用提他，我还有要事吩咐你哩！你赶快出城，给我上韩家潭余庆堂菱云那里去一趟，叫他今儿午后，到后载门[34]成大人花园里伺候李老爷，说我吩咐的，别误了！”稚燕怔着道：“李老爷是谁？大人自己不叫，怎么倒替人家叫？”小燕笑道：“这不怪你要不懂了。姓李的就是李纯客，他是个当今老名士，年纪是三朝耆硕，文章为四海宗师，如今要收罗名士，收罗了他，就是擒贼擒王之意。这个老头儿相貌清癯，脾气古怪，谁不合了他意，不论在大庭广坐，也不管是名公巨卿，顿时瞪起一双谷秋眼[35]，竖起三根晓星须[36]，肆口谩骂，不留余地。其实性情直率，不过是个老孩儿，晓得底细的常常当面戏弄他，他也不知道。他喜欢闹闹相公，又不肯出钱，只说相公都是爱慕文名，自来昵就[37]的。那里知道几个有名的，如素云是袁尚秋替他招呼，怡云是成伯怡代为道地[38]，老先生还自鸣得意，说是风尘[39]知己哩。就是这个菱云，他最爱慕的，所以常常暗地贴钱给他。今儿个是他的生日，成伯怡祭酒，在他的云卧园，大集诸名士，替他做寿。大约那素云、怡云必然到的，你快去招呼菱云早些前去。”

稚燕道：“这位老先生，有什么权势，爹爹这样奉承他呢？”小燕哈哈笑道：“他的权势大着哩！你不知道，君相的斧钺，威行百年，文人的笔墨，威行千年。我们的是非生死，将来全靠这班人的笔头上定的。况且朝廷不日要考御史，听说潘、龚两尚书，都要劝纯客去考。纯客一到台谏[40]，必然是个铁中铮铮，我们要想在这个所在，做点事业，台谏的声气[41]，总要联络通灵方好，岂可不烧烧冷灶呢？你别再烦絮，快些赶你的正经吧！我还要先到他家里去访问一趟哩！”说着，就叫套车伺候。稚燕只得退出，自去招呼菱云。

却说小燕便服轻车，叫车夫径到城南保安寺街而来，那时秋高气和，尘软蹄轻，不一会，已到了门口，把车停在门前两棵大榆树荫下。家人方要通报，小燕摇手说不必，自己轻跳下车，正跨进门，瞥见门上新贴一幅淡红硃砂笺的门对，写得英秀瘦削，历落倾斜的两行字道：

保安寺街〔42〕，藏书十万卷；

户部员外〔43〕，补阙〔44〕一千年。

小燕一笑。进门一个影壁，绕影壁而东，朝北三间倒厅，沿倒厅廊下一直进去，一个秋叶式的洞门。洞门里面，方方一个小院落，庭前一架紫藤，绿叶森森，满院种着木芙蓉，红艳娇酣，正是开花时候。三间静室垂着湘帘，悄无人声。那当儿，恰好一阵微风，小燕觉得在帘缝里透出一股药烟，清香沁鼻。掀帘进去，却见一个椎结〔45〕小童，正拿着把破蒲扇，在中堂东壁边煮药哩。见小燕进来，正要立起，只听房里高吟道："淡墨罗巾灯畔字，小风铃佩梦中人！"

小燕一脚跨进去笑道："梦中人是谁呢？"一面说，一面看。只见纯客穿着件半旧熟罗半截衫，踏着草鞋，本来好好儿一手捋着短须，坐在一张旧竹榻上看书，看见小燕进来，连忙和身倒下，伏在一部破书上发喘，颤声道："呀，怎么小燕翁来了！老夫病体竟不能起迓〔46〕，怎好？"小燕道："纯老清恙〔47〕，几时起的？怎么兄弟连影儿也不知。"纯客道："就是诸公定议替老夫做寿那天起的，可见老夫福薄，不克当〔48〕诸公盛意。云卧园一集，只怕今天去不成了。"小燕道："风寒小疾，服药后，当可小痊，还望先生速驾，以慰诸君渴望！"小燕说话时，却把眼偷瞧，只见榻上枕边拖出一幅长笺，满纸都是些抬头[49]。那抬头却奇怪，不是阁下台端[50]，也非长者左右，一迭连三全是“妄人”两字。小燕觉得诧异，想要留心看他一两行，忽听秋叶门外，有两个人一路谈话，一路蹑手蹑脚的进来。那时纯客正要开口，只听竹帘子拍的一声。正是：

十丈红尘[51]埋侠骨，一帘秋色养诗魂。

不知来者何人，且听下回分解。

按，本回回目原标为：“淋漓数行墨，五陵未死健儿心；的烁三明珠，一笑来觞名士寿。”

〔1〕 五陵：汉代的五座皇帝陵墓，即长陵、安陵、阳陵、茂陵、平陵，都有豪贵之家聚居，后世诗文即以之指称豪门贵族。五陵健儿则指豪杰之士。

〔2〕 庚：旧电报时日代码字，用平水韵韵目字，上声庚是八日。

〔3〕 密采里：旧上海最老的西餐馆，纯西式的。原在今延安东路四川中路口，已不存。

〔4〕 河西务：在河北武清县东北运河西岸，是南北漕运和海运粮道的重要码头，设有税关和巡检司。

〔5〕 巡检：巡检司。县下分理某处关隘、镇市等设置的机构，负责巡察公安和地方事务。

〔6〕 大腰子：指后台、靠山。

〔7〕 包衣：仆人。满语。满人入关前俘获的汉人编为包衣，分隶八旗；上三旗隶内务府，下五旗为王府私家世仆。

〔8〕 斜刺里：从旁边岔出。

〔9〕 老佛爷：指慈禧太后。

〔10〕 佛爷：指光绪皇帝。

〔11〕 足下：敬语。与阁下等都用于指称对方。

〔12〕 尊驾：敬语。不直指对方，用车马代替。

〔13〕 尊价:贵仆人。也是客套话。
〔14〕 雅篆:篆指印,代指名字。雅是客套话。
〔15〕 稚燕:庄南,号稚燕。影射张埕征,字仲宅。张荫桓之子。监生。后任刑部主事。
〔16〕 令尊:敬语。你父亲。令堂则是指称对方母亲。
〔17〕 职道鱼邦礼:职道,卑职道员。官场上下级官员对高级官员的用语,官职前加一个职字,表示是下级。鱼邦礼,号阳伯。影射鲁伯阳,号静涵。安徽合肥人。军功出身。苏松太道员。
〔18〕 鸾铃:车上或马身上挂的铃铛。
〔19〕 乐亭:河北省东北部县。
〔20〕 巴图鲁:蒙古语。勇士。巴图鲁坎肩是一种从颈至腰多纽扣的坎肩。
〔21〕 二爷:对家人的尊称。主人称老爷或少爷,家人就称二爷。
〔22〕 包荒:也作包谎。包涵、包容;原谅、包庇。
〔23〕 大刀王二:指大刀王五,字子斌。直隶故城人。猎户,镖客。
〔24〕 玉蹪(dàn):蹪,字画卷首贴绫处,又叫玉池。玉蹪义同。
〔25〕 连公公:影射李莲英。直隶河间人。内务府总管,清宫太监头目。
〔26〕 菲:薄。
〔27〕 宋椠元钞:古书珍贵版本,即宋代刻本、元代钞本。
〔28〕 王石谷:王翚(1632—1717),字石谷。清代画家。常熟人。其画功力较深,多仿古之作。与王时敏、王鉴、王原祁合称"四王";弟子也多,为虞山派之首。
〔29〕 《长江万里图》:画名是杜撰的。王石谷无此画。
〔30〕 相:看。
〔31〕 铲头:孱头。铲方音同孱(càn)。不中用。
〔32〕 鸡声茅店人迹板桥:鸡声茅店月,人迹板桥霜。温庭筠《商山早行》中诗句。
〔33〕 锡蜡胡同:今作锡拉胡同。在东华门东面。以前这一带有好几个使馆。
〔34〕 后载门:即地安门。
〔35〕 谷秋眼:黄眼珠的爆眼。

〔36〕 晓星须:稀稀朗朗的胡须。寥若晨星,极言其少。

〔37〕 昵就:亲近。

〔38〕 道地:代人事先打点。

〔39〕 风尘:妓女称风尘女子,意思是跌到社会底层。男妓自然也是一样。

〔40〕 台谏:指御史,都察院。唐宋御史为台官,给事中、谏议大夫为谏官,两者纠弹建言职责上往往相混,多以台谏泛称之。明初废谏院,以给事中兼领监察与规谏。清代二者同属都察院。有权监督百官,向皇帝进言。

〔41〕 声气:犹言消息,转义可指感情。《易经·乾·文言》:"同声相应,同气相求。"

〔42〕 保安寺街:今名保安胡同。

〔43〕 户部员外:户部是主管中央财政的官署。员外是员外郎,司的副职。李纯客所指之李慈铭以诸生入赀为户部郎中,是个捐官。这里对联说是员外,不算数的,是嘲讽的话。

〔44〕 补阙:本是官名。这里是谐音"补缺",等候派差。也是嘲讽的话。实际上李慈铭光绪六年成进士,归本班,改御史,早在以前了。

〔45〕 椎结:也作椎髻。头顶上结着头发,耸起的小辫子。

〔46〕 起迓:起身迎接。

〔47〕 清恙:指病。加清字是表示尊敬,犹言贵病。

〔48〕 不克当:不敢当,受不住。

〔49〕 抬头:旧时写信开头第一行顶格写收信人名字(一般用字或号,直呼其名是不礼貌)。

〔50〕 阁下台端:旧时书信客套用语,缀在某人名字下。下文"长者左右"也是此意。

〔51〕 红尘:佛教语。俗世、人世。这里指风月,脂粉。

第二十回

一纸书送却八百里　三寸舌压倒第一人

原来进来的却非别人，就是袁尚秋和荀子珮。两人掀帘进来，一见纯客，都怔着道："寿翁真又病了吗?"纯客道："怎么你们连病都不许生了？岂有此理！"尚秋见小燕在坐，连忙招呼道："小燕先生，几时来的？我进来时竟没有见。"小燕道："也才来。"又给子珮相见了。尚秋道："纯老的病，兄弟是知道的。"纯客正色道："你知道早哩！"尚秋带笑吟哦道："吾夫子之病，贫也！非病也！欲救贫病，除非炭敬[1]。炭敬来飨[2]，祝彼三湘[3]！三湘伊何？维此寿香。"纯客鼻子里抽了一丝冷气道："寿香？还提他吗？亦曰妄人而已矣！"就蹶然站起来，拈须高吟道："厚禄故人书断绝，含饥稚子色悽凉。"子珮道："纯老仔细，莫要忘了病体，跌了不是要处。"纯客连忙坐下，叫童儿快端药碗来。尚秋道："子珮好不知趣，纯老那里有病！"说着，踱出中间，喊道："纯老，且出来，兄弟这里有封书子，请你看。"纯客笑道："偏是这个歪眼儿多歪事，又要牵率老夫，看什么信来！"一边说，就走出来。

小燕暗暗地看他，虽短短身材，棱棱骨格，而神宇清严，步履轻矫，方知道刚才病是装的，就低问子珮道："今天云卧园一局，到底去得成吗?"子珮笑道："此老脾气如此，不是人家再三劝驾，那里肯就去呢？其实心里要去得很哩！”小燕口里应酬子珮，耳朵却听外边，只听得尚秋低低的两句话，什么因为先生诞日，愿以二千金为寿，又是什么信是托他门生四川杨淑乔寄来的。小燕正要摸拟是谁的，忽听纯客笑着进来道：“我道是什么书记翩翩应阮[4]才，却原来是庄寿香的一封蜡蹋八行[5]。”这当儿，恰好童子递上药来，一手却夹着个同心方胜儿[6]。纯客道：“药不吃了，你手里拿得什么？”童子道：“说是成大人云卧园来催请的。”纯客忙取来拆开，原来是一首《菩萨蛮》词：

凉风偷解芙蓉结，红似君颜色。只见此花开，迟君[7]君未来。　　三珠圆颗颗，玉树蟠桃果。莫使久凭阑，鸾飞怯羽单。

素

恃爱蓤云叩速。

怡

纯老寿翁高轩[8]，飞临云卧园，勿使停琴伫盼，六眼穿也。

纯客看完笑道：“这个捉刀人[9]却不恶，倒捉弄得老夫秋兴勃生了！”尚秋道：“本来时已过午，云卧园诸君等得久了，我们去休！”纯客连声道：“去休！去休！”小燕、子珮大家趁此都立起来，纯客却换了一套白夹衫，黑纱马褂，手执一柄自己写画的白绢团扇，倒显得红颜白发，风致萧然，同着众人出来上车，径向成伯怡云卧园而来。

原来这个云卧园，在后载门内，不是寻常园林，其地毗连一座王府，外面看着，一边是宫阙巍峨，一边是水木明瑟[10]，庄严野逸，各擅其胜。伯怡本属王孙，又是名士，住了这个名园，更是水石为缘，缟

第十六回·席上逼婚女豪使酒　镜边语影侠客窥楼

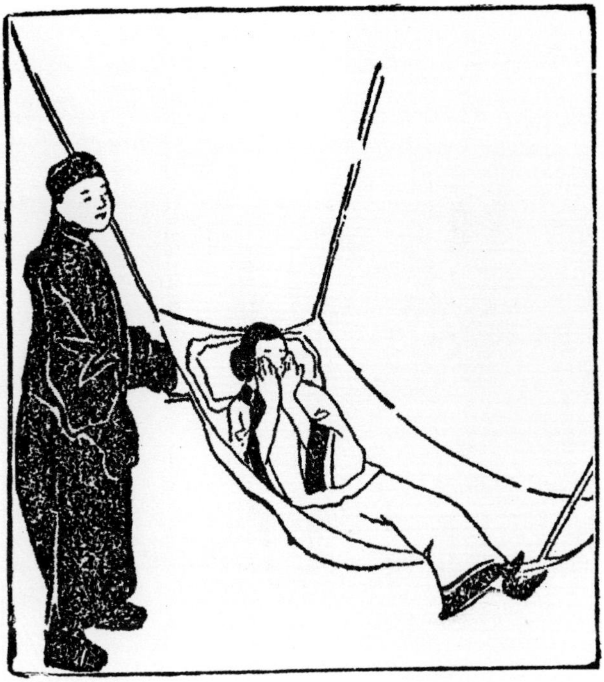

第十八回·游草地商量请客单　借花园开设谭瀛会

第十九回·淋漓数行墨五陵未死健儿心　的烁三明珠一笑来觞名士寿

第二十回・一纸书送却八百里　三寸舌压倒第一人

第二十二回·隔墙有耳都院会名花　宦海回头小侯惊异梦

第二十六回·主妇索书房中飞赤凤　天家脱辐被底卧乌龙

第二十七回·秋狩记遗闻白妖转劫　春帆开协议黑眚临头

纻[11]无间；春秋佳日，悬榻留宾[12]；偶然兴到，随地谈宴，一觞一咏，恒亘昏旦；一官苜蓿[13]，度外置之。世人都比他做神仙中人，这便是成伯怡云卧园的一段历史。闲话休提。

且说纯客、小燕、尚秋、子珮四人，一同到了云卧园门外，尚秋先跳下车，来扶纯客，纯客推开道："让老夫自走，别劳驾了！"原来纯客还是初次到园，不免想赏玩一番。当时抬起头来，只见两边蹲着一对崆峒白石巨眼狮，当中六扇铜绿色云梦竹丝门，钉着一色镔铁兽环，门楼上虬栋虹梁，夭矫入汉，正中横着盘龙金字匾额，大书"云卧园"三字，"云"字上顶着"御赐"两个小金字。纯客道："壮丽哉，王居也！黄冠[14]草服，那里配进去呢！"小燕笑道："惟贤者而后乐此。"说话时，就有两个家人接了帖子，请个安道："主人和众位大人候久了。"说着就扬帖前导，直进门来。门内就是一个方方的广庭，庭中满地都是合抱粗的奇松怪柏，龙干撑云，翠涛泻玉，叶空中漏下的日光，都染成深绿色；松林尽处，一带粉垣，天然界限，恰把全园遮断。粉垣当中，一个大大的月洞门，尚秋领着纯客诸人，就从此门进去。纯客道："这里惜无宏景高楼，消受这一片涛声。"言犹未了，已到了一座金碧辉煌的牌楼之下，楼额上写着"五云深处"四个辟窠[15]大字。进了牌楼，一条五色碎石砌成的长堤，夹堤垂杨漾绿，芙蓉绽红，还夹杂无数蜀葵海棠，秋色缤纷。两边碧渠如镜，掩映生姿；破芡残荷，余香犹在，正是波澄风定的时候。忽听滩头拍拍的几声，一群鸳鸯鹭鸶，鼓翼惊飞。纯客道："谁在那里打鸭惊鸳？"尚秋指着池那边道："你们瞧，扂桥双桨乱划，载着个美人儿来了！"

大家一看，果然见一只瓜皮艇，舱内坐着个粉妆玉琢的少年，面不粉而白，唇不硃而红，横波欲春，瓠犀[16]微露，身穿香云衫，手摇白月扇，映着斜阳淡影，真似天半朱霞。扈桥却手忙脚乱，把桨划来划去，蹲在船头上，朗吟道："携着个小云郎[17]，五湖飘泊。"纯客瞅着眼[18]道："哪，那舱里坐着的不是菱云吗？"说是迟，那是快，扈桥已携了菱云跳上岸，与众人相见，笑道："纯老且莫妒忌，此曲只应天上有，人间那得紫云[19]回！"说罢，把菱云一推道："去吧！"菱云忙笑着上前给纯客、小燕大家都请了安。小燕道："谁叫你来的？"菱云抿嘴笑道："李老爷的千春[20]，我们怎会忘了，还用叫吗？"纯客笑了笑，大家一同前行。走完了这长堤，翼然露出个六角亭，四面五色玻璃窗，面面吊起。

纯客正要跨进，只听一人曼声细咏，纯客叫大家且住，只听念道：

生小瑶宫住。是何人，移来江上，画阑低护。水珮风裳映空碧，只怕夜凉难舞！但愁倚，湘帘无绪。太液[21]朝霞和梦远，更微波，隔断鸳鸯语！抱幽恨，恨谁诉？　　湖山几点伤心处。看微微残照，萧萧秋雨。忍教重认前身影，负了一汀鸥鹭！休提起，洛川湘浦[22]。十里晓风香不断，正月明，寒泻金盘露。问甚日？凌波[23]去。

纯客向尚秋道："这《金缕曲》，题目好似盆荷，寄托倒还深远。"尚秋正要答言，忽听亭内又一人道："你这词的寓意，我倒猜着了。这个鸳鸯，莫非是天上碧桃，日边红杏吗？金盘泻露，引用得也还恰当，可恨那露气太寒凉些。什么水殿瑶宫，直是金笼玉笯罢了！"那一人道："可不是！况且我的感慨，更与众不同，马季长[24]虽薄劣，谁能不替绛帐中人[25]一泄愤愤呢！"纯客听到这里，就突然闯进喊道："好大胆！巷议者诛，亭议者族，你们不怕吗？"你道那吟咏的是谁？原来就是闻韵高，科头箕踞[26]，两眼朝天，横在一张醉翁椅[27]上，旁边靠着张花梨圆桌，站着的是米筱亭，正握着支提笔[28]，满蘸墨水，写一幅什么横额哩。当时听纯客如此说，都站起来笑了。

纯客忙挡住道："吟诗的尽着吟，写字的只管写，我们还要过那边见主人哩！"说话未了，忽然微风中吹来一阵笑语声，一个说："我投了个双骁[29]，比你的贯耳[30]高得多哩！"一个道："让我再投个双贯耳你看。"小燕道："咦，谁在那里投壶[31]？"筱亭道："除了剑云，谁高兴干那个！"扈桥就飞步抢上去道："我倒没玩过这个，且去看来。"纯客自给菱云一路谈心，也跟下亭子来。一下亭，只见一条曲折长廊，东西蜿蜒，一眼望不见底儿。西首一带，全是翠色粘天的竹林，远远望进去，露出几处台榭，甚是窈窕。这当儿，那前导的管家，却踅向东首，渡过了一条小小红桥，进了一重垂花门[32]，原来里面藏着三间小花厅，厅前小庭中，堆着高高低低的太湖山石，玲珑绉透，磊砢峥嵘，石气扑人，云根掩土。廊底下，果然见姜剑云卷起双袖，叉着手半靠在阑干上，看着一个十五六岁的活泼少年，手执一枝竹箭，离着个有耳的铜瓶五步地，直躬敛容的立着，正要投哩！恰好扈桥喘吁吁的跑来喊道："好呀，你们做这样雅戏，也不叫我玩玩！"说着就在那少年手里夺了竹箭，顺手一掷，早抛出五六丈之外。此时纯客及众人已进来，见了哄然大笑。纯客道："蠢儿！这个把戏，那里是粗心浮气弄得来的!”一面说话,一面看那少年,见他英秀扑人,锋芒四射,倒吃一惊,想要动问,尚秋、子珮已先问剑云道:“这位是谁?”剑云笑道:“我真忘了,这位是福州林敦古[33]兄,榜名是个‘勋’字,文忠[34]族孙,新科的解元[35],文章学问,很可以的。因久慕纯老大名,渴愿一见,所以今天跟着兄弟同来的。”说罢,就招呼敦古,见了纯客和众人。

纯客赞叹了一回,方要移步,忽回头却见那厅里边一间,一张百灵台上,钱唐卿坐在上首,右手拿着根长旱烟筒,左手托一本书在那里看,说道:“你这书把板本学的掌故,搜罗得翔实极了!弟意此书,既仿宋诗纪事诗之例,就可叫作《藏书纪事诗》,你说好吗?”纯客方知上首还有人哩。看时,却是个黑瘦老者,危然端坐,仿佛老僧入定[36]一样。原来是潘八瀛尚书的得意门生,现在做他西席[37]的易缘常。小燕要去招呼,纯客忙说不必惊动他们,大家就走出那厅。又过了几处廊榭,方到了一座宏大的四面厅前,周围还绕游廊,前后簇拥花木,里里外外,堆满了光怪陆离的菊花山,都盛着五彩细磁古盆,湘帘高卷,锦罽重敷,古鼎龙涎[38],镜屏凤纽,真个光摇金碧,气荡云霞。当时那管家把纯客等领进厅来,只有成伯怡破巾旧服,含笑相迎,见小燕、尚秋、子珮等道:“原来你们都在一块儿,倒叫人好等!”纯客尚未开口,只听东壁藤榻上一人高声道:“我们等等,倒也罢了,只被怡云、素云两个小燕子,聒噪[39]得耳根[40]不清。这会儿没法子,赶到后面下棋去了。”纯客寻声看去,原来是黎石农,手里正拿着本古碑,递给一个圆脸微须,气概粗率的老者。纯客认得是山东名士汪莲孙，就上去相见，一面就对石农道："不瞒老师说，门生旧疾又发，几乎不能来，所以迟到了，幸老师恕罪！"石农笑道："快别老师门生的挖苦人了！只要不考问着我'敦伦'就够了。"大家听了，哄堂笑起来。那当儿，后面三云琼枝照耀的都出来请安。外面各客也慢慢都聚到厅上。

伯怡见客到齐，就叫在后面摆起两桌席来。伯怡按着客单定坐，东首一席，请李纯客首座，袁尚秋、荀子珮、姜剑云、米筱亭、林敦古依次坐着，菱云、怡云、素云却都坐在纯客两旁，共是九位。西首一席，黎石农首座，庄小燕、钱唐卿、汪莲孙、易缘常、段扈桥、闻韵高依次坐着，伯怡坐了主位，共是八位。此时在座的共是十七人，都是台阁名贤，文章巨伯，主贤宾乐，酒旨肴甘，觥筹杂陈，履趾交错，也算极一时之盛了。三云引箫倚笛，各奏雅调，菱云唱《豪宴》[41]，怡云唱《赏荷》[42]，素云唱《小宴》[43]，真是酒祓闲愁，花消英气。纯客怕他们劳乏，各侑了一觥，叫不必唱了。

伯怡道："今日为纯老祝寿，必须畅饮。兄弟倒有一法消酒，不知诸位以为若何？"大家忙问何法。伯怡道："今日寿筵前，了无献纳，不免令寿翁齿冷。弟意请诸公各将家藏珍物，编成柏梁体[44]诗一句，以当蟠桃之献，失韵或虚报者罚，佳者各贺一觥。惟首两句笼罩全篇，末句总结大意，不必言之有物。这三句，只好奉烦三云的了。其余抽签为次，不可搀越。"大家都道新鲜有趣。伯怡就叫取了酒筹，编好号码，请诸人各各抽定。

恰好石农抽了第一，正要说，纯客道："不是要叫三云先说吗？

我派菱云先说首句,怡云说第二句,素云说末句吧。”菱云道:“我不会做诗,诸位爷休笑！我说是‘云卧园中开琼筵’。”怡云想想道:“群仙来寿南极仙。”伯怡道:“神完气足,真笼罩得住,该贺。如今要石农说了。”大家饮了贺酒。石农道:“我爱我的《西岳华山碑》[45],我说‘华山碑石垂千年’。”唐卿道:“《华山碑》世间只传三本,君得其一[46],那得不算伟宝！——第二就挨到我了,我所藏宋元刻中,只有十三行本《周官》[47]好些,‘《周官》精椠北宋镌’用得吗?”缘常道:“纸如玉版[48],字若银钩[49],眉端有荛翁小章,这书的是百宋一廛精品。”小燕笑道:“别议论人家,你自己该说了。”缘常道:“寒士青毡[50],那有长物[51]！只有平生夙好隋唐经幢石拓,倒收得四五百通了,我就说‘经幢千亿[52]求之虔’。”小燕道:“我的百石斋,要搬出来了。”就吟道:“耕烟[53]百幅飞云烟。”莲孙接吟道:“《然脂》[54]残稿留金荃[55]。”剑云笑道:“你还提起那王士禄[56]的《然脂集》稿本哩！吾先在琉璃厂见过,知道此书,当时只刻过叙录,《四库》著录在存目[57]内。现在这书,朱墨斓然,的是原本,原来给你抢了去!”莲孙道:“你别说闲话,交了白卷,小心罚酒!”剑云道:“不妨事,吾有十幅马湘兰[58]救驾。”就举杯说道:“马湘画兰风骨妍。”扈桥抢说道:“汉碑秦石罗我前。”筱亭道:“人家收拓本,叫做黑老虎,你专收石头,只好叫石老虎了。”扈桥道:“做石老虎还好,就不要做石龟,千年万载,驮着石老虎,压得不得翻身哩!”韵高道:“筱亭收藏极富,必有佳句。”筱亭道:“吾虽略有些东西,却说不出那一样是心爱的。”剑云笑道:“你现在手中拿个宝物,怎不献来?”

大家忙问甚物，筱亭只得递给纯客。纯客一看，原来是个玛瑙烟壶儿，却是奇怪，当中隐隐露出一泓清溪，水藻横斜，水底伏着个绿毛茸茸的小龟，神情活现。纯客一面看，一面笑道："吾倒替筱亭做了一句，'绿毛龟伏玛瑙泉'。倒是自己一无长物怎好？"子珮道："纯老的日记，四十年未断，就是一件大古董。"纯客道："既如此，老夫要狂言了！"念道："日记百年万口传。"韵高道："我也要效颦[59]纯老，把自己著作充数，说一句'续南北史艺文篇[60]'。"子珮道："我只有部《陈茂碑》[61]，是旧拓本，只好说'陈茂古碑我宝旃[62]'。"伯怡道："我家异宝，要推董小宛[63]的小像，就说'影梅庵主[64]来翩翩'吧。如今只有林敦古兄，还未请教了。"

敦古沉思，尚未出口，剑云笑道："我替你一句罢！虽非一件古物，却是一段奇闻。"众人道："快请教！"剑云道："黑头宰相命宫填。"大家愕然不解。敦古道："剑云别胡说！"剑云道："这有什么要紧！"就对众人道："我们来这里之先，去访余笏南，笏南自命相术是不凡的。他一见敦古，大为惊异，说敦古的相是奇格，贵便贵到极处，十九岁必登相位，操大权，凶便凶到极处，二十岁横祸飞灾，弄到死无葬身之地。你们想本朝的宰相，就是军机大臣，做到军机的，谁不是头童齿豁[65]？那有少年当国的理！这不是奇谈吗？"

大家正在吐舌称异，忽走进个家人，手拿红帖，向伯怡回道："出洋回来的金沟金大人在外拜会，请不请呢？"伯怡道："听说雯青未到京，就得了总署，此时才到，必然忙碌，倒老远的奔来，怎好不请！"纯客道："雯青是熟人，何妨入座。"唐卿就叫在小燕之下，自己之上，添个座头。不一会，只见雯青衣冠整齐，缓步进来，先给伯怡行了礼，与众人也一一相见，脸上很露惊异色，就问伯怡道："今天何事？群贤必集呢！"伯怡道："纯老生日，大家公祝。雯兄不嫌残杯冷炙，就请入座。"石农、小燕都站起让座。雯青忙走至东席，应酬了纯客几句，又与石农、小燕谦逊一回，方坐在唐卿之上。

小燕道："今早小儿到京，提说在河西务相遇，兄弟就晓得今天必到的了。敢问雯兄，多时税驾〔66〕的？"雯青道："今儿卯刻〔67〕就进城了。"因又谢小燕电报招呼的厚意。唐卿问打算几时复命，雯青道："明早宫门请安，下来就到衙门。"说着就向小燕道："兄弟初次进总署，一切还求指教！"小燕道："明日自当奉陪。我们搭着雯兄这样好伙计，公事好办得多哩！"于是大家从新畅饮起来。伯怡也告诉了雯青柏梁体的酒令，雯青道："兄弟海外初归，荒古已久，只好就新刻交界图说一句'长图万里瓯脱坚〔68〕'吧。"众人齐声道好，各贺一杯。

纯客道："大家都已说遍，老夫也醉了。素云说一句收令吧！"素云涨红脸，想了半天，就低念道："共祝我公寿乔佺〔69〕。"伯怡喝声采道："真亏他收煞个住。大众该贺个双杯！"众人自然喝了。那时纯客朱颜酡然，大有醉态，自扶着菱云，到外间竹榻上，躺着闲话。大家又与雯青谈了些海外的事情，彼酬此酢，不觉日红西斜，酒阑兴尽，诸客中有醉眠的，也有逃席的，纷纷散去。雯青见天晚，也辞谢了伯怡径自归家。纯客这日直弄得大醉而归，倒真个病了数日。后来病好，做了一篇《花部三珠赞》，顽艳绝伦，旗亭传为佳话。这是后话，不提。

且说雯青到京，就住了纱帽胡同一所很宽大的宅门子，原是荦如替他预先租定的。雯青连日召见，到衙门，甚为忙碌，接着次芳护着家眷到来，又部署一番。诸事粗定，从此雯青每日总到总署，勤慎从公，署中有事，总与小燕商办，见他外情通达，才识明敏，更觉投契，两人此往彼来，非常热络。有一回小燕派办陵工，出京了半个多月，所有衙中例行公事，向来都是小燕一手办的，小燕出差，雯青见各堂官〔70〕都不问津，就叫司官〔71〕取上来，逐件照办。直到小燕回来，就问司官道："我出去了这些时，公事想来压积得不少了？"司官道："都办得了，一件没积起来。"小燕脸上一惊道："谁办的？"司官道："金大人逐日批阅的。"小燕不语，顿了顿，笑向雯青道："吾兄真天才也！"雯青倒谦逊了几句，也不在意。

又过了数日，这天雯青衙门回来，正要歇中觉，忽觉一阵头晕恶心。彩云道："老爷每天此时已睡中觉了，今天怕是晚了，还是躺会儿看。"雯青依言躺下。谁知这一躺，把路上的风霜，到京的劳顿，一齐发出来了，壮热不退，淹缠床褥，足足病了一个多月，才算回头。只好请了两个月的病假，在家养病。

却说那日雯青还是第一天下床，可以在房内走走，正与张夫人、彩云闲话家常，金升进来说："钱大人要拜会。"张夫人道："你没告诉他老爷病还没好吗？"金升道："怎么不说，他说有要紧话，必要面谈，老爷不能出来，就在上房坐便了。"雯青道："唐卿是至好，就请里边来吧！"于是张夫人、彩云都避开了，金升就领着唐卿大摇大摆的进来。雯青靠在张杨妃榻上，请唐卿就坐靠窗的大椅上。唐卿道："雯兄虽大病了一场，脸色倒还依旧，不过清减了些。"雯青叹道："人到中年，真经不起风浪的了！"唐卿道："你的风浪，现在正大得很哩！要经得起，才是英雄的气度哩。"雯青愕然道："我出了什么事吗？"唐卿道："可不是吗？你且不要着急！我今天是龚尚书那里得的消息，事情却从你那幅交界图惹出来的。西北地理，我却不大明白，据说回疆〔72〕边外，有地名帕米尔〔73〕，山势回环，发脉葱岭〔74〕，虽土多硗薄无著名部落，然高原绵亘，有居高临下之势，西接俄疆，南邻英属阿富汗，东中两路，则服中国。近来俄人逐渐侵入，英人起了忌心，不多几时，送了个秘密节略，及地图一纸给总署，其意要中国收回帕境，隔阂俄人。总署就商之俄使，请划清界址。俄使说，向来以郎库郎里湖〔75〕为界的，然查验旧图及英图，却大不然，已占去地七八百里了，总署力驳其误。俄使当堂把吾兄刻的交界图呈出，说这是你们公使自己划的，必然不会错的。当时大家细看，竟瞠目不能答一语。现在各堂部为难得很。潘、龚两尚书，却都竭力想替你弥缝。谁知昨日又有个御史，把这事揭参了，说得很凶险哩！上头震怒，幸亏龚尚书善言解说，才把折子留中〔76〕了。据兄弟看来，吾兄快些发一信给许祝云，一信给薛淑云，在两国政府运动，做个釜底抽薪之法，才有用哩。所以兄弟管不得我兄病体，急急赶来，给你商量的。"

这一席话，不觉把雯青说得呆了半晌，方挣出一句道："这从何说起呢？"唐卿就附耳低低道："你道俄公使的交界图，是那里来的？"雯青道："我那里知道！"唐卿笑道："就是你送给小燕的那一本儿。

那个御史,听说也是小燕的把兄弟哩!”雯青吃一惊道:“小燕给我有什么冤仇呢?”唐卿道:“宦海茫茫,谁摸得清底里呢!雯兄,你讲了半天话也乏了,我要走了。那个信倒是要紧的,别耽迟就是了。”说罢起身就走。

唐卿去后,张夫人及彩云都在后房出来,看见雯青面色,气得铁青。张夫人劝了一番,无非叫他病后保重的意思。那时已到了向来雯青睡中觉的时候,雯青心里烦恼,就叫张夫人、彩云都出房去,说:“让我躺躺养神。”大家自然一哄散了。雯青独自躺在床上,思前想后,悔一回,错刻了地图;恨一回,误认了匪人〔77〕,反来复去,那里睡得着!只听壁上挂钟针走的悉悉瑟瑟,下下打到心坎里;又听得窗外雀儿打架,喧噪得耳根出火。一个头儿不知怎地,总着不牢枕,没奈何,只好端坐床当中,学着老僧打坐模样。好容易心气好像落平些,忽然又听见外房仿佛两个老鼠,只管唧唧吱吱的怪叫。顿时心火涌起,歘的跳下床来,踏着拖鞋,直闯出房门来。谁知不出来倒也罢了,这一出来,只听雯青狂叫道:“好呀,好!这个世界,我还能住下吗?”说罢,身子往后一仰,倒栽葱的直躺下地去,眼翻手撒,不省人事。正是:

北海酒尊〔78〕逢客举,茂陵病骨〔79〕望秋惊。

不知雯青因何惊倒,且听下回分解。

按,本回回目原标为:“一纸书,送却八百里;三寸舌,压倒第一人。”

〔1〕 炭敬:冬天的节礼。

〔2〕 饟(xiǎng):此处是献的意思,即下文庄芝栋“愿以二千金为寿”,送礼金。

〔3〕 三湘:湖南。

〔4〕 应阮:应玚、阮瑀。三国时曹魏文士,所谓建安七子中的二才士。他们都擅长章表书记之类的文章。

〔5〕 八行:书信。旧时信笺多数是每页八行(也有十行的),所以可代指书信。

〔6〕 同心方胜儿:方胜,折叠成菱形连环相接的花样。本是妇女装饰的绢花。旧时便笺也往往叠成这种形式。因为两个菱形连环,也就称同心方胜儿,有吉祥和好的意思。

〔7〕 迟君:等候你。

〔8〕 高轩:轩指车。犹言大驾。

〔9〕 捉刀人:代笔人。

〔10〕 明瑟:明净清幽。

〔11〕 缟纻:生绢和细麻布做的衣服。这里是指穿着便服在园中休闲自在。

〔12〕 悬榻留宾:典故。《后汉书·徐稺传》:“(陈)蕃在郡不接宾客,惟稺来,特设一榻,去则县之。”县同悬。比喻礼待贤士。

〔13〕 一官苜蓿:苜蓿是饲草。表示把那个官字看得很轻,像对待草芥一样。

〔14〕 黄冠:农夫的帽子。

〔15〕 辟(bò)窠:也作擘窠,辟、擘通。古代碑版和题额,一般分格书写,使点划均匀,称作擘窠书。这里即此义。也泛指大字为擘窠书。

〔16〕 瓠犀:洁白整齐的牙齿,用瓠瓜的子儿作比喻。

〔17〕 云郎:有云女,是仙女,也指美女。杜撰云郎,与之相对,指俊美少年。

〔18〕 瞅着眼:近视看东西费力的样子,方言中即用“瞅”(qiù)。

〔19〕 紫云:紫云曲,已见第八回注〔35〕。

〔20〕 千春:寿辰、生日。

〔21〕 太液:太液池。清代太液池即今北海和中南海。

〔22〕洛川湘浦：指洛水女神（宓妃）与湘水女神（湘君、湘夫人）。

〔23〕凌波：形容女性走路的轻盈步态。曹植《洛神赋》："凌波微步。"

〔24〕马季长：东汉经学家马融，字季长。他授课时很神气。《后汉书》本传载："常坐高堂，施绛纱帐，前授生徒，后列女乐。"

〔25〕绛帐中人：就是围在绛纱帐中的女乐（歌舞伎）。

〔26〕科头箕踞：科头是不戴帽子，箕踞是叉开两腿，坐相傲慢。

〔27〕醉翁椅：可前后摇动的轻便躺椅。

〔28〕提笔：写大字的大毛笔。

〔29〕双骁：用箭从背后用力投进壶中叫骁箭；连中二箭叫双骁。

〔30〕贯耳：耳是壶口两边的小口，投中了的叫贯耳。

〔31〕投壶：古代的一种礼仪性游戏。壶的形制，壶颈长七寸，壶腹长五寸，壶的口直径一寸半。壶的容量一斗五升。壶中装满小豆，以免投中的箭又反跳出来。投的人距离壶两支箭身的长度，箭用柘树枝。（见《三才图会》）

〔32〕垂花门：一种豪华精彩的门制，在北京老四合院和园林中常见。门前檐悬臂挑出，有两个垂柱，常做成莲蒂或镂空木架等。梁柱雕饰，彩绘，以绿色为主。

〔33〕林敦古：林勋，号敦古。影射林旭，字暾谷。任军机章京，参与戊戌变法被杀，为戊戌六君子之一。

〔34〕文忠：林则徐，谥文忠。

〔35〕解元：乡试中式第一名称解元。

〔36〕入定：和尚坐禅，心想定于一处。

〔37〕西席：宾客、家庭教师都可称作西席。这里指幕宾。

〔38〕龙涎：龙涎香。名贵香料。抹香鲸病胃分泌物，富贵人家用作熏香。

〔39〕聒噪：吵闹。

〔40〕耳根：耳朵。佛教称耳根，五根之一；五根即眼、耳、鼻、舌、身。

〔41〕《豪宴》：也作《大宴》。明人王济剧本《连环记》中一折，王允宴请董卓。戏文中有《双双酒》等七八支曲子。

〔42〕《赏荷》：明人高明所作《琵琶记》，写蔡伯喈与赵五娘事，《赏荷》折有《一枝花》等十多支曲子。

〔43〕《小宴》:《连环记》中王允宴请吕布折,有《画眉序》等几支曲文。以上都是昆曲。

〔44〕柏梁体:七言古诗的一种。汉武帝曾在柏梁台与群臣赋七言诗,每人一句,每句押韵。后人模仿,称这种诗为柏梁体。

〔45〕《西岳华山碑》:篆额题《西岳华山庙碑》。东汉名碑,隶书。碑石毁于明代地震,有四种旧拓本传世,即长垣本、关中本、四明本和金冬心藏本。

〔46〕其一:指金冬心藏本,后归李文田(小说中黎石农)。此本缺二页九十六字,从他本钩补。这个本子现藏香港中文大学。各本都有影印本。

〔47〕《周官》:《周官》既可指《尚书》中篇名,又可指《周礼》。如指宋版书籍,《周礼》数万字,为十行本;如指法书,《尚书·周官》无碑版法书传世。所以"十三行本《周官》"是杜撰之词。依文意"纸如玉版,字若银钩",当指法书。似乎隐指著名的王献之《洛神赋》残存的十三行本,有南宋贾似道世彩堂的精刻本。

〔48〕玉版:玉版纸。一种光洁坚致的宣纸。

〔49〕银钩:指书法刚劲。

〔50〕青毡:典故。《晋书》载,王献之"夜卧斋中,而有人入其室,盗物都尽。献之徐曰:'偷儿,青毡我家旧物,可特置之。'"后成为士人故家旧物的代称。

〔51〕长物:多余的东西。

〔52〕千亿:成千上万。旧亿,十万;现在是万万为亿。

〔53〕耕烟:王石谷号耕烟山人。

〔54〕《然脂》:详见下注。

〔55〕金荃:荃,捕鱼工具。指遗产。

〔56〕王士禄:清初人。与其弟士祜、士禛号三王,俱有才名。有著作多种,《然脂集例》即其一。

〔57〕存目:《四库全书总目》集部诗文评类存目中录有《然脂集例》一卷。提要中说王士禄欲辑古今闺阁之文为一书,知是妇女之诗;又引王士禛之说,《然脂集》二百三十余卷,条目初就,没有完成,仅存例子十条。《四库》存目只作书名、作者、内容一般介绍、评论,并未

抄录其书。

〔58〕 马湘兰：明末南京秦淮名妓。能诗善画，尤喜画兰花。

〔59〕 效颦：模仿；转义献丑。语出《庄子·天运》所说，西施因心痛捧心皱眉，邻家丑女子认为那种病容很美，也捧心效颦，更显其丑。颦，皱眉。后人说那女子叫东施，于是有"东施效颦"的典故。

〔60〕 续南北史艺文篇：文廷式（书中闻韵高）著有《补晋书艺文志》。

〔61〕 《陈茂碑》：陈茂，隋代人。官至太府卿，爵魏城伯。碑，即墓志铭，刻石立碑；此为拓本。

〔62〕 宝旃：珍视的旧物。旃，训之、焉；宝旃即重视它。

〔63〕 董小宛：明代南京名妓。名白，字小宛。姿容美丽，聪明多才，嫁冒襄为妾，死于清初战乱之中。冒襄有《影梅庵忆语》记其事。

〔64〕 影梅庵主：即指冒襄，明末四大公子之一。字辟疆。影梅庵主是冒襄的别号。江苏如皋人。入清后著书自娱，除《影梅庵忆语》外，尚有《朴巢》、《水绘》二集。冒襄是在苏州遇到董小宛的。

〔65〕 头童齿豁：脑袋秃了，牙齿掉了。形容年纪老。

〔66〕 税驾：停车，到站。

〔67〕 卯刻：清早。

〔68〕 瓯脱坚：边疆巩固。瓯脱，汉代匈奴语，指边界。出《史记·匈奴传》。

〔69〕 乔佺：王子乔、偓佺。古代两位仙人，活的寿岁很高。

〔70〕 堂官：中央各衙门的长官，如尚书、侍郎、寺卿、都御史等等。

〔71〕 司官：司的主副职郎中、员外郎。

〔72〕 回疆：清代指新疆。

〔73〕 帕米尔：新疆、塔吉克、阿富汗之间的一片高原地带，中国历来称作葱岭的一部分。十九世纪大部分为俄国侵占，一小部分为英国（阿富汗为英殖民地）侵占。

〔74〕 葱岭：帕米尔高原、昆仑山、喀喇昆仑山脉等西部诸山的总称。中国古代通往西方各国常经由葱岭山道，唐代安西都护府曾设置葱岭守捉（在喝盘陀，今新疆塔什库尔干塔吉克自治县境）。

〔75〕 郎库郎里湖：在新疆喀什西南。俄国要以乌孜别里山脊走向为自然分界线，此山脊向南转东，把大小帕米尔全划归俄国。清廷当时

以乌孜别里山口南北经线为界，小帕米尔大部在我国境内。结果还是对俄国屈服，基本失去帕米尔。

〔76〕 留中：扣住不发。

〔77〕 匪人：行为不正当的人、坏人。洪钧（小说中金沟）翻刻俄国人所订中俄界图，被俄国人作为口实，史有其事。与俄国发生帕米尔之争时，大理寺少卿延茂奏劾洪钧贻误，有过一番辩论。（见《清史稿·洪钧传》）小说把庄焕英（影射张荫桓）写成阴谋家属于传闻之词。洪钧死于光绪十九年（1893），因此事受到精神打击，《清史稿》所谓忧愤而死。

〔78〕 北海酒尊：北海，东汉末孔融，字文举，曾任北海太守。他很好客，曾说："座上客常满，尊中酒不空。"这里比喻成伯怡的好客。

〔79〕 茂陵病骨：指司马相如卧病。司马相如晚岁居茂陵，常称病不出（确有消渴病，即糖尿病）。这里比喻金沟得病，金沟也是文章之士。

第十一卷

第二十一回

背履历库丁蒙廷辱　通苞苴衣匠弄神通

话说上回回末，正叙雯青闯出外房，忽然狂叫一声，栽倒在地，不省人事。想读书的读到这里，必道是篇终特起奇峰，要惹起读者急观下文的观念，这原是文人的狡狯，小说家常例，无足为怪。但在下这部《孽海花》，却不同别的小说，空中楼阁，可以随意起灭，逞笔翻腾，一句假不来，一语谎不得，只能将文机御事实，不能把事实起文情，所以当日雯青的忽然栽倒，其中自有一段天理人情，不得不栽倒的缘故，玄妙机关，做书的此时也不便道破，只好就事直叙下去，看是如何。闲言少表。

且说雯青一交倒栽下去，一头正碰在内房门上，崩的一响，震得顶格上蓬尘都索索的落下来。当那儿，恰好彩云在外房醉妃榻上，听见了，早吓得魂飞天外，连忙慢慢地爬起来。这真是妇人家的苦处，要急急不来，裹了脚，又要系带；系了带，还要扣钮；理理发，刷刷鬓，乱了好一会子。又望外张了张，老妈、丫头，可巧一个影儿都没有，这才三脚两步，抢到雯青栽倒的地方，只见雯青还是口开眼直，面色铁青。彩云只得蹲身下去，一手轻轻把雯青的头抱起，就势坐在门限上，一手替他在背上捶拍，嘴里颤声叫道："老爷醒来！老爷快醒来！"拍叫了好一会子，才见雯青眼儿动了，嘴儿闭了，脸儿转了白了，哑的一声，淋淋漓漓喷了彩云一袖子都是粘痰。彩云不敢怠慢，只顾揉胸捶背，却见雯青两眼恶狠狠的钉着彩云，还说不出话来，勉强挣起一手，抖索索的指着窗外。

彩云正没摆布，忽听得外边嘻嘻哈哈来了一群老妈、丫头。彩云忙喊道："你们快些来，老爷跌了交，快来帮我扶一扶！"两个老妈，一个丫头，见此光景，倒吃了一惊，也不解是何缘故，只得七手八脚拥上前来。彩云捧定了头颈，老妈托了腰，丫头抱了脚，安安稳稳抬到房里床上。彩云随手垫好了枕头，盖好了被窝，掖严了，就吩咐老婆子不许声张，且去弄碗热热儿的茶来。老妈答应出去，彩云先放下帐子，自己挨身坐在床沿上，伸进头来，想再给雯青揉拍。谁知雯青原是气急攻心，一时昏绝，揉拍一会，早已醒得清清楚楚。彩云伸进手去，还未着身，却被雯青用力一推，就叹口气道："免劳吧，我今儿个认得你了！"彩云知道雯青正在气头上，不是三言两语解释得开，也就低头不语，气花也不透。

满房静悄悄地，只有帐中的微叹声和帐外小丫头的呼吸声，一递一答。老妈捧进茶来，也不敢声喊，轻轻走到床边，递给彩云。彩云接了，双手捧进帐中凑到雯青唇边，低声下气的道："老爷，喝点热……"这话未了，不防雯青伸手一拦，彩云一个手松，连碗带茶热腾腾地全泼在褥子上。彩云趁势一扭身，鼻子里哼哼的冷笑了几声，抢起空杯，就望桌子上一摔[1]。雯青见彩云倒也生了气，就忍不住也冷笑道："奇了，到这会儿，你还使性给谁看！你的破绽，今儿全落在我眼里，难道你还有理吗？"雯青说罢这话，只把眼儿觑定彩云，看她怎么样。谁知彩云倒毫不怕惧，只管仰着脸剔牙儿，笑微微的道："话可不差，我的破绽老爷今天都知道了，我是没有话说的了。可是我倒要问声老爷，我到底算老爷的正妻呢，还是姨娘[2]？"雯青道："正妻便怎么样？"彩云忙接口道："我是正妻，今天出了你的丑，坏了你的门风，叫你从此做不成人，说不响话，那也没有别的，就请你赐一把刀，赏一条绳，杀呀，勒呀，但凭老爷处置，我死不皱眉。"雯青道："姨娘呢？"彩云摇着头道："那可又是一说，你们看着姨娘，本不过是个玩意儿，好的时，抱在怀里，放在膝上，宝呀贝呀的捧；一不好，赶出的，发配[3]的，送人的，道儿多着呢！就讲我，算你待我好点儿，我的性情，你该知道了；我的出身，你该明白了。当初讨我时候，就没有指望我什么三从四德[4]、三贞九烈[5]，这会儿做出点儿不如你意的事情，也没什么稀罕。你要顾着后半世快乐，留个贴心伏伺的人，离不了我！那翻江倒海，只好凭我去干！要不然，看我伺候你几年的情分，放我一条生路，我不过坏了自己罢了，没干碍你金大人什么事。这么说，我就不必死，也不犯着死。若说要我改邪归正，阿呀！江山可改，本性难移，老实说，只怕你也没有叫我死心塌地守着你的本事嗄！"说罢了，只是嬉嬉的笑。

雯青初不料彩云说出这套泼辣的话，句句刺心，字字见血，心里热一阵冷一阵，面上红一回白一回，正盘算回答的话，忽听丫头喊道："太太来了。"帘子响处，张夫人就跨进房来，嘴里说道："怎么，老爷跌了?”彩云忙站起迎接。张夫人就掀起帐子问道:“跌坏了吗?”雯青道:“没有什么,不过失脚跌一下,你怎么知道的?”张夫人道:“刚才门上来回,匡次芳要来见你,说是他新任放了日本出使大臣,国书已领,立刻就要回南,预备放洋,特地来辞行的。我想次芳是你至好,想请他到里头来,正要来问你一声,老妈们来说,你跌坏了。我吓得了不得,就叫他们回绝了,自己一径来此。”雯青道:“原来次芳得了日本钦差,倒也罢了,这事是谁进来回的?”张夫人道:“金升。”雯青道:“看见阿福没有?”张夫人笑道:“阿福肯管这些事,那倒好了。”雯青点点头:“这小仔学坏了,用不得了。”于是夫妻两人,你言我语,无非又谈些家常,不必多述。

如今且说钱唐卿从雯青处出来,因想潘尚书连日请假,未知是否真病,不如出城去看看,一来探病,二来商量雯青的事情,回城时再到龚尚书那里坐坐,也不为晚。主意打定,就吩咐车夫向南城而来。不多一会到了潘府门前,亲随递进帖儿,就见一个老家人走到车旁,回道:“家主大前儿衙门回来,忽得了病,三日连烧不退,医生说是伤寒重症,这会儿里头正乱着哩!只好挡大人驾了。”唐卿愕然道:“这样重吗?我简直不知道,那么碍不碍呢?”老家人皱了眉道:“难说,难说,肝风[6]都动了!”唐卿道:“既这么着,我也不便惊动了。”便叫改辕回城,顺道去谒龚老。

一路行来,唐卿在车中无事,想着潘尚书,是当代宗师,万流景仰的,倘有不测,关系非轻哩!因潘尚书病在垂危,又想到朝中诸大老,没有个担当大事的人物,从前经过大难的老敬王爷,又不能出来,其余旗人养尊处优，更不必说了。就是汉人里头，除了潘公，枢廷只有高理惺，部臣只有龚和甫，是肯任事的正人。但高中堂意气用事，见理不明；龚尚书世故太深，遇事寡断。他如吏部尚书祖锺武貌恭心险；协揆[7]余同，外正内贪，都是乱国有余治国不足的人。若说我们同班[8]里，自然要算庄焕英，是独一的奇材了。余外余雄义[9]、缪仲恩、俞书屏[10]、吕旦闻[11]，这些人不过备员[12]画诺罢了。摆着那些七零八落的人才，要支撑这个内忧外患的天下，越想越觉危险。而且近来贿赂章闻，苞苴[13]不绝。里头呢，亲近弄臣[14]，移天换日；外头呢，少年王公，颠波作浪，不晓得要闹成什么世界哩！可惜庄仑樵一班清流党，如今摈斥的摈斥，老死的老死了。若然他们在此，断不会无忌惮到这步田地！唐卿想到这里，又不免提起从前庄寿香、何珏斋、顾肇廷一班旧友来，当时盛会，何等热闹。如今寿香抚楚，珏斋抚粤，肇廷陈臬于闽，各守封疆，虽道身荣名显，然要再求昔日盍簪之盛，不可得的了。

原来从南城到龚尚书府第，两边距离，差不多有七八里，唐卿一头走，只管一路想，忘其所以，倒也不觉路远。忽然抬起头来，方晓得已到龚府前了，只见门口先停着一辆华焕的大安车，驾着高头黑骡儿，两匹跟马，一色乌光可鉴！两个俊仆，站在车旁，扶下一个红顶花翎紫脸乌髭的官儿，看他下车累赘，知道新从外来的，端相面貌，似乎也认得，不过想不起是谁。见他一下来，迳到门房，拉着一个门公，戚戚嗾嗾，不知叨登些什么，说完后，四面张一张，偷偷儿递过一个又大又沉的红封儿。那门公倒毫不在意的接了，正要说话，回头忽见唐卿的亲随，连忙丢下那官儿，抢步到唐卿车旁道："主人刚下来，还没见客哩！大人要见，就请进去。"

唐卿点头下车，随着那门公，曲曲折折，领进一座小小花园里。只见那园里，竹声松影，幽邃无尘，从一条石径，穿到一间四面玻璃的花厅上。看那花厅庭中，左边一座茅亭，笼着两只雪袂玄裳的仙鹤，正在那里刷翎理翮；右边一只大绿瓷缸，满满的清泉，养着一对玉身红眼的小龟，也在那里呷波唼藻。厅内插架牙签，叉竿锦轴，陈设得精雅绝伦。唐卿步进厅来，那门公说声："请大人且坐一坐。"说罢转身去了，磨撑了好半天，才听见靴声橐橐，自远而近，接着连声叹息，很懊恼的说道："你们难道不知道我得了潘大人的信儿，心里正不耐烦，谁愿意见生客！"一人答道："小的知道，原不敢回，无奈他给钱大人一块儿来，不好请一个，挡一个。"就听见低低的吩咐道："见了钱大人再说吧！"说话时，已到廊下。

唐卿远远望见龚尚书，便衣朱履，缓步而来，连忙抢出门来，叫声"老师"，作下揖去。龚尚书还礼不迭，招着手道："呵呀，老弟！快请里头坐，你打那儿来？伯瀛的事，知道没有？"唐卿愕然道："潘老夫子怎么了？"尚书道："老友长别了，才来报哩！"唐卿道："这从那里说起！门生刚从那里来，只知病重，还没出事哩。"言次，宾主坐定，各各悲叹了一回。尚书又问起雯青的病情。唐卿道："病是好了，就为帕米尔一事，着急得很，知道老师替他弥缝，万分感激哩！"因把刚才商量致书薛淑云、许祝云的话，告诉了一遍。尚书道："这事只要许祝云在俄尽力伸辩，又得淑云在英暗为声援，拼着国家吃些小亏，没有不了的事。现在国家又派出工部郎中杨谊柱[15],号叫越常的,专管帕米尔勘界事务,不日就要前往。好在越常给袁尚秋是至好,可以托他通融通融,更妥当了。”唐卿道:“全仗老师维持!否则这一纸地图,竟要断送雯青了!”尚书道:“老夫听说这幅地图,雯青出了重价,在一外国人手里买来的,即便印刷呈送,未免卤莽。雯青一生精研西北地理,不料得此结果,真是可叹!但平心而论,总是书生无心之过罢了。可笑那班小人,抓住人家一点差处,便想兴波作浪。其实只为雯青人品还算清正些,就容不住他了。咳,宦海崄巇!老弟,我与你都不能无戒心了!”

唐卿道:“老师的话,正是当今确论。门生听说,近来显要,颇有外开门户,内事逢迎的人物。最奇怪的,竟有人到上海采办东西洋奇巧玩具,运进京来,专备召对时候,或揣在怀里,或藏在袖中,随便进呈;又有外来官员,带着十万二十万银子,特来找寻门路的。市上有两句童谣道:

若要顶儿红,麻加剌庙[16]拜公公[17];

若要通王府,后门洞[18]里估衣铺[19]。

“老师听见过吗?”尚书道:“有这事吗?麻加剌庙,想就是东华门内的古庙。那个地方,本来是内监聚集之所。估衣铺,又是什么讲究呢?”唐卿道:“如今后门估衣铺的势派大着哩!有什么富兴呀,聚兴呀,掌柜的都半是蓝顶花翎,华车宝马,专包揽王府四季衣服,出入邸第,消息比咱们还灵呢!”

尚书听到这里,忽然想起一件事似的,凑近唐卿低低道:“老弟说到这里，我倒想起一件可喜的事告诉你呢！足见当今皇上的英明，可以一息外面浮言了。”唐卿道：“什么事呢？”尚书道：“你看见今天宫门抄[20]上，载有东边道余敏[21]，不胜监司[22]之任，着降三级调用的一条旨意吗？”唐卿道：“看可看见，正不明白为何有这严旨呢？”尚书道：“别忙，我且把今早的事情告诉你。今天户部值日，我老早就到六部朝房里，天才亮，刚望见五凤楼[23]上的玻璃瓦，亮晶晶映出太阳光来，从午门起到乾清门，一路白石桥栏，绿云草地，还是滑韃韃湿汪汪带着晓雾哩。这当儿里，军机起儿[24]下来了，叫到外起儿[25]，知道头一个，就是东边道余敏。此人我本不认得，可有点风闻，所以倒留神看着。晓色朦胧里头，只见他顶红翎翠，面方耳阔，昂昂的在廊下走过来，前后左右，簇拥着多少小监苏拉[26]蜂围蝶绕的一大围，吵吵嚷嚷，有的说：‘余大人，您来了，今儿头一起，就叫您！佛爷的恩典大着哩！说不定几天儿，咱们就要伺候您陛见[27]呢！’有人说：‘余大人，您别忘了我！连大叔面前，烦您提拔提拔，您的话，比符还灵呢！’看这余敏，一面给这些苏拉小监应酬，一面历历碌碌碰上那些内务府[28]的人员，随路请安，风风芒芒的进去，赶进去了不上一个钟头，忽然的就出来了。出来时的样儿，可大变了，帽儿歪斜，翎儿搭拉，满脸光油油尽是汗，两手替换的揩抹，低着头有气没气的一个人只望前走。苏拉也不跟了，小监也不见了，只听他走过处，背后就有多少人比手画脚低低嚷道：‘余敏上去碰了，大碰了！’我看着情形诧异，正在不解，没多会儿，就有人传说，已经下了这道降调的上谕了。”

唐卿道:“这倒希罕,老师知道他碰的缘故吗?”尚书挪一挪身体,靠紧炕几,差不多附着唐卿的耳边低声道:“当时大家也摸不透,知道的又不肯说,后来找着一个小内监,常来送上头节赏的,是个傻小仔,他倒说得详细。”唐卿道:“他怎么说呢?”尚书道:“他说,这位余大人是总管连公公的好朋友,听说这个缺,就是连公公替他谋干的。知道今天召见是个紧要关头,他老人家,特地扔了园里的差使,自己跑来招呼一切,仪制〔29〕说话,都是连公公亲口教导过的。刚才在这里走过时候,就是在连公公屋里讲习仪制出来,从这里一直上去,到了养心殿〔30〕,揭起毡帘,踏上了天颜咫尺的地方。那余大人就按着向来召对的规矩,摘帽,碰头,请了老佛爷的圣安,又请了佛爷的圣安,端端正正,把一手戴好帽儿,跪上离军机垫〔31〕一二尺远的窝儿。这余大人心里很得意,没有拉什么礼,失什么仪,还了旗下〔32〕的门面,总该讨上头的好,可以闹个召对称旨的荣耀了。正在眼对着鼻子,静听上头的问话,预备对付,谁知这回佛爷,只略问了几句照例的话,兜头倒问道:‘你读过书没有?’那余大人出其不意,只得勉勉强强答道:‘读过。’佛爷道:‘你既读过书,那总会写字的了。’余大人怔了一怔,低低答应个‘会’字。这当儿里,忽然御案上,拍的掷下两件东西来,就听佛爷吩咐道:‘你把自己履历写上来。’余大人睁眼一看,原来是纸笔,不偏不倚,掉在他跪的地方。头里余大人应对时候,口齿清楚,气度从容,着实来得,就从奉了写履历的旨意,好像得了斩绞的处分似的,顿时面白目瞪,拾了笔,铺上纸,俄延了好一会,只看他鼻尖上的汗珠儿,一滴一滴的滚下,却不见他纸头上的黑道儿，一画一画的现出，足足挨了两三分钟光景。佛爷道：‘你既写不出汉字，我们国书[33]，总没有忘吧？就写国书也好！’可怜余大人自出娘胎，没有见过字的面儿，拿着枝笔，还仿佛外国人吃中国饭，一把抓的捏着筷儿，横竖不得劲儿，那里晓得什么汉字国书呢？这么着，佛爷就冷笑了两声，很严厉的喝道：‘下去吧，还当你的库丁[34]去吧！’余大人正急得没洞可钻，得这一声，就爬着谢了恩，抱头鼠窜的逃了下来。”

唐卿听到这里，十分诧异道：“这余敏真好大胆！一字不识，就想欺蒙朝廷，滥充要职，仅与降调，还是圣恩浩大哩！不过圣上叫他去当库丁，又是什么道理呢？”龚尚书笑道：“我先也不懂，后来才知，这余敏原是三库[35]上银库里的库丁出身。老弟，你也当过三库差使，这库丁的历史，大概知道的吧！”唐卿道：“那倒不详细，只知道那些库丁，谋干库缺，没一个不是贝子[36]、贝勒，给他们递条子说人情的。那库缺有多大好处？值得那些大帽子起烘，正是不解？”龚尚书道：“说来可笑也可气！那班王公贵人，虽然身居显爵，却都没有恒产的，国家各省收来的库帑[37]，仿佛就是他们世传的田庄。这些库丁，就是他们田庄的仔种，荐成了一个库丁，那就是田庄里下了仔种了，下得一粒好仔种，十万百万的收成，年年享用，怎么不叫他们不起烘呢！”唐卿道：“一样库丁，怎么还有好歹呢？”尚书道：“库丁的等级多着哩！寻常库丁，不过逐日夹带些出来，是有限的。总要升到了秤长，这才大权在握，一出一入操纵自如哩！”唐卿道：“那些王公们既靠着国库做家产，自然要拼命的去谋干了。这库丁替人作嫁，辛辛苦苦,冒着这么大的险,又图什么呢?”尚书道:“当库丁的,都是著名混混儿,他们认定一两个王公做靠主,谋得了库缺,库里偷盗出来的赃银,就把六成献给靠主,余下四成,还要分给他们同党的兄弟们。若然分拆不公,尽有满载归来,半路上要劫去的哩!”唐卿道:“库上盘查很严,常见库丁进库,都把自己衣服,剥得精光,换穿库衣,那衣裤是单层组布制的,紧紧裹在身上,那里能夹带东西呢?”

尚书笑道:“大凡防弊的章程愈严密,那作弊的法子愈巧妙,这是一定的公理。库丁既知道库衣万难夹带,千思万想,就把身上的粪门,制造成一个绝妙的藏金窟了。但听说造成这窟,也须投名师,下苦工,一二年方能应用。头等金窟,有容得了三百纹银的。各省银式不同,元宝元丝[38]都不很合式,最好是江西省解来的,全是椭圆式,蒙上薄布,涂满白蜡,尽多装得下。然出库时候,照章要拍手跳出库门,一不留神,就要脱颖而出,他们有个口号[39],就叫做‘下蛋’。库丁一下蛋,斩绞流徙[40],就难说了。老弟,你想可笑不可笑?可恨不可恨呢?”唐卿道:“有这等事,难道那余敏,真是这个出身吗?”尚书道:“可不是?他就当了三年秤长,爬起了百万家私,捐了个户部郎中,后来不知道怎么样的改了道员,这东边道一出缺,忽然放了他,原是很诧异的。到底狗苟蝇营[41],依然逃不了圣明烛照,这不是一件极可喜的事吗?”唐卿正想发议,忽瞥眼望见刚才那门公手里,拿着一个手本,一晃晃的站在廊下窗口,尚书也常常回头去看他。唐卿知道有客等见,不便久谈,只得起身告辞。尚书还虚留了一句,然后殷勤送出大门。

不言唐卿出了龚府，去托袁尚秋疏通杨越常的事。且说龚尚书送客进来，那门公便一径扬帖前导，直向外花厅走去。尚书且走且问道："谁陪着客呢？不是大少爷吗？"门公道："不，大少爷早出门了！"这话未了，尚书已到花厅廊下，忽觉眼前晃亮，就望见玻璃里，炕床下首，坐着个美少年：头戴一顶双嵌线乌绒红结西瓜帽，上面钉着颗水银青光精圆大额珠，下面托着块五色猫儿眼，背后拖着根乌如漆光如镜三股大松辫，身上穿件雨过天青大牡丹漳绒马褂，腰下也挂着许多珮带，却被阑干遮住，没有看清，但觉绣采辉煌，宝光的烁[42]罢了。尚书暗忖：这是谁？如此华焕，还当就是来客呢！却不防那门公就指着道："哪，那不是我们珠官儿[43]陪着吗？"尚书这一抬眼，才认清是自己的侄孙儿，一面就跨进厅来。那少年见了，急忙迎出，在旁边垂着手站了一站，趁尚书上前见客时候，就慢慢溜出厅来，在廊下一面走，一面低低咕哝道："好没来由！给这没字碑[44]，搅这半天儿，晦气！"说着，潇潇洒洒一溜烟的去了。

这里尚书所见的客，你道是谁？原来就是上回雯青在客寓遇见的鱼阳伯。这鱼阳伯，原是山东一个土财主，捐了个道员，在南京候补了多年，黑透了顶，没得过一个红点儿。这回特地带了好几万银子，跟着庄稚燕进京，原想打干个出路，吐吐气，扬扬眉的。谁知庄稚燕，在路上说得这也是门，那也是户，好像可以马到功成，弄得阳伯心痒难搔。自从一到了京，东也不通，西也不就，终究变了空中捞月，等得阳伯心焦欲死。有时催催稚燕，倒被稚燕抢白几句，说他外行，连钻门路的四得字诀都不懂。阳伯诧异，问："什么叫四得字诀？我真不明白。"稚燕哈哈笑道："你瞧，我说你是个外教，没有冤你吧！如今教你这个乖！这四得字诀，是走门路的宝筏，钻狗洞的灵符，不可不学的：就叫做时候耐得，银钱舍得，闲气吃得，脸皮没得。你第一个时候就耐不得，还成得了事吗？"阳伯没法，只好耐心等去。后来打听得上海道快要出缺，这缺是四海闻名的美缺，靠着海关银两存息，一年少说有一百多万的余润，俗话说得好"吃了河豚，百样无味"，若是做了上海道，也是百官无味的了。你想阳伯如何不馋涎直流呢！只好婉言托稚燕想法，不敢十分催迫。

事有凑巧，也是他命中注定，有做几日空名上海道的福分。这日阳伯没事，为了想做件时行衣服，去到后门估衣铺，找一个聚兴号的郭掌柜。这郭掌柜，虽是个裁缝，却是个出入宫禁交通王公的大人物，当日给阳伯谈到了官经，问阳伯为何不去谋干上海道？阳伯告诉他无路可走。郭掌柜跳起来道："我这儿倒放着一条挺好的路，你老要走不走？你快说！"郭掌柜指手画脚道："这会儿讲走门路，正大光明大道儿，自然要让连公公，那是老牌子。其次却还有个新出道人家不大知道的。"说到这里，就附着阳伯耳边低低道："闻太史，不是当今皇妃的师傅吗？他可是小号的老主顾。你老若要找他，我给你拉个纤，包你如意。"阳伯正在筹画无路，听了这话，那有个不欢喜的道理！当时就重重拜托他，还许了他事成后的谢仪。从此，那郭掌柜就竭力的替他奔走说合，虽阳伯并未见着什么闻太史的面，两边说话，须靠着郭掌柜一人传递，不上十天，居然把事情讲到了九分九，只等纶音[45]一下，便可走马上任了。阳伯满心欢喜，自不待言。每日里，只拣那些枢廷台阁六部九卿要路人的府第前，奔来奔去，都预备到任后交涉的地步。所以这日，特地送了一分重门包，定要谒见龚尚书，也只为此。

如今且说他谒见龚尚书，原不过通常的酬对，并无特别的干求。宾主坐定，尚书寒暄了几句，阳伯趋奉了几句，重要公案，已算了结。尚书正要端茶送客，忽见廊下走进一个十六七岁的俊仆，匆匆忙忙，走到阳伯身旁，凑到耳边，说了几句话，手中暗暗递过一个小缄。阳伯疾忙接了，塞入袖中，顿时脸色大变，现出失张失智〔46〕的样儿，连尚书端茶都没看见。直到廊下伺候人，狂喊一声“送客”，阳伯倒大吃一惊，吓醒过来。正是：

仓圣无灵头抢地，钱神大力手通天。

不知阳伯因何吃惊？且听下回分解。

按，本回回目原标为：“背履历，库丁蒙廷辱；通苞苴，衣匠弄神通。”

〔1〕 捽（zuó）：投，摔。

〔2〕 姨娘：小老婆、姨太太。

〔3〕 发配：配给别人，给找个丈夫。

〔4〕 三从四德：封建时代妇女的道德规范。三从，在家从父，出嫁从夫，夫死从子。四德，四种德行，即妇德、妇言、妇容、妇功。

〔5〕 三贞九烈：贞妇烈女。三、九是顺上文三、四发挥出来的，无实指。

〔6〕 肝风：中医术语。肝为风木之脏，热盛（阳盛）则生风；不同于外感风邪，故称内风。表现为口眼㖞斜、突然昏倒、头晕眼花、四肢震颤或麻木、眼睛发蓝、面露青筋等等症状。

〔7〕 协揆：指协办大学士。

〔8〕同班:同僚。指级别、职务相当的官员。这里指侍郎一级,在军机处和总理衙门办事的。

〔9〕余雄义:影射徐用仪,字筱云。浙江海盐人。咸丰举人。兵部尚书,军机大臣。

〔10〕俞书屏:影射徐树铭,字寿蘅。长沙人。道光翰林。工部尚书。

〔11〕吕旦闻:影射李端棻,字苾园。贵州贵筑人。同治翰林。礼部尚书。

〔12〕备员:充数,办不了事的人。

〔13〕苞苴:包裹鱼肉的苇子和茅草。代指财礼、贿赂。

〔14〕弄臣:帝王亲近戏弄之臣。这里指李莲英等大太监。

〔15〕杨谊柱:号越常。影射杨宜治,字虞裳。成都人。同治举人。太常寺少卿,总理衙门章京。

〔16〕麻加剌庙:也作哑满达嘎庙、玛嘎啦庙、玛噶喇庙。汉名普度寺。在东安门内磁器库后。元代所建。正殿供欢喜佛。清初为摄政王多尔衮王府。

〔17〕公公:太监。

〔18〕后门洞:今地安门外。

〔19〕估衣铺:卖旧衣服的商店。这里实指成衣店。

〔20〕宫门抄:即邸钞,官方简报。

〔21〕余敏:影射玉铭。内务府包衣出身。他得到的官职是四川盐法道。自己承认是木厂老板。

〔22〕监司:道员的主要职责是巡察,所以称监司。

〔23〕五凤楼:午门上的五座楼阁。

〔24〕起儿:叫起儿,即皇帝召见问话。起儿的转义就是那一班人。朝见皇帝时,军机大臣等在前面,跪在宫殿之内,御座之下。

〔25〕外起儿:皇帝召见外省大员,按早膳时挑出的绿头签指名传唤。

〔26〕苏拉:满语。执役人、听差。属内务府,宫中用之。

〔27〕陛见:朝谒皇帝。清制,外省大臣三年一次陛见。道员不属大臣,无特召不能陛见。这里是说要升官的恭维话。

〔28〕内务府:清代官署。掌管宫廷事务,下设各种衙门,有七个司三个院。长官为总管大臣,多由贵族担任。

〔29〕 仪制：礼仪、规矩。

〔30〕 养心殿：皇宫西六宫的主宫，清帝常在此处召见臣下。也是清帝平时居住读书写字的地方。

〔31〕 军机垫：军机大臣跪拜时用的垫子，离帝座近。

〔32〕 旗下：旗人。

〔33〕 国书：指满文。

〔34〕 库丁：仓库中当差库兵。

〔35〕 三库：户部三库，即银库、缎匹库、颜料库。管理官员为郎中和员外郎等。

〔36〕 贝子：清宗室及蒙古贵族爵号，位次贝勒，在镇国公之上。

〔37〕 库帑：国库所藏钱财。

〔38〕 元宝元丝：元宝也称马蹄银，周边翘起。元丝即纹银。

〔39〕 口号：这里是口头语、行话。

〔40〕 斩绞流徙：斩绞都是死刑；流徙，充军发配，服苦役，清代往往发配黑龙江或伊犁屯垦。

〔41〕 狗苟蝇营：形容无节操，卑劣贪婪。韩愈《送穷文》："蝇营狗苟，驱去复还。"

〔42〕 的烁：光亮照耀。司马相如《上林赋》："明月珠子，的皪江靡。"烁、皪通。

〔43〕 珠官儿：影射翁之润，字泽芝。翁同龢侄曾孙。清末任法部主事。

〔44〕 没字碑：比喻没有学问。泰山有汉武帝所立无字碑。

〔45〕 纶音：圣旨。

〔46〕 失张失智：惊慌失措。

第二十二回

隔墙有耳都院会名花　宦海回头小侯惊异梦

话说阳伯正在龚府，忽听那进来的俊仆几句附耳之谈，顿时惊惶失措，匆匆告辞出来。你道为何？原来那俊仆是阳伯朝夕不离的宠童，叫做鱼兴，阳伯这回到京，住在前门外西河沿大街兴胜客店里，每日阳伯出门拜客，总留鱼兴看寓。如今忽然追踪而来，阳伯料有要事，一看见心里就突突的跳，又被鱼兴冒冒失失的道："前儿的事情，变了卦了。郭掌柜此时在东交民巷番菜馆[1]，立候主人去商量！他怕主人不就去，还捎带一封信在这里。"阳伯不等他说完，忙接了信，恨不立刻拆开，碍着龚尚书在前。好容易端茶送客看上车，一样一样礼节捱完，先打发鱼兴仍旧回店，自己跳上车来，外面车夫砰然动着轮，里面阳伯就嗤的撕了封，只见一张五云红笺上写道：

> 前日议定暂挪永丰庄一款，今日接头，该庄忽有翻悔之意。在先该庄原想等余观察还款接济，不想余出事故，款子付出难收，该庄周转不灵，恐要失约。今又知有一小爵爷来京，带进无数巨款，往寻车字头[2]，可怕可怕！望速来密商，至荷至要！

末署"云泥[3]"两字。阳伯一面看，车子一面只管走，径向东交民巷前进。

且说这东交民巷，原是各国使馆聚集之所，巷内洋房洋行最多，甚是热闹。这番菜馆，也就是使馆内厨夫开设，专为进出使馆的外国人预备的，也可饮食，也可住宿，本是很正当的旅馆。后来有几个酒醉的外国人，偶然看中了邻近小家女子，起了狎侮之心，馆内无知仆欧，媚外凑趣，设计招徕，从此卖酒之家，变为藏花之坞了。都中那班浮薄官儿，轻狂浪子，都要效尤，也有借为秘密集会所的，也有当做公共寻欢场的。凡进此馆，只要化京钱十二吊，交给仆欧，顷刻间缠头钱去，卖笑人来，比妓馆娼楼，还要灵便，就不能指揭姓名，拣择妍丑罢了。那馆房屋的建筑法，是一座中西合璧的五幢两层楼。楼下中间一大间，大小纵横，排许多食桌，桌上硝瓶瑠盏，银匙钢叉，摆得异常整齐；东西两间，连着厢房，与中间只隔一层软壁，对面开着风门，门上嵌着一块一尺见方的玻璃；东边一间，铺设得尤为华丽，地盖红毹，窗围锦幕，画屏重叠，花气氤氲，靠后壁朝南，设着一张短阑矮脚的双眠大铁床，烟罗汽褥，备极妖艳。最奇怪的，这铁床背后，却开着一扇秘密便门，一出门来就是一条曲折的小弄，由这弄中直通大街，原为那些狎客淫娃〔4〕，做个意外遁避之所。其余楼上，还有多少洞房幽室，不及细表。

如今且说阳伯的大安车，走到馆门停住。阳伯原是馆里的熟客，常常来厮混的，当时忙跳下车，吩咐车夫，暂时把车卸了，把牲口去喂养，打发仆人自去吃饭。自己却不走正路，翻身往后便走，走过了好几家门首，才露出一个狭弄口，弄口堆满垃圾，弄内地势低洼，阳伯挨身跨下，依着走惯的道儿弯弯曲曲的摸进去。看看那便门将近，三脚两步赶到，把手轻轻一按，那门恰好虚掩，人不知鬼不觉的开了。阳伯一喜，一脚踏上，刚伸进头，忽听里面床边有妇女嘤咛声〔5〕。

阳伯吃一吓，忙缩住脚，侧耳听去，那口音是个很熟的窑姐儿，逼着嗓子怪叫道："老点儿碍什么？就是你那几位姨太太，我也不怕！我怕的倒是你们那位姑太太！"只听这话还没说了，忽有个老头儿涎皮癞脸的接腔道："咦，嫁出的女儿泼出的水，你倒怕了她！我告诉你说，一个女娘们，只要得夫心，得了夫心，谁也不怕。不用远比，只看如今宫里的贤妃，得了万岁爷天宠，不管余道台有多大手段，多高靠山，只要他召幸时候，一言半语，整颗儿的大红顶儿，骨碌碌在他舌头尖上牙齿缝里滚下来了，就是老佛爷也没奈何他。这消息还是今儿我们姑爷在闻韵高那儿听来的。你说利害不利害？势派不势派呢？"听那窑姐儿冷笑一声道："吓，你别老不害臊！鸡矢给天比了！你难道忘了上半年你引了你们姑爷来这里一趟，给你那姑太太知道了，特为拣你生日那一天，宾客盈门时候，她驾着大安车赶上你门来，把牲口卸了，停在你门口儿，多少人请她可不下来，端坐在车厢里，对着门，当着进进出出的客人，口口声声骂你，直骂到日落西山。她老人家乏了，套上骡儿，转头就走。你缩在里边，哼也没有哼一声儿，这才算势派哩！只怕你的红顶儿，真在她牙缝里打磨盘呢！老实告你说吧，别花言巧语了，也别胡吹乱滂了，要我上你家里去老虎头上抓毛儿，我不干！你若不嫌屈尊，还是赶天天都察院下来，到这儿溜搭溜搭，我给你解闷儿就得了。"

那老头儿狠狠叹了一口气，还要说下去，忽听厢房门外，一阵子嘻嘻哈哈的笑语声，帖帖靸靸的脚步声，接着咿哑一响，好像有人推门儿似的。阳伯正跨在便门限上，听了，心里一慌，想跑，还没动脚，忽见黑蓬松一大团，从里面直钻出来，避个不迭，正给阳伯撞个对面。阳伯圆睁两眼，刚要唤道“该”，缩个不迭，却几乎请下安去。又一转念，大人们最忌讳的是怕人知道的事情被人撞见了，连忙别转头，闪过身体，只做不认得，让他过去。那人一手掩着脸，一手把袖儿握着嘴上的胡子，忘命似的往小弄里逃个不迭。

阳伯看他去远，这才跨进便门。不提防一进门，劈脸就伸过一只纤纤玉手来，把阳伯胸前衣服抓住道：“傅大人，你跑什么！又不是姑太太来了，你怕谁呀？”阳伯仔细一听，原来就是他的老相好这里有名的姐儿小玉的口音，不禁嗤的一笑道：“乖姐儿，你的爸爸才是傅大人呢！”小玉啐了一口，拉了阳伯的手，还没有接腔，房里面倒有人接了话儿道：“你们找爸爸，爸爸在这儿呢。”小玉倒吓一跳，忙抢进房来道：“呸，我道是谁？原来是郭爷。巧极了！连您也上这儿来了！”阳伯故意皱皱眉，手指着郭掌柜道：“不巧极了！老郭，你千不来，万不来，单拣人家要紧的时候，你可来了！”郭掌柜哈哈笑道：“我真该死，我只记着我的要紧，可把你们俩的要紧倒忘了！”阳伯道：“你别拉我，我有什么要紧？你吓跑了总宪[6]大人，明儿个都察院[7]踏门拿人，那才要紧呢！”小玉瞪了阳伯一眼，走过来，爬在郭掌柜肩膀上道：“郭爷，你别听他，尽撒谎！”郭掌柜伸伸舌头道：“才打这屋里飞跑出去的就是……”小玉不等郭掌柜说出口，伸手握住他的嘴道：“你敢说！”郭掌柜笑道：“我不，我不说。”就问阳伯道：“那么你跟他一块儿来的吗？大概没有接到我的信吧！”阳伯道：“还提信呢！都是你这封信，把我叫进来，把他赶出去，两下里不提防，好好儿碰了一个头。你瞧，这儿不是个大疙瘩吗？这会儿还疼呢！”说着话，伸过头来给郭掌柜看。郭掌柜一面瞅着他左额上，果然紫光油油的高起一块；一面冲着玻璃风门外，带笑带指的低低道：“哪，都是这班公子哥儿，闹烘烘拥进来，我在外间坐不住，这才撞进来，闹出这个乱子。鱼大人，那倒对不住您了！”

阳伯摇摇手道：“你别碜了！小玉，你来，我们看一看外边儿，都是些谁呀？”说罢，拉了小玉，耳鬓撕磨的凑近那风门玻璃上张望，只见中间一张大餐长桌上，团团围坐着五个少年。两边儿多少仆欧们手忙脚乱的伺候，也有铺台单插瓶花的，也有摆刀叉洗杯盘的；各人身边都站着一个戴红缨帽儿的小跟班儿，递烟袋，拧手巾，乱个不了。阳伯先看主位上的少年，面前铺上一张白纸，口衔雪茄，手拿着笔，低着头，在那里开菜单儿，忽然抬起头来，招呼左右两座道：“胜佛先生和凤孙兄，你们两位都是外来的新客，请先想菜呀！”阳伯这才看清那主位的脸儿，原来不是别人，就是庄稚燕。再看左座那一个，生得方面大耳，气概堂皇，衣服虽也华贵，却都是宽袍大袖，南边样儿；右边的，是瘦长脸儿，高鼻子，骨秀神清，举止豪宕，虽然默默的坐着，自有一种上下千古的气概，两道如炬的目光，不知被他抹杀了多少眼前人物，身上服装，却穿得很朴雅的。这两个阳伯却不认得。下来，挨着这瘦长脸儿来，是曾侯爷敬华[8]，对面儿坐着的，却就是在龚尚书府上陪阳伯谈天的珠公子。只听右座那一个道：“稚燕，你又来了！这有什么麻烦，胡乱点几样就得了。”右座淡淡的道：“兄弟还要赴杨淑乔、林敦古两兄的预约，恐怕不能久坐，随便吃一样汤就行了！”言下，仿佛显出厌倦的脸色。

稚燕一面点菜，一面又问道：“既到了这里，那十二吊头，总得花吧！”珠公子皱着眉道：“你们还闹这玩意儿呢？我可不敢奉陪！”敬华笑道：“我倒要叫，我可不叫别人！”稚燕道：“得了，不用说了，我把小玉让给你就是了！”说罢，就吩咐仆欧去叫小玉。胜佛推说就要走，不肯叫局，稚燕也不勉强，只给凤孙叫了一人，连自己共是三人。仆欧连声“着，着”，答应下去。阳伯在里面听得清楚，忙推着小玉道：“侯爷叫你了，还不出去！”小玉笑道：“那有那么容易！今儿老妈儿都没带，只好回去一趟再来。”阳伯随手就指着那桌上两个不认得的问小玉道：“那两个是谁，你认识么？”小玉道：“你不认识么？那个胖脸儿，听说姓章，也是一个爵爷，从杭州来的；一个瘦长脸，是戴制台的公子，是个古怪的阔少爷，还有人说他是革命党。这些话，都是庄制台的少爷庄立人告诉我的，不晓得是确不确？他们都是新到京的。”两人正说话，恰好有个仆欧推门进来，招呼小玉上座儿。小玉站起身，抖搂了衣服，凑近那仆欧耳旁道：“你出去，别说我在这里，我回家一趟，换换衣服就来。”回头给阳伯、郭掌柜点点头道：“鱼大人，我走了，回头你再来叫啊！郭爷，你得闲儿，到我们那儿去坐坐。”赶说话当儿，早已转入床后，一溜烟的出便门去了。

这里阳伯顺便就叫仆欧点菜，先给郭掌柜点了蕃茄牛尾汤、炸板鱼、牛排、出骨鹦鹉、加利鸡饭、勃朗补丁，共是六样。自己也点了葱头汤、煨黄鱼、牛舌、通心粉雀肉、香蕉补丁五样。仆欧拿了菜单，打上号码，自去叫菜。这里两人方谈起正事来。郭掌柜先开口道："刚才我仿佛听见小玉给你说什么姓章的，那个人你知道吗？"阳伯道："我不知道，就听见庄稚燕叫他凤孙。"郭掌柜道："他就是前任山东抚台章一豪[9]的公子，如今新袭了爵，到里头想法子来的。我才信上说的就是他。"阳伯道："那怕什么？他既走了那一边儿，如今余道台才闹了乱子，走道儿总有点不得劲。这个机会，我们正好下手呢！"郭掌柜道："话是不差，可就坏在余道台这件事。余道台的银子，原说定先付一半，还有一半，也是永丰庄垫付的，出了一张见缺即付的支票。谁晓得赶放的明文一见，果然就收了去了。如今出了这意外的事，如何收得回来呢！他的款子，收不回来不要紧，倒是咱们的款子，可有点儿付不出去了。我想你在先自己付的十二万正款，固然要紧，就是这永丰庄担承的六万，虽说是小费，里头帮忙的人大家分的，可比正款还要紧些呢！要有什么三差五错，那事情就难说了！我瞅着永丰的当手[10]，着急得很，我倒也替你担忧，所以特地赶来，给你商量个办法。"阳伯呆了呆，皱着眉道："兄弟原只带了十二万银子进京，后来添出六万，力量本来就不济的了。亏了永丰庄肯担承这宗款子，虽觉得累点儿，那么树上开花，到底儿总有结果，兄弟才敢劖出做这件事。如今照你这么说，有点儿靠不住了，叫兄弟一时那儿去弄这么大的款？可怎么好呢！"郭掌柜道："你好好儿想想，总有法子的。"

阳伯踌躇了半天，忽然站起来，正对着郭掌柜，兜头唱了一个大喏[11]道："兄弟才短，实在想不出法子来。兄弟的第一妙法，只有

‘一总费心’四个字儿,还求你给我想法儿吧!”郭掌柜还礼不迭道:“你别这么喉急〔12〕,你且坐下,我给你说。”阳伯又作了一揖,方肯坐了。郭掌柜慢慢道:“法子是有一个,俗语道巧媳妇做不出无米饭,不过又要你破费一点儿才行。”阳伯跳起来道:“老郭,你别这么婆婆妈妈的绕湾儿说话,这会儿只要你有法子,你要什么就什么!”郭掌柜道:“那个是我要呢?咱们够交情,给你办事,一个大〔13〕都不要,这才是真朋友。只等将来,你上了任,我跟你上南边去玩儿一趟,闲着没事,你派我做个帐房,消遣消遣,那就是你的好处了。”阳伯道:“那好办,你快说,有什么好法子呢?”郭掌柜道:“别忙,你瞧菜来了!咱们先吃菜,慢慢儿的讲。”阳伯一抬头,果然仆欧托着两盘汤,几块面包来。安放好了,阳伯又叫仆欧开了一瓶香宾。

郭掌柜一头嗽〔14〕着面包,喝着汤,一头说道:“你别看永丰庄怎么大场面,一天到晚,整千整万的出入,实在也不过东拉西扯,撑着个空架子罢了!遇着一点儿风浪,就挡不住。本来呢,他的架子空也罢,实也罢,不与我们相干。如今他既给我们办了事,答应了这么大的款子,他的架子撑得满,我们的事情就办得完全;倘或他有点破绽,不但他的架子撑不成,只怕连我们的架子都要坍了。这会儿,也没有别的法子,只有大家伙儿帮着他,把这个架子扶稳了才对;要扶稳这个架子,也不是空口说白话做得了的,要紧的就是银子。但是这银子,从那儿来呢?”阳伯道:“说得是,银子那儿来呢?”郭掌柜道:“哈哈,说也不信,天下事真有凑巧,也是你老的运气来了!这会儿天津镇台〔15〕,不是有个鲁通一〔16〕鲁军门〔17〕吗?这个人,你总该知道吧！”阳伯想了想道：“不差，那是淮军[18]里头有名的老将啊！”郭掌柜笑道：“那里是淮军里头有名的老将！光罢是财神手下出色的健将罢！他当了几十年的老营务，别的都不知道，只知道他撑了好几百万的家财。他的主意可很高，有的银子，都存给外国银行里，什么汇丰[19]呀，道胜呀，我们中国号家钱庄，休想摸着他一个边儿。可奇怪，到了今年，忽然变了卦了，要想把银子匀点出来，分存京津各号，特地派他的总管鲁升，带了银子，进京看看风色。这位鲁总管，可巧是我的好朋友，昨日他自己上门来找我，我想这是个好主儿，好好儿恭维他一下。后来讲到存银的事情，我就把永丰荐给他。他说：‘来招揽这买卖的可不少，我们都没答应呢！你不知道我们那里有个老规矩，不论那家，要是成交，我们朋友，都是加一扣头[20]，只要肯出扣头就行。’今天我把这话告诉永丰，谁晓得永丰的当手，倒给我装假，出扣头的存银他不要。我想这事，永丰的关系原小，我们的关系倒大，这扣头不如你暂时先垫一下子，事情就成了。这事一成，永丰就流通了，我们的付款，也就有着了，就有一百个章爵爷，那上海道也不怕跑到那儿去了。你看怎么着，使得吗？”阳伯道：“他带多少银子来呢？存给永丰多少呢？”郭掌柜道：“他带着五六十万呢！我们只要他十万，多也不犯着，你说好不好？”阳伯顿时得意起来道：“好好，再好没有了，事不宜迟，这儿吃完，你就去找那总管说定了。要银子，你到永丰庄，在我旅用的折子上取就得了。”

两人胡乱把点菜吃完，叫仆欧来算了账，正要站起，郭掌柜忽然咦了一声道：“怎么外边已经散了？”阳伯侧耳一听，果然鸦雀无声，伛身凑近风窗向外一望，只见那大餐桌上，还排列着多少咖啡空杯，座位上却没个人影儿。阳伯随手拉开风门道：“我们就打前面走吧！”于是阳伯前行，郭掌柜后跟，闯出厅来，一直的往外跑。不提防一阵喊喊喳喳说话声音，发出在那厅东墙角边一张小炕床上，瞥眼看见有两人头接头的紧靠着炕儿，一个仿佛是庄稚燕，那一个就是小玉说的章凤孙〔21〕，见那凤孙手里颤索索的拿着一张纸片儿，递与稚燕。阳伯恐被瞧破，不敢细看，别转头，给郭掌柜一溜烟的溜出那番菜馆来，各自登车，分头干事去了。

如今且按下阳伯，只说那番菜馆外厅上庄稚燕给章凤孙，偷偷摸摸守着黑厅干什么事呢？原来事有凑巧，两间房里的人，做了一条路上的事，那边鱼阳伯与郭掌柜磨拳擦掌的时候，正这边庄稚燕替章凤孙钻天打洞的当儿。看官须知道这章凤孙，是中兴〔22〕名将前任山东巡抚章一豪的公子，单名一个“谊”字，章一豪在山东任时，早就给他弄了个记名特用道。前年章一豪死了，朝廷眷念功臣，又加恤典，把他原有的一等轻车都尉〔23〕，改袭了子爵〔24〕，这章凤孙年不满三十，做了爵爷，已是心满意足，倒也没有别的妄想了。这回三年服满，进京谢恩，因为与庄稚燕是世交兄弟，一到京，就住在他家里，只晓得寻花夕醉，挟弹晨游，过着快乐光阴。当不住稚燕是宦海的神龙，官场的怪杰，看见凤孙门阀〔25〕又高，资财又广，是个好吃的果儿，一听见上海道出缺的机会，就一心一意调唆凤孙去走连公公的门路。可巧连公公为了余敏的事失败了，撇着一肚子闷气，没得出处，正想在这上海道上找个好主儿，争回这口气来，所以稚燕去一说，就满口担承。彼此讲定了数目，约了日期，就趁稚燕在番菜馆请客这一天，等待客散了，在黑影里开办交涉，却不防冤家路窄，倒被阳伯偷看了去。闲话少表。

当时稚燕乖觉，劈手把凤孙手里拿的纸片夺过来折好，急忙藏在里衣袋里。凤孙道："这是整整十二万的汇票，全数儿交给你了。可是我要问你一句，到底靠得住靠不住？"稚燕不理他，只望着外面挪嘴儿，半晌又望外张了一张，方低低说道："你放心，我连夜给你办去，有什么差错，你问我，好不好？"凤孙道："那么我先回去，在家里等回音。"稚燕点点头，正要说话，蓦地〔26〕走进一个仆欧说道："曾侯爷打发管家来说，各位爷都在小玉家里打茶围，请这里两位大人就去。"凤孙一头掀帘望外走，一头说道："我不去了，你若也不去，替我写个条儿道谢吧！"说毕，自管自的上车回家去了。

不说这里稚燕写谢信，算菜帐，尽他做主人的义务。单讲凤孙独自归来，失张失智的走进自己房中，把贴身伏侍的两个家人，打发开了，亲自把房门关上，在枕边慢慢摸出一只紫楠雕花小手箱，只见那箱里头放着个金漆小佛龛，佛龛里坐着一尊羊脂白玉的观世音。你道凤孙百忙里，拿出这个做什么呢？原来凤孙虽说是世间纨袴〔27〕，却有些佛地根芽〔28〕，平生别的都不信，只崇拜白衣观世音〔29〕，所以特地请上等玉工，雕成这尊玉佛，不论到那里，都要带着他走，不论有何事，都要望着他求。只见当时凤孙取了出来，恭恭敬敬，双手捧到靠窗方桌上，居中供了，再从箱里搬出一只宣德铜炉，炷上一枝西藏线香，一本《大悲神咒》〔30〕，一串菩提念珠，都摆在那玉佛面前。布置好了，自己方退下两步，整一整冠，拍去了衣上尘土，合掌跪在当地里，望上说道："弟子章谊，一心敬礼观世音菩萨。"说罢，匍匐下去，叨叨絮絮了好一会，好像醮台〔31〕里拜表〔32〕的法师〔33〕一般。口中念念有词，足足默祷了半个钟头，方才立起，转身坐在一张大躺椅上，提起念珠，摊开神咒。正想虔诵经文，却不知怎的心上总是七上八下，一会儿神飞色舞，一会儿肉跳心惊，对着经文，一句也念不下去。看看桌上一盏半明不灭的灯儿，被炉里的烟气，一股一股的冲上去，那灯光只是碧沉沉地。侧耳听着窗外静悄悄的没些声息，知道稚燕还没回来！凤孙没法，只得垂头闭目，养了一回神，才觉心地清净点儿。忽听门外帖帖达达飞也似的一阵脚步声，随即发一声狂喊道："凤孙，怎么样？你不信，如今果真放了上海道了！你拿什么谢我？"这话未了，就砌的一响，踢开门，钻将进来。凤孙抬头一看，正是稚燕，心里一慌，倒说不出话来。正是：

富贵百年忙里过，功名一例梦中求。

欲知凤孙得着上海道，到底是真是假，且听下回分解。

按，本回回目原标为："隔墙有耳，都院会名花；宦海回头，小侯惊异梦。"

〔1〕 番菜馆：西餐馆。

〔2〕 车字头：隐语。指书中连公公。

〔3〕 云泥："云泥两隐"之略语。尊称受信人为云，谦称自己为泥，心照不宣，知名不具。语出《后汉书·逸民传》"乘云行泥，栖宿不同"。云在天，泥在地，二者相去甚远。

〔4〕 狎客淫娃：嫖客和妓女。

〔5〕 嘤咛声：本指黄鸟叫声。形容妇女尖细的声音。

〔6〕 总宪：指都御史。

〔7〕 都察院：中央最高监察官署。长官为都御史，清代设左都御史，满汉各二人。

〔8〕 曾敬华：影射曾广銮，字君和。曾纪泽之子。荫生。后官左副都御史。

〔9〕 章一豪：影射张曜，字朗斋。大兴人。原籍钱塘。军功出身。官至山东巡抚。原不识字，后自学通图史，能诗文。

〔10〕 当手：吴语。钱庄经理；也泛称其他商店经理。

〔11〕 唱喏：作揖。唱大喏，即深深作揖。

〔12〕 喉急：性急。原是形容吃东西快，后转为一般意义的性急。

〔13〕 一个大：一个大子儿，一文钱。实际当时北京的大铜子京钱，一文当两文。今北京方言仍在用此词。

〔14〕 啖(dàn)：吃。

〔15〕 镇台：军镇。约略相当于现在的省军区或军分区。

〔16〕 鲁通一：影射卫汝贵，字达三。安徽合肥人。原淮军将领。以宁夏镇总兵官统领北洋防军。甲午战争时入朝作战，军纪极坏，又贪污军饷八万两送回家中，军中大乱，战败窜逃。捕拿回京，论死。

〔17〕 军门：提督的代称。有提督衔的总兵也可称军门。

〔18〕 淮军：在对抗太平军的过程中，由安徽乡勇发展起来的军队，由李鸿章统领。在镇压太平军和捻军中都起过重大作用，也是清末军队的主要组成之一。

〔19〕 汇丰：英资银行。1864 年在香港设总行，次年在上海设分行。其后又在天津、北京、汉口、重庆，以及欧洲、东南亚设分支机构。

〔20〕 加一扣头：按一成提回扣。在正息之外再加一成。

〔21〕 章凤孙：章谊(后文中也作章义，互见)，号凤孙。影射张端本，字凤生。张曜之子。荫生。后任南韵连道。

〔22〕 中兴：清朝政府称同治年间镇压了太平军和捻军，以及西部回民之乱，为中兴。

〔23〕 轻车都尉：武职官员封爵。正三品，分三等。

〔24〕 子爵:武职官员封爵。正一品,分三等。

〔25〕 门阀:本是贵家门前旌表功绩的柱子,此指名门贵家、祖先有功勋。

〔26〕 蓦地:突然。

〔27〕 纨袴:贵戚子弟的豪华衣服。后泛指富贵人家子弟。

〔28〕 佛地根芽:有觉悟的根据,有佛性,可以学好。

〔29〕 白衣观世音:白衣观音,俗称送子观音。佛教莲华部部母。常在白莲华中,戴天发髻冠,穿白衣,左手持开放的莲华。

〔30〕 大悲神咒:千手陀罗尼之别名。《千手经》曰:"若能称诵大悲咒,淫欲火灭邪心除。"

〔31〕 醮台:道士做法事(打醮即是祭神)的坛台。

〔32〕 拜表:法事节目。焚化黄表,祷告启请神灵。

〔33〕 法师:道士。

第 十 二 卷

第二十三回

天威不测蜚语中词臣　隐恨难平违心驱俊仆

却说凤孙忽听稚燕一路喊将进来，只说他放了上海道，一时心慌，倒说不出话来，呆呆地半晌方道："你别大惊小怪的吓我，说正经，连公公那里，端的怎样？"稚燕道："谁吓你？你不信，看这个！"说着，就怀里掏出个黄面泥板[1]的小本儿。凤孙见是京报，接来只一揭，第一行就写着"苏松太兵备道[2]着章义补授"。凤孙还道是自己眼花，忙把大号墨晶镜，望鼻梁上一推，揉一揉眼皮，凑着纸细认，果然仍是"苏松太兵备道着章义补授"十一个字。

心中一喜，不免颂了一声佛号，正要向那玉琢观音顶礼[3]一番，却恍恍惚惚就不见了稚燕。抬起头来，却只见左右两旁站着六七个红缨青褂短靴长带的家人，一个托着顶帽，一个捧着翎盒，提着朝珠的，抱着护书的，有替他披褂的，有代他束带的，有一个豁琅琅的摇着静鞭[4]，有一个就向上请了个安，报道："外面伺候已齐，请爵爷立刻上任！"真个是前呼后拥，呵幺喝六[5]，把个朦懂小爵爷，七手八脚的送出门来。只见门外齐臻臻的排列着红呢伞，金字牌，旗锣轿马，一队一队长蛇似的立等在当街，只等凤孙掀帘进轿。只听如雷价一声呵殿[6]，那一溜排衙[7]，顿时蜿蜿蜒蜒的向前走动。走去的道儿，也辨不清是东是西，只觉得先走的倒都是平如砥直如绳的通衢广陌，一片太阳光，照着马蹄蹴起的香尘，一闪一闪的发出金光。谁知后来忽然转了一个湾，就走进了一条羊肠小径。又走了一程，益发不像，索性只容得一人一骑慢慢的捱上去了，而且曲曲折折，高高低低，一边是恶木凶林，一边是危崖乱石。凤孙见了这些凶险景象，心中疑惑，暗忖道："我如今到底往那里去呢？记得出门时，有人请我上任，怎么倒走到这荒山野径来呢？"原来此时凤孙早觉得自己身体不在轿中，就是刚才所见的仪仗从人，一霎时也都随着荒烟蔓草，消灭得无影无踪，连放上海道的事情也都忘了一半。独自一个，在这七高八低的小路上，一脚绊一脚的望前走去。

正走间，忽然眼前一黑，一阵寒风拂上面来，疾忙抬头一看，只见一座郁郁苍苍的高冈横在面前。凤孙暗喜道："好了，如今找着了正路了！"正想寻个上去的路径，才想走近前来，却见那冈子前面，蹲着一对巨大的狮子，张了磨牙吮血的大口，睁了奔霆掣电的双瞳，竖起长鬣，舒开铁爪，只待吃人，在云烟缥渺中也看不清是真是假。再望进去，隐隐约约显出画栋雕梁，长廓石舫，丹楼映日，香阁排云，山径中还时见白鹤文鹿，彩凤金牛，游行自在；但气象虽然庄严，总带些阴森肃杀的样子，好像几百年前的古堡，恐怕冒昧进去，倒要碰着些吃人的虎豹豺狼，迷人的山精木客[8]，反为不美。凤孙踌躇了一回，忽听各郎各郎一阵马官，铃声，从自己路上飞来，就见一匹跳涧爬山的骏马，驮着个扬翎矗顶的贵官，挺着腰，仰着脸儿，得意扬扬的，只顾往前窜。凤孙看着那贵官的面貌,好像在那里见过的,不等他近前,连忙迎上去,拦着马头施礼道:"老兄想也是上冈去的?兄弟正为摸不着头路不敢上去。如今老兄来了,是好极了,总求您携带携带。"那贵官听了,哈哈的笑道:"你要想上那冈子么?你莫非是疯子吧!那道儿谁不知道?如今是走不得的了!你要走道儿,还是跟着我上东边儿去。"说着话,就把鞭儿向东一指,凤孙忙依着他鞭的去向只一望,果然显出一条不广不狭的小径,看那里边,倒是暖日融融,香尘细细,夹岸桃花,烂如云锦,那径口却有一棵夭矫不群的海楠,卓立在万木之上。下面一层层排列着七八棵大树,大约是檀槐杨柳灵杏棠杞等类,无不蟠干梢云,浓阴垂盖,的是一条好路,倒把凤孙看得呆了。正想细问情由,不道那贵官就匆匆的向着凤孙拱了拱手道:"兄弟先偏[9]了!"说罢,提起马头,四蹄翻盏的走进那东路去了。凤孙这一急,非同小可,拔起脚要追,忽听一阵悠悠扬扬的歌声,从西边一条道儿上梨花林吹来,歌道:

东边一条路,西边一条路;西边梨花东边桃。白的云来红的雨,红白争娇,雨落云飘。东海龙女[10],偷了千年桃,西池王母[11],怒挖明珠苗;造化小儿[12]折了腰。君欲东行,休行,我道不如西边儿平!

凤孙寻着歌声,回身西望,才看见径对着东路那一条道儿上,处处夹着梨树,开的花,如云如雪,一白无际,把天上地下罩得密密层层,风也不通。凤孙正在忖量,那歌声倒越唱越近了,就见有八九个野童儿,头戴遮日帽,身穿背心衣,脚踏无底靴,面上乌墨涂得黑一搭白一搭，一面拍着手，一头唱着歌，穿出梨花林来。一见凤孙，齐连连招手道："来，来，快上西边儿来！"凤孙被这些童儿一唱一招，心里倒没了主意，立在那可东可西的高冈面前，东一张，西一望，发恨道："照这样儿，不如回去吧！"一语未了，不提防西边树林里，陡起了一阵撼天震地的狂风，飞沙走石，直向东边路上刮刺刺的卷去。一会价，就日淡云凄，神号鬼哭起来，远远望去，那先去的骑马官儿，早被风刮得帽飞靴落，人仰马翻。万树桃花，也吹得七零八落，连路口七八株大树，用尽了撑霆喝月的力量，终不敌排山倒海的神威，只抵抗了三分钟工夫，唏唎唿喇倒断了六株。连那海楠和几株可称梁栋之材的都连根带上，飞入云霄，不知飘到那里去了。这当儿，只听那梨花林边，一个大孩子，领了八九个狂童，欢呼雷动，摇头顿足的喊道："好了！好了！倒了！倒了！"谁知这些童儿不喊犹可，这一喊，顿时把几个乌嘴油脸的小孩，变了一群青面獠牙的妖怪，有的摇着驱山铎〔13〕，有的拿着迷魂播〔14〕，背了骊山老母的剑，佩了九天玄女〔15〕的符，踏了哪吒太子〔16〕的风火轮，使了齐天大圣的金箍棒，张着嘴，瞪着眼，耀武扬威，如潮似海的直向凤孙身边扑来。凤孙这一吓，直吓得魂魄飞散，尿屁滚流，不觉狂叫一声："救苦救难观世音菩萨！"

正危急间，忽听面前有人喊道："凤孙休慌，我在这里！"凤孙迷离中抬头一看，仿佛立在面前是一个浑身白衣的老妇人，心里只当是观音显圣来救他的，忙又叫道："菩萨救命呀！"只听那人笑道："什么菩萨？菩萨坐在桌儿上呢！"凤孙被这话一提，心里倒清爽了一半，重又定睛细认了一认，呸！那里是南海白衣观世音，倒是个北京纨袴庄稚燕，嬉着嘴立在他面前。看看自己身体，还坐在佛桌旁的一张大椅上，炉里供的藏香只烧了一寸，高冈飞了，梨花林桃花径迷了，童儿妖怪灭了，窗外半钩斜月，床前一粒残灯，静悄悄一些风声也没有，方晓得刚才闹轰轰的倒是一场大梦。想起刚才自己狼狈的神情，对着稚燕倒有些惶愧，把白日托他到连公公那里谋干的事倒忘怀了，只顾有要没紧的道："你在那儿乐？这早晚才回来！"

稚燕道："阿呀呀，这个人可疯了！人家为你的事，脚不着地，跑了一整夜，你倒还乐呀乐呀的挖苦人！"凤孙听了这话，才把番菜馆里，递给他汇票，托他到连公公那里讨准信的一总事，都想起来，不觉心里勃的一跳，忙问道："事情办妥了没有？"稚燕笑道："好风凉话儿！天下那儿有这么容易的事儿！我从番菜馆里出来，曾敬华那里这么热闹的窝儿，我也不敢踹，一口气跑上连公公家里，只道约会的事，不会脱卯儿的，谁知道还是扑了一个空。老等了半天，不见回来，问着他们，敢情[17]为了预备老佛爷万寿的事情，内务府来请了去商量，说不定多咎[18]才回家呢！我想横竖事儿早说妥了，只要这边票儿交出去，自然那边官儿送上来，不怕他有红孩儿来抢了唐僧人参果去，你说对不对？"凤孙一听"红孩儿"三个字，不觉把梦中境界，直提起来，一面顺口说道："这么说，那汇票你仍旧带回来了？"一面呆呆的只管想那梦儿，从那一群小孩变了妖怪，扑上身来想起，直想到自己放了上海道，稚燕踢门狂喊，看看稚燕此时的形状，宛然梦里。忽然暗暗吃惊道："不好了，我上了小人的当了！照梦详来，小孩者，小人也，变了妖怪，扑上身来，明明说这班小人在那里变着法儿的捉弄我。小径者，小路也，已经有人比我走在头里，我是没路可走的了。若然硬要走，必然惹起风波。”想到这里，猛的又想起梦醒时候，看见一个白衣老妇，不觉恍然大悟道：“这是我一向虔诚供奉了观音，今日特地来托梦点醒我的。罢了！罢了！上海道我决计不要了，倒是十二万的一张汇票，总要想法儿骗回到手才好。”

想了一想，就接着说道：“既然你带回来，很好，那票儿本来差着，你给我改正了再拿去。”稚燕愕然道：“那儿的事？数目对了就得了。”凤孙道：“你不用管，你拿出来，看我改正，你就知道了。”稚燕似信不信的，本不愿意掏出来，到底碍着凤孙是物主儿，不好十分揹着不放，只得慢慢地从靴页里抽出，挪到灯边远远的一照道：“没有错呀！”一语未了，不防被凤孙劈手夺去，就往自己衣袋里一塞。稚燕倒吃了个惊道：“这怎么说？咦，改也不改，索性收起来了！”凤孙笑道：“不瞒稚兄说，票子是没有错，倒是兄弟的主意打错了，如今想过来，不干这事了。稚兄高兴，倒是稚兄去顶替了吧！兄弟是情愿留着这宗银子，去孝敬韩家潭[19]口袋底[20]的哥儿姐儿的了。”稚燕跳起来道：“岂有此理！你这话到底是真话是梦话？你要想想，这上海道的缺，是不容易谋的！连公公的路，是不容易走的！我给你闹神闹鬼，跑了半个多月，这才摸着点边儿，你倒好意思，轻轻松松说不要了。我可没脸去回复人家，你倒把不要的道理说给我听听！”凤孙仍笑嬉嬉的道：“回复不回复，横竖没有我的事，我是打定主意不要的了。”那当儿，一个是斩钉截铁的咬定不要了，一个是面红颈赤的死问他为何不要呢；一个笑眯眯只管赖皮，一个急吽吽[21]无非撒泼。

正闹得没得开交[22]，忽听砰的一声，房门开处，走进一个家人，手里拿着一封电报，走到凤孙身旁道："这是南边发来给章大人的。"说着，伸手递给凤孙，就回身走了。凤孙忙接来一望，知道是从杭州家里打来的，就吃了一吓，拆开看了看，不觉说声"侥幸"，就手递给稚燕道："如今不用争吵了，我丁了艰了！"稚燕看着，方晓得凤孙的继母病故，一封报丧的电报。到此地位，也没得说了，把刚才的一团怒火，霎时消灭，倒只好敷衍了几句安慰的套话，问他几时动身。凤孙道："这里的事情，料理清楚，也得六七天。"当时彼此没兴，各自安歇去了。

从此凤孙每日忙忙碌碌，预备回南的事。到了第五日，就看见京报上，果然上海道放了鱼邦礼，外面就沸沸扬扬议论起来。有的说姓鱼的托了后门估衣铺，走王府的门路的；有的说姓鱼的认得了皇妃的亲戚，在皇上御前保举的。凤孙听了这些话，倒也如风过耳，毫不在意，只管把自己的事，尽着赶办，又歇了一两天，就掩旗息鼓的回南奔丧去了。

单说稚燕替凤孙白忙了半个多月，得了这个结果，大为扫兴。他本意原想做鱼阳伯的引线的，后来看看鱼阳伯的门第资财气概，都不如章凤孙，所以倒过头来，就搁起阳伯，全力注在凤孙身上。谁知如今阳伯果真得了上海道，自己的好窝儿，反给估衣铺里的郭掌柜占了去，你想他心里怎么不又悔又恨呢！连公公那里，又不敢去回复，只好私下告诉他父亲转说，还求他想个法儿，出出这口恶气。

一日清早，稚燕还没起来，家人来回："老爷上头下来，有事请少爷即刻就去。"稚燕慌忙披衣出房,不及梳洗,一径奔到小燕平常退朝坐起的一间书房内,掀帘进去,满屋静悄悄的,只见两三个家人垂手侍立。小燕正在那里低着头,写一封书信,看见稚燕走来,略一抬眼道:"你且坐着,让我把高丽商务总办方安堂〔23〕的一封要紧信写了再说。"稚燕只得在旁坐了,偷看那封信上写的,全是高丽东学党〔24〕谋乱的事情。——原来那东学党是高丽国的守旧党,向来专与开化党为仇,他的党魁叫崔时亨,自号纬大夫的,忽然现在在全罗道的古阜地方起事,有众五六万,首蒙白巾,手执黄旗,倡言要驱逐倭夷〔25〕,扫除权贵。高丽君臣,惶急万状,要借中国护商的靖远兵船,前去助剿。那时驻扎高丽的商务总办,就是方安堂官印叫代胜的,不敢擅主,发电到总理衙门请示。小燕昨日已经会商王大臣,发了许借的回电,现在所写的,不过属他留心观察,随时禀报罢了。稚燕看着信,随口道:"原来高丽又起了乱事了!"

小燕道:"这回比甲申年〔26〕金玉均、洪英植〔27〕的乱事,更要利害,恐怕要求中朝〔28〕发兵赴援哩!"说着,那信已写好,搁在一边,笑嘻嘻道:"叫你不为别的,你知道今天上头出了一件奇事吗?鱼邦礼革职了,倒连累金贵妃、宝贵妃〔29〕都革了妃号,降做贵人。宝贵妃还脱衣受了七十廷杖,两妃的哥哥致敏〔30〕,贬谪到边远地方,老佛爷怒的了不得。听说还牵涉到闻韵高太史,只为他是两妃的师傅;幸亏他闻风远避,总算免了。"稚燕半惊半喜的道:"爹爹知道这事怎么发作的呢?"小燕道:"我也摸不清,不知道老佛爷听了谁的话,忽然从园里回来,一径就到皇妃宫中,拿出一个小拜匣〔31〕,里头都是些没用的字纸，不知道老佛爷为什么就天威不测起来，只说金、宝两贵妃，近来习尚浮华，屡有乞请，所以立刻下了这道严旨。”

稚燕立起来仰着头道：“原来也有今日！论理这会儿事情闹得也太不像了，总得这位老圣人出来整顿整顿！”说着话，一抬头，忽见一个眉清目秀初交二十岁的俊童，站在他父亲身旁，穿着娃儿脸万字绉纱袍，罩着美人蕉团花绒马褂，额上根青，鬓边发黑，差不多的相公还比不上他娇艳，心想我家从没有过这样俊俏童儿。忽然想起来道：“呀，这是金雯青那里的阿福，怎么到了我家来呢！”稚燕正在上下打量，早被小燕看见，因笑道：“这是雯青那里有名的人儿，你从前给他同路进京，大概总认得吧！如今他在雯青那里歇了出来，还没投着主儿呢！求我赏饭，我可用不着，只好留着等机会荐出去吧！”小燕一面说，一面阿福红着脸，就走到稚燕跟前，请了一个安。小燕忽然向稚燕道：“不差，你给我上金雯青那里去走一趟吧！这几天听说他病又重了，我也没工夫去看他，你替我去走走，礼到就得了。”当时稚燕答应下来，自去预备出门，按下慢表。

如今先要把阿福如何歇出，雯青如何病重的细情，叙述一番，免得读书的说我抛荒本题。原来雯青那日，看张夫人出房后，就叫小丫头把帐子放了，自把被窝蒙了头，只管装睡，并不瞅睬彩云。彩云见雯青颜色不好，也不敢上来兜搭，自在外房，呆呆地坐着嗑瓜子儿。房里冷清清的无事可说。我却先要说张夫人那日在房时，听了雯青的口气，看了彩云的神情，早就把那事儿瞧破了几分。后来回到自己房中，不消说有那班献殷勤的婆儿姐儿，半真半假的传说，张夫人心里更明白了，料想雯青这回必然要扬铃捣鼓的大闹，所以张夫人身虽在这边，心却在那边，常常听候消息。

谁知道直候到二更以后，雯青那边总是寂无人声，张夫人倒诧异起来，暗道："难道就这么罢了不成？"忽一念转到雯青新病初愈，感了气，不要有什么反复吗？想到这里，倒不放心起来。那时更深人静，万籁无声，房里也空空洞洞的，老妈儿都去歇息了，小丫头都躲在灯背黑影里去打盹儿。张夫人只得独自个蹑手蹑脚，穿过外套房，来到堂屋。各处灯都灭了，黑设设[32]的好不怕人！张夫人正有些胆怯，想缩回来，却望见雯青那边厢房里，一点灯光，窗帘上映出三四个长长短短的人影，接着一阵喊喊促促的讲话声音，知道那边老妈、丫头，还没睡哩。张夫人趁势三脚两步，跨进雯青外房，径到房门口。正要揭起软帘，忽听雯青床上悉悉索索的响，响过处，就听雯青低低儿的叫了"彩云、彩云"两声，并没人答应。

张夫人忖道："且慢，他们要说话了，我且站着听一听。"这当儿，张夫人靠在门匡上，从帘缝里张进去，只见靠床一张鸳鸯戏水的镜台上，摆着一盏二龙抢珠的洋灯，罩着个碧琉璃的灯罩儿，发出光来，映得粉壁锦帷，都变了绿沉沉地。那时见雯青一手慢慢的钩起一角帐儿，伸出头来，脸上似笑不笑的，睐着靠西壁一张如意软云榻，只管发怔。张夫人连忙随着雯青的眼光看去，原来彩云正卸了晚妆，和衣睡着在那里，身上穿着件同心珠扣水红小紧身儿，单叉着一条合欢粉荷洒花裤，一搦柳腰，两钩莲瓣。头上枕着个湖绿卐纹小洋枕，一挽半散不散的青丝，斜拖枕畔，一手托着香腮，一手掩着酥胸，眉儿蹙着，眼儿闭着,颊上酒窝儿还揾着点泪痕,真有说不出画不像的一种妖艳,连张夫人见了,心里也不觉动了一动。

忽听雯青叹了口气,微微的拍着床道:"嗐,那世里的冤家! 我拼着做……"说到此咽住了,顿了顿道:"我死也不舍她的呀!"说话时,雯青就挣身坐起,喘吁吁披上衣服,套上袜儿,好容易把腿挪下床沿,趿〔33〕着鞋儿,摇摇摆摆的直晃到那榻儿上,捱着彩云身体倒下。好一会,颤声推着彩云道:"你到底怎么样呢? 你知道我的心为你都使碎了! 你只管装睡,给谁呕气呢?"原来彩云本未睡着,只为雯青不理她,摸不透雯青是何主意,自己怀着鬼胎,只好装睡。后来听见雯青几句情急话,又力疾起来反凑她,不免心肠一软,觉得自己行为太对不住他,一阵心酸,趁着此时雯青一推,就把双手捧了脸,钻到雯青腋下,一言不发,倒呜呜咽咽,哭个不了。

雯青道:"这算什么呢? 这件事你到底叫我怎么样办嗄? 有这会儿哭的工夫,刚才为什么拿那些没天理的话来顶撞我呢!"说着,也垂下泪来。彩云听了,益发把头贴紧在雯青怀里,哽噎着道:"我只当你从此再不近我身的了,我也拼着把你一天到晚千怜万惜的身儿,由你去割也罢,勒也罢,你就弄死我,我也不敢怨你,我只怨着我死了,再没一个知心着意的人服伺你了! 我只恨我一时糊涂,上了人家的当,只当嬉皮赖脸一会儿不要紧,谁知倒害了你一生一世受苦了! 这会儿后悔也来不及了!"雯青睐定彩云,紧紧的拉了她手,一手不知不觉的替她拭泪道:"你真后悔了么? 你要真悔,我就不恨你了。谁没有一时的过失? 我倒恨我自己用了这种没良心的人来害你了。这会儿没有别的，好在这事只有你知我知，过几天儿，借着一件事，把那个人打发了就完了。可是你心里要明白，你负了我，我还是这么呕心挖胆的爱你，往后你也该体谅我一点儿了！”

彩云听了这些话，索性撒娇起来，一条粉臂钩住雯青的脖子，仰着脸，三分像哭，二分像笑的道：“我的爷，你算白疼了我了！你还不知道你那人的脾气儿，从小只爱玩儿。这会儿闷在家里，自各儿也保不定一时高兴，给人家说着笑着，又该叫你犯疑了！我想倒不如死了，好叫你放心。”雯青道：“死呀活的做什么！在家腻烦了，听戏也罢，逛庙也罢，我不来管你就是了。”雯青说了这话，忽然牙儿作对的打了几个寒噤。彩云道：“你怎么了？你瞧！我一不管，你就招了凉了。本来天气怪冷的，你怎么皮袍儿也不披一件就下床来呢！”雯青笑道：“就是怕冷，今儿个你肯给我先暖一暖被窝儿吗？”说时，又凑到彩云耳边，低低的不知讲些什么。只见彩云笑了笑，一面连连摇着头坐起来，一面挽上头发道：“算了吧，你别作死了！”那当儿，张夫人看了彩云一派狂样儿，雯青一味没气性，倒撇了一肚子的没好气，不耐烦再听那间壁戏了，只得迈步回房，自去安歇。晚景无话。

从此一连三日，雯青病已渐愈，每日起来只在房中与彩云说说笑笑，倒无一毫别的动静。直到第四天早上，张夫人还没起来，就听见雯青出了房门，到外书房会客去了。等到张夫人起来，正在外套房，靠着窗，朝外梳妆，忽见一个小丫头慌慌张张，飞也似的在院子里跑进来。张夫人喝住道：“大惊小怪做什么！”那小丫头道：“老爷在外书房发脾气哩，连阿福哥都打了嘴巴赶出去了。”张夫人道：“知道为什么呢?”小丫头道:“听说阿福拿一个西瓜水的料烟壶儿[34],递给老爷,不知怎么的,说老爷没接好,掉在地上打破了。阿福只道老爷还是往常的好性儿,正弯了腰,低头拾那碎片儿,嘴里倒咕噜道:‘怪可惜的一个好壶儿。’这话未了,不防拍的一响,脸上早着了一个嘴巴。阿福吃一吓,抬起头来,又是一下。这才看见老爷抖索索的指着他骂道:‘没良心的忘八羔!白养活你这么大,不想我心爱的东西,都送在你手里,我再留你,那就不用想有完全的东西了!’阿福吃了打,倒还嘴强说:‘老爷自不防备,砸了倒怪我!’老爷越发拍桌的动怒,立刻要送坊办,还是金升伯伯求下来。这会儿卷铺盖去了。”张夫人听了,情知是那事儿发作了,倒淡淡的道:“走了就完了,嚷什么的!”只管梳洗,也不去管他。一时间,就听雯青出门拜客去了。正是:

宦海波涛蹲百怪,情天云雨证三生。

不知雯青赶去阿福,后事如何?且听下回分解。

按,本回回目原标为:“天威不测,蜚语中词臣;隐恨难平,违心驱俊仆。”

〔1〕 泥板:金泥板,有洒金粉点的纸板。

〔2〕 苏松太兵备道:清代有此道员,苏州、松江、太仓道,驻上海,带兵,故称兵备道。兼管水利、渔业、关务。

〔3〕 顶礼:叩拜。礼节中最大的礼。

〔4〕 静鞭:皇帝车驾和朝会时用之,以示肃静。爵爷用静鞭,说明讲排场过分。

〔5〕 呵幺喝六:赌博中呼卢时的叫喊。这里是一片吆喝声,驱赶闲人。

〔6〕 呵殿:这里当作呵导讲。官僚仪仗队呼喝开路。

〔7〕 排衙:长官升座,仪仗分立两旁,属官依次参见,叫排衙。这里指仪仗和随从人员。

〔8〕 木客:传说中的深山精怪;一说是野人。

〔9〕 先偏:谦语,先走一步时用。也说有偏。犹言对不起。

〔10〕 东海龙女:龙女,唐李朝威所著传奇《柳毅传》所述龙女为洞庭君之女。这里说东海是为了与西池对文。

〔11〕 西池王母:西王母。神话中女神。俗称王母娘娘。

〔12〕 造化小儿:对命运之神的戏称。

〔13〕 铎:古代响器,形如大铃。

〔14〕 迷魂幡:迷信所说能使人神魂昏迷的幡。

〔15〕 九天玄女:也称玄女。道教所说神仙。

〔16〕 哪吒太子:本是佛教护法神,毘沙门天王之子。《西游记》中和《封神演义》中都出现。

〔17〕 敢情:大概、想是。

〔18〕 多昝:什么时候。

〔19〕 韩家潭:在北京虎坊桥东北。清末四大徽班之三庆班寓居此地,也是妓女丛聚之地。

〔20〕 口袋底:在北京西城砖塔胡同之南,清末著名歌茶游乐场所,有清吟小班、落子馆等。也是勾栏妓女聚居之地,公子王孙销金之窟。

〔21〕 急吽吽(hōng):也作急咻咻。急急忙忙乱说话。也指愤怒。

〔22〕 开交:结束;解决(只用于否定)。

〔23〕 方安堂:方代胜,号安堂。影射袁世凯,字慰亭。河南项城人。甲午战争时任驻朝鲜通商大臣。

〔24〕 东学党:朝鲜崔济愚 1860 年建立的以东学为信仰的宗教团体。所谓东学,以原有天神思想和祈祷仪式为基础,糅合儒、佛、道三教,创立东学道,以对抗西学(基督教);宣传"广济苍生"、"人人平等"。十九世纪八十至九十年代传遍全朝鲜,农民、手工业者和下层官吏纷纷加入。1894 年全琫准联络东学道道主崔时亨,领导了起义。史称东学党起义,也称甲午农民战争。

〔25〕 倭夷:日本人。

〔26〕 甲申年:1884 年。

〔27〕 金玉均、洪英植:朝鲜在江华条约以后门户已开,逐渐出现了改革要求,形成了一定势力的开化派。金、洪二人,以及朴泳孝、徐载弼、徐光范等,都是出身于贵族的官吏,反对闵妃为首的守旧派。他们主张效法日本明治维新,并寻求日本帮助;日本也要在朝鲜建立亲日政权。1884 年 12 月 4 日,开化派借邮政局落成庆典之机,与日本公使共同策划发动了政变,但没有得到群众的支持。清政府应守旧派要求,与日军战斗,镇压了政变;洪英植等人被杀,金玉均逃亡日本。

〔28〕 中朝:中国政府,清政府。

〔29〕 金贵妃、宝贵妃:金贵妃,影射瑾妃。宝贵妃,影射珍妃。满族人。工部侍郎长叙的两个女儿,光绪皇帝的两个妃子。

〔30〕 致敏:影射志锐。瑾、珍二妃的堂兄,出为乌里雅苏台参赞大臣。

〔31〕 拜匣:随手带的小匣子。官员用以装手本等物,妇女多用来装首饰和化妆品。

〔32〕 黑设设:与黑魆魆同义。方言。

〔33〕 趿(tā):趿拉,不提起布鞋后帮拖着穿鞋。不过作者当是用方音 sǎ,一般写作“靸”。意同。

〔34〕 料烟壶儿:用料器做的烟壶。料器是中国旧法制造的玻璃器,不很透明,但色彩浑厚,质地温润,可以仿冒珠玉。

第二十四回

愤舆论学士修文　救藩邦名流主战

话说雯青赶出了阿福，自以为去了个花城的强敌，爱河的毒龙，从此彩云必能回首面内，委心帖耳的了，衽席[1]之间，不用力征经营，倒也是一桩快心的事。这日出去，倒安心乐意的办他的官事了。先到龚尚书那里，谢他泊米尔一事维持之恩，又到钱唐卿处，商量写着薛、许两钦差的信，到了第二日，就销假到衙，照常办事。光阴荏苒，倏忽又过了几月。那时泊米尔的事情，杨谊柱也查复进来，知道国界之误，已经几十年，并不始于雯青；又有薛淑云、许祝云在外边，给英、俄两政府交涉了一番，终究靠着英国的势力，把国界重新画定，雯青的事，从此也就平静了。

却说有一天，雯青到了总署，也是冤家路窄，不知有一件什么事，给庄小燕忽然意见不合争论起来，争到后来，小燕就对雯青道："雯兄久不来了，不怪于这里公事，有些隔膜了；大凡交涉的事，是瞬息千变的，只看雯兄养疴一个月，国家已经蹙地[2]八百里了。这件事，光罢雯兄就没有知道吧？"雯青一听这话，分明讥诮他，不觉红了脸，一语答不出来。

少时，小燕道："我们别尽论国事了，我倒要请教雯兄一个典故。李玉溪[3]诗道'梁家宅里秦宫入[4]'，兄弟记得秦宫是被梁大将军赶出西第来的，这个入字，好像改做‘出’字的妥当。雯兄，你看如何？”说完，只管望着雯青笑。雯青到此，真有些耐不得了，待要发作，又怕蜂虿有毒，惹出祸来，只好纳着头，生生的咽了下来。坐了一会，到底儿坐不住，不免站起来拱了拱手道：“我先走了。”说罢回身就往外走，昏昏沉沉，忘了招呼从人。

刚从办事处，走到大堂廊下，忽听有两三个赶车儿的聚在堂下台阶儿上，密密切切说话，一个仿佛是庄小燕的车夫，一个就是自己的车夫。只听自己那车夫道：“别再说我们那位姨太太了，真个像馋嘴猫儿似的，贪多嚼不烂，才扔下一个小仔，倒又刮上一个戏子了！”那个车夫问道：“又是谁呢？”一个低低的说道：“也是有名的角儿，好像叫做孙三儿〔5〕的。我们那位大人，不晓得前世作了什么孽，碰上这位姨太太。这会儿，天天儿赶着堂会戏〔6〕，当着千人万人面前，一个在台上，一个在台下，丢眉弄眼，穿梭似的来去，这才叫现世报呢！”这些车夫，原是无意闲谈，不料一句一句都被雯青听得齐全。此时恍如一个霹雳，从青天里打入顶门，顿时眼前火爆，耳内雷鸣，心里又恨又悔又羞又愤，迷迷糊糊欻的一步跨出门来，睁着眼喝道：“你们嚷什么？快给我套车儿回家去！”那班赶车的，本没防雯青此时散衙，倒都吃了一惊。幸亏那一辆油绿围红拖泥的大安车，驾着匹菊花青的高背骡儿，好好儿停在当院里没有卸，五六个前顶后跟的家人，也都闻声赶来。那当儿，赶车的预备了车踏凳，要扶雯青上车，不想雯青只把手在车沿儿上一搭，倏的钻进了车厢，嘴里连喊着“走！走！”不一时，蹄翻轮动，出了衙门，几十只马蹄蹴得烟尘堆乱，直向纱帽胡同而来。

才到门口，雯青一言不发，跳下车来，铁青着脸，直瞪着眼，一口气只望上房跑。几个家人在背后手忙脚乱的还跟不上。金升手里抱着门簿函牍，正想回事，看这光景，倒不敢，缩了回来。雯青一到上房，堂屋里老妈、丫头，正乱糟糟嚷做一团，看见主人连跌带撞的进来，背后有个家人只管给她们摇手儿，一个个都吓得往四下里躲着。雯青却一概没有看见，只望着彩云的房门，认了一认，揭起毡帘，直抢入去。

那当儿，彩云恰从城外湖南会馆看了堂会戏回来，卸了浓妆，脱了艳服，正在梳妆台上，支起了金粉镜，重添眉翠，再整鬟云，听见雯青掀帘跨进房来，手里只管调匀脂粉，要往脸上扑，嘴里说道："今儿回来多早呀！别有什么不？"说到这里，才回过头来，忽见雯青已撞到了上回并枕谈心的那张如意软云榻边，却是气色青白，神情恍惚，睁着眼愣愣的直钉在自己身上，顿了半晌，才说道："你好！你骗得我好呀！"彩云摸不着头脑，心里一跳，脸上一红，倒也怔住了。正想听雯青的下文，打算支架的话，忽见雯青说罢这两句话，身体一晃，两手一撒，便要往前磕来。彩云是吃过吓来的人，见势不好，说声："怎么了，老爷？"抢步过来，拦腰一抱，脱了官帽，禁不住雯青体重，骨碌碌倒金山摧玉柱的两个人一齐滚在榻上。等到那班跟进来的家人，从外套房赶来，雯青早已直挺挺躺好在榻上。彩云喘吁吁腾出身来，在那里老爷老爷的推叫。谁知雯青此时索性闭了眼，呼呼的鼾声大作起来。彩云轻轻摸着雯青头上，原来火辣辣热得烫手，倒也急得哭起来,问着家人们道:“这是怎么说的?早起好好儿出去,这会儿到底儿打那儿回来,成了这个样儿呢?”家人们笑着道:“老爷今儿的病,多管有些古怪,在衙门里给庄大人谈公事,还是有说有笑的,就从衙内出来,不晓得半路上,听了些什么话,顿时变了,叫奴才们那儿知道呢!”

正说着,只见张夫人也皱着眉,颤巍巍的走进来,问着彩云道:“老爷呢?怎么又病了!我真不懂你们是怎么样的了!”彩云低头不语,只好跟着张夫人走到雯青身边,低低道:“老爷发烧哩!”随口又把刚才进房的情形,说了几句。张夫人就坐在榻边儿上,把雯青推了几推,叫了两声,只是不应。张夫人道:“看样儿,来势不轻呢!难道由着病人睡在榻上不成?总得想法儿挪到床上去才对!”彩云道:“太太说得是!可是老爷总叫不醒,怎么好呢?”正为难间,忽听雯青嗽了一声,一翻身就硬挣[7]着要抬起头来。睁开眼,一见彩云,就目不转睛的看她,看得彩云吃吓,不免倒退了几步。忽见雯青手指着墙上挂的一幅德将毛奇[8]的画像道:“哪,哪,哪,你们看一个雄赳赳的外国人,头顶铜兜,身挂勋章,他多管是来抢我彩云的呀!”张夫人忙上前扶了雯青的头,凑着雯青道:“老爷醒醒,我扶你上床去,睡在家里,那儿有外国人!”雯青点点头道:“好了,太太来了!我把彩云托给你,你给我好好收管住了,别给那些贼人拐了去!”张夫人一面呋呋的答应,一面就趁势托了雯青颈脖,坐了起来,忙给彩云招手道:“你来,你先把老爷的腿挪下榻来,然后我抱着左臂,你扶着右臂,好歹弄到床上去。”彩云正听着雯青的话,有些胆怯,忽听张夫人又叫她，磨撑了一会，没奈何，只得硬着头皮走上来，帮着张夫人半拖半抱，把雯青扶下地来，站直了，卸去袍褂，慢慢地一步晃一步的，迈到了床边儿上。

此时雯青并不直视彩云，倒伸着头东张西望，好像要找一件东西似的。一时间眼光溜到床前镜台上，摆设的一只八音琴，就看住了。原来那八音琴，与寻常不同，是雯青从德国带回来的，外面看着，是一只火轮船的雏形，里面机括，却包含着无数音谱，开了机关，放在水面上，就会一面启轮，一面奏乐的。不想雯青怔了一会，喊道："啊呀，不好了！萨克森船上的质克，驾着大火轮，又要来给彩云寄什么信了！太太，这个外国人贼头鬼脑，我总疑着他。我告你，防着点儿，别叫他上我门！"雯青这句话，把张夫人倒蒙住了，顺口道："你放心，有我呢，谁敢来！"彩云却一阵心慌，一松手，几乎把雯青放了一交。张夫人看了彩云一眼道："你怎么的？"于是妻妾两人，轻轻的把雯青放平在床上，垫平了枕，盖严了被。张夫人已经累得面红气促，斜靠在床阑上。彩云刚刚跨下床来，忽见雯青脸色一红，双眉直竖，满面怒容，两只手只管望空乱抓。张夫人倒吃一吓道："老爷要拿什么？"雯青睁着眼道："阿福这狗才，今儿我抓住了，一定要打死他！"张夫人道："你怎么忘了？阿福早给你赶出去了！"雯青道："我明明看见他笑嬉嬉，手里还拿了彩云的一支钻石莲蓬簪，一闪就闪到床背后去了。"张夫人道："没有的事，那簪儿好好儿插在彩云头上呢！"雯青道："太太你那里知道？那簪儿是一对儿呢，花了五千马克，在德国买来的。你不见如今只剩了一支了吗？这一支，保不定明儿还要落到戏子手里去呢!”说罢,嗐了一声。

张夫人听到这些话,无言可答,就揭起了半角帐儿,望着彩云,只见彩云倒躲在墙边一张躺椅上,低头弄着手帕儿。张夫人不免有气,就喊道:“彩云! 你听老爷尽说胡话,我又搅不清你们那些故事儿,还是你来对答两句,倒怕要清醒些哩!”彩云半抬身挪步前行,说道:“老爷今天七搭八搭,不知道说些什么,别说太太不懂,连我也不明白,倒怪怕的。”说时已到床前,钻进帐来,刚与雯青打个照面。谁知这个照面不打,倒也罢了,这一照面,顿时雯青鼻搧唇动,一手颤索索拉了张夫人的袖,一手指着彩云道:“这是谁?”张夫人道:“是彩云呀! 怎么也不认得了?”雯青咽着嗓子道:“你别冤我,那里是彩云?这个人明明是赠我盘费进京赶考的那个烟台妓女梁新燕,我不该中了状元,就背了旧约,送她五百银子,赶走她的。”说到此,咽住了,倒只管紧靠了张夫人道:“你救我呀! 我当时只为了怕人耻笑,想不到她竟会吊死,她是来报仇!”一言未了,眼睛往上一翻,两脚往上一伸,一口气接不上,就厥了过去。张夫人和彩云一见这光景,顿时吓做一团。满房的老妈、丫头,也都乌飞鹊乱起来,喊的喊,拍的拍,握头发的,掐人中[9]的,闹了一个时辰,才算回了过来。寒热越发重了,神智越发昏了,直到天黑,也没有清楚一刻。张夫人知道这病利害,忙叫金升拿片子去请陆大人来看脉。

原来菶如这几年,在京没事,倒很研究了些医学,读几句《汤头歌诀》[10],看两卷《本草从新》[11],有时碰上些儿不死不活的病症,也要开个把半凉半热的方儿,虽不能说卢、扁[12]重生,和、缓[13]再世，倒也平正通达，死不担差，所以满京城的王公大人，都相信他，不称他名殿撰，倒叫他名太医[14]了。就是雯青家里，一年到头，上下多少人，七病八痛，都是他包圆儿的，何况此时是雯青自己生病呢！本是个管鲍[15]旧交，又结了朱陈[16]新好，一得了信息，不用说车不俟驾的奔来，听几句张夫人说来的病源，看一回雯青发现[17]的气色，一切脉，就摇头说不好，这是伤寒重症，还夹着气郁[18]房劳[19]，倒有些棘手。少不得尽着平生的本事，连底儿掏摸出来，足足磋磨[20]了一个更次，才把那张方儿的君臣佐使[21]配搭好了，交给张夫人，再三嘱咐，必要浓煎多服。菶如自以为用了背城借一[22]的力量，必然有旋乾转坤的功劳，谁知一帖不灵，两帖更凶，到了第三日，爽性药都不能吃了，等到小燕叫稚燕来看雯青，却已到了香迷铜雀[23]，雨送文鸳[24]的时候。

那时雯青的至好龚和甫、钱唐卿，都聚在那里，帮着菶如，商量医药。稚燕走进来，彼此见了，稚燕就顺口荐了个外国医生，和甫、唐卿，倒都极口赞成，劝菶如立刻去延请。菶如摇着头道："我记得从前曾小侯信奉西医，后来生了伤寒症，发热时候，西医叫预备五六个冰桶围绕他，还搁一块冰在胸口，要赶退他的热，谁知热可退了，气却断了。这事我可不敢作主，请不请，去问雯青夫人吧！"和甫、唐卿，还想说话，忽听见里面一片哭声，沸腾起来，却把个文园病渴[25]的马相如，竟做了玉楼赴召[26]的李长吉了。稚燕趁着他们扰乱的时候，也就溜之大吉。倒是龚和甫、钱唐卿，究竟与雯青道义之交，肝胆相托，竟与菶如同做了托孤寄命的至友，每日从公之余，彼来此往，帮着搴如料理雯青的后事。一面劝慰张夫人，安顿彩云；一面发电苏州，去叫雯青的长子金继元[27]到京，奔丧成服[28]。后来发讣开丧，倒也异常热闹。

开丧之后，过了些时，龚和甫、钱唐卿正和搴如商量，想劝张夫人全家回南，还未议决，谁知那时中国外交上恰正起了一个绝大的风波，龚、钱两人，也就无暇来管这些事了。就是做书的也顾不得来叙这些事了。——你道那风波是怎么起的？原来就为朝鲜东学党的乱事，闹得大起来，果然朝王到我国来请兵救援，我国因朝鲜是数百年极恭顺的藩属，况甲申年金玉均、洪英植的乱事，也靠着天兵，戡平祸乱的。这回来请兵，也就按着故事，叫北洋大臣威毅伯先派了总兵[29]鲁通一统了盛军[30]马步三千，提督言紫朝[31]领了淮军一千五百人，前去救援。不料日本听见我国派兵，借口那回天津的攻守同盟条约，也派大鸟介圭[32]带兵径赴汉城。后来党匪略平，我国请其撤兵，日本不但不撤兵，反不认朝鲜为我国藩属，又约我国协力干预他的内政。我国严词驳斥了几回，日本就日日遣兵调将，势将与我国决裂。那时威毅伯虽然续派了马裕坤[33]带了毅军，左伯圭[34]统了奉军，由陆路渡鸭绿江到平壤[35]设防，还是老成持重，不肯轻启兵端，请了英、俄、法、德各国出来，竭力调停，口舌焦敝，函电交驰，别的不论，只看北洋总督署给北京总理衙门往来的电报，少说一日中也有百来封。不料议论愈多，要挟愈甚，要害坐失，兵气不扬。这个风声，传到京来，人人义愤填胸，个个忠肝裂血，朝励枕戈[36]之志，野闻同袍[37]之歌，不论茶坊酒肆，巷尾街头，一片声的喊道：“战呀！开战呀！给倭子开战呀！”

谁知就在这一片轰轰烈烈的开战声中，倒有两个潇潇洒洒的出奇人物，冒了炎风烈日，带了砚匣笔床，特地跑到后载门外的十刹海[38]荷花荡畔，一座酒楼上，凭阑寄傲，把盏论文，你道奇也不奇？那当儿，一轮日大如盘，万顷花开似锦，隐隐约约的是西山岚翠，缥缥渺渺的是紫禁风烟，都趁着一阵薰风，向那酒楼扑来。看那酒楼，却开着六扇玻璃文窗，护着一桁冰纹画槛，靠那槛边，摆着个湘妃竹的小桌儿，桌上罗列些瓜果蔬菜，茶具酒壶，破砚残笺，断墨秃笔，也七横八竖的，抛在一旁。桌左边坐着个丰肌雄干[39]，眉目开张，岸然不愧伟丈夫，却赤着膊，将辫子盘在头顶，打着一个椎结。右边那个，却是气凝骨重，顾视清高，眉宇之间，盎然秋色[40]，身穿紫葛衫，手摇雕翎扇。你道这两个人，到底是谁？原来倒是书中极熟的人儿，左边的就是有名太史闻韵高，右边的却是新点状元章直蜚。两人酒酣耳热，接膝谈心，把个看花饮酒的游观场，当了运筹决策的机密室了。只见闻韵高眉一扬，鼻一掀，一手拿着一海碗的酒，望喉中直倒，一手把桌儿一拍，含胡的道：“大事去了，大事去了！听说朝王虏了，朝妃囚了，牙山[41]开了战了！威毅伯还在梦里，要等英、俄公使调停的消息哩！照这样因循坐误，无怪有名的御史韩以高[42]约会了全台，在宣武门外松筠庵[43]开会，提议参劾哩！前儿庄焕英爽性领了日本公使小村寿太郎觐见起来，当着皇上，说了多少放肆的话。我倒不责备庄焕英那班媚外的人，我就不懂我们那位龚老师，身为辅弼，听见这些事，也不阻当，也没决断！我昨日谒见时，空费了无数的唇舌，难道老夫子心中，'和战'两字，还没有拿稳吗？"章直蜚仰头微笑道："大概摸着些边儿了，拿稳我还不敢说。我问你，昨儿你到底说了些什么？"

韵高道："你问我说的吗？我说日本想给我国开战，并非临时起意的，其中倒有四个原因：甲申一回，李应昰被我国虏来，日本不能得志，这是想雪旧怨的原因；朝鲜通商，中国掌了海关，日廷无利可图，这是想夺实利的原因；前者王太妃薨逝，我朝遣使致唁，朝鲜执礼甚恭，日使相形见绌，这是想争虚文[44]的原因；金玉均久受日本庇护，今死在中华，又戮了尸，大削日本的体面，这是想洗前羞的原因。攒积这四原因，酝酿了数十年，到了今日，不过借着朝鲜的内乱，中国的派兵，做个题目，发泄出来。饿虎思斗，夜狼自雄[45]，我国若不大张挞伐，一奋神威，靠着各国的空文劝阻，他那里肯甘心就范呢！多一日迟疑，便失一天机会，不要弄到他倒着着争先，我竟步步落后，那时悔之晚矣！我说的就是这些话，你看怎么样？"

直蜚点点头道："你的议论，透辟极了。我也想我国自法越战争以来，究竟镇南的小胜，不敌马尾的大败，国威久替[46]，外侮丛生，我倒常怕英、俄、法、德各大国，不论那一国来尝试尝试，都是不了[47]的。不料如今首先发难的，倒是区区岛国，虽说几年来变法自强，蒸蒸日上，到底幅员不广，财力无多，他既要来螳臂当车，我何妨去全狮搏兔，给他一个下马威，也可发表我国的兵力，叫别国从此不敢正视。这是对外的情形，固利于速战。何况中国正办海军。上回南北会操时候，威毅伯的奏报，也算得铺张扬厉了，但只是操演的虚文,并未经战斗的实验。即旗绿淮湘[48],陆路各军,自从平了发逆,也闲散久了,恐承平无事,士不知兵,正好趁着这番大战他一场,借硝烟弹雨之场,寓秋狝春苗[49]之意,一旦烽烟有警,鼙鼓[50]不惊。这是对内说,也不可不开战了。我今早就把这两层意思,在龚老师处递了一个手折,不瞒你说,老师现在是排斥众议,力持主战的了。听说高理惺中堂、钱唐卿侍郎,亦都持战论。你看不日就有宣战的明文了。你有条陈,快些趁此时上吧!"

韵高忙站起来,满满的斟了一大杯酒道:"得此喜信,胜听挞音,当浮一大白!"于是一口气喝了酒,抓了一把鲜莲子过了口[51],朗吟道:"东海湄,扶桑[52]涘,欲往从之多蛇豕!乘风破浪从此始。"直蜚道:"壮哉,韵高!你竟想投笔从戎吗?"韵高笑道:"非也,我今天做了一篇请征倭的折子,想立刻递奏的,恐怕单衔独奏,太觉势孤,特地请你到这里来,商酌商酌,会衔同奏何如?"说着就从桌上乱纸堆中,抽出一个折稿子,递给直蜚。直蜚一眼就见上面贴着一条红签儿,写着事由道:"奏为请饬海军,速整舰队游弋日本洋,择要施攻,以张国威而伸天讨事。"直蜚看了一遍,拍案道:"此上策也!不入虎穴,焉得虎子?就怕海军提督胆小如鼠,到弄得画虎不成反类狗耳!"说着,就从衣袋里掏出一张白纸条儿,给韵高看道:"你只看威毅伯寄丁雨汀的电报,真叫人又好气又好笑哩!"韵高接着看时,只见纸上写着道:

复丁提督:牙山并不在汉口[53]内口,汝地图未看明,大队到彼,倭未必即开仗!夜间若不酣睡,彼未必即能暗算,所谓人有七分怕鬼也。言紫朝在牙，尚能自固，暂用不着汝大队去；将来俄拟派兵船，届时或令汝随同观战，稍壮胆气。

韵高看罢，大笑道："这必然是威毅伯檄调海军赴朝鲜海面，为牙山接应，丁雨汀不敢出头，反饰词慎防日军暗袭，电商北洋，所以威毅伯有这复电，也算得善戏谑兮的了！传之千古，倒是一则绝好笑史；不过我想把国家数万里海权，付之若辈[54]庸奴，一旦偾事[55]，威毅伯的任用匪人，也就罪无可逭了。"直蜚道："我听说湘抚何太真，前日致书北洋，慷慨请行，愿分战舰队一队，身任司令，要仿杜元凯[56]楼船[57]直下江南故事。威毅伯得书，哈哈大笑，致之不复。我看何珏斋虽系书生，然气旺胆壮，大有口吞东海之概，真派他统率海军，或者能建奇功，也未可知。"

两人一面饮酒议论，一面把那征倭的疏稿，反反复复看了几遍，直蜚提起笔来，斟酌了几个字，署好了衔名，说道："我想先带这疏稿，送给龚老师看了，再递何如？"韵高想了想，还未回答，忽听楼上一阵脚步声，随后就见一个人，满头是汗，气吁吁的掀帘进来，向着直蜚道："老爷原来在这里。即刻龚大人打发人来，告诉老爷，说日本给我国已经开战了，载兵去的英国高升轮船，已经击沉了，牙山大营也打了败仗了。龚大人和高扬藻高尚书忧急得了不得，现在都在龚府，说有要事要请老爷去商量哩。"两人听了都吃了一惊，连忙收起了折稿，付了酒钱，一同跑下楼下，跳上车儿，直向龚尚书府第而来。正是：

半夜文星[58]惊黯淡，一轮旭日照元黄[59]。

不知龚尚书来招章直蜚有何要事？且听下回分解。

按，本回回目原标为："愤舆论，学士修文；救藩邦，名流主战。"

〔1〕 衽席：卧席。指闺门之内、夫妻之间。

〔2〕 蹙(cù)地：缩小地盘。指丢失帕米尔领土。

〔3〕 李玉溪：唐代诗人李商隐，号玉溪生。

〔4〕 梁家宅里秦宫入：这是李商隐《可叹》七律中的一句。东汉大将军梁冀之妻孙寿私通监奴秦宫事。《后汉书·梁冀传》："冀爱监奴秦宫，官至太仓令，得出入寿所。寿见宫，辄屏御者，托以言事，因与私焉。"庄小燕这里是讽刺金沟家傅彩云与家奴阿福私通。

〔5〕 孙三儿：影射孙绍棠。天津人。本名孙作舟，字少棠。京剧演员。

〔6〕 堂会戏：有钱人家喜庆事聚会请戏班唱戏，称堂会戏。

〔7〕 硬挣：挣扎，勉强支持。

〔8〕 毛奇：赫尔穆斯·卡尔·毛奇(1800—1891)，德国军事家。先后任德军总参谋长和国防委员会主席。有多种军事著作，对德国军人有很大影响。

〔9〕 人中：穴位名。鼻子底下上唇当中称人中。掐人中是使人苏醒。

〔10〕 《汤头歌诀》：清代汪昂著。一卷。采古代名医药方编成歌诀，叙述药性病情，列出三百余方。流行较广。

〔11〕 《本草从新》：十八卷，首一卷。清代吴仪洛撰。

〔12〕 卢扁：秦越人，家于扁，因称卢扁，也称卢医。战国时鄚人。扁鹊，黄帝时名医。后世以秦越人与古代扁鹊类似，故以扁鹊号之。

〔13〕 和缓：春秋时秦国二名良医，即医和、医缓。医缓即说晋景公"疾在肓之上膏之下"的那位，"病入膏肓"的成语由此而来。(二医事均载《左传》)

〔14〕 太医：本是官职，皇家医官。后世称大夫为太医。

〔15〕 管鲍：管仲和鲍叔牙。春秋时齐国人。管仲曾说："生我者父母，知我者鲍子也。"(见《史记·管仲传》)后世称交朋友感情深厚为管鲍之交。

〔16〕 朱陈：古村名。其地在今江苏丰县。白居易《朱陈村》诗："一村唯两姓，世世为婚姻。"代指婚姻。洪钧与陆润庠为儿女亲家，洪钧嗣子洪洛是陆润庠的女婿。

〔17〕 发现：表现、呈现。

〔18〕 气郁：气闷郁结，或如中医所说郁气伤肝。

〔19〕 房劳：纵欲过度。

〔20〕 磋磨：琢磨、研究。

〔21〕 君臣佐使：中药方剂一般用复方，多种药物搭配，称作配伍。配伍有主有次，主药为君，其他为臣为佐；用来引导发挥药力的叫使。

〔22〕 背城借一：最后决战。语出《左传·成公二年》："请收合余烬，背城借一。"

〔23〕 香迷铜雀：曲折用典。铜雀，铜雀台。在今河北临漳。曹操死时立遗嘱，诸妾与伎人皆安置于铜雀台上；台上置床帐，每月初一、十五向灵帐前奏乐歌舞。这里是说金状元死了，留下了他的妻妾们。

〔24〕 雨送文鸳：文鸳即鸳鸯，因其有五彩羽毛，故称文鸳。鸳鸯成对，古人用以象征爱侣。这里就是说爱情伴侣分手了。

〔25〕 文园病渴：文园，汉文帝陵园。司马相如曾任文园令。文中作马相如，是为了和下文李长吉对仗。病渴，患糖尿病。

〔26〕 玉楼赴召：唐代诗人李贺，字长吉。死时二十七岁。《李贺小传》载，长吉将死，天帝差绯衣人接他上天庭："帝成白玉楼，立召君为记。"后来称青年文人之死为玉楼赴召。

〔27〕 金继元：影射洪洛。洪钧嗣子。荫生。官至工部郎中。

〔28〕 成服：完成丧葬等等礼仪。

〔29〕 总兵：武官名。正二品。每省设立镇守总兵官数人。

〔30〕 盛军：绿营兵的一支。实际是卫汝贵统领北洋防军。

〔31〕 言紫朝：影射叶志超，字曙青。安徽合肥人。淮军将领。直隶提督。率练军千五百人并太原总兵聂士成赴牙山，为赴朝陆军总统领。战败判斩刑，后赦归。

〔32〕 大鸟介圭：日本驻朝鲜公使。

〔33〕 马裕坤：影射马玉崑，字景山。安徽蒙城人。太原总兵。统领宋庆的毅军赴朝鲜作战，抗击日军较为有力。后任直隶提督。

〔34〕 左伯圭：影射左宝贵，字冠亭。山东费县人。记名提督、高州镇总兵。率奉军入朝作战，战死平壤。

〔35〕 平壤：朝鲜旧京城。

〔36〕 枕戈：枕戈待旦。枕着兵器睡觉，等待天明杀敌。东晋刘琨与朋友书中说：“吾枕戈待旦，志枭逆虏。”（见《世说新语·赏誉》注引《晋阳秋》）

〔37〕 同袍：同仇敌忾。军人患难与共为同袍。袍，类似后世的斗篷，日里当衣服穿，夜里当被子用。《诗经·秦风·无衣》：“岂曰无衣，与子同袍。王于兴师，修我戈矛，与子同仇。”

〔38〕 十刹海：什刹海。在北京地安门外。旧时荷荡很有名，近年有所恢复。

〔39〕 雄干：身材魁梧。

〔40〕 盎然秋色：满脸发愁的样子。

〔41〕 牙山：朝鲜港口。在忠清南道北部，濒临黄海。甲午中日之战，清朝援朝陆军败于此地。

〔42〕 韩以高：号惟荩。影射安维峻，字晓峰。甘肃秦安人。光绪翰林。福建道监察御史。在牙山开战前曾参劾军机处和总理衙门。

〔43〕 松筠庵：在北京宣武门外炸子桥南，明代杨继盛故宅。清代为士大夫寄寓和游宴之所。

〔44〕 虚文：指礼节形式。

〔45〕 夜狼自雄：夜郎自大。参见第五回夜狼条注。

〔46〕 替：陵替。衰败。

〔47〕 不了：不好办，难对付。

〔48〕 旗绿淮湘：八旗军、绿营兵、淮军、湘军。

〔49〕 秋狝春苗：都是古代田猎名称。按四季顺序是春蒐、夏苗、秋狝、冬狩。同时也用以指称军队操练和演习。

〔50〕 鼙鼓：军中小鼓。白居易《长恨歌》：“渔阳鼙鼓动地来，惊破霓裳羽衣曲。”

〔51〕 过口：下酒。

〔52〕 扶桑：古代称日本。

〔53〕 汉口：朝鲜汉江口。

〔54〕 若辈：像这一班人。

〔55〕 偾（fèn）事：把事情办坏了。

〔56〕 杜元凯：杜预，字元凯。西晋名将。他率大军平定吴国。他也是有名学者，撰有《春秋左传集解》。

〔57〕 楼船：指兵船、舰队。

〔58〕 文星：文曲星。指文士。

〔59〕 元黄：玄黄。黑色与黄色。《易经·坤》爻辞："上六。龙战于野，其血玄黄。"指大战惨酷之象。

第 十 三 卷

第二十五回

疑梦疑真司农[1]访鹤　七擒七纵巡抚吹牛

话说章直蜚和闻韵高两人出了十刹海酒楼，同上了车，一路向东城而来，才过了东单牌楼，下了甬道，正想进二条胡同的口子。韵高的车走的快，忽望见口子边，团团围着一群人，都仰着头向墙上看，只认做官厅的告示，不经意的微微回着头，陡觉得那告示有些特别，不是楷书，是隶书，忙叫赶车儿勒住车缰，定睛一认，只见那纸上横写着四个大字：

失鹤零丁[2]

而且写得奇古朴茂，不是龚尚书，谁写得出这一笔好字！疾忙跳下车来，恰好直蜚的车也赶到。直蜚半揭着车帘喊道："韵高兄，你下车做什么？"韵高招手道："你快下车，看龚老夫子的妙文！"真的直蜚也下了车，两人一同挤到人堆里，抬头细看那墙上的白纸，写着道：

敬白诸君行路者：敢[3]告我昨得奇梦，梦见东天起长虹，长虹绕屋变黑蛇，口吞我鹤甘如蔗，醒来风狂吼猛虎，鹤篱吹倒鹤飞去。失鹤应梦疑不祥，凝望辽东[4]心惨伤！诸君如能代寻访，访着我当赠金偿！请为诸君说鹤状：我鹤翩跹白逾雪，玄裳丹顶脚三节。请复重陈其身躯:比天鹅略大,比驼鸟不如,立时连头三尺余。请复重陈其神气:昂头侧目睨云际,俯视群鸡如蚂蚁,九皋清唳[5]触天忌。诸君如能还我鹤,白金十两无扣剥;倘若知风报信者,半数相酬休嫌薄。

韵高道:“好一篇模仿后汉戴文让的《失父零丁》[6]! 不但字写得好,文章也做得古拙有趣。”直蜚道:“龚老夫子不常写隶书,写出来倒是梁鹄[7]派的纵姿崛强,不似中郎[8]派的雍容俯仰,真是字如其人。”韵高叹道:“当此内忧外患,接踵而来,老夫子系天下人望,我倒可惜他多此一段闲情逸致!”两人你一句我一句的议论着,不自觉的已走进胡同口。韵高道:“我们索性步行吧!”不一会,已到了龚府前,家人投了帖,早有个老门公把两人一直领到花园里。

直蜚留心看那园庭里的鹤亭,是新近修编,扩大了些,亭里却剩下一只孤鹤。那四面厅上,窗槅全行卸去,挂了四扇晶莹夺目的穿珠帘,映着晚霞,一闪一闪的晕成虹彩。龚尚书已笑着迎上来道:“韵高也同来,好极了! 你们在那里碰见的? 我和理惺中堂正有事和两位商量哩!”那时望见高理惺丰颐广颡,飘着花白的修髯,身穿葛纱淡黄袍,腰系汉玉带钩,挂着刻丝[9]佩件,正在西首一张桌上,坐着吃点心,也半抠身的招呼着,问吃过点心没有? 直蜚道:“门生和韵高兄都在十刹海酒楼上痛饮过了。韵高有一个请海军游弋日本洋的折稿,和门生商量会衔同递,恰遇着龚老师派人来邀,晓得老师也在这里,所以拉了韵高一块儿来。门生想日本既已毁船接仗,是衅非我开,朝廷为什么还不下宣战的诏书呢?”

龚尚书道："我和高中堂自奉派会议朝鲜交涉事后，天天到军机处。今天小燕报告了牙山炮毁运船的消息，我和高中堂都主张明发宣战谕旨，却被景亲王[10]和祖苏山挡住，说威毅伯有电，要等英使欧格纳调停的回信，这有什么法子呢！"韵高愤然道："这一次大局，全坏在威毅伯倚仗外人，名为持重，实是失机。外人各有所为，那里靠得住呢！"高中堂道："贤弟所论，我们何尝不知！但目前朝政，迥不如十年前了！外有枢臣把持，内有权珰[11]播弄，威毅伯又刚愎骄纵如此，而且宫闱内讧，日甚一日。这回我和龚尚书奉派会议，太后还传谕，叫我们整顿精神，不要再像前次办理失当。咳！我看这回的军事，一定要糟。不是我迷信灾祥[12]，你想，二月初一日中的黄晕[13]，前日打坏宫门的大风，雨中下降的沙弹，陶然亭的地鸣，若汇集了编起《五行志》[14]来，都是非常的灾异，把人事天变，参合起来，只怕国运要从此大变。"

龚尚书忽然蹙着眉头叹道："被理翁一提，我倒想起前天的奇梦来了！我从八瀛故后，本做过一个很古怪的梦，梦见一个白须老人，在一座石楼梯上，领我走下一道很深的地道，地道尽处，豁然开朗，倒进了一间似庙宇式的正殿。看那正殿里，居中挂着一盏琉璃长明灯，上面供着个高大的朱漆神龛，龛里塑着三尊神像。中坐的是面目轩露[15]，头戴幞头[16]，身穿仿佛武梁祠画像[17]的古衣服，左手里握着个大龟，面目活像八瀛；上首一个，披着一件袈裟似的长衣，身旁站着一只白鹤；下首一个，怀中抱一个猴子，满身花绣，可不是我们穿的蟒袍，却都把红巾蒙了脸，看不清楚。我问白须老人：'这是什么神像?'那老人只对我笑,老不开口。我做这梦时,只当是思念故友,偶然凑合,谁知一梦再梦,不知做了多少次,总是一般。这已经够希奇了!不想前天,我又做了个更奇的梦,我入梦时,好像正当午后,一轮斜日,沉在惨淡的暮云里,忽见东天,又升起一个光轮,红得和晓日一般,倏忽间,那光轮中,发出一声怪响,顿时化成数百丈长虹,长蛇似的围绕了我屋宇。我吃一吓,定睛细认,那里是长虹,红的忽变了黑,长虹变了大蟒,屋宇变了那三尊神像的正殿,那大蟒伸进头来,张开大口,把那上首神像身边的白鹤,生生吞下肚去。我狂喊一声,猛的醒来,才知道是一场午梦,耳中只听得排山倒海的风声,园中树木的摧折声,门窗砰硼的开关声。恰好我的侄孙弓夫[18]和珠哥儿,他们父子俩踉跄的奔进来,嘴里喊着:'今天好大风,把鹤亭吹坏,一只鹤向南飞去了!'我听了这话,心里觉得梦兆不祥,也和理翁的见解一样,大有风声鹤唳,草木皆兵[19]之感。后来弓夫见我不快,只道是为了失鹤,就说:'飞去的鹤,大概不会过远,我们何妨出个招贴,悬赏访求。'我便不由自主的提起笔来,仿戴良《失父零丁》,做了一篇《失鹤零丁》,写了几张八分书[20]的零丁,叫拿去贴在街头巷口。贤弟们在路上,大概总看见过罢?贤弟们要知道,这篇小品文字,虽是戏墨,却不是蒙庄的《逍遥游》[21],倒是韩非的《孤愤》[22]!"

直蜚正色道:"两位老师差了!两位老师是朝廷柱石,苍生霖雨,现在一个谈灾变,一个说梦占,这些颓唐愤慨的议论,该是不得志的文士,在草庐吟啸中发的。身为台辅[23],手执斧柯[24],像两位老师一样,怎么好说这样咨嗟叹息的风凉话呢!依门生愚见,国事越是艰难，越要打起全副精神，挽救这个危局。第一不讲空言，要定办法。”高中堂笑道：“贤弟责备得不差，但一说到办法，就是难乎其难。韵高请饬海军游弋日本洋，这到底是空谈，还是办法呢？”韵高道：“门生这个折稿，是未闻牙山消息以前做的，现在本不适用了。目前替两位老师画策，门生倒有几个扼要的办法。”

龚尚书道：“我们请两位来，为的是要商定一个入手的办法。”韵高道：“门生的办法，一、宣示宗旨：照眼下形势，没有讲和的余地了，只有赶速明降宣战谕旨，布告中外，不要再上威毅伯的当。二、更定首辅：近来枢府疲玩已极，若仍靠着景王和祖荪山的阿私固宠，庄庆藩〔25〕的龙钟衰迈，格拉和博〔26〕的颟顸庸懦，如何能应付这种非常之事？不如仍请敬王〔27〕出来，做个领袖，两位老师，也该当仁不让，恢复光绪十年前的局面。三、慎选主帅：前敌陆军鲁、言、马、左，各自为主，差不多有将无帅，必须另简资深望重的宿将，如刘益焜〔28〕、刘瞻民〔29〕等。海军提督丁雨汀，坐视牙危，畏葸纵敌，极应查办更换。”直蜚抢说道：“门生还要参加些意见：此时最要的内政，还有停止万寿〔30〕的点景，驱除弄权的内监，调和两宫的意见。军事方面，不要专靠淮军，该参用湘军的将领。陆军统帅，最好就派刘益焜；海军必要个有胆识不怕死的人，何太真既然自告奋勇，何妨利用他的朝气；彭刚直〔31〕初出来时，并非水师出身，也是个倔强书呆……”

正说到这里，家人通报钱大人端敏来见。龚尚书刚说声“请”，唐卿已抢步上厅，见了龚尚书和高中堂，又和章、闻二人彼此招呼了，就坐下便开口道：“刚才接到珏斋由湘来电，听见牙山消息，愤激得了不得，情愿牺牲生命，坚请分统海军舰队，直捣东京。倘这层做不到，便自率湘军出关，独当陆路。恐怕枢廷有意阻挠，托我求中堂和老师玉成[32]其志，否则他便自己北来，现在电奏还没发，专候复电。我知道中堂也在这里，所以特地赶来相商。”

龚尚书微笑道：“珏斋可称戆冠一时。直蜚正在这里保他统率海军，不想他已急不可待了！”高中堂道：“威毅伯始终回护丁雨汀，枢廷也非常左袒[33]，海军换人，目前万办不到。”龚尚书道：“接统海军虽然一时办不到，唐卿可以先复一电，阻他北来。电奏请他尽管发。他这一片舍易就难，忠诚勇敢的心肠，实在令人敬佩，无论如何，我们定要叫他们不虚所望。理翁以为如何？”高中堂点头称是。当时大家又把刚才商量的话，一一告诉了唐卿，唐卿也很赞成闻、章的办法。彼此再细细计议了一番，总算把应付时局的大纲决定了。唐卿也就在龚尚书那里拟好了复电，叫人送到电局拍发。谈了一回闲话，各自散了。

你道珏斋为何安安稳稳的抚台不要做，要告奋勇，去打仗呢？虽出于书生投笔从戎的素志，然在发端的时候，还有一段小小的考古轶史，可以顺便说一下。——珏斋本是光绪初元[34]清流党里一个重要人物，和庄仑樵、庄寿香、祝宝廷辈，都是人间麟凤[35]，台阁鹰鹯[36]。珏斋尤其生就一付绝顶聪明的头脑，带些好高骛远的性情，恨不得把古往今来名人的学问事业，被他一个人做尽了才称心。金石书画，固是他的生平嗜好，也是他的独擅胜场[37]，但他那里肯这么小就[38]呢！讲心性，说知行，自命陆、王[39]不及；补大籀，考古器，居然薛、阮[40]复生！山西办赈，郑州治河，鸿儒变了名臣；吉林划界，北洋佐军，翰苑遂兼戎幕。本来法越启衅时节，京朝士大夫，企慕曾、左[41]功业，人人欢喜纸上谈兵，成了一时风尚，珏斋尤为高兴。朝廷也很信任文臣，所以庄仑樵派了帮办福建海疆事宜，珏斋也派了帮办北洋事宜。后来仑樵失败，受了严谴，珏斋却只出使了一次朝鲜，办结了甲申金玉均一案，又会同威毅伯和日本伊藤博文定了出兵朝鲜彼此知会的条约，总算一帆风顺，文武全才的金字招牌，还高高挂着。做了几章《孙子十家疏》[42]，刻了一篇《枪炮准头说》[43]，天下仰望丰采的，谁不道是江左夷吾[44]，东山谢傅[45]呢！直到放了湘抚，一到任，便勤政爱民，孜孜不倦。一方面提倡风雅，幕府中罗致了不少的名下士[46]，就是同乡中稍有一才一艺的，如编修汪子升[47]，中书洪英石[48]，河南知县鲁师曾[49]，连着画家廉菉夫[50]，骨董掮客[51]余汉青[52]，都追随而来，跻跻跄跄，极一时之盛。一方面联络湘军宿将，如韦广涛[53]、季九光[54]等，又引俞虎丞[55]做了心腹，预备一朝边陲有事，替国家出一身汗血，仿裴岑纪功[56]窦宪勒铭[57]的故事，使威扬域外，功盖曾、胡[58]，这才志得意满哩。

恰好中日交涉事起，北洋着着退让，舆论激昂。有一天，公余无事，珏斋正邀集了幕中同乡，在衙斋小宴，浏览了一回书画，摩挲了几件鼎彝，忽然论到日本、朝鲜的事，珏斋道："那年天津定约，我也是全权大臣之一，条约只有三款，第二款两国派兵交互知会这一条，如今想来，真是大错特错！若没这条，此时日本如何能借口派兵呢！我既经参与，不曾纠正，真是件疚心的事！如果日本和我们真的开衅，我只有投袂而起，效死疆场，赎我的前愆了！”汪子升道：“老帅的话，不免自责过严了！日本此时的蛮横，实是看破了我国势的衰落，朝政的纷歧，起了轻侮之意，便想借此机会，一试他新军的战术。兵的派不派，全不系乎条约的有无，就算条约有关，定约究是威毅伯的主裁，老帅何独任其咎！兵凶战危，未可轻以身试！”洪英石、鲁师曾也附和着说了几句不犯着出位冒险的话。珏斋哈哈大笑道：“你们倒这样替我胆小！那么叫我一辈子埋在书画骨董里，不许苏州再出个陆伯言〔59〕吗？”

正说得高兴，忽见余汉青手里捧着个古锦的小方匣，得意扬扬的走进来，嘴里喊道：“我今天替老帅找到一件宝贝，不但东西真，而且兆头好，老帅要看，必要先喝了一杯贺酒。”珏斋笑道：“你别先吹，只怕是马蹄烧饼印的古钱，我可不是潘八瀛，不上你骨董鬼的当，看了再说。”汉青道：“冤屈死人了！这是个流传有绪的真汉印，是人家祖传不肯出卖的，我好容易托了许多人，出了二百两湘平银〔60〕，才挖了出来。还有附着一本名人题识的册页，明天再补送来。老帅你自己瞧吧。”说时双手递上去。珏斋接了，揭开盖来，只见一个一寸见方，背上缕着个伏虎纽的汉铜印，制作极精。翻过正面，刻着“度辽将军”四个奇古的缪篆〔61〕，不觉喜形于色，忙擎起一杯才斟满的酒，一饮而尽，拍着桌子道：“此印正合孤〔62〕意！度者，古通渡，要渡非舰不可，我意决矣！”连喊“快拿纸笔来”，倒弄得大家相顾诧异。家人送上一枝蘸满墨水的笔，珏斋提笔，在纸上挥洒自如的写了一百多字。大家方看清是打给北洋威毅伯的电报，大意主张和日本开战，自己愿分领海军一舰队，以充前驱。写完，加上“速发”两字，随手交给家人送电报处去发了，大家便不敢再劝。这便是珏斋请告奋勇最初的动机。

不想这个电报发去后，好像石沉大海，消息杳然，倒是两国交涉破裂的消息，一天紧似一天。高升运船击沉了，牙山不守，成欢〔63〕打败，不好的警信，雪片似的飞来，统帅言紫朝还在那里捏报胜仗，邀朝廷二万两的奖赏，将弁数十人的奖叙。珏斋不禁义愤填膺，自己办了个长电奏，力请宣战，并且请帮办海军，兼募湘勇，水陆并进，身临前敌，立待要发，被鲁师留拦住，劝他先电唐卿，一探龚、高两尚书的意旨如何，再发也不为迟。珏斋听了有理，所以有唐卿这番的洽商。唐卿的电复，差不多当夜就接到，珏斋看了，很觉满意，把电奏又修改了些，添保了几个湘军宿将韦广涛、季九光、柳书元〔64〕等，索性把俞虎丞也加入了。发电后，就唤了俞虎丞来，限他一个月内，募足湘勇八营做亲军，又吩咐修整枪械，勤速操练，又把生平得意的《枪炮准头练习法》，印刷了数千本，发给各营将领实习，又召集了司道府县，筹议服装饷糈，并结束许多未了的公事，足足忙了一个多月。

那时，与日本宣战的明谕早发布了，日公使匡次芳也下旗回国了。陆军方面，言、鲁、马、左四路人马，在平壤和日军第一次正式开战，被日军杀得辙乱旗靡，只有左伯圭在玄武门〔65〕死守血战，中弹阵亡；海军方面，丁雨汀领了定远、镇远、致远等十一舰，和日海军十二舰在大东沟〔66〕大战，又被日军打得落花流水，沉了五舰，只有致远管带邓士昶〔67〕血战弹尽，猛扑敌舰，误中鱼雷，投海而死。朝旨把言鲁逮问，丁雨汀革职戴罪自效，威毅伯也拔去三眼花翎，褫去黄马褂，起用了老敬王会办军务，添派宋钦〔68〕领毅军，刘成佑〔69〕领铭军，依唐阿〔70〕领镇边军，都命开赴九连城〔71〕。大局颇有岌岌可危的现象。

同时珏斋也迭奉电旨，申饬他的率请帮办海军，却准他募足湘军二十营，除俞虎丞八营本属亲军外，韦广涛六营，柳书元六营，也都归节制，命他即日准备，开赴关外。好在珏斋布置早已就绪，军士操演亦渐纯熟，一奉旨意，一面饬令俞虎丞星夜整装，逐批开拔，一面自己把抚署的事部署停当，便带了一班亲信的幕僚，随后启行，先到天津。一来和威毅伯商购精枪快炮，二来和户部筹拨饷款。谁知到了天津，发生了许多困难，定购的枪炮，一时也到不了手。光阴如驶，忙忙碌碌中，不觉徊翔了三个多月，时局益发不堪了。自九连城挫败后，日兵长驱直入，连破了凤凰、岫严〔72〕，直到海城，旅顺、威海卫也相继失守，弄得陵寝〔73〕震惊，畿辅〔74〕摇动。天颜有喜的老佛爷，也变了低眉入定的法相〔75〕，只得把六旬庆典，停止了点景；把老敬王派在军务处，节制各路兵马，兼领军机；把枢廷里庄庆藩、格拉和博两中堂开去，补上龚平、高扬藻，又添上一个广东巡抚耿义〔76〕；把刘益焜派了钦差大臣，节制关内外防剿各军，珏斋和宋钦派了帮办，而且下了严旨，催促开拔。

在这种人心皇皇的时候，珏斋却好整以暇，大有轻裘缓带的气象，只把军队移驻山海关，还是老等他未到的枪炮。一直到开了年，正月元宵后，才浩浩荡荡的出了关门，直抵田庄台〔77〕，进逼海城。

一到之后，便择了一所大庙宇，做了大营，只为那庙门前，有一片百来亩的大广场，很可做打靶操演之用，合了珏斋之意。跟去的一班幕僚，看看珏斋这种从容不迫的态度，看他每天一早，总领着他新练专门打靶的护勇三百人，他称做虎贲[78]营的，逐日认真习练准头，打完靶后，便会客办公。吃过午饭，不是邀了廉菉夫、余汉青几个清客，画山水，拓金石，便是一到晚上，关起门来，秉烛观书。大家都疑惑起来。汪子升尤其替他担忧，想劝谏几句，老没得到机会。

却说那天，正是刚到田庄台的第一个早晨，晓色朦胧，鸟声初噪，子升还在睡眼惺忪，寒恋重衾的时候，忽然一个弁兵[79]推门进来喊道："大帅就要上操场，大人们，都到那边候着。我们洪大人先去，叫我招呼汪大人马上去！"说完，那弁兵就走了。子升连忙起来，盥嗽好，穿上衣冠，迤逦走将出来，一路朔风[80]扑面，凝霜满阶，好不凄冷！看看庙内外进进出出的人，已经不少。门口有两个红漆木架，上首架上，插着一面随风飞舞的帅字大纛旗，下首竖起一扇五六尺高白地黑字的木牌，牌上写着"投诚免死牌"五个大字，是方棱出角的北魏书法。抬起头来，又见门右粉墙上，贴着一张很大的告示，写来伸掌躺脚，是仿黄山谷[81]体的，都是珏斋的亲笔。走近细看那告示时，只见上面先写一行全衔[82]，全衔下却写着道：

为出示晓谕事：本大臣恭奉简命，统率湘军，训练三月，现由山海关拔队东征，不久当与日本决一胜负。本大臣讲求枪炮准头，十五六年，所练兵勇，均以精枪快炮为前队，堂堂之阵，正正之旗，能进不能退，能胜不能败，日本以久顿之兵，岂能当此生力军乎！惟本大臣率仁义之师，素以不嗜杀人为贵，念尔日本人民，迫于将令，暴师在外，拚千万人之性命，以博大鸟圭介之喜快。本大臣欲救两国人民之命，自当剀切晓谕：两军交战之后，凡尔日本兵官，逃生无路，但见本大臣所设投诚免死牌，即缴出刀枪，跪伏牌下，本大臣专派妥员，收尔入营，一日两餐，与中国人民，一律看待。事平之后，送尔归国。本大臣出此告示，天神共鉴，决不食言。若竟执迷死拒，与本大臣接战三次，胜负不难立见。迨至该兵三战三北[83]之时，本大臣自有七纵七擒之计，请鉴前车，毋贻后悔！切切特示！

子升一口气把告示读完，正在那里赞叹他的文章，纳罕他的举动，忽听里面一片声的嚷着大帅出来了，就见珏斋头戴珊瑚顶的貂皮帽，身穿曲襟蓝绸獭袖青狐皮箭衣，罩上天青绸天马出风马褂，腰垂两条白缎忠孝带，仰着头，缓步出来，前面走着几个戈什哈[84]，廉蓀夫和余汉青左右夹侍，后边跟着一群护兵，蜂拥般的出庙。子升只好上前参谒，跟着同到前面操场，只见场上，远远立着一个红心枪靶，虎贲三百人，都穿了一色的号衣，肩上掮着有刺刀的快枪，在晓日里耀得寒光凛凛，一字儿两边分开；还有各色翎顶的文武官员，也班分左右。子升见英石、师曾已经先到，就挤入他们班里。

那时珏斋一人站在中央，高声道：“我们今天是到前敌的第一日，说不定一两天里就要决战，趁着这打靶的闲暇，本帅有几句话和大家讲讲。你们看本帅在湘出发时候，勇往直前，性急如火，一比从天津到这里，这三个多月的从容不迫，迟迟我行，我想一定有许多人要怀疑不解。大家要知道，这不是本帅的先勇后怯，这正是儒将异乎武夫的所在。本帅在先的意思，何尝不想杀敌致果，气吞东海呢！后来在操兵之余，专读《孙子兵法》，读到第三卷《谋攻篇》，颇有心得，彻悟孙子所说'不战而屈人之兵'的道理，完全和孟子'仁者无敌'的精神，是一贯的，所以我的用兵，更上了一层。仰体天地好生之德，不愿多杀人为战功，只要有确实把握的三大捷，约毙日兵三五千人，就可借军威以行仁政，使日人不战自溃。今天发布的告示和免死牌，就是这个战略的发端。但你们一定要问本帅大捷的把握在那里呢？本帅不是故作惊人的话，就在这场上打靶的三百虎贲身上。本帅练成这虎贲营，已经用去一二万元的赏金。这打靶的规则，立着五百步的小靶，每人各打五枪，五枪都中红心，叫做全红，便赏银八两；近来每天赏银多至一千余串，一勇有得银二三十两的，可见全红的越多了。这种精技，西人偶然也有，决没有多至数百人；便和泰西[85]各国交绥[86]，他们也要退避三舍，何况区区日本！所以本帅只看技术的成否，不管出战的迟速；枪炮的精良，湘勇的勇壮，还是其次。胜仗搁在荷包里，何必急急呢！到了现在，可已到了炉火纯青的气候，正是弟兄们各显身手的时候，本帅希望弟兄们牢牢记着的训词，只有'不怕死，不想逃'六个大字，不但恢复辽东，日本人也不足平了。本帅的话，也说完了。我们还是来打一次练习的靶，仍旧是本帅自己先试，以后便要实行了。"说罢，叫拿枪来。戈什献上一支德国五响的新式快枪，珏斋手托了枪，埋好脚步，侧着头，挤紧眼，瞄好准头，一缕白烟起处，砌然一声，一颗弹丸呼的恰从红心里穿过，烟还未散，第二声又响，一连五响，都中在原洞里。合场欢呼，唱着新编的凯旋歌，奏起军乐。

大家都严肃地站得齐齐的，只有廉菉夫跨出了班，左手拿着一张白纸，右手握了一根烧残的细柳条，在那里东抹西涂。珏斋回顾他道："菉夫，你做什么？"菉夫道："我想今天的胜举，不可无图以纪之，我在这里起一幅《田庄打靶图》的稿子，将来流传下去，画史上也好添一段英雄佳话。"珏斋道："这也算个新式的雅歌投壶吧！"说罢，仰面而笑，就在这笑声里，俞虎丞忽在人丛里挤了出来，向珏斋行了个军礼，呈上一个电报信儿。珏斋拆开看时，原来是个廷寄〔87〕，看罢，叹了一口气。正是：

半日偷闲谈异梦，一封传电警雄心。

不知廷寄说的何事，且待下回细说。

按，本回回目原标为："疑梦疑真，司农访鹤；七擒七纵，巡抚吹牛。"

〔1〕　司农：汉代官职名。主管钱粮，为九卿之一。又称大司农。清代习称户部尚书为大司农。翁同龢任户部尚书，故称司农（书中龚平则任工部尚书）。

〔2〕　零丁：招帖。古代招帖悬于竿上，状如零丁。

〔3〕　敢：不敢。谦语。犹言冒昧、斗胆。

〔4〕　辽东：指鹤归故乡。典出陶潜《续搜神记》丁令威条。

〔5〕　九皋清唳：九皋，沼泽深处。《诗经·小雅·鹤鸣》："鹤鸣于九皋，声闻于野。"唳，叫声。

〔6〕　戴文让的《失父零丁》：东汉末戴良，字叔鸾。一说字文让。汝南慎阳人。他寻找父亲的招帖《失父零丁》，其文载严可均辑《全后汉

文》卷六十八。

〔7〕 梁鹄：东汉书法家。安定(今甘肃平凉)人。善隶书，尤其擅长大字，曾写《孔庙碑》，为隶书之冠。

〔8〕 中郎：东汉蔡邕，字伯喈。曾任左中郎将，后人称蔡中郎。文学家、书法家。书法多创造，首创飞白书，隶、篆均精。后人辑有《蔡中郎集》。

〔9〕 刻丝：缂丝。丝织手工艺品。提花，花纹类似刺绣。

〔10〕 景亲王：影射庆亲王奕劻。光绪甲午由贝勒封亲王，领军机处。

〔11〕 权珰：有权力的大太监。指李莲英等人。

〔12〕 灾祥：吉利和不吉利的征兆，祸福的预示。

〔13〕 黄晕：日生黄晕、日生重晕、日生交晕等不常见的自然现象，古人和人事联系起来，产生恐惧和不吉利的预感；或是相反，认为是吉祥的征兆和瑞应。

〔14〕 《五行志》：记载种种祥异灾变现象的史志，以及相应的人事吉凶祸福，年岁丰歉和水灾、旱灾、兵灾等等。起源于《尚书·洪范》；从《史记·天官书》、《汉书·五行志》以下大部分正史都有。

〔15〕 轩露：显露，明亮。

〔16〕 幞头：也称四脚、折上巾。整幅绢帛折成，有四个脚；两个小脚结附在额头上，两个长脚脑后两边下垂。起于北周武帝。隋代用桐木为骨，顶部高起。唐以后皇帝用硬脚上曲，人臣下垂。宋代直脚的贵贱都可以用，皇帝或用上曲脚。

〔17〕 武梁祠画像：东汉石刻画像，在今山东济宁紫云山。阳刻历史人物、神仙故事等，衣饰是峨冠博带、宽袍大袖。

〔18〕 弓夫：影射龚斌孙，字弢夫。光绪丁丑翰林，官至直隶提法使。

〔19〕 草木皆兵：东晋谢玄败苻坚于淝水。苻坚与弟苻融登寿春城望晋军，又望八公山上草木皆类人形，回头对苻融说："此亦勍敌也，何谓少乎?"(《晋书·苻坚载记》)《资治通鉴》作"又望八公山上草木皆以为晋兵"。比喻疑神疑鬼，自己吓自己。

〔20〕 八分书：汉字字体名，也称八分。类似隶书而波折多，创于秦代王次仲；大体更接近篆书。

〔21〕 蒙庄的《逍遥游》：蒙庄，即庄子。名周，蒙城人。战国思想家、文

学家。《逍遥游》为《庄子》的首篇，行文潇洒自如，穷神极化。

〔22〕《孤愤》：《韩非子》的一篇。韩非是战国末思想家，法家学说的集大成者。本是韩国人，与李斯同学于荀子。入秦国，秦王很重视他，遭李斯妒忌陷害被囚，作《孤愤》，文章深沉幽愤。

〔23〕台辅：尚书、大学士和协办大学士、军机大臣，就是清代的台辅；即台省长官、皇帝辅臣。

〔24〕斧柯：代指权力；也是榜样，百官表率。《诗经·豳风·伐柯》："伐柯伐柯，其则不远。"（意思是说，砍树枝做斧柄，手里的斧柄就是样子。）

〔25〕庄庆藩：指张之万。时任军机大臣，光绪二十年（甲午）免。参见前注。

〔26〕格拉和博：影射额勒和布。已见前注。其军机大臣一职甲午十月免。

〔27〕敬王：指恭亲王奕䜣。已见前注。甲午十一月再领军机处，督办军务。

〔28〕刘益焜：影射刘坤一（1830—1902），字岘庄。湖南新宁人。湘军将领。1879年任两江总督兼南洋通商大臣。甲午十二月任钦差大臣，节制山海关内外各军。辽河一战，全军溃败。

〔29〕刘瞻民：影射刘铭传，字省三。安徽合肥人。淮军将领。台湾巡抚。

〔30〕万寿：万寿山。即颐和园。慈禧为其六十大寿，挪移海军经费修建扩大颐和园。

〔31〕彭刚直：即彭玉麟，字雪琴。衡阳人。秀才出身。湘军将领。随曾国藩创办湘军水师。刚直是他的谥号。

〔32〕玉成：成全。

〔33〕左袒：偏向，保护。

〔34〕初元：初年。

〔35〕麟凤：凤毛麟角。比喻难得人才。

〔36〕鹰鹯：鹯，类似鹞子的猛禽。比喻敢于直谏、检举揭露坏人坏事的谏官。

〔37〕独擅胜场：特别擅长。

〔38〕 小就:小有成就;大材小用。

〔39〕 陆、王:宋代陆象山、明代王守仁。他们都是理学家,但和朱熹理在气先有客观独立性的观点不同,主张心即是理,有是心方有是理,宇宙即是吾心,强调意识的主观独立性。人称陆王心学。王守仁又强调了知行关系,反对朱熹的格物致知,主张知行合一。

〔40〕 薛、阮:薛尚功、阮元。薛尚功,宋代人。撰有《历代钟鼎彝器款识法帖》二十卷、《钟鼎篆韵》七卷。考据精详,是文字金石学的重要著作。阮元除了编纂古籍,也是金石学家,著有《金石志》等书。

〔41〕 曾、左:曾国藩、左宗棠。左宗棠除了镇压太平军和捻军外,并有巩固新疆的功劳。

〔42〕《孙子十家疏》:当是作者杜撰之词,未见吴大澂著有此书。

〔43〕《枪炮准头说》:吴大澂刊行过《枪法准绳》一书。

〔44〕 江左夷吾:江左即江南,包括江苏南部。夷吾,管仲字夷吾。任齐桓公的相,辅成霸业。吴大澂是吴县人,比喻他是管仲那样的人物,是皮里阳秋的挖苦话。

〔45〕 东山谢傅:东晋谢安,字安石。官至太傅。他是会稽(上虞,属会稽郡)人。曾在东山(在浙江临安)高卧不出仕。人说:"安石不出,如苍生何?"谢安在对抗前秦苻坚时,指挥若定,打了胜仗,稳定了东晋政权。

〔46〕 名下士:名士。西晋张华见了二陆(陆机、陆云兄弟),说"名下固无虚士"。

〔47〕 汪子升:影射王同愈,字胜之。元和人。光绪翰林。官至江西提学使。

〔48〕 洪英石:影射翁绶琪,字印若。吴江人。举人。梧州知府。

〔49〕 鲁师曾(hū):冒鹤亭疑为鲁悦。生平不详。

〔50〕 廉菉夫:影射陆恢,字廉夫。吴江人。画家。

〔51〕 骨董掮客:古董商人。

〔52〕 余汉青:影射徐熙,字翰卿。长洲人。

〔53〕 韦广涛:影射魏光焘,字午庄。湖南邵阳人。后官闽浙总督。

〔54〕 季九光:影射李光久,字健斋。湘乡人。举人出身,官至浙江按察使。

〔55〕 俞虎丞：影射余虎恩，字勋臣。湖南平江人。后官喀什噶尔提督。

〔56〕 裴岑纪功：裴岑，东汉安帝永和年间任敦煌太守。其时北匈奴呼衍王日益强大，专制西域。裴岑以三千人破之，诛呼衍王，刻碑纪功而还。其碑在新疆巴里坤关帝庙前。

〔57〕 窦宪勒铭：窦宪，东汉人。以车骑将军击匈奴，大破北单于于稽落山。出塞三千里，登燕然山，刻碑纪功。

〔58〕 曾、胡：曾国藩、胡林翼。胡林翼，益阳人。太平军出湘，胡林翼任湖北巡抚，固守武昌，与太平军反复争夺湖北，湖北成为清军的重要根据地。

〔59〕 陆伯言：陆逊，字伯言。东吴名将。火烧夷陵，大败刘备。

〔60〕 湘平银：湖南省官方铸银。

〔61〕 缪(móu)篆：六体书之一。汉以来符玺等用缪篆书体。特点是屈曲缠绕。

〔62〕 孤：古代诸侯君主的自称谦词。巡抚是封疆大吏，何太真以诸侯自命，趁酒兴说狂话。当时北京流传一副对联："翁同龢两番放鹤
吴大澂一味吹牛。"

〔63〕 成欢：朝鲜地名，在牙山之北。聂士成兵少无援败退。

〔64〕 柳书元：影射刘树元，字云樵。长沙人。临元镇总兵。

〔65〕 玄武门：平壤城北门。

〔66〕 大东沟：在辽宁安东县(今属东沟县)沿海(黄海)，鸭绿江口。后文也作大同沟。甲午海战，北洋海军受重创于大东沟海面。

〔67〕 邓士昶：影射邓世昌。广东番禺人。致远舰管带(舰长)。大东沟海战，舰沉落水，拒绝救援，与全舰官兵二百五十余人以身殉国。他与左宝贵当时人称为双忠。

〔68〕 宋钦：指宋庆(1820—1902)。山东蓬莱人。行伍出身。清末将领。甲午战争爆发时任四川提督，所部称毅军。调赴九连城，代替叶志超任前方各军统领。日军侵入辽东后，主要是由他协助刘坤一指挥陆军抵抗。

〔69〕 刘成佑：影射刘长佑，字荫衢。湖南新宁人。拔贡出身。后官至云贵总督。

〔70〕 依唐阿：影射依克唐阿。满族人。任黑龙江将军。入朝作战，转战

辽东，战绩不好。

〔71〕 九连城：在辽东安东县东北。

〔72〕 凤凰、岫严：凤凰城和岫岩县。凤凰城即今凤城县。其东南有凤凰山，群峰矗立。岫岩，光绪时置州，属凤凰厅。

〔73〕 陵寝：清朝祖陵（昭陵、福陵、永陵）都在辽东，成为战区。祖宗不安了。

〔74〕 畿辅：指国都附近地方。即是说朝廷震动了。

〔75〕 入定的法相：犹如说发呆。法相，佛教语。形象。

〔76〕 耿义：影射刚毅。满族人。以广东巡抚任为军机大臣，补礼部侍郎。

〔77〕 田庄台：在营口辽河西岸。

〔78〕 虎贲：勇士的称号。

〔79〕 弁兵：旧时称低级武职，现在的士官一类。

〔80〕 朔风：北风。

〔81〕 黄山谷：宋代黄庭坚，字山谷。北宋四大书法家之一。

〔82〕 全衔：全部官衔。

〔83〕 北：败北，打败仗。

〔84〕 戈什哈：满语。高级官员的随侍护卫。

〔85〕 泰西：西方。

〔86〕 交绥：古代退军为绥。这里即是相交、交战。

〔87〕 廷寄：军机处发寄的密件，传达圣旨。

第二十六回

主妇索书房中飞赤凤　天家脱辐[1]被底卧乌龙

话说珏斋在田庄台大营操场上，演习打靶，自己连中五枪，正在唱凯歌，留图画，志得意满的当儿，忽然接到一个廷寄，拆开看时，方知道他被御史[2]参了三款，第一款逗遛不进，第二滥用军饷，第三虐待兵士，枢廷传谕，着他明白回奏。看完，叹了一口气道："悠悠之口[3]，不谅人只[4]，能不使英雄短气！"就手递给子升道："贤弟替我去办个电奏吧！第一款的理由，我刚才已经说明；第二款大约就指打靶赏号而言；只有第三，适得其反，真叫人无从索解，尽贤弟去斟酌措词就是了。龚尚书和唐卿处，该另办一电，把这里的情形，尽量详告。好在唐卿新派了总理衙门大臣，也管得着这些事了，让他们奏对时，有个准备。"子升唯唯的答应了。

我且暂不表珏斋在这里的操练军士，预备迎战。再说唐卿那日在龚尚书那里发了珏斋复电，大家散后，正想回家，再给珏斋写一封详信，报告情形，走到中途，忽见自己一个亲随，骑马迎来，情知家里有事，忙远远的问什么事？那家人道："金太太派金升来请老爷，说有要事商量，立刻就去，陆大人已在那里候着。"唐卿心里很觉诧异，吩咐不必回家，拨转马头，径向纱帽胡同而来。进了金宅，只见雯青的嗣子[5]金继元，早在倒厅门口迎候，嘴里说着："请世伯[6]里面坐，陆姻伯[7]早来了。”唐卿跨进门来，一见莑如就问道：“雯青夫人邀我们什么事？”莑如笑道：“左不过[8]那些雯青留下的罪孽罢咧！”

道言未了，只听家人喊着太太出来了，毡帘一揭，张夫人全身缟素的走进来，向钱、陆两人叩了个头，请两人上炕坐。自己靠门坐着，含泪说道：“今天请两位伯伯来，并无别事，为的就是彩云。这些原是家务小事，两位伯伯都是忙人，本来不敢惊动，无奈妾身向来懦弱，继元又是小辈，真弄得没有办法。两位伯伯是雯青的至交，所以特地请过来，替我出个主意。”唐卿道：“嫂嫂且别说客气话，彩云到底怎样呢？”张夫人道：“彩云的行为脾气，两位是都知道的。自从雯青去世，我早就知道是一件难了的事。在七里[9]，看她倒很悲伤，哭着时，口口声声说要守，我倒放些心了。谁晓得一终了七，她的原形渐渐显了，常常不告诉我，出去玩耍。后来索性天天看戏，深更半夜的回来，不干不净的风声又刮到我耳边来。我老记着雯青临终托我收管的话，不免说她几句，她就不三不四给我瞎吵。近来越闹越不成话，不客气要求我放她出去了。二位伯伯想，热辣辣不满百天的新丧，怎么能把死者心爱的人让她出这门呢！不要说旁人背后要议论我，就是我自问良心，如何对得起雯青呢！可是不放她出去，她又闹得你天翻地覆，鸡犬不宁，真叫我左右为难。”说着声音都变了哽噎了。莑如一听这话，气得跳起来道：“岂有此理！嫂嫂本来太好说话！照这种没天良的行径，你该拿出做太太的身分来，把家法[10]责打了再和她讲话！”唐卿忙拦住道：“莑如，你且不用先怒，这不是蛮干得来的事，嫂嫂请我们来，是要给她想个两全的办法，不是请我们来代行家长职权的。依我说……”

正要说下去，忽见彩云倏的进了厅来，身穿珠边滚鱼肚白洋纱衫，缕空衬白挖云玄色明绡裙，梳着个乌光如镜的风凉髻，不戴首饰，也不涂脂粉，打扮得越是素靓，越显出风神绝世。一进门，就站在张夫人身旁朗朗的道："陆大人说我没天良，其实我正为了天良发现，才一点不装假，老老实实求太太放我走！我说这句话，仿佛有意和陆大人别扭似的，其实不相干，陆大人千万别多心！老爷一向待我的恩义，我是个人，岂有不知？半路里丢我死了，十多年的情分，怎么说不悲伤呢！刚才太太说在七里悲伤，愿意守，这都是真话，也是真情。在那时候，我何尝不想给老爷挣口气，图一个好名儿呢！可是天生就我这一副爱热闹寻快活的坏脾气，事到临头，自各儿也做不了主。老爷在的时候，我尽管不好，我一颗心，还给老爷的柔情蜜意，管束住了不少。现在没人能管我，我自各儿又管不了，若硬把我留在这里，保不定要闹出不好听的笑话，到那一步田地，我更要对不住老爷了！再者我的手头散漫[11]惯的，从小没学过做人家的道理，到了老爷这里，又由着我的性儿，成千累万的花。如今老爷一死，进款是少了，太太纵然贤惠，我怎么能随随便便的要？但是我阔绰的手，一时缩不回，只怕老爷留下来这点子死产业，供给不上我的挥霍。所以我彻底一想，与其装着假幌子[12]糊弄下去，结果还是替老爷伤体面，害子孙，不如直捷了当，让我走路，好歹死活，不干姓金的事，至多我一个人背着个没天良的罪名，我觉得天良上倒安稳得多呢！趁今天太太、少爷和老爷的好友，都在这里，我把心里的话全都说明了，我是斩钉截铁的走定的了！要不然，就请你们把我弄死，倒也爽快。”彩云这一套话，把满厅的人，说得都怔住了。张夫人只顾拿绢子擦着眼泪，却并不惊异，倒把辇如气得胡须倒竖，紫胀了脸，一句话都说不出。

唐卿瞧着张夫人的态度，早猜透了几分，怕辇如发呆，就向彩云道：“姨娘的话，倒很直爽，你既然不愿意守，那是谁也不能强你。不过今天你们太太为你请了我们来，你既照直说，我们也不能不照直给你说几句话。你要出去是可以的，但是要依我们三件事：第一不能在北京走，得回南后，才许走。只为现在满城里传遍你和孙三儿的事，不管他是诳是真，你在这里一走，便坐实了。你要给老爷留面子，这里熟人太多，你不能给他丢这个脸；第二这时候不能去，该满了一年才去。你既然晓得老爷待你的恩义，你也承认和老爷有多年的情分，这一点短孝，你总得给他戴满了；第三你不肯挥霍老爷留下的遗产，这是你的好心。现在答应你出去，那么除了老爷从前已经给你的，自然你带去，其余不能再向太太、少爷要求什么。这三件，你如依得，我就替你求太太，放你出去。”

彩云听着唐卿的话，来得利害，句句和自己的话，针锋相对，暗忖只有答应了再说，便道：“钱大人的话，都是我心里要说的话，不要说三件，再多些我都依。”唐卿回头望着张夫人道：“嫂嫂怎么样？我劝嫂嫂看她年轻可怜，答应了她罢！”张夫人道：“这也叫做没法，只好如此。”辇如道：“答应尽管答应，可是在这一年内，姨娘不能在外胡闹，在家瞎吵，要好好儿守孝伴灵，伺候太太。”彩云道：“这个请陆大人放心，我再吵闹，好在陆大人会请太太拿家法来责打的。”说着冷笑一声,一扭身就走出去了。

菶如看彩云走后,向唐卿伸伸舌头道:"好利害的家伙!这种人,放在家里,如何得了!我也劝嫂嫂越早打发越好!"张夫人道:"我何尝不知道呢!就怕不清楚的人,反要说我不明大体。"唐卿道:"好在今天许她走,都是我和菶如作的主,谁还能说嫂嫂什么话!就是一年的限期,也不过说说罢了。可是我再有一句要紧话告诉嫂嫂,府上万不能在京耽搁了。固然中日开战,这种世乱荒荒,雯青的灵柩,该早些回南安葬,再晚下去,只怕海道不通,就是彩云,也该离开北京,免得再闹笑话。"菶如也极端赞成。于是就和张夫人同继元商定了尽十天里出京回南,所有扶柩出城以及轮船定舱等事,都由菶如、唐卿两人分别妥托城门上和津海关道成木生招呼,自然十分周到。

张夫人天天忙着收拾行李,彩云倒也规规矩矩的帮着料理,一步也不曾出门。到了临动身的上一晚,张夫人已经累了一整天,想着明天还要一早上路,一吃完夜饭,即便进房睡了。睡到中间,忽然想着日里继元的话,雯青有一部《元史补证》的手稿,是他一生的心血,一向搁在彩云房里,叮嘱我去收回放好,省得糟蹋,便叫一个老妈子向彩云去要。谁知不要倒平安无事,这一要,不多会儿,外边闹得沸反盈天,一片声的喊着:"捉贼,捉贼!"张夫人正想起来,只见彩云身上只穿一件浅绯色的小紧身,头发蓬松,两手捧着一包东西,索索的抖个不住,走到床面前,把包递给张夫人道:"太太要的是不是这个?太太自己去瞧罢!啊呀呀!今天真把我吓死了!"说着话,和身倒在床前面一张安乐椅里，两手揿住胸口吁吁的喘。张夫人一面打开包看着，一面问道："到底怎么会事？吓得那样儿！"彩云颤声答道："太太打发人来的时候，我已经关上门睡了，在睡梦中听见敲门，知道太太房里的人，爬起来，半天找不着火柴匣子，摸黑儿的去开门，进来的老妈才把话说明了，我正待点着支洋烛去找，那老妈忽然狂喊一声，吓得我洋烛都掉在地下，眼犄角里仿佛看见一个黑人，向房门外直撺，那老妈就一头追，一头喊捉贼，奔出去了。我还不敢动，怕还有第二个，按定了神，勉勉强强的找着了，自己送过来。"张夫人包好书，说道："书倒不差，现在贼捉到了没有呢？"彩云还未回答，那老妈倒走回来，接口道："那里去捉呢？我亲眼看见他在姨太的床背后冲出，挨近我身，我一把揪住他衣襟，被他用力洒脱，我一路追，一路喊，等到更夫、打杂儿的到来，他早一纵跳上了房，瓦都没响一声，逃得无影无踪了。"

张夫人道："彩云，这贼既然藏在你床背后，你回去看看，走失什么没有？"彩云道声："啊呀，我真吓昏了！太太不提，我还在这里写意呢！"说时，慌慌张张的奔回自己房里去，不到三分钟工夫，彩云在那边房里果真大哭大跳起来，喊着她的首饰箱丢了，丢了首饰箱，就是丢了她的命。张夫人只得叫老妈子过去，劝她不要闹，东西已失，夜静更深，闹也无益，等明天动身时候，陆、钱两大人都要来送，托他们报坊追查便了。彩云也渐渐地安静下去。一宿无话。

果然，菶如、唐卿都一早来送，张夫人把昨夜的事说了，彩云又说了些恳求报坊追查的话，唐卿笑着答应，并向彩云要了失单。那时门外卤簿和车马都已齐备，于是仪仗引着雯青的灵柩先行，眷属行李后随，秦如、唐卿都一直送到二牐[13]上船才回。张夫人护了灵柩，领了继元、彩云，从北通州[14]水路到津；到津后，自有津海关道成木生来招待登轮，一路平安回南，不必细说。

如今再说唐卿自送雯青夫人回南之后，不多几天，就奉了着在总理各国事务衙门行走[15]的谕旨。从此每天要上两处衙门，上头又常叫起儿，高中堂、龚尚书新进军机，遇着军国要事，每要请去商量，回得家来，又总是宾客盈门，大有日不暇给的气象，连素爱摩挲的宋、元精椠，黄、顾[16]校文，也只好似苟束袜材[17]，暂置高阁。在自身上看起来，也算得富贵场中的骄子，政治界里的巨灵了。但是国事日糟一日，战局是愈弄愈僵，从他受事到今，两三个月里，水陆处处失败，关隘节节陷落，反觉得忧心如捣，寝馈不安。

这日刚在为国焦劳的时候，门上来报闻韵高闻大人要见。唐卿疾忙请进，寒暄了几句，韵高说有机密的话，请屏退仆从。唐卿倒吓了一跳，挥去左右。韵高低声道："目前朝政，快有个非常大变，老师知道吗？"唐卿道："什么变动？"韵高道："就是我们常怕今上[18]做唐中宗[19]，这件事要实行了。"唐卿道："何以见得？"韵高道："金、宝两妃的贬谪，老师是知道的了，今天早上，又把宝妃名下的太监高万枝，发交内务府扑杀。太后原拟是要明发谕旨审问的，还是龚老师恐兴大狱，有碍国体，再三求了，才换了这个办法。这不是废立的发端吗？"唐卿道："这还是两宫的冲突，说不到废立上去。"韵高道："还有一事，就是这回耿义的入军机，原是太后的特简，只为耿义祝暇[20]来京，骗了他属吏造币厅总办三万个新铸银圆，托连公公献给太后，说给老佛爷预备万寿时赏赐用的。太后见银色新，花样巧，赏收了，所以有这个特简。不知是谁，把这话告诉了今上，太后和今上商量时，今上说耿义是个贪鄙小人，不可用，太后定要用。今上垂泪道：'这是亲爷爷逼臣儿做亡国之君了！'太后大怒，亲手打了皇上两个嘴巴，牙齿也打掉了。皇上就病不临朝了好久。恰好太后的幸臣[21]西安将军永潞[22]也来京祝暇，太后就把废立的事，和他商量。永潞说：'只怕疆臣不伏。'这是最近的事。由此看来，主意是早经决定，不过不敢昧然宣布罢了。"唐卿道："两宫失和的原因，我也略有所闻了。"——且慢，唐卿如何晓得失和的原因呢？失和的原因，到底是什么呢？我且把唐卿和韵高的谈话搁一搁，说一段帝王的婚姻史吧！原来清帝的母亲是太后的胞妹，清后的母亲，也是太后的胞妹，结这重亲的意思，全为了亲上加亲，要叫爱新觉罗的血统里，永远混着那拉氏[23]的血统，这是太后的目的。在清帝初登基时，一直到大婚前，太后虽然严厉，待皇帝倒很仁慈的。皇后因为亲戚关系，常在宫里充官眷，太后也很宠遇。其实早有配给皇帝的意思，不过皇帝不知道罢了。那时他他拉氏[24]也有两个女儿在宫中，就是金妃、宝妃。宫里唤金妃做大妞儿，宝妃做二妞儿，都生得清丽文秀。二妞儿更是出色，活泼机警，能诗会画，清帝很喜欢她，常常瞒着太后，和她亲近。二妞儿是个千伶百俐的人，岂有不懂清帝的意思呢！世上只有恋爱是没阶级的，也是大无畏的，尽管清帝的尊贵，太后的威严，不自禁的眉目往来，语言试探，彼此都有了心了。可是清帝虽有这个心，向来怕惧太后，不敢说一句话。

一天，清帝在乐寿堂[25]侍奉太后看完奏章后，走出寝宫，恰遇见二妞儿。那天穿了一件粉荷绣袍，衬着嫩白的脸，澄碧的眼，越显娇媚，正捧着物件，经过厅堂，不觉看出神了，二妞儿也怔着，大家站定，相视一笑。不想太后此时正身穿了海青色满绣仙鹤大袍，外罩紫色珠缨披肩，头上戴一支银镂珠穿的鹤簪，大袍钮扣上还挂着一串梅花式的珠练，颤巍巍的也走出来，看见了，清帝慌得给逃的一样跑了。太后立刻叫二妞儿进了寝宫，屏退宫眷。二妞儿吓得浑身抖战，不晓得有什么祸事，看看太后面上，却并无怒容，只听太后问道："刚才皇帝站着和你干吗？"二妞儿嗫嚅道："没有什么。"太后答道："你不要欺蒙我，当我是傻子！"二妞儿忙跪下去，碰着头道："臣妾不敢。"太后道："只怕皇上宠爱了你吧？"二妞儿红了脸道："臣妾不知道。"太后道："那么你爱皇帝不爱呢？"二妞儿连连的碰头，只是不开口。太后哈哈笑道："那么我叫你们称心，好不好？"二妞儿俯伏着低声奏道："这是佛爷的天恩。"太后道："算了，起来吧！"这么着，太后就上朝堂见大臣去了。二妞儿听了太后这一番话，认以为真，晓得清帝快要大婚，皇后还未册定，自己倒大有希望，暗暗欣幸。既存了这个心，和清帝自然要格外亲密，趁没人时，见了清帝。清帝问起那天的事，曾否受太后责罚，便含羞答答的把实话奏明了，清帝也自喜欢。

歇了不多几天，太后忽然传出懿旨来，择定明晨寅正[26]，册定皇后，宣召王大臣提早在排云殿[27]伺候。清帝在玉澜堂[28]得了这个消息，心里不觉突突的跳个不住，不知太后意中到底选中了那一个？是不是二妞儿？对二妞儿说的话，是假是真？七上八落了一夜。一交寅初，便打发心腹太监前去听宣。正是等人心慌，心里越急，时间走得越慢，看看东窗已渗进淡白的晓色，才听院里橐橐的脚步声。那听宣的太监，兴兴头头的奔进来，就跪下碰头，喊着替万岁爷贺喜。清帝在床上坐起来着急道："你胡嚷些什么？皇后定的是谁呀？"太监道："叶赫那拉氏。"这一句话，好像一个霹雳，把清帝震呆了，手里正拿着一顶帽子，恨恨的往地上一扔道："她也配吗？"太监见皇帝震怒，不敢往下说。停了一会，清帝忽然想起喊道："还有妃嫔呢？你怎么不奏？"太监道："妃是大妞儿，封了金贵妃，嫔是二妞儿，封了宝贵妃。"清帝心里略略安慰了一点，总算没有全落空，不过记挂着二妞儿一定在那儿不快活了，微微叹口气道："这也是她的命运吧！皇帝有什么用处！碰到自己的婚姻，一般做了命运的奴隶。"

原来皇后虽是清帝的姨表姊妹，也常住宫中，但相貌平常，为人长厚老实，一心向着太后，不大理会清帝。清帝不但是不喜欢，而且有些厌恶，如今倒做了皇后，清帝心中，自然一百个不高兴。然既由太后作主，没法挽回，当时只好撇了一肚子的委曲，照例上去向太后谢了恩，太后还说了许多勉励的话。皇后和妃嫔，倒都各归府第，专候大婚的典礼。

自册定了皇后，只隔了一个月，正是那年的二月里，春气氤氲万象和乐的时候，清帝便结了婚，亲了政。太后非常快慰，天天在园里唱戏。又手编了几出宗教神怪戏，造了个机关活动的戏台，天神从上降，鬼怪由地出，亲自教导太监们搬演。又常常自扮了观音，叫妃嫔福晋扮了龙女善财[29]善男女[30]等，连公公扮了韦驮[31]，坐了小火轮，在昆明湖中游戏，真是说不尽的天家富贵，上界[32]风流。

正在皆大欢喜间，忽然太后密召了清帝的本生父贤亲王[33]来宫。那天龙颜很为不快，告诉贤王："皇帝自从大婚后，没临幸过皇后宫一次，倒是金、宝二妃非常宠幸，这是任性妄为，不合祖制的，朕劝了几次，总是不听。"当下就很严厉的责成贤王，务劝皇帝同皇后和睦。贤王领了严旨，知道是个难题。这天正是早朝时候，军机退了班，太后独召贤王，谈了一回国政，太后推说要更衣，转入屏后，领着宫眷们回宫去了。此时朝堂里，只有清帝和贤王两人，贤王还是直挺挺的跪在御案前。清帝忽觉心中不安，在宝座上下来，直趋王前，恭恭敬敬请了个双腿安[34]，吓得贤王汗流浃背，连连碰头，请清帝归座。清帝没法，也只好坐下。贤王奏道："请皇上以后，不可如此。这是国家体制，孝亲事小，渎国事大，请皇上三思！"当时又把和皇后不睦的事，恳切劝谏了一番。清帝凄然道："连房帷的事，朕都没有主权吗？但既连累皇父为难，朕可勉如所请，今夜便临幸宜芸馆[35]便了。"清帝说罢，便也退了朝。

再说那个皇后[36]，正位中宫以来，几同虚设，不要说羊车[37]不至，凤枕常孤，连清帝的天颜，除在太后那里偶然望见，永无接近的机缘。纵然身贵齐天，常是愁深似海。不想那晚，忽有个宫娥来报道："万岁爷来了！"皇后这一喜，非同小可，当下跪接进宫，小心承值，百样逢迎。清帝总是淡淡的，一连住了三天，到第四天早朝出去，就不来了。皇后等到鼍楼[38]三鼓，鸾鞭[39]不鸣，知道今夜是无望的了。正卸了晚妆，命宫娥们整理衾枕，猛见被窝好好的敷着，中央鼓起一块，好像一个小孩睡在里面，心中暗暗纳罕，忙叫宫娥揭起看时，不觉吓了一大跳。你道是什么？原来被里睡着一只赤条条的白哈叭狗，浑身不留一根绒毛，却洗剥得干干净净，血丝都没有，但是死的，不是活的。这明明是有意做的把戏。宫娥都面面相觑，惊呆了。

皇后看了，顿时大怒道："这是谁做的魇殃[40]？暗害朕的？怪不得万岁爷平白地给朕不和了。这个狠毒的贼，反正出不了你们这一堆人！"满房的宫娥都跪下来，喊冤枉，内中有一个年纪大些的道："请皇后详察，奴婢们，谁长着三个头，六个臂，敢犯这种弥天大罪！奴婢想，今天早上，万岁爷和皇后起了身，被窝都叠起过了。后来万岁不是说头晕，叫皇后和奴婢们都出寝宫，让万岁静养一会吗？等到万岁爷出去坐朝，皇后也上太后那里去了，奴婢们没有进寝宫来重敷衾褥，这是奴婢们的罪该万死！"说罢叩头出血。谁知皇后一听这些话，眉头一蹙，脸色铁青，一阵痉挛，牙关咬紧，在龙椅里晕厥过去了。正是：

　　风花未脱沾泥相[41]，婚媾终成误国因。

未知皇后因何晕厥？被里的白狗，是谁弄的玩意？等下回评说。

按,本回回目原标为:“主妇索书,房中飞赤凤;天家脱辐,被底卧乌龙。”

〔1〕 天家脱辐:天家,皇家、宫中。脱辐,《易经·小畜》爻辞:“九三。舆脱辐,夫妻反目。”(《十三经注疏》本脱作说,通。)舆脱辐,就是车辆轮子脱掉了辐条,无法前进了。用在人事上,一个家庭中就会夫妻不和了。回目概括光绪皇帝与皇后不和。

〔2〕 御史:清代都察院属官,有监察御史。按十五道(行省)设置,每道人数不等;京畿道为要职。另有漕运、巡盐等专设的御史。有弹劾官员的职权。

〔3〕 悠悠之口:悠悠之谈。庸俗人的口舌;谬误之谈。

〔4〕 不谅人只:只,语气词。《诗经·鄘风·柏舟》:“母也天只,不谅人只!”谅,相信、信任。

〔5〕 嗣子:过继儿子。

〔6〕 世伯:与世叔一样,对于有世交的故旧长辈的称呼。

〔7〕 姻伯:对亲戚中长辈的称呼。

〔8〕 左不过:无非是,大不了。

〔9〕 七里:丧期。旧俗,人死后每七天为一个忌日,祭祀一次。从头七到七七,四十九天为丧期,有许多禁忌。出了期,恢复正常生活。

〔10〕 家法:打人的竹篦、鞭子。

〔11〕 散漫:撒漫,随意花钱。

〔12〕 装幌子:装模作样。

〔13〕 二牐:牐,同闸。节水闸。在通惠河上,庆丰闸以东。

〔14〕 北通州:今北京市通州。其地张家湾码头为进入大运河的起点站。

〔15〕 行走:任总理衙门大臣的一种形式;依职位、资历不同而有不同授命用语。

〔16〕 黄、顾:黄丕烈、顾千里。已见前注。

〔17〕 荀束袜材:用不上的东西。荀束,荀草,一种野草(见《山海经·中山经》)。袜材,袜线。拆下来的旧袜子线头,一截一截的,全无用处。

〔18〕 今上:当今皇上。指光绪皇帝。

〔19〕 唐中宗:李显。唐高宗李治与武则天的儿子。李治死,李显即位,为唐中宗。由皇太后武则天临朝称制,不久被废。

〔20〕 祝嘏:祝寿。

〔21〕 幸臣:宠臣。

〔22〕 永潞:影射荣禄。满族人。时任西安将军,留京授步兵统领、兵部尚书、协办大学士。光绪二十四年为大学士,任直隶总督。戊戌中慈禧复出临朝训政,任为军机大臣,杀谭嗣同等六君子,查拿康有为。他是后党的台柱子。

〔23〕 那拉氏:满洲叶赫部之一姓。叶赫为库伦四部最后一个被努儿哈赤部统一,与努儿哈赤建州部族有世仇。

〔24〕 他他拉氏:瑾妃与珍妃的本姓。

〔25〕 乐寿堂:在颐和园东首,为慈禧起居、召见大臣之所。

〔26〕 寅正:黎明前三点到五点为寅时;寅正,五点整。

〔27〕 排云殿:颐和园中部主要部分。

〔28〕 玉澜堂:在颐和园中,乐寿堂以西,排云殿以东。

〔29〕 龙女、善财:佛经所说二菩萨。中国佛寺中塑南海观音像,龙女与善财童子侍立左右。这是中国人按照金童玉女观念改造过的形象。

〔30〕 善男女:信佛奉佛人。

〔31〕 韦驮:佛教护法神。身着铠甲,执杵。

〔32〕 上界:天上、神仙。

〔33〕 贤亲王:指醇亲王奕譞。咸丰皇帝的弟弟,光绪皇帝载湉的亲生父亲。载湉是奕譞的第七个儿子,慈禧抱养入嗣帝位。

〔34〕 双腿安:特别恭敬的一种请安,即屈双膝垂手式,近乎下跪。一般请安是屈右膝垂右手式。以君施用于臣(哪怕是父亲),贤王就紧张起来。

〔35〕 宜芸馆:在颐和园中,排云殿以西。皇后平时起居之所。

〔36〕 皇后:光绪皇帝皇后,叶赫那拉氏。都统桂祥之女,慈禧的内侄女。光绪十五年立为皇后。宣统时称裕隆皇太后。最后以她的名义宣布清帝退位,结束中国帝制的历史。

〔37〕 羊车:羊拉的小车。晋武帝司马炎宠幸的妃嫔很多,为了不使她们

知道他到谁那里去，“常乘羊车，恣其所之，至便宴请”。（见《晋书·胡贵嫔传》）这里代指皇帝的车驾。

〔38〕鼍楼：鼓楼。传说鼍（俗称猪婆龙，一种鳄鱼）的鸣叫与更鼓相应，叫一声正是一更，叫二声是二更；于是称更鼓为鼍鼓，称鼓楼为鼍楼。

〔39〕鸾鞭：即静鞭。用丝制成。参见前“静鞭”条注。

〔40〕魇殃：也称魇祥。一种巫术，诅咒他人，使之遭灾受难。

〔41〕沾泥相：指沾泥絮。柳絮沾泥不再飘飞，比喻心情沉寂不怀希望。宋参寥诗句：“禅心已作沾泥絮，不逐春风上下狂。”

第十四卷

第二十七回

秋狩[1]记遗闻白妖转劫　春帆开协议黑眚临头

话说皇后听了那宫娥的一番话，虽不曾明说，但言外便见得这件事，不是万岁爷，没有第二个人敢干的。一时又气，又怒，又恨，又羞，又怨，说不出的百千烦恼，直攻心窝，一口气转不过来，不知不觉的闷倒了。大家慌做一团，七手八脚的捶拍叫唤，全不中用。皇后梳头房太监小德张[2]在外头得了消息，飞也似奔来，忙喊道："你们快去皇后的百宝架里，取那瓶龙脑香[3]来。"一面喊，一面就在龙床前的一张朱红雕漆抽屉桌上，捧出一个嵌宝五彩镂花景泰香炉，先焚着了些水沉香[4]，然后把宫娥们拿来的龙脑香末儿，撒些在上面。一霎时，在袅袅的青烟里，扬起一股红色的烟缕，顿时满房氤氲地布散了一种说不出的奇香。小德张两手抖抖的捧了那香炉，移到皇后坐的那张大椅旁边一个矮凳上，再看皇后时，直视的眼光，慢慢放下来，脸上也微微泛红晕了，喉间咽嘟咽嘟的响，眼泪漉漉的流下来，忽然嗯的一声，口中吐出一块顽痰，头只往前倒，宫娥忙在后面扶着。小德张跪着，揭起衣襟，承受了皇后的吐。皇后这才放声哭了出来，大家都说："好了，好了。"皇后足足哭了一刻多钟，歘地洒脱宫娥们，很有力的站了起来，一直往外跑，宫娥们拉也拉不住，只认皇后发了疯。

小德张早猜透了皇后的意思，三脚两步，抄过皇后前面，拦路跪伏着，奏道："奴才大胆劝陛下一句话，刚才宫娥们说万岁爷早上玩的把戏，不怪陛下要生气！但据奴才愚见，陛下倒不可趁了一时之气，连夜去惊动老佛爷。"皇后道："照你说，难道就罢了不成？"小德张道："万岁爷是个长厚人，决想不出这种刁钻古怪的主意，这件事一定是和陛下有仇的人唆使的。"皇后道："宫里谁和我有仇呢？"小德张道："奴才本不该胡说，只为天恩高厚，心里有话，也不敢隐瞒。陛下该知道宝妃和万岁在大婚前的故事了！陛下得了正宫，宝妃对着陛下，自然不会有好感情。万岁爷不来正宫还好，这几天来了，那里会安稳呢！这件事十停倒有九停是她的主意。"皇后被小德张这几句话触动心事，顿时脸上飞起一朵红云，咬着银牙道："这贱丫头一向自命不凡地霸占着皇帝，不放朕在眼里，朕没和她计较，她倒敢向朕作祟！得好好儿处置她一下子才好！你有法子吗？你说！"小德张道："奴才的法子，就叫做即以其人之道还治其人之身，请陛下就把那小白狗，装在礼盒里，打发人送到宝妃那里，传命说是皇后的赏赐。这个滑稽的办法，一则万岁爷来侮辱陛下，陛下把他转敬了宝妃，表示不承受的意思，二则也可试出这事是不是宝妃的使坏。若然于她无关，她岂肯平白地受这羞辱？不和陛下吵闹？若受了不声不响，那就是贼人心虚，和自己承认了一样。"皇后点头道："咱们就这么干，那么你明天好好给我办去！"小德张诺诺连声的起来，皇后也领着宫娥们自回寝宫去安息不提。

如今且说清帝这回的临幸宜芸馆，原是敷衍他父王的敦劝，万分勉强，住了两夜，实在冷冰冰没甚动弹。照宫里的老规矩，皇帝和后妃交欢，有敬事房太监专司其事，凡皇帝临幸皇后的次日，敬事房太监必要跪在帝前请训，如皇帝曾与皇后行房，须告以行房的时间，太监就记在册上，某年月日某时，皇帝幸某皇后，若没事，则说，“去”。在园里虽说比宫里自由一点，然请训的事，仍要举行。清帝这回在皇后那里出来，敬事房太监永禄〔5〕请训了两次，清帝都说个“去”字。在第二次说“去”的时候，永禄就碰头。清帝诧异道：“你做什么？”永禄奏道：“这册子，老佛爷天天要吊去查看的。现在万岁爷两夜在皇后宫里，册子上两夜空白，奴才怕老佛爷又要动怒，求万岁爷详察！”清帝听了，变色道：“你管我的事！”永禄道：“不是奴才敢管万岁爷的事，这是老佛爷的懿旨。”清帝本已撇着一肚子的恶气，听见这话，又抬出懿旨来压他，不觉勃然大怒，也不开口，就在御座上伸腿把永禄重重的踢了一脚。永禄一壁抱头往外逃，一壁嘴里还是咕噜。

也是事有凑巧，那时恰有个小太监领着玉澜堂里喂养的一只小袖狗〔6〕，摇头摆尾的进来。这只袖狗，生得精致乖巧，清帝没事时，常常放在膝上抚弄。此时那狗一进门，畜生那里晓得人的喜怒不测，还和平时一样，纵身往清帝膝上一跳。清帝正在有火没发处，嘴里骂一声，“逆畜”，顺手抓起那狗来，向地上用力只一甩，这种狗是最娇嫩不过，经不起摧残，一着地，哀号一声，滚了几滚，四脚一伸死了。清帝看见那狗的死，心中也有些可惜，但已经死了，也是没法。忽然眉头一皱，触动了他半孩气的计较来，叫小太监来嘱咐了一番。自己当晚还到皇后宫里，早晨临走时候，就闹了这个小玩意，算借着死袖狗的尸，稍出些苦皇帝的气罢了。

次日，上半天，忙忙碌碌的过了，到了晚饭时，太监们已知道清帝今夜不会再到皇后那里，就把妃嫔的绿头签，放在银盘里，顶着跪献。清帝把宝妃的签翻转了，吩咐立刻宣召。原来园里的仪制，和宫里不同，用不着太监驼送，也用不着脱衣裹氅，不到一刻钟，太监领着宝妃袅袅婷婷的来了。宝妃行过了礼，站在案旁，一面帮着传递汤点，一面睐了清帝，只是抿着嘴笑，倒把清帝的脸都睐得红了，腼腆着问道："你什么事这样乐？"宝妃道："我看万岁爷尝了时鲜，所以替万岁爷乐。"清帝见案上食品虽列了三长行，数去倒有百来件，无一时鲜品，且稍远的多恶臭不堪，晓得宝妃含着醋意了，便叹口气道："别说乐，倒惹了一肚子的气！你何苦再带酸味儿？这里反正没外人，你坐着陪我吃吧！"这时，小太监捧了个坐凳来，放在清帝的横头。

宝妃坐着笑道："一气就气了三天，万岁爷倒唱了一出三气周瑜。"清帝道："你还是不信？你也学着老佛爷一样，天天去查敬事房的册子好了。"宝妃诧异道："怎么老佛爷来查咱们的帐呢？"清帝面现惊恐的样子，四面望了一望，叫小太监们都出去，说御膳的事，有妃子在这里伺候，用不着你们。几个小太监奉谕，都退了出去。清帝方把昨天敬事房太监永禄的事和今早闹的玩意儿，一五一十告诉了宝妃。宝妃道："老佛爷实在太操心了！面子上算归了政，底子里那一件事肯让万岁爷作一点主儿呢？现在索性管到咱们床上来了！这实在难怪万岁爷要生气！但这一下子的闹，只怕闯祸不小，皇后如何肯干休呢？老佛爷一定护着皇后，不知要和万岁爷闹到什么地步，大家都不得安生了！”

清帝发恨道：“我看唐朝武则天的淫凶，也不过如此，她特地叫缪素筠[7]画了一幅《金轮皇帝[8]衮冕临朝图》，挂在寝宫里，这是明明有意对我示威的。”宝妃道：“武则天相传是锁骨菩萨[9]转世，所以做出这一番惊天动地的事业，我们老佛爷，也是有来历的，万岁爷晓得这一段故事吗？”清帝道：“我倒不晓得，难道你晓得吗？”宝妃道：“那还是老佛爷初选进宫来时一件奇异的传说。寇连材[10]在昌平州时，听见一个告退的老太监说的。寇太监又私下和我名下的高万枝说了，因此我也晓得了些。”清帝道：“怎么传说呢？你何妨说给我知。”宝妃道：“他们说宣宗皇帝[11]每年秋天，照例要到热河[12]打围。有一次，宣宗正率领了一班阿哥[13]王公们去打围，走到半路，忽然有一只很大的白狐，伸着前腿，俯伏当地，拦住御骑的前进。宣宗拉了宝弓，拔一枝箭，正待要射，那时文宗皇帝[14]还在青宫[15]，一同扈跸前去，就启奏道：‘这是陛下圣德广敷，百兽效顺，所以使修炼通灵的千年老狐，也来接驾，乞免其一死。’宣宗笑了一笑，就收了弓，掖起马头，绕着湾儿走过去了。谁知道猎罢回銮，走到原处，那白狐调转头来，依然迎着御马俯伏。那时宣宗正在弓燥手柔的时候，不禁拉起弓来，就是一箭，仍旧把他射死。过了十多年，到了文宗皇帝手里，遇着选绣女[16]的那年，内务府呈进绣女的花名册，那绣女花名册，照例要把绣女的姓名，旗色[17]，生年月日，详细记载。文宗翻到老佛爷的一页，只见上面写着‘那拉氏，正黄旗，名翠，年若千岁，道光十四年十月初十日生’。看到生年月日上，忽然触着什么事似的，回顾一个管起居注[18]的老太监道：‘那年这个日子，记得做过一件很稀罕的事，你给我去查一下子！’那老太监领命，把那年的起居注册子翻出来，恰就是射死白狐的那个日子。文宗皇帝笑道：‘难道这女子倒是老狐转世！’当时就把老佛爷发到园明圆桐荫深处[19]承值去了。老佛爷生长南边，会唱各种小调，恰遇文宗游园时听见了，立时召见，命在廊阑上唱了一曲。次日，就把老佛爷调充压帐宫娥。不久因深夜进茶得幸，生了同治皇上，封了懿贵妃了。这些话，都是内监们私下互相传说，还加上许多无稽的议论，有的说老佛爷是来给文宗报恩；有的说是来报一箭之仇，要扰乱江山；有的说是特为讨了人身，来享世间福乐，补偿他千年的苦修。话多着呢。”

清帝冷笑道：“那儿是报恩！简直说扰乱江山，报仇享福，就得了！”宝妃道：“老佛爷倒也罢了，最可恶的是连总管仗着老佛爷的势，胆大妄为，什么事都敢干！白云观[20]就是他纳贿的机关，高道士[21]就是他作恶的心腹，京外的官员，那个不趋之若鹜呢？近来更上一层了！把他妹子引进宫来，老佛爷宠得了不得，称呼她做大姑娘[22]，现在和老佛爷并吃并坐的，只有女画师缪太太和大姑娘两个人。前天万岁爷的圣母贤亲王福晋进来，忽然赐坐，福晋因为是非常恩宠，皇悚不敢就坐，老佛爷道：‘这个恩典，并不为的是你，只为大姑娘脚小，站不动，你不坐，她如何好坐！’这几句话，把圣母几乎气死。照这样儿做下去，魏忠贤[23]和奉圣夫人[24]的旧戏，很容易的重演，这一层，倒要请万岁爷预防的！”清帝皱着眉道：“我有什么法子防呢?”宝妃道:“这全在乎平时召见臣工时,识拔几个公忠体国的大臣,遇事密商,补苴万一。无事时固可借以潜移默化,一遇紧要,便可锄奸摘伏。依臣愚见,大学士高扬藻和尚书龚平,侍郎钱端敏常璘〔25〕,侍读学士闻鼎儒,都是忠于陛下有力量的人,陛下该相机授以实权。此外新进之士,有奇才异能的,亦应时时破格录用,结合士心。里面敬王爷的大公主〔26〕,耿直严正,老佛爷倒怕她几分,陛下也要格外的和她亲热。总之要自成一种势力,才是万全之计。陛下待臣妾厚,故敢冒死的说。”清帝道:“你说的全是赤心向朕的话,这会儿,满宫里,除了你一人,还有谁真心忠朕呢?”说着放下筷碗说:“我不吃了。”一面把小手巾揩着泪痕。

宝妃见清帝这样,也不自觉的泪珠扑索索的坠下来,投在清帝怀里,两臂绕了清帝的脖子道:“这倒是臣妾的不是,惹起陛下的伤心。干脆的说一句,老佛爷和万岁爷打吵子〔27〕,大婚后才起的。不是为了万岁爷爱臣妾不爱皇后吗?依这么说,害陛下的,不是别人,就是臣妾,请陛下顾全大局,舍了臣妾吧!”清帝紧紧的抱着温存道:“我宁死也舍不了你,决不做硬心肠的李三郎〔28〕。”宝妃道:“就怕万岁爷到那时自己也做不了主。”清帝道:“我只有依着你才说的主意,慢慢地做去,不收回政权,连爱妃都保不住,还成个男子汉吗?”说罢,拂衣起立道:“我们不要谈这些话吧!”宝妃忙出去招呼小内监来撤了筵席。彼此又絮絮情话了一会。正是三日之别,如隔三秋;一夕之欢,愿闰一纪〔29〕。天帷〔30〕昵就,揽留仙〔31〕以龙拏〔32〕;钿合〔33〕承恩,寓脱簪于鸡旦〔34〕。情长夜短,春透梦酣,一觉醒来,已是丑末寅初。宝妃急忙忙的起床，穿好衣服，把头发掠了一掠，就先回自己的住屋去了。

清帝消停了几分钟，也就起来，盥漱完了，吃了些早点，照着平时请安的时候，带了两个太监，迤逦来到乐寿堂。刚走到廊下，只见一片清晨的太阳光，照在黄缎的窗帘上，气象很是严肃，静悄悄的没一点声息，只有太后爱的一只叭儿黑狗，叫做海獭的，躺在门槛外，呼呼的打鼾。宫眷里景王的女儿四格格[35]和太后的侄媳袁大奶奶[36]，在那里逗着铜架上的五彩鹦哥。缪太太坐在廊阑上，仰着头正看天上的行云。一见清帝走来，大家一面照例的请安，一面各现着惊异的脸色。大姑娘却浓装艳抹，体态轻盈的靠在寝宫门口，仿佛在那里偷听什么似的，见了清帝，一面屈了屈膝，一面打起帘子让清帝进去。清帝一脚跨进宫门，抬头一看，倒吃了一惊，只见太后满面怒容，脸色似岩石一般的冷酷，端坐在宝座上。皇后斜倚在太后的宝座旁，头枕着一个膀子呜咽的哭。宝妃眼看鼻子，身体抖抖的跪在太后面前。金妃和许多宫眷宫娥都站在窗口，面面相觑的不则一声。

太后望见清帝进门，就冷冷的道："皇帝来了！我正要请教皇帝，我那一点儿待亏了你？你事事来反对我！听了人家的唆掇，胆敢来欺负我！"清帝忙跪下道："臣儿那儿敢反对亲爷爷，'欺负'两字更当不起！谁又生了三头六臂敢唆掇臣儿！求亲爷爷息怒。"太后鼻子里哼了一声道："朕是瞎了眼，抬举你这没良心的做皇帝，把自己的侄女儿，配你这风吹得倒的人做皇后，那些儿配不上你？你倒听了长舌妇的枕边话，想出法儿欺负她！昨天玩的好把戏，那简直儿是骂了！她是我的侄女儿，你骂她，就是骂我！”回顾皇后道：“我已叫腾出一间屋子，你来跟我住，世上快活事多着呢，何必跟人家去争这个病虫呢！”说时怒气冲冲的拉了皇后往外就走，道：“你跟我挑屋子去！”又对皇帝和宝妃道：“别假惺惺了！除了眼中钉，尽着你们去乐吧！”一壁说着，一壁领了皇后宫眷，也不管清帝和宝妃跪着，自管自蜂拥般出去了。

这里清帝和宝妃，见太后如此的盛怒，也不敢说什么，等太后出了门，各自站了起来。清帝问宝妃：“这到底是怎么一回事呢？”宝妃道：“臣在万岁爷那里回宫时，宫娥们就告诉说：‘刚才皇后的太监小德张，传皇后的谕，赏给一盒礼物。’臣打开来一看，原来就是那只死狗。臣猜皇后的意思，一定把这件事，错疑到臣身上了，正想到皇后那里去辩明，谁知老佛爷已经来传了。一见面，就不由分说的痛骂，硬派是臣给万岁爷出的主意，臣从没见过老佛爷这样的发火，知道说也无益，只好跪着忍受。那当儿，万岁爷就进来了。这一场大闹，本来是意中的，不过万岁爷的一时孩子气，把臣妾葬送在里头就是了。”

清帝正欲有言，宝妃瞥见窗外廊下，有几个太监在那里探头探脑，宝妃就催着道：“万岁爷快上朝堂去吧！时候不早，只怕王公大臣都在那里候着了！”清帝点点头，没趣搭拉的上朝去了。宝妃想了一想，这回如不去见一见太后，以后更难相处，只好硬着头皮，老着脸子，追踪前往，不管太后的款待如何，照旧的殷勤伺候。

这些事，都是大婚以后，第二年的故事。从这次一闹后，清帝去请安时，总是给他一个不理。这样过了三四个月，以后外面虽算和蔼了一点，但心里已筑成很深的沟堑，又忽把皇帝的寝宫和后妃的住屋，中间造了一座墙，无论皇帝到后妃那里，或后妃到皇帝寝宫，必要经过太后寝宫的廊下。这就是严重监督金、宝二妃的举动。直到余敏的事闹出来，连公公在太后前，完全推在宝妃的身上，又加上许多美言，更触了太后的忌；然而这件事，清帝办得非常正大，太后又不好说甚，心里却益发愤恨，只向宝妃去寻瑕索瘢。不想鱼阳伯的上海道，外间传言说是宝妃的关节。那时清帝和嫔妃都在禁城，忽一天，太后突然回宫，搜出了闻鼎儒给二妃一封没名姓的请托信，就一口咬定是罪案的凭据，立刻把宝妃廷杖，金、宝二妃都降了贵人。二妃名下的太监，扑杀的扑杀，驱逐的驱逐，从此不准清帝再召幸二妃了。你想清帝以九五之尊〔37〕，受此家庭惨变，如何能低头默受呢？这便是两宫失和的原因。

本来闻韵高是金、宝两宫的师傅，自然知道宫闱的事，比别人详细。龚尚书在毓庆宫〔38〕讲书时候，清帝每遇太后虐待，也要向师傅哭诉。这两人都和唐卿往来最密，此时谈论到此，所以唐卿也略知大概。当下唐卿接着说道："两宫失和的事，我也略知一二，但讲到废立，当此战祸方殷，大局濒危之际，我料太后虽有成竹，决不敢冒昧举行。这是贤弟关心太切，所以有此杞人之忧〔39〕，如不放心，好在刘益焜现在北京，贤弟可去谒见，秘密告知，嘱他防范。我再去和高、龚两尚书密商，借翊卫畿辅为名，把淮军夙将倪巩廷〔40〕调进关来。这人忠诚勇敢，可以防制非常。又函托署江督庄寿香把冯子材一军留驻淮徐。经这一番布置,使西边有所顾忌,也可有备无患了。”韵高附掌[41]称善。

唐卿道:“据我看来,目前切要之图,还在战局的糜烂。贤弟,你也是主战派中有力的一人,对于目前的事,不能不负些责任。你看,上月刘公岛的陷落,数年来全力经营的海军,完全覆没,丁雨汀服毒自尽了,从此山东文登、宁海一带,也被日军占领。海盖方面,说也羞人,宋钦领了十万雄兵,攻打海城日兵六千人,五次不能下,现在只靠珏斋所率的湘军六万人,还未一试。前天他有信来,为了台谏的参案,很觉灰心,又道伊唐阿忽然借口救辽,率军宵遁,军心颇被摇动。他虽然还是口出大言,我却很替他十分担忧。至于议和一层,到了如此地步,自然不能不认他是个急救的方策。但小燕和召廉村[42]徒然奉了全权的使命,还被日本挑剔国书上的字句,拒绝了,白走一趟。其实不客气说,这个全权大臣,非威毅伯去不可!非威毅伯带了赔款割地的权柄去不可!这还成个平等国的议和吗?就是城下之盟[43]罢了!丧失的巨大,可想而知。这几天威毅伯已奉谕开复了一切处分,派了头等全权大臣,正在和敬王、祖荪山等计议和议的方针,高中堂和龚尚书都不愿参预,那还不是掩耳盗铃的态度吗?我想,最好珏斋能在这时候挣一口气,打一个大胜仗,给法越战争时候的冯子材一样,和议也好讲得多哩!”

韵高道:“门生听说江苏同乡今天在江苏会馆公宴威毅伯的参赞马美菽、乌赤云[44],老师是不是主人?”唐卿道:“我也是主人,正待要去。美菽本是熟人,他的《文通》一书也曾读过,乌君听说是粤中的名士，不但是外交能手，而且深通西方理学[45]，倒不可不去谈谈，看他们对于时局，有什么意见。”韵高知道唐卿尚须赴宴，也不便多谈，就此告辞出来。

唐卿送客后，看看时候不早，连忙换了一套宴客的礼服，吩咐套车，直向米市胡同江苏会馆而来。到得馆中，同乡京官都朝珠补褂，跻跻跄跄的挤满了馆里的东花厅，陆荦如、章直蜚、米筱亭、易缘常、尹震生、龚弓夫，这一班人也都到了。唐卿一一招呼了。不一会，长班引进两位特客来，第一个是神清骨秀，气概昂藏，上唇翘起两簇乌须，唐卿认得就是马美菽；第二个却生得方面大耳，神情肃穆，须髯丰满，大概是乌赤云了。同乡本已推定唐卿做主人的领袖，于是送了茶，寒暄了几句，马上就请到大厅上，斟酒坐定。

套礼已毕，大家慢慢谈声渐纵，唐卿便先开口道：“这几天中堂为国宣劳，政躬想必健适，行旌[46]何日徂东[47]？全国正深翘企！”美菽道：“战局日危，迟留一日，即多一日损失，中堂也迫不及待，已定明日请训后，即便启行。”直蜚道：“言和是全国臣民所耻，中堂冒不韪而独行其是，足见首辅孤忠。但究竟开议后，有无把握，不致断送国脉？”赤云道：“孙子曰：‘知彼知己，百战百胜。’中堂何尝不主战！不过战必量力，中堂知己力不足，人力有余，不敢附和一般不明内容而自大轻敌者，轻言开战。现时战的效验，已大张晓喻了，中堂以国为重，决不负气。但事势到此，只好尽力做去，做一分是一分，讲不到有把握没把握的话了。”

弓夫道：“海军是中堂精心编练，会操复奏，颇自夸张。前敌各军，亦多淮军精锐，何以大东遇敌，一蹶不振；平壤交绥，望风而靡？中堂武勋盖代，身总师干〔48〕，国力之足不足，似应稍负责任！”美菽笑道：“弓夫兄，你不是局外人，海军经费，每年曾否移作别用？中堂曾否声明不敷展布？此次失败，与机械不具，有无关系？其他军事上，是否毫无掣肘？弓夫兄回去一问令叔祖，当可了然。但现在当局，自应各负各责，中堂也并不诿卸。”

震生忽愤愤插言道：“我不是袒护中堂，前几个月，大家发狂似的主战，现在战败了，又动辄痛骂中堂。我独以为这回致败的原因，不在天津〔49〕，全在京师〔50〕。中堂思深虑远，承平之日，何尝不建议整饬武备？无奈封章一到，几乎无一事不遭总署及户部的驳斥，直到高升击沉，中堂还请拨巨帑购械和倡议买进南美洲铁甲船一大队，又不批准。有人说，蕞尔日本，北洋的预备已足破敌，他说这话，大概已忘却了历年自己驳斥的案子了！诸位想，中堂的被骂，冤不冤呢？”

筱亭见大家越说越到争论上去，大非敬客之道，就出来调解其间道：“往事何必重提，各负各责，自是美菽先生的名论。以后还望中堂忍辱负重，化险为夷，两公左辅右弼，折冲御侮，是此次中堂一行，实中国四万万人所托命，敢敬一觥，为中国前途祝福！为中堂及二公祝福！”筱亭说罢，立起来满饮了一杯，大家也都饮了一杯。美菽和赤云也就趁势告辞，离了江苏会馆，到别处去了。这里同乡京官也各自散归。

话分两头。我现在把京朝的事，暂且慢说，要叙叙威毅伯议和一边的事了。且说马乌两参赞到各处酬应了一番，回到东城贤良寺[51]威毅伯的行辕,已在黄昏时候。门口伺候的人们,看见两人,忙迎上来道:“中堂才回来,便找两位大人说话。”两人听了,先回住屋,换上便衣,来到威毅伯的办公室,只见威毅伯很威严的端坐在公事桌上,左手捋着下颔的白须,两只奕奕的眼光,射在几张电报纸上,望见两人进来,微微的动了一动头,举着右手仿佛表示请坐的样子,两人便在那文案两头分坐了。威毅伯一壁不断的翻阅文件,一壁说道:“今天在敬王那里,把一切话都说明了,请他第一不要拿法越的议和来比较,这次的议和,就算有结果,一定要受万人唾骂;但我为扶危定倾起见,决不学京朝名流,只顾迎合舆论,博一时的好名誉,不问大计的安危。这一层要请王爷注意! 又把要带荫白[52]大儿做参赞的事,请他代奏,敬王倒很明白爽快,都答应了。明天我们一准出京,你们可发一电给罗道积丞[53]、曾守润孙[54],赶紧把放洋的船预备好,到津一径下船,不再耽搁了。”赤云道:“我们国书的款式,转托美使田贝去电问伊藤,是否满意,尚未得复,应否等一等?”威毅伯道:“复电才来,伊藤转呈日皇,非常满意。日皇现在广岛,已派定内阁总理伊藤博文、外务大臣陆奥宗光[55]为全权大臣,在马关[56]开议,并先期到彼相候。”美菽道:“职道正欲回明中堂,适间得到福参赞世德[57]的来电,我们的船,已雇了公义、生义两艘。何时启碇? 悉听中堂的命令。”

威毅伯忽面现惊奇的样子道:“这是个匿名信,奇怪极了!”两人都站起凑上来看,见一张青格子的白绵纸上写着几句似通非通的汉文,信封上却写明是“日本郡马县[58]邑乐郡大岛村小山”发的。信文道：

“支那全权大使殿[59]，汝记得小山清之介乎？清之介死，汝乃可独生乎？明治二十八年[60]二月十一日预告。”

马、乌二人猜想了半天，想不出一个道理来。威毅伯掀髯微笑道：“这又是日本浪人[61]的鬼祟！七十老翁，死生早置度外，由他去吧！我们干我们的。”随手就把他撩下了。一宿匆匆过去。

次日，威毅伯果然在皇上、皇太后那里请训下来，随即率同马、乌等一班随员乘了专轮回津。到津后，也不停留，自己和大公子，美国前国务卿福世德、马美菽、乌赤云等坐了公义船，其余罗积丞、曾润孙一班随员、翻译等坐了生义船，那天正是光绪二十一年二月二十日，在风雪漫天之际，战云四逼之中，鼓轮而东。海程不到三天，二十三的清晨，已到了马关。日本外务省派员登舟敬迓，并说明伊藤、陆奥两大臣均已在此恭候，会议场所，择定春帆楼，另外备有大使的行馆。威毅伯当日便派公子荫白同着福参赞，先行登岸，会了伊藤、陆奥两全权，约定会议的时间。第二天，就交换了国书，移入行馆。第三天，正式开议，威毅伯先提出停战的要求。不料伊藤竟严酷的要挟，非将天津、大沽山、海关三处准由日军暂驻，作为抵押，不允停战。威毅伯屡次力争，竟不让步。

这日正是二十八日四点钟光景，在第三次后议散后，威毅伯积着满腔愤怒，从春帆楼出来，想到甲申年伊藤在天津定约的时候，自己何等的骄横，现在又何等的屈辱，恰好调换了一个地位。一路的想，猛抬头，忽见一轮落日，已照在自己行馆的门口，满含了惨淡的色彩，不觉发了一声长叹，叹声未毕，人丛里忽然挤出一个少年，向轿边直扑上来，崩的一声，四围人声鼎沸起来，轿子也停下来了，觉得面上有些异样，伸手一摸，全是湿血，方知自己中了枪了。正是：

问谁[62]当道狐狸在，何事惊人霹雳飞？

不知威毅伯性命如何？且听下回分解。

按，本回回目原标为："秋狩记遗闻，白妖转劫；春帆开协议，黑眚临头。"

〔1〕 秋狩：天子秋天的行猎。

〔2〕 小德张：影射小张德，字元福。直隶河间人。后为裕隆皇后宠信的总管太监。

〔3〕 龙脑香：俗称冰片。常用作醒脑开窍药。

〔4〕 水沉香：名贵香料。又名伽南香。产于印度、泰国、越南。心材制熏香料。又一种名土沉香的，也叫女儿香、崖香，产于海南岛。

〔5〕 永禄：是真名。敬事房太监。

〔6〕 袖狗：袖珍狗、小叭狗。

〔7〕 缪素筠：缪嘉蕙，字素筠。昆明人。女画家。

〔8〕 金轮皇帝：武则天的尊号。

〔9〕 锁骨菩萨：参见第十七回琐首佛条注。

〔10〕 寇连材：昌平人。清宫内奏事处太监。

〔11〕 宣宗皇帝：道光皇帝旻宁。

〔12〕 热河：热河行宫。在河北承德，那里有清帝打猎的围场。

〔13〕 阿哥：清代皇子的通称。

〔14〕 文宗皇帝：咸丰皇帝奕詝。

〔15〕 青宫：太子宫。以其在东边，东方之色为青，故称青宫。

〔16〕 绣女：也称彩女。宫女。

〔17〕 旗色：八旗分为正白、正红、正黄、正蓝、镶白、镶红、镶黄、镶蓝。其中且有贵贱之分。

〔18〕 起居注:记载皇帝日常生活言行。一般不公开,皇帝本人也不看,留给以后的皇帝阅读参考。

〔19〕 桐荫深处:颐和园中的一处院落。书中称园明圆是故意颠倒其文。

〔20〕 白云观:道观。在旧北京城外西南,离天宁寺不远。

〔21〕 高道士:高峒元。白云观住持道士。

〔22〕 大姑娘:河间人。李莲英之妹。

〔23〕 魏忠贤:明末大太监。肃宁(今属河北省)人。万历时自阉入宫。天启年间,与熹宗乳母客氏勾结,专乱朝政;阉党遍天下,呼为九千岁。崇祯皇帝贬之于凤阳,道死,下诏分其尸。

〔24〕 奉圣夫人:即客氏。熹宗朱由校封为奉圣夫人。

〔25〕 常璘:影射长麟,字石农。满洲镶蓝旗人。光绪庚辰翻译进士,授编修,累官至户部右侍郎。因与汪鸣銮向光绪皇帝多次陈奏,招致慈禧之忌,与汪鸣銮同时罢官。

〔26〕 大公主:恭亲王奕䜣的长女,咸丰抚养,封为荣国固伦公主。

〔27〕 打吵子:争吵。今北京口语仍说吵架为打架。

〔28〕 李三郎:唐玄宗李隆基。在马嵬驿兵变时,被迫交出杨贵妃,由高力士缢死。

〔29〕 闰一纪:一纪为十二年。闰,多出一个,加一个。

〔30〕 天帷:皇帝卧室床帐。

〔31〕 留仙:留仙裙。百折裙之类。《飞燕外传》载,赵飞燕在太液池千人舟中唱歌,刮大风吹起飞燕之裙,形成美丽的皱纹。宫女就有制作皱裙的,号为留仙裙。

〔32〕 龙拏:龙爪。指御手。

〔33〕 钿合:金钗钿盒。唐明皇赠给杨贵妃的定情信物。已见第八回注。

〔34〕 寓脱簪于鸡旦:此句包含两处用典。脱簪,脱簪珥。取下簪珥等首饰,表示自责请罪。与"鸡旦"(金鸡报晓)相连,又多了一层意思。刘向《列女传·周宣姜后》:"宣王尝早卧晏起,后夫人不出房,姜后脱簪珥,待罪于永巷。"王睡懒觉,王后自责,有督促劝戒帝王之意,后妃应有"脱簪戒旦之德"。

〔35〕 四格格:格格,满语。贵族之女,公主以下宗女以上称格格。四格格是庆亲王奕劻之女,直隶总督荣禄的寡媳。

〔36〕　袁大奶奶：指元大奶奶。内务府大臣庆善之女，慈禧的侄媳，未嫁而寡。

〔37〕　九五之尊：九五，乾卦上第五爻。《易经·乾》："九五，飞龙在天，利见大人。"易学家说是人君之象。后人因称帝位为九五之尊。

〔38〕　毓庆宫：在皇宫内斋宫之东，东六宫南。是皇帝（未亲政前）、皇太子读书的地方。

〔39〕　杞人之忧：杞人忧天倾。借指无故忧虑。《列子·天瑞》："杞国有人，忧天地崩坠，身亡所寄，废寝食者。"杞，古国名。

〔40〕　倪巩廷：影射聂功亭，即聂士成。已见前注。

〔41〕　附掌：拊掌。拍手。

〔42〕　小燕和召廉村：指张荫桓和邵友濂。光绪二十年十二月，命二人为全权大臣往日本议和。日本逐之，指名李鸿章或恭亲王中一人方可。张荫桓时任户部侍郎、总理衙门大臣。邵友濂，字小村。浙江余姚人。时任湖南巡抚。

〔43〕　城下之盟：敌方兵临城下被迫订立的条约。见《左传·桓公十二年》："楚伐绞……大败之，为城下之盟而还。"

〔44〕　乌赤云：影射伍廷芳，字秩庸。广东香山人。监生、留美博士。后任外务部右侍郎。外交家。

〔45〕　西方理学：西方哲学。

〔46〕　行旌：旅行车船上的旗帜。

〔47〕　徂东：到东方去。

〔48〕　身总师干：亲身统领军队。

〔49〕　天津：直隶总督、北洋大臣官署清末设在天津。代指李鸿章。

〔50〕　京师：北京。指枢廷军机处主战的大臣，如高扬藻（李鸿藻）、龚平（翁同龢）等。

〔51〕　贤良寺：即今北京东安市场所在地。原是怡亲王府，雍正时建贤良寺，由帅府胡同移冰盏胡同。封疆大吏到京述职，常居住此处。曾国藩、李鸿章都住过。

〔52〕　荫白：影射李经方，字伯行。李鸿章过继的大儿子（其兄李瀚章子）。举人。后任署邮传部侍郎，出使英国大臣。他有一个姨太太是日本人，一说是睦仁天皇的外甥女，所以后文说他是"东洋

驸马”。

〔53〕 罗道积丞:道员罗积丞。影射罗丰禄,字稷臣。福建人。时任李鸿章参赞。后官太仆寺卿。

〔54〕 曾守润孙:曾润孙知府。未详所指何人。

〔55〕 陆奥宗光:日本外交官。1892 年任外务大臣。1894 年玩弄外交手段,蓄意挑起侵略朝鲜和中国的战争。次年参与马关谈判。

〔56〕 马关:在日本本州山口县,港口城市。1903 年改名下关。

〔57〕 福世德:指科世达。美国人。

〔58〕 郡马县:指群马县。在日本本州。大部为山地。

〔59〕 殿:日本汉字。接尾词。接在姓名或表示身份的名词下,表示尊敬;现仅用于正式庄重场合或函件中。约略相当于汉语的阁下。

〔60〕 明治二十八年:即中国光绪二十一年乙未,公元 1895 年。

〔61〕 日本浪人:日本幕府时代失去封禄,离开主家到处流浪的武士,成为无业流民。明治时代,许多浪人为军部所用,充当侵略工具。

〔62〕 “问谁”句:概括“豺狼当道,安问狐狸”之意。伊藤博文与陆奥宗光是当道的豺狼,意外行刺的日本浪人只不过是狐狸罢了。

第二十八回

棣萼[1]双绝武士道舍生　霹雳一声革命团特起

话说上回说到威毅伯正从春帆楼会议出来，刚刚走近行馆门口，忽被人丛中一个少年打了一枪。此时大家急要知道的，第一是威毅伯中枪后的性命如何？第二是放枪谋刺的是谁？第三是谋刺的目的为了什么？我现在却先向看官们告一个罪，要把这三个重要问题暂时都搁一搁，去叙一件很遥远海边山岛里田庄人家的事情。

且说那一家人家，本是从祖父以来，一向是种田的。直传到这一代，是兄弟两个，曾经在小学校里读过几年书，父母现都亡故了。这兄弟俩，在这村里，要算个特色的人，大家很恭维的各送他们一个雅绰，大的叫"大痴"，二的叫"狂二"，只为他们性情虽完全相反，却各有各的特性。哥哥是很聪明，可惜聪明过了界，一言一动，不免有些疯颠了；不过不是直率的疯颠，是带些乖觉的疯颠。他自己常说："我的脑子里是全空虚的，只等着人家的好主义，就抓来发狂似的干。"兄弟是很愚笨，然而愚笨透了顶，一言一动，倒变成了骄矜了；不过不是豪迈的骄矜，是一种褊急[2]的骄矜。他自己也常说："我的眼光是一直线，只看前面的，两旁和后方，都悍然不屑一顾了。"他们兄弟俩，各依着天赋的特性，各自向极端方面去发展，然却有一点是完全一致，就为他们是海边人，在惊涛骇浪里生长的，都是胆大而不怕死。就是讲到兄弟俩的嗜好,也不一样。前一个是好酒,倒是醉乡里的优秀分子;后一个是好赌,成了赌经上的忠实宗徒。你想他们各具天才,各怀野心,几亩祖传下来的薄田,那个放在眼里?自然地荒废了。他们既不种田,自然就性之所近,各寻职业。大的先做村里酒吧间跳舞厅里的狂舞配角,后来到京城帝国大戏院里充了一名狂剧俳优〔3〕。小的先在邻村赌场上做帮闲,不久,他哥哥把他荐到京城里一家轮盘赌场上做个管事。

说了半天,这兄弟俩究是谁呢?原来哥哥叫做小山清之介,弟弟叫做小山六之介〔4〕,是日本郡马县〔5〕邑乐郡大岛村人氏。他们俩虽然在东京都觅得了些小事,然比到在大岛村出发的时候,大家满怀着希望,气概却不同了。自从第一步踏上了社会的战线,只觉得面前跌脚绊手的布满了敌军,第二步再也跨不出。每月赚到的工资,连喝酒和赌钱的欲望,都不能满足,不觉彼此全有些垂头丧气的失望了。况且清之介近来又受了性欲上重大的打击。他独身住在戏院的宿舍里,有一回,在大醉后失了本性的时候,糊糊涂涂和一个宿舍里的下女〔6〕花子有了染〔7〕。那花子是个粗蠢的女子,而且有遗传的恶疾,清之介并不是不知道,但花子自己说已经医好了。清之介受了酒力的煽发,性欲的冲动,不管三七二十一的干了一次,等到酒醒,已是悔之无及。不久,传染病的症象,渐渐地显现,也渐渐地增剧,清之介着急,瞒了人请医生去诊治几次,化去不少的冤钱,只是终于无效。他生活上本觉着困难,如今又添了病痛,不免怨着天道的不公,更把花子的乘机诱惑,恨得牙痒痒的。偏偏不知趣的花子,还要来和他歪缠,益发挑起他的怒火,每回不是一飞脚,便是一巴掌,弄得花子也莫名其妙。

有一夜,在三更人静时,他在床上呻吟着病苦的刺激,辗转睡不稳,忽然恶狠狠起了一念,想道:“我原是清洁的身体,为什么沾染了污瘢?舒泰的精神,为什么纠缠了痛苦?现在人家还不知道,一知道了,不但要被人讥笑,还要受人憎厌。现在我还没有爱恋,若真有了爱恋,不但没人肯爱我,连我也不忍爱人家,叫人受骗。这么说,我一生的荣誉幸福,都被花子一手断送了。在花子呢,不过图逞淫荡的肉欲,冀希无餍的金钱,害到我如此。我一世聪明,倒钻了蠢奴的圈套;全部人格,却受了贱婢的蹂躏。想起来,好不恨呀!花子简直是我唯一的仇人!我既是个汉子,如何不报此仇?报仇只有杀!”想罢,在地铺上倏的坐起来,在桌子上摸着了演剧时常用的小佩刀,也没换衣服,在黑暗中轻轻开了房门,一路扶墙挨壁下了楼。他是知道下女室的所在,刚掂着光脚,趁着窗外射进来的月光,认准了花子卧房的门,一手耀着明晃晃的刀光,一手去推,门恰虚掩着,清之介咬了一咬牙,正待搀进去,忽然一阵凛冽的寒风扑上面来,吹得清之介毛发竦然。昂着火热的头,慢慢低了下来;竖着执刀的手,徐徐垂了下来,惊醒似的道:“我在这里做什么?杀人吗?杀人,是个罪;杀人的人,是个凶手。那么,花子到底该杀不该杀呢?她不过受了生理上性的使命,不自觉的成就了这个行为,并不是她的意志。遗传的病,是她祖父留下的种子,她也是被害人,不是故意下毒害人。至于图快乐,想金钱,这是人类普遍的自私心,若把这个来做花子的罪案,那么全世界人没一个不该杀！花子不是耶稣，不能独自强逼她替全人类受惨刑！花子没有可杀的罪，在我更没有杀她的理。我为什么要酒醉呢？冲动呢？明知故犯的去冒险呢？无爱恋而对女性纵欲，便是蹂躏女权，传染就是报应！人家先向你报了仇，你如何再有向人报仇的权？"清之介想到这里，只好没精打采的倒拖了佩刀，踅回自己房里，把刀一丢，倒在地铺上，把被窝蒙了头，心上好像火一般的烧炙，知道仇是报不成，恨是消不了，看着人生真要不得，自己这样的人生更是要不得！病痛的袭击，没处逃避；经济的压迫，没法推开；讥笑的耻辱，无从洗涤；憎厌的丑恶，无可遮盖。想来想去，很坚决的下了结论：自己只有一条路可走，只有一个法子可以解脱一切的苦。什么路？什么法子？就是自杀！那么马上就下手吗？他想：还不能，只因他和兄弟六之介是很友爱的，还想见他一面，嘱咐他几句话，等到明晚再干还不迟。

当夜清之介搅扰了一整夜，没有合过眼，好容易巴到天明，慌忙起来盥洗了，就奔到六之介的寓所。那时六之介还没起，被他闯进去叫了起来，六之介倒吃惊似的问道："哥哥，只怕天不早了罢？我真睡糊涂了！"说着看了看手表道："呀，还不到七点钟呢！哥哥，什么事？老早的跑来！"忽然映着斜射的太阳光，见清之介死白的脸色，蹙着眉，垂着头，有气没力的倒在一张藤躺椅上，只不开口，心里吓了一跳，连连问道："你怎么？你怎么？"清之介没见兄弟之前，预备了许多话要说，谁知一见面，喉间好像有什么梗住似的，一句话也挣不出来，等了好半天，被六之介逼得无可如何，才吞吞吐吐把昨夜的事说了出来。原定的计划，想把自杀一节瞒过，谁知临说时，舌头不听你意志的使唤，顺着口全淌了出来。六之介听完，立刻板了脸，发表他的意见道："死倒没有什么关系，不过哥哥这自杀的目的，做兄弟的实在不懂！怕人家讥笑吗？我眼睛里就没有看见过什么人家！怕人憎厌我吗？我先憎厌别人的亲近我！怕痛苦吗？这一点病的痛苦都熬不住，如何算得武士道的日本人！自杀是我赞美的，像哥哥这样的自杀，是盲目的自杀，否则便是疯狂的自杀。我的眼，只看前面，前面有路走，还有很阔大的路，我决不自杀。"清之介被六之介这一套的演说倒堵住了口。当下六之介拉了他哥哥同到一家咖啡馆里，吃了早餐，后来又送他回戏院，劝慰了一番，晚间又陪他同睡，监视着。直到清之介说明不再起自杀的念头，六之介方放心回了自己的寓。

过了些时，六之介不见哥哥来，终有些牵挂，偷个空儿，又到戏院宿舍里，来探望他哥哥。谁知一到宿舍里卧房前，只见房门紧闭，推了几遍，没人应，叫个仆欧来问时，说小山先生请假回大岛村去已经五六天了。六之介听了惊疑，暗忖哥哥决不会回家，难道真做出来，这倒是我托大[8]误了事了。转一念想，下女花子，虽则哥哥恨她，哥哥的真去向，只怕她倒知些影响，回头就向仆欧道："这里有个下女花子，可能叫她来问一下？"仆欧微笑答道："先生倒问起花子？可巧花子在小山先生走后第二天，也歇了出去，不知去向了。"说时咬着唇，露出含有恶意的笑容。这一来，倒把六之介提到混水里，再也摸不清路头，知道在这里也无益，出来顺便到戏院里打听管事人和他的同事，大家只知道他正式请假。不过有几个说，他请假之前，觉得样子是很慌忙的，也问不出个道理来。六之介回家，忙写了一封给大岛村亲戚的信，一面又到各酒吧间咖啡馆妓馆去查访，整整闹了一星期，一点踪迹也无。六之介弄得没法摆布，寻访的念头，渐渐淡了。

那时日本海军，正在大同沟战胜了中国海军，举国若狂，庆祝凯胜。东京的市民，尤其高兴得手舞足蹈，轮盘赌场里，赌客来得如潮如海，成日成夜，整千累万的输赢。生意越好，事务越忙，意气越高，连六之介向前的眼光里，觉得自己矮小的身量，也顿时暗涨一篙，平升三级，只想做东亚的大国民，把哥哥的失踪，早撇在九霄云外。那天在赌场里整奔忙了一夜，两眼装在额上的踱回寓所，已在早晨七点钟，只见门口站着个女房东，手里捏着一封信，见他来，老远的喊道："好了，先生回来了。这里有一封信，刚才有个刺骚胡子的怪人，特地送来，说是从支那带回，只为等先生不及，托我代收转交。"六之介听了有点惊异，不等他说完就取了过来，瞥眼望见那写的字，好像是哥哥的笔迹，心里倒勃的一跳。看那封面上写着道：

东京，下谷区，龙泉寺町〔9〕四百十三番地〔10〕

小山六之介君　　　　　　　　　　様〔11〕

小山清之介，自支那，天津。

六之介看见的确是他哥哥的信，而且是亲笔，不觉喜出望外，慌忙撕开看时，上面写的道：

我的挚爱的弟弟：我想你接到这封信时，一定非常的欢喜而惊奇。你欢喜的，是可以相信我没有去实行疯狂的自杀；你惊奇的，是半月来一个不知去向的亲人，忽然知道了他确实的去向。但是我这次要写信给你，还不仅是为了这两个简单的目的，我这回从自杀的主意里,忽地变成了旅行支那的主意。这里面的起因和经过,决定和实现,待我来从头至尾的报告给你:自从那天承你的提醒,又受你的看护,我顿然把盲目或疯狂的自杀断了念。不过这个人生,我还是觉得倦厌;这个世界,我还是不能安居。自杀的基本论据,始终没有变动,仅把不择手段的自杀,换个有价值的自杀,却只好等着机会,选着题目。不想第二天,恰在我们的戏院里,排演一出悲剧,剧名叫《谍牺》,是表现一个爱国男子,在两国战争时,化装混入敌国一个要人家里;那要人的女儿,本是他的情人,靠着她探得敌军战略上的秘密,报告本国,因此转败为胜。后来终于秘密泄漏,男人被敌国斩杀,连情人都受了死刑。我看了这本戏,大大的彻悟。我本是个富有模仿性的人,况在自己不毛的脑田里,把别人栽培好的作物,整个移植过来,做自己人生的收获,又是件最聪明的事。我想如今我们正和支那开战,听说我国男女,去做间谍的也不少,我何妨学那爱国少年,拼着一条命去侦探一两件重大的秘密,做成了固然是无比的光荣,做不成也达了解脱的目的。当下想定主意,就投参谋部陈明志愿。恰值参谋部正有一种计画,要盗窃一二处险要的地图,我去得正好,经部里考验合格,我就秘密受了这个重要的使命,人不知鬼不觉的离了东京,来到这里。我走时,别的没有牵挂,就是害你吃惊不小,这是我的罪过。我现在正在进行我的任务,成功不成功,是命运的事;勉力不勉力,是我的事。不成便是死,成是我的目的,死也是我的目的。我只有勉力,勉力即达目的。我却有最后一句话要告诉你:死以前的事是我的事,我的事是舍生;死以后的事,是你的事,你的事是复仇。我希望你替我复仇,这才不愧武士道的国民!这封信,关系军机,不便付邮,幸亏我国一个大侠天弢龙伯[12]正要回国,他是个忠实男子,不会泄漏,我便托付了他,携带给你。并祝你的健康!

你的可怜的哥哥清之介白。

六之介看完了信,心中又喜又急,喜的是哥哥总算有了下落,急的是做敌国的侦探,又是盗窃险要的地图,何等危险的事,一定凶多吉少。自肚里想:人家叫哥哥“大痴”,这些行径,只怕真有些痴。好好生活不要过,为了一个下女要自杀;自杀不成功,又千方百计去找死法;既去找死,那么死是你自愿的,人家杀你,正如了你的愿,该感谢,为什么要报仇?强逼我替你报仇,益发可笑!难道报仇是件好玩的事吗?况且花子的同时失踪,更是奇事。哥哥是恨花子的,决不会带了走,花子不是跟哥哥,又到那里去呢?这真是个打不破的哑谜!忽然又想到天弢龙伯,是主张扶助支那革命的奇人,可惜迟来一步,没有见识见识怎样一个人物,不晓得有再见的机会没有?若然打听得到他的住址,一定要去谢谢他。六之介心里乱七八糟的想了一阵,到底也没有理出个头绪来,只得把信收起,自顾自去歇他的午觉。

从此胸口总仿佛压着一块大石,拨不开来,时时留心看看报纸,打听打听中国的消息,却从来没有关涉他哥哥的事。只有战胜的捷报,连珠炮价传来;欢呼的声浪,溢涨全国,好似火山爆裂一般,岛根都隆隆地震动了。不多时,天险的旅顺,都攻破了,威海也占领了,刘公岛一役,索性把中国的海军全都毁灭了。骄傲性成的六之介,此时他的心理上,以为从此可以口吞渤海,脚踢神州,大和魂[13]要来代替神明胄[14]了,连哥哥的性命,也被这权威呵护,决无妨碍。忽然听见美国出来调停,他就破口大骂。后来日政府拒绝了庄、召两公使,他的愤气又平了一点。不想不久,日政府竟承认了威毅伯的全权大使,直把他气得三尸[15]出窍,六魄[16]飞天,终日在家里椎壁拍几的骂政府浑蛋。

正骂得高兴哩,房门呀的开了,女房东拿了张卡片道:"前天送信来的那怪人要见先生。"六之介知道是天弢龙伯,忙说"请",只见一个伟大躯干的人,乱髯戟张,目光电闪,蓬发阔面,胆鼻剑眉,身穿和服,洒洒落落的跨了进来,便道:"前日没缘见面,今天又冒昧来打你的搅。"六之介一壁招呼坐地,一壁道:"早想到府,谢先生带信的高义,苦在不知住址,倒耽误了。今天反蒙枉顾,又惭愧,又欢喜。"天弢龙伯道:"我向不会说客气话,没事也不会来找先生,先生晓得令兄的消息吗?"六之介道:"从先生带信后,直到如今,没接过哥哥只字。"天弢龙伯惨然道:"怎么能写字?令兄早被清国威毅伯杀了!"六之介突受这句话的猛击,直立了起来道:"这话可真?"天弢龙伯道:"令兄虽被杀,却替国家立了大功。"六之介被天性所激,眼匡里的泪,似泉一般直流,哽噎道:"杀了,怎么还立功呢?"天弢龙伯道:"先生且休悲愤,这件事,政府至今还守秘密,我却全知道。我把这事的根底细细告诉你。令兄是受了参谋部的秘密委任,去偷盗支那海军根据地旅顺、威海、刘公岛三处设备详图的。我替令兄传信时，还没知道内容，但知道是我国的军事侦探罢了。直到女谍花子回国，才把令兄盗得的地图带了回来。令兄殉国的惨史，也哄动了政府。”六之介诧异道：“是帝国戏院里的下女花子吗？怎么也做了间谍？哥哥既已被杀，怎么还盗得地图？带回来的，怎么倒是花子呢？”

天弢龙伯道：“这事说来很奇。据花子说，她在戏院里，早和令兄发生关系，后来不知为什么，令兄和她闹翻了。令兄因为悔恨，才发狠去冒侦探的大险。花子知道他的意思，有时去劝慰，令兄不是骂便是打，但花子一点不怨，反处处留心令兄的动作。令兄充侦探的事，竟被她探明白了，所以令兄动身到支那，她也暗地跟去。在先，令兄一点不知道，到了天津，还是她自己投到，跪在令兄身边，说明她的跟来，并不来求爱，是来求死，不愿做同情，只愿做同志。凡可以帮助的，水里火里都去。令兄只得容受了。后来令兄做的事，她都预闻。令兄先探明了这些地图，共有两份，一份存在威毅伯衙门里，一份却在丁雨汀公馆。督署禁卫森严，无隙可乘，只好决定向丁公馆下手。令兄又打听得这些图，向来放在签押房[17]公事桌抽屉里，丁雨汀出门后，签押房牢牢锁闭，家里的一切钥匙，却都交给一个最信任的老总管丁成掌管，丁成就住在那签押房的耳房里，监守着。那耳房的院子，只隔一座墙，外面便是马路横头的荒僻死弄。这种情形，令兄都记在肚里，可还没有入脚处。恰好令兄有两种特长，便是他成功之母：一是在戏院里学会了很纯熟的支那话，一是欢喜喝酒。不想丁成也是个酒鬼，没一天不到三不管一爿小酒店里去买醉。令兄晓得了，就借这一点做了两人认识的媒介，渐渐地交谈了，渐渐地合伙了。不上十天，成了酒友，不但天天替他会钞付帐，而且时时给他送东送西，做得十分的殷勤亲密。丁成虽是个算小爱恭维的人，倒也有些过意不去。有一天，忽然来约他道：'我有一坛女儿红[18]，今晚为你开了，请你到公馆来，在我房间里，咱们较一较酒量，喝个畅。'令兄暗忖机会来了，当下满口应承。临赴约之前，却私下嘱咐花子，三更时分，叫她到死弄里去等，彼此掷石子为号，便来接受盗到的东西，立刻拿回寓所。令兄那夜在丁公馆里，果真把丁成灌得烂醉，果真在他身上偷到钥匙，开了签押房和抽屉，果真把地图盗到了手，包好结上一块石头，丢出墙外，果真花子接到，拿回了寓。令兄还在丁公馆里，和丁成同榻宿了一宵，平平安安的回来。令兄看着这一套图，虽然盗出来，但尺寸很大，纸张又硬又厚，总分图不下三十张，路上如何藏匿，决逃不过侦查的眼目。苦思力索了半天，想出一个办法，先尽着两日夜的工夫，把最薄的软绵纸套画了三件总图，郑重交给花子，嘱她另找个地方去住，把图纸缝在衣裤里，等自己走后两三天再走。自己没事，多一副本也好；若出了事，还有这第二次的希望。自己决带全份的正图，定做了一只夹底木箱，把图放在夹层里，外面却装了一箱书。计议已定，令兄第三天在天津出发。可怜就在这一天，在轮船码头竟被稽查员查获，送到督署，立刻枪毙了。倒是花子有智有勇，听见了令兄的消息，她一点不胆怯，把三张副图，裁分为六，用极薄的橡皮包成六个大丸子，再用线穿了，临上船时，生生的都吞下肚去，线头含在嘴里，路上碰到几次检查，都被她逃过。靠着牛乳汤水，维持生命，千辛万苦竟把地图带回国来。这回旅顺、威海的容易得手，虽说支那守将的无能，几张地图的助力，也就不小。不过花子经医生把地图取出后，胃肠受伤，至今病倒医院，性命只在呼吸之间了。六之介先生，你想，令兄的不负国，花子的不负友，真是一时无两，我怕你不知道，所以今天特来报告你。”

六之介忽然瞪着眼，握着拳狂呼道：“可恨！可恨！必报此仇！花子不负友，我也决不负兄！”天弢龙伯道：“你恨的是威毅伯吗？他就在这几天要到马关了！这是我们国际上的大计，你要报仇，却不可在这些时期去胡做。”六之介默然。天弢龙伯又劝慰了几句，也便飘然而去。

且说六之介本恨威毅伯的讲和，阻碍了大和魂的发展，如今又悲痛哥哥的被杀，感动花子的义气，他想花子还能死守哥哥托付的遗命，他倒不能恪遵哥哥的预嘱，那还成个人吗？他的眼光是一直线的，现在他只看见前面晃着报仇两个大字，其余一概不屑顾了，当时就写了一封汉文的简单警告，径寄威毅伯，就算他的哀的美敦书〔19〕了。从此就天天只盼望威毅伯的速来，打听他的到达日期，后来听见他果真到了，并且在春帆楼开议，就决意去暗杀。在神奈川县横滨街上金丸谦次郎店里，买了一支五响短枪，并买了弹子，在东京起旱，赶到赤间关〔20〕。恰遇威毅伯从春帆楼会议回来，刚走到外滨町，被六之介在轿前五尺许，砰的一枪，竟把威毅伯打伤了。幸亏弹子打破眼镜，中了左颧，深入左目下。当时警察一面驱逐路人，让轿子抬近行馆，一面追捕刺客，把六之介获住。

威毅伯进了卧室，因流血过多，晕了过去，随即两医官赶来诊视，知道伤不致命，连忙用了止血药，将伤处包裹。威毅伯已清醒过来。伊藤、陆奥两大臣得了消息，慌忙亲来慰问谢罪，地方文武官员也来得络绎不绝。第二天，日皇派遣医官两员并皇后手制裹伤绷带，降谕存问，且把山口县知事和警察长都革了职，也算闹得满城风雨了。其实威毅伯受伤后，弹子虽未取出，病势倒日有起色，和议的进行，也并未停止。日本恐挑起世界的罪责，气焰倒因此减了不少，竟无条件的允了停战。威毅伯虽耗了一袍袖的老血，和议的速度，却添了满锅炉的猛火，只再议了两次，马关条约的大纲，差不多快都议定了。

这日，正是山口地方裁判所判决小山六之介的谋刺罪案，参观的人非常拥挤。马美菽和乌赤云在行馆没事，也相约同往，看他如何判决。刚听到堂上书记宣读判词，由死刑减一等办以无期徒刑这一句的时候，乌赤云忽见人丛中一个虬髯乱发的日本大汉身旁，坐着个年轻英发的中国人，好生面善，一时想不起是谁。那人被乌赤云一看，面上似露惊疑之色，拉了那大汉匆匆的就走了。赤云恍然回顾美菽道："才走出去的中国人你看见吗？"美菽看了看道："我不认得，是谁呢？"赤云道："这就是陈千秋[21]，是有名的革命党，支那青年会[22]的成员。昨天我还接到广东同乡的信，说近来青年会很是活动，只怕不日就要起事哩。现在陈千秋又到日本来，其中必有缘故。"两人正要立起，忽见行馆里的随员罗积丞奔来喊道："中堂请赤云兄速回，说两广总督李大先生[23]有急电，要和赤云兄商量哩。"赤云向美菽道："只怕是革命党起事了。"正是：

　　输他海国风云壮，还我轩皇〔24〕土地来。

不知两广总督的急电，到底发生了甚事，下回再说。

按，本回回目原标为："棣萼双绝，武士道舍生；霹雳一声，革命团特起。"

〔1〕 棣萼：棠棣花瓣和花托子（萼）是连在一起的，一荣俱荣，一损俱损。比喻兄弟关系。《诗经·小雅·常棣》："常棣之华，鄂不韡韡。"郑玄笺："喻弟以敬事兄，兄以荣覆弟。"常棣即棠棣，常、棠古音同。鄂与萼同，鄂不即花足。

〔2〕 褊急：偏急。走极端。

〔3〕 狂剧俳优：狂剧，即日本传统剧种之一的狂言。俳优即戏子、演员。

〔4〕 小山六之介：日本刺客的真姓名是小山丰太郎，是老大。

〔5〕 郡马县：指群马郡，属日本山口县。

〔6〕 下女：侍女、女用人、女招待。

〔7〕 有染：有性关系。

〔8〕 托大：这里是大意的意思。

〔9〕 町：日本地名用汉字。镇、街。

〔10〕 番地：书信地址。日文习惯置于号码后面。

〔11〕 様：日本汉字（原用繁体）。书信用字，在人名后，表示阁下之意，比"殿"字随便些。

〔12〕 天弢龙伯：下文也作"弢天龙伯"。影射宫崎寅藏（1871—1922）。日本熊本县人。原名虎藏，号滔天。有侠者风。结识孙中山和陈少白，参与过惠州起义。有《宫崎滔天全集》。

〔13〕 大和魂：日本人自称大和民族，精神为大和魂。

〔14〕 神明胄：神圣子孙。中国人是炎黄神圣后裔。

〔15〕 三尸：道家所说人身中作祟的三种神，即上尸青姑、中尸白姑、下尸血姑。

〔16〕 六魄：道家一般讲七魄，所谓三魂七魄。七魄为：尸狗、伏矢、雀阴、吞贼、非毒、除秽、臭肺。是人身中的浊鬼。

〔17〕 签押房:办公室。官员签发文件、发指示的办事处。
〔18〕 女儿红:绍兴酒的一种。从女儿初生即酿造窖藏,等到出嫁时启用,故名女儿红。
〔19〕 哀的美敦书:最后通牒的英语译音。
〔20〕 赤间关:马关的又一名称。
〔21〕 陈千秋:陈青,字千秋。影射陈清。广东南海人。在日本的华侨。兴中会会员。不过从书中所写事迹来看,应指与孙中山同称四大寇的陈少白,陈清则早死。
〔22〕 青年会:指兴中会。
〔23〕 李大先生:指李瀚章。李鸿章之兄。道光时拔贡。时任两广总督。
〔24〕 轩皇:指黄帝,轩辕氏。中华人文始祖。

第 十 五 卷

第二十九回

龙吟虎啸跳出人豪　燕语莺啼惊逢逋客

却说乌赤云正和马美菽在山口县裁判所听审刺客，行馆随员罗积丞传了威毅伯的谕，来请赤云回馆，商量两广督署来的急电。你道这急电为的是件什么事？原来此时两广总督就是威毅伯的哥哥李大先生，新近接到了两江总督的密电，在上海破获了青年会运广的大批军火，军火虽然全数扣留，运军火的人，却都在逃。探得内中有个重要人犯陈千秋即陈青，是青年会里的首领，或言先已回广，或言由日本浪人天弢龙伯保护，逃往日本，难保不潜回本国，图谋大举。电中请其防范，并转请威毅伯在日密探党人内容。大先生得了此电，很为着急，在省城里迭派干员侦查，虽有些风言雾语，到底探不出个实在，所以打了一个万急电，托威毅伯顺便侦探；如能运动日政府将陈千秋逮捕，尤为满意。当时威毅伯恰和荫白大公子在那里修改第五次会议问答节略的稿子，预备电致军机和总署，做确定条约的张本[1]。看见了大先生这个电，他是不相信中国有这些事发生的，就捋着胡子笑道："你们大伯伯又在那里瞎耽心了！这种都是穷极无聊的文丐[2]，没把鼻的炒蛋，怕他们做什么！我们的兵，虽然打不了外国人，杀家里个把毛贼，还是不费吹灰之力。但大伯伯既然当一件事来托我，也得敷衍他一下，不过我不大明白这些事，怎么办呢?”荫白道：“这是广东的事，青年会的总机关，也在广东，只有广东人知道底细。父亲何妨去请赤云来商量商量。”威毅伯点点头，所以就叫罗积丞来请赤云。

当下赤云来见威毅伯，威毅伯把电报给他看了。赤云一壁看，一壁笑着道：“无巧不成书！说到曹操，曹操就到，职道才和美菽在裁判所里，遇见陈千秋，正和美菽讲哩。这个人，职道从小认识的，是个极聪明的少年，可惜做了革命党。”荫白道：“那么这人的确在日本了！我国正好设法逮捕。”赤云道：“这个谈何容易！我们固然没有逮捕之权，国事犯日本又定照公法保护，况且还有天弢龙伯自命侠客的做他的护身符!”荫白道：“我们可以把他骗到行馆里来，私下监禁，带回去。”威毅伯道：“使不得，使不得，现在和议的事，一发千钧，在他国内，私行捕禁，虽说行馆有治外法权，万一漏了些消息，连累和议，不是玩的!”赤云道：“中堂所见极是，还是让职道去探听些党人的举动，照实电复就是了。”议定了这事，威毅伯仍注意到节略稿子，赤云便告退出来，自去想法侦查不题。

却说吾人以肉眼[3]对着社会，好像一个混沌世界，熙熙攘攘，不知为着何事，这般忙碌。记得从前不晓得那一个皇帝南巡时节，在金山[4]上，望着扬子江心多少船，问个和尚，共是几船？和尚回说，只有两船，一为名，一为利。我想这个和尚，一定是个肉眼。人类自有灵魂，即有感觉；自有社会，即有历史。那历史上的方面最多，有名誉的，有痛苦的。名誉的历史，自然兴兴头头，夸着说着，虽传下几千年，祖宗的名誉，子孙还不会忘记；即如吾们老祖黄帝[5]，当日战胜蚩尤[6]驱除苗族[7]的伟绩，岂不是永远纪念呢！至那痛苦的历史，当时接触灵魂，没有一个不感觉，张拳努目，誓报国仇，就是过了几百年，隔了几百代，总有一班人牢牢记着，不能甘心的。

我常常听见故老传闻，那日满洲入关之始，亡国遗民，起兵抗拒的，原也不少，只是东起西灭，运命不长。后来只剩个郑成功[8]，占领厦门，叫做思明州，到底立脚不住，逃往台湾。其时成功年老，晓得后世子孙，也不能保住这一寸山河，不如下了一粒民族的种子，使他数百年后，慢慢膨胀起来。列位想这种子，是什么东西？原来就是秘密会社。成功立的秘密会社，起先叫做天地会[9]，后来分做两派，一派叫做三合会，起点于福建，盛行于广东，而膨胀于暹罗、新嘉坡、新旧金山[10]、檀岛[11]；一派叫做哥老会，起点于湖南，而蔓延于长江上下游。两派总叫做洪帮，取太祖洪武[12]的意思。那三合亦取着洪字偏旁三点的意思。恰好那时北部，同时起了八卦教[13]、在理会[14]大刀小刀会等名目，只是各派内力不足，不敢轻动。直到西历一千七百六十七年间，川楚一面，蠢动了数十年，就叫川楚教匪。教匪平而三合会始出现于世界。膨胀到一千八百五十年间，金田革命，而洪秀全、杨秀清遂起立了太平天国，占了十二行省。那时政府，就利用着同类相残的政策，就引起哥老会党，去扑灭那三合会。这也是成功当时万万料不到此的。哥老会既扑灭了三合会，顿时安富尊荣，不知出了多少公侯将相，所以两江总督一缺，就是哥老会用着几十万头颅血肉,去购定的衣食饭碗。凡是会员做了总督,一年总要贴出几十万银子,孝敬旧时的兄弟们;不然,他们就要不依哩。然而因此以后,三合会与哥老会结成个不世之仇。他们会党之人,出来也不立标帜,医卜星相江湖卖技之流,赶车行船驿夫走卒之辈,烟灯[15]饭馆药堂质铺[16]等地,挂单云游[17]衲僧贫道之亚[18],无一不是。劈面相逢,也有些子[19]仪式,几句口号,肉眼看来,毫不觉得。他们甘心做叛徒逆党,情愿去破家毁产,名在那里?利在那里?奔波往来,为着何事?不过老祖传下这一点民族主义,各处运动,不肯叫他埋没永不发现罢了。如此看来,吾人天天所遇的人,难保无英雄、帝王、侠客、大盗在内,要在放出慧眼[20]看去,或能见得一二分,也未可知。

方三合、哥老同类相残的时候,欧洲大西洋内,流出两股暗潮,一股沿阿非利加洲小西洋,折好望角,直渡印度洋,以[21]向广东;一股沿阿美利加南角,直渡太平洋,以向香港、上海。这两股潮流,就是载着革命主义。那广东地方,受着这潮流的影响最大,于是三合会残党内,跳出了多少少年英雄,立时组成一个支那青年会,发表宗旨,就是民族共和主义。虽然实力未充,比不得玛志尼[22]的少年意大利,济格士奇[23]的俄罗斯革命团,却是比着前朝的几社、复社[24],现在上海的教育会[25],实在多了!该党会员,时时在各处侦察动静,调查实情,即如此时赤云在山口县裁判所内看见的陈千秋,此人就是青年会会员。

如今且说那陈千秋在未逃到日本之先,曾经在会中,担任了调查江浙内情,联络各处党会的责任,来到上海地方,心里总想物色几个伟大人物，替会里扩张些权力。谁知四下里物色遍了，遇着的，倒大多数是醉生梦死花天酒地的浪子，不然便是胆小怕事买进卖出的商人；再进一步，是王紫诠[26]派向太平天国献计的斗方名士[27]，或是蔡尔康[28]派替广学会[29]宣传的救国学说。又在应酬场中，遇见同乡里大家推崇的维新外交家王子度，也只主张废科举，兴学堂；众人惊诧的改制新教王唐猷辉，不过说到开国会，定宪法，都是些扶墙摸壁的政论，没一个挥戈回日[30]的奇才。正自纳闷。

忽一日，走过虹口一条马路上，一座巍焕的洋房前，门上横着一块白漆匾额，上写"常磐馆"三个黑字。心里顿时记起这旅馆里，很多日本的浪人寄寓，他有个旧友叫做曾根[31]的，是馆中的老旅客，暗忖自己反正没事，何妨访访他，也许得些机会。想罢，就到那旅馆里，找着一个仆欧似的同乡人，在怀里掏出卡片，说明要看曾根君。那仆欧笑了笑道："先生来得巧，曾根先生才和一个朋友在外边回来，请你等一等，我去回。"不一会仆欧出来，道声"请"，千秋就跟他进了一个陈设得古雅幽静的小客厅上，却不是东洋式的。一个瘦长条子上唇堆着两簇小胡子的人，站起身来，张着滴溜溜转动的小眼，微笑地和他握手道："陈先生久违了！想不到你会到这里。我还冒昧介绍一位同志，是热心扶助贵国改革的侠士南万里[32]君，也是天弢龙伯的好友。先生该知道些吧！"

千秋一面口里连说"久仰久仰"，一面抢上客座和那人去拉手，只见那人生得黑苍苍的马脸，一部乌大胡！身干虽不高大，气概倒很豪迈，回顾曾根道："这位就是你常说起的青年会干事陈青君吗？"曾根道："可不是？上回天弢龙伯住在这馆里时，就要我介绍，可惜没会到。今天有缘遇见先生，也是一样。你把这回去湖南的事可以说下去，好在陈先生不是外人。"千秋道："天弢龙伯君，我虽没会过，他的令兄宫崎豹二郎[33]，是我的好友，他主张亚洲革命，先从中国革起，中国一克复，然后印度可兴，暹罗、安南可振，菲律宾、埃及可救，实是东亚黄种的明灯，可惜死了。天弢龙伯君还是继续他未竟之志，正是我们最忠恳的同志。不知南万里君这次湖南之行得到了什么成绩？极愿请教！"

南万里道："我这回的来贵国，目的专在联合各种秘密党会。湖南是哥老会老巢，我这回去结识了他的大头目毕嘉铭[34]，陈说利害，把他感化了，又解释了和三合会的世仇。正要想到贵省去，只为这次出发，我和天弢龙伯是分任南北，他到北方，我到南方，贵会是南方一个有力的革命团，今天遇见阁下，岂不是天假之缘吗？请先生将贵会的宗旨人物，详细赐教，并求一封介绍书，以便前往联合。"千秋听了，非常欢喜，就把青年会的主义组织和中坚分子，倾筐倒箧的告诉了他，并依他的要求，写了一封切实的信。声气[35]相通，山钟互应，自然谈得十分痛快。

直到日暮，方告别出来。刚刚到得寓所，忽接到本部密电，连忙照通信暗码译出来，上写着：

上海某处陈千秋鉴：星加坡裘叔远[36]助本会德国新式洋枪一千杆，连子，在上海瑞记洋行交付。设法运广。汶密。

千秋看毕，将电文烧了，就赶到瑞记军装帐房，知道果有此事。那帐房细细问明来历，千秋一一回答妥当，就领见了大班[37]，告诉他裘叔远已经托他安置在公司船上，只要请千秋押往。千秋与大班诸事谈妥，打算明日坐公司船回广东。

恰从洋行内走出来，忽见门外站着两个雄壮大汉，年纪都不过三十许，两目灼灼，望着千秋，形状可怕得很。千秋连忙低着头，只顾往前走，已经走了一里路光景，回头一看，那两人仍旧在后头跟着走，一直送到千秋寓所，在人丛里一混，忽然不见了。千秋甚是疑惑。在寓吃了晚饭，看着钟上正是六点，走出了寓来，要想到虹口去访一个英国的朋友，刚走到外白渡桥[38]，在桥上慢慢的徘徊，看黄浦江的景致。正是明月在地，清风拂衣，觉得身上异常凉爽，心上十分快活。

恰赏玩间，忽然背后飞跑的来了一人，把他臂膀一拉道："你是陈千秋吗？"千秋抬头一看，仿佛是巡捕的装束，就说："是陈千秋，便怎么样？"那人道："你自己犯了弥天大罪，私买军火，谋为不轨，还想赖么？警署奉了道台的照会，叫我来捉你。"千秋匆忙间，也不辨真假，被那人拉下桥来，早有一辆马车等在那里，就把千秋推入车厢。那人也上了车，随手将玻璃门带上，四面围着黑色帘子，黑洞洞不见一物，正如牢狱一般。马夫拉动缰绳，一会儿风驰电卷，把一个青年会会员陈千秋，不知赶到那里去了。

谁知这里白渡桥陈千秋被捕之夜，却正是那边广东省青年会开会之时。话说广东城内国民街[39]上，有一所高大房里，里头崇楼杰阁，好像三四进，这晚上坐着几十位青年志士，点着保险洋灯。听得壁上钟鸣铛铛敲九下，人丛里走出一人，但见跑到当中的一张百灵台后，向众点头，便开口道：

我热心共和，投身革命的诸君听者！诸君晓得现在欧洲各国，是经着革命一次，国权发达一次的了！诸君亦晓得现在中国是少不得革命的了！但是不能用着从前野蛮的革命，无知识的革命。从前的革命，扑了专制政府，又添一个专制政府；现在的革命，要组织我黄帝子孙民族共和的政府。今日查一查会册，好在我们同志，亦已不少，现在要分做两部：一部出洋游学，须备他日建立新政之用；一部分往内地，招集同志，以为扩张势力，他日实行破坏旧政府之用。夏间派往各处调查运动员，除南洋、广西、檀岛、新金山的，已经回来了，惟江浙两省的调查员陈千秋，尚未到来。前日有电信，说不日当到。待到本部，大家决议方针。我想……

刚说到这里，忽然外面走进一位眉宇轩爽神情活泼的伟大人物，众皆喊道："孙君来说！孙君来说！"那孙君一头走，一头说，就发出洪亮之口音道："上海有要电来！上海有要电来！"

你道这说的是谁呢？原来此人姓孙，名汶〔40〕，号一仙，广东香山县人。先世业农。一仙还在香山种过田地，既而弃农学商，复想到商业也不中用，遂到香港去读书。天生异禀，不数年，英语汉籍，无不通晓，且又学得专门医学。他的宗旨，本来主张耶教的博爱平等，加以日在香港，接近西洋社会，呼吸自由空气，俯瞰民族帝国主义的潮流，因是养成一种共和革命思想，而且不尚空言，最爱实行的。那青年会〔41〕组织之始，筹画之力，算他为最多呢！他年纪不过二十左右，面目英秀，辩才无碍，穿着一身黑呢衣服，脑后还拖根辫子。当时走进来，只见会场中，一片欢迎拍掌之声，如雷而起。演台上走下来的，正是副议长杨云衢〔42〕君。两边却坐着四位评议员，左边二位，却是欧世杰〔43〕、何大雄〔44〕；右边也是二位，是张怀民〔45〕、史坚如〔46〕。还有常议员、稽察员、干事员、侦探员、司机员，个个精神焕发，神采飞扬，气吞全球，目无此虏。

一仙步上演台，高声道："诸君静听上海陈千秋之要电！"说罢，会众忽然静肃，鸦雀无声，但听一仙朗诵电文道：

> 午电悉。军火妥，明日装德公司船，秋亲运归。再顷访友过白渡桥，忽来警察装之一人，传警署令，以私运军火捕秋。……

会众听到此句，人人相顾错愕。杨云衢却满面狐疑〔47〕，目不旁瞬，耳不旁听，只抬头望着一仙；史坚如更自怒目切齿，顿时如玉之娇面，发出如霞之血色。一仙笑一笑，续念道：

> ……推秋入一黑暗之马车，狂奔二三里，抵一旷野中高大洋房，昏夜不辨何地。下车入门，置秋于接待所，灯光下，走出一雄壮大汉。秋狂惑不解。大汉笑曰："捕君诳耳！我乃哥老会头目毕嘉铭是也。

一仙读至此，顿一顿，向众人道："诸君试猜一猜，哥老会劫去陈君，是何主义？"欧世杰、何大雄一齐说道："莫非要劫夺新办的军火吗？"一仙道："非也，此事有绝大关系哩！"又念道：

> 尾君非一日，知君确系青年会会员，今日又从瑞记军装处出，故以私运军火伪为捕君之警察也者，实欲要〔48〕君介绍于会

长孙一仙君,为哥老、三合两会媾和之媒介。哥老、三合,本出一源,中以太平革命之役,顿起衅端,现在黄族濒危,外忧内患,岂可同室操戈,自相残杀乎?自今伊始,三会联盟,齐心同德,汉土或有光复之一日乎?愿君速电会长,我辈当率江上健儿,共隶于青年会会长孙君三色旗[49]之下,誓死不贰。"秋得此意外之大助力,欣喜欲狂,特电贺我黄帝子孙万岁!青年会万岁!青年会会长孙君万岁!

一仙将电文诵毕道:"哥老会既悔罪而愿投于我青年会民族共和之大革命团,我愿我会友忘旧恶,释前嫌,以至公至大之心欢迎之。想三合会会长梁君[50],当亦表同情。诸君以为如何?"众人方转惊为喜的时候,听见此议,皆拍掌赞成。

忽右边座中一十四岁的美少年史坚如,一跃离座,向孙君发议道:"时哉不可失!愿会长速电陈君,令其要结哥老会,克日[51]举事于长沙!一面遣员约定三合会,及三洲田虎门[52]、博罗城[53]诸同志,同时并起。坚如愿以一粒爆裂药和着一腔热血,抛掷于广东总督之头上。霹雳一声,四方响应,正我汉族如荼如火之国民,执龙旗而跳上舞台之日也。愿会长速发电!"一仙道:"壮哉!轰轰烈烈革命军之勇少年!"杨云衢道:"愿少安勿躁!且待千秋军火到此,一探彼会之内情,如有实际,再谋举事。一面暗中关会[54]三合会,彼此呼应,庶不至轻率偾事。"一仙道:"沉毅哉!老谋深算革命军之军事家!"欧世杰道:"本会经济问题,近甚窘迫,宜遣员往南洋各岛募集,再求星加坡裘叔远臂助。内地则南关陈龙[55]、桂林超兰生[56],皆肯破家效命，为革命军大资本家，毋使临渴而掘井，功败垂成！”一仙道：“周至哉！绸缪惨淡之革命军理财家！哈！哈！本会有如许英雄崛起，怪杰来归，羽翼成矣！股肱张矣！洋洋中土，何患不雄飞于二十世纪哉！自今日始，改青年会曰兴中会。革命谋画，俟千秋一到，次第布置何如？”众皆鼓掌狂呼道：“兴中会万岁！兴中会民族共和万岁！”一仙当时，看看钟上，已指十一下，知道时候晚了，即忙摇铃散会，自己也就下台出去，各自散归，专候千秋回到本部，再议大计。

过了五六日，毫无消息，会友每日到香港探听，德公司船来了好几只，却没千秋的影。大家都慌了。发电往询，又恐走漏消息，只好又耐了两日，依然石沉大海。

这日，一仙开了个临时议会，筹议此事。有的说应该派一侦探员前往的，有的说还是打电报给那边会里人问信的，有的说不要紧，总是为着别事未了，不日就可到的。议论纷纷。一仙却一言不发，知道这事有些古怪，难道哥老会有什么变动吗？细想又决无是事。正是摸不着头，忽见门上通报道：“有一位外国人在门外要求见。”众皆面面相觑。一仙道：“有名片没有？”门上道：“他说姓摩尔肯〔57〕。”一仙道：“快请进来！”少间〔58〕走进一个英国人来，却是一身教士装束，面上似有慌张之色，一见众人，即忙摘帽致礼。一仙上前，与他握手道：“密斯脱摩尔肯，从那里来？”那人答道：“顷从上海到此，我要问句话，贵会会友陈千秋回来了没有？”一仙一愣道：“正是至今还没到，密斯脱从上海来，总知道些消息。”摩尔肯愕然道：“真没有到么？

奇了，难道走上天了？”一仙道：“密斯脱在上海，会见没有呢？”摩尔肯道：“见过好几次。就为那日约定了夜饭后七点钟到敝寓来谈天，直等到天亮，没有来。次日去访，寓主说，昨天夜饭后，出门了，没有回寓。后来又歇两天，去问问，还是没有回来，行李一件都没有来拿，我就有点诧异。四处暗暗打听，连个影儿都没有。我想一定是本部有了什么要事回去了，所以赶着搭船来此，问个底细。谁知也没回来，不是奇事么？”一仙道：“最怪的是他已有电报说五月初十日，搭德公司船回本部的。”摩尔肯忽拍案道：“坏了！初十日出口的德公司船么？听说那船上被税关搜出无数洋枪子药，公司里大班，都因此要上公堂哩。不过听说运军火的人，一个没有捉得，都在逃了。这军火是贵会的么？”于是大家听了，大惊失色。

一仙叹口气道：“这也天意了！”停一回道：“这事必然还有别的情节，要不然，千秋总有密电来招呼的。本会必须有一个机警谨慎的人，去走一趟，探探千秋的实在消息才好。”当时座中杨云衢起立说道：“不才[59]愿往。”摩尔肯道：“税关因那日军火的事情，盘查得很紧，倒要小心。”云衢笑道：“世界那里有贪生怕死的革命男儿！管他紧不紧，干甚事！”摩尔肯笑向一仙道：“观杨君勇往之概，可见近日贵会，团结力益发大了！兄弟在英国也组立了一个团体，名曰‘中友会’，英文便是 Friend of China Society，设本部于伦敦，支部于各国，遍播民党种子于地球世界。将来贵会，如有大举，我们同志必能挺身来助的。”一仙道了谢。杨云衢自去收拾行李，到香港乘轮船赴上海去了。一仙与摩尔肯也各自散去。

话分两头。且说杨云衢在海中走不上六日，便到了上海。那时青年会上海支部的总干事，姓陆名崇溎[60]，号皓冬，是个意志坚强的志士，和云衢是一人之交[61]。云衢一上岸，就去找他，便寄宿在他家里。皓冬是电报局翻译生，外面消息，极其灵通，只有对于陈千秋的踪迹，一点影响都探不出。自从云衢到后，自然格外替他奔走，一连十余日，毫无进步，云衢闷闷不乐。皓东怕他闷出病来，有一晚，高高兴兴的闯进他房里道："云衢，你不要尽在这里纳闷了，我们今夜去乐一下子吧！你知道状元夫人傅彩云吗？"云衢道："就是和德国皇后拍照的傅彩云吗？怎么样？"皓冬道："她在金家出来了，改名曹梦兰，在燕庆里挂了牌子了。我昨天在应酬场中，叫了她一个局，今夜定下一台酒，特地请你去玩玩。"说着不管云衢肯不肯，拉了就走，门口早备下马车，一鞭得得，不一会，到了燕庆里，登了彩云妆阁。

此时彩云早已堂差出外，家中只有几个时髦大姐，在那里七手八脚的支应不开。三间楼面，都挤得满满的客，连亭子间[62]都有客占了，只替皓冬留得一间客堂房间。一个大姐阿毛笑眯眯的说道："陆大少[63]，今天实在对不起，回来大小姐自己来多坐一会儿赔补吧！"皓冬一笑，也不在意。云衢却留心看那房间，敷设得又华丽，又文雅，一色柚木锦面的大榻椅，一张雕镂褂络的金铜床，壁挂名家的油画，地铺俄国的彩毡，又看到上首正房间里，已摆好了一席酒，许多客已团团的坐着，都是气概昂藏，谈吐风雅。

忽然飘来一阵广东口音，云衢倒注意起来。忽听一个老者道："东也要找陈千秋，西也要找陈千秋，再想不到他会逃到日本来！再想不到人家正找他，我们恰遇着他。”又一个道：“遇见也拿不到，他还是和弢天龙伯天天在一起，计议革命的事。”老者道：“就是拿得到，我也不愿拿，拿了一个，还有别个，中什么用呢！”云衢听了，喜得手舞足蹈起来，推推皓冬低声道：“踏破铁鞋无觅处，得来全不费工夫！”皓冬道：“这一班是什么人呢？让我来探问一下。”说着就向那边房里窗口站着的阿毛，招了招手，阿毛连忙掀帘进来。正是：

　　拏云〔64〕攫去无双士，堕溷重看第一花。

不知阿毛说出那边房里的客究是何人，且听下回分解。

按，本回回目原标为：“龙吟虎啸，跳出人豪；燕语莺啼，惊逢逋客。”逋，目录作“浦”。

〔1〕　张本：依据。

〔2〕　文丐：指因循旧式写作，借以谋生的文人。

〔3〕　肉眼：佛教所说五眼之一。指眼光浅陋。

〔4〕　金山：在江苏镇江。长江南岸，金山寺在此山。

〔5〕　黄帝：轩辕氏。五帝的第一位。他活动的时间距今五千年。被称为中华人文始祖。

〔6〕　蚩尤：上古九黎部族酋长，和黄帝同时人，与黄帝进行过多次战争；战败，被赶往南方。

〔7〕　苗族：史称三苗。古代部族。原在江淮、荆州一带，后再向西南迁徙。

〔8〕　郑成功：明末抗清英雄。他击败荷兰人，收复台湾。

〔9〕　天地会：创立于康熙十三年（1674）。“拜天为父，拜地为母”，因称天地会。又称三点会、三合会。以反清复明为宗旨，又称洪门。从福建、台湾发展到长江流域各省和两广；支派很多，有小刀会、红钱会、哥老会等等。历史上多次举行起义，太平军起事后更加活跃；

也是辛亥革命时期重要的革命力量。

〔10〕 新旧金山:新金山和旧金山。新金山是华侨对澳大利亚墨尔本的称呼。旧金山是华侨对美国西海岸城市圣佛兰西斯科的称呼。

〔11〕 檀岛:檀香山。夏威夷。今为美国的一个州。

〔12〕 太祖洪武:明太祖朱元璋。洪武是他的年号。

〔13〕 八卦教:白莲教的一个支派。清初出现于山东,后分布于河北、河南、山西。主张推翻满清,多次遭镇压。嘉庆时林清、李文成领导起事的天理教,即其别名。

〔14〕 在理会:又名在礼教。清初出现的白莲教的一支。信奉南海观音菩萨,以反清复明为宗旨。光绪时发展兴盛,流行于山东和东三省。

〔15〕 烟灯:吸食鸦片所用的灯。此指烟馆,供人吸食鸦片的铺子。

〔16〕 质铺:即当铺。

〔17〕 挂单云游:游方和尚到某寺相投称挂单。云游即游方。

〔18〕 亚:类,《说文》:"丑也。"丑即类。

〔19〕 些子:一点点。

〔20〕 慧眼:佛教所说五眼之一。与肉眼相对,能看透真相。

〔21〕 以:古文转折连接词。相当于而。

〔22〕 玛志尼:十九世纪意大利革命家。反抗法国统治,争取意大利独立。创立青年意大利,1833 年发动起义失败。以后继续从事革命活动,建立过多种革命团体。

〔23〕 济格士奇:即柴可夫斯基。俄国民粹派察科威团首领。已见前注。

〔24〕 几社、复社:明末两个社团。夏允彝、陈子龙在华亭立几社,是一个文学团体。张溥、张采在东林党之后于吴县建立复社,联合了江南的几个文社而成,参与政治斗争。复社人物吴应箕、陈子龙等人后来又参加了抗清活动。

〔25〕 上海教育会:影射江苏省教育会。民国年间拉拢上海地方势力,控制《申报》。作者用了"现在"一词,表明不是清末的组织。

〔26〕 王紫诠:王韬(1828—1897),字紫诠,号弢园,又号天南遁叟。吴县人。秀才出身。1849 年在上海英国教会办的书馆工作。曾上书献策进攻太平军。咸丰时回乡。1862 年又化名黄畹,上书太平军,被

清政府通缉，逃亡香港。后游历欧洲。1874 年在香港主编《循环日报》，鼓吹变法。晚年在上海主持格致书院，所交往多为洋务派。有《弢园文集》、《弢园尺牍》等多种著作。

〔27〕 斗方名士：小名士。斗方是方形纸，春节写福字寿字等用之；也是画页和诗笺。写写斗方，讥笑其人为冒充风雅者。

〔28〕 蔡尔康：字子茀。上海人。廪贡。主编《字林沪报》副刊，最早刊长篇小说。

〔29〕 广学会：1887 年英美传教士创立于上海，1892 年始称广学会。赫德为第一任董事长，韦廉臣、李提摩太先后任总干事。传布西学，宣扬殖民主义，出版《万国公报》等多种书刊；主张变中国为英国的保护国，并企图诱使康有为、梁启超投靠帝国主义。存在数十年，解放后该会外国人才撤离中国。

〔30〕 挥戈回日：回天之力。出《淮南子・览冥》。鲁阳公与韩人作战，“战酣，日暮，援戈而㧑之，日为之反三舍”。

〔31〕 曾根：冒鹤亭指为曾俊虎。原籍山东。著有《太平天国战记》。

〔32〕 南万里：曾朴原影射日本人南溟绪方。冒鹤亭指出误会，当为平山周可。戊戌政变时曾协助梁启超逃入东交民巷日本使馆。

〔33〕 宫畸豹二郎：影射日本人宫崎弥藏。宫崎寅藏之兄。曾与平山周可到中国调查各省民党情况。

〔34〕 毕嘉铭：影射毕永年，字松甫。拔贡出身，兴中会会员。

〔35〕 声气：《易经・乾・文言》：“同声相应，同气相求。”指志同道合。

〔36〕 裘叔远：影射邱炜萲，字菽园。福建人。

〔37〕 大班：洋行经理。

〔38〕 外白渡桥：也作外摆渡桥。今名苏州河桥。在苏州河（又名吴淞江）汇入黄浦江口处。

〔39〕 国民街：广州无此地名。当时会所在广雅书局内抗风轩。

〔40〕 孙汶：号一仙。影射孙文，号逸仙。即孙中山。

〔41〕 青年会：指兴中会。1894 年 11 月孙中山在檀香山建立。提出了“驱除鞑虏，恢复中华，创立合众政府”的革命纲领。策划在广州起义，未发事泄，陆皓东被捕牺牲，孙中山被通缉，流亡国外。小说中所写就是这一段。

〔42〕 杨云衢：指杨飞鸿，字衢云（1861—1901）。福建海澄（今龙海）人。曾在香港设立辅仁文社。1895年与孙中山在香港成立兴中会总部，任首任会长。广州起义事败，奔走南洋、南亚和南非，遍设兴中会分会。1901年在香港为清政府刺客刺死。

〔43〕 欧世杰：未详。

〔44〕 何大雄：冒鹤亭指为胡汉民。初名衍鸿，字展堂。广东番禺（今广州）人。1879年生。此时尚在福州教读，未能参与广州起义事。或另有所指。

〔45〕 张怀民：不能确指何人。

〔46〕 史坚如（1879—1900）：原名文纬。广东番禺人。1899年加入兴中会。次年配合郑士良在惠州起义，以炸药轰炸广东抚署，谋刺署理总督德寿，不中。被捕后就义。

〔47〕 狐疑：怀疑。人说狐狸多疑，故有狐疑一词。

〔48〕 要：强迫要求，要挟。

〔49〕 三色旗：形制未详。或借指法国大革命三色旗。

〔50〕 梁君：指大炮梁。广东清远人。广东北江一带三合会首领、兴中会会员。

〔51〕 克日：约定时间。

〔52〕 三洲田、虎门：三洲田，在广东惠州，即上注郑士良起义处。虎门在广东东莞县，珠江出海口。

〔53〕 博罗城：博罗在广州东，与惠州毗邻。

〔54〕 关会：通知、联络。

〔55〕 陈龙：影射陈夔石，字少白。广东新会人。兴中会会员。组织广州起义失败，逃亡日本。

〔56〕 超兰生：影射赵声，字伯先。江苏丹徒人。诸生。兴中会会员。参与了后来的钦州起义。

〔57〕 摩尔肯：一译摩根。英国人。庚子年（1900）间来中国，与革命党和保皇党都有些联系。

〔58〕 少间：不多时间。

〔59〕 不才：旧时谦语。第一人称。

〔60〕 陆崇溎：号皓冬（后文中也作皓东）。影射陆皓东（1867—1895）。

原名中桂,字献香。广东香山人。与孙中山策划广州起义,被叛徒出卖遇害。

〔61〕 一人之交:形容亲密无间,像一个人一样。

〔62〕 亭子间:楼梯拐角后面的低矮小房间,上海人称为亭子间。

〔63〕 大少:大少爷。吴语。

〔64〕 拏云:本喻高远,志气凌云。此处是捉拿的好手。

第三十回

白水滩名伶掷帽　青阳港好鸟离笼

上回书里，正说兴中会党员陆皓冬，请他党友杨云衢，到燕庆里[1]新挂牌子改名曹梦兰的傅彩云家，去吃酒解闷，在间壁房间里，一班广东阔客口中得到了陈千秋在日本的消息，皓冬要向大姐阿毛问那班人的来历。我想读书的看到这里，一定说我叙事脱了笋了，彩云跟了张夫人出京，路上如何情形，没有叙过。而且彩云曾经斩钉截铁的说定守一年的孝，怎么没有满期，一踏上南边的地，好像等不及的就走马上章台[2]呢？这里头，到底怎么一会事呢？请读书的恕我一张嘴，说不了两头话，既然大家性急，只好先把彩云的事，从头细说。

原来彩云在雯青未死时，早和有名武生孙三儿勾搭上手，算顶了阿福的缺。他们的结识，是在宣武门外的文昌馆里。那天是内务府红郎中官庆[3]家的寿事，堂会戏唱得非常热闹，只为官庆原是个纨袴班头，最喜欢听戏。他的姑娘，叫做五妞儿，虽然容貌平常，却是风流放诞，常常假扮了男装，上馆子，逛戏园，京师里出名的女戏迷，所以那一回的堂会，差不多把满京城的名角，都叫齐了，孙三儿自然也在其列。雯青是翰院名流，向来瞧不起官庆的，只是彩云和五妞儿气味相投，往来很密，这日官家如此热闹的场面，不用说老早的鱼轩[4]

莅止了。彩云和五妞儿还有几个内城里有体面的堂客[5]，占了一座楼厢，一壁听着戏曲，一壁纵情谈笑，有的批评生角旦角相貌打扮的优劣，有的考究胡子青衣唱工做工的好坏，倒也议论风生，兴高采烈。看到得意时，和爷儿们一般，在怀里掏出红封，叫丫鬟们向戏台上抛掷。台上就有人打千[6]谢赏，嘴里还喊着谢某太太或某姑娘的赏！有些得窍[7]一点的优伶，竟亲自上楼来叩谢。这班堂客，居然言来语去的搭讪。彩云看了这般行径，心里暗想，我在京堂会戏虽然看得多，看旗人堂会戏却还是第一遭，不想有这般兴趣，比起巴黎、柏林的跳舞会和茶会，自由快乐，也不相上下了！

正是人逢乐事，光阴如驶，彩云看了十多出戏，天已渐渐的黑了，彩云心里有些忐忑不安，恐怕回去得晚，雯青又要噜嗦。不是彩云胆小谨慎，只因自从阿福的事，雯青把柔情战胜了她，终究人是有天良的，纵然乐事赏心，到底牵肠挂肚，当下站了起来，向五妞儿告辞。五妞儿把她一拉，往椅子上只一揿，笑着道："金太太，您忙什么？别提走的话，我们的好戏，还没登场呢！"彩云道："今儿的戏，已够瞧了，还有什么好戏呢？"五妞儿道："孙三儿的《白水滩》[8]，您不知道吗？快上场了！您听完他这出拿手戏再走不迟。"彩云听了这几句话，也是孽缘[9]前定，身不由主的软软儿坐住了。

一霎时，锣鼓喧天，池子[10]里一片叫好声里，上场门[11]绣帘一掀，孙三儿扮着十一郎[12]，头戴范阳卷檐白缘毡笠子[13]，身穿攒珠满镶净色银战袍，一根两头垂穗雪线编成的白蜡杆儿，当了扁担，抗着行囊，放在双肩上，在万盏明灯下，映出他红白分明又威又俊的椭圆脸，一双旋转不定神光四射的吊梢眼，高鼻长眉，丹唇白齿，真是女娘们一向意想里酝酿着的年少英雄，忽然活现在舞台上，高视阔步的向你走来。这一来，把个风流透顶的傅彩云直看得眼花撩乱，心头捺不住突突的跳，连阿福的伶俐，瓦德西的英武，都压下去了。彩云这边如此的出神，谁知那边孙三儿一出台，瞥眼瞟见彩云，虽不认得是谁家宅眷，也似张君瑞遇见莺莺[14]，魂灵儿飞去半天，不住的把眼光向楼厢上睃，不期然而然的两条阴阳电，几次三番的要合成交流，爆出火星来。可是三儿那场戏文，不但没有脱卯[15]，反而越发卖力，刚刚演到紧要的打棍前面，跳下山来，嘴里说着"忍气吞声是君子，见死不救是小人"两句，说完后，将头上戴的圆笠，向后一丢，不知道有心还是无意，用力太大，那圆笠子好像有眼似的滴溜溜飞出舞台，不偏不倚，恰好落在彩云怀里。那时楼上楼下一阵鼓噪，像吆喝又像欢呼，主人官庆有些下不来，大声叫戏提调去责问掌班，那里晓得彩云倒坦然无事，顺手把那笠儿丢还戏台上，向三儿嫣然一笑。三儿劈手接着，红着脸对彩云请了个安。此时满园里千万只眼，全忘了看戏文，倒在那里看他们串的真戏[16]了。

官庆却打发一个家人上来，给彩云道歉，还说，耽一会儿戏完了要重处孙三儿。彩云忙道："请你们老爷千万别难为他们，这是无心失手，又没碰我什么。"五妞儿笑着道："可不是，金太太是在龙宫月殿里翻过身来的人，不像那些南豆腐的娘儿们遮遮掩掩的，你瞧，她多么大方！我们谁都赶不上！你告诉爷，不用问了！等这出完了，叫孙三儿亲自上楼来，给金太太赔个礼就得了！"回过头，眯缝着眼，向彩云道："是不是?"彩云只点着头，那家人诺诺连声的去了。不一会，真的那家人领了孙三儿跑到边厢阑干外，靠近彩云，笑迷迷的又请了一个安，嘴里说道："谢太太恕我失礼!"彩云只少得没有去搀扶，半抬身，眼斜瞅着道："这算得什么!"两人见面，表面上，彼此只说了一句话，但四目相视，你来我往，不知传递了多少说不出的衷肠。这一段便是彩云和孙三儿初次结识的历史。

后来渐渐热络，每逢堂会，或在财神馆，或在天和馆，或在贵家的宅门子里，彩云先还随着五妞儿各处的闯，和三儿也到处厮混，越混越密切，竟如胶如漆起来，便瞒了五妞儿，买通了自己的赶车儿的贵儿，就在东交民巷的番菜馆里幽会了几次。还不痛快，索性两下私租了杨梅竹斜街一所小四合房子，做了私宅。在雯青未病以前，两人正打得火一般的热，以致风声四布，竟传到雯青耳中，把一个名闻中外的状元郎，生生气死。

等到雯青一死，孙三儿心里暗喜，以为从此彩云就是他的专利品了。他料想金家决不能容彩云，彩云也决不会在金家守节，只要等遮掩世人眼目的七七四十九天，或一百天过了，彩云一定要跳出樊笼，另寻主顾。这个主顾，除了他，还有谁呢? 第一使他欢喜的，彩云固然是人才出众，而且做了廿多年得宠的姨太太，一任公使夫人，听得手头着实有些积蓄，单讲珠宝金钻，也够一生吃着不尽了。他现在只盼彩云见面，放出他征服女娘们的看家本事来迷惑。他又深知道彩云虽则一生宠擅专房，心上时常不足，只为没有做着大老母，仿佛做官的捐班〔17〕出身，那怕做到督抚，还要去羡慕正途〔18〕的穷翰林一样。他就想利用彩云这一个弱点，把自己实在已娶过亲的事瞒起，只说讨她做正妻，拼着自己再低头服小〔19〕些，做足五字诀里的小字工夫，使彩云觉得他知趣而又好打发，不怕她不上钩。一上了钩，就由得他摆布了，到那其间，不是人财两得吗？孙三儿想到这里，禁不住心花怒放，忽然一个转念，口对口自语道："且慢，别瞎得意！彩云不是个雏儿〔20〕，是个精灵古怪见过大世面的女光棍！做个把戏子的大老母，就骗得动她的心吗？况金雯青也是风流班首，难道不会对她陪小心说矮话吗？她还是馋嘴猫儿似的东偷西摸。现在看着，好像她很迷恋我，老实说，也不过像公子哥儿嫖姑娘一样，吃着碗里瞧着碟里，把我当做家常例饭外的消闲果子吧咧！我若要真做服帖她，只有在枕席上力征经营，这是她对我惟一满意的原因，我还是在这件事上去下死工夫。"三儿顿了顿，又沉思了一回，笑着点头道："有了，山珍海味，来得容易吃得多，尽你爱吃，也会厌烦；等到一厌烦，那就没救了。我既要弄她到手，说不得，只好趁她紧急的当口，使些刁计的了。"这些都是孙三儿得了雯青死信后，心上的一番算盘。

若说到彩云这一边呢，在雯青新丧之际，目睹病中几番含胡的嘱咐，回想多年宠爱的恩情，明明雯青为自己而死，自己实在对不起雯青，人非木石，岂能漠然！所以倒也哀痛异常，因哀生悔，在守七时期，把孙三儿差不多淡忘了。但彩云终究不是安分的人，第一她从来没有一个人独睡过，这回居然规规矩矩守了五十多天的孤寂，在她已是石破天惊的苦节了。日月一天一天的走，悲痛也一点一点的减，先觉得每夜回到空房，四壁阴森，一灯低黯，有些儿胆怯；渐感到一人坐守长夜，拥衾对影，倚枕听更，有些儿愁烦；到后来，只要一听到鼠子断叫，猫儿打架，便禁不住动心。自己很知道自己，这种孤苦的生活，万不能熬守长久，与其顾惜场面，硬充好汉，到临了弄的一塌胡涂，还不如一老一实，揭破真情，自寻生路。她想，就是雯青在天之灵，也会原谅她的苦衷。所以不守节，去自由，在她是天经地义的办法，不必迟疑的；所难的，是得到自由后，她的生活，该如何安顿？再嫁呢，还是住家？还是索性大张旗鼓的重理旧业？这倒是个大问题，费了她好久的考量。她也想到若再嫁人，再要像雯青一样的丈夫，才貌双全，风流富贵，而且性情温厚，凡百随顺，只怕世界上找不到第二个了。那么去嫁孙三儿吗？那如何使得！这种人，不过是一时解闷的玩意儿，只可我玩他，不可被他玩了去。况且一嫁人，就不得自由，何苦脱了一个不自由，再找一个不自由呢？住家呢，那就得自立门户，固然支撑的经费，不易持久，自己一点儿小积蓄，不够自己的挥霍，况一挂上人家〔21〕的假招牌，便有许多面子来拘束你，使你不得不藏头露尾，寻欢取乐，如何能称心适意！她彻底的想来想去，终究决定了公开的去重理旧业，等到这个主意一定，她便野心勃发，不顾一切的立地〔22〕进行。她进行的步骤，第一要脱离金家的关系，第二要脱离金家后过渡时期的安排。要脱离金家，当然要把不能守节的态度，逐渐充分的表现，使金家难堪；要过渡时期的安排，先得找一个临时心腹的忠奴，外间供她驱使，暗中做她保护。为这两种步骤上，她不能不伸出她敏巧的纤腕，顺手牵羊的来利用孙三儿了。闲话少说。

却说那一天，正是雯青终七后十天上，张夫人照例的借了城外的法源寺[23]替雯青化库[24]诵经，领了继元和彩云同去，在寺中忙了整一天。等到纸宅冥器[25]焚化，佛事完毕后，大家都上车回家。彩云那天坐的车，便是她向来坐的那一辆极华美的大安车，驾着一匹菊花青的高头大骡，赶车的是她的心腹贵儿。出来时，她本带着个小丫头，却老早先打发了回家。此时她故意落后，等张夫人和少爷的车先开走了，她才慢吞吞的出寺上车。贵儿是个很乖觉的小子，伺候彩云上车后，放了车帘，站在身旁问道："太太好久没出门了，这儿离杨梅竹斜街没多远儿，太太去散散心吧？"彩云笑道："小油嘴儿，你怎么知道我要上那儿去呢？你这一向见过他没有？"贵儿道："不遇见，我也不说了。昨天三爷还请我喝了四两白干儿，说了一大堆的话。他正掂记着你呢！"彩云道："别胡说了！我就依你上那儿去。"贵儿一笑，口中就得儿得儿赶着车前进，不一会，到了他们私宅门口。彩云下了车，吩咐贵儿把车子寄了厂，马上去知照孙三儿快来。

彩云走进一家高台级黑漆双扇大门的小宅门子，早有看守的一对男女，男的叫赵大，女的就是赵大家的，在门房里接了出来，扶了彩云向左转湾进了六扇绿色侧墙门，穿过倒厅小院，跨入垂花门。门内便是一座三间两厢的小院落，虽然小小结构，却也布置得极其精致。东首便是卧房，地敷氍毹，屏围纱绣，一色硃红细工雕漆的桌椅，一张金匡镜面宫式的踏步床，衬着蚊帐窗帘，几毯门幕，全用雪白的纱绸，越显得光色迷离，荡人心魄。这是彩云独出心裁敷设的。当下一进房来，便坐在床前一张小圆矮椅上，赵家的忙着去预备茶水，捧上一只粉定茶杯[26]，杯内满承着绿沉沉新泡的碧螺春。彩云一壁接在手里喝着，一壁向赵家的问道："我一个多月不来，三爷到这儿来过没有？"赵家的道："三爷差不多还是天天来，有时和朋友在这儿喝酒，唱曲，赌牌，有时就住下了。"彩云道："他给你们说些什么来？"赵家的道："他尽发愁，不大说话。说起话来，老是愁着太太在家里逼闷出病来。"彩云点点头儿。

此时彩云被满房火一般的颜色，挑动了她久郁的情焰，只巴着三儿立刻飞到面前。正盼哩，忽听院中脚步响，见贵儿一人来了。彩云忙问道："怎样没有一块儿来？你瞧见了没有呢？"贵儿道："瞧是瞧见了，他也急得什么似的，想会你。巧了景王〔27〕府里堂会戏，贞贝子〔28〕贞大爷一定要叫他和敷二爷〔29〕合串《五杰村》〔30〕，十二道金牌似的把他吊了去。他托我转告您，戏唱完了就来，请您耐心等一等。"彩云听了，心上十分的不快，但也没有法儿，就此回去，也不甘心，只好叫贵儿且出去候着，自己懒懒的仍旧坐下，和赵家的七搭八扯的胡讲了一会，觉得不耐烦，爽性躺在床上养神。静极而倦，矇眬睡去。

等到醒来，见房中已点上灯，忙叫赵家的问什么时候？赵家的道："已经晚饭时候了，晚饭已给太太预备着，要开不要开？"彩云觉得有些饥饿，就叫开上来，没情没绪吃了一顿哑饭。又等了两个钟头，还是杳无消息，真有些耐不住了，忽见贵儿奔也似的进来道："三爷打发人来了，说今夜不得出城，请太太不要等了，明天再会吧。"这个消息，真似一盆冷水，直浇到彩云心里。当下鼻子里哼了一声道："明天再会，说得好风凉的话儿！管他呢！我们走我们的！"说着，气愤愤的叫贵儿套车，一径回家。

到得家里，已在二更时候，明知张夫人还没睡，她也不去，自管自径到自己房里，把衣服脱下一撂，小丫头接也接不及，撒得一地，倒在床上就睡。其实那里睡得着，嘴里虽怨恨三儿，一颗心却不由自主的只想三儿好处，多么勇猛，多么伶俐，又多么熨贴，满拟今天和他取乐一天，填补一月以来的苦况，千不巧，万不巧，碰上王府的堂会，害我白等了一天。可是越等不着他，心里越要他，越爱他，有什么办法呢！如此翻来覆去，直想了一夜，等天一亮，偷偷儿叫贵儿先去约定了。梳洗完了，照例到张夫人那里去照面。

那天，张夫人颜色自然不会好看，问她昨天到了那里，这样回来的晚。她随便捏了几句在那里听戏的谎话。张夫人却正颜厉色的教训起来，说："现在比不得老爷在的时节，可以由着你的性儿闹。你既要守节，就该循规蹈矩，岂可百天未满，整夜在外，成何体统！"彩云不等张夫人说完，别转脸冷笑道："什么叫做体统？动不动就抬出体统来吓唬人！你们做大老母的有体统，尽管开口体统，闭口体统，我们既做了小老母，早就失了体统，那儿轮得到我们讲体统呢！你们怕失体统，那么老实不客气的放我出去就得了！否则除非把你的诰封借给我不还。"说着仰了头转背自回卧房。张夫人陡受了这意外的顶撞，气得一佛出世，二佛涅槃〔31〕。彩云也不管，回到房里。

贵儿已经回来，告诉她三儿约好在私宅等候，彩云饭也不吃，人也不带，竟自上车，直向杨梅竹斜街而来。到得门口，三儿早已纱衫团扇，玉琢粉装，倚门等待。一见面，便亲手拿了车踏凳，扶了彩云下车，一路走一路说道："昨儿个真把人揹死了！明知您空等了一天，一定要骂我，可是这班王爷阿哥儿们死钉住了人不放，只顾寻他们的乐，不管人家的死活，这只好求您饶我该死了！"彩云洒脱了他手向前跑，含着半恼恨的眼光回瞪着三儿道："算了吧，别给我猫儿哭耗子似的，知道你昨儿玩的是什么把戏呢！除了我这傻子，谁上你这当！"三儿追上一步捱着喊道："屈天冤枉，造谣的，害疔疮！"说着话，已进了房。两人坐在中央放的一张雕漆百龄小圆桌上，一般的四个鼓墩，都罩着银地红花的锦垫，桌上摆着一盘精巧糖果，一双康熙五彩的茶缸。赵家的上来伺候了一回，彩云吩咐她去休息，也退出去了。

房中只剩他们俩面对面，彼此久别重逢，自不免诉说了些别后相思之苦。三儿看了彩云半晌道："你现在打算怎么样？难道真的替老金守节吗？我想你不会那么傻吧！"彩云道："说的是，我正为难哩！我是个孤拐儿[32]，自己又没有见识，心口自商量，谁给我出主意呢？"三儿涎着脸道："难道我不是你的体己人吗？"彩云道："那么你为什么不替我想个主意呢？"三儿暗忖那话儿来了，但是我不可卤莽，便把心事露出，火候还没有熟呢，回说道："我很知道你的心，照良心说，你自然愿意守；但是实际上，你就是愿守，金家人未必容你守，守下去，没得好收场。所以我替你想，除了出来，没有你的活路。"彩云道："出来了，怎么样呢？"三儿道："像你这样儿身份，再落烟花[33]，实在有一点不犯着了；而且金家就算许你出来，不见得许你做生意。论正理，自然该好好儿再嫁一个人；不过吃了河豚，百样无味,你嫁过了金状元,只怕合得上你胃口的丈夫就难找了。”彩云忽低下头去,拿帕子只揾着脸,哽噎的道:“谁还要我这苦命的人呢?若是有人真心爱我,肯体贴我的痴心,不把人一夜一夜的向冰缸里搁,倒满不在乎状元不状元,我都肯跟他走。”三儿听了这些话,忙走过来,一手替她拭泪,一手搂着她道:“这都是我不好,倒提起你心事来了,快不要哭,我们到床上去躺会子吧!”此时彩云不由自主的两条玉臂钩住了三儿项脖,三儿轻轻地抱起彩云,迈到床心,双双倒在枕上。

正当春云初展,渐入佳境之际,赵家的突然闯进房来喊道:“三爷,外边儿有客立等会你。”三儿倏的坐起来,向彩云道:“让我去看一看是谁再来!”彩云没防到这阵横风,恨得牙痒痒的,在三儿臂上狠狠的咬了一口,用力一推道:“去罢,我认得你了!”三儿趁势,嘻皮赖脸的往外跑,彩云赌气一翻身,朝里床睡了。原想不过一时的扫兴,谁知越等越没有消息,心里有些着慌,一迭连声喊赵家的。赵家的带笑走到床边道:“太太并没睡着嗄?我倒不敢惊动。天下真有不讲理的人!三爷又给景王府派人邀了去了,真和提犯人一般的,连三爷要到里面来说一声都不准,我眼睁睁看他拉了走。”

这几句话,把彩云可听呆了,心里又气又诧异,暗想怎么会两天出来,恰巧碰上两天都有堂会。三儿尽管红,从前没有这么忙过,不要三儿有了别的花样吧?要是这样,还是趁早和他一刀两段的好,省得牵肠挂肚不爽快。沉思了一回,哝哝独语道:“不会,不会,昨天赵家的不是说我不出来时,他差不多天天来的吗?若然他有了别人,那有工夫光顾这空屋子呢？就是他刚才对我的神情，并不冷淡，这是在我老练的眼光下逃不了的。也许事有凑巧，正遇到他真的忙。”忽又悟到什么似的道：“不对，不对，这里是我们的秘密小房子，谁都不知道的。景王府里派的人，怎么会跑到这里来邀人？这明明是假的，是三儿的捣鬼。但他捣这个鬼什么用意呢？既不是为别人，那定在我身上。噢，我明白了，该死的小王八，他准看透了我贪恋他的一点，想借此做服我，叫我看得见，吃不着，吊得我胃口火热辣辣的，不怕我不自投罗网。吓，好利害的家伙！这两天，我已经被他弄得昏头昏脑了，可是我傅彩云也不是窝攮货，今儿个既猜破了你的鬼计，也要叫你认识认识我的手段。”

彩云想到这里，倒笑逐颜开的坐了起来，立刻叫贵儿套车回家。一路上心里盘算：“三儿弄这种手腕，虽则可恶，然目的不过要我真心嫁他，并无恶意。若然我设法报复，揭破机关，原不是件难事，不过结果倒弄得大家没趣，这又何苦来呢！我现在既要跳出金门，外面正要个连手，不如将计就计，假装上钩，他为自已利益起见，必然出死力相助。等到我立定了脚，嫁他不嫁他，权还在我，怕什么呢！”这个主意，是彩云最后的决定，一路心上的轮和车上的轮一般的旋转，不觉已到了家门。谁知一进门，恰碰上张夫人为她的事，正请了钱唐卿、陆菶如在那里商量，她在窗外听得不耐烦，爽性趁此机会，直闯进去，把出去的问题直捷痛快的解决了。

上面所叙的事，都是在未解决以前彩云在外放浪的内容，解决以后，彩云既当众声明，不再出门，她倒很守信义，并不学时髦派的言行相违。不过叫贵儿暗中通知了孙三儿,若要见面,除非他肯冒险一试武生的好身手,夜间从屋上来。这也是彩云作难三儿的一种策略。三儿也晓得彩云的用意,竟不顾死活的,先约定时刻,在三更人定后,真做了黄衫客〔34〕从檐而下。彩云倒出于意外,自然惊喜欲狂,不觉绸缪备至。三儿乘机把愿娶她做正妻的话说了。彩云要求他只要肯同到南边,凡事任凭处置,三儿也答应了。从此夜来明去,幽会了好几次。那夜彩云正为密运首饰箱出去,约得时间早了一点,以致被张夫人的老妈撞破,闹了一个贼案。这些情节,我已经在二十六回里叙过,这里不过补叙些事情的根原,不必絮烦。

幸亏第二天,彩云就跟了张夫人和金继元护了雯青灵柩,由水路出京,这案子自然不去深究了。孙三儿也在此时,从旱路到津。等到张夫人等在津,把雯青的柩,由津海关道成木生招呼,安排在招商局最新下水的新铭船上,家眷包了三个头等舱,平平安安的出海。孙三儿早坐了怡和公司〔35〕的船,先到上海,替彩云暗中布置一切去了。

这边张夫人和彩云等坐的新铭船,在海中走了五天,那天午后,进了吴淞口,直抵金利源码头。码头上扎起了素彩松枝,排列了旗锣牌伞,道县官员的公祭,招商局的路祭〔36〕,虽比不上生前的煊赫排衙,却还留些子身后的风光余韵。只为那时招商局的总办,便是过肇廷〔37〕,是雯青的至交,先本是台湾的臬台,因蒿目时艰〔38〕,急流勇退,威毅伯笃念故旧,派了这个清闲的差使,听见雯青灵柩南归,知照了当地官厅,顾全了一时场面,也是惺惺惜惺惺〔39〕略尽友谊的意思。当下张夫人不愿在沪耽搁,已先嘱家里雇好两只大船在苏州河候着，由轮船上将灵柩运到大船上，人也跟了上去，招商局派了一只小火轮[40]来拖带。那时彩云向张夫人要求另雇一只小船，附拖在后，张夫人也马马虎虎的应允了。等到灵柩安顿妥贴，吊送亲友齐散，即便鼓轮开行。刚刚走到青阳港[41]，已在二更以后，大家都沉沉地睡熟了，忽然后面船上人声鼎沸起来，把张夫人惊醒，只听后面船上高叫停轮，嚷着姨太太的小船没有了，姨太太的小船不知到那里去了。正是：

但愿有情成眷属，却看出岫便行云。

不知彩云的小船，究竟到了那里，且听下回分解。

按，本回回目原标为："白水滩，名伶掷帽；青阳港，好鸟离笼。"

〔1〕 燕庆里：暗指旧上海二马路（今九江路）彦丰里。傅彩云挂牌名曹梦兰。后移居大兴里，为上海长三书寓（两类高等妓女）聚居地之一；另一处为四马路（今福州路）。

〔2〕 章台：此处用作妓院的代称。取唐代韩翃寄柳氏诗"章台柳，章台柳……亦应攀折他人手"之意（唐许尧佐所作传奇《柳氏传》）。章台，古宫名，战国时建。在陕西长安县。

〔3〕 官庆：影射庆宽，字小山。汉军正黄旗人。任江西盐法道。

〔4〕 鱼轩：用鱼皮兽皮作装饰的车子。贵妇人所乘。

〔5〕 堂客：妇女。也指妻子。今西南官话区仍常用。

〔6〕 打千：清代男子常用礼节。垂右手，屈左膝，上身微微前俯。与请安相近。

〔7〕 得窍：乖巧。

〔8〕 《白水滩》：清末上演的京剧名，又名《十一郎》、《捉拿青面虎》。是一出武生演主角的戏，取材于清传奇《通天犀》。

〔9〕 孽缘：罪恶姻缘。

〔10〕 池子：池座。旧时戏院楼下中间正座。

〔11〕 上场门：在戏台左边。挂绣帘，门楣有“出将”二字。一般演员均左边出（上场），右边下（下场）。右边下场门楣有“入相”二字。

〔12〕 十一郎：穆玉玑。《白水滩》中主角。

〔13〕 范阳卷檐白缘毡笠子：范阳，古地名。涿州、北京、定兴、蓟县都可指，因时而异。毡笠子，指河北地区出产的一种阔边宽檐大毡帽，习惯上称作范阳毡笠。戏台上《林冲夜奔》中林冲即戴此帽。李自成入北京也戴此帽。

〔14〕 张君瑞、莺莺：《西厢记》中男女主角。

〔15〕 脱卯：脱节。出错。

〔16〕 真戏：作者此处所写是移花接木。陈定山《李春来传》载，李春来，高碑店人。光绪年间在上海满庭芳演出，武装玉貌，为女性所追求。有一晚，在天仙茶园演出《白水滩》，有一位有钱的广东小寡妇张镜兰，远远投上珠蝴蝶，全场哗然。卸装出，大汉四人拥春来入一马车，至一大宅，笑立相迎的妇人就是掷珠的缟衣人张镜兰。（转引自曹聚仁《上海春秋》）至于孙三儿，赛金花说他并不漂亮，脸上有很多黑瘢，还有麻子，只是体格魁梧，性情柔和。

〔17〕 捐班：纳赀获得官职或科名。

〔18〕 正途：科举考试出身。牌子硬。

〔19〕 服小：顺从。方言。

〔20〕 雏儿：幼妓。也指青年女性。

〔21〕 人家：常人、普通居民。

〔22〕 立地：立刻、马上。

〔23〕 法源寺：在今北京市菜市口西南法源寺前街。现为中国佛教协会所在地。

〔24〕 化库：焚化纸钱、金锭银锭等。

〔25〕 纸宅冥器：烧给亡灵的纸房子用具等。

〔26〕 粉定茶杯：粉红色的定窑出产的茶杯。定窑，宋代河北定州名窑，烧制品花纹精美多彩。

〔27〕 景王：指庆亲王奕劻。

〔28〕 贞贝子：影射载振。庆亲王奕劻的长子。贝子衔镇国将军。后任

农工商部尚书。

〔29〕 敷二爷：影射载捸(fú)。庆亲王奕劻次子。

〔30〕 《五杰村》：指《四杰村》，京剧剧目。一名《余千救主》。从小说《绿牡丹》改编而来。原文作《五杰村》，也许是有意改的。

〔31〕 一佛出世，二佛涅槃：死去活来。涅槃，佛教指死为解脱，称涅槃。

〔32〕 孤拐儿：这里是孤单一人的意思，不是脚孤拐(踝骨)。

〔33〕 烟花：指妓女。

〔34〕 黄衫客：唐蒋防所作传奇《霍小玉传》中侠客。霍小玉因李益负约不来，思念成疾，有一穿黄纻衫的豪士，挟持李益去见霍小玉。传奇中写"玉梦黄衫丈夫抱生(李益)来"，这里孙三儿自己做了黄衫客，有所不同。

〔35〕 怡和公司：又名渣甸洋行。英国殖民者在中国设立的机构。1782年设于广州。1843年设总行于上海，并陆续在天津、青岛、汉口、福州、汕头等地设分行。先从事鸦片走私和外贸，后经营航运、造船、码头、仓库、铁路、房地产等。

〔36〕 路祭：沿途设置祭桌，放置供具、花圈、挽联之类以送葬。

〔37〕 过肇廷：影射顾肇熙。吴县人。举人出身。署台湾布政使。

〔38〕 蒿目时艰：蒿目，举目远望。忧心时世。

〔39〕 惺惺惜惺惺：聪明人爱惜聪明人，同病相怜。

〔40〕 小火轮：拖轮。

〔41〕 青阳港：在江苏昆山东。约在上海与苏州的中间，也即走了一半路程。

第 十 六 卷

第三十一回

抟云搓雨弄神女阴符[1]　瞒凤栖鸾惹英雌决斗

话说张夫人正在睡梦之中，忽听后面船上高叫停轮，嚷着姨太太的小船不见了。你想，张夫人是何等明亮的人，彩云一路的行径，他早已看得像玻璃一般的透彻，等到彩云要求另坐一船，拖在后面，心里更清楚了。如今果然半途解缆，这明明是预定的布置，他也落得趁势落篷省了许多周折。当下继元过船来，请示办法，张夫人吩咐尽管照旧开轮，大家也都心照不宣了，不一时，机轮鼓动，连夜前进，次早到了苏州。有一班官场亲友，前来祭吊，开丧出殡，又热闹了十多日。从此红颜轩冕，变成黄土松楸[2]，一棺附身，万事都已，这便是富贵风流的金雯青，一场幻梦的结局。按下不题。

如今且说彩云怎么会半路脱逃呢？这原是彩云在北京临行时和孙三儿预定的计划。当时孙三儿答应了彩云同到南边，顺便在上海搭班唱戏；彩云也许了一出金门，便明公正气的嫁他。两人定议后，彩云便叫三儿赶先出京，替他租定一所小洋房，地点要僻静一点，买些灵巧雅致的中西器具，雇好使唤的仆役，等自己一到上海就有安身之所。他料定在上海总有一两天耽搁，趁此机会，溜之大吉，不料张夫人到上海后，一天也不耽搁，船过船的就走，在大众面前，穿麻戴孝的护送灵柩，没有法儿可以脱得了身。幸亏彩云心灵手敏，立刻变了计，也靠着他带出来的心腹车夫贵儿，给约在码头等候的三儿通了信，就另雇了一只串通好的拖船，好在彩云身边的老妈、丫头都是一条藤儿，爽性把三儿藏在船中。开船时掩人眼目的同开，一到更深人静，老早就解了缆，等着大家叫喊起来，其实已离开了十多里路了。这便叫做钱可通神。当下一解缆，调转船头，恰遇顺风，拉起满篷向上海直驶，差不多同轮船一样的快，后面也一点没有追寻的紧信，大家都放了心了。

彩云是跳出了金枷玉锁，去换新鲜的生活，不用说是快活；三儿是把名震世界的美人，据为己有，新近又搭上了夏氏兄弟[3]的班，每月包银[4]，也够了旅居的浇裹[5]，不用说也是快活。船靠了码头，不用说三儿早准备了一辆扎彩的双马车，十名鲜衣的军乐队，来迎接新夫人；不用说新租定的静安寺路[6]虞园近旁一所清幽精雅的小别墅内，灯彩辉煌，音乐响亮；不用说彩云一到，一般拜堂祭祖，坐床撒帐[7]，行了正式大礼。不用说三儿同班的子弟[8]们，夏氏三兄弟同着向菊笑[9]、萧紫荷[10]、筱莲笙[11]等，都来参观大典，一哄的聚在洞房里，喝着，唱着，闹着，直闹得把彩云的鞋也硬脱了下来做鞋杯，三儿只得逃避了，彩云倒有些窘急，还是向菊笑做好人，抢回来，还给他。当下彩云很感念他一种包围下的解救，对他微笑地道了谢。当晚直闹到天亮，方始散去。彩云虽说过惯放浪的生活，然终没有跳出高贵温文的空气圈里，这种粗犷而带流氓式的放浪，在他还是第一次经历呢，却并不觉得讨厌，反觉新鲜有兴。从此彩云就和三儿双宿双栖在新居里度他们优伶社会的生涯。三儿每天除了夜晚登坛唱戏，不是伴着彩云出门游玩，就是引着子弟们在家里弹丝品竹，喝酒赌钱。彩云毫不避嫌，搅在一起，倒和这班戏子厮混得熟了。向菊笑最会献小殷勤，和彩云买俏调情，自然一天比一天亲热了。

自古道快活光阴容易过，糊涂的光阴，尤其容易，不知不觉离了金门，跟了孙三儿，已经两个月了。有一天，正是夏天的晚上，三儿出了门，彩云新浴初罢，晚妆已竟，独自觉得无聊，靠在阳台上乘凉闲眺。忽听东面邻家车马喧阗，人声嘈杂，抬头一望，只见满屋里电灯和保险灯[12]相间着开得雪亮，客厅上坐满了衣冠齐楚的宾客，大餐间里摆满了鲜花，排列了金银器皿，刀叉碗碟，知道是开筵宴客。原来这家乡邻，是个比他们局面阔大的一所有庭园的住宅，和他们紧紧相靠只隔一道短墙。那家人家，非常奇怪，男主人是个很俊伟倜傥的中国人，三十来岁年纪，雪白的长方脸，清疏的八字须，像个阔绰的绅士。女主人却是个外国人，生得肌肤富丽，褐发碧眼，三十已过的人，还是风姿婀娜，家常西装打扮时，不失为西方美人，可是出门起来，偏欢喜朝珠补褂，梳上个船形长髻，拖一根孔雀小翎，弄得奇形怪状，惹起彩云注意来，曾经留心打听过，知道是福建人姓陈，北洋海军的官员，娶的是法国太太。往常彩云出来乘凉时，总见他们俩口子一块儿坐着说笑，近几天来，只剩那老爷独自了，而且满面含愁，仿佛有心事的样子。有一天，忽然把目光注视了他半晌，向他微微的一笑，要想说话似的，彩云慌忙避了进来。昨天早上，索性和贵儿在门口搭话起来，不知怎地被他晓得了彩云的来历，托贵儿探问肯不肯接见像他一样的人。彩云生性本喜拈花惹草，听了贵儿的传话，面子上虽说了几声诧异，心里却暗自得意。

正在盘算和猜想间，那晚忽见间壁如此兴高采烈的盛会，使他顿起了一种莫名其妙的感触，益发看得关心了。那晚的女主人，似乎不在家，男主人也没到过阳台上，只在楼下殷勤招待宾客，忙了一阵，就见那庭园中旋风也似的涌进两乘四角流苏黑蝶堆花蓝呢轿。轿帘打起，走出两个艳臻臻颤巍巍的妙人儿，前一个是长身玉立，浓眉大眼，认得是林黛玉[13]；后一个是丰容盛鬋[14]，光彩照人，便是金小宝[15]。娘姨大姐，簇拥着进去了。后来又轮蹄碌碌的来了一辆钢丝皮篷车，一直冲到阶前，却载了个娇如没骨弱不胜衣的陆兰芬[16]。陆陆续续花翠琴[17]坐了自拉缰的亨斯美，张书玉[18]坐了橡皮轮的轿式马车，还有诗妓李苹香[19]，花榜状元林绛雪[20]等，都花枝招展，姗姗其来。一时粉白黛绿，燕语莺啼，顿把餐室客厅，化做碧城锦谷。一群客人，也如醉如狂，有哗笑的，有打闹的，有拇战[21]的，有耳语的，歌唱声，丝竹声，热闹繁华，好像另是一个世界。

那边的喧哗，越显得这边的寂寞，愣愣的倒把彩云看呆了。突然惊醒似的自言自语道："我真发昏死了！我这么一个人，难不成就这样冷冷清清守着孙三儿胡拢一辈子吗？我真嫁了戏子，不要被天下人笑歪了嘴！怪不得连隔壁姓陈的都要来哨探我的出处了。我赶快的打主意，但是怎么办呢？一面要防范金家的干涉，一边又要断绝三儿的纠缠。"低头沉思了一会，蹙着眉道："非找几个上海有势力的人保护一下,撑不起这个……”一语未了,忽然背后有人在他肩上一拍道:“为什么不和我商量呢?”

彩云大吃一惊,回过头来一看,原来是向菊笑立在他背后,嘻开嘴笑。彩云手揿住胸口,瞪了他一眼道:“该死的,吓死人了!怎么不唱戏?这早晚,跑到这儿来!”向菊笑涎着脸伏在他椅背上道:“我特地为了你,今晚推托嗓子哑,请了两天假,跑来瞧你,不想倒吓着了你,求你别怪。”彩云道:“你多恁[22]来的?”菊笑道:“我早就来了。”彩云道:“那么我的话,你全听见了?”菊笑道:“差不多。”彩云道:“你知道我为的是谁?”菊笑踌躇道:“为谁吗?”彩云披了嘴道:“没良心的,全为的是你!你不知道吗?老实和你说,我和三儿过得好好儿的日子,犯不上起这些念头,就为心里爱上你,面子上碍着他,不能称我的心,要称我的心,除非自立门户。你要真心和我好,快些给我想法子。你要我和你商量,除了你,我本就没有第二个人好商量。”菊笑忸怩地拉了彩云的手,低着头,顿了顿道:“你这话是真吗?你要我想法子,法子是多着呢!找几个保护人,我也现成。我可不是三岁小孩子,不能叫我见了舔不着的糖就跑,我也不是不信你,请你原谅我真爱你,给我一点实惠的保证,死也甘心!”说话时,直扑上来,把彩云紧紧抱住不放。彩云看他情急,嗤的一笑,轻轻推开了他的手道:“急什么!锅里馒头嘴边食,有你的总是你的。我又不是不肯,今儿个太晚了,倘或冷不防他回来,倒不好,赶明儿早一点来,我准不哄你。你先把法子告诉我,找谁去保护?怎么样安排?我们规规矩矩大家商量一下子。”

菊笑情知性急不来，只好讪讪的去斜靠在东首的铁阑干上，努着嘴向间壁道："你要寻保护人，恰好今天保护人就摆在你眼前，那不是上海著名的四庭柱都聚在一桌上吗？"彩云诧异的问道："什么叫做四庭柱？四庭柱在那里？"菊笑道："第一个就是你们的乡邻，姓陈，名叫骥东[23]，因为他做了许多外国文的书，又住过外国不少时候，这里各国领事佩服他的才情，他说的话，差不多说一句听一句，所以人家叫他领事馆的庭柱。"彩云道："还有三个呢？"菊笑指着主人上首坐的一个四方脸，没髭须，衣服穿得挺挺脱脱像旗人一般的道："这就是会审公堂[24]的正谳官宝子固[25]，赫赫有名租界上的活阎罗，人家都叫他做新衙门的庭柱。还有在主人下首的那一位，黑苍苍的脸色，唇上翘起几根淡须，瘦瘦儿，神气有些呆头呆脑的，是广东古冥鸿[26]，也是有名的外国才子，读尽了外国书，做得外国人都做不出的外国文章，字林西报[27]馆请他做了编辑员，别的报馆也欢迎他，这叫做外国报馆的庭柱。又对着我们坐在中间的那个年轻的小胖子，打扮华丽，意气飞扬，是上海滩上有名的金逊卿[28]，绰号金狮子，专门在堂子[29]里称王道霸，龟儿鸨妇，没个不怕他，这便是堂子里的庭柱。今天不晓得什么事，恰好把四庭柱配了四金刚，都在一起，也是你的天缘凑巧，只要他们出来帮你一下，你还怕什么？"彩云道："你且别吹膀，我一个都不认得，怎么会来帮我呢？"菊笑笑道："这还不容易！你不认识，我可都认识，只要你不要过桥抽板，我马上去找他们，一定有个办法，明天来回复你。"彩云欣然道："那么一准请你就去，我不是那样人，你放心。”说着就催菊笑走，菊笑又和彩云歪缠了半天，彩云只好稍微给了些甜头，才把他打发了。

等到三儿回家，彩云一点不露痕迹的敷衍了一夜。次日饭后，三儿怕彩云在家厌倦，约她去逛虞园〔30〕，彩云情不可却，故意装得很高兴的直玩到日落西山，方出园门。三儿自去戏园，叫彩云独自回去。彩云一到家里，提早洗了浴，重新对镜整妆，只梳了一条淌三股的朴辫，穿上肉色紧身汗裤，套了玉雪的长丝袜，披着法国式的蔷薇色半臂〔31〕，把丫鬟仆妇都打发开了，一人懒懒地斜卧在卧房里一张凉榻上，手里摇着一柄小蒲扇，眼睛半开半闭的候着菊笑。满房静悄悄的，忽听挂钟镗镗的敲了六下，心里便有些烦闷起来。一会儿猜想菊笑接洽的结果，一会儿又模拟菊笑狂热的神情，不知不觉情思迷离，梦魂颠倒，竟沉沉睡去。朦胧间，仿佛菊笑一声不响的闪了进来，像猫儿戏蝶一般，擒擒纵纵的把自己搏弄，但觉轻飘飘的身体，在绵软的虚空里，一点没撑拒的气力；又似乎菊笑变了一条灵幻的金蛇，温腻的潜势力，蜿蜒地把自己灌顶醍醐〔32〕似的软化了全身，要动也动不得。忽然又见菊笑成了一只脱链的猕猴，在自己前后左右，只管跳跃，再也捉摸不着，心里一极，顿时吓醒过来。睁眼一看，可不是呢？自己早在菊笑怀中，和他搂抱的睡着。

彩云佯嗔的瞅着他道：“你要的，我都依了你，该心满意足了。我要的，你一句还没有给我说呢！”菊笑道：“你的事我也都给你办妥了。昨天在这儿出去，我就上隔壁去，他们看见我去，都很诧异。我先把宝大人约了出来，一五一十的把你的事告诉了。他一听你出来，欢喜得了不得,什么事他都一力担当,叫你尽管放胆做事,挂牌的那天,他来吃开台酒,替你做场面。说不定,一两天,他还要来看你呢!谁知我们这些话,都被金狮子偷听了去,又转告诉了陈大人。金狮子没说什么,陈大人在我临走时,却很热心的偷偷儿向我说,他很关心你,一定出力帮忙,等你正式挂牌后,他要天天来和你谈心呢!我想你的事,有三个庭柱给你支撑,还怕什么!现在只要商量租定房子和脱离老三的方法了。"彩云道:"租房子的事,就托你办。"菊笑道:"今天我已经看了一所房子,在燕庆里,是三楼三底,前后厢房带亭子间,倒很宽敞合用的,得空你自己去看一回。"彩云正要说话,忽听贵儿在外间咳嗽一声。彩云知道有事,便问道:"贵儿,什么事?"贵儿道:"外边有个姓宝的客人,说太太知道的,要见太太。"彩云随口答道:"请他楼上外间坐。"菊笑发起极来道:"你怎么一请就请到楼上!我在这里,怎么样呢?"彩云钩住了菊笑的项脖,面对面热辣辣的送了一个口亲[33]道:"好人,我总归是你的人。我们既要仗着人家的势力,来圆全我们的快乐,怎么第一次就冷了人家的心呢?只好委屈你避一避罢!"菊笑被彩云这一阵迷惑,早弄得神摇魂荡,不能自主,勉强说道:"那么让我就在房里躲一躲。"彩云一手掠着蓬松的云鬓,一手徐徐的撑起娇躯笑着道:"我知道你不放心,不过怕我和人家去好。你真疯了!我和他初见面,有什么关系呢?不过你们男人家妒忌心是没有理讲的,在我是虚情假意,你听了一样的难过。我舍不得你受冤枉的难过,所以我宁可求你走远一点儿倒干净。"一壁说,一壁挽了菊笑的手,拉到他卧房后的小楼梯口道:"你在这里下去,不会遇见人，咱们明天再见罢！”菊笑不知不觉好像受了催眠术一般，一步一步的走出去了。

且说彩云踅回卧房，心想这回正式悬牌，第一怕的是金家来搅他的局，但是金家的势力，无论如何的大，总跳不出新衙门。这么说，他的生死关头，全捏在宝子固的手里，他只有放出全身本事，笼络住了他再说。想罢走到穿衣镜前，把弄乱的鬓发重新刷了一回，也不去开箱另换衣裤，就手拣了一件本色玻璃纱的浴衣，裹在身上，雪肤皓腕，隐现在一朵飘渺的白云中，绝妙的一幅杨妃出浴图，自己看了，也觉可爱。一挪步，轻轻地拽开房门，就袅袅婷婷的走了出来，向宝子固嫣然一笑，莺声呖呖地叫了一声“宝大人”。宝子固虽是个花丛宿将，却从没见过这样赤裸的装束，妖艳的姿态，顿时把一只看花〔34〕的老眼，仿佛突然遇见了四射的太阳光，耀得睁不开了，痴立着只管呆看。彩云羞答答的别转了头笑着道：“宝大人您瞧得人怪臊的。您怎么不请坐呀！您来的当儿，巧了我在那儿洗澡，急得什么似的，连衣裤都没有穿好，就冒冒失失跑出来了，求您恕我失礼，倒亵渎了您了。”

宝子固这才坐定了，捉准了神，徐徐的说道：“我仰慕你十多年，今天一见面，真是名不虚传。昨天的话，菊笑大概都给你说过了罢？你只管放心。”彩云挨着子固身旁坐下道：“我和宝大人面都没有见过，那世里结下的缘分，就承您这样的怜爱我，搭救我，还要自各儿老远的跑来看我，我真不晓得怎么报答您才好呢！”子固道：“你嫁孙三儿，本来太自糟蹋了，大家听了都不服气。我今天的来，不是光来看你,为的就虑到你不容易摆脱他的牢笼。”子固说到这里,四面望了一望。彩云道:“宝大人尽管说,这里都是我心腹。”子固低声接说道:“陈大人倒替你出了一个主意。他恰好有一所新空下来的房子,在虹口,本来他一个英国夫人住的,今天回国去了。我们商量,暂时把你接到那里去住,先走出了姓孙的门,才好出手出脚的做事。你说好不好?”彩云本在那里为难这事,听了这话正中下怀,很喜欢的道:“那是再好也没有了。”子固附耳又道:“既然你愿意这么办,事不宜迟,那么马上就乘了我马车走,行不行呢? 那一边什么都现成的。”彩云想了一想道:“也只有这么给他冷不防的一走,省了多少噜哧,咱们马上走。”子固道:“你的东西怎么样呢?”彩云道:“我只带一个首饰箱和随身的小衣包,其余一概不带,连下人都瞒了,只说和您去听戏的就得了。那么请您在这里等一等,让我去归着归着就走。”说罢,丢下子固,匆匆的进了房去,不到十分钟,见彩云换了一身时髦的中装,笑嘻嘻提了一个小包儿,对子固道:“宝大人您今天不做官,倒做了犯人了!”子固诧异道:“怎么我是犯人?”彩云笑道:“这难道不算拐逃吗?”子固也忍不住笑起来。

正说笑间,忽然一个丫鬟推开门,向彩云招手。彩云慌忙走出去,只见贵儿走来,给他低低道:“又来了一个客,说姓金,要见太太。”彩云知道是金狮子,又是个不好得罪的人,他又摸不清楚他和宝子固是不是一路,心想两雄不并立,还是不叫他们见面的好,擭出自己多费一点精神,哄他们人人满意,甘心做他裙带下的忠奴。当下暗嘱贵儿请他在客厅上坐,自己回到房里向子固道:“讨人厌的来了个三儿的朋友，要见我说几句话，没有法儿，只好请您耐心等一会儿，我去支使他走了，我们才好走。”子固簇着眉道：“这怎么好呢？那么你赶快去打发他走！”子固眼睁睁看彩云扶着丫鬟下楼去了。

这一回，可不比上一次来得爽快了，一个人闷坐在屋里，左等也不来，右等也不来。一阵微风中，飘来笑语的声音，侧耳再听，寂静了半天，忽又听见断续的呢喃细语，掏出时计看时，已经快到九下钟了。心里正在烦闷，房门呀的一声，彩云闪了进来，喘吁吁地道：“您等得不耐烦了罢！真缠死人，好容易把他哄跑，我们现在可以走了。”子固在灯下瞥见彩云两颊绯红，云鬟不整，平添了几多春色，心里暗暗惊异。彩云拿了那小包，催着子固动身，一路走着一路吩咐丫鬟仆妇们好生照顾家里，一到门口，跳上子固的马车。轮蹄得得，不一会，已经到了虹口靶子路一座美丽的洋房门前停下。

子固扶她下车，轻按门铃，便有老仆开了门，彩云跟进门来。过了一片小草地，跨上一个高台阶，子固领了他各处看了一看，都铺设的整齐洁净，文雅精工。来到楼上，一间卧室，一间起坐，器具帷幕，色色华美，的确是外国妇女的闺阁。还留着一个女仆，两个仆欧，可供使用。

彩云看了，心里非常愉快，又非常疑怪，忽然问着子固道：“你刚才说这房子是陈骥东的英国夫人住的，陈骥东怎么有了法国夫人，又有英国夫人呢？外国人不是不许一个男人讨两个老婆的吗？为什么放着这样好的住宅不住，倒回了国呢？”子固笑道：“这话长哩，险些儿弄出人命来！陈骥东就为这事，这两天正在那里伤心。我们都是替他调停这公案的人，所以前天他请酒酬谢。

“我从头至尾的告诉你罢！原来陈骥东是福建船厂学堂出身，在法国留学多年。他在留学时代，已经才情横溢，中外兼通，成了个倜傥不群的青年，就有一个美丽的女学生，名叫佛伦西的，和他发生了恋爱，结为夫妇，这就是现在的法国夫人。学成回国后，威毅伯赏识了他，留在幕府里，办理海军事务，又常常差他出洋，接洽外交，四五年间，就保到了镇台的地位。可是骥东官职虽是武夫，性情却完全文士，恃才傲物，落拓不羁。中国的诗词，固然挥洒自如，法文的作品，更是出色。他做了许多小说、戏剧，在巴黎风行一时，中国人看得他一钱不值，法国文坛上，却很露惊奇的眼光，料不到中国也有这样的人物。尤其是一班时髦女子，差不多都像文君〔35〕的慕相如，俞姑〔36〕的爱若士〔37〕，他一到来，到处蜂围蝶绕，他也乐得来者不拒。

“有一次，威毅伯叫他带了三十万银子到伦敦去买一艘兵轮，他心里不赞成，不但没有给他去购买船只，反把这笔款子，一古脑儿胡花在巴黎伦敦的交际社会里，做了一部名叫做《我国》的书，专门传宣中国文化，他自己以为比购买铁甲船有用的多。结果又被一个英国女子叫玛德的爱上了，有人说是商人的姑娘，有人说是歌女，压根儿还是迷惑了他的虚名，明知他有老婆，情愿跟他一块儿回国。威毅伯知道了，勃然大怒，说他贻误军机，定要军法从事，后来亏得乌赤云、马美菽几个同事，替他求情，方才免了。骥东从此在北洋站不住，只好带了两个娇妻，到上海隐居来了。但骥东的娶英女玛德，始终瞒着法国夫人，到了上海，还是分居，一个住在静安寺，一个就住在这里；骥东夜里总在静安寺，白天多在虹口。法国夫人只道他丈夫沾染中国名士结习，问柳寻花逢场作戏，不算什么事；别人知道是性命交关[38]的事，又谁敢多嘴？倒放骥东兼收并蓄，西食东眠，安享一年多的艳福了。

“不想前礼拜一的早上，骥东已到了这里，玛德也起了床，正在水晶帘下看梳头的时候，法国夫人欻地一阵风似的卷上楼来。玛德要避也来不及，骥东站在房门口，若迎若拒的不知所为。法国夫人倒很大方的坐在骥东先坐的椅里，对玛德凝视半晌道：‘果然很美，不怪骥东要迷了！姑娘不必害怕，我今天是来请教几句话的，先请教姑娘什么名字？’玛德抖声答道：‘我叫玛德。’法国夫人道：‘贵国是否英国？’道：‘是的。’法国夫人指着骥东道：‘你是不是爱这个人？’玛德微微点了一点头。法国夫人正色道：‘现在我要告诉你了，我叫佛伦西，是法国人。你爱的陈骥东是我的丈夫，我也爱他，那么我们俩合爱一个人了。你要是中国人，向来猫猫虎虎的，我原可以恕你，可惜你是英国人，和我站在一条人权法律保护之下，我虽不能除灭你心的自由，但爱的世界里，我和你两人里面，总多余了一个。现在只有一个法子，就是除去一个！’说罢，在衣袋里掏出两支雪亮的白郎宁[39]，自己拿了一支，一支放在桌上，推到玛德面前，很温和的说道：‘我们俩谁该爱骥东，凭他来解决罢！密斯玛德，请你自卫！’说着已一手举起了手枪，瞄准玛德，只待要搬机。说是迟，那是快，骥东横身一跳，隔在两女的中间，喊道：‘你们要打，先打死我！’法国夫人机械地立时把枪口向了地道：‘你别着急，死的不一定是他，我们终要解决，你挡着什么用呢？’玛德也哭喊道：‘你别挡，我愿意死！’正闹得不得了，可巧古冥鸿和金逊卿有事来访骥东，仆欧们告知了，两人连忙奔上楼来，好容易把玛德拉到别一间屋里。玛德只是哭，佛伦西只是要决斗，骥东只是哀恳。古、金两人刚要向佛伦西劝解，佛伦西倏的站起来，发狂似的往外跑，大家追出来，他已自驾了亨斯美飞也似的向前路奔去。”

子固讲到这里，彩云急问道：“他奔到那里去？难道寻死吗？”子固笑道：“那里是寻死。”刚说到这里，听得楼下门铃丁铃铃的响起来，两人倒吃了一吓。正是：

皆大欢喜锁骨佛，为难左右跪池郎〔40〕。

不知如此深更半夜，敲门的果是何人，且听下回分解。

按，从第三十一回至第三十五回，《真美善》月刊发表的原文回目均无标点。原文中他、它、她统一作他，今仍其旧。

〔1〕　阴符：古代兵书曾用名，如《周书阴符》，见于史志而未见传本。这里指傅彩云弄权谋玩手段。

〔2〕　松楸：古人在墓地多种植松树和楸树以表墓。

〔3〕　夏氏兄弟：夏月恒、夏月珊、夏月润。京剧名演员。安徽怀宁人。月恒居长，工武生、武丑；月珊行三，工丑；月润行八，工武生。夏氏兄弟与潘月樵把旧上海县内的九亩地丹桂茶园改组为新舞台。他们又是艺人参加辛亥革命的知名人物，在武昌起义后率众打开制造局大门，配合商团光复上海。

〔4〕 包银:演出费、薪金。此指戏班班主付给演员的定额酬金。

〔5〕 浇裹:日常开支。

〔6〕 静安寺路:今名南京西路。

〔7〕 坐床撒帐:婚礼节目。新娘坐床由贺客嬉闹,叫做坐床富贵。撒帐,坐床时由妇女向床帐中抛洒金钱彩果,如枣栗等,取"早立子",即早生贵子吉祥义。

〔8〕 子弟:戏子称子弟。

〔9〕 向菊笑:影射田际云。直隶武清人。花旦演员,艺名想九霄。丹桂园园主。

〔10〕 萧紫荷:影射冯春航,字旭初。吴县人。花旦演员。

〔11〕 筱莲笙:影射潘月樵。常熟人。艺名小连生。京剧老生名角。

〔12〕 保险灯:加玻璃罩的煤油灯。

〔13〕 林黛玉:上海名妓的艺名。上海妓女界四金刚之一。后嫁南汇知县汪以诚(书中第六回的江以诚)。

〔14〕 鬋(jiān):妇女鬓发下垂的样子。

〔15〕 金小宝:苏州人。上海妓女界四金刚之一。

〔16〕 陆兰芬:苏州人。上海名妓,四金刚之一。

〔17〕 花翠琴:上海名妓。

〔18〕 张书玉:上海名妓。四金刚之一。

〔19〕 李苹香:艺名。本名黄碧漪。安徽歙县人。有诗妓之称。

〔20〕 林绛雪:上海名妓。

〔21〕 拇战:划拳,猜拳。

〔22〕 多偺:多咱,什么时候。

〔23〕 陈骥东:影射陈季同,字敬如。福建侯官人。福建船政学堂毕业生。总兵衔候补副将、驻法使馆参赞代公使。其夫人是法国人。他精通法国文学,有多种法文著作,如《支那童话》、《黄衫客悲剧》等。他和曾朴熟识,是指引曾朴研究法国文学的导师。

〔24〕 会审公堂:也称会审公廨。俗称新衙门,以别于上海县衙。这是在租界上设立的审理中国人案件的机构,由一名中国同知会同外国副领事一员问案。这就是外国人在中国享有了领事裁判权。会审公廨设在大马路(今南京路)小菜场(今第一食品店所在地)。直

至二十世纪二十年代中期，丁文江任淞沪商务督办时才收回了审判权。

〔25〕 谳官宝子固：谳官，审理案件的司法官员。宝子固，指宝颐，字子观。满族人。同知。上海英租界会审公廨会审委员。

〔26〕 古冥鸿：指辜汤生(1856—1928)，字鸿铭。福建同安人。留英博士。曾任张之洞幕僚，又在清末外务部任左丞。民国初在北京大学任教授。政治上思想上很守旧，推崇儒教，反对新文化。中西文著作多种，有《读易堂文集》等，用外文翻译《论语》和《中庸》。有怪杰之称。

〔27〕 《字林西报》：英国人在中国办的英文报纸。1864 年出版，1951 年停刊。

〔28〕 金逊卿：指金清镳，字琴孙。吴县人。上海租界华商公谊会董事。人称金四少爷，后被仇人所杀。

〔29〕 堂子：妓馆。

〔30〕 虞园：又作愚园。上海租界上三大著名园林之一，张氏私家花园。原在沪西(今愚园路上)，静安寺偏西。早废，已不存。

〔31〕 半臂：背心。

〔32〕 灌顶醍醐：醍醐灌顶。醍醐，酥酪上层凝结的油。佛教用以比喻一乘教义；以智慧灌输于人，使人彻悟，就像醍醐浇到人头上，使人清凉舒适。

〔33〕 口亲：吻。

〔34〕 看花：欣赏妓女。不是眼花。

〔35〕 文君：卓文君。西汉蜀中豪富卓王孙之女。美丽多才，新寡居家，慕司马相如之才情，私奔结合。

〔36〕 俞姑：明代娄江(太仓)女子俞二娘，酷爱汤显祖《牡丹亭》词曲，断肠伤心而死。汤显祖曾有诗哀悼她："画烛摇金阁，真珠泣绣窗。如何伤此曲，偏只在娄江！"(见《静志居诗话》)

〔37〕 若士：汤显祖，字义仍，号若士。明代临川人。大戏曲家、文学家。撰有传奇剧本《紫箫记》、《紫钗记》、《还魂记》(即《牡丹亭》)、《南柯记》、《邯郸记》。诗文有《玉茗堂集》等。

〔38〕 交关：相关联。今上海话则相当于非常、很。

〔39〕 白郎宁:勃郎宁(Browning)。手枪名。勃郎宁(1855—1926),美国轻武器设计家。此枪即以人名。

〔40〕 跪池郎:指惧内郎君。如本书第十四回所写米筱亭低声下气服事太太。典出北宋陈季常惧内。明人汪廷讷撰《狮吼记》剧本,推演其事。剧中第九曲《奇妒》有柳氏夫人用藜杖打丈夫并罚跪等情节。跪池郎本此。所以怕老婆又称"季常之疾"。

第三十二回

艳帜重张悬牌燕庆里　义旗不振弃甲鸡隆山

话说宝子固正和彩云讲到法国夫人自拉了亨斯美狂奔的话，忽听门铃乱响，两人都吃了一惊。子固怕的是三儿得信赶来，彩云知道不是三儿，却当是菊笑暗地跟踪而至，方各怀着鬼胎，想根问间，只听下面大门的开关声，接着一阵楼梯上历碌的脚步声，谈话声。一到房门口，就有人带着笑的高声喊道："好个阎罗包老，拐了美人偷跑，现在我陈大爷到了，捉奸捉双，看你从那里逃！"宝子固在里面哈哈一笑的应道："不要紧，我有的是朋友会调停，只要把美人送回大英，随他天大的事情也告不成。"就在这一阵笑语声中，有一个长身鹤立的人，肩披熟罗衫，手摇白团扇，翘起八字须，眯了一线眼，两脸绯红，醉态可掬，七跌八撞的冲进房来道："子固不要胡扯，我只问你把你的美人，我的芳邻，藏到那里去了？"子固笑道："不要慌，还你的好乡邻。"回过头来向彩云道："这便是刚才和你谈的那个英、法两夫人决斗抢夺的陈骥东。"又向骥东道："这便是你从前的乡邻，现在的房客，大名鼎鼎的傅彩云。我来给你们俩介绍了罢！"骥东啐了一口道："嘎，多肉麻的话！好像傅彩云，只有你一个人配认识。我们做了半年多乡邻，一天里在露台上见两三回的时候也有，还用得着你来介绍吗？"彩云微微的一笑道："可不是，不但陈大人我们见的熟了，连陈大人的太太，也差不多天天见面。”子固道：“你该谢谢这位太太哩！”彩云道：“呀，我真忘死了！陈大人帮我的忙，替我想法，容我到这里住，我该谢陈大人是真的。”骥东道：“这算不了什么，何消谢得！”子固拍着手道：“着啊，何消谢得！若不是法国太太逼走了玛德姑娘，骥东那里有空房子给你住呢！你不是该谢太太吗？”骥东道：“子固尽在那里胡说八道，你别听他的鬼话！”

彩云道：“刚才宝大人正告诉我法国太太和英国太太吵翻的事呢！后来法国太太自拉了亨斯美，上那儿去了呢？就请陈大人讲给我听罢。”骥东听到这里，脸上立时罩上一层愁云，懒懒的道：“还提他做什么，左不过到活阎罗那里去告我的状罢咧！这件事，总是我的罪过，害了我可怜的玛德。你要知道这段历史，有玛德临行时，留给我的一封信，一看便知道了。”骥东正去床面前镜台抽屉里，寻出一个小小洋信封的时候，一个仆欧上来，报告晚餐已备好了。骥东道：“下去用了晚餐再看罢。”三人一起下楼，来到大餐间。只见那大餐间里，围满火红的壁衣[1]，映着海绿的电灯，越显出碧沉沉幽静的境界。子固瞥眼望见餐桌上，只放着两付食具，忙问道：“骥东你怎么不吃了？”骥东道：“我今天在密采里请几个瑞记朋友，为的是谢他们密派商轮到台南救了刘永福军门出险，已吃的醉饱了，你们请用吧。”

彩云此时，一心只想看玛德的信，向骥东手里要了过来，一面吃着，一面读着。但见写的很沉痛的文章，很娟秀的字迹道：

骥东我爱：我们从此永诀了！我们俩的结合，本是一种热情的结合，在相爱的开始，你是迷惑，差不多全忘了既往；我是痴狂，毫没有顾虑到未来。你爱了我这了解你的女子，存心决非欺骗；我爱了你那有妻的男子，根本便是牺牲。所以我和你两人间的连属，是超道德和超法律的，彼此都是意志的自动，一点不生怨和悔的问题。我随你来华，同居了一年多，也享了些人生的快乐，感了些共鸣的交响，这便是我该感谢你赐我的幸福了。前日你夫人的突然而来，破了我们的秘密，固然是我们的不幸，然当你夫人实弹举枪时，我极愿意无抵抗的死在他一击之下，解除了我们难解的纠纷。不料被你横身救护，使你夫人和我的目的，两都不达，顿把你夫人向我决斗的意思，变了对你控诉，一直就跑到新衙门告状去了。幸亏宝谳官是你的朋友，当场拦住，不曾到堂宣布，把你夫人请到他公馆中，再三劝解，总算保全了你的名誉。可是你夫人提出的条件，要他不告，除非我和你脱离关系，立刻离华回国。宝子固明知这个刻酷的条件，你断然不肯答应，反瞒了你，等你走后，私下来和我商量。骥东我爱，你想吧，他们为了你社会声望计，为了你家庭幸福计，苦苦的要求我成全你。他们对你的热忱，实在可感，不过太苦了我了！骥东我爱，咳，罢了，罢了！我既为了你，肯牺牲身分，为了你，并肯牺牲生命，如今索性连我的爱恋，我的快乐，一起为你牺牲了吧！子固代我定了轮船，我便在今晨上了船了。骥东我爱，从此长别了！恕我临行时，竟未向你告别，相见无益，徒多一番伤心，不如免了罢！身虽回英，心常在沪，愿你夫妇白头永好，不必再念海外三岛间的薄命人了。

玛德留书。

彩云看完了信,向骥东道:“你这位英国夫人,实在太好说话了,叫我做了他,他要决斗,我便给他拼个死活,他要告状,我也和他见个输赢;就算官司输了,我也不能甘心情愿输给他整个儿的丈夫。”

骥东叹一口气道:“英国女子性质大半高傲,玛德何尝是个好打发的人?这回的忽然隐忍退让,真出我意料之外,但决不是她的怯懦。他不惜破坏了自己来成全我,这完全受了小仲马[2]《茶花女》剧本的影响。想起来,不但我把爱情误了他,还中了我文学的毒哩!怎叫我不终身抱恨呢!”彩云道:“那么,你怎么放他走的呢?他一走之后,难道就这么死活不管他了?陈大人你也太没良心了!”骥东还没回答,子固抢说道:“这个你倒不要怪陈大人,都是我和金逊卿、古冥鸿几个朋友,替陈大人彻底打算,只好硬劝玛德吃些亏,解救这一个结,难得玛德深明大义,竟毫不为难的答应了。所以自始至终,把陈大人瞒在鼓里,直到开了船,方才宣布出来。陈大人除了哭一场,也没有别的法儿了。至于玛德的生活费,是每月由陈大人津贴二十金磅,直到他改嫁为止,不嫁便永远照贴。这都是当时讲明白的。现在陈大人如有良心,依然可以和他通信;将来有机会时,依然可以团聚。在我们朋友们,替他处理这件为难的公案,总算十分圆满了。”

骥东站起身来,向沙发上一躺,道:“子固,算我感激你们的盛情就是了,求你别再提这事罢!到底彩云正式悬牌的事,你们商量过没有?我想,最要紧的是解决三儿的问题,这件事,只好你去办的了。”

子固道:“这事包在我身上,明天就叫人去和他开谈判,料他也不敢不依。”彩云道:“此外就是租房子,铺房间,雇用大姐相帮,这些不相干的小事,我自己来张罗,不敢再烦两位了。”骥东道:“这些也好叫菊笑来帮帮你的忙,让我去暗地通知他一声便了。”彩云听了骥东的话,正中下怀,自然十分的欢喜称谢。子固虽然有些不愿菊笑的参加,但也不便反对骥东的提议,也就含胡道好。

当下骥东在沙发上起来,掏出时计来一看,道声:“啊哟,已经十一点钟了,时候不早,我要回去,明天再来和你们道喜罢!”说着对彩云一笑。彩云也笑了一笑,道:“我也不敢多留,害陈大人回去受罚。”子固道:“骥兄先走一步,我稍坐一会儿,也就要走。”子固说这话时,骥东早已头也不回,扬长出门而去,一到门外,跳上马车,吩咐马夫,一径回静安寺路公馆。骥东和他夫人,表面上虽已恢复和平,心里自然存了芥蒂,夫妇分居了好久了。当骥东到家的时候,他夫人已经息灯安寝,骥东独睡一室,对此茫茫长夜,未免百端交集,在转辗不眠间,倒听见了隔壁三儿家,终夜人声不绝,明知是寻觅彩云,心中暗暗好笑。

次日,一早起来,打发人去把菊笑叫来,告诉了一切,又嘱咐了一番,菊笑自然奉命惟谨的和彩云接头办理。子固也把孙三儿一面安排得妥妥贴贴,所有彩云的东西,一概要回,不少一件。不到三天,彩云就择定了吉日良时,搬进燕庆里。子固作主,改换新名,去了原来养母的姓,改从自己的姓,叫了曹梦兰,定制了一块硃字铜牌,插了金花,挂上彩球,高高挂在门口。第一天的开台酒,当然子固来报效了双双台[3],叫了两班灯担[4]堂名,请了三四十位客人,把上海滩有名的人物,差不多一网打尽,做了一个群英大会。从此芳名大震,哄动一时,窟号销金,城开不夜,说不尽的繁华热闹。曹梦兰三字,比四金刚还要响亮,和琴楼梦的女主人花翠琴齐名,当时号称哼哈二将[5]。闲言少表。

却说那一天,骥东正为了随侍威毅伯到马关办理中日和议的两个同僚,乌赤云和马美菽,新从天津请假回南,到了上海,骥东替他们接风,就借曹梦兰妆阁,备了一席盛筵,邀请子固、冥鸿、逊卿,又加上一个招商局总办,从台湾回来的过肇廷做陪客。骥东这一局,一来是替梦兰捧场,了却护花的心愿,二来那天所请的特客,都是刎颈旧交,济时人杰,所以老早就到;就是赤云、美菽一班客人,因为知道曹梦兰便是傅彩云的化身,人人怀着先睹为快的念头,不到天黑,陆陆续续的全来了。梦兰本是交际场中的女王,来做姐妹花中的翘楚,不用说灵心四照,妙舌连环,周旋得春风满座。等到华灯初上,豪宴甫开,骥东招呼诸人就座,梦兰亲手执了一把写生[6]镂银壶,遍斟座客。赤云坐了首席,美菽第二,其余肇廷、子固、冥鸿、逊卿,依次坐定。梦兰告了一个罪,自己出外应征去了。这里诸客叫的条子,大概不外林、陆、金、张四金刚,翁梅倩[7]、胡宝玉[8]等一群时髦倌人[9],翠暖红酣,花团锦簇,不必细表。

当下骥东先发议道:“我们今日这个盛会,列座的都是名流,侑酒的尽属名花,女主人又是中外驰名的美人,我要把《清平调》[10]的‘名花倾国[11]两相欢’,改做‘倾城名士两相欢’了。”大家拍手道好。子固道："骥兄固然改得好，但我的意思，这一句该注重在一个'欢'字，倾城名士，两两相遇，虽然是件韵事，倘使相遇在烽火连天之下，便不欢乐了。今天的所以相欢，为的是战祸已消，和议新结，照这样说来，岂不是全亏了威毅伯春帆楼五次的磋商，两公在下关密勿[12]的赞助，方换到这一晌之欢。我们该给赤兄、美兄公敬一杯，以表感谢。"逊卿道："在烟台和日使伊东已正治，交换和约，是赤翁去的，这是和议的成功，赤翁该敬个双杯。"

赤云捋须微笑道："诸位快不要过奖，大家能骂得含蓄一点，就十分的叨情了。这回议和的事，本是定做去串吃力不讨好的戏文。在威毅伯的鞠躬尽瘁，忍辱负重，不论从前交涉上的功罪如何，我们就事论事，这一付不要性命并不顾名誉的牺牲精神，真叫人不能不钦服。但是议约的结果，总是赔款割地，大损国威。自奉三品以上官公议和战的朝命，反对的封章电奏，不下百十通；台湾臣民，争得最为激烈。尤其奇怪的，连老成持重的江督刘焜益，也说战而不胜，尚可设法撑持。鄂督庄寿香极端反对割地，洋洋洒洒上了一篇埋有三不可势有六不能的鸿文，还要请将威毅伯拿交刑部治罪哩！我们这班附和的人，在衮衮诸公心目中，只怕寸磔不足蔽辜呢！"

美菽道："其实我们何尝有什么成见，还够不上像荫白副使一般，有一个日本姨太太，人家可以说他是东洋驸马。自从刘公岛海军覆没后，很希望主战派推戴的湘军，在陆路上得个胜仗，稍挽危局，无奈这位自命知兵的何太真，只在田庄台挂了一面受降的大言牌，等到依唐阿一逃，营口一失，想不到纶巾羽扇的风流，脱不了弃甲曳兵的故套,狂奔了一夜,败退石家站[13],从此湘军也绝了望了。危急到如此地步,除了议和,还有甚办法?然都中一班名流,如章直蜚、闻鼎儒辈,还在松筠庵大集议,植髭奋鬣,飞短流长,攻击威毅伯,奏参他十可杀的罪状呢!"肇廷道:"何太真轻敌取败,完全中了书毒,其事可笑,其心可哀,我辈似不宜苛责。我最不解的,庄寿香号称名臣,听说在和议开始时,他主张把台湾赠英。政府竟密电翁养鱼[14]使臣,通款英廷,幸亏英相罗士勃雷婉言谢绝,否则一个女儿受了两家茶[15],不特破坏垂成的和局,而且丧失大信,国将不国,这才是糊涂到底呢!"

冥鸿插嘴道:"割台原是不得已之举,台民不甘臣日,公车上书[16]反抗,列名的千数百人。在籍主事邱逢甲[17],创议建立台湾民主国,誓众新竹,宣布独立。我还记得他们第一个电奏,只有十六个字道:'台湾士民,义不臣倭,愿为岛国,永戴圣清。'这是一时公愤中当然有的事。可恨唐景崧[18]身为疆吏,何至不明利害!竟昧然徇台民之情,凭众抗旨,直受伯理玺天德印信,建蓝地黄虎的国旗,用永清元年的年号,开议院,设部署,行使钞币,俨然以海外扶余[19]自命。既做此非常举动,却又无丝毫预备,不及十日,外兵未至,内乱先起,贻害台疆,腾笑海外!真是画虎不成,应了他的旗谶了!就是大家崇拜的刘永福[20],在台南继起,困守了三个多月,至今铺张战绩,还有人替刘大将军草平倭露布[21]的呢!没一个不说得他来像生龙活虎,牛鬼蛇神。其实都是主战派的造言生事,凭空结撰,守台的结果,不过牺牲了几个敢死义民,糟蹋了一般无辜百姓,等到计穷身竭,也是一逃了事罢了。"

骥东听到这里，勃然作色道："冥鸿兄，你这些都是成败论人的话，实在不敢奉教！割让台湾一事，在威毅伯为全局安危策万全，忍痛承诺，国人自应予以谅解；在唐、刘替民族存亡争一线，仗义挥戈，我们何忍不表同情！我并不是为了曾替薇卿运动外交上的承认，代渊亭营救战败后的出险，私交上有心袒护，只凭我良心评判，觉得甲午战史中，这两人虽都失败，还不失为有血气的国民。我比较他人，知道些内幕，诸位今天如不厌烦，我倒可以详告。"赤云、美菽齐声道："台事传闻异辞，我们如坠五里雾中，骥兄既经参预大计，必明真相，愿闻其详。"

骥东道："现在大家说到唐景崧七天的大总统，谁不笑他虎头蛇尾，唱了一出滑稽剧，其实正是一部民族灭亡的伤心史，说来好不悽惶。当割台约定，朝命景崧率军民离台内渡的时候，全台震动，万众一心，誓不屈服，明知无济，愿以死抗。邱逢时、林朝栋[22]二三人登台一呼，宣言自主，赞成者万人，立即雕成台湾民主国大总统印绶，鼓吹[23]前导，民众后拥，一路哭送抚署。这正是民族根本精神的表现。景崧受了这种精神的激荡，一时义愤勃发，便不顾利害，朝服出堂，先望阙叩了九个头，然后北面受任。这时节的景崧，未尝不是个赴义扶危的豪杰，再想不到变起仓皇，一蹶不振。议论他的，不说他文吏不知军机，便说他卤莽漫无布置，实际都是隔靴搔痒的话。他的失败，并不失败在外患，却失败在内变；内变的主动，便是他的宠将李文魁[24]；李文魁的所以内变，原因还是发生在女祸。

“原来景菘从法越罢战后，因招降黑旗兵的功劳，由吏部主事外放了台湾道，不到一年，升了藩司，在宦途上总算一帆风顺的了。景菘却自命知兵，不甘做庸碌官僚，只想建些英雄事业，所以最喜欢招罗些江湖无赖做他的扈从。内中有两个是他最赏识的，一个姓方，名德义[25]；还有一个，便是李文魁。方德义本是哥老会的会员，在湘军里充过管带，年纪不过三十来岁，为人勇敢忠直，相貌也魁梧奇伟。李文魁不过一个直隶的游匪，混在淮军里做了几年营混子，只为他诡计多端，生相凶恶，大家送他绰号，叫做‘李鬼子’。两人多有些膂力，景菘在越南替徐延旭护军时，收抚来充自己心腹的。后来景菘和刘永福、丁槐[26]合攻宣光，两人都很出力，景菘把方德义保了守备[27]，文魁只授了把总[28]，文魁因此心上不愤，常常和德义发生冲突。等到景菘到了台湾，两人自然跟去，各派差使，又为了差使的好坏，意见越闹越深。文魁是个有心计的人，那时驻台提督杨岐珍[29]，统带的又都是淮军，被文魁暗中勾结，结识了不少党羽，势力渐渐扩大起来。景菘一升抚台，便马马虎虎委了德义武巡捕[30]，文魁亲兵[31]管带，文魁更加不服。

“景菘知道了，心里想代为调和，又要深结文魁的心，正没有方法。也是合当有事，一日方在内衙闲坐，妻妾子女，围聚谈天，忽见他已出嫁的大女儿余姑太，身边站着一个美貌丫鬟，名唤银荷。那银荷，本是景菘向来注意，款待得和群婢不同，合衙人都戏唤他做候补姨太太，其实景菘倒并没自己享用的意思，他想把他来做钩饵，在紧急时，钓取将士们死力的。那时，他既代召廉村接了巡抚印，已移刘永福军去守台南，自任守台北。日本军舰有来攻文良港消息，正在用人之际，也是利用银荷的好时机，不觉就动了把银荷许配文魁的心。当下出去，立刻把文魁叫到签押房，私下把亲事当面说定，勉励了一番，又吩咐以后不许再和德义结仇。在景崧自以为操纵得法，总可得到两人的同心协力，谁知事实恰与思想相反，只为德义同文魁，平常都算景崧的心腹，一般穿房入户，一般看中了银荷，彼此都要向他献些小殷勤，不过因为景崧的态度不明，大家不敢十分放肆罢了。如今，景崧忽然把银荷赏配了文魁，文魁狼子野心，未必能知恩敛迹，这个消息，一传到德义耳中，好似打了个焦雷。最奇怪的，连银荷也哭泣了数天。

"不久，景崧的中军[32]黄翼德[33]出差到广东募兵，就派德义署了中军。文魁恃宠骄纵，往往不服从他的命令，德义真有些耐不得了。有一次竟查到文魁在外结党招摇的事，拿到了唾血的盟书，不客气的揭禀景崧。景崧见事情闹的实了，只得从宽发落，把文魁斥革驱逐了。文魁大恨，暗暗先将他的党羽，布满城中和抚署内外，日夜图谋，报仇雪恨。恰好独立宣布，景崧命女婿余鍌保护家眷行李，乘轮内渡，银荷当然随行。文魁知道了，那里肯依，立时集合了同党，商议定计，一来抢回银荷，二来趁此机会，反戈抚署，把景崧连德义一并戕杀，投效日军献功。这是文魁原定的办法。当时文魁率领了党徒三百多人，在城外要道分散埋伏下了，等到余鍌等一行人走近的当儿，呼哨[34]一声，无数涂花脸的强徒，蜂拥四出。余鍌见不是头，忙叫护送的一队抚标兵[35]，排开了放枪抵御，自己弹压着轿夫，抬着女眷们飞奔的逃回。抚标兵究竟寡不敌众，死的死，逃的逃，差不多全打散了，幸亏余鋆已进了城，将近抚署。

“那时德义正在署中，闻知有变，急急奔出。正要严令闭门，余鋆已押了眷轿，踉跄而入，前后枪声，随着似连珠般的轰发，门前已开了火了。德义还未举步，不提防文魁手持大扑刀[36]，突门冲进，正是仇人相见，分外眼明，兜头一刀斫下，血肉淋漓，飞去了半个头颅。德义狂叫一声，返奔了十余步，倒在大堂阶下。人声枪声鼎沸中，忽然眷轿里跳出一人，扑在德义血泊的尸身上，号啕痛哭，原来便是银荷。文魁提刀赶到，看见了倒怔住了。忽然暖阁门[37]砰硼的大开，景菘昂然的走了出来。那时大堂外的甬道上，立满了叛徒，人人怒容满面，个个杀气冲天。文魁两眼只注射染血的刀锋上，忽然尸旁的哭声停了，银荷倏的站了起来，突然拉住了文魁的右臂喊道：‘你看见了吗？我们的恩主唐抚台出来了！’如疯狗一般的文魁，被银荷这句话一提，仿佛梦中惊醒似的，文魁的刀锋慢慢的朝了下。景菘已走到他面前，很从容的问道：‘李文魁，你来做什么？’文魁低了头，垂了手，忸怩似的道：‘来保护大帅。’景菘道：‘好！’手执一支令箭，递给文魁，吩咐道：‘我正要添募新兵，你认得的兄弟们很多，限你两天招足六营，派你做统领，星夜开拔，赴狮球岭驻扎。’文魁叩头受命。各统领闻警来救，景菘托言叛徒已散，都抚慰遣归。另行出示，缉拿戕官凶犯。

“一天大祸，无形消弥，也亏了景菘应变的急智，而银荷的寥寥数语，魔力更大。景菘正待另眼相看，不想隔了一夜，银荷竟在署中投缳自尽。大家也猜不透他死的缘故，有人说他，和方德义早发生了关系，这回见德义惨死，誓不独生，这也是情理中或有之事。但银荷的死，看似平常，其实却有关台湾的存亡，景崧的成败。为什么呢？就为李文魁的肯服从命令，募兵赴防，目的还在欲得银荷，一听见银荷死信，便绝了希望，还疑心景崧藏匿起来，假造死信哄他，所以又生了叛心，想驱逐景崧，去迎降日军。等到日军攻破鸡隆的这一日，三貂岭正在危急，文魁在狮球岭领了他的大队，挟了快枪，驰回城中，直入抚署，向景崧大呼道：'狮球岭破在旦夕了，职已计穷力竭，请大帅亲往督战罢！'景崧见前后左右，狞目张牙，环侍的都是他的党徒，自己亲兵，反而瑟缩退后，知道事不可为，强自镇摄，举案上令箭掷下，拍案道：'什么话！速去传令，敢退后的，军法从事！'说罢，拂袖而入，叹道：'文魁误我，我误台民！'就在此时，景崧带印潜登了英国商轮，内渡回国，署中竟没一个人知道，连文魁都瞒过了。这样说来，景崧守台的失败，原因全在李文魁的内变。这种内变，事生肘腋，无从预防，固不关于军略，也无所施其才能，只好委之于命了。我们责备景崧，说他用人不当，他固无辞。若把他助无告御外侮的一片苦心，一笔抹杀，倒责他违旨失信，这变了日本人的论调了，我是极端反对的！"

肇廷举起一大杯酒，一口吸尽道："骥兄快人，这段议论，一泄我数月以来的闷气，当浮一大白！就是刘永福的事，前天有个从台湾回来的友人，谈起来，也和传闻的不同。今天索性把台湾的事，谈个痛快吧！"大家都说道："那更好了，快说，快说！"正是：

华筵会合皆名宿，孤岛兴亡属女戎[38]。

不知肇廷说出如何的不同，且听下回分解。

---

〔1〕 壁衣：挂毯，用以装饰墙壁。

〔2〕 小仲马：法国作家。大仲马的私生子。《茶花女》小说1848年出版，不久改编成话剧搬上舞台。

〔3〕 双双台：旧时妓院中设两席花酒为双台。双双台是加倍，四席花酒。文中说请了三四十位客人。

〔4〕 灯担：作仪仗和灯彩布置的人。

〔5〕 哼哈二将：佛寺寺门或天王殿中二金刚力士，相向分立东西两边，为护门神。塑像威猛。

〔6〕 写生：中国画临摹花果、草虫、禽兽实物都称为写生。

〔7〕 翁梅倩：上海名妓。后下海演京剧，工老生。

〔8〕 胡宝玉：上海名妓。

〔9〕 倌人：吴语称妓女为倌人。

〔10〕 《清平调》：古曲调。唐玄宗时宫中牡丹盛开，玄宗命李白作《清平调》辞三章；令梨园弟子抚丝竹歌唱，自己吹笛。李白之歌辞咏牡丹兼咏杨贵妃之美丽与宠幸。

〔11〕 倾国：下文倾城，都是形容绝色女子之词。《汉书》载李延年歌辞："北方有佳人，绝世而独立。一顾倾人城，再顾倾人国。"倾，倾倒，即现在的崇拜。

〔12〕 密勿：机要，机密。也指努力、勤勉。

〔13〕 石家站：指田家站。在盘山（今盘锦）境内，双台子河南岸。从营口到盘山驿道各驿站依次为河北、田庄台、大洼、田家。日军袭取牛庄，进攻田庄台，湘军溃败，向西北撤退；向南是大海，不可退。一夜只能跑几十里。

〔14〕 翁养鱼：影射龚照瑗，字仰蘧。合肥人。曾任光禄寺卿，出使英、法、义大臣。

〔15〕 受茶：婚礼中最关键的节目。即女家接受聘礼；也称下茶、下定，婚

姻就确定了。俗语说“吃了人家的茶，就是人家的人”。

〔16〕 公车上书：光绪二十一年（1895）四月，李鸿章签订马关条约，全国反对。康有为联合各省在北京会试举人一千三百余人签名上书，提出拒签和约、迁都抗战、变法图强三项主张。即史称公车上书的历史事件。

〔17〕 邱逢甲（1864—1912）：字仙根，号仓海君。台湾彰化人。光绪进士，官工部主事。甲午战起，在乡督办团练。日军取台湾，邱氏与台湾士民抵抗日军；抗战二十余昼夜，败退广东。以后主要兴办教育。他是诗人，有《岭云海日楼诗钞》。文中甲与时互见，后文多作“邱逢时”。

〔18〕 唐景崧：字维卿（文中用影射字薇卿）。第六回已见。1891 年任台湾布政使，1894 年署台湾巡抚。后文中崧多作菘。景崧是真名，景菘是影射名。

〔19〕 扶余：古国名。在松花江流域。

〔20〕 刘永福：已见第六回并注释。光绪时以总兵官守台湾。唐景崧署巡抚，迁刘永福守台南。日军取台湾，刘永福在新竹坚守。内奸破坏，清政府不救援，失败后返大陆。

〔21〕 露布：檄文、通告。

〔22〕 林朝栋：字荫堂。台湾漳化人。把总。

〔23〕 鼓吹：乐队。

〔24〕 李文魁：台湾抚署中军统带。

〔25〕 方德义：真姓余。余德义时任副将。因事革去李文魁职务，引起事变。

〔26〕 丁槐：字衡三。云南鹤庆人。广西提督。

〔27〕 守备：绿营中统兵官，在都司之下。

〔28〕 把总：低级军官，统带绿营营以下汛（千总、把总、外委所统率的绿营兵称汛，驻防地称汛地）的队伍。

〔29〕 杨岐珍：字西园。安徽寿州人。福建水师提督。

〔30〕 武巡捕：军中执法官。

〔31〕 亲兵：随身保护长官的卫队。

〔32〕 中军：督抚以下有兵权的，统领标兵的首领官称中军统带。

〔33〕 黄翼德:台湾抚署护卫营统带。

〔34〕 呼哨:把手指放在嘴里用力吹时,发出的像哨子的声音。

〔35〕 抚标兵:指巡抚直接统领指挥的标营兵。

〔36〕 扑刀:即朴(pō)刀。刀身狭长有短木柄的大刀。

〔37〕 暖阁门:官署大堂中后部设公案的阁子叫暖阁。暖阁门通后衙,开暖阁门就是官员升堂。

〔38〕 女戎:犹女祸。

第三十三回

保残疆血战台南府　谋革命举义广东城

话说肇廷提起了刘永福守台南的事，大家知道他离开台湾还不甚久，从那边内渡的熟人又多，听到的一定比别人要真确，都催着他讲。肇廷道："刘永福虽然现在已一败涂地，听说没多时，才给德国人营救了出险，但外面议论，还是沸沸扬扬，有赞的，有骂的。赞他说的神出鬼没，成了《封神榜》[1]上的姜子牙[2]；骂他的又看做抗旨害民，像是《平台记》[3]里的朱一桂[4]。其实这些都是挟持成见的话，平心而论，刘永福固然不是什么天神天将，也决不会谋反叛逆，不过是个有些胆略有些经验的老军务[5]罢了。他的死抗日军，并不想建什么功，立什么业，并且也不是和威毅伯有意别扭着闹法越战争时被排斥的旧意见。他明知道马关议约时，威毅伯曾经向伊藤博文声明过，如果日本去收台，台民反抗，自己不能负责。现在台民真的反抗了。自从台北一陷，邱逢时、林朝栋这班士绅，率领了全台民众，慷慨激昂的把总统印绶硬献给他。你们想，刘永福是和外国人打过死仗的老将，岂有不晓得四无援助的孤岛，怎抗得过乘胜长驱的日军呢！无如他被全台的公愤，逼迫得没有回旋余地，只好挺身而出，作孤注一掷了；只看他不就总统任，仍用帮办名义，担任防守，足见他不得已的态度了。老实说，就是大家喧传刘大将军在安平炮台上，亲手开炮，打退日本的海军，这才是笑话呢！要晓得台南海上，常有极利害的风暴，在四五月里起的，土人叫做台风，比着英法海峡上的雪风，还要凶恶。那一次，日舰来犯安平，恰恰遇到这危险的风暴，永福在炮台上只发了三炮，日舰就不还炮的从容退去，那全靠着台风的威力，何尝是黑旗〔6〕的本领呢？讲到永福手下的将领，也只有杨紫云〔7〕、吴彭年〔8〕、袁锡清〔9〕三四个人，肯出些死力，其余都是不中用的。所以据愚见看来，对于刘永福，我们不必给他捧场，也不忍加以攻击，我们认他是个有志未成的老将罢了。我现在要讲的，是台湾民族的一部惨史。虽然后来依然葬送在一班无耻的土人手里，然内中却出了几个为种族牺牲死抗强权的志士。”合座都鼓着掌道：“有这等奇事，愿闻，愿闻！”

那当儿，席面上，刚刚上到鱼翅，梦兰出堂唱尚未回来，娘姨、大姐满张罗的斟酒，各人叫的林、陆、金、张四金刚等几个名妓，都还花枝招展的坐在肩下。肇廷道：“自从永福击退了日舰后，台民自然益发兴高采烈，不到十日，投军效命的，已有万余人。永福趁这机会，把防务严密部署了一番，又将民团编成二十营，选定台民中著名勇士二人分统了。一个最勇敢的叫徐骧〔10〕，生得矮小精悍，膂力过人，跳山越涧，如履平地，不论生番和土人〔11〕，都有些怕他。一个林义成〔12〕，原是福州人，从他祖上落籍在嘉义县，是个魁伟的丈夫，和徐骧是师兄弟，本事也相仿；把这两个人统率民团，自然是永福的善于驾驭。还有一个，叫做刘通华，是朱一桂部将刘国基的子孙，在当地也有些势力，和徐、林两人，常在一起，台人称做‘台南三虎’。不过刘通华生得鼠头獐目，心计很深，远不如徐、林两人的豪侠。徐骧因为是自己的同道，也把他引荐给永福，做了自己部下的帮统。编派已定，徐、林两人日夜操练兵马，甫[13]有头绪，那时日军大队已猛攻新竹，守将杨紫云抵抗月余，大小二十余战，势危请援。徐骧和林义成都奉了永福命令，星夜开赴前敌，刚走过太甲溪[14]，半路遇见吴彭年，方知道赴援不及，新竹已失，杨紫云阵亡。日军乘胜长驱，势不可当，于是大家商定，只好退守太甲溪。

“且说那太甲溪，原是一个临河依山的要隘，沿着溪河的左岸还留下旧时的砖垒，山巅上可以安置炮位。当下徐骧、林义成领着民团，帮同吴彭年把队伍分扎在岸旁和山上，专候日兵来攻。那天正是布置好了防务的临晚，一轮火红的落日，已渐渐没入树一般粗的高竹林后面，在竹罅里散出万道紫光，返照在正在埋锅造饭的野营和沿河的古垒上，映得满地都成了血色。夏天炙蒸已过，吹来的湿风，还是热烘烘的，就在这惨澹的暮霭里，有两个少年在砖垒上面，肩并肩的靠在古垒的炮堵子上低低讲话。两人头上都绕着黑布，身上穿着黑布短衣，黑缠腰，腰带上，左挂马枪，右插标枪，两腿满缠着一色的布，脚蹬草鞋。一个长不满五尺，面似干柴一般的瘦，两眼炯炯有威；一个是个梢长[15]大汉，圆而黑的一张巨脸。那瘦小的不用说是徐骧，长大的便是林义成。那时徐骧眼望着对岸，愤愤的道：‘他妈的！那矮鬼的枪炮真利害，凭你多大本领，皮肉总挡不住子弹。我们总得想一个巧妙的法子，不管他成不成，杀他一个痛快，也是好的！’林义成道：‘说的是！有什么法子呢？’徐骧沉吟了一回道：‘大冈山上的女武师郑姑姑[16],不是你晓得的吗?拳脚固然练得不坏,又会一手好标枪,懂得兵法,有神出鬼没的手段,番人没个不畏服,奉他做女神圣。我想,若能请他出来帮助我们,或者有些办法。'林义成扬了一扬眉,望着徐骧道:'他肯出来吗?你该知道郑姑姑是郑芝龙[17]的子孙,世代传着仇满的祖训,他们宁可和生番打交道,怎肯出来帮助官军呃!'徐骧摇头道:'老林,你差了!我们现在和满清政府,有什么关系呢?他们早把我们和死狗一般的丢了!我们目前和日本打仗,原是台湾人自争种族的存亡,胜固可贺,败也留些悲壮的纪念,下后来复仇的种子。况且这回日军到处,不但掳掠,而且任意奸淫,台中妇女,全做了异族纵欲的机械。郑姑姑也是个女子,就这一点讲,他也一定肯挺身而出。'林义成道:'就算他肯,谁去请呢?'徐骧指着自己道:'是我。'

"林义成正要说话,忽然背后一人喊道:'团长你敢吗?'两人却吃了一吓,回过头来,见是自己的帮统刘通华,满脸毛茸茸未剃的胡子,两条板刷般的眉毛下,露出狡猾的笑容。徐骧怒道:'为什么我不敢!'刘通华道:'郑姑姑住在二鲲身大冈山铁猫椗龙耳瓮旁边,从这里去,路程不过十来里,可是要经过几处危险的山洞溪涧。瘴气毒蛇,不算一回事,最凶险的是那猴闷溪。那是两个山岬中间的急流溪,在两崖巅冲下像银龙般的一大条瀑布。凡到大冈山的,必要越过这溪,除了番人,任你好汉,都要淌下海去。团长你敢冒这个险吗?'徐骧道:'什么险不险,去的,就敢!'通华道:'敢去我也不赞成。台湾的男子汉都死绝了,要请一个半人半鬼的女妖去杀敌,说也羞人!'义成冷笑道:'老刘不必说了。你不过为了从前迷恋郑姑姑的美貌,想吃天鹅肉,吃不到,倒受了他一标枪,记着旧仇来反对,这又何苦呢!'通华道:'我是好意相劝,反惹你们许多话。'徐骧瞪起眼,手按枪靶喝道:'今天我是团长,你敢反抗我的命令吗?再说,看枪!'通华连连冷笑了几声,转背扬长的去了。这里徐骧被刘通华几句话一激,倒下了决心,一声不响,涨紫了露骨的脸,一口气奔下垒来,跑到一座较高的营帐前,系着一匹青鬃大马的一棵椰子树旁,自己解下缰绳,取了鞭子,翻身跨上鞍鞒。义成连忙追上来问道:'你就这么去吗?还是我跟着你同走吧!'徐骧回头答道:'再不去,被老刘也笑死!你还是照顾这里的防务,也许矮子今天就来,去不得,去不得!吴统领那里,你给我代禀一声。明天这时,我一定回来,再见罢!'说着,把鞭一扬,在万灶炊烟中,早飞上山坡,向峰密深处,疾驰而去。

"林义成到底有些不放心,疾忙回到自己营中,嘱咐几句他的副手,拉了一匹马,依着徐骧去的路,加紧了马力,追上去。翻了几个山头,穿了几处山洞,越过了几条溪涧,天色已黑了下来。在微茫月光里,只看见些洪荒的古树,蟠屈的粗藤,除了自己外,再找不到一人一骑,暗暗诧异道:'难道他不走这条路吗?'正勒住马探望间,一阵风忽地送来一声悠扬的马嘶,踏紧了镫,耸身随了声音来处望去,只见一匹马恰系在溪边一株半倒的怪树下,鞍韂完全,却不见人到。义成有些慌了,想上前去察看,忽听砌的一声,是马枪的爆响。一瞥眼里,溪下现出徐骧的身量,一手插好了枪,一手拉缰,跳上马背,只一提,那马似生了翅膀似的飞过溪流去了。义成才记起这溪是有名多蛇的，溪那边，便是鸦猴林，鸦猴林的尽头，就是猴闷溪，那是土人和生番的界线。义成一边想，一边催马前进。到的溪边，在月光下，依稀看见浅滩上，蠕动着通身花斑的几堆闪光，忙下了鞍，牵了马，涉水过溪，方见清溪流里横着两条比人腿还粗的花蛇，尾稍向上开着，红色的尖瓣和花一般。靠左一条是中标枪死的，右面一条是马枪打死的。看那样儿，方想到刚才徐骧被这些畜生袭击的危险，亏得他开了路，自己倒安然的渡过溪来。看着溪那边，是一座深密的大树林，在夏夜浓荫下，简直成了无边的黑海，全靠了叶孔枝缝中筛簸下一些淡白月影，照见前面弯曲林径里忽隐忽现的徐骧背影。义成遥远的紧跟着前进，两人骑行的距离，虽隔着半里多，却是一般的速度。过了一会儿，树林尽处，豁然开朗。面前突起了冲天高的一个危崖，耳边听见溯湃的水声，在云月朦胧里，瞥见从天泻下一条挟着万星跳跃的银河，义成认得这就是最可怕的猴闷溪了。

"忽见徐骧一出了林，纵马直上那陡绝的坂路。义成怕他觉得，只好在后缓缓的跟上去，过了危坂，显出一块较平坦的坡地，见那坡地罩出的高崖下，有几间像船一般狭长的板屋。屋檐离地不过四五尺高，门柱上仿佛现出五采的画，屋前种着七八株椰树，屋后围着竹林，那竹子都和斗一样的粗，数十丈的高，确是番人的住宅。看见徐骧到了椰树前，就跳下马来，系好马，去那矮屋前敲门。只听那屋前的竹窗洞里一个干哑的人声问道：'谁？半夜打门！狗贼吗？看箭！'言未了，绷的一响，一根没翎毛尖长的箭，向徐骧射来，幸亏徐骧避得快，没射着，就喊道：'我是老徐！'咿哑的一扇板门开了，走出一个矮老人来，草缚着头上半截的披发，一张人腊的脸藏在一大簇刺蝟的粗毛里，露着一口漆黑的染齿，两耳垂着两个大木环，赤了脚，裸着刺花的上半身，腰里围了一幅布，把编藤束得紧紧的。一见徐骧，现出凶狡的笑容道：'原来你，我只当来了一个红毛鬼〔18〕。'徐骧也笑道：'我不是红毛鬼，我是想杀黄毛小鬼的钟馗〔19〕。'老人道：'我们山里，只有红花的大蛇，没有黄毛的小鬼，你深夜来做什么。'徐骧道：'小鬼要来，尽你有大蛇也挡不住，我特地来请一位杀鬼的帮手。'老人道'谁？'徐骧道：'你们的郑姑姑。你们往常找郑姑姑，必要经过猴闷溪，怎样越过，你们肯帮我吗？'老人像怪鸟一样的笑了一声，道：'小鬼是要仙女来杀的，我们一定帮你。'说着，把手向屋里一招，出来了一对十五六岁的一男一女，赤条条的一丝不挂，头上都戴满了花草，两臂刺着青色的红毛文。女的胸悬贝壳，手带铜镯，右手挽着男的臂，左手托着猪腰似的果肉，自己咬了一口，喂到男的嘴边。一壁嬉笑，一壁跳跃的出来，看见徐骧，诧异似的眼望老人傻看。老人向徐骧道：'这就是我的女儿和他自己招来的丈夫。你瞧，这对呆鸟，只晓得自己对吃樣果〔20〕，也不分敬些客。可是你不要看轻他们，能帮你过溪的只有他们俩。'徐骧莫名其妙的听着那老番很高兴的讲，随后又很高兴的吩咐那两孩子领客人过溪。于是两个孩子和猴子般向前窜，老番也拉了徐骧一同往高崖下瀑布冲激的斜坡奔去。

"义成看到这里，正想举步再跟，忽见木屋的侧壁上，细碎的月光中，闪过一个很长的黑影，好像是个人影转过屋后不见了。心里好生奇怪，不由自主的抄到竹林里，又寻不到一些踪迹。暗忖道：'难不成这里有鬼？'回过脸来，恰对着那屋后的一个大窗洞，向里一望，大吃一惊，只见一片月光，正斜照在沿窗悬挂着的一排七八个人头上，都是瞪着无光的大眼，龇露着黑或白的齿，脸皮也有金箔色的，也有银色的，惨赖[21]的怕人。义成被这一吓，不拣方向的乱跑，一跑就跑出竹林以外，恰遇到岩石的缺口处。在依稀斜月中，望见下面奔雷似的大溪河，溪河这边，站着老番和徐骧。看那老番，正望着怒瀑的两岬间，指指点点的给徐骧讲话。义成随着他手指地方看去，忽见崖顶上，仿佛天河决了口倒下的洪涛里，翻滚着两个赤条条的孩子。再细认时，方辨明有一条饭碗粗的长藤，中段暗结在瀑布下两岬夹缝的深谷里，两端却生根似的各牢系在两岸的土中。此时正被两孩解放了谷中的结，趁势同秋千一样向冲激的水空里直荡进去，简直是天盖下挂着一座穿云的水晶壶，跳跃着一对戏水的金鱼。一瞬目间，两孩已离开了瀑流，缘着藤直滑到溪岸，只听溪边徐骧拍着掌欢呼道：'妙啊！好一双绝技的弄潮儿[22]！奇啊！好一条自然秘藏的飞桥。'说着话，抢上几步，纵身只一跃，两臂早挽上了悬藤，全身悬垂在空，手和臂变了肉翅，一屈一伸，一路飞行而进，恰钻入了雪崩的洪水圈里。倏地豁刺一声，徐骧全体随了一边脱栓的老藤，突落下沸成危潭的涡旋里，被几个狂浪打击，卷入溪中不可控制的急湍，向下海直淌，但见水花飞溅了几阵，一些人影也找不到了。老番站在岸边，张手顿足，嘴里狂喊道：'怎么千年的古藤，今天会拔了根，送了老徐的性命！你俩到底怎么弄的？'两孩也喊道：'太奇怪了！这棵藤根，本长在我们屋后竹林外的石壁上，若不是有人安心把刀斧砍断，任什么都拔不了根！’老番道：‘是呀，一定有歹人暗算！我们已没法救老徐的命，只有赶快去杀那害人贼，替他报仇！’一声呼啸，三人一齐向崖上跑。义成正着急他同伴遇险，想跳下崖去营救，忽听到这几句话，顿悟自己犯了嫌疑，一落番人手里，定遭惨杀。三十六着，走为上着，只好不顾一切，逃出竹林，飞身上马，没命的向来路狂奔。

“奔够了一两个钟头，不知越过了多少深林巨壑，估量着离猴闷溪已远，心头略略安定，刚放松缰绳，忽地望见远远月光中，闪电般飞过一个骑影，等到再定睛时，已转入山弯里不见了。义成十分惊诧，料定就是害徐骧的人，不觉怒从心起，加紧一鞭，追寻前去。正追得紧时，风中传来隆隆的炮声，又一阵阵连珠似的枪声，越走越听得清楚，义成猛吃一惊。抬头远望，已见天空中偶然飞起的弹火，疾忙催马向火发处驰去，又走了半个钟头，才现出一个平坦宽广的坂路，上面屯聚着一堆堆的人马营帐，旗帜刀枪，认得是吴统领的队伍。那坂路上面，恰当着两座高峰夹峙的隘口，那隘口边，已临时把沙土筑成了一条城堡般的防障，吴统领正指挥许多兵士轮流着抵御下面猛攻的敌军。义成赶到，下马上前谒见。吴彭年一望是他，就喊道：‘你和徐骧到那里去了？日军偷渡了太甲溪半夜来攻，你们的队伍先自溃退，牵动了全军，我们当然也抵当不住，直退到这凹底山的隘口，好容易才扎住了。你们民团，被日军追逼到东面的密菁中，至今不知下落。咦！怎么你只剩一人，徐骧呢？’义成知道自己坏了事，很惭愧的把徐骧去寻郑姑姑和自己跟踪目睹的事，详细说了一遍。吴彭年惊道：‘啊哟！这样说来，徐骧是被人害死了！害死他的，一定是刘通华！’义成问道：‘统领怎么知道是他害的？’吴彭年道：‘刘通华早已不知去向了！如今事已如此，说也无益，由他去罢，还是请你振作精神，帮助我一同防守要紧。’义成到此地步，既悲伤徐骧的惨死，又悔恨自己的失机，心里十分的难过，现在看见吴统领不但不斥责他，反奖励他，岂有不感激效命的呢！虽然敌人炮火连天，我军死伤山积，义成竟奋不顾身，日夜不懈的足足帮着守御了三天。

“到第四天的清晓，日军忽然停止了攻击。义成随着吴彭年在大帐里休憩，计议些防务。忽见几个兵士，捉住了一个番女，嚷着奸细，簇拥进帐来，请统领审问。谁知那番女一踏进帐门，望见吴、林二人，就高声说道：‘我不是奸细，也不是番女！我是从间道来报告秘密军情的。请统领屏退从人，如不相信，尽可叫兵士们先搜我身上，有无军器，或者留林义士在这里护卫，都听统领的便。’吴、林二人听了，暗暗纳罕。当时照例搜检了一通，真的身无寸铁，吴统领立刻喝退了护卫，只叫义成执枪侍立。那番女忽地转身向外，拔除了头上满插的花草，卸下了耳边悬垂的木环，扯掉了肩头抖张的鸟翅，拉去了项下联络的贝壳，等到回过脸来，倏变成了一个垂辫丰艳的美貌少女。义成先惊叫道：‘你是郑姑姑！怎会跑到这里？’言犹未了，把吴彭年也惊得呆了。

“郑姑姑微笑从容说道：‘我自有我的跑法，林义士不必考问。我现在来报告的，是我预定的破敌奇计。’吴彭年诧问道：‘你有奇计吗？’郑姑姑把眉一扬道：‘原也算不了奇，不过老套罢了。我从前夜里在大冈山，领了百十个壮健些的番女，一同下来，刚到傀儡内山的郎娇社[23]，就遇到民团溃兵窜过，向着山后卑南觅逃走。日军见穷山深菁，不敢穷追，便在社内扎住了，幸我先到一步，把带来的番女，都暗暗安顿在番众家里。我只留了老妇二人，小番女一人，认做亲属，也占住了一座番屋。日兵一到，在休战时间，第一件事，当然是搜寻妇女取乐，补偿他们血战之苦。番女中稍有姿色的，全被掳去，注目到我的格外的多。正谋劫夺，忽然闯进一个会说中国话的青年军官，自称炮兵队长，相貌魁梧，态度温雅，不愧武士道风。进得门来，便把老妇少女支使出去，亲手关上了门，转身挨我身旁坐下，很婉转的和我搭话。我先垂着头，佯羞不答，也不峻拒，他有些迷惑了，絮絮叨叨，说了许多求爱的软话。我故意斜看了他一眼，低低说道："像将军这般英雄年少，我在中国，还没有遇见过，若能正式娶我，我岂有不愿。"队长道："令娘真好眼力，我恰正没有娶妻。"说罢，就拉我就抱，将施无礼。我却徐徐把他推开，带着嘲弄的样子和他说："那有堂堂大国男儿，想做苟合之事！"他倒窘了，问我该怎么办呢？我说："我们既是正式婚嫁，难道不用媒证？"他说："一时那里去找？"我问："围绕在门外的那些人是谁？"他说："是同伍。"我道："何妨请他们进来，做我们的媒证。"那队长见我说得诚恳，很欢喜的答应，竟招众人进门，宣布了大意。大家都欢呼赞成，并且要求我立刻成婚。我推托嫁衣未备，便做和服[24]至快也得三天。这么着，磋商的结果，定了后天下午成婚。我又要他当夜在我家里开一个大宴会，他允许我请到同僚里许多重要官佐，替我装场面，内中我知道就有这里的炮队长和机关枪队长。这些都是昨夜约定的话。老实说，我早准备下虎阱龙窝，就打算在这筵席上关门杀贼。可恨那些小鬼，一向看匾了中国人，这回也叫他们尝尝老娘的辣手，可见汉族还有人在，不是个个像辽东将帅的阘茸。我探知统领被困在此，所以特地偷空从小路冒险而来，通知一声，请你们记好，在后天夜饭后，见东南角上，流星〔25〕起时，尽管放队猛攻，做我声援，必可获胜。'郑姑姑说完这一席话，吴、林二人都咋舌惊叹。还没有等到林义成告诉他徐骧往访被害的话，一眨眼早把原来的番装，重新扎扮停当，上前一把拉了义成说道：'我不能久留在此，请义士伴送出营，只须说明是旧识的番女，免得大家疑心。其余的事，请统领依着我的话做就得了。'当下吴彭年惟有唯唯听命，义成也一一照了他的话，恭恭敬敬送到营外山角一座树林边，看他跨上骑来的一匹骏马，丝鞭一动，就风驰电掣的卷入林云深处不见了。

"话分两头。如今且说郑姑姑久住番中，熟悉路径，随你日光不照处，也能循藤跳石，如履平地。不一刻，已赶回了郎娇社自己家里，招集了他的心腹女门徒，有替他裁缝的，有替他烹调的，有替他奔走的。备了十坛美酒，十桌筵席，又请了许多同社的番女，那队长见他这样的高兴忙碌，居然深信不疑。到了结婚那一天，家中挂灯结彩，小番女打着铜鼓，吹着口琴，当做音乐，满屋陈列着四季锦边莲等各种花卉。日到中天时候，一排军乐队和一班肩縫辉煌袖章璀粲的军官，簇拥了扬扬得意的队长进门。推了两位年长的做了证婚人，郑姑姑穿了极美丽的日本礼服，就在大厅上举行了半中半日式的结婚典礼。黄昏将近，厅上已排开了十个盛筵，筵上鲜果罗列，最可口的是味敌荔枝的檨果，其他如波罗蜜、梨仔茇、王梨[26]、芭蕉果、椰子、槟榔、甘马弼[27]等，不计其数。肴馔中，有奇异的海味，泥鲼[28]、乌鱼之外，又有蚊港[29]的蜉虾，坑子口[30]的蚶螯[31]和蚝螺[32]，样样投合日人的口味。络绎左右的，又都是些野趣横生的年轻番女。那些日军官刚离了硝烟弹雨之中，倏进了酒绿灯红之境，没一个不兴高采烈，猜忌全忘。队长则美人在抱，目眩魂消，不知不觉的和大家狂饮大嚼起来。酒过数巡，陡见满堂的灯烛，逐渐熄灭，伺候的番女，逐渐减退，大家觉得有些诧异，互相诘问。人人都道腹痛如裂，正要质问郑姑姑，郑姑姑出其不意，已袖出匕首，直洞队长之胸，立时倒地，拔出刀来，顺手又杀一人。其余番女各持兵器，从暗中窜出，逢人便斫，日人都徒手袒露，无可抵御。众人想夺门而走，谁知前后门都落了大闩，锁上铁锁，日人无奈，只好应用他国粹的柔术来抵敌。郑姑姑率领了一大队亲练的蛮学生，刀劈枪挑，杀人真如刈草，一刹那间，死尸枕藉满庭，即不受刀枪刺死的，也都中毒死了。这一场恶战，大约来赴宴的百余人，没有一个幸免。

“那时忽听西北方凹底山边枪炮声一阵紧似一阵，郑姑姑知道他放射流星的效力，吴彭年军队已响应了。门外知风[33]的日兵，也围得铁桶般的剧烈撞击。郑姑姑忙收拾了屋内和场上纵横倒毙的日人身上许多枪弹，分配给众番女，高声喊道：‘我们的死期到了！一样的死，与其在此等死，不如冲出去战死！’大家同声附和。郑姑姑举起一块大石，打破边墙，率领了众番妇，长枪短铳，和着铁镖弩箭，一窝风的向日兵聚集处杀去。日兵正集中在攻门，没有提防到一大群见人即噬的雌狼，在外面反攻，一时措手不及，等到转身抵御，已经成了肉搏的形势，火器失了效用，虽然杀伤了不少番女，究竟大和魂的勇猛，敌不住傀儡番[34]的矫捷，还有郎娇社全社的番壮，一齐舞动蛮器，旋风似的卷来，只好往下直退。退到太甲溪相近，恰遇到吴彭年和林义成也率了大队，在凹底山冲下，郑姑姑和吴彭年合在一起，奋勇追奔[35]。日兵本备下渡溪的船只，一到溪边，都争先上船，慌乱之际，落水和中弹的不计其数。数百只船舰，正载着逃军，荡到中流，岸上的追兵和船中的败兵还不断的矢弹横飞。忽地上流头顺着风淌下无数兵船，枪炮纷来，向日船中腰轰击，顿时把日船打得东飘西荡，不成行列。吴林等在火把光中看时，只见来船船头上站着个伟丈夫，不是别人，正是徐骧。全军中人人惊喜狂喊，都说是徐义士显灵助战，立时增加百倍的勇气，没个人不冒死向前，竟夺得许多渡船，把日军一直驱迫到海边，方始收兵回来。

“等到吴、林两人渡过太甲溪，忽不见了郑姑姑，番女们都四处奔驰的寻觅他们的贤师。吴、林两人忽在太甲溪的一个小湾水滩上，瞥见郑姑姑满身血污的横躺在砂土上，旁边坐着在那里掩面号哭的，正是大家认为已死的徐骧。义成跳上去问道：‘咦！徐统带你怎么没有死，倒在这里，郑姑姑怎么反死了呢？’徐骧呜咽道：‘我在猴闷溪断了藤，抓住了藤没脱手，幸遇到郑姑姑巡山看见，他救了我的性命，并且许我下山，设谋杀敌。谁知他的计成了功，他可在争渡时，胸腹中了敌人的两弹，我竟眼睁睁看他死去，没法救活，这未免太惨伤了！'于是大家才明白这次战胜的首功，全是郑姑姑一人，大家都洒泪赞叹。不用说，第二天，就举行了一个盛大的丧仪，全军替他缟素一天，把他葬在大冈山的龙耳瓮。这个捷报，申报到刘永福那里，自然更增了徐骧和吴彭年的信用。虽然后来还是刘通华怀恨背叛，到了七月中，利用大帮土匪，造了大营哗溃的谣言，吓跑了新楚军统领李惟义〔36〕，牵动前敌，袁锡清战死。日军仍袭据了太甲溪，进攻彰化，刘通华又导匪暗袭八卦山，破了彰化，吴彭年也殉了难。日军连陷云林、苗栗二县，进逼嘉义，当时和日军对垒的，只剩徐骧和林义成两人，还屡次设伏打败日人。然日军大集，用全力攻台南，徐骧和林义成，相继中炮而亡。从此刘永福孤立无援，兵尽饷绝，只得逃登德国商轮，弃台内渡了。但至今谈到太甲溪一战，还算替中国民族吐一口气，在甲午战争史上最光荣的一页哩！不过大家不大知道罢了。"

肇廷讲完这一大篇的历史，赤云先叹了一口气道："龚瑟人《尊隐》〔37〕上说的话，真不差，凡在朝的人，恹恹无生气，在野自多任侠敢死之士，不但台湾的义民，即如我们在日本遇到和弢天龙伯在一起的陈千秋，也是一个奇怪的人。"被赤云这句话一提，合座的话机，就转到陈千秋身上去了，又谁料知己倾谈，忘了隔墙有耳，全灌进了杨云衢的耳中。正和皓东在动问那大姐阿毛，忽然相帮送上皓东家里来的一个广东急电，拆封一看，知道是党里的商业隐语密电，皓东是电报生，当然一目了然。电文道：

大事准备已齐，不日在省起事，盼速来协谋。

当下递给云衢看了，两人正格外的高兴，倏地帘子一掀，一阵莺声呖

呖的喊道:“你们鬼鬼祟祟的干得好事!”两人猛吃一惊。正是:

血雨四天倾玉手,风雷八表[38]动娇喉。

不知来者何人,下回再来交代。

---

〔1〕《封神榜》:又名《封神演义》、《封神传》,一百回。明许仲琳撰。叙述周武王伐纣的故事。用荒诞奇诡的手法描写军阵战法,附以神怪,意在表扬道教,以与《西游记》的宣扬佛教相抗衡。

〔2〕姜子牙:《封神榜》中姜子牙是个半神半人的周军统帅。历史上的人物即太公望吕尚,姓姜名牙。灭商后封于齐。

〔3〕《平台记》:十一卷。清蓝鼎元著。记叙康熙末年征剿占据台湾的朱一贵事。

〔4〕朱一桂:即朱一贵。明末福建长乐人。明亡后居台湾,养鸭为生。康熙六十年率众起义抗清,占领全台,称中兴王。失败后被俘,杀于北京。

〔5〕老军务:长期从事军事工作的人。前文称鲁通一为老营务,义同。

〔6〕黑旗:指刘永福所部,在台湾时仍称黑旗军。

〔7〕杨紫云:指杨载云。驻台湾粤军将佐。

〔8〕吴彭年:字季篯。浙江人。驻台湾粤军统带。

〔9〕袁锡清:台南驻军管带。

〔10〕徐骧:广东人。秀才出身。台湾抗日义军将领。

〔11〕生番和土人:生番,台湾北中部山区番族为泰耶尔、赛夏,黥面,旧时有猎头旧习。台南为熟番,近海,有布嫩、百宛、鲁凯、卑南、雅美等族,开化较早。土人即指熟番。生番与熟番今统称高山族,是台湾的先居民。

〔12〕林义成:台湾抗日义军将佐。

〔13〕甫:方才,刚刚。

〔14〕太甲溪:也作大甲溪。地名。也是河流名,在台中,西流入海。

〔15〕梢长:长大。方言常用词。

〔16〕 郑姑姑：台湾漳化人。
〔17〕 郑芝龙：郑成功之父。明末曾任都督同知。清兵南下，不战而降。郑成功入台湾抗清，芝龙诛死。
〔18〕 红毛鬼：明清时人蔑称荷兰人。荷兰人原先侵占台湾。
〔19〕 钟馗：唐玄宗病时梦见一个大鬼，自称终南进士钟馗，能捉食小鬼。后世民间以钟馗为驱鬼的神。
〔20〕 檨（shē）果：芒果。
〔21〕 憏赖：丑陋，凶恶。
〔22〕 弄潮儿：本称篙师舵工与水打交道的人。特指钱塘江八月十八观潮时执彩旗群嬉于潮上的泅水少年。
〔23〕 郎娇社：在台湾凤山县。社，台湾番人的村社。血缘相同，略似氏族。
〔24〕 和服：日本服。宽袍大袖，束带；妇女后腰有包袱装饰。
〔25〕 流星：古代的一种兵器。此指作信号的土制火箭一类炮仗，夜间远处可以望见。民间也叫起火。
〔26〕 王梨：即菠萝。
〔27〕 甘马弼：柑仔密。形状像柿子，大小相仿。味浓，多细子，和糖煮作茶点。
〔28〕 泥鳅：形似鲳鲛鱼而大，味胜于鲳鲛鱼。
〔29〕 蚊港：在诸罗县佳兴里。渔船采捕集散港口。
〔30〕 坑子口：在凤山县下淡水里。西岸港口。
〔31〕 蚶鳌：一种贝类。壳如屋瓦，故又名歪瓦。
〔32〕 蚝螺：即牡蛎，俗称为蚝。
〔33〕 知风：放哨。
〔34〕 傀儡番：即上文傀儡内山郎娇社的番人。
〔35〕 追奔：追奔逐北，追击败退的敌军。
〔36〕 李惟义：驻台湾粤军左营管带。
〔37〕 《尊隐》：龚自珍的一篇短论，议论的大旨就是乌赤云概括的意思。
〔38〕 八表：八方极远的地方。

第三十四回

双门底是烈士殉身处　万木堂作素王改制谈

上回掀帘进门来的不是别人，当然是主人曹梦兰。那时，梦兰出局回家，先应酬了正房间里的一班阔客，挨次来到堂楼，皓东等方始放了心。恰好皓东邀请的几个同乡陪客，也陆续而来。这台花酒，本是皓东替云衢解闷而设，如今陈千秋的行踪已在无意中探得，又接到了党中要电，醉翁之意不在酒，但既已到来，也只好招呼摆起台面，照例的欢呼畅饮，征歌召花，热闹了一场。梦兰也竭力招呼，知道杨、陆两人都不大会讲上海白，就把英语来对答，倒也说得清脆悠扬，娓娓动听，顿使杨、陆两志士，在刹那间浑忘了血花弹雨的前途。等到席散，两人匆匆回寓。

云衢固然为了责任所在，急欲返粤；皓东一般的义愤勃勃，情愿同行。两人商议定了，皓东把沪上的党务和私事料理清楚，就于八月十四日，和云衢同上了怡和公司的出口船，向南洋进发。那晚，正是中秋佳节，一轮分外皎洁的圆月，涌上涛头，仿佛要荡涤世间的腥秽，皓东和云衢餐后无事，都攀登甲板，凭阑赏月。两人四顾无人，渐渐密谈起来。皓东道："来电说，准备已齐，不知到底准备了些什么？"云衢道："你是乾亨行会议里参预大计的一人，主张用青天白日国旗的是你，主张先袭取广州也是你，你是个重要党员，怎么你猜不到如何准备?”皓东道:“我到上海后,只管些交际和宣传事务,怎及你在香港总揽一切财政和接应的任务,知道的多!革命的第一要着,是在财政,我们会长在檀香山也没有募到许多钱,我倒很不解这次起事的钱,从那里来。”云衢道:“别的我不晓得,我离开广东前,就是党员黄永襄[1]捐助了苏杭街一座大楼房,变价得了八千元,后来或者又有增加。”皓东道:“军火也是准备中的要事,上次被扣后,现在不知在那里购运?”云衢道:“这件事,香港日本领事暗中很帮忙罢!况且陈千秋现在日本,他本来和日本一班志士弢天龙伯父子,还有曾根,都是通同一气,购运当然有路。我这回特地来沪,跟寻陈千秋,也为了这事的关系重大。”皓东道:“革命事业,决不能专靠拿笔杆儿的人物。从前三会联盟,党势扩大了不少,其实不但秘密会党,就是绿林[2]中,也不少可用之才,这回不知道曾否罗致一二?”云衢道:“这层早已想到,现在党中已和北江[3]的大炮梁,香山隆都的李杞[4]、侯艾存[5],接洽联络。关于这些,党员郑良士[6]十分出力。恰好遇到粤督谈钟灵[7]裁汰绿营的机会,军心摇动,前任水师统带程奎光[8],就利用了去运动城中防营和水师,大半就绪了。所以就事势上讲,举事例有九分的把握,只等金钱和军火罢了。”皓东道:“我听说我们会长,和谈督结交得很好,这话确不确?”云衢笑道:“这是孙先生扮的滑稽剧。一则靠他的外科医学,虽然为葡医妒忌,葡领禁止他在澳门行医,并封闭了他开设的药店,然上流人都异常信任,当道也一般欢迎;二则借振兴农业为名,创办农学会,立了两个机关,一在双门底王家祠云岗别墅,一在东门外咸虾栏张公馆,就用这两种名义结纳官绅,出入衙署。谈督也震于虚声,另眼款接,农学会中,还有不少政界要人,列名赞助,再想不到那两处都是革命重要机关,你想那些官僚糊涂不糊涂!孙先生的行动,滑稽不滑稽!”

皓东正想再开口。忽听有一阵清朗激越的吟诗声,飞出他们的背后,吟道:

云冥冥兮天压水,黄祖[9]小儿挺剑起。大笑语黄祖,如汝差可[10]喜。丈夫呰窳[11]偷生,固当伏剑断头死;生亦我所欲,死亦贵其所。邺城[12]有人怒目视,如此头颅不敢取。乃汝黄祖真英雄,尊酒相雠意气何栩栩!蜮者[13]谁?彼魏武[14]!虎者谁?汝黄祖。与其死于蜮,孰若[15]死于虎!

两人都吃了一惊,听那声音是从离他们很近的对过船舷上发出,却被大烟囱和网具遮蔽,看不见人影,细辨诗调和口音,是个湘人。他们面面相觑了一晌,疑心刚才的密谈,被那人偷听了去,有意吟这几句诗来揶揄他们的。此时再听,就悄无声息了。皓东忽地眉头一皱,英俊的脸色,涨满了血潮,一手在衣袋里,掏出一支防身的小手枪,拔步往前就冲。云衢抢上去,拉住他,低问道:“你做什么?”皓东着急道:“你不要拉我,宁我负人,毋人负我[16],我今天只好学曹孟德!”云衢道:“枪声一发,惊动大众,事机更显露了,如何使得!”皓东道:“打什么紧!我打死了他,就往海中一跳,使大家认做仇杀就完了,结果不过牺牲我一个人,于大局无关。”说完,把手用力一摔,终被他挣脱,在中间网具上,直跳过去。谁知跳过这边一望,只有铺满在甲板上,霜雪般的月光,冷静得鬼也找不到一个,那里有人?皓东心里诧异，一壁四处搜寻，一壁低喊道："活见鬼哩！"云衢那时也在船头上绕了过来道："皓兄不必找了，你跳过来时，我瞥见月下一个影子掠过前面，下舱去了。这样看来，我们的机密，的确给他听去。不过这个人，机警得出人意表，决不是平常人，我们倒要留心访察，好在有他的湖南口音，可以做标准，探访明白，再作商量，千万不要造次！"皓东听了，哭丧着脸，也只好懒洋洋的随着云衢一同归舱。

次早，云衢先醒，第一灌进他耳鼓的，就是几声湖南口音，不觉提起了注意。好在他睡的是下铺，一骨碌爬起来，拉开门向外一望，只见同舱对面十号房门，门口正站着一个广额丰颐长身玉立的人，飞扬名俊[17]的神气里，带一些狂傲高贵的意味，刚打着他半杂湘音的官话，吩咐他身旁侍立的管家道："你拿我的片子送到对过六号房间里二位西装先生，你对他说，我要去拜访谈谈。"那管家答应了，忙走过来，把片子交给也站到门外的云衢。云衢拿起来一看，只见上面写着："戴同时[18]，号胜佛，湖南浏阳人。"云衢知道他是当代知名之士，也是热心改革政治人物，一壁向管家道："就请过来。"一壁唤醒睡在上铺上的皓东。皓东睡眼朦胧爬起来，莫名其妙的招待来客。那时戴胜佛已一脚跨进了房门，微笑的说道："昨夜太惊动了，不该，不该！但是我先要声明一句，我辈都是同志，虽然主张各异，救国之心，总是殊途而同归。兄等秘密的谈话，我就全听见了，决不会泄漏一句，请只管放心。"皓东听了这一套话，这才明白来客就是昨天甲板上吟诗自己要去杀他的人。现在倒被他一种伉爽诚恳的气概笼罩住了，固然起不了什么激烈的心思，就是云衢也觉来得突兀，心里只有惊奇佩服,先开口答道:“既蒙先生引为同志,许守秘密,我们实在荣幸得很。但先生又说,主张各异,究竟先生的主张和我们不同在那里? 倒要请教。”胜佛道:“兄等首领孙先生兴中会的宗旨,我们大概都晓得些。下手方策,就是排满;政治归宿,就是民主。但照愚见看来,似乎太急进了。从世界革命的演进史讲,政治进化,都有一定程序,先立宪〔19〕而后民主,已成了普遍的公例。大政治家孟德斯鸠的《法意》,就是主张立宪政体的,就拿事实来讲,英国的虚君位制度,日本的万世一系法规,都能发扬国权,力致富强。这便是立宪政体的效果。至于种族问题,在我以为无甚关系,我们中国,虽然常受外族侵夺,然我们族性里,实在含有一种不可思议的潜在力,结果外族决不能控制我们,往往反受了我们的同化。你看如今满洲人的风俗和性质,那一样不和我们一样? 再也没有鞑靼人〔20〕一些气味了。”

皓东道:“足下的见解差了。兄弟从前也这样主张过,所以曾经和孙先生去游说威毅伯变法自强,后来孙先生彻底觉悟,知道是不可能的。立宪政体,在他国还可以做,中国则不可。第一要知道国家就是一个完整民族的大团集,依着相同的气候,人情,风俗,习惯,自然地结合;这个结合的表演,就是国性,从这个国性里才产生出宪法。现在我们国家在异族人的掌握中,奴役了我们二百多年,在他们心目中,贱视我们当做劣种,卑视我们当做财产,何尝和他们的人一样看待? 宪法的精神,全在人民获得自由平等,他们肯和我们平等吗? 他们肯许我们自由吗? 譬如一个恶霸或强盗,霸占了我们的房屋财产,弄得我们乱七八糟,一朝自己想整理起来,我们请那个恶霸去做总管,天下那里有这种笨人呢！至于政治进行的程序,本来没有一定,目的就在去恶从善,方法总求适合国情。我们既认民主政体,是适合国情的政体,我们就该奋勇直前,何必绕着湾儿走远道呢?”

胜佛忙插言道:“皓兄既说到适合国情,这个合不合,倒是一个很有研究的问题。我觉得国人尊君亲上的思想,牢据在一般人的脑海里,比种族思想强得多,假如忽地主张推翻君主,反对的定是多而且烈。不如立宪政体,大可趁现在和日本战败后,人人觉悟自危的当儿,引诱他去上路;也叫一班自命每饭不忘[21]的士大夫,还有个存身之地,可以减少许多反动的力量。”云衢接着道:“先生只怕还没透彻罢！我国人是生就的固定性,最怕的是变动,只要是变,任什么多要反对的。改造民主,固然要反对;就是主张立宪,一般也要反对。我们革命,本来预备牺牲,一样的牺牲,与其做委屈的牺牲,宁可直捷了当的做一次彻底的牺牲。我们本还没敢请教先生这回到粤的目的,照先生这样热心爱国,我们是很钦佩的,何不帮助我们去一同举事?”

云衢说到这里,皓东睃了他一眼。胜佛笑着说道:“不瞒两位说,我这回到粤,是专诚到万木草堂去访一位做《孔子改制考》[22]大名鼎鼎的唐常肃先生。我在北京本和闻鼎儒、章骞等想发起一个自强学会[23],想请唐先生去主持一切,而且督促他政治上的进行。至于兄等这回的大举,精神上,我们当然表同情,遇到可以援助的机会,也无不尽力。两位见到孙先生时,请代达我的敬意罢！”于是大家渐渐脱离了政见的舌战,倒讲了许多时事和学问,说得很是投机。皓东的敏锐活泼，和胜佛的豪迈灵警，两雄相遇，尤其沆瀣一气[24]，一路上你来我往，倒安慰了不少长途的寂寞。没多几天，船抵了广州埠，大家上岸，珍重道别。胜佛口里祝颂他们的成功，心里着实替他们担心。

话分两头。如今且说胜佛足迹遍天下，却没到过广东。如今为了崇拜唐常肃的缘故，想捧他做改革派的首领，秘密来此，先托他的门人梁超如[25]作书介绍。一上岸，就问明了长兴里万木草堂唐常肃讲学的地方，就一径前去，一路上听见不少杰格钩辀[26]的语调，看见许多丰富奇瑰的地方色采，不必细表。忽到了一个幽旷所在，四面围绕满了郁葱的树木，树木里榕和桂为最多，在萧疏秋色里，飘来浓郁的天香。两扇铜环黑漆洞开着的墙门，在深深的绿荫中涌现出来。门口早有无数上流人在那里进进出出，胜佛忙上前去投刺，并且说明来意。一个很伶俐像很忙碌的门公接了片子，端相了一回，带笑说道："我们老爷此时恰在万木堂上讲孔夫子呢！他讲得正高兴，差不多和耶稣会里教士们讲道理一样，讲得津津有味，你看，来听讲的人这么热闹。先生来得也算巧，也算不巧了！"胜佛诧问道："怎么又巧又不巧呢？"门公笑道："我们老爷，大家都叫他清朝孔夫子[27]，他今天讲的题目，就是讲孔夫子道理里的真道理，所以格外重要。从来没有讲过，在大众面前开讲，今天还是第一遭，先生刚刚来碰上，那不是巧吗？可是我们老爷定的学规，大概也是孔夫子当日的学规罢！他老人家一上了讲座，在讲的时候，就是当今万岁爷来，也不接驾的，先生老远奔来，只好委屈在听讲席上，等候一下。"

胜佛听着，倒也笑了。当下就随着那门公，蜿蜒走着一条长廊，长廊尽处，巍然显出一座很宏厂的堂楼。迎面就望见楼檐下，两楹间，悬着一块黑漆绿字的大匾额，上面是唐先生自写的“万木草堂”四个飞舞倔强的大字。堂中间，设起一个一丈见方三四尺高的讲台，台中间，摆上一把太师椅，一张半桌〔28〕。台下，紧靠台，横放着一张长方桌，两头坐着两个书记。外面是排满了一层层听讲席，此时已人头如浪般波动，差不多快满座了。唐先生方站在台上，兴高采烈，指天划地的在那里开始他的雄辩。

那门公把胜佛领进堂来，替他找到一个座位，听众的眼光，都惊异地注射到这个生客。那门公和台边并坐着的两少年，低低交换了几句话，见那两少年仿佛得了喜信似的，慌忙站起向胜佛这边来招呼。唐先生在台上，眼光里也表示一种欢迎。第一个相貌丰腴的先向胜佛拱手道：“想不到先生到得怎快〔29〕，使我们来不及来迎驾。”第二个瘦长的随着道：“超如没告诉我们先生动身日期和坐的船名，倒累我们老师盼念了好久。”胜佛谦逊了几句，动问两少年的姓名。前一个说姓徐名勉〔30〕，后一个说姓麦名化蒙〔31〕，这两个都是唐门高弟，胜佛本来知道的，不免说了些久慕套话，大家仍旧各归了原位。那时唐先生在讲台上，正说到紧要关头，高声的喊道：

我们浑浑沌沌崇奉了孔子二千多年，谁不晓得孔子的大道在六经，又谁不晓得孔子的微言大义在《春秋》呢！但据现在一万八千余字的《春秋》看来，都是些会盟征伐的记载，看不出一些道理，类乎如今的《京报汇编》。孟子转述孔子的话：“《春秋》,天子之事也。”这个“事”在那里?又道:“其事则齐桓晋文[32],其文则史[33],其义[34]则丘窃取之[35]矣。”这个“义”又在那里!又说:“知我者,其惟《春秋》乎!罪我者,其惟《春秋》乎[36]!”这种关系的重大,又在那里?真令人莫名其妙!无怪朱子[37]疑心他不可解,王安石[38]蔑视他为断烂朝报,要束诸高阁了。那么孔子真欺骗我们吗?孟子也盲从瞎说吗?这断乎不是。我敢大胆地正告诸君,《春秋》不同他经,《春秋》不是空言,是孔子昭垂万世的功业。他本身是个平民,托王于鲁[39]。自端门虹降[40],就成了素王受命的符瑞[41];借隐公元年[42],做了新文王[43]的新元纪,实行他改制创教之权。生在乱世,立了三世[44]之法,分别做据乱世,升平世,太平世。三朝三世中,又各具三世,三重而为八十一世,示现因时改制,各得其宜,演种种法,一以教权范围[45]旧世新世。《公羊》、《穀梁》所传笔削之义,如用夏时乘殷辂服周冕[46]等主张,都是些治据乱世的法。至于升平、太平二世的法,那便是《春秋》新王行仁大宪章[47],合鬼神山川公侯庶人昆虫草木全统于他的教,大小精粗,六通四辟[48],无乎不在。所以孔子不是说教的先师,是继统的圣王;《春秋》不是一家的学说,是万世的宪法[49]。他的伟大基础,就立在这一点改制垂教的伟绩上。

我说这套话,诸位定要想到《春秋》一万八千字的经文里,没有提过像这样的一个字,必然疑心是后人捏造,或是我的夸诞。其实这个黑幕,从秦汉以来,老子、韩非刑名法术[50]君尊臣卑之说，深中人心。新莽[51]时，刘歆又创造伪经，改《国语》[52]，做《左传》，攻击《公》《穀》，贾逵、郑玄[53]等，竭力赞助。晋后，伪古文经大行，《公》《穀》被摈，把千年以来学人的眼，都蒙蔽了，不但诸位哩！若照卢仝[54]和孙明复[55]的主张，独抱遗经究终始，那么《春秋》简直是一种帐簿式的记事，没甚深意，只为他们所抱的是古《鲁史》[56]，并没抱着孔子的遗经。

我们第一要晓得《春秋》要分文、事和义三样。孔子明明自己说过，“其事则齐桓晋文，其文则史，其义则丘窃取之”。孔子作《春秋》的目的，不重在事和文，独重在义。这个“义”在那里？《公羊》说：“制《春秋》之义，以俟后圣。”汉人引用，廷议断狱[57]。《汉书》上常大书特书道：“《春秋》大一统，大居正”；“《春秋》之义，王者无外”；“《春秋》之义，大夫无遂事[58]”；“《春秋》之义，子以母贵，母以子贵”；“《春秋》之义，不以父命辞王父命[59]，不以家事辞王事。”像这样的，指不胜屈，明明是传文，然都郑重地称为《春秋》，可见所称的《春秋》，别有一书，不是现在共尊的《春秋》经文。

第二要晓得《春秋》的义，传在口说。《汉·艺文志》说，《春秋》贬损大人，“不可书见，口授弟子”；刘歆《移太常博士文》[60]，也道“信口说而背传记”；许慎亦称“师师口口相传”。只因孔子改制所托，升平、太平并陈，有非常怪论，故口授而不能写出，七十子[61]传于后学。直到汉时，全国诵讲，都是些口说罢了。

第三要晓得这些口说还分两种。一种像汉世廷臣，断事折狱，动引《春秋》之义，奉为宪法遵行，那些都是成文宪法，就是《公》、《穀》上所传，在孔门叫做大义，都属治据乱世的宪法。不过孔子是匹夫制宪，贬天子，刺诸侯，所以不能著于竹帛，只好借口说传授，便是后来董仲舒、何休的陈口说，那些都是不成文宪法，在孔门叫做微言，大概全属于升平世、太平世的宪法。那么这些不在《公》、《穀》所传的《春秋》义，附丽在什么地方呢？我考《公羊》"曹世子来朝[62]"，《传》："《春秋》有讥父老子代从政者，不知其在曹欤在齐欤?"这几句话，非常奇特，《传》上大书特书，称做《春秋》的，明明不把现有一万八千文字的《春秋》当《春秋》，确乎别有所传的《春秋》，"讥父老子代从政"七字，今本经文所无；而且今本经文，全是记事，无发义，体裁也不同。这样看来，便可推知《春秋》真有口传别本，专发义的。孟子所指"其义则丘窃取之"，《公羊》所说，"制《春秋》之义"，都是指此。并可推知孔子虽明定此义，以为发之空言，不如托之行事之博深切明，故分缀各义，附入《春秋》史文，特笔削一下，做成符号。然口传既久，渐有误乱，故《公羊》先师，对于本条，已忘记附缀的史文；该附在"曹世子来朝"条，还该在"齐世子光会于相"[63]条，只好疑以传疑了。

第四就要晓得《春秋》确有四本。我从《公羊传》，庄七年经文，"夜中星陨如雨"，《公羊传》，"《不修春秋》曰：雨星不及地尺而复。君子修之曰：星陨如雨"。《不修春秋》，就是《鲁春秋》;君子修之,就是孔子笔削的《春秋》。因此可以证知《不修春秋》,《公羊》先师,还亲见过他的本子,曾和笔削的《春秋》,两两对校过。凡《公羊》有名无名,或详或略,有日月,无日月,何以书,何以不书等等,都从《不修春秋》上校对知道。那么连笔削的《春秋》,成文的已有两本。其他口说的《春秋》大义,《公》、《穀》所传的是一本;口说的《春秋》微言,七十子直传至董仲舒和何休,又是一本。其实四本里面,口说的微言一本,最能表现《春秋》改制创教的精神。[64]

请诸位把我今天提出的四要点,去详细研究一下,向来对于《春秋》的疑点,一切都可迎刃而解。只要不被刘歆伪经所蛊惑,不受伪古文学家的欺蒙,确信孔子《春秋》的真义,决不在一万八千余字的经文,并不在《公》、《穀》两家的笔削大义,而反在董仲舒、何休所传的秘密口说,这样一经了彻,不但素王因时立法的宪治,重放光明,便是我辈通经致用的趋向,也可以确立基础了。

当时唐先生演讲完了,台下听众倒也整齐严肃,一个都不敢叫嚣纷乱,挨次的退下堂去,足见长兴[65]学规的气象,或者有些仿佛杏坛[66]。胜佛还是初次见到这现代圣人的面,见他身中,面白,无须,圆圆的脸盘,两目炯炯有光,于盎然春气里,时时流露不可一世的精神,在台上整刷了一下衣服,从容不迫的迈下台来。早有徐勉、麦化蒙两大弟子,疾趋而进,在步踏[67]旁报告胜佛的来谒,一面由徐勉递上卡片。其实唐先生早在台上料知,一看卡片,立时显露惊喜的样子，抢步下台，直奔胜佛座次，胜佛起迎不迭，被唐常肃早紧拉住了手，哈哈大笑道："多年神交，今天竟先辱临草堂，直是梦想不到。刚才鄙人的胡言乱道，先生休要见笑，反劳久待，抱歉得很！"

胜佛答道："振聋发聩，开二千年久埋的宝藏，素王法治，继统有人。我辈系门墙外的人，得闻非常教义，该敬谢先生的宽容，何反道歉？"常肃道："上次超如寄来大作《仁学》初稿，拜读一过，冶宗教、科学、哲学于一炉，提出仁字为学术主脑，把以太[68]来解释仁的体用变化，把代数来演绎仁的事象错综，对于内学相宗[69]各法门，尤能贯彻始终，真是无坚不破，无微不发，中国自周秦以后，思想独立的伟大作品，要算先生这一部是第一部书了。"胜佛道："这种萌芽时代浅薄的思想，不足挂齿，请先生不要过誉。我现在急欲告诉先生的，是我这次从北京来南，受着几个热心同志的委托，特来敦促先生早日出山。希望先生本《春秋》之义，不徒托之空言，该建诸实事，还有许多预备组织事，要请先生指示主持哩！"

常肃道："我们要谈的话多着呢，我们到里面内书室里去谈罢，而且那里已代先生粗备了卧具。"于是徐、麦二人就来招呼前导，唐常肃在后陪着，领到了一间很幽雅的小书室里，布置得异常精美安适。两人就在那里上天下地的纵谈起来，徐、麦两高弟也出入轮替来照顾。

当夜不免要尽地主之义，替胜佛开宴洗尘。席间，胜佛既尝到些响螺[70]、干翅、蛇酒、蚝油南天的异味，又介绍见了常肃的胞弟常博[71]，认识了几个唐门有名弟子陈万春[72]、欧矩甲[73]、龙子积[74]罗伯约[75]等。从此往来酬酢，热闹了好几天；有暇时，便研究学问，讨论讨论政治。彼此都意气相投，脱略形迹。胜佛知道了常肃不但是个模圣范贤的儒生，还是个富机智善权变能屈能伸的政治家；常肃也了解胜佛不是个缒幽凿险的空想人，倒是个任侠仗义的血性男子。不知不觉在万木草堂里流连了二十多天，看着已到了满城风雨的时季，胜佛提议和常肃同行。后来决定过重九节后，胜佛先行，常肃随后就到北京。

到了重九，常肃又替胜佛饯行，痛饮了一夜。次日胜佛病酒，起的很晚，正在自己屋里料理行装，常肃面现惊异之色走进来，喊道："胜佛，你倒睡得安稳，外面闹得翻天覆地了！"胜佛诧问道："什么事？"常肃道："革命党今天起事，被谈钟灵预先得信，破获了！"胜佛注意的问道："谁革命？怎么起得这么突然，破坏得又这样容易呢？"常肃道："革命的自然是孙汶。我只晓得香港来的保安轮船到埠时，被南海县李征庸[76]率兵在码头搜截，捕获了丘四、朱贵全[77]等四十余人。又派缉捕委员李家焯[78]到双门底王家祠和咸虾栏张公馆两个农学会里，捉了许多党人，搜到了许多军器、军衣、铁釜等物。现在外面还在缇骑[79]四出，徐、麦两人正出去打听哩！"

胜佛心里着急，冲口的问道："陆皓东被捉吗？"常肃道："不知道。陆皓东是谁？你认得吗？"胜佛道："也是我才认识的。"方在滔滔地把轮船上遇见杨、陆两人的事，向常肃诉说。徐勉外面回来道："这回革命的事，几乎成功。真是谈督的官运亨通，阴差阳错里倒被他糊里糊涂的扑灭了。我有一个亲戚，也是党里有关系的人，他说得很详细。这次的首领，当然是孙汶，其余重要人物，如杨云衢、郑良士、黄永襄、陆皓东、谢赞泰[80]、尤烈[81]、朱淇[82]等，都在里面。这回的布置很周密，总分两大任务，孙汶总管广州方面军事运动，杨云衢担任香港方面接应及财政上的调度。军事上，由郑良士结合了许多党会和附近绿林，由程奎光运动了城内防营和水师，集合起来，至少有三四千人。接应上，云衢购定小火轮两艘，用木桶装载短枪，充作士敏土[83]瞒报税关。在省河南北，分设小机关数十处，以备临时呼应集合。先由朱淇撰讨满檄文，何启[84]律师和英人邓勤起草对外宣言，约期重九日发难，等轮船到埠时，用刀劈开木桶，取出军械，首向城内重要衙署进攻。同时埋伏水上和附城各处的会党，分为北口、顺德、香山、潮州、惠州大队，分路响应。更令陈清率领炸弹队在各要区施放，以壮声势。预定以红带为号，口号是'除暴安良'四字。那里晓得这样严密的设备，偏偏被自己的党员走漏了消息。那天，便是初八日，孙汶在一家绅士人家赴宴，忽见他的身旁，有好几个兵勇轮流来往，情知不妙，反装得没事人一般，笑对座客道：'这些人，是来逮捕我的吗？'依然高谈阔论，旁若无人。等到饭罢回寓，兵勇们只见他进去，没有见他出来。那时杨云衢在港，又因布置不及，延期了两天，恰恰给予了官厅一个预备的机会，立即调到驻长洲的营勇一千五百人做防卫。海关上也截住了党军私运的军械。今早由南海县在埠头搜捕了丘四等一干党人，其余一哄而散。又起得七箱洋枪。原报告人李家焯在双门底农会里捉住了党人陆皓东、程耀臣[85]等五人。"

胜佛顿足道:“陆皓东真被捕了,可惜!可惜!到底是那个党员走漏的消息呢?陆皓东捉到后,如何处置呢?”徐勉道:“那个走漏消息,至今还没明白。不过据原报告委员李家焯说,是党员自首的。”胜佛拍案道:“这种买友党员,可杀!可杀!”言犹未了,麦化蒙从外跳了进来,怒咋咋的道:“陆皓东、丘四、朱贵全已在校场斩首了,程奎光在营务处把军棍打死了。陆皓东的供辞,非常慷慨动人,临刑时,神气也从容得很,这种人真是可敬!又谁知害他的就是自己党友朱淇,首告党中秘密,这种人真是可恨!”胜佛听到这里,又愤又痛,发狂似的直往外奔。常肃追上去,嘴里喊着:“胜佛,你做什么?”正是:

直向光明无反趾,推翻笔削逞雄心。

胜佛奔出,是何用意,下回再说。

---

〔1〕 黄永襄:指黄咏商。日本华侨。兴中会会员。

〔2〕 绿林:西汉末农民起义军中有绿林一支。后世称啸聚山林打家劫舍,反抗官府的武装集团为绿林。

〔3〕 北江:河名。流经韶关至广州。

〔4〕 李杞:广东香山人。檀香山工人。兴中会会员。

〔5〕 侯艾存:《孽海花人物索引表》存为泉。香山人。檀香山工人。兴中会会员。

〔6〕 郑良士:影射郑士良,字弼臣。广东归善人。医校学生,兴中会会员。

〔7〕 谈钟灵:指谭钟麟。湖南茶陵人。咸丰翰林。两广总督。光绪二十一年(1895),他镇压了广州起义。

〔8〕 程奎光:广东香山人。兴中会会员。

〔9〕 黄祖:东汉末江夏太守。曾射杀孙坚,孙权以父仇屡攻黄祖。黄祖

兵败城陷,逃亡中为部下所杀。

〔10〕 差可:还算可以,勉强可以。犹今语差不多。

〔11〕 呰窳(zǐ yǔ):拙劣而又懒惰。《汉书·地理志下》:"故呰窳媮生,而亡积聚。"呰同呰。

〔12〕 邺城:今河北临漳。曹操封地,三国时为五都之一。诗歌是说曹操不敢杀祢衡,借刀杀人,转送黄祖,由黄祖去杀祢衡。这首诗歌就是祢衡的口气。祢衡,东汉末文士。狂傲不羁。孔融荐之于曹操,曹操不能容。

〔13〕 蜮者:蜮,鬼蜮。比喻阴险的人。

〔14〕 魏武:曹操。曹丕即皇帝位,追称曹操为魏武帝。

〔15〕 孰若:何若;不如。

〔16〕 宁我负人,毋人负我:《三国演义》中曹操语。

〔17〕 飞扬名俊:志气高迈雄杰昂然。

〔18〕 戴同时:影射谭嗣同(1865—1898),字复生,号壮飞。湖南浏阳人。巡抚之子。改良派重要人物。著《仁学》,激进激烈。也能诗,风格雄健。曾协助湖南巡抚陈宝箴创立时务学堂,举行新政;倡设南学会,办《湘报》,鼓吹变法。以徐致靖荐,入军机处任四品章京,参与变法。戊戌政变,与林旭、刘光第、杨锐、杨深秀、康广仁同时被杀,史称戊戌六君子。

〔19〕 立宪:君主立宪。也称虚君共和。如英国、日本一样,有宪法,君王无实权,权力归于内阁和议院。这是当时康有为改良派的政治主张。

〔20〕 鞑靼(dá dá)人:鞑靼原为突厥部族。后来漠北蒙古部、漠南汪古部都称为鞑靼。蒙古兴起,灭鞑靼;元代以后明清称东部蒙古为鞑靼。广义上,突厥、辽、金、女真、元蒙古、满洲等北方族都称为鞑靼。此处即用广义。

〔21〕 每饭不忘:指每饭不忘忠君忧国。

〔22〕 《孔子改制考》:二十一卷。康有为著,刊行于戊戌政变前。此书根据公羊学的三世说,论证孔子作《六经》,托古改变制度,行素王之法。本回回目标"作素王改制谈",书中有大段议论引述。

〔23〕 自强学会:强学会。光绪二十一年(1895)八月,由康有为发起,在

北京成立，是维新派的政治团体，发行《万国公报》。在上海设分会，发行《强学报》。不久被查禁。

〔24〕 沆瀣（hàng xiè）一气：气味相投的人结合在一起。也可用于贬义。

〔25〕 梁超如：影射梁启超（1873—1929），字卓如，号任公，又号饮冰室主人。广东新会人。举人出身。康有为学生，变法维新派首领之一，与康有为并称康梁。公车上书，他也是发动人之一。在上海主编《时务报》，为长沙时务学堂总教习。戊戌维新时，以六品卿衔办京师大学堂、译书局。政变后编《新民丛报》，坚持立宪保皇。辛亥革命后拥护过袁世凯，又策动蔡锷反袁。晚年在清华研究院任导师。他的文笔流畅奔放，对知识界有很大影响；著作编为《饮冰室合集》。

〔26〕 杰格钩辀（zhōu）：钩辀格磔。鹧鸪鸣声。这是形容闽广话如鸟语。

〔27〕 清朝孔夫子：康有为确有康圣人之徽号。

〔28〕 半桌：半圆形条桌。

〔29〕 怎快：这么快。

〔30〕 徐勉：指徐勤，字君勉。广东三水人。秀才。保国会会员。

〔31〕 麦化蒙：指麦孟华，字孺博。广东顺德人。举人。保国会会员。

〔32〕 齐桓晋文：齐桓公、晋文公。春秋时期五霸中的头二位。他们都是会盟征伐、挟天子以令诸侯的人物。

〔33〕 史：史笔。直书其事，历史实录。

〔34〕 义：微言大义。《春秋》的宗旨，透过《春秋》记事所要表达的精神、意义。这不是直接在记录事实中说出的，而是通过记什么、不记什么（所谓笔削），如何用词（所谓一字褒贬）等等体现出来的。

〔35〕 丘窃取之：丘，孔子的名。窃是谦词，私自、私下。孟子是说孔子认为自己得到了表达了微言大义，或曰真精神。

〔36〕 知我、罪我：这是孟子转述的孔子的名言。表明孔子非常看重《春秋》一书。通过《春秋》了解我的真意向，功绩在这里；被人攻击，受责备也在这里。

〔37〕 朱子：朱熹。

〔38〕 王安石：著有《三经新义》。特别重视《周礼》，作为他富国强兵改革的理论依据。排斥《春秋》，说是“断烂朝报”，用经义取士，不考

《春秋》。

〔39〕 托王于鲁：这是公羊家董仲舒传统说法。参见第十一回有关注释。

〔40〕 端门虹降：指天降血书化为赤乌（象征太阳）。孔子为什么写《春秋》？《公羊传》："拨乱世，反诸正，莫近乎《春秋》。"何休注："得麟之后天下血书鲁端门，曰：'趍作法，孔圣没。周姬亡，慧东出。秦政起，胡破术。书记散，孔不绝。'子夏明日往视之，血书飞为赤乌，化为白书……"这当然是纬书和公羊家的附会之谈。

〔41〕 符瑞：西狩获麟，事在鲁哀公十四年。鲁国樵夫获得麒麟。公羊家说，麒麟为仁兽，有王者才出现，是吉祥之兆。又说，获麟之时并无真正意义上的王者；这个王者不能是别人，只能是孔子。获麟是瑞应（吉祥征兆），其年，孔子动笔写《春秋》，行素王之法。"仲尼为匹夫，而称素王。"（《中论·贵验》）；"制《春秋》之义，著素王之法。"（《风俗通·穷通》）除此二说外，《孔子改制考》中还有大量古书征引。

〔42〕 隐公元年：公元前723年，周平王东迁洛邑四十九年。《春秋》编年从这一年开始。鲁隐公名息姑，周公九世孙。这一年即位为鲁国君，隐公是谥号。

〔43〕 新文王：指孔子。《公羊传》："王者孰谓？谓文王也。"文王为周代开国之圣王，董仲舒认为，"《春秋》作新王之事……以《春秋》当新王，""孔子立新王之道"。康有为在引用诸说之后下断语："孔子为继周之王至明。"（均见《孔子改制考》卷八）

〔44〕 三世：即公羊家所称据乱世、升平世、太平世。参见第十一回注〔25〕张三世条。

〔45〕 范围：规范。

〔46〕 用夏时、乘殷辂、服周冕：这是孔子关于礼制的一些主张。已见前注。夏代历法比较准确易知，以正月万物始生为岁首。殷辂是大木车，比较实用。周代的礼冠比较堂皇。

〔47〕 大宪章：根本典章制度。

〔48〕 六通四辟：语出《庄子·天道》。一说指阴、阳、风、雨、晦、明六气为六通，四辟即四方开辟。一说六通即上下四方，四辟即顺应四时。这里指四通八达。

〔49〕 宪法:根本大法。当然,这和现代社会的宪法概念不尽相同。指法则、原则。

〔50〕 老子、韩非刑名法术:老子是道家,这是现代人的共识。韩非是法家。《史记·老庄申韩列传》已说到,“申子(申不害)之学本于黄老,而主刑名”。又说,韩非“喜刑名法术之学,而其归本于黄老”。古代学者指出,“韩子书有《解老》《喻老》二篇,是大抵亦崇黄老之学也”。这就是此处说法的根据。

〔51〕 新莽:西汉末王莽代汉,建立新朝,故称新莽。

〔52〕 《国语》:司马迁等古代学者认为是春秋时鲁国左丘明撰。今存书二十一卷,是经过刘向、刘歆父子整理过的,分国记言的史书,记载周、鲁、齐、晋、郑、楚、吴、越八国的历史事件。又称《春秋外传》。改《国语》做《左传》之说,是汉以来公羊家反对《左传》的一种说法,说作伪的人就是刘歆。当然,《左传》中有不少矛盾,但肯定是刘歆作伪,也是证据不足的。

〔53〕 贾逵、郑玄:贾逵已见前注。郑玄,字康成,是贾逵的学生。他是最大的注经学者,离了他的注解,六经等古籍后人阅读很困难。清代人朴学又称郑学,就是发扬他的从语言文字、名物制度入手读经的传统。

〔54〕 卢仝:唐代诗人、学者。著有《春秋摘微》。

〔55〕 孙明复:孙复,字明复。北宋学者。著有《易说》、《春秋尊王发微》、《春秋总论》等。

〔56〕 《鲁史》:指鲁国史记。这是孔子《春秋》采作材料的历史记录,鲁国史臣的记载。司马迁已说过“乃因史记作《春秋》”,史记即所谓《鲁史》。

〔57〕 廷议断狱:廷议,朝廷召集五经名儒大臣,评论《公羊》与《穀梁》异同,互相质问辩论。《孔子改制考》引两《汉书·儒林传》。断狱,《孔子改制考》列举西汉张汤为御史大夫,用兒宽为奏谳掾,以古法议决疑大狱。

〔58〕 大夫无遂事:《春秋公羊传·桓公八年》:“祭公来,遂逆王后于纪。”依据经、传和注释,是说周王使大夫祭公到鲁国,经由鲁君做媒,去纪国迎娶王后纪季姜。为什么呢?《公羊传》:“大夫无遂

事。此其言遂何？成使乎我也。”注释说“待君命而后成其事”。这里的君命就是鲁君之命，所以说“成使乎我也”。遂，是生成一事、造成一事的意思。大夫必须奉命才能完成使命，所以说“大夫无遂事”。

〔59〕 不以父命辞王父命：王父，祖父。辞，不服从。这是《公羊传》关于卫灵公不立其子蒯聩，立了孙子辄，该立不该立，公羊认为可以立。“其可奈何？不以父命辞王父命，以王父命辞父命，是父之行乎子也。不以家事辞王事，以王事辞家事，是上之行乎下也。”因为灵公、蒯聩、辄三者既是互为父子关系，又是互为王事与家事的关系，所以如上面那么说。

〔60〕 《移太常博士文》：指刘歆为了古文经立博士事写给太常博士的信。终因博士们反对，古文《尚书》与《左传》未能立于学官，以至后来古文《尚书》丧失。

〔61〕 七十子：孔子学生中知名杰出的七十二人，如颜回、子路、曾子、冉求、子贡、子游、子夏、子张等。广义的意思就是孔门弟子。

〔62〕 曹世子来朝：抄录《公羊传·桓公九年》有关文句如下：“冬，曹伯使其世子射姑来朝。诸侯来曰朝。此世子也，其言朝何？《春秋》有‘讥父老，子代从政者’，则未知其在齐与？曹与？”

〔63〕 齐世子光会于柤（zǔ）：《公羊传·襄公十年》：“春，公会晋侯、宋公、卫侯、曹伯、莒子、邾娄子、滕子、薛伯、杞伯、小邾娄子、齐世子光，会吴于柤。”春秋时诸侯会盟都是国君亲自到会，世子（或称太子）与会，君子讥之。柤，原文作“打”，据《春秋》改。柤，古地名，在今湖北南漳县境。

〔64〕 按，以上并非照引康有为《孔子改制考》和《新学伪经考》原文，是小说作者撮取二书中的要点，自行发挥成文。

〔65〕 长兴：长兴里。康有为设立的学舍即在长兴里万木草堂，讲学之所。

〔66〕 杏坛：孔子讲学之所。在曲阜汶水、泗水之间。《庄子·渔父》：“孔子……休坐乎杏坛之上，弟子读书，孔子弦歌鼓琴。”今曲阜孔庙大成殿前有后人修的杏坛，有亭有碑，植杏树。

〔67〕 步踏：台阶。

〔68〕 以太：古希腊哲学家设想的一种媒质，没有质量，无所不在、绝对静止；一切物体相对于以太的运动，就是以太的绝对运动。这个概念已经陈旧过时。谭嗣同《仁学》成书于 1896 年。用以太解释仁，“仁为天地万物之源，故唯心，故唯识。”“仁以通为第一义。”号召“冲决网罗”，反专制，反礼教。

〔69〕 内学相宗：内学，即佛学。相宗，法相宗。佛教的一个派别。穷究万法之性相，故名法相；有《唯识论》，阐明万法唯识，亦称唯识宗。这一派有较高深的哲学认识论。在中国唐代，三藏法师玄奘是主要传人，现代中国以熊十力贡献和成就为大。

〔70〕 响螺：一种海螺，体形较大。

〔71〕 常博：指康广仁（1867—1898），名有博。康有为胞弟。1897 年在澳门办《知新报》，又在上海办大同译书局。参加戊戌维新，政变后被杀，为戊戌六君子之一。

〔72〕 陈万春：影射陈千秋。广东南海人，康有为门徒，早死。

〔73〕 欧矩甲：指欧渠甲。广东归善人。秀才。保国会会员。

〔74〕 龙子积：指龙泽厚。广西桂林人。知县。

〔75〕 罗伯约：指罗伯雅。广东人。保国会会员。

〔76〕 李征庸：四川邻水人。进士出身。云南记名道，后任督办四川矿务商务大臣。

〔77〕 丘四、朱贵全：二人都是会党出身，兴中会会员。

〔78〕 李家焯：知县衔巡勇管带。

〔79〕 缇骑（jì）：捕捉犯人的官役。明代为锦衣卫校尉，清代为步军衙门番役。此处代指巡勇。

〔80〕 谢赞泰：指谢缵泰。广东开平人。兴中会会员。

〔81〕 尤烈：影射尤列，字少纨。广东顺德人。算学馆学生。兴中会会员。早年在香港与孙中山、陈少白、杨鹤龄时称四大寇。

〔82〕 朱淇：字菉孙。南海人。秀才。兴中会会员。

〔83〕 士敏土：水泥。

〔84〕 何启：南海人。医学博士。律师。香港议政局委员。

〔85〕 程耀臣：广东香山人。兴中会会员。

第三十五回

燕市挥金豪公子无心结死士
辽天跃马老英雄仗义送孤臣

且说常肃追上去，一把抓住了胜佛道：“你做什么？凡是一个团体，这些叛党卖友的把戏，历史上数见不鲜，何况朱淇自首，到底怎么一会事，还没十分证明。我们只管我们的事罢！”胜佛原是一时激于义愤，没加思索的动作，听见唐先生这般说，大家慨叹一番，只索罢休。胜佛因省城还未解严，多留了一天。次日，就别过常肃，离开广州，途中不敢逗留，赶着未封河前，到了北京。胜佛和湖北制台庄寿香的儿子庄立人[1]，名叫可权的，本是至交，上回来京，就下榻在立人寓所。这回为了奔走国事而来，当然一客不烦二主，不必胜佛通信关照，自有闻韵高、杨淑乔[2]、林敦古一班同志预告立人，早已扫径而待。到京的第一天，便由韵高邀了立人、淑乔、敦古，又添上庄小燕、段扈桥、余仁寿[3]、刘光地[4]、梁超如等，主客凑了十人，都是当代维新人物，在虎坊桥韵高的新寓斋，替胜佛洗尘。原来韵高本常借住在金、宝二妃的哥哥礼部侍郎支绥[5]家里，有时在栖凤楼他的谈禅女友程夫人[6]宅中勾留[7]。近来因为宝妃的事，犯了嫌疑，支绥已外放出去，所以只好寻了这个寓所暂住，今天还是第一天宴客。

当下席间，胜佛把在万木草堂和常肃讨论的事，连带革命党在广州的失败，一起报告了。韵高也滔滔地讲到最近的朝政："西后虽然退居颐和园，面子上不干涉朝政，但内有连公公，外有永潞、耿义，暗做羽翼。授了永潞直隶总督、北洋大臣，在天津设了练兵处，保定立了陆军大学；保方代胜[8]升了兵部侍郎，做了练兵处的督办，专练新军，名为健军；更在京师神机营之外添募了虎神营，名为翊卫畿辅，实则拥护牝朝[9]，差不多全国的兵权，都在他掌握里。皇上虽有变政的心，可惜孤立无援，偶在西后前陈说几句，没一次不碰顶子，倒弄得两宫意见越深。在帝党一面的人物，又都是些老成持重的守旧大臣，不敢造作非常。所以我们要救国，只有先救皇上；要救皇上，只有集合一个新而有力的大团体，辅佐他清君侧，振乾纲[10]。我竭力主张组织自强学会，请唐先生来主持，也就为此。照皇上的智识度量，别的我不敢保，我们赞襄他造成一个虚君位的立宪国家，免得革命流血，重演法国惨剧，这是做得到的。"

小燕道："韵高兄的高见，我是很赞同的。不过要创立整个的新政治，非用彻底的新人物不可，像我们这种在宫廷里旅进旅退[11]惯的角色，尽管卖力唱做，掀帘出场，决不足震动观众的耳目。所以这出新剧，除了唐常肃，谁都不配做主角。所难的唐先生位卑职小，倘这回进京来，要叫他接近天颜，就是一件不合例的难题。而且一个小小主事[12]，突然召见，定要惹起后党疑心，尤其不妥。我想司马相如借狗监[13]而进身，论世者不以为辱，况欲举大事者何恤小辱，似乎唐先生应采用这种秘密手腕，做活动政治的入手方法，不识唐先生肯做不肯？"

超如微笑道:“不入虎穴,焉得虎子！佛不入地狱,谁入地狱？本师只求救国,决不计较这些,只是没有门径也难。”扈桥道:“门径有何难哉！你们知道东华门内马加剌庙的历史吗？”韵高把桌子一拍道:“着呀！我知道,那是帝党太监的秘密集会所,为头的是奏事处太监寇连才,这人很忠心今上,常常代抱不平,我认得他。”敦古举起杯来向众人道:“有这样好的机缘,我们该浮一大白,预祝唐先生的成功。唐先生不肯做,我们也要逼着他去结合。”大家哄堂附和,都喊着:“该逼他做,该逼他做!”席上自从这番提议后,益发兴高采烈,仿佛变法已告成功,在那里大开功臣宴似的,真是飞觞惊日月,借箸动风雷,直吃到牙镜沉光,铜壶歇漏,方罢宴各自回家。

且说胜佛第二天起来,就听见外间一片谑浪笑傲声里,还混杂着吟哦声,心里好生诧异。原来胜佛住的本是立人的书斋,三大间的平房,立人把上首一间,陈设得最华美的让给他住,当中满摆着欧风的各色沙发和福端椅[14]等,是立人起居处,也就是他的安乐窝。胜佛和立人,虽然交谊很深,但性情各异;立人尽管也是个名士,不免带三分公子气。胜佛最不满意的,为他有两种癖好:第一喜欢蓄俊童,随侍左右的都是些十五六岁的雏儿,打扮得花枝招展,乍一望,定要错认做成群的莺燕;高兴起来,简直不分主仆,打情骂俏的搅做一团。第二喜欢养名马,所以他的马号特别大。不管是青海的,张家口外的,四川的,甚至于阿拉伯的,不惜重价买来,买到后,立刻分了颜色毛片,替他们题上一个赤电、紫骝等名儿;有两匹最得意的,一名惊帆駃,一名望云骓。总数不下二十余匹。春暖风和,常常驰骋康衢〔15〕,或到白云观去比试,大有太原公子〔16〕,不可一世气象。

胜佛现在惊异的,不是笑语声,倒是吟哦声,因为这种拈断髭须的音调,在这个书斋里,不容易听到的。胜佛正想着,立人已笑嘻嘻的跨进房来,喊道:“胜佛兄,你睡够了吧！你一到京,就被他们讲变法,变得头脑都涨破了。今天我想给你换换口味,约几个洒脱些的朋友,在口袋底小玉家里去乐一天。恰好你的诗友,程叔宽同苏郑龕〔17〕,都来瞧你,我已约好了,他们都在外边等你呢。”胜佛忙道:“啊哟,真对不起！我出来了。”一语未了,已见一个瘦长条子,龙长脸儿,满肚子的天人策〔18〕,阴符经〔19〕,全堆积在脸上,那是苏胥;一个半干削瓜面容,蜜蜡颜色,澄清的眼光,小巧的嘴,三分名士气倒占了七分学究风,那便是程二铭〔20〕。两人都是胜佛诗中畏友〔21〕,当下一齐拥进来。

胜佛欢喜不迭的一壁招呼,一壁搭话道:“我想不到两位大诗人,会一块儿来。叔宽本在吏部当差,没什么奇;怎么郑龕好好在广西,也会跑来呢?”郑龕道:“不瞒老兄说,我是为了宦海灰心,边防棘手,想在实业上下些种子,特地来此,寻些机缘。”叔宽道:“不谈这些闲话。我且问你,我寄给新刻的《沧卧阁诗集》,收到没有？连一封回信都不给人,岂有此理!”胜佛很谦恭的答道:“我接到你大集时,恰遇到我要上广东去,不及奉答,抱歉得很,但却已细细拜读过了。叔兄的大才,弟也不敢乱下批评,只觉得清淳幽远,如入邃谷回溪,景光倏忽。在近代诗家里,确是独创,推崇你的,或说追蹑草堂〔22〕,或云继绳〔23〕随州〔24〕,弟独不敢附和,总带着宋人的色采。”郑龕道:

“现代的诗，除了李纯老[25]的《白华绛趺阁》，由温、李[26]而上溯杜陵[27]，不愧为一代词宗，其余便是王子度的《人境庐》[28]，纵然气象万千，然辞语太没范围，不免鱼龙曼衍；袁尚秋的《安舫簃》[29]，自我作古，戛戛独造，也有求生求新的迹象，那一个不是宋诗[30]呢？那也是承了乾嘉[31]极盛之后，不得不另辟蹊径，一唱百和，自然的成了一时风气了。”胜佛道：“郑龛兄承认乾嘉诗风之盛，弟不敢承教。弟以为乾嘉各种学问，都是超绝千古，惟独无诗；乾嘉的诗人，只有黄仲则[32]一人罢了。北江芳茂[33]辈，固然是学人的绪余，便是袁、蒋、舒、王[34]，那里比得上岭南、江左、曝书、精华[35]呢！”

立人听他们谈诗不已，有些不耐烦了，插口道：“诸位不必在这里尽着论诗了，何妨把论坛乔迁到小玉家中，他那边固然窗明几净，比我这里精雅，而且还有两位三唐正统的诗王，早端坐在宝座上，等你们去朝参哩！外边马车都准备好，请就此走罢！”胜佛等三人齐声问道：“那诗王是谁？你说明了才好走。”立人笑道：“当今称得起诗王的，除了万范水[36]、叶笑庵[37]还有谁！”郑龛哈哈大笑道：“我道是谁，原来是他俩，的确是诗国里的名王；一个是宝笏下藏着脂粉合，一个是冕旒中露出白鼻子。好，我们快去肉袒献俘[38]罢！要不然，尊大人就要骂我们白盲不识宝货了。”说着这话，连叔宽、胜佛也都跟着笑了。

立人气愤愤立起身来，一壁领着三人向外走，一壁咕噜着道：“谁断得定谁是王，谁是寇！今天姑且去舌战一场，看看你们的成败。”说是迟，那是快，已望见大门外，排列着一辆红拖泥大安车，一辆绿拖泥的小安车。请胜佛上了大安车，郑龛、叔宽坐了自己坐来的小安车。立人立刻跳上一辆墨绿色锦缎围子，镶着韦陀金一线滚边，嵌着十来块小玻璃格子的，北京人叫做十三太保的车子，驾着一匹高头大骡，七八个华服的俊童，骑着各色的马，一阵喧哗中，动轮奋鬣，电掣雷轰般卷起十丈软红，齐向口袋底而来。

原来那时京师的风气，还是盛行男妓，名为相公。士大夫懔于狎妓饮酒的官箴[39]，帽影鞭丝，常出没于韩家潭畔。至于妓女，只有那三等茶室，上流人不能去；还没有南方书寓[40]变相的清吟小班，有之，就从口袋底儿起。那妓院，共有妓女四五人，小玉是此中的翘楚，有许多阔老名流迷恋着他，替他捧场，上回书里已经叙述过了。到了现在声名越大，场面越阔，缠头一掷，动辄万千，车马盈门，不间寒暑。而且这所妓院，本是旧家府第改的，并排两所五开间两层的大四合式房屋，庭院清旷，轩窗宏丽。小玉占住的是上首第一进，尤其布置得堂皇富丽，几等王宫。可是豪富到了极颠，危险因此暗伏，北京号称人海，鱼龙混杂，混混儿[41]的派别，不知有多少，看见小玉多金，大家都想染指[42]；又利用那班揩鼻子的嫖客们，力不胜鸡，胆小如鼠，只要略施小计，无不如愿大来。所以近来流浪花丛的，至少要聘请几个保镖，立人既是个中人[43]，当然不能例外。闲言少表。

且说小玉屋里，在立人等未到之先，已有三个客，据坐在右首的像书室般敷设的房里。满房是一色用旧大理石雕嵌文梓[44]的器具，随处摆上火逼[45]的碧桃山茶牡丹等香色俱备的鲜花，当中供着一座很大的古铜薰笼，四扇阮元就石纹自然形成的山水画题句的嵌云石屏。三人恰在屏下,围绕着薰笼,屋主人小玉打扮得花枝招展的,在一旁殷勤招待。三人一壁烘火,一壁很激昂的在那里互相嘲笑。一个方面大耳,肤色雪白,虽在中年,还想得到他少年时的神俊,先带笑开口道:"范水,你不要尽摆出正则[46]词人每饭不忘的腔调,这哄谁呢!明明是《金荃集》[47]的侧艳诗,偏要说香草美人的寄托;显然是《会真记》[48]纪梦一类的偷情诗,却要说怀忠不谅,托讽悟君。我试问你那首沉浸浓郁的《彩云曲》[49],是不是妒羡雯青,骚情勃发?读过你范水判牍的,遇到关着奸情案件的批判,你格外来得风趣横生,这是为着什么来?"范水把三指拈着清瘦的尖下颏上,一蕞稀疏的短须,带着调皮的神气道:"陶令《闲情赋》[50]、欧公《江西月》[51],大贤何尝没绮语?只要不失温柔敦厚的诗教罢了!难道定要像你桀纣[52]式的诗王,只俯伏在琴梦楼[53]一个女将军的神旗下,余下的便一任你鞭鸾笞凤吗!可惜我没有在大集上,添上两个好诗题,一个《简内子背花重放感赋》,一个《题姬人雪中裸卧图》,倒是一段诗人风流佳话。"旁边一个三十来岁没留须的半少年,穿了一身很时髦的衣帽,面貌清腴,气象华贵,一望就猜得到是旗下贵人,当下听了,非常惊诧的问道:"范公要添这两题目,到底包孕什么事儿?"范水笑道:"这样风趣横生的事,只有请笑庵自讲最妙。"

笑庵想接嘴,外面一片脚步声,接着一阵笑声,立人老远的喊道:"呀,原来你也先到了!伯黻,这件事,笑庵自己和亲供一般的全告诉了小玉,不必他讲,叫小玉替他讲得了。"小玉涨红了脸,发极道:"庄大人,看你不出,倒会搭桥。我怎么会晓得?怎么能讲?"立人随手招呼胜佛、郑盦、叔宽进门和这里三人见面，随口道："小玉，你别急！等会儿，我来讲给大家听。"说着话，就把伯峨介绍给胜佛、郑盦、叔宽，都是没见过面的，便道："这位便是'宗室八旗名士草'诗人祝宝廷先生的世兄富伯巘〔54〕兄，单名一个寿字，是新创知耻学会的会长。曾有一篇《告八旗子弟书》，传诵的两句名论，是'民权兴而大族之祸烈，戎祸兴而大族更烈'，是个当今志士，也是个诗人。"胜佛道："我还记得宝廷先生自劾回京时，曾有两句哄动京华的诗句，家大人〔55〕常吟咏的。诗云：'微臣好色诚天性，只爱风流不爱官。'真是不可一世的奇士！有此父，斯有此子，今天真幸会了。"

伯巘道："诸君不要谬奖，我是一心只想听笑庵的故事，立人快讲罢！"立人笑道："真的几乎忘了。笑庵，我是秉笔直书，悬之国门，不能增损一字。"笑庵道："放屁！本来历史是最不可靠的东西，奉敕编纂的史官，不过是顶冠束带的抄胥〔56〕；藏诸名山的史家，也都是借孝堂哭自己的造谎人。何况区区的小事，由你们胡说好了。"

立人道："你们看着笑庵外貌像个温雅书生，谁也想不到他的脾气，倒是个凶残的恶霸！偏偏不公的天，配给他一位美貌柔顺的夫人，反引起了他多疑善妒的恶习性来。他名为爱护妻子，实在简直把他囚禁起来，一年到头，不许见一个人，也不许出一次门。偶然放他回娘家一次，便是他的皇恩大赦。然而先要把轿子的四面，用黑布蒙得紧腾腾地，轿夫抬到娘家后，放在厅上，可不许夫人就出轿；有四个跟轿的女仆，慢慢把轿子抬到内堂，才能抛头露面。而且当夜就得回来，稍迟了约定的钟点，就闹得你家宅翻腾。这已经不近人情了！有一次,冬天,下雪的天气,一个他的姨娘,不知什么事触怒了他,毒打了一顿,还不算数,把那姨娘,剥得赤条条地,丢在雪地里。眼看快冻死了,他的夫人,看不过,暗地瞒了他,搭救了进来,恰被他查穿,他并不再去寻姨娘,反把夫人硬拉了出来,脱去上衣,揿在板凳上,自己动手,在粉嫩雪白的玉背上,抽了一百皮鞭。这一来,把他最贤惠的夫人受不住这淫威了,和他拼死闹到了分离,回住娘家。他也就在这个时候,讨了名妓花翠琴。说也奇怪,真是一物一制,自从花翠琴嫁来后,竟把他这百炼钢,化为绕指柔了,只怕花翠琴就是天天赏他一百皮鞭,他也绵羊般低头忍受了。范水先生,这些故事,都是你诗里的好材料,你为什么不在《彩云曲》后,赓续一篇《琴楼歌》呢?"那当儿,立人讲得有些手舞足蹈起来。范水是本来晓得的,伯皺也有些风闻,倒把郑盦和叔宽听得呆了。

小玉袅袅婷婷的走近立人,在他肩上轻拍了一下,睨视娇笑着道:"喂,庄大人你说话溜了缰了,且不说你全不问叶大人脸上的红和白,你连各位肚子里的饥和饱,都不管;酒席也不叫摆,条子也不写一张,难道今天请各位来,专听你讲故事不成!"立人跳起来,自己只把拳凿着头,喊道:"该死,该死! 不是小玉提醒我,我连做主人的义务,全忘怀了。小玉,快摆起酒来,拿局票来让我写!"小玉笑嘻嘻的满张罗,娘姨七手八脚照顾台面。小玉自己献上局票盘,立人一面问着各人应叫的堂唱名儿照写;一面向笑庵道歉,揭露了他的秘密。笑庵啐了他一口道:"亏你说这种丑话! 若然我厌恶那些话,听了会生气,老实说,你敢这般肆无忌惮吗? 一人自然有一人的脾气,有好的,定有坏的；没有坏的，除非是伪君子，那就比坏的更坏了。大家如能个个像我，坦白地公开了自己的坏处，政治上，用不着阴谋诡计，战争上，用不着权谋策略，外交上，用不着折冲欺诈；《阴符七术》〔57〕可以烧，《风后握奇》〔58〕可以废，《政书》〔59〕可以不作，世界就太平了。”胜佛拍案叫绝道：“不是快人，焉得快语！我从此认得笑庵，不是饭颗山头，穷愁潦倒的诗人〔60〕，倒是瑶台桃树下，玩世不恭的奇士〔61〕了。”

一语未了，抬起头来，忽见立人身畔，站在桌子角上的小玉，吓得面如土色，一双迷花的小眼，睁得大大的，注定了窗外。大家没留意，胜佛也吃了一惊，随着他的眼光，刚瞟到门口，只见毡帘一掀，已跨进一个六尺来长，红颜白发，一部银髯的老头儿，直向立人处走来。满房人都出乎意外，被他一种严重的气色，压迫住了，都石像似的开不出口。小玉早颤抖的躲到壁角里去了。立人是胆粗气壮的豪公子，突然见这个生人，进来得奇怪，知道不妙，然不肯示弱，当下丢了笔，瞪着那老者道：“咦，你是谁？怎么这般无礼的闯到我这里来！你认得我是谁吗？”那老头儿微笑了一笑，很恭敬的向立人打了一个千道：“谁不认得你是庄制台的公子庄少大人！今天打听到您在这里玩，老汉约了弟兄们特地赶来伺候您的。”立人扮着很严厉的样子道：“你既然知道我的名儿，你要来见我，你怎么不和我带来的标师们接一个头呢！”老头儿冷笑了一声道：“您要问他们吗？脓包，中什么用！听见老汉一到，逃得影儿也没一个。”

胜佛听到这里，忽然心上触着一个人，忙奔过来，拉住那老头儿的手，哈哈笑喊道："你莫非是京师大侠大刀王二[62]吗？我和立人念道了你多少年，不想斷会在这里，这多侥幸的事！立人，我和你该合献三千金，为壮士寿。"那老头儿反惊得倒退了几步，喊道："我不是王二，我是不爱虚名只爱钱。老汉还不识这位大人是谁？既蒙这样豪爽的爱结交，老汉也就不客气的谢赏。"说罢，就向胜佛请了一个安。胜佛忙扶住了道："我是谈胜佛，专爱结识江湖奇士。这一点儿算什么？"老头儿道："原来是谭三公子，怪不得江湖上都爱重你好名儿。"立人被胜佛这么一揽，真弄得莫名其妙，瞪着眼只望胜佛，又看看那老头儿，只见还是威风凛凛的矗立不动，满座宾客，早已溜的溜，躲的躲，房中严静地只剩了四个人，忍不住的问道："我和谈大人已经答应送给你三千金，那么你老人家也可以自便了。"那老人装了一个笑脸道："刚才谈少大人说的三千金，是专赏给我的，众弟兄还没有发付，他们辛苦一场，难道好叫他们空手而回吗？"立人这回也爽快起来了，忙接口道："好了，好了！我再给他们两千，归你去分派吧。"那老汉还是兀立[63]不走。

胜佛倒也诧异起来，分外和气的说道："壮士还有话说吗？要说，请说。"老头儿嘲讽似开口道："两位少大人，倒底还是书呆子，这笔款子，难道好叫老汉上门请领吗？两位这般的仗义疏财，老汉在贵家子弟中，还是第一次领教呢！那么索性请再爽利一点，当场现付罢！省得弟兄们在外边啰唣[64]，惊动大家！"立人顿时发起极来道："我们身边怎么会带这许多款子，小玉又垫不起，这怎么办呢？"回过头来向着胜佛和屋角里正在牙齿打架的小玉道："是不是？我们既出口了，其实断不会失信。”那老儿道：“我们也知道两位身边不会有现款，好在有的是票号钱庄，没法儿，只好劳动那一位大驾走一趟了。”立人道：“只怕我们赶车儿的一时叫不齐。”老头儿道：“不妨事，我早预备下一辆快车，候在门口，老汉伺候了一块去走一遭。”立人和胜佛都惊讶这老头儿布置得太周密了。胜佛就站起来，拉了立人道：“咱们跟他去。那么上那一家去呢？”立人此时只答了一句：“到蔚长厚去取。”身不由主的跟着那老人同到门口，果然见一辆很华美的小快车，驾着一头菊花青骡子，旁边还系着一匹黑骡儿。只见那屋子四围的街路上东一簇，西一群，来来往往，满是些不三不四的人，明明是那话儿了。

那老头子一到门外，便满面春风的来招呼立人、胜佛上车，自己也跨上黑骡，鞭丝一扬，蹄声得得的引导他们前进。胜佛在车箱里和跨在车沿上的立人搭话，胜佛道：“今天的事，全是我干的。这笔款子，你不愿出，算我的帐，将来划还你。”立人摇着头道：“你真说笑话了！我们的交情，还计较这些。倒是今天这件事，来得太奇怪，怕生出别的岔子，化几个钱满不在乎。”胜佛道：“你放心。你瞧那老儿，多气魄，多豪爽，多周密，我猜准他一定是大刀王二。我们既然想在政治上做点事业，这些江湖上的英雄也该结识几个，将来自有用处，这些钱，断不会白扔掉的。”两人谈谈讲讲，不多会儿，车子已停在蔚长厚门前。

立人等跳下车来，那老头子已恭恭敬敬的等候在下马石〔65〕边，低声道：“老汉不便进去，请两位取了出来，就在这里交付。”立人点头会意，立刻进去开了两张票子，开好了就出来，把一张三千的亲手递给老头子，一张两千的托他去分配。那老儿又谢了，随口道："老汉今天才知道两位都不是寻常纨袴，谈少大人尤其使我钦佩得五体投地。不瞒两位说，老汉平生，最喜欢劫富济贫，抑强扶弱，打抱不平，只要意气相投的朋友，赴汤蹈火，全不顾的。今天既和两位在无意中结识了，以后老汉身体性命，全个儿奉赠给你们，有什么使唤，尽管来叫我。不过我还有一个不知进退的请求，明天早上，我们在西山碧云寺有一个聚会，请两位务要光临。"胜佛道："我第一要问明的你到底是不是王二？再者，我还有叨教〔66〕的话，何妨再到口袋底去细谈一回。"老头子笑道："我是谁，明天到碧云寺，便见分晓，何必急急呢！口袋底请两位不用再去了，我已吩咐了赶车的径送两位回府。老汉自去料理那边的事，众弟兄还等着我呢！"说完一席话，两手一拱，跳上骡背，疾驰而去。这里立人和胜佛只得依了他话，回得家来，商量明天赴会的事。胜佛坚决主张要去，立人拗不过，只得依了。

到了次日，胜佛天一亮就起来，叫醒立人，跨了两匹骏马，一个扈从也不带。刚刚在许多捎云蔽日的古桧下落马，一进头门，那老头子已迎候出来。一领就领到了大殿东首的一间客厅上，齐齐整整的，排开了六桌筵席。席面上已坐满了奇形怪状，肥的，瘠的，贫的，富的，华绚的，褴褛的，丑怪的，文雅的，一大堆的人，看见胜佛、立人进来，都站起来拍掌狂呼的欢迎。那老人很殷勤的请胜佛和立人分了东西，各坐了最高的座位，自己却坐了中间一个最低的主位。筵席非常丰盛，侍席的人，遍斟了一巡酒，那老者才举起杯来，朗朗的说道：

“老汉王二，今天请各位到这里来，有两个原因，一是欢迎会，二是告别筵。欢迎会，就为我们昨天结交了谈胜佛、庄立人两位先生，都是当今不易得的豪杰，能替国家出力的伟人。我们弟兄，原该择主而事，得了这两位做我们的主人，我们就该替他效死。从今日起，凡我同会的人，都是谈、庄两先生的人，无论叫我们做什么事，到什么地方，都不问生死的服从。而且明里暗里，随时随处，每日轮班保护，这就是欢迎会的意思。第二是因为当今第一忠臣，参威毅伯、连公公的韩惟荩侍御[67]，奉上旨充发张家口。他是个寒士，又结了许多有势力的仇家，若无人帮助保护前去，路上一定要被人暗害。这种人，是国家的元气，做大臣的榜样。我听见人说，他折子里，有几句话说到皇太后的道：‘皇太后既归政皇上矣，若犹遇事牵制，将何以上对祖宗，下对天下臣民！’你们看，多么胆大，多么忠心！我因钦敬他的为人，已答应他亲身护送，又约了几个弟兄，替他押运行李。择定后日启程，顺便给诸位告别。”说罢，把斟满的一杯酒，向四周招呼。满厅掌声雷动中，忽然从外面气急败坏，奔进一个人来，大家面色都吓变了。正是：

　　提挈玉龙[68]为君死，驰驱紫塞[69]为谁来。

欲知来者是何人，为何事，且听下文。

---

〔1〕庄立人：庄可权，号立人。影射张权。直隶南皮人。张之洞之子。字君立，一字柳卿。光绪戊戌进士。户部主事。

〔2〕杨淑乔：杨遂，号淑乔。影射杨锐，字叔峤。四川绵竹人。举人出

身。四品卿衔军机章京。政变时被杀，为戊戌六君子之一。

〔3〕 余仁寿：影射徐仁寿，字研甫。宛平（今北京西城）人。翰林院编修。

〔4〕 刘光地：影射刘光第，字裴村。四川富顺人。光绪进士。四品卿衔军机章京。戊戌六君子之一。

〔5〕 支绥：即第二十三回文中的致敏，参见该条注。

〔6〕 程夫人：影射龚氏。礼部员外郎龚镇湘之女，署湖北布政使梁鼎芬之妻。湖南善化人。

〔7〕 勾留：停留，暂住。

〔8〕 方代胜：影射袁世凯。已见前注。清政府甲午战败后，裁汰绿营，建立新式陆军。练兵处设在天津小站，袁世凯任督办。这新军成为袁世凯起家的资本，种下了民国后北洋军阀混战的种子；同时也是清朝灭亡的原因，辛亥革命首先起义成功的就是湖北新军。

〔9〕 牝朝：代指西太后那拉氏。用此词以与下文乾纲对应。

〔10〕 乾纲：宸纲独断，皇帝掌握大权。代指光绪皇帝。

〔11〕 旅进旅退：随波逐流。混迹朝廷。

〔12〕 主事：康有为光绪二十一年成进士。任工部主事。

〔13〕 狗监：指杨得意。蜀人。任汉武帝狗监（养犬的头儿）。由杨得意向汉武帝提起司马相如，司马相如得以进见汉武帝。

〔14〕 福端椅：西式靠背椅。

〔15〕 康衢：大街、大路。

〔16〕 太原公子：李世民。其父李渊为隋时太原留守，世民故称为太原公子。好名马。生平作战所乘骏马有紫飒露等六匹骏马，在死后雕刻为六骏图，置于唐太宗昭陵。

〔17〕 苏郑龛：苏胥，号郑龛（前作郑龛）。影射郑孝胥（1860—1938），字苏戡。福建闽侯人。举人出身。时任湖南布政使。民国时以遗老自居。“九一八”以后堕落为汉奸，协助日本唆使溥仪赴东北。伪满洲国成立，任国务总理兼文教总长。他的诗和书法很有名。

〔18〕 天人策：董仲舒贤良对策。汉武帝发策问天人之际的道理，故又称天人策。这里是说满脸的大学问。

〔19〕 阴符经：古兵书。已见前注。

〔20〕 程二铭：号叔宽。影射陈三立（1852—1937），字伯严。江西修水人。光绪进士，官吏部主事。同光体主要诗人，有《散原精舍文集》等。他是现代学者陈寅恪之父。

〔21〕 畏友：敬畏的朋友。

〔22〕 草堂：指杜甫。

〔23〕 继绳：继承传统。

〔24〕 随州：唐代诗人刘长卿。曾任随州刺史，称刘随州。有《刘随州诗集》。

〔25〕 李纯老：李纯客。指李慈铭。已见前注。

〔26〕 温、李：晚唐诗人温庭筠、李商隐。

〔27〕 杜陵：指杜甫。

〔28〕 《人境庐》：指黄遵宪《人境庐诗钞》。

〔29〕 《安舫簃》：指《安般簃诗集》。袁昶诗集。袁尚秋影射袁昶，已见前注。

〔30〕 宋诗：宋诗尚理趣，显出与唐诗不同的风格。此处主要是指清末同光体诗人，以陈三立与郑孝胥为代表，诗宗江西诗派的黄庭坚，高自标榜，直到民国初年，推崇为当代宗师。文中戴同时（指谭嗣同）已经表示不满。

〔31〕 乾嘉：乾隆嘉庆年间。

〔32〕 黄仲则：字仲则，名景仁。江苏武进人，诸生。其诗以奇肆新警著称。有《两当轩集》。

〔33〕 北江、芳茂：北江，洪亮吉，字稚存，号北江。阳湖人。乾隆翰林，学者和诗人。经学与孙星衍齐名，诗与黄仲则并称。有《洪北江诗文集》。芳茂，孙星衍，字渊如，号芳茂山人。阳湖人。乾隆进士。翰林编修。官至山东督粮道。学者、诗人。经学与诗均与洪亮吉齐名。有《芳茂山人诗录》。

〔34〕 袁、蒋、舒、王：袁枚、蒋士铨、舒位、王文治。袁枚，字子才，号简斋。钱塘人。乾隆进士，曾任知县。他是乾隆三大家之一，活跃诗坛六十年，其诗有独创风格；论诗主性灵说。著有《小仓山房集》等。蒋士铨，字苕生，号清容居士。江西铅山人。乾隆进士，任编修。与袁枚、赵翼并称乾隆三大家。其论诗虽主性灵说，但强调温柔敦

厚;其诗笔力坚劲。有《忠雅堂集》。又是重要的戏曲作家,有《藏园九种曲》等。舒位,字立人,号铁云。直隶大兴人。乾隆举人。一生坎坷,诗多羁旅、行役、赠答及咏史之作。龚自珍评其诗"郁怒横逸"。有《瓶水斋诗集》等。王文治,字禹卿。江苏丹徒人。乾隆二十五年探花,授编修。曾任知府。工书画,精音律。有《梦楼诗集》。其诗雄健宏亮,诗名与袁枚相当。

〔35〕 岭南、江左、曝书、精华:清初四大诗派。岭南三家,陈恭尹,顺德人,著《独漉堂集》;屈大均,番禺人,有《翁山诗文集》;梁佩兰,南海人,有《六莹堂集》。又有岭南七子,不一一具列。江左三大家,钱谦益,已见前注。吴伟业,太仓人。诗文工丽,为一时之冠。有《梅村集》。龚鼎孳,合肥人。有《定山集》。曝书,指朱彝尊。浙江秀水人。诗词均擅长,与王士禛南北齐名。有《曝书亭集》。精华,指王士禛,号渔洋山人。山东新城(今桓台)人。论诗主神韵说,门生多,影响大。有《带经堂集》、《渔洋精华录》。

〔36〕 万范水:影射樊增祥,字嘉父。别号樊山。湖北恩施人。光绪翰林,江宁布政使。好为艳诗,前后《彩云曲》历叙赛金花事迹,尤为有名。死后遗诗三万首,有《樊山全集》。

〔37〕 叶笑庵:影射易顺鼎,字实甫,号哭庵。有诗近万首,与樊增祥称两雄。有《摩围阁诗》等集数十种。

〔38〕 肉袒献俘:投降称臣。肉袒,脱去上衣,露出肉体,祭祀或谢罪的表示。《左传·宣公十二年》:"楚子围郑。……郑伯肉袒牵羊以迎。"

〔39〕 官箴:做官的戒条。明清时代禁止官员嫖妓,对于有科举功名的也一样。实际是上禁下不禁,偷偷摸摸的总有人犯禁。

〔40〕 书寓:如唱苏州评弹的原称书寓。此指妓院。

〔41〕 混混儿:北京人称流氓为混混儿。

〔42〕 染指:插手揩油。《左传·宣公四年》:郑灵公"及食大夫鼋,召子公而弗与也。子公怒,染指于鼎,尝之而出"。

〔43〕 个中人:参加者,知情的人。

〔44〕 文梓:有花斑纹的梓木。

〔45〕 火逼:火红色。

〔46〕 正则：正统、正经。

〔47〕 《金荃集》：唐诗人温庭筠的诗集。温庭筠是写艳情诗的圣手。

〔48〕 《会真记》：唐代元稹所作，即《西厢记》张生与莺莺故事的祖本。

〔49〕 《彩云曲》：曾在陶然亭刻石立过诗碑。见前注〔36〕万范水条。

〔50〕 陶令《闲情赋》：陶令，指陶渊明。《闲情赋》是描写美女的一首赋，写得绮丽，想入非非。

〔51〕 欧公《江西月》：欧公，指欧阳修。《江西月》，未详。或隐指司马光（温公）《西江月》："宝髻松松挽就，铅华淡淡妆成……相见争如不见，有情何似无情……"

〔52〕 桀纣：夏桀和商纣，夏朝和商朝两个末代暴君。

〔53〕 琴梦楼：指妓女花翠琴。

〔54〕 富伯黻：富寿，字伯黻。影射寿富，字伯茀。清宗室。光绪翰林院编修。

〔55〕 家大人：称自己父亲。

〔56〕 抄胥：抄书吏。

〔57〕 《阴符七术》：也作《阴符七书》。古兵书。

〔58〕 《风后握奇》：古兵书。《百子全书》收有西汉公孙宏解本。

〔59〕 《政书》：清人于成龙著。八卷。

〔60〕 诗人：指杜甫。李白诗《戏赠杜甫》："饭颗山头逢杜甫，头戴笠子日卓午。借问因何太瘦生，总为从前作诗苦。"

〔61〕 奇士：指李白。他作《春夜宴桃李园序》，以天地为逆旅，光阴为过客，及时行乐。所以说他玩世不恭。

〔62〕 大刀王二：指大刀王五。已见前注。谭嗣同结交王五，戊戌政变时想用王五从宫中救出光绪皇帝。这种传闻已经搬上了银幕。此处就是一个伏笔。

〔63〕 兀立：站着。

〔64〕 啰唣：吵闹，纠缠。

〔65〕 下马石：北京旧四合院门前设施之一，约二尺高分二级（或不分级）的一块大青石，便于主人和来客上下马。

〔66〕 叨教：请教。

〔67〕 韩惟荛侍御：韩以高，号惟荛。侍御，即御史。影射安维峻（已见第

二十四回注)。甲午战败,他奏劾李鸿章,被革职充军。

〔68〕 玉龙:指宝剑。提携玉龙为君死,是唐代诗人李贺《雁门太守行》中的诗句。

〔69〕 紫塞:长城边塞。秦汉长城土色是紫色,故称紫塞。